ro
ro
ro

Julie Peters, Jahrgang 1979, war Buchhändlerin und studierte Geschichte, ehe sie sich ganz dem Schreiben widmete. Heute arbeitet sie als Schriftstellerin und Übersetzerin. Zuvor erschienen von ihr die sehr erfolgreichen Neuseeland-Romane «Das Lied der Sonnenfänger» und «Im Land des Feuerfalken» sowie der Afrika-Roman «Am Fuß des träumenden Berges».

Julie Peters

Der vergessene Strand

Roman

Rowohlt Taschenbuch Verlag

2. Auflage Dezember 2013

Originalausgabe
Veröffentlicht im Rowohlt Taschenbuch Verlag, Reinbek
bei Hamburg, November 2013
Copyright © 2013 by Rowohlt Verlag GmbH,
Reinbek bei Hamburg
Redaktion Katharina Naumann
Umschlaggestaltung any.way, Cathrin Günther
(Abbildung: Ben Wood / Corbis; thinkstockphotos.de)
Satz DTL Documenta PostScript (InDesign)
Gesamtherstellung CPI books GmbH, Leck
Printed in Germany
ISBN 978 3 499 26664 5

für meine Familie

Kapitel 1

$\mathcal{D}$ie Post kam immer sehr früh. Manchmal so früh, dass Amelie noch in Schlaf-T-Shirt und Bademantel in der Küche saß und den ersten Kaffee trank, wenn die Briefe durch den Briefschlitz rutschten und auf die Fußmatte darunter polterten.

Sie hatte Michael schon tausendmal gesagt, er solle endlich einen richtigen Briefkasten anbringen, draußen an der Fassade. Aber er hatte immer widersprochen, weil er den Charme der Altbauvilla nicht durch einen schnöden Briefkasten kaputt machen wollte. Eselsohren an Briefen oder zerknickte Zeitschriften waren für ihn kein Argument.

Es war nur einer von vielen kleinen Streitpunkten zwischen ihnen. Zärtliche, frotzelnde Sticheleien, die ihr immer wieder aufs Neue ein warmes Gefühl in den Bauch zauberten.

Zumindest war es bis vor vier Monaten so gewesen. Seitdem war alles anders. Nicht unbedingt schlechter, aber sie hatten die Leichtigkeit verloren.

Sie seufzte und ließ die Post auf der Fußmatte liegen.

Das Nächste, was sie hörte, waren polternde Schritte auf der Treppe. «Die Post ist schon da!», rief Michael.

«Ich weiß!», rief sie zurück.

Er trat mit dem Stapel in die Küche. Sie blickte auf und musterte ihn überrascht. Er trug einen hellgrauen Anzug, den er immer seinen «Bankanzug» nannte. Nur für Termine beim Scheidungsanwalt und bei der Hausbank holte er ihn aus dem Schrank.

«So schick heute?», fragte sie.

«Ja, da ist doch diese Institutssitzung heute Nachmittag. Wichtige Sache. Wird leider später. Komme so gegen acht, okay?» Zerstreut legte er die Briefe mitten in das Krümeldesaster, das er mit nur zwei Toasts angerichtet hatte, und küsste sie auf den Scheitel.

«Ich wollte ohnehin in die Bibliothek.»

«Ah ja. Kommst du voran?»

Die Frage hasste Amelie mehr als jede andere. «Du weißt, dass man das Vorankommen bei einem Buch nicht mit Seitenzahlen messen kann.»

«Natürlich nicht, entschuldige. Aber du wirst doch wissen, ob es vorangeht.»

Sie schwieg verbissen.

Er nahm ihre Kaffeetasse, trank und verzog angewidert das Gesicht. «Dass du ihn auch immer süßen musst ...»

Sie stellte sich vor ihn und begann, ihm die Krawatte zu binden. «Ich mecker ja auch nicht über deinen Toast mit Salami, also lass du mir den süßen, starken Kaffee und mein Porridge.»

Er schnaubte ungehalten. «Porridge. Ehrlich, Am, du leidest unter Geschmacksverwirrung.»

«Und du hast in den 47 Jahren deines bisherigen Lebens noch immer nicht gelernt, eine Krawatte zu binden», schalt sie ihn zärtlich.

Irgendwie brachte er es immer fertig, dass sie ihm nicht böse war. Sobald er weg war, würde sie die Krümel vom Tisch fegen.

«Warum auch? Bisher hat das Ruth gemacht. Und jetzt habe ich ja dich.» Er legte die Arme um sie und küsste sie auf den Mund. «Wünsch mir Glück, dass ich meinen Etat bekomme.»

«Viel Erfolg. Du schaffst das!» Sie erwiderte den Kuss, und er zog sie noch einmal an sich. Amelie lachte leise. «Du kommst zu spät», flüsterte sie zwischen zwei Küssen.

«Mir doch egal», erwiderte er. Widerstrebend ließ er sie los. «Bis heute Abend!»

Die Haustür fiel ins Schloss, und sie war allein in dem großen Haus. Sie löffelte ihr Porridge, las die SZ auf dem iPad fertig, räumte dann ihr Geschirr – und Michaels, das er natürlich vergessen hatte – in die Spülmaschine und wischte die Krümel vom Tisch.

Dann ging sie ins Gartenzimmer an den Computer.

Seit sieben Monaten arbeitete sie nun am Buch. Seit sieben Monaten war der Weg vom Frühstückstisch zum Schreibtisch der weiteste, und seit sieben Monaten musste sie sich jeden Morgen dazu zwingen, ihn zu gehen. Jedes Mal, wenn sie die Bücherstapel sah, den Haufen Ausdrucke aus Zeitschriften links und rechts neben ihrem Stuhl verließ sie für einen Augenblick der Mut. Dann glaubte sie, es werde ihr nie gelingen, dieses Buch zu schreiben.

Beatrix Lambton war eine freie, unabhängige Adelige im 19. Jahrhundert gewesen, verheiratet mit einem Earl, gesegnet mit einer großen Kinderschar. Dennoch hatte sie ihr Betätigungsfeld nie allein auf Kinderzimmer, Küche und Kirche beschränkt. Ihre literarischen Salons waren legendär, und sie hatte sich sogar irgendwann von ihrem Mann emanzipiert, der ein notorischer Fremdgeher gewesen sein musste. Das war für die damalige Zeit und seinen Stand nicht ungewöhnlich, Beatrix beschwerte sich in keinem ihrer Briefe darüber. Sie ertrug es, obwohl sie ihren Mann liebte.

Wie viel Kraft das Beatrix gekostet haben musste, wusste Amelie selbst erst seit kurzem aus eigener Erfahrung.

Aber jetzt durfte sie nicht grübeln. Sie musste schreiben.

Ausgerechnet in diesem schwachen Moment, kurz bevor sie sich an die Arbeit für diesen Tag machte, fehlte ihr Michael. Er ermutigte sie immer, dieses Buch zu schreiben. Ihm hatte sie es zu verdanken, dass ein Verlag daran Interesse gezeigt und ihr einen Buchvertrag angeboten hatte. Nur sein steter Zuspruch und die heftigen Debatten, die sie sich Tag für Tag lieferten, hielten sie bei der Stange.

Sie fuhr den Computer hoch und rief ihre E-Mails ab. Ihre Freundin Diana schrieb eine ellenlange E-Mail darüber, wie schön das Leben in Neuseeland sei, und die nächsten zehn Minuten ließ Amelie sich von ihren Anekdoten ablenken. Dann klickte sie auf «antworten» und wollte gerade zu einer ähnlich langatmigen Antwort ansetzen. Sie hielt inne.

Eigentlich gab es nicht viel Neues.

Während Diana am anderen Ende der Welt ein Jahr lang vom Wissenschaftsbetrieb ausspannte, ehe sie sich auf Jobsuche begeben wollte, hatte Amelie direkt nach ihrer Promotion mit dem Schreiben begonnen. Teils, weil sie keine Ahnung hatte, was sie mit ihrem Abschluss als Historikerin anfangen sollte, aber teils auch deshalb, weil sie Spaß an dem hatte, was sie bisher getan hatte.

Und Michael hatte sie darin bestärkt. Er war der Meinung, dass sie irgendwann eine gute Autorin populärwissenschaftlicher Bücher werden würde. Wenn sie sich mit diesem ersten Projekt einen Namen machte, konnte sie später weitere Bücher schreiben und wäre von festen Arbeitszeiten unabhängig.

Später. Wenn sie verheiratet wären und Kinder hätten.

Die Hochzeit war für September geplant.

Die Kinder, wenn es nach Michael ging, so schnell wie möglich.

Sie schloss das Mailprogramm. An Diana konnte sie auch heute Abend schreiben, wenn sie mit ihrer Arbeit fertig war.

Was jedoch nicht bis heute Abend warten konnte, war die Zubereitung des Essens. Sie hatte Michael für heute Hühnerfrikassee versprochen, und wenn sie nicht bald alle Zutaten in den Crockpot gab, konnten sie nicht um acht essen, wenn er heimkam. Und dass das Essen pünktlich auf dem Tisch stand, war ihm sehr wichtig.

Seufzend und zugleich erleichtert, den Arbeitsbeginn noch ein wenig hinauszögern zu können, ging Amelie in die Küche. Sie suchte die Zutaten zusammen, schnippelte Hühnchen und Gemüse, gab alles in den Crockpot und schaltete ihn auf niedrigster Stufe ein. Das sollte reichen, wenn sie um acht essen wollten. Im Topf wurde das Frikassee schonend gegart, und am Abend musste sie nur noch Sahne hinzufügen, abschmecken und Reis kochen.

Wäre das auch erledigt.

Sie wollte gerade zurück in ihr Arbeitszimmer, als sie die Post auf dem Küchentisch bemerkte. Froh um eine neuerliche Ablenkung nahm sie sich noch eine Tasse Kaffee und ging die Post durch. Der Werbeprospekt eines Möbelhauses. Ein Mobilfunkanbieter warb für billige Auslandstarife. Das war nichts für Amelie. Sie reiste ungern, und ins Ausland schon mal gar nicht. Die Abrechnung der Stadtwerke – eine kleine Nachzahlung drohte. Das konnte sie auf Michaels Schreibtisch legen, er kümmerte sich immer um die finanziellen Angelegenheiten.

Der letzte Umschlag trug keinen Absender. Sie drehte ihn ratlos hin und her. Adressiert war er an «Amelie Franck, c / o Prof. Michael Thalbach».

Sie stand seit ihrem Einzug vor anderthalb Jahren auf dem

Klingelschild, es gab also keinen Grund, einen solchen Vermerk auf den Umschlag zu schreiben.

Der Poststempel verriet ihr auch nichts über den Absender. Sie tastete nach dem Brieföffner, schlitzte den Umschlag auf und zog ein einzelnes Blatt Papier heraus. Dabei segelte ein Foto zu Boden.

Sie faltete den Brief auseinander, las ihn und runzelte verwirrt die Stirn. Sie las noch einmal, was da stand. Dann bückte sie sich, tastete unter dem Tisch nach dem Foto und stieß sich schmerzhaft den Kopf, als sie sich wieder aufrichten wollte.

Bild – Brief. Bild – Brief.

Sie konnte es nicht glauben.

«Das ist doch ein dummer Scherz», murmelte sie.

Und zugleich wusste sie: Das war kein Scherz. Die Vergangenheit holte sie ein.

Michaels Vergangenheit.

Sie hatte Michael an der Uni kennengelernt. Sie war ein schüchternes Erstsemester, er der Dozent für den Grundkurs für Neuzeit, den sie belegt hatte. Sie saß in der ersten Reihe und himmelte ihn an. Er trug einen sehr breiten, sehr golden funkelnden Ehering, weshalb sie sich verbot, mehr zu tun, als ihn anzuhimmeln.

Während des Studiums begegneten sie sich immer wieder. Sie belegte Seminare bei ihm, ihr Schwerpunkt verschob sich. Hatte sie sich ursprünglich vor allem für das Mittelalter und die Antike interessiert, verbiss sie sich nun in neuzeitliche Themen. Er betreute ihre Bachelorarbeit, und als sie sich zum Masterstudiengang einschrieb, bot er ihr eine Stelle als studentische Hilfskraft an. Sie zögerte nicht, denn gegen ihre anfängliche Schwärmerei hatte sie erfolgreich angekämpft. Der ihr dabei geholfen hatte, hieß Tobias. Sie waren glücklich.

Zwei Jahre später vermittelte Michael ihr einen Betreuer für ihre Masterarbeit. Sie verbrachte ganze Nächte in der Unibibliothek, und er lief ihr immer wieder über den Weg. Angeblich musste er auch arbeiten. Sie tranken oft Kaffee zusammen und saßen in der Eingangshalle der Bibliothek. Sie genoss diese Nachtstunden. Und eines Nachts fiel ihr auf, dass der Ehering verschwunden war.

Da erwachte das Kribbeln wieder, das sie so lange ignoriert hatte. Sie schämte sich deswegen. Aber Michael war immer da, er erwies sich als der ideale Diskussionspartner für ihre Masterarbeit. Sie wollte das nicht aufgeben. Zugleich fürchtete sie sich ein wenig vor den Gefühlen, die sie entwickelte.

Dass sie nicht die Einzige war, für die Gefühle im Spiel waren, machte Michael ihr eines Abends sehr deutlich. Sie hatte gerade erst angefangen zu arbeiten, eine Flasche Wasser, ihr altersschwaches, lautstark surrendes Notebook und einen Stapel Bücher für die Nacht auf den Arbeitstisch gestellt. Gerade wollte sie mit einem Buch zum Kopierer gehen, weil sie dieses Exemplar nicht ausleihen durfte, als er kam. Er betrat die Bibliothek ganz leise, aber das Lächeln, das sein Gesicht erhellte, als er sie entdeckte, war so laut und überwältigend, dass sie das Buch fallen ließ.

«Ich habe uns was mitgebracht», verkündete er und stellte eine kleine Kühltasche auf den Tisch. «Für deinen Mitternachtshunger.»

Und er brachte ihr Sandwichs mit Pastrami oder Bagel mit Lachs und Frischkäse.

Aber das war es nicht, was alles veränderte. Es waren dieser Blick und sein Lächeln, als sie sich bückte und das Buch aufhob. «Du bist so schön», sagte er. «Wunderschön.»

Sie wollte sich dagegen wehren – Tobias! Tobias!, dachte sie die ganze Zeit –, aber Widerstand war zwecklos. Er trat ganz dicht an sie heran.

«Wenn ich dich jetzt küsse, was wirst du tun?»

«Dann schrei ich», flüsterte sie zurück.

Er lachte. «Du kennst doch die Regeln für die Bibliothek?» Er legte den Zeigefinger auf die Lippen. «Pssst!», machte er.

Und dann küsste er sie. Einfach so, mitten in der Bibliothek, in der zu dieser Uhrzeit noch so viel los war, dass am nächsten Tag das ganze Institut Bescheid wusste.

Es war ihr egal. Michael betreute nicht ihre Masterarbeit, und ihr Vertrag als Hilfskraft lief im selben Monat aus. Er erzählte ihr erst danach von dem hässlichen Rosenkrieg mit seiner Frau Ruth. Dass er ihr alles geben würde, damit sie ihn endlich in Ruhe ließ. Dass er sich nach Familie sehnte, sie aber nie auch nur ansatzweise den Wunsch verspürt hatte, Kinder zu bekommen, weil ihr die Arbeit bei einer Großbank ausreichte.

Es dauerte noch einmal drei Monate, ehe Amelie sich für ihn entschied. So hatte sie es nicht gewollt, und gerechnet hatte sie auch nicht damit. Immer hatte sie geglaubt, es werde eines Tages mit Tobias oder einem anderen Mann in ihrem Alter weitergehen. Dass der Mann, den sie nun liebte, fünfzehn Jahre älter war als sie, verwirrte sie. Es dauerte ein halbes Jahr, bis sie ihn ihrer Mutter vorstellte. Susel und Michael verstanden sich prächtig. So groß war der Altersunterschied zwischen ihnen ja auch nicht.

Nach ihrem erfolgreichen Abschluss schien es in seinen Augen für Amelie nur einen Weg zu geben: weiterhin an der Universität zu bleiben und ihre Promotion voranzutreiben. Sie ließ sich darauf ein. Drei Jahre blieb sie dem Unibetrieb treu, gab Kurse und schrieb an ihrer Doktorarbeit über die Außendarstellung

von Augustus' Frau Livia durch die zeitgenössischen Geschichts-
schreiber – sie hatte zurückgefunden zur Antike. Als wollte
sie sich von Michael emanzipieren, der inzwischen ihr ganzes
Leben beherrschte. Als müsste sie sich in dieser Liebe einen
Platz erkämpfen, der nur ihr gehörte.

Und nun war sie seit acht Monaten nicht mehr an der Uni. Lange hatte sie darüber nachgedacht, was sie danach tun wollte. Dort
bleiben? Unvorstellbar. Sie brauchte Freiräume, sie wollte etwas
aus eigener Kraft schaffen. Michael fand das in Ordnung. Er fand
auch, sie sollte keinen neuen Job anfangen, weil sie jetzt doch
eine Familie gründen wollten.

Sie war 33. In diesem Alter dachte man nun mal darüber nach,
eine Familie zu gründen. Und Michael hatte das immer gewollt.
Ruth, die hatte das nie gewollt, und daran war seine Ehe letztlich
auch gescheitert.

Aber jetzt hielt sie etwas in den Händen, das sie an seiner Version der Geschichte zweifeln ließ. Das sie in Gedanken zurückgehen ließ – ein Jahr, zwei Jahre, mehr als ein Jahrzehnt, bis zu
jenem ersten Morgen im Hörsaal, als er vorn am Sprechpult stand
und die neuen Studenten begrüßte. Und sie erfasste jedes seiner
Worte, jeden Blick, jeden Kuss neu. Jede Beteuerung, jedes Wort,
jegliche Umarmung verloren an Kraft, wenn sie auf den Brief
schaute. Wenn sie die Worte las, wieder und wieder, dann wusste sie nicht, ob sie schreien oder weinen sollte.

Sie hatte gedacht, dieses Gespenst hätten sie gebannt. Keine
Beziehung verlief geradlinig. Es gab immer Höhen und Tiefen,
und vor vier Monaten hatten sie ein sehr tiefes Tal durchschreiten
müssen. Sie hatte gedacht, das sei jetzt endlich vorbei.

War es aber nicht.

Warum konnte das Gespenst sie nicht einfach in Ruhe lassen?!

Michael kam nicht um acht heim, sondern erst um halb elf. Sie hatte Reis gekocht und ihn warmgehalten, das Frikassee hatte sie im Crockpot gelassen. Ihr war der Hunger vergangen, und das Essen war heillos verkocht.

Sie hatte auch Wäsche gewaschen an diesem Tag, der ihr elend lang vorgekommen war, hatte die Wäsche im Garten an der Wäschespinne getrocknet und danach sogar zusammengefaltet und weggeräumt. Sie hatte die Bücher rund um ihren Schreibtisch sortiert, die Unterlagen abgeheftet und eine E-Mail an ihre Lektorin beim Verlag geschickt, dass sie sich bei ihr melden würde. Wenn sie zurück wäre.

«Amelie?» Sie hörte ihn durch die Zimmer gehen. Wohnzimmer, Esszimmer, Bibliothek. Er klopfte an die Tür ihres Arbeitszimmers. «Hier bist du.»

«Das Essen ist schon fertig. Du bist etwas zu spät, ich hoffe, es schmeckt noch.»

Er zuckte mit den Schultern. «Du weißt ja, wie das ist.»

Nein, weiß ich nicht.

Sie stand auf und streckte sich. Michael trat zu ihr und küsste sie auf den Mund. «Hallo», sagte er leise.

«Hallo.» Sie drehte den Kopf weg. Sie schob sich an ihm vorbei und ging voran in die Küche. «Und? Erfolg gehabt?»

Er folgte ihr, lehnte entspannt in der Küchentür, während sie ihm das Essen auf einen Teller schaufelte, ein Glas Apfelschorle eingoss, den Tisch für ihn deckte.

«Was? Ja, doch. Mein Etat ist gesichert.» Dann, als fiele ihm gerade erst etwas ein: «Ich hab noch was für dich.»

Sie setzte sich neben seinen Platz und wartete. Das Frikassee dampfte, und jetzt hatte sie eigentlich doch Hunger. Aber sie hatte sich geschworen, keinen zu haben.

«Hier, schau mal.» Er legte zwei fast buchdicke Zeitschriften vor sie. Glückliche Bräute auf dem Cover, wunderschöne Kleider und Blumen. «Ich dachte, das interessiert dich vielleicht.»

Er setzte sich und begann zu essen. Schweigend. Er hatte alles gesagt. Jetzt war keine Zeit zum Reden, jetzt wurde gegessen. Sie hatte all seine Schrullen bisher so liebenswert gefunden, doch jetzt zerrte alles nur an ihr, und es störte sie.

«Hast du schon gegessen?», fragte er mit Blick auf seinen Teller, und sie nickte abwesend, während sie flüchtig durch die Hochzeitsmagazine blätterte.

Heiraten. Ja, das hatten sie sich vorgenommen für diesen Herbst. Im September, wenn es nicht mehr so heiß war, so hatte es Michael vorgeschlagen. Auf Knien hatte er sie angefleht, ihn zu heiraten, und sie hatte in dem Moment alle unguten Gefühle beiseitegeschoben und Ja gesagt. Weil man eine Beziehung nicht einfach wegwarf.

Im September konnte man zwar Pech mit dem Wetter haben, aber das galt genauso für den Mai oder den Juni, hatte Michael argumentiert. Er trieb die Hochzeitsplanungen voran. Sie tat nichts, sie wartete nur ab, weil seit der Sache mit der anderen Frau in ihr etwas erstarrt war.

Und jetzt das hier.

«Warte mal.»

Er legte die Gabel beiseite, beugte sich zu ihr herüber und blätterte ein paar Seiten zurück. «Das ist doch hübsch, nicht?» Sein Finger tippte auf ein Bild.

Es war tatsächlich ein schönes Kleid. Luftig, zart, mit kleinen Puffärmeln und aus cremefarbener Seide. Ein weit ausgestellter Rock, ein paar hübsche Details auf dem Mieder. Es hätte ihr gefallen.

Heute Morgen noch hätte sie es sehr gemocht.

Entschieden klappte sie das Magazin zu. «Ich habe heute Post bekommen», sagte sie. «Von deiner Sabina.»

Seine Gabel verharrte in der Luft. Er legte sie auf den Teller, wollte ihre Hand nehmen. Amelie zog sie zurück.

Mein Gott, dachte sie müde. Wann nur ist unser Leben zu solch einem Klischee verkommen?

«Was ist das für ein Brief?»

Irgendwie schaffte sie es, ganz sanft zu sagen: «Das Ultraschallbild von dem Kind, das sie erwartet. Von dir. Fünfter Monat», fügte sie hinzu.

Er erstarrte mitten in der Bewegung.

Sie hatte vorher noch einen schwachen Zweifel gehabt, weil sie hatte zweifeln wollen. Doch die Art, wie er jetzt knapp an ihr vorbeischaute ... Sein Schweigen sagte mehr, als sie wissen wollte.

«Ich kann das erklären.»

Sie hatte genug davon. Sie wusste, wie das ausgehen würde: Sie würde sagen, das brauche er nicht zu erklären, sie verstünde schon ganz gut. Er würde ihr seine Liebe beteuern und dass es nur sie gebe für ihn, woraufhin sie aufspringen und ihn beschimpfen würde. Und immer so weiter, bis beide erschöpft waren von einem Streit, dessen Ergebnis im Grunde von vornherein feststand.

Sie konnte nicht länger bleiben. Keine Sekunde mehr.

«Ist schon gut», sagte sie traurig. Sie stand auf.

Sie hatte immer gedacht, wenn sie heirateten, würde ihr das Halt geben. Sicherheit. Dann würde er nicht mehr woanders nach etwas suchen, das sie ihm offenbar nicht geben konnte.

Als sie von der Affäre erfuhr, hatte sie geglaubt, sie würde das schon durchstehen, denn sie hatte nicht an seiner Liebe gezweifelt. Hatte sich darauf verlassen, dass sie für ihn die Eine war.

Aber die Andere bekam jetzt sein Kind.

Er hatte sich mit ihr eine Familie gewünscht. So lange warteten sie noch nicht darauf, und das Warten ließ sie noch nicht verzweifeln. Aber die Andere war schneller gewesen und schenkte ihm jetzt, was er wollte.

Die Geliebte. Die Frau, die Amelie vor vier Monaten fast in die Flucht geschlagen hatte. Auch damals hatte sie einen Brief gefunden, den jemand – vermutlich jene Sabina selbst – durch den Briefschlitz geworfen hatte. Darin Fotos, aus einem Passfotoautomaten, auf denen diese fremde Frau – jünger, hübscher, schlanker, einfach mehr Frau, als Amelie sich je fühlen würde – Michael küsste. Er hatte nicht mal versucht, es zu leugnen. Stattdessen war er vor ihr auf die Knie gegangen und hatte sie gebeten, seine Frau zu werden.

Und sie war so dumm gewesen, Ja zu sagen. Hatte sich einlullen lassen von seinen Beteuerungen, es sei ein schrecklicher Fehler gewesen und werde nie wieder passieren.

Ihre Sachen standen schon gepackt im Schlafzimmer. Sie wuchtete den Koffer die Treppe runter, stellte die Handtasche darauf und kontrollierte noch mal alles. Dann holte sie die Laptoptasche aus dem Arbeitszimmer, packte das Notebook und den USB-Stick mit den Daten ein.

Michael stand im Flur, mit hängenden Schultern und einem waidwunden Blick, der sie fast, aber nur fast, glauben ließ, es könne doch alles ganz anders sein. Es gebe eine andere Erklärung, oder er werde sie aufhalten.

«Du hast also davon gewusst?»

Hilfloses Schulterzucken.

Das war für sie schlimmer als alles andere.

Sie rollte den Koffer zum Auto und verstaute das Gepäck im

Kofferraum. Eine Reisetasche stand schon darin, außerdem ein Karton mit ihren wichtigsten Büchern. Alles bereit für die Flucht.

Er stand in der Tür, und ein heller Lichtkeil fiel hinter seinem Rücken in die Einfahrt. Sein Gesicht war in Schatten getaucht, und sie glaubte kurz, sich nicht mehr daran zu erinnern, wie er aussah.

«Amelie...»

«Mach's gut, Michael.»

Sie stieg ein und setzte zurück. Ihre Finger waren eiskalt, und sie zitterte. Erst als sie zwei Straßen weiter an den Bordstein fuhr und die Hände vors Gesicht schlug, konnte sie weinen.

So schnell war es vorbei. Alles vergebens, alles verschenkt.

Was Beatrix nicht für möglich gehalten hatte, war geschehen. Sie hatte sich schon bei der ersten Begegnung in Henry verliebt.

Es passierte auf einem Ball im Mai des Jahres 1888. Beatrix wusste, was von ihr erwartet wurde. Sie war siebzehn und trug ein hübsches, taubengraues Kleid mit üppiger Turnüre. Die Männer schauten sie an, weil ihre fast schwarzen Haare und die großen, dunklen Augen im Zusammenspiel mit ihrer blassen Haut «aufregend» waren. So hatte es ihre Mutter ausgedrückt. Männer schauten nach aufregenden Frauen, die in den nächsten zehn bis fünfzehn Jahren ihren Unterarm schmückten. Also in jener Zeit, die es brauchte, bis genug Kinder geboren waren. Bis die Frau nicht mehr hübsch genug war. Manche zeigten sich danach ohne jedes Schamgefühl mit einer Mätresse, vorzugsweise mit einer, die auch bald Kinder zur Welt brachte.

Die Männer ihres Stands vermehrten sich gerne.

Beatrix wusste also, was von ihr erwartet wurde.

Schließlich war es viel leichter als gedacht. Henry Trisk stand vor ihr und bat sie um den nächsten Tanz. Als sie halb durch den Walzer waren, wusste Beatrix, dass sie ihn mochte. So sehr mochte, dass sie mit keinem anderen tanzen wollte.

Er war fast doppelt so alt wie sie, hochgewachsen und blond. Die sturmgrauen Augen strahlten hell im Glanz der Kerzen. «Ist Ihnen zu warm?», fragte er, als sie erhitzt und atemlos am Rand der Tanzfläche stehenblieb. Der Tanz hatte sie berauscht. Sie wollte nicht zurück zu ihrer Mutter, die mit den anderen Matronen in einer Ecke hockte und hinter Fächern versteckt die jungen Mädchen beurteilte wie Fohlen auf der jährlichen Auktion in Newmarket.

Darum nickte sie stumm.

«Wir könnten einen Moment an die frische Luft gehen.»

«Sehr gerne.» Strahlend blickte sie zu ihm auf. Er geleitete sie sicher zu den hohen Fenstertüren, und als sie in die kühle Spätfrühlingsnacht hinaustraten, wisperte ein feiner Nieselregen auf den großen Garten, in dem einige Pärchen flanierten. Beatrix hielt sich an seinem Arm fest. Sie achtete darauf, in Sichtweite der Türen zu bleiben, falls ihre Mutter ihnen folgte. Sie hatte Beatrix ermahnt, sich auf keinen Fall darauf einzulassen, falls ein Gentleman sich Freiheiten herausnehmen wollte.

Nun, dieser Gentleman war sogar ein Earl. Ob die Ermahnungen der Mutter dann noch immer zählten? Immerhin wäre Henry Trisk, der Earl of Hartford, eine ausgesprochen gute Partie. Reich, von Stand und noch dazu bei Hofe bekannt, wenn Beatrix recht informiert war. Sie liebte die Klatschspalten der Zeitung und war darin schon häufiger auf seinen Namen gestoßen.

Sie hatte ja nicht gewusst, dass sich hinter dem «Earl of H-, der wieder mit einer neuen Begleiterin erschien» ein so gut aussehender Kerl verbarg.

«Besser?»

«Viel besser.» Sie atmete tief durch. Das Korsett wurde ihr zu eng, aber sie wusste, dass es ihre schmale Taille hervorragend zur Geltung brachte.

«Warten Sie, da ist …» Er beugte sich vor und pflückte konzentriert ein Federchen aus ihrem Haar. «Hier. Sind Sie etwa ein verwunschener Schwan?»

Sie nahm die weiße Daunenfeder aus seiner Hand, und dabei

berührten sich ihre Finger. Kein Zufall, bestimmt nicht. Er überließ sicher nichts dem Zufall.

«Mein Federkleid wäre eher schwarz.»

«Ah, kein Trauerschwan, nein. Obwohl ich sie schöner finde als ihre weißen Verwandten.»

«Es gibt schwarze Schwäne?» Das erstaunte sie, denn sie hatte davon noch nie gehört.

«Sie kommen vom anderen Ende der Welt. Aus Australien, Tasmanien. Im Londoner Zoo gibt es welche. Waren Sie noch nie dort?»

Sie schüttelte den Kopf.

«Ich begleite Sie gern dorthin.»

«Das wäre … nett.»

War das etwa eine Art Werbung? Beatrix konnte es kaum glauben. Henry Trisk, Lebemann und Dauergast in den Klatschkolumnen, würde sicher niemals um sie werben, um ein armes, kleines Mädchen, das im Grunde doch keine Ahnung hatte vom Leben.

«Bee!»

Schuldbewusst fuhr sie herum. Ihre Mutter stand in der Terrassentür. Musik brandete aus dem Saal, und die Tanzenden wogten wie das Meer hinter ihr.

«Ich komme, Maman!»

Henry hielt ihre Hand fest, ehe sie verschwinden konnte.

«Ich will Sie wiedersehen.»

«Beim nächsten Ball.»

Er schüttelte den Kopf, und dann flüsterte er etwas, von dem sie nicht sicher war, ob sie es richtig verstanden hatte.

Dann lächelte er.

Sie lief leichtfüßig davon und folgte ihrer Mutter. Diese wollte sie unbedingt einem jungen Mann vorstellen, Absolvent in Eton und

23

Cambridge, zweiter Sohn eines Baronets. Doch Beatrix war mit dem Herzen nicht dabei. Ihr Lächeln war kühl, beim Tanzen geriet sie aus dem Takt und trat ihm auf den Fuß.

Weil sie sich immer nach Henry umschauen musste.

Der Ball dauerte bis in die frühen Morgenstunden. Auf dem Heimweg schwiegen alle erschöpft. Beatrix' Mutter gähnte hinter dem Fächer, ihr Vater starrte aus dem Fenster. Beatrix taten die Füße weh.

Daheim taumelte sie die Treppe hinauf. Ihr erster Ball, und schon beim ersten Tanz hatte sie sich unsterblich in den Mann verliebt, von dem sie wusste, dass er von allen am wenigsten geeignet war für sie!

Statt in ihr eigenes Schlafzimmer schlich sie in das ihrer Schwester Anne. Sie schlief schon. Beatrix streifte achtlos ihr Ballkleid ab und ließ es zu Boden fallen. Erleichtert seufzte sie, als sie das Korsett endlich lockern konnte, und kroch zu Bumble unter die Bettdecke.

«Bee», murmelte ihre kleine Schwester im Schlaf.

«Ich bin ja da, Bumble.»

«Hat dich heute ein Prinz geküsst?»

«Beinahe. Aber es war nur ein Earl.»

«Das ist gut …»

Schon war Anne wieder eingeschlafen, und auch Beatrix sank in einen zutiefst erschöpften Schlaf, in dem sie sich im schwindelerregenden Walzertakt mit Trisk drehte und lachte.

Kapitel 2

Sie wusste nicht, wohin mit sich, und weil ihr nichts Besseres einfiel, fuhr sie zu ihrer Mutter.

Sie rief von unterwegs an. Manchmal hatte ihre Mutter Besuch, dem Amelie nicht unbedingt abends halbnackt im Flur oder morgens im Badezimmer begegnen wollte. Außerdem wollte sie fragen, ob das Gästezimmer frei war.

Ihre Mutter hatte viele Freunde in allen Winkeln Deutschlands und in vielen Winkeln der Welt, und all diese Freunde reisten gerne. Sie quartierten sich vorzugsweise bei Amelies Mutter ein und blieben auch gerne mal für ein paar Wochen. Legendär war der Großonkel aus Sizilien – zumindest behauptete er, der Großonkel ihrer Mutter zu sein –, der ein halbes Jahr blieb. In der Zeit ließ er sich die Zähne komplett sanieren und fuhr drei Autos zu Schrott. Von den zwei Kanistern Olivenöl, die er als Gastgeschenk mitbrachte, zehrten sie danach noch jahrelang.

Damals war Amelie fünfzehn, und sie hatte es schrecklich amüsant gefunden, wie Giglio ihre Mutter ständig an den Rand eines Nervenzusammenbruchs brachte.

«Mama? Mama, kann ich zu dir kommen?» Ihre Stimme kiekste.

«Kind, was ist passiert?»

Amelie wollte darauf nicht antworten. Nicht am Telefon, nicht, während sie ihren Kleinwagen durch die nächtliche Großstadt lenkte. «Darf ich? Ist das Gästezimmer frei?»

«Natürlich, komm nur her. Aber du erzählst mir, was passiert ist, ja?» Und nach kurzer Pause: «Ist was mit Michael? Habt ihr wieder gestritten? Ist es wegen dieser blöden Sabina?»

«Mama, bitte. Ich erzähl dir alles, wenn ich da bin.»

«Hast du einen anderen? Ist er dir draufgekommen? Kind, du weißt doch …»

Amelie legte auf. Sie hatte keine Lust auf die Moralpredigten einer Frau, die ihre Männer so schnell wechselte wie ihre Launen.

Berlin war groß, und ihre Mutter wohnte am anderen Ende der Stadt. Amelie brauchte eine halbe Stunde, ehe sie den Wagen vor dem Mehrfamilienhaus parken und mit Reisetasche und Messengerbag (in der ihr wichtigster Besitz war: das Notebook) die Treppe zum dritten Stock hochwanken konnte.

Inzwischen war es kurz vor Mitternacht. Die Tür zur Wohnung ihrer Mutter war angelehnt, irgendwer hatte den Summer gedrückt, nachdem Amelie geklingelt hatte. Das Flurlicht ging auf halbem Weg aus, und sie stolperte im Dunkeln nach oben.

Im Wohnungsflur war niemand. Aus dem Wohnzimmer hörte sie Lachen, dann Stimmen, die wild aufeinander einredeten.

Jetzt fiel es Amelie wieder ein. Heute war Donnerstag. Donnerstags traf sich immer der Buchclub bei ihrer Mutter.

Sie stellte die Taschen ins Gästezimmer und ging nach unten, um den Koffer zu holen. Den Bücherkarton konnte sie über Nacht im Auto lassen, den klaute in dieser Gegend niemand.

Nachdem sie auch den Koffer ins Gästezimmer gebracht hatte, ging sie weiter ins Wohnzimmer.

«Und dann muss man ja immer auch bedenken, wie wenig Rücksicht Major Crampas nimmt», hörte sie die Stimme ihrer Mutter. Acht Frauen saßen auf dem Sessel und auf den beiden Sofas um den niedrigen Couchtisch herum, Frauen unterschiedlichen Alters, die allesamt eine Fischer-Klassik-Ausgabe von

Effi Briest in den Händen hielten und aufgeregt darin blätterten, während Amelies Mutter ihnen erklärte, wie unverschämt sie es von den Männern fand, wenn diese sich ihrer Verantwortung entzogen.

Amelie verbiss sich einen Kommentar. Sie lehnte in der Tür und wartete, bis ihre Mutter fertig war.

«Und darum ist der wahre Bösewicht für mich der Major!», schloss sie und blickte endlich auf. Ihr Gesicht war von der hitzigen Diskussion gerötet. «Liebes!», rief sie, sprang auf und eilte auf Amelie zu. Sie schloss ihre Tochter in die Arme, drückte sie fest an sich und schob sie dann auf Armeslänge von sich. «Möchtest du dich zu uns setzen? Wir besprechen gerade Effi Briest.»

Wenn Amelie erst anfing, sich an der Diskussion zu beteiligen, würde es schon bald zu einem hässlichen Streit mit ihrer Mutter kommen, die schlicht und einfach immer bei der Analyse der Romane vergaß, sie im Kontext zu sehen. Zum Beispiel berücksichtigte sie nie, dass eine Effi Briest und ein Major Crampas in einer ganz anderen Zeit gelebt hatten – ebenso wie der Autor. Amelie hingegen war diese Herangehensweise als Historikerin in Fleisch und Blut übergegangen.

«Danke, nein. Ich will eigentlich nur schlafen. Aber ich wünsch euch noch viel Spaß.»

Irgendwie schaffte sie es, unverbindlich zu lächeln. «Schönen Abend noch», sagte sie.

«Kind, hast du was gegessen?», rief ihre Mutter. «In der Küche steht Mitternachtssuppe.»

Eigentlich wollte sie nichts essen. Aber die Vernunft siegte, daher ging Amelie in die Küche, füllte Suppe in eine Schüssel und nahm sich ein Stück frischduftendes, krosses Brot. Sie zog sich ins Gästezimmer zurück und schloss die Tür.

Endlich Ruhe. Das Lachen und Diskutieren der acht Frauen drang nur noch wie ein Flüstern zu ihr, und sie konnte fast vergessen, dass sie wieder in der Wohnung ihrer Mutter war, im Gästezimmer auch noch, weil ihr altes Kinderzimmer inzwischen einer Bibliothek hatte weichen müssen.

Sie löffelte die Suppe und aß das Brot. Alles schmeckte pappig, und sie verbrannte sich jämmerlich die Zunge.

Die Sachen konnte sie morgen auspacken. Nach dem Essen brachte sie das Geschirr in die Küche, ging mit dem Kulturbeutel ins Bad und anschließend zurück in ihr Zimmer. Sie zog sich aus, kroch unter die kalte Bettdecke, die nach fremden Menschen roch, und schloss erschöpft die Augen.

Wenn sie schon nicht schlafen konnte, wollte sie wenigstens die Welt da draußen ausblenden.

Das Lachen wurde lauter, die Freundinnen ihrer Mutter brachen auf. Flüstern, Kichern, «Grüß sie schön von uns» und «Sie sah wirklich schlecht aus». Jemand trat versehentlich gegen die Tür, und Amelie fuhr aus dem Halbschlaf auf, in den sie sich mit Mühe versenkt hatte. Dann war alles still.

«Du bist also weggelaufen.»

Ihre Mutter stand in der Tür. Verschlafen fuhr Amelie hoch. Es war hell im Zimmer, irgendwann musste sie wohl doch eingeschlafen sein, ohne zu wissen, wann und wie und warum.

«Mama. Ist schon Morgen?»

«Halb acht bald. Kaffee? Ich mach uns Frühstück.»

Schon war sie weg, und Amelie lag einen Moment lang auf dem Rücken und lauschte den Geräuschen in der Wohnung. Dem Klappern in der Küche, dem Zischen und Gurgeln des Boilers. Dann rappelte sie sich auf und schlurfte ins Badezimmer. Ihr taten alle Knochen weh.

Nach einer Dusche fühlte sie sich nicht unbedingt besser, aber immerhin sah sie sich in der Lage, ihrer Mutter entgegenzutreten. Der Frühstückstisch war üppig gedeckt: frische Brötchen und Croissants vom Bäcker, frischgepresster Orangensaft, Aufschnitt und Käse und selbstgemachte Marmelade. Dazu für jeden ein Ei und eine Schale Obstsalat.

Amelie hätte lieber Porridge gehabt.

«Und nun erzähl.»

Ihre Mutter schenkte Kaffee ein. Amelie zog die Zuckerdose zu sich und schaufelte den Zucker löffelweise in ihren Kaffee.

«Ich mag nicht erzählen.»

«Bitte, musst du nicht. Ich kann mir schon denken, was passiert ist.»

«Ja, wirklich. Kannst du das.»

«Ach, du bist eben wie deine Mutter. Früher oder später brichst du aus.» Amelies Mutter strahlte. Sie langte über den Tisch und tätschelte Amelies Arm. «Ist doch nicht schlimm. Er war ein netter Kerl, aber ich fand ihn immer schon zu brav für dich.»

Dabei war sie immer Michaels größter Fan gewesen. Amelie verbiss sich einen giftigen Kommentar.

Erstaunlich, sie hatte gedacht, nach dem gestrigen Tag und der Mitternachtssuppe könnte sie nie wieder was essen. Aber sie spürte Hunger und griff ordentlich zu.

«Und was machst du jetzt? Du wirst dir wohl eine eigene Wohnung suchen müssen. Hierbleiben kannst du nicht auf Dauer.»

«Das hatte ich auch gar nicht vor, Mama.»

«Ich sag's nur. Ist nicht bös gemeint.» Ihre Mutter angelte eine Zigarette aus der Schachtel. «Was genau hat er denn diesmal angestellt, dass du mitten in der Nacht die Koffer packst? Oder hat er dich vor dir Tür gesetzt?», fragte sie, die Zigarette zwischen die

Lippen geklemmt und das Feuerzeug in der Hand. «Es ist doch nicht immer noch wegen der alten Geschichte mit dieser ... wie hieß sie gleich wieder? Simone?»

«Sabina. Wenn du das sagst, klingt's gerade so, als wäre das schon Jahre her.»

«Ach, Liebes. Irgendwann ist ja auch mal gut. Du hast ihm verziehen, und dann musst du auch bleiben.»

Amelie atmete tief durch. «Ich bin gegangen. Er hat ... du hast recht, es ist wegen Sabina. Sie ist schwanger. Fünfter Monat.»

«Oh.» Ihre Mutter ließ die Hände sinken. «Das tut mir leid, Amelie.»

Sie wirkte tatsächlich betroffen. Natürlich hatte Amelie ihr vor vier Monaten alles erzählt, von den Fotos, von ihrem Streit mit Michael und seinem Heiratsantrag. Ihre Mutter war wegen der ganzen Sache sehr aufgebracht gewesen. Gar nicht mal sosehr wegen Michaels Fehltritt. So was passierte eben irgendwann in einer langen Beziehung, und als Frau sollte man am besten über solche Dinge hinwegsehen. Nein, sie fand, er hätte besser aufpassen müssen. Wenn er schon fremdging, hätte er die Sache schnell beenden müssen und dann doch bitte dafür sorgen sollen, dass sich die Geliebte zurückhielt und nicht so einen Wirbel veranstaltete.

Aber mit seinem Heiratsantrag hatte er ja im Grunde schon wieder Abbitte geleistet. Für sie war das Beweis genug, dass er Amelie wirklich liebte.

Für Amelie war es längst nicht so einfach.

Amelie zuckte mit den Schultern. «Muss es nicht. Ist schon komisch, irgendwie hab ich mich in den letzten Wochen so merkwürdig gefühlt. Ich hab keinen Verdacht geschöpft, weißt du? Wir haben einfach weitergemacht wie bisher, und es war alles so normal. Aber in mir war ständig so ein nervöses Kribbeln.»

«Er hat von der Schwangerschaft gewusst?» Susel schüttelte enttäuscht den Kopf. «Ach, Mensch! Liebes, das ist wirklich schlimm. Aber ihr kriegt das doch wieder hin, oder?»

Das wusste Amelie nicht. Nein, eigentlich wusste sie es. Diesmal hatte sie ihre Sachen gepackt.

«Das nervöse Kribbeln hast du von mir, ich hatte das auch schon immer, wenn Unheil droht. Aber gib jetzt nicht auf, hörst du? Ihr passt so gut zusammen.»

Das war so ein typischer Mama-Satz. Amelie versteckte ihr Gesicht hinter dem großen Kaffeebecher und enthielt sich eines Kommentars.

«Ich will nicht um ihn kämpfen müssen, ehrlich gesagt.» Sie atmete tief durch. «Wir wollten schließlich auch Kinder, aber bisher hat's nicht geklappt. Und jetzt das hier.» Sie hatte den Brief dabei. Zusammen mit dem Ultraschallbild schob sie ihn über den Frühstückstisch. «Sie will ihn. Sie kämpft.»

Ihre Mutter rauchte, las den Brief und würdigte das Ultraschallbild keines Blicks. Für Kinder hatte sie im Grunde nichts übrig; das war schon früher so gewesen. Wie sie es gehasst hatte, wenn Amelie sie Mama nannte! Amelie tat es trotzdem, bis heute.

«Tja, nicht so schön. Aber ihn zu verlassen ist doch auch keine Lösung?»

«Bei ihm bleiben kann ich jedenfalls im Moment auch nicht.»

«Und was hast du dann vor? So ganz auf dich gestellt?»

Amelie wusste, worauf ihre Mutter anspielte. Sie hatte keinen Job, und in den letzten Monaten war Michael für sie aufgekommen.

«Ich hab noch ein bisschen Geld. Ich wollte mal mit meinem Verleger sprechen, vielleicht kann ich einen Vorschuss bekommen. Und dann ... Vielleicht mache ich die Recherchereise, die ich mir schon so lange vorgenommen habe.»

«Abstand gewinnen, das ist gut. Danach könnt ihr noch mal in aller Ruhe über alles reden.» Ihre Mutter nickte zufrieden. «Ihr kriegt das schon wieder hin.»

«Was denn?»

«Eure Beziehung. Du wirst doch nicht alles hinwerfen wegen so einer Kleinigkeit?»

Da dämmerte es Amelie. «Das meinst du nicht ernst, oder? Du willst doch nicht etwa andeuten, ich soll zu ihm zurück?»

«Es gibt Schlechtere. Und wenn du ehrlich bist, kannst du doch gar nicht ohne eine Beziehung leben.»

Ehe Amelie antworten konnte, schrillte die Türklingel.

Wie aufs Stichwort.

«Das ist nicht Michael, oder?»

Ihre Mutter zuckte mit den Schultern. «Vielleicht. Kann auch der Postbote sein.» Sie verschwand so schnell im Flur, dass Amelie völlig perplex am Küchentisch zurückblieb.

Sie wusste selbst nicht so genau, warum sie sitzen blieb. Vielleicht, weil sie hoffte, es sei wirklich der Postbote.

Aber ein Postbote brachte keinen riesigen Strauß Tulpen mit. Und das war das Erste, was sie von Michael sah, dicht gefolgt von seinem braunen Wuschelkopf. An den Schläfen wurde er schon grau. Das fiel ihr heute zum ersten Mal auf.

«Amelie ...», begann er leise, aber sie hob nur die Hand und drehte das Gesicht von ihm weg, weil sie es einfach nicht ertrug, ihn da in der Küchentür stehen zu sehen. Er verstummte sofort.

«Jetzt setz dich erst mal hin, Michael.» Ihre Mutter flatterte in die Küche und rückte ihm einen Stuhl zurecht. «Hier, ich hole dir ein Gedeck. Möchtest du ein gekochtes Ei? Ich geb dir meins.»

Warum?, fragte Amelie mit flehendem Blick ihre Mutter. *Wieso holst du ihn her?*

«Ach, schon so spät. Kinder, ich muss los. Aber ihr vertragt euch ja, nicht?» Der mahnende Blick galt vor allem Amelie. «Dann wird schon alles wieder gut.» Mama drückte ihr einen Kuss auf den Scheitel. Amelie verzog das Gesicht. Dann fiel die Wohnungstür ins Schloss. Die Kaffeemaschine gurgelte und schnaubte.

«Da sind wir also.» Er räusperte sich.

Amelie blickte auf. Gott, wie sehr sie ihn hassen wollte! Er saß da am perfekten Frühstückstisch, mit dem perfekt gebügelten Hemd und der perfekten Bügelfalte in der Hose. Perfekt, perfekt, perfekt. Dieses Lächeln! Sie hatte vergessen, wie sehr sie sich immer einen Mann wie ihn gewünscht hatte. Einen, der ihr Sicherheit schenkte, der sie heiratete, mit ihr eine Familie gründete. Der sie glücklich machte.

Vier Jahre ließen sich nicht so einfach vom Tisch wischen. Sie konnte nicht abends das gemeinsame Haus verlassen, und am nächsten Morgen war der Schmerz vorbei.

Vor allem schmerzte, wie sehr sie ihn in diesen wenigen Stunden vermisst hatte.

«Willst du jetzt die Geschichte hören?», fragte er leise.

«Würde es denn was ändern?»

Vor vier Monaten hatte sie nichts hören wollen. Damals hatte sie ihn angefleht, nicht zu viel zu erzählen. Sie wollte nicht, dass die Andere ein Gesicht bekam.

Ihr genügte der Name.

«Ich hoffe, du verstehst mich dann …»

Sie schwiegen. Amelie konnte auf diese Frage unmöglich eine Antwort geben, und Michael wartete. Er war jetzt so rücksichtsvoll. Viel rücksichtsvoller als sonst.

«Sie . . . Du weißt ja, sie ist bei uns am Institut, seit einem Jahr.»

Amelie nickte, obwohl die Details über Sabina sie überhaupt nicht interessierten. Sie war die Andere, das genügte.

«In ihrer Doktorarbeit geht es um . . . Ach, das ist ja nicht so wichtig. Es war vorbei, Amelie. Nachdem sie dir diese Fotos zugespielt hatte, war es wirklich sofort vorbei. Aber vor knapp zwei Monaten . . .» Er seufzte und fuhr sich mit der Hand durch die Haare. «Da kam sie zu mir. Sie war völlig aufgelöst, sie wusste nicht, was sie tun sollte. Hätte ich sie zu einer Abtreibung über-reden sollen? Wäre dir dann jetzt wohler?»

«Du widerst mich so an», flüsterte sie.

«Ich wollte das nicht, Amelie.»

Aber sie wollte auch nicht. Nicht zuhören, nicht daran glauben, dass sich alles änderte, dass er sich besserte.

Sie wollte nur noch weg.

«Wenn's doch so ist . . .» Er breitete in einer hilflosen Geste die Hände aus. «Bitte, Amelie, glaub mir, ich wollte nie . . . Ich will dich nicht verlassen. Für mich bist du die Richtige. Ich will dich heiraten. Mit dir eine Familie gründen.»

«Dumm nur, dass das alles bisher nicht so geklappt hat, wie du's dir vorgestellt hast», erwiderte sie bitter. «Da hältst du dir eben eine Mätresse, die dir auch bald schon das Familienglück bietet, das ich dir ja nicht geben kann.»

«Am, bitte . . .» Michael rückte näher und wollte ihre Hand neh-men. Sie entzog sich ihm.

«Nicht.»

Er ließ die Hände sinken. Seine blauen Augen musterten sie prüfend, fast flehend. «Du kannst doch nicht einfach gehen», flüsterte er.

«Danke, ich hab genug gehört.» Das Schlimmste war, dass sie

jetzt, nachdem sie den Brief bekommen hatte, in seinem Gesicht ganz genau die Wahrheit von der Lüge zu unterscheiden vermochte. Wie eine unterschwellige Stimme, die sie zuvor einfach nicht gehört hatte. Nicht hatte hören wollen.

Und diese Stimme flüsterte ihr gerade ins Ohr, dass er gar nicht daran dachte, die Frau im Stich zu lassen, die sein Kind erwartete.

Die Andere.

Sie stand abrupt auf und ging ins Gästezimmer. Begann, die Sachen wieder in die Reisetasche zu stopfen, schüttelte das Bett auf und legte das Notebook zurück in die Laptoptasche. Michael folgte ihr. Schweigend stand er in der Tür.

Erst als sie sich aufs Bett setzte und die Stiefel anzog, begann er zu sprechen.

«Wir kamen uns vor einem halben Jahr näher, als du und ich … na ja, als wir unsere Differenzen hatten.»

Differenzen. So nannte er das also. Nach einem halben Jahr, in dem sie vergeblich versucht hatten, ein Kind zu zeugen, hatte er ihr vorgeworfen, es müsse ja an ihr liegen. Sie hatte darauf verletzt reagiert, welche Frau täte das nicht?

Und jetzt war seine Geliebte schwanger.

Lag es wohl doch an ihr, dass sie nicht schwanger wurde.

Sie schüttelte heftig den Kopf und rieb die Nase an der Schulter, um nicht loszuweinen.

«Wir haben das nicht gewollt, es ist einfach passiert. Und es war wirklich vorbei. Als sie zu mir kam, wollte ich nichts davon hören. Es ist mir egal, dass sie ein Kind bekommt. Es könnte … Meine Güte, wenn's nach mir ginge, könnte das Kind von sonst wem sein. Ich fühle mich ihr nicht verpflichtet, und das habe ich ihr genau so gesagt. Seitdem hat sie sich von mir zurückgezogen, und ...» Er verstummte. Als ginge ihm jetzt erst auf, warum sie das getan hatte.

Sie hatte ihn in Sicherheit gewiegt. Er hatte geglaubt, damit sei er aus dem Schneider.

Weil er nichts sagte, blickte sie auf. Michael zuckte mit den Schultern. «Und jetzt das.»

«Das ändert alles, verstehst du? Du kannst dich nicht aus der Verantwortung stehlen. Sie bekommt ein Kind von dir. Das hast du dir doch immer gewünscht, nicht wahr? Ein Kind. Familie. Sie bietet dir das.»

«Was genau hat sie ... ich meine, woher weißt du das alles?»

Schweigend ging sie in die Küche und holte den Brief.

Sie kannte ihn inzwischen fast auswendig.

Liebe Frau Franck,
Sie kennen mich nicht, und das ist auch ganz gut so.
Ich möchte Sie bitten, Michael freizugeben. Sie kennen ihn
und wissen genauso gut wie ich, was er will. Anbei finden
Sie mein Argument.
Mit freundlichen Grüßen
Sabina Dahlmeyer

«Wir wissen beide, warum sie das tut.» Michael gab ihr den Brief zurück, aber Amelie verschränkte die Arme vor der Brust.

«Sie versucht, uns auseinanderzutreiben. Aber du musst mir glauben ... Ich will das nicht. Ich will sie nicht, und was ihr Kind angeht ...»

«Für euer Kind wirst du zahlen müssen.» Es ging ihr nicht ums Geld, aber im Moment war der finanzielle Aspekt das Einzige, was sie noch ins Feld führen konnte.

«Ja, meinetwegen. Dann zahle ich eben für das Kind. Aber bitte glaub mir, dass das alles nichts mit uns zu tun hat.»

Sie schüttelte den Kopf.

«Komm bitte wieder mit nach Hause. Am … Ich brauche dich.»

«Aber ich brauche dich im Moment nicht.»

Er ließ die Arme sinken. Seine Hilflosigkeit hätte sie unter anderen Umständen gerührt. Jetzt fand sie sie einfach nur anstrengend.

«Und was machst du? Wo willst du hin?»

«Ich fahre weg. Nach Pembroke. Ich muss an dem Buch arbeiten, und vielleicht tut uns der Abstand gut.»

«Du willst mich verlassen.»

Gestern hätte sie darauf noch mit einem sehr deutlichen Ja antworten können. Heute sah es anders aus. Sie wäre so gern davon überzeugt gewesen, dass eine Trennung das einzig Richtige für beide war.

Aber sie liebte ihn. Sie wollte die guten Jahre nicht einfach wegwerfen. Das machte man nicht. Anständige Leute rauften sich wieder zusammen, oder?

Dieser Brief wühlte alles auf: Seine Affäre, sein Fremdgehen – wie auch immer er es nannte, war egal, das Ergebnis blieb dasselbe – erschütterten sie. Daran gab es nichts zu rütteln. Ebenso wenig an ihrem Entschluss, nach Pembroke zu fahren.

Es war eine spontane Entscheidung, gegen jede Vernunft. Sie hatte die Recherchereise nach Pembroke erst für den Herbst geplant. Nach der Hochzeit.

«Geh jetzt bitte, Michael.»

Er schien noch etwas sagen zu wollen, aber dann seufzte er. «Darf ich dich anrufen? Dir Mails schreiben?»

Sie zuckte mit den Schultern. «Mails sind okay.» Sie musste sie ja nicht lesen.

«Viel Glück.»

Er kam zu ihr und wollte sie umarmen, aber sie drehte sich halb weg und hob abwehrend die Schultern. Dann hörte sie die Wohnungstür, die er ganz behutsam ins Schloss zog.

Sie setzte sich aufs Bett und wollte weinen.

Keine Tränen. In ihr war nur eine kalte Stille, an die sie sich klammerte. Das ist gut, dachte sie. Wenn ich nicht zu viel spüre, fällt es mir leichter, zu gehen.

Sie schrieb ihrer Mutter einen Zettel, ging noch mal ins Internet und recherchierte Fährverbindungen nach England. Das Navigationsgerät lag daheim, aber mit ihrem Smartphone konnte sie immerhin grob die Richtung anpeilen. Es war vermutlich zu spät, um heute noch nach Pembroke zu gelangen.

Vielleicht übernachtete sie unterwegs irgendwo.

Die Vorstellung, bis auf weiteres die Nächte allein zu verbringen, war vielleicht das Schlimmste an dieser Trennung.

Entschlossen packte sie zusammen, ließ den Zettel in der Küche liegen und zog die Wohnungstür zu. Sie brauchte Abstand, um sich endlich darüber klar zu werden, wohin sie gehörte.

Henrys Werben um sie war diskret.

Beinahe verstohlen machte er Höflichkeitsbesuche, kam mit einer Mietdroschke und nicht mit seinem eigenen Zweispänner, den er eigenhändig lenkte, wenn er Spazierfahrten im Hyde Park machte. Spazierfahrten, von denen jeder wusste, weil er da nicht diese Diskretion walten ließ. Jeden Morgen aufs Neue kostete es sie große Überwindung, die Zeitung aufzuschlagen. Hatte sie bisher immer mit großer Neugier und Interesse die Klatschspalten überflogen, war ihr jetzt flau dabei, weil sie gar nicht wissen wollte, welche Dame er ausgefahren hatte, nachdem er bei ihr gewesen war.

Ihre Mutter frohlockte.

«Er ist ein Earl», erklärte sie, als sei damit jeder Zweifel ausgeräumt. Ein Earl hatte Interesse an ihrer Ältesten, das verhieß nur Gutes für die Jüngere, die noch hübscher war. Und für die ganze Familie, die nun Einladungen zu exklusiveren Bällen bekam, weil Henry darauf drängte. Dort jedoch tanzte er allenfalls einen Walzer mit Beatrix. Danach verschwand er wieder. Andere Männer buhlten um sie, weil es eben doch Gerüchte gab. Oder weil ihre Wangen so wunderschön erhitzt und gerötet waren nach nur wenigen Minuten in seinen Armen. Ein Walzer mit ihm verlieh ihr mehr Glanz, als es das schönste Kleid vermocht hätte.

Er hielt genau den richtigen Abstand zu ihrem Körper ein, in jeder Minute. Sei es daheim im Salon, wo er neben ihr auf dem Sofa saß, ohne sie zu berühren, sei es beim Tanz, wenn seine Hand just dort ruhte, wo es nicht anstößig war, nicht zu tief, aber natürlich auch nicht zu hoch. Spazierte er mit ihr durch den Garten, hielt er die Hände hinter dem Rücken gefaltet und lauschte aufmerksam ihren Ausführungen zu den lächerlichen Themen, die ihr einfielen. Sie ertappte sich dabei, wie sie Sätze begann mit «Wenn ich erst verheiratet bin ...», worauf er aufmunternd lächelte und bisweilen bemerkte, so lange könne das ja nicht mehr dauern. Sie sei so schön, jeder Mann müsse sich wünschen, um sie zu freien.

Wochen um Wochen gingen ins Land, die Saison mit den Bällen und Gartenfesten, Musikabenden und Soireen neigte sich dem Ende zu. Der Herbst näherte sich, erste kühle Nächte wechselten mit Tagen, an denen die Sonne golden auf den bunten Blättern tanzte. Henry war auf dem Land und bereiste seine Güter. Der Blick in die Zeitung war wieder ohne jeden Schrecken.

«Er ist ein Earl», sagte ihre Mutter weiterhin, und sie meinte damit: Lass es geschehen, wenn er dich will. Sieh darüber hinweg, falls er sich weiterhin Eskapaden leistet.

Beatrix wartete.

Es gab andere Verehrer. Einen jungen Juristen, vielversprechend und sehr aufmerksam. Er würde es weit bringen, sagte ihr Vater. Einen Geschäftsmann, der reich geerbt hatte und seinem Namen durch sie etwas Glanz verleihen wollte. Den dritten Sohn eines Baronets, verarmt und herzensgut. Ihn hätte sie sofort genommen, wenn die Umstände anders gewesen wären.

Henry kam zurück nach London. Sein erster Besuch galt ihr, und sie erlebte ihn verändert. Das Verdorbene, Gelangweilte, das ihn stets umgab, war von ihm abgefallen und hatte einer frischeren, muntereren Ausgabe von ihm Platz gemacht. Schon bei seinem ersten Besuch lud er sie ein, ihn bei nächster Gelegenheit nach Trisk Hall zu begleiten.

«Das wird meine Mutter nie erlauben!», sagte sie und spürte schon das Flattern im Unterleib, ehe er ihre Hand nahm und dort, auf dem Kiesweg unter den alten Eichen, erklärte, es müsse doch erlaubt sein, seiner Verlobten ihr neues Heim zu zeigen.

«Wir haben viel Platz dort», meinte er. «Deine Mutter kann uns gern begleiten, wenn sie um deine Tugend fürchtet.»

Dabei lächelte er. Als wüsste er nur zu genau, wie man jungen Mädchen die Unschuld raubte, selbst wenn die Mutter aufpasste.

Verlobung feierten sie sechs Wochen später in der Londoner Residenz des Earl of Hartford. Die Hochzeit sollte schon im Januar folgen, so war es Henrys Wunsch. Beatrix' Eltern beugten sich ihm, weil sie ihm jeden Wunsch erfüllt hätten. Der neue Glanz war für die Familie Lambton schon vorher spürbar gewesen, aber nach der Verlobung stiegen sie mit der Tochter auf in die höchsten Kreise.

Und doch waren sie wie Fremdkörper in dieser neuen Welt.

Beatrix stand beim Verlobungsempfang neben Henry und lächelte steif und blass. Zwei Stunden zuvor hatte sie erfahren, was er von ihr verlangte. Und während sie ihn noch immer abgöttisch liebte, spürte sie den Schmerz zwischen ihren Schenkeln.

Er hatte sie stürmisch in Besitz genommen, hatte ihren Widerstand hinweggefegt mit heftigen Küssen, mit groben Händen und einer Gewalt, die sie im ersten Moment erschreckte. Seine Hand hatte ihre Schreie erstickt, und als er in ihr war, küsste er sie so sanft, dass aus den Tränen, die sie aus Angst und Schmerz vergoss, rasch Freudentränen wurden. Sie lernte, was Begehren war, aber sie musste es nach seinen Regeln lernen, und das war es, was sie verstörte.

Dieser Mann nahm sich, was er wollte. Er fragte nicht.

Sie beschlich das Gefühl, sich verrannt zu haben in eine Liebe, die zu viel verlangte und zu wenig gab. Doch jetzt war es zu spät. Zurück konnte sie nicht, und sie lächelte tapfer jeden an, der ihr gratulierte. Das Bouquet aus Veilchen und weißen Rosen schien ihr plötzlich so unpassend. Sie war nicht mehr unschuldig. Henry hatte die Blumen für sie ausgewählt.

Ihre Ehe begann also früher als von ihrer Mutter geplant, und als diese Beatrix am Hochzeitstag diskret beiseite nahm, um ihr in aller Eile zu erklären, was da zwischen Mann und Frau war, konnte sie nur lächeln. Sie wusste ja, wie es ging.

Sie redete sich damit heraus, dass sie vor der Hochzeit nervös sei und sich deshalb ständig übergeben müsse. Ihre Mutter, die von Henry nur Gutes glaubte und gar nicht auf die Idee gekommen wäre, dass er sich mit ihrer Tochter schon vorher mehr als einmal vergnügt hatte – und ein Vergnügen war es, das hatte Beatrix inzwischen gelernt –, fügte noch hinzu, dass es gar nicht schlimm sei. Und es sei auch bald vorbei, denn während ihrer Schwangerschaft werde Beatrix bestimmt von ihm in Ruhe gelassen, so habe es ihr Vater damals auch gehalten.

Kapitel 3

Am ersten Tag kam sie nicht weit. Bis Calais hatte sie fahren wollen, um am nächsten Morgen den Zug durch den Eurotunnel zu nehmen. In Antwerpen wurde es schon dunkel. Nach kurzem Überlegen suchte sie sich ein kleines Hotel. Sie fuhr nicht gern im Dunkeln, dafür waren ihre Augen wohl einfach zu schlecht. Ohne Kontaktlinsen war alles jenseits einer Dreißig-Zentimeter-Grenze nur ein verschwommener Flickenteppich. Bei längeren Autofahrten wurde sie deshalb schnell müde.

Aber sie hatte ja alle Zeit der Welt.

Man gab ihr ein Doppelzimmer zum Preis eines Einzelzimmers. Die Straße herunter gab es ein paar Restaurants und kleine Cafés, aber sie packte erst ihre Sachen aus, ehe sie in eines der Restaurants ging und zu Abend aß.

Sie spürte die Blicke der Menschen, vor allem die der Männer, die allein unterwegs waren.

Sah sie etwa aus wie eine Frau, die nicht allein sein wollte?

Sie aß ihre die Suppe hastig, bezahlte und verließ fluchtartig das Restaurant. Dann verkroch sie sich in ihrem Hotelzimmer. Nachdem sie etwa zwanzig Minuten durch die Fernsehkanäle gezappt hatte, ohne irgendwas zu finden, das sie auch nur annähernd interessierte, packte sie das Notebook aus und fuhr es hoch. Sie lud die aktuelle Manuskriptdatei und holte den Collegeblock mit ihren Notizen aus der Tasche.

Das Buch, an dem sie im Moment schrieb, forderte sie. Es

hatte lange gedauert, bis sie sich auf ein Thema hatte festlegen können. Die Lektorin des Verlags, mit der sie ausgiebig über die thematische Ausrichtung diskutiert hatte, war bei ihrem ersten Vorschlag, eine Reihe Frauenporträts von der Antike bis zur Gegenwart nebeneinanderzustellen und zu vergleichen, nicht besonders begeistert gewesen.

Darum hatten sie sich schließlich darauf geeinigt, dass Amelie die Biographie über eine der vielen Frauen schrieb, für die sie sich interessierte. Ihre Wahl war auf Beatrix Lambton gefallen, die Frau eines Earls von Hartford, die Ende des 19. Jahrhunderts gelebt hatte. Ihre Briefe und anderen Schriften übten auf Amelie seit langem eine unglaubliche Faszination aus.

Sie wollte beweisen, dass die Countess von Hartford sehr viel freier und selbstbestimmter hatte leben dürfen, als man es gemeinhin für die adeligen Frauen Ende des 19. Jahrhunderts angenommen hatte.

Amelie sortierte ihre Unterlagen und begann, den Abschnitt zu lesen, den sie gestern Abend geschrieben hatte, während sie auf Michael wartete. Aber immer wieder blickte sie auf und startete das Mailprogramm.

Sie vermisste ihn.

Immer wieder fragte sie sich, ob er sie auch vermisste. Ob er sie nur deshalb nicht anrief, weil er ihren Wunsch respektierte, dass sie erst mal allein sein wollte.

Sie starrte auf ihren Text. Aber er kam ihr vollkommen nichtssagend und oberflächlich vor. Sie hatte das Gefühl, kein Wort von dem, was sie da schrieb, zu verstehen.

Verdammt!

Sie hatte sich damals geschworen, bei Michael alles richtig zu machen. Mit ihm sollte ihr nicht passieren, was ihr früher passiert war. Dass sie eine Beziehung vorschnell beendete, weil sie das Gefühl hatte, völlig eingeengt zu werden. Ihm wollte sie sich hingeben. Nicht gerade besonders emanzipiert, aber dafür genoss sie in beruflicher Hinsicht alle Freiheiten.

Amelie klappte das Notebook zu, ohne das Dokument zu speichern. Sie war genervt von diesem elenden Gedankenkarussell, das nicht aufhören wollte, sich zu drehen.

Sie verließ noch mal das Hotel und spazierte die verlassene, dunkle Straße rauf und runter. Irgendwie ... Ja, irgendwie war diese Einsamkeit genau richtig für sie. Und doch war sie zu viel.

Sie floh zurück in ihr Hotelzimmer. Sie verstand kein Wort von den belgischen Fernsehsendern. Also schaltete sie das Gerät wieder aus. Alle Bücher, die sie dabeihatte, drehten sich um ihre Arbeit, und die erinnerte sie an Michael.

Alles erinnerte sie an ihn. Grässlich.

Sie klappte das Notebook wieder auf, startete das E-Mail-Programm und begann, eine Mail an Diana zu schreiben. Nach drei Zeilen brach sie ab. Was sollte sie schreiben? *Hallo, Liebes, bin aus meiner Beziehung geflohen, er hat mich nicht nur mit der Schnepfe betrogen, sie bekommt jetzt auch sein Kind. Lag wohl doch an mir.*

Sie musste über sich selbst lachen, und dann weinte sie plötzlich. Nicht, weil er sie betrogen hatte, weil er mit einer anderen geschlafen hatte – sondern weil sie allein in einem Hotelzimmer saß, weil sie niemanden kannte, den sie jetzt anrufen konnte, damit er sie tröstete. Sie hatte immer gedacht, Michael sei ihr bester Freund.

Amelie rollte sich erschöpft auf der linken Bettseite ein und zog die Decke bis zu den Ohren hoch. Die Tränen versickerten im Kissen, und sie schniefte leise.

Irgendwann schlief sie ein.

Am zweiten Tag ihrer Reise verlief alles glatt. Sie fühlte sich, als liefe sie auf Autopilot. Morgens checkte sie aus, setzte sich ins Auto und fuhr weiter nach Calais, danach ging es mit dem Zug durch den Tunnel. Erst als sie auf der anderen Seite auf die Straße fuhr, fiel ihr der Linksverkehr wieder ein.

Während der Fahrt lag das Handy auf dem Beifahrersitz, und sie sah immer wieder aus dem Augenwinkel, wie das Display aufleuchtete. Fast im abwechselnden Rhythmus: Michael, Mama, Michael, Mama.

Sie umfuhr London großräumig im Süden. Über Reading und Swindon ging es weiter Richtung Westen. Als zum ersten Mal auf einem Straßenschild Swansea auftauchte, musste sie links ranfahren. Ihr Herz raste plötzlich, und sie hatte das Gefühl, als habe sie irgendwas Wichtiges vergessen.

Sie starrte auf das Straßenschild. Hatte sie die Bücherkiste im Hotel in Antwerpen stehengelassen? Nein, der Karton stand auf der Rückbank. Ihr Notebook, die Reisetasche? Alles noch da. Sie erinnerte sich sogar, wie sie auf dem tristen Parkplatz gestanden und sich die Hände an einem Pappbecher mit Kaffee gewärmt hatte, ehe sie die Kofferklappe zuwarf und ins Auto stieg.

Was war es dann? Warum war sie nur so unruhig, so zittrig?

Entschlossen setzte sie den Blinker und fuhr zurück auf die Straße.

Nachmittags erreichte sie Pembroke. Mehrmals hatte sie unterwegs das Gefühl, als habe sie sich von sich selbst gelöst. Und jedes Mal überlegte sie, umzukehren. Was erwartete sie sich von Pembroke? Sie war mit dem Buch längst noch nicht so weit, dass sich diese Recherchereise lohnte.

Und trotzdem fuhr sie weiter. Wo sollte sie denn sonst hin? Diana war in Neuseeland. Zu Michael wollte sie nicht zurück.

Und ihre Mutter stand nicht auf ihrer Seite. Was blieb ihr da noch übrig?

Sie hatte gedacht, der Ort sei größer. Doch als sie die Hauptstraße hinunterfuhr, landete sie schon nach kurzer Zeit am anderen Ende der Stadt. Maximal zehntausend Einwohner, schätzte sie. Und das war noch großzügig gerechnet. Sie wendete und fuhr diesmal etwas langsamer auf der Suche nach einem Hotel oder einem Schild, das ihr zumindest ungefähr die Richtung wies.

Schließlich bog sie nach rechts ab, hinunter Richtung Pembroke Dock, und folgte dem hellblauen Holzschild, auf dem in verschnörkelter Schrift «Fox & Hare Bed & Breakfast» stand.

«Da sagen sich bestimmt Fuchs und Hase gute Nacht», murmelte sie und musste lachen, weil sie jetzt schon anfing, mit sich selbst zu reden. Höchste Zeit, dass sie wieder unter Leute kam. Wenn sie nicht aufpasste, endete sie in ein paar Monaten als schrulliges Weib mit einem Haus voller Katzen. Sie liebte Katzen.

Michael hatte eine Katzenhaarallergie. Im Moment fielen ihr nur seine negativen Seiten ein. Dabei gab es die positiven Seiten, ganz bestimmt sogar. Sonst wäre sie nicht so lange mit ihm glücklich gewesen.

Das «Fox & Hare» lag etwas außerhalb. Amelie parkte auf dem kleinen Parkplatz vor dem Cottage.

Der kleine Empfangsbereich war dunkel und roch muffig. Amelie klopfte behutsam auf die kleine Glocke auf dem Tresen, und das laute Pling schallte laut durchs Haus. Die Tür zum Büro hinter dem Empfang ging sofort auf, und ein vierschrötiger, älterer Herr mit grauen, wuscheligen Haaren tauchte auf. Er hatte so blaue Augen, dass Amelie kurz zurückfuhr. Er steckte im Gehen sein Hemd in die Hose, und mit der freien Hand schob er sich die Reste eines Brötchens in den Mund.

«Hrm?», machte er.

«Ich hätte gern ein Zimmer», sagte Amelie. Die Worte kamen ihr in der fremden Sprache leicht über die Lippen; sie hatte immer schon gut Englisch gesprochen. Manchmal musste sie gar nicht darüber nachdenken, was sie sagen wollte.

Er nickte, kaute, schluckte. Beugte sich über den Tisch, blätterte in seinem Buch. «Wie lange?»

Sie zögerte. Sie hatte nicht darüber nachgedacht, wie lange sie bleiben wollte. «Eine Woche? Erst mal», fügte sie hastig hinzu. «Kann auch länger sein, je nachdem, wie lange...» Sie verstummte. Interessierte ihn bestimmt nicht, was sie trieb.

Er schob ihr ein Anmeldeformular über den Tresen, das sie mit einem Kugelschreiber ausfüllte, der immer mal wieder Aussetzer hatte. Währenddessen tippte er irgendwas in den Computer auf seinem Tisch; es war ein altersschwaches Modell mit Röhrenmonitor und einer speckigen, beigefarbenen Tastatur. Amelie hatte geglaubt, die Dinger seien längst ausgestorben.

«Sie können eine Woche bleiben, aber danach sind wir ausgebucht.»

«Okay, kein Problem.» Wenn sie länger bleiben wollte, würde sie eben etwas anderes finden. Für den Moment war sie einfach froh, eine Unterkunft zu haben.

«Gut, Mrs. ...» Er schaute auf das Formular und runzelte die Stirn. «Franck. Hier sind die Schlüssel. Eine Treppe rauf, dann links. Frühstück gibt's ab sieben.»

Zimmernummer 13. Abergläubisch schienen sie hier ja nicht zu sein.

Amelie trug ihre Taschen nach oben. Die Zimmertür hatte sich leicht verzogen, sie musste mit der Schulter dagegendrücken, damit sie aufging. Von einem winzigen, schmalen Flur führten zwei Türen ins Bad und in das Schlafzimmer. Das Badezimmer war erstaunlich modern. Das Schlafzimmer war rüschig-blumig dekoriert. Aber sie wollte hier ja nur schlafen. Die Möbel waren dunkel und schwer, schienen eher in ein Herrenhaus und nicht in ein kleines Hotel oder B&B zu passen. Auf der Kommode stand ein winziger Fernseher, der mindestens so alt war wie der Computer unten am Empfang.

Sie setzte sich auf das breite Bett und ließ sich auf den Rücken fallen. Müde war sie; in der letzten Nacht hatte sie kaum geschlafen. Sie wollte nur zehn Minuten die Augen zumachen ...

Meine liebe A-,

London hat uns wieder. Die Stadt ist staubig, wütend und laut; nichts wird sich hier ändern. Wir haben daheim alles zum Besten bestellt vorgefunden, aber du fehlst uns sehr.

Ständig bin ich versucht, dir zu schreiben. Ich will wissen, wie es dir geht. Isst du genug? Gehst du regelmäßig an die frische Luft? Verdirb dir beim Lesen nicht die Augen; ich weiß, dass du bei hereinbrechender Dunkelheit wartest, bis die Buchstaben vor deinen Augen tanzen, ehe du das Licht anmachst. Und zieh dich immer warm an, hörst du? Wir wissen doch, wie empfindlich du bist.

T- lässt grüßen, auf diese unnachahmlich feindselige Art, die ich ihm nicht mehr austreiben kann. Man sollte meinen, du wärst nicht meine Schwester, sondern ein diebisches Dienstmädchen, das er in Schimpf und Schande vertrieben hat. Sobald die Sprache auf dich kommt – und wie du dir denken kannst, passiert das ständig, seit wir zurück sind, denn die Gesellschaft hat uns in ihre Mitte genommen, und vor Besuchern können wir uns kaum mehr retten! –, bekommt er diesen Gesichtsausdruck … du weißt schon. Dieses «Ich-kenne-sie-nicht»-Gesicht, das er immer aufsetzt, wenn es um die Dienerschaft geht. Es gibt Dinge, die weist er schlicht von sich. Ich werde dann ungehalten, weil er sich immer aus allem raushalten will. Meine Schwester geht ihn sehr wohl etwas an, zumal er nicht ganz unschuldig ist an deiner

Misere (wie ich finde). Er meint, du hättest dir das Lager, auf dem du ruhst, selbst so gerichtet, und nun sollst du auch die Konsequenzen tragen. Ohne zu klagen, selbstverständlich.

Aber ich weiß ja, du klagst nicht. Liebe A-, ich werde mich in zwei Tagen wieder melden. Soeben schickt er Miss Bigow zu mir herauf – ich sitze im Boudoir – und lässt mir ausrichten, in einer halben Stunde müsse ich fertig sein. Es geht zum Dinner bei Lord Elmingham, du kannst dir denken, wie öde das wird, lauter grässliche Leute, die mich anstarren, als hätte ich die Pest. Am liebsten möchte ich ihnen ins Gesicht lachen: «Seht, ihr urteilt über meine Schwester, dabei seid ihr es mit eurer Doppelmoral, die sie ins ferne Pembroke gezwungen haben.»

Ich werde still und brav sein und kein Wort darüber verlieren. Ich werde sein, wie T- mich gern hätte.

Und insgeheim werde ich über sie alle lachen. Ich werde dir schreiben, was für schreckliche Leute das doch sind. Sie sind so reich, dass sie sich alles leisten können (zum Beispiel auch, ein unglückliches Mädchen fortzuschicken), und sie sind allesamt so vulgär und widerlich, dass ich nichts mit ihnen zu schaffen haben will.

Ich muss los!

Schreib mir!

In Liebe, deine Bee

Meine liebe A-,

was habe ich gesagt? Es war genau so grässlich, wie ich vermutet habe, und fast noch schlimmer, weil der widerliche Bruder des Duke of G- auch da war.

Ich weiß, du magst ihn. Und ich sollte nichts Schlechtes über ihn sagen. Aber gegen seine Frau darf ich wettern, ja? Eine schreckliche Person, so ganz und gar in sich selbst verliebt. Sie ist laut. So laut, dass man unwillkürlich das Gesicht verziehen will, sobald sie den Mund aufmacht (und das tut sie oft, viel zu oft).

Immerhin kam so kein peinliches Schweigen auf. Lord P- saß auf der einen Seite und wir auf der anderen – die anderen Gäste peinlich berührt dazwischen, und der Gastgeber war redlich darum bemüht, die Situation zu entschärfen.

Es kam daher erst zum Eklat, als wir uns verabschiedeten. Ich war müde und froh, dass auch T- keine Lust hatte, länger als unbedingt nötig zu bleiben. Wir standen also in der Eingangshalle, ein Diener brachte unsere Mäntel, und just in dem Moment tauchte die Duchess auf, und sie sagte nicht viel. Aber was sie sagte, war so abscheulich, dass ich nicht wusste, wie ich darauf antworten sollte. (Ich wiederhole es nicht, aber du wirst dir denken können, worauf es abzielte. Dem Duke of G- jedenfalls gibt sie keine Schuld, die widerliche Giftspritze.)

T- zeigte sich in diesem Moment für seine Verhältnisse erstaunlich umsichtig. Er führte mich aus dem Haus, und wir stiegen in unsere Kutsche, die gerade vorfuhr. Auf der Heimfahrt sprach er kein Wort. Ich war stumm vor Wut und Entsetzen.

Über diesen Vorfall haben wir seither nicht mehr gesprochen. Wir reden überhaupt nicht mehr. Es geht nur um die üblichen familiären Belange: was die Kinder gesagt und getan haben, zu welchen Dinners wir zu gehen gedenken, wann er nicht daheim, sondern bei seiner Mätresse sein wird. Inzwischen ist er wieder sehr viel außer Haus, das war in den ersten Wochen nach dem Skandal ein bisschen anders. Damals hat er zu mir gehalten, hat mir zur Seite gestanden. Aber jetzt denkt er, seine Schuldigkeit getan zu haben, und nimmt sein altes Leben wieder auf. Ach, Bumble! Ich vermisse unsere Gespräche. Die Vorstellung, mich in einen Zug nach Pembroke zu setzen und zu dir zu kommen, ist allzu verlockend. Dann könnte ich dir auch all die kleinen, wunderhübschen Sachen übergeben, die hier an den langen Abenden entstehen. Meine Hände können nicht ruhen, und ehe du fragst: ja! Mein Fuß wippt immer ganz aufgeregt, während ich stricke und nähe.

Erzählst du mir von deinem Leben am anderen Ende der Welt? Deine Briefe klingen so erschöpft. Ich will nicht behaupten, sie wären nichtssagend, aber ich kenne dich. Mehr möchte ich gar nicht sagen, denn ich denke mir, dass du auch gar nicht so viel sagen willst.

Alles Liebe!

Deine Schwester Bee

Liebste A-,

ich muss mich entschuldigen. Es ist unverzeihlich, was ich dir zuletzt geschrieben habe, deine heftige Reaktion beweist es. Und natürlich hast du recht – es war dumm von mir. Siehst du, das Leben geht hier weiter wie bisher, und manchmal denke ich, es könnte auch für dich einfach weitergehen. Aber da vergesse ich eben schnell, allzu schnell, dass es nie mehr wie früher sein wird. Nie mehr können wir unbeschwert beisammensitzen, ohne an den vergangenen Herbst zu denken.

Hier zieht der Frühling ein. Er hat sich über Nacht in die Straßen der Stadt geschlichen und in die Gesichter der Menschen. Du erkennst es an ihrem Lächeln. Sie sind gelöst, und sie freuen sich, weil sie die dicken Mäntel abwerfen können. Auch in unserem Haus steht Veränderung an, und manchen Moment weiß ich nicht, ob ich mich darüber so freuen kann. Drei Kinder sind doch genug, oder? Ich bin doch auch nicht mehr die Jüngste. Aber die

Wochen, in denen Trisk und ich nur uns hatten, in denen wir daheimblieben und uns aneinanderklammerten, um den Sturm zu überstehen, der um uns tobte, sind nicht spurlos vorbeigegangen. Ich richte ein Zimmer für Georgie. Er ist nun alt genug, sein eigenes Zimmer im zweiten Stock zu beziehen, und so wird bei den beiden Kleinen ein Platz frei.

Ist es nicht ein kleines Wunder? Mit Trisk habe ich noch nicht darüber gesprochen, aber ich fände es schön, wenn du bald heimkämst. Zu uns.

Die Wogen haben sich geglättet, und ich bin sicher, dass hier wieder ein Platz für dich frei ist. Sag, was denkst du darüber?

Bin zum Tee bei Lady C-. Melde mich wieder!

Alles Liebe

Bee

Liebste Bumble,

deine Zeilen erreichten mich gestern nach einer grässlichen Nacht – wem sag ich das, du erfährst am eigenen Leib, wie der Körper einer Frau sich zu verändern vermag. Dein Brief vermochte mich nicht zu trösten, wenngleich ich mich immer freue, von dir zu lesen.

Es ist bedauerlich, solche Zeilen von dir zu lesen. Natürlich bist du uns willkommen! Du bist meine jüngere Schwester, du gehörst hierher. Lass Mutter aus dem Spiel. Sie hat sich, nachdem ich mit T- eine so gute Partie gemacht hatte, für dich so viel mehr ausgemalt. All die Jahre kannte sie kaum ein anderes Thema als deine hoffnungsfrohe Zukunft. Ich hätte neidisch werden können, wenn ich nicht eine Zukunft mit T- gehabt hätte.

Den nachmittäglichen Salon habe ich nur mit viel Tee überstanden, und nun plagt mich wieder das schlechte Gewissen. Ich habe dich mit ihm bekannt gemacht vor einem Jahr, weil ich glaubte, er werde dir guttun. Und sah es nicht lange so aus, als würde es sich so wenden, wie Mutter und ich es uns für dich erhofft hatten? Du hättest es weiter bringen können als wir beide zusammen.

Ich wiederhole mich gern: kein Vorwurf von meiner Seite, kein Wort der Klage. Du hast genug gelitten im vergangenen Herbst. Wirst wohl dein Leben lang leiden, weil manche Dinge sich nicht so erweisen, wie wir sie uns wünschen.

Brauchst du etwas drüben in P-? Ich käme gern zu Besuch, und sei es nur für ein paar Tage. Bald ist deine schwere Zeit. Danach müssen Entscheidungen getroffen werden, das wissen wir beide. Mir fällt es schwer, darüber nachzudenken, aber du hattest recht, als wir uns vor Wochen verabschiedet haben. Du wusstest, was von dir verlangt wird, und ich bewundere deinen Mut. Du gehst einen Weg, den ich nicht gehen könnte an deiner Stelle.

Wenn du irgendwas brauchst, lass es mich wissen. Wir tun alles für dich. Alles.

Alles Liebe,

Bee

Meine liebe Bumble,

nein, du hast recht. Alles kann ich nicht tun. Manches wird nicht möglich sein. Verzeih, wenn mein letzter Brief für einen Moment die Hoffnung aufflammen ließ. Wir können es nicht ungeschehen machen. Wir können nur lernen, mit dem zu leben, was ist.

Bee

Kapitel 4

Mitten in der Nacht wachte Amelie auf. Das Deckenlicht brannte, und irgendwo im Hotel hörte sie ein tiefes Brummen wie von einer Klimaanlage. Sie richtete sich auf und brauchte einen Moment, ehe sie wieder wusste, wo sie war.

Pembroke. Hotel.

Michael.

Trennung.

Sie tastete nach dem Smartphone. Keine Anrufe. Er hatte es vielleicht einfach aufgegeben, sie erreichen zu wollen. Das war gut.

Es war kurz nach drei. Amelie spürte, dass an Schlaf jetzt nicht mehr zu denken war. Darum duschte sie, packte ihre Sachen aus und richtete sich ein bisschen in ihrem Zimmer ein. Die Bücher stapelte sie neben dem Notebook auf den kleinen Schreibtisch. Das Notizbuch legte sie obenauf. Nach dem Frühstück wollte sie nach Pembroke fahren und dort in der öffentlichen Bücherei mit ihren Nachforschungen beginnen. Sie erhoffte sich nicht, dort irgendetwas Wichtiges zu finden. Aber vielleicht wusste man, wo sie die Leute fand, deren Namen sie schon vor Wochen notiert hatte. Pembroke war klein. Wahrscheinlich kannte man sich oder wusste zumindest, wo Amelie nachfragen konnte.

Sie setzte sich an den Schreibtisch und ging ihre Notizen durch. Es war schwer, nach den letzten beiden Tagen den Faden wieder aufzunehmen. Auf einmal sprangen ihr die Parallelen zwischen ihr und Beatrix Lambton schmerzhaft ins Auge.

Beatrix' Mann hatte sie zeit ihres Lebens immer wieder betrogen. Er hatte zahlreiche Bastarde, die er ohne Skrupel auch im eigenen Haushalt aufziehen ließ, wenn es ihm passte.

Amelie lehnte sich zurück. Kurz stellte sie sich vor, wie es wäre, wenn diese junge Frau, die Michael jetzt das langersehnte Kind schenkte, bei ihnen einzog. Wenn es in Amelies Verantwortung läge, dieses Kind gemeinsam mit den eigenen aufzuziehen, wie Beatrix Lambton es in mindestens zwei Fällen mit den Bastarden getan hatte, die ihr Mann ins Haus holte.

Beatrix Lambton hatte sich nie beklagt. Sie behauptete später, sie habe die Bastarde geliebt wie ihre eigenen Kinder, und auch nach dem frühen Tod ihres Mannes sorgte sie für sie. Sie verschaffte ihnen ein Auskommen. Das Mädchen verheiratete sie gut, und dem Jungen ebnete sie den Weg für eine Karriere beim Militär. Beide hatten, aus der Ferne betrachtet, eine bessere Zukunft vor sich als Beatrix' leibliche Kinder. Ihr ältester Sohn starb kaum achtzehnjährig an der Schwindsucht, die ältere Tochter war mit ihrem Ehemann so unglücklich, dass sie ins Wasser ging. Die andere Tochter lehnte sich zeit ihres Lebens gegen die übermächtige Mutter auf und wurde eine passable Lyrikerin, bis der Erste Weltkrieg ihr alles nahm – auch den geliebten, jüngeren Bruder, der in den Schützengräben von Ypern bei einem Giftgasangriff der Deutschen verendete.

Was machten diese Todesfälle aus einer Mutter? Sie hatte all ihre Kinder überlebt, ehe sie 1959 mit knapp neunzig Jahren starb. Über ihre letzten Lebensjahrzehnte wusste man kaum etwas; lediglich die Jahre bis etwa 1930 waren belegt. Danach verschwand Beatrix Lambton bis zu ihrem Tod aus allen Quellen – als hätte sie aufgehört zu existieren. Dabei war sie davor sehr aktiv gewesen. War damals irgendwas vorgefallen? Oder hatte sie in den letzten Jahren einfach die Lust daran verloren, sich mit anderen Menschen abzugeben?

Bis halb acht schrieb sie eher lustlos an einem der ersten Kapitel, die sich mit Beatrix' Kindheit und Jugend bis zu ihrer ersten Begegnung mit Henry beschäftigten. Beatrix und ihre jüngere Schwester Anne hatten einander im Laufe ihres Lebens viele Briefe geschrieben. Briefe, die bis auf wenige Ausnahmen verschollen waren, denn wer hob schon die Briefe einer Frau der Oberschicht des späten 19. Jahrhunderts auf, in denen es nur um weibliche Themen ging?

Sie hatte ein paar Namen recherchiert. Leute, die ihr bei der Suche nach weiteren Spuren helfen konnten. Ihre Lektorin hatte gesagt, wenn sie etwas Neues fand, wäre das der richtige «Aufhänger» für die Biographie. Biographen fanden immer irgendwelche Schätze auf Dachböden, in Dielenritzen oder in den hintersten Ecken irgendwelcher Bibliotheken, und das, obwohl man meinen sollte, dass irgendwann einmal alles gefunden sein müsste, was es zu finden gab.

Um halb acht seufzte sie zufrieden und speicherte das Dokument. Sie ging nach unten und folgte dem dezenten Klappern von Geschirr in einen kleinen Frühstücksraum. Eine ältere Frau in schwarzem Pullover und Rock deckte gerade einen einzelnen Tisch ein.

«Guten Morgen! Sie müssen Mrs. Franck sein. Ich bin Peggy. Peggy Rowles. Die Frau von dem Griesgram, bei dem Sie gestern eingecheckt haben.»

Peggy Rowles reichte ihr die Hand. Ihr Händedruck war fest, die Finger angenehm kühl.

«Was möchten Sie frühstücken? Hab gehört, Sie kommen aus Deutschland. Was führt Sie bis ins tiefste Wales? Urlaub?»

«Äh, ich hätte gern Kaffee.» Die andere Frage überging Amelie.

«Kaffee kommt sofort.» Mrs. Rowles verschwand geschäftig hinter einer Schwingtür.

Der einsame Tisch, an dem für Amelie gedeckt war, stand direkt vor dem Fenster. Sie setzte sich zögernd und wartete.

«Und sonst, Liebchen? Ich kann Ihnen englisches Frühstück machen oder kontinentales. Ganz, wie Sie wollen.»

«Ich hätte gern Porridge», sagte Amelie. «Das genügt mir.»

Sie legte ihr Smartphone neben den Teller. Weil sie noch mit ihrer Lektorin sprechen musste, redete sie sich ein. Aber insgeheim hoffte sie, Michael würde noch mal versuchen, sie zu erreichen.

«Porridge ist eine gute Wahl. Dauert nur einen Moment.» Mrs. Rowles schenkte ihr Kaffee ein und verschwand wieder hinter der Tür zur Küche.

Der Kaffee war heiß, würzig und stark. Langsam erwachten ihre Lebensgeister, und als Mrs. Rowles mit einer Schüssel Porridge und einer Schale Obstsalat zurückkam, hatte sie sogar etwas Hunger.

«Wissen Sie, wo die Bibliothek ist?»

«Natürlich weiß ich das, Kindchen.» Ohne zu fragen, ob es in Ordnung wäre, setzte sich Mrs. Rowles zu Amelie an den Tisch. «Essen Sie's, bevor das Porridge kalt wird. Kalt schmeckt es nicht. Die Bibliothek finden Sie in der Commons Road. Ist im selben Gebäude wie das Touristenzentrum. Da haben sie viele Broschüren, in denen steht, was man hier in der Gegend so machen kann. Den Wanderweg am Strand entlanglaufen, zum Beispiel. Ist bei den Touristen sehr beliebt. Oder die Festung besichtigen. Gibt eine Menge altes Zeug von den Tudors da.»

Amelie löffelte das Porridge. Schließlich erklärte sie: «Ich bin nicht im Urlaub.»

«Sondern?»

Sie war wirklich neugierig, diese Mrs. Rowles. Aber Amelie konnte ihr nicht böse sein; die Fragen kamen so ungezwungen und nett.

«Ich schreibe ein Buch und brauche ein paar Informationen.»

«Aha», sagte Mrs. Rowles. «Mit Büchern hab ich's nicht so.» Sie schlug mit der flachen Hand auf den Tisch und stand auf. «Wenn Sie noch was brauchen, fragen Sie einfach. Von uns ist immer jemand hier.»

Sie verschwand so schnell, dass Amelie sich fragte, ob sie etwas falsch gemacht hatte. Aber ehe sie weiter darüber nachdenken konnte, piepte ihr Smartphone.

Eine Nachricht von Diana.

Was ist denn bei euch los? Michael hat mich gefragt, ob du bei mir bist.

Amelie zögerte. Dann tippte sie: *Ist kompliziert. Ich schreib dir.*

Es ist immer kompliziert. ;-)

Amelie lachte. Diana schaffte es immer wieder, sie aus der negativen Stimmung herauszureißen – einfach, indem sie solche Sachen schrieb.

Diesmal ist es komplizierter.

Dachte ich mir. Wo bist du?

Pembroke, tippte Amelie.

Ah. Bei den Damen Lambton.

Sie legte das Smartphone weg und aß auf.

Diana verstand sie.

Die Freundin fehlte ihr. Das Wenige, was ihnen im Moment blieb – Kurznachrichten, Mails und seltene Telefonate –, genügte nicht, um einander Halt zu geben. Amelie wusste, dass Diana sich um sie sorgte. Aber im Moment gab es wirklich nichts, das ihre Freundin tun konnte am anderen Ende der Welt.

Sie musste sich ganz allein aus dem Sumpf ziehen.

Oder mit Arbeit ablenken.

Das war ihr Stichwort. Sie aß auf und machte sich auf den Weg, ehe sie der Mut verließ.

Sich abzulenken klappte prima, bis Amelie am späten Vormittag in der Stadtbücherei stand und versuchte, einem grimmigen Bibliothekar zu erklären, was sie von ihm wollte. Er antwortete auf Walisisch, als sie ihn in ihrem besten Englisch fragte, ob er wisse, wo sie Jonathan Bowden oder Roland Biggs fand.

«Ich spreche kein Walisisch», sagte sie.

Er antwortete auf Walisisch.

Sie warf in gespielter Verzweiflung die Hände in die Luft. «Haben Sie wenigstens einen Bibliothekskatalog, oder können Sie mir helfen, Bücher zu finden, die unter dem Schlagwort Lambton abgelegt sind?»

Er zeigte auf die gegenüberliegende Wand. Ein riesiger Karteikastenschrank mit unzähligen kleinen Schubladen, die vermutlich einen halben Meter tief waren und auf einzelnen Kärtchen die Bücherschätze dieser Bibliothek bargen. Kein digitaler Katalog, in den man einfach die Schlagworte eingab.

Sie hatte gewusst, dass die Arbeit an dem Buch nicht einfach sein würde. Aber dass die Waliser noch mit dem alten Karteisystem ihre Bücher katalogisierten … Sie seufzte und machte sich an die Arbeit.

Viel versprach sie sich nicht davon. Amelie hatte ihre ganze Hoffnung darauf gesetzt, die beiden Männer ausfindig zu machen, die – wenn sie ihren Recherchen glauben durfte – noch im Besitz von Originaldokumenten aus der Zeit von Beatrix Lambton waren. Angeblich gab es Briefe, die Beatrix an ihre Schwester Anne geschrieben hatte und die seit Jahrzehnten als verschollen galten.

Aber sie würde diese Briefe finden, das hatte sie sich fest vorgenommen.

Die nächste Stunde verbrachte Amelie damit, sich in das Ordnungssystem einzufuchsen, das in dieser Bibliothek eher nach dem Zufallsprinzip zu funktionieren schien. Manche Schlagworte waren alphabetisch sortiert, andere wiederum nach dem Erscheinungsdatum der Bücher. Schließlich hatte sie zwei oder drei Titel gefunden, von denen sie sich etwas erhoffte, und musste sich durch die Regalmeter kämpfen. Sie fand schließlich einen Teil der Bücher und legte sie auf einen kleinen, wackligen Tisch. Sie hatte sich gerade hingesetzt und ihr Notizheft aufgeschlagen, als der Bibliothekar neben ihr auftauchte.

«Das hier könnte was für Sie sein.»

Sieh an. Er konnte also doch Englisch sprechen.

Er legte zwei schmale Bändchen neben sie auf den Tisch. Amelie schaute hoch, und er schmunzelte, als sei ihm gerade ein kleiner Coup gelungen.

«Danke, aber . . .»

Sie drehte die Bücher um. *Anne Lambton, Naturbetrachtungen.*

Amelie runzelte die Stirn. Dass die Schwester ihrer Beatrix Bücher verfasst hatte, war ihr neu.

Das zweite war nur eine jüngere Ausgabe desselben Titels. Sie blätterte flüchtig darin, dann nickte sie. «Das klingt interessant», sagte sie.

Sie wollte lieber nicht wissen, warum sie dieses Buch nicht gefunden hatte, als sie im Katalog zum Thema Lambton geforscht hatte. Diese Bibliothek schien nicht nur nach dem Karteikastenprinzip zu funktionieren – die wirklich wichtigen Sachen waren offensichtlich im Kopf dieses Bibliothekars abgelegt.

Michael würde wahnsinnig werden.

Sie spürte die Tränen erst, als sie auf das Buch tropften. Amelie riss die Augen auf, wandte den Kopf zum Fenster und wischte sich das tränennasse Gesicht an der Schulter ab. Sie war von dieser plötzlichen Gefühlswallung völlig überrumpelt. Sie verharrte einen Moment in dieser Haltung – Schulter hochgezogen, Gesicht dagegengedrückt –, schniefte dann, sprang auf und stürzte raus. Draußen auf der Treppe hockte sie sich hin, barg das Gesicht in den Händen und ließ die Tränen einfach fließen.

Michael hatte sie betrogen und ihr damit alles genommen. Sie durfte traurig sein.

Aber eigentlich hatte er es nicht verdient, dass sie ihm hinterherweinte.

Jemand setzte sich neben sie auf die Stufen. Amelie blickte auf. Der grimmige Bibliothekar hielt ihr ein Päckchen Zigaretten hin.

«Ich rauche nicht.»

«Das sollten Sie aber. Manchmal hilft es.»

Er nahm sich eine, zündete sie an und sog den Rauch tief ein. Amelie umarmte ihre Knie und legte den Kopf darauf. Sie beobachtete ihn von der Seite. Ein feines Lächeln stahl sich auf sein Gesicht, und er musterte sie aus dem Augenwinkel. Erneut hielt er ihr die Zigaretten hin, und diesmal nahm sie eine.

Sie musste nach dem ersten Zug husten. Es brannte und biss, und der eklige Geschmack in ihrem Mund rechtfertigte nicht das leichte Gefühl im Kopf. Er lachte gutmütig.

«Ist wohl Ihre erste?»

«Zumindest die erste seit acht oder neun Jahren», gab sie zu. Sie war nie eine starke Raucherin gewesen.

Langsam beruhigte sie sich. Sie zog das Smartphone aus der Hosentasche, das sie stummgeschaltet hatte. Den ganzen Morgen waren keine Anrufe eingegangen. Sie wusste nicht so genau, ob das gut oder schlecht war.

Der Bibliothekar drückte seine Zigarette aus, stand auf und verschwand wieder im Innern. Sie blieb noch ein bisschen sitzen. Mittagszeit; sie musste etwas essen.

Schnell tippte sie eine Nachricht an Diana, lustig und munter, obwohl sie sich ganz und gar nicht so fühlte. Dann ging sie auch hinein und holte ihre Sachen.

«Kommen Sie später wieder?», fragte der Bibliothekar. Er saß wieder hinter dem Schreibtisch, an dem er die Bücher auslieh und zurücknahm. Erst jetzt fiel ihr auf, dass den ganzen Morgen kaum jemand da gewesen war.

«Ich glaube schon.»

«Dann lass ich die Bücher für Sie liegen.»

Auf dem Schildchen auf seinem Schreibtisch stand Cedric Tewdwr.

«Sie sind ein Tudor!», rief sie. Tewdwr war die walisische Schreibweise für Tudor, und die Tudors – nun, jeder kannte die Geschichte von Henry VIII. Die Tudors stammten ursprünglich aus Pembroke, ehe Henrys Vater Ende des 15. Jahrhunderts den Thron bestieg.

Er grinste. «Manchmal.»

«Wissen Sie, wo man hier mittags was Ordentliches essen kann?»

«Versuchen Sie's in der Main Street. Da gibt es einen Inder.»

Sie wandte sich zum Gehen.

«Wenn Sie aber was wirklich Gutes essen wollen, empfehle ich Ihnen Mathilda. Bei Mathilda kann man immer gut essen.»

«Beim Inder nicht so?»

Cedric Tewdwr wiegte den Kopf. «Spielen Sie gern Lotto?»

Amelie lachte. Mr. Tewdwr zog aus der Schublade seinen dicken Schlüsselbund. «Ich komm mit, wenn Sie nichts dagegen haben», schlug er vor.

Sie hatte nichts dagegen. Allein in einem Pub am Tisch zu sitzen, war im Moment so ziemlich das Letzte, was sie wollte.

Mathilda betrieb keinen Pub, sondern ein kleines Café, und sie servierte den Tee mit winzigen Sandwiches auf Spießchen und herbsüßen Küchlein auf einer Étagère und dazu eine leckere, scharfe Suppe mit Fleisch und viel Gemüse. Danach war Amelie ziemlich warm. Sie rauchte mit Cedric noch eine. «Nennen Sie mich nicht noch mal Mr. Tewdwr, sonst verstecke ich alle Bücher!», schimpfte er, und sie fühlte sich diesmal etwas leichter im Kopf und weniger schwer im Herzen. Also erzählte sie ihm von ihrem Buchprojekt.

Cedric hörte gespannt zu und stellte kluge Fragen. Er wollte nicht wissen, wen das interessieren könnte oder warum sie extra aus Deutschland herkam, um so ein Buch zu schreiben. Nein, er fragte, wer denn die Briefe der Lambton-Schwestern haben könnte und wie Amelie darauf gekommen war.

Dafür musste sie etwas weiter ausholen.

Aus der Umhängetasche zog sie ein dünnes Buch, das sie oft bei sich trug, und legte es zwischen ihnen auf den Tisch. Mathilda kam und räumte die leeren Suppenschüsseln ab. «Noch einen Kaffee?», fragte sie, und beide nickten. Mathilda schwebte davon.

Amelie hatte sie sich ganz anders vorgestellt. Sie hatte an einen verrauchten Pub und eine alte, dickliche Frau gedacht, die Bier zapfte und Hausmannskost servierte. Nichts davon hatte gestimmt: Das Café war hell und freundlich, mit plüschigen Sesseln und Spitzendeckchen, die so knapp an großmütterlichem Muff vorbeischrammten, dass es wieder kultig war. Und dann Mathilda: höchstens Mitte zwanzig, eine Elfe mit schwarzen Haaren, einer winzigen Lücke zwischen den Schneidezähnen und Augen, die so hell waren, dass man das Grün darin kaum sah.

«Das hier», sagte Amelie langsam, «hat mich auf die beiden Lambtonschwestern gebracht. Beziehungsweise auf Beatrix. Anne interessiert mich gar nicht so.»

Cedric nahm das Buch. Seine Hand fuhr prüfend über den speckigen Ledereinband, ehe er es andächtig aufschlug. Büchermenschen erkannte man sofort daran, wie sie ein Buch in die Hand nahmen.

«Woher haben Sie das?»

«Es ist mir … zugefallen.» Alles musste er ja auch nicht wissen. Außerdem war es lange her.

«War einfach da?» Cedric zwinkerte ihr zu.

Mathilda brachte zwei alte Porzellantassen, so durchscheinend zart, dass Amelie fast fürchtete, sie könnten zerbrechen, wenn sie sie fest anfasste. Auf dem Unterteller lag ein winziges, grünes Macaron. Der Kaffee war stark und klein und nach dem Essen genau das Richtige. Sie knabberte das Macaron und seufzte.

«Wenn ich hier häufiger hinkomme, geh ich völlig aus dem Leim.»

Cedric warf ihr einen flüchtigen Blick zu. «Schadet Ihnen nicht.» Dann widmete er sich wieder dem Buch. «Ich verstehe aber, was Sie meinen.»

Amelie schwieg. Wie sollte sie auch erklären, dass sie als Elf-
jährige an den Bücherschrank ihrer Mutter gegangen war, dieses
wohlsortierte Heiligtum, aus dem sie sich zwar nehmen durfte,
wonach ihr der Sinn stand, aber nur, wenn sie um Erlaubnis fragte. Und dass sie dieses Buch herausgezogen hatte, versteckt hinter all den anderen. Amelie hatte es in ihr Zimmer gebracht und
unter dem Bett versteckt, hatte es nachts hervorgeholt und darin
gelesen, ohne auch nur ein Wort davon zu verstehen. Erst viele
Jahre später hatte sie begonnen zu begreifen, worum es ging.

«Mh», machte Cedric. Er drehte das Buch behutsam hin und
her, strich über den Lederrücken und die geprägten Goldbuch-
staben. «Guter Erhaltungszustand. Ich hab früher als Antiquar
gearbeitet», fügte er erklärend hinzu. «Als sich damit noch Geld
verdienen ließ, weil die Leute nicht alles in diesem Internet suchten. Also, dieses Buch hier», er legte es zwischen ihnen auf den
Tisch, «dürfte so, wie es hier vor mir liegt, ein kleines Vermögen
wert sein.»

«Ich weiß», sagte Amelie leise. «Aber ich verkauf es nicht.»
Denn streng genommen gehörte es noch immer ihrer Mutter. Sie
hatten nie darüber gesprochen, dass Amelie es genommen hatte.
Vielleicht war es ihrer Mutter auch gar nicht aufgefallen, dass es
fehlte.

«Es wurde damals in einer sehr limitierten Auflage gedruckt.»
Mr. Tewdwr streichelte es liebevoll. «Darf ich noch mal?»

«Bitte.» Amelie trank ihren Kaffee und lehnte sich entspannt
zurück. Wer hätte gedacht, dass sie in Pembroke so schnell An-
schluss finden würde? Ausgerechnet sie, die sich sonst nie unter
Leute wagte, saß schon am ersten Tag in einer fremden Stadt mit
einem Einheimischen am Tisch und fachsimpelte über eine englische Adelige, die Anfang des 20. Jahrhunderts ihre vielbeach-

teten, geradezu skandalösen Memoiren veröffentlicht hatte, die schon wenige Wochen nach Erscheinen komplett ausverkauft waren und nie nachgedruckt wurden?

«Man vermutet ja, dass Beatrix' Mann die Bücher gekauft und vernichtet hat.» Cedric Tewdwr mochte sich gar nicht von dem schmalen Bändchen trennen. «Und das haben Sie einfach so gefunden? In einem Antiquariat?»

«Nein.» Amelie atmete tief durch. «Im Bücherschrank meiner Mutter. Ich habe keine Ahnung, wie es dort hingelangt ist, aber seit ich es das erste Mal gelesen hatte, konnte ich mich nicht mehr von der Geschichte dieser unglaublich starken Frau lösen. Und sehen Sie, hier.» Amelie schlug eine Seite auf, die für sie zu den wichtigsten Stellen im Buch gehörte. «Was sie über ihren Mann schreibt.»

«Henry hat mir nie das Gefühl gegeben, mehr wert zu sein als die anderen Frauen meines Stands. Ich blieb daheim, zog die Kinder groß und erduldete all seine Demütigungen, ohne mich davon brechen zu lassen. Er war mir gewissermaßen immer ein guter Ehemann. Dennoch gerieten wir oft in Streit, weil er mir nicht zugestehen mochte, was er sich nahm», las Mr. Tewdwr vor. Er pfiff durch die Zähne. «Meine Güte! Und das zu der Zeit ...»

«Sie muss unglaublich stark und selbstbewusst gewesen sein.»

Eine Weile saßen sie schweigend voreinander. «Dass Sie das im Bücherschrank gefunden haben ...» Mr. Tewdwr schüttelte den Kopf.

Amelie ärgerte sich ein bisschen, weil sie ihm so freimütig davon erzählt hatte. Er war für sie im Grunde ein Fremder, und sie für ihn ebenso. Ein Mittagessen begründete ja noch keine Freundschaft. Was wusste sie schon über ihn?

«Vielleicht hat sie es mal auf einem Flohmarkt gefunden, und der Vorbesitzer wusste nicht, was es wert ist.» Sie packte es zurück in die Tasche und trank den Kaffee aus. «Ich lade Sie ein, Mr. Tewdwr. Okay?»

Sie wusste selbst, wie ruppig das klang, aber sie hatte das unschöne Gefühl, zu viel von sich preisgegeben zu haben. Mathilda kam an den Tisch, und Amelie zahlte die Rechnung. Mr. Tewdwr beobachtete sie mit verschränkten Armen.

«Das ist sehr wichtig für Sie», sagte er schließlich.

«Was, das Buch?»

«Die ganze Geschichte. Sie sind schließlich deshalb hier. Pembroke ist nicht gerade das typische Urlaubsziel für junge Leute.»

Amelie antwortete nicht. Sie standen auf und verabschiedeten sich von Mathilda. Draußen blieb Amelie stehen. «Ich glaube, ich geh noch ein bisschen spazieren», sagte sie. «Den Kopf freikriegen.»

«In einer halben Stunde macht die Bücherei wieder auf.» Mr. Tewdwr schien ihr nicht böse zu sein. Er lächelte entschuldigend, als wollte er sagen: Ich weiß, ich bin dir grad zu nahe getreten, aber ich bin nicht der Typ, der sich für so was entschuldigt.

Während er nach links Richtung Common Road davonging, wandte Amelie sich nach rechts. Sie überquerte die Straße und tauchte in eine der Seitenstraßen ein. Die Häuser standen hier dicht gedrängt, als fröstelten sie im kühlen Seewind. Die Straße führte in einem Bogen über eine Brücke hinweg zum Mill Pond, einem kleinen Ausläufer des Meers. In der Ferne konnte sie Pembroke Castle erahnen, aber Amelie ging in die andere Richtung, weiter ins Landesinnere. Sie wusste nicht, was sie trieb. Sie wusste nur, dass irgendwas sie weitergehen ließ.

Sie kam an einem kleinen Supermarkt vorbei, am indischen Restaurant und einem Mobilfunkladen. Die kleinen Häuser wirkten schmaler und ein bisschen verfallener als daheim in Deutschland. Die Vorgärten waren gepflegt, die Haustüren und Fensterläden bunt gestrichen. In den Blumenkästen blühte es üppig.

Sie musste an ihre Kindheit denken. Erinnerungen, die sie jahrelang verschüttet geglaubt hatte, stiegen auf und verwirrten sie. Eine Nacht im Dunkeln ihres Kinderzimmers, während im Wohnzimmer ein fremder Mann mit ihrer Mutter sprach. Ihre Mutter, die noch Tage danach tobte und so viel Alkohol trank, dass Amelie es mit ihren fünf Jahren mit der Angst zu tun bekam. Sie wusste nicht, was genau der Alkohol mit ihrer Mama machte, aber sie wusste, dass es nicht gut war.

Dann die guten Tage, an denen ihre Mutter fröhlich und ausgelassen war, an denen sie wieder Mut fasste. Wenn sie Amelie zum Kindergarten brachte und sie mittags wieder abholte. Wie sie den ganzen Weg nach dem Stoffkätzchen absuchten, das Amelie vom Fahrradkindersitz hatte fallen lassen, ohne zu wissen, wo oder warum. Wie ihre Mutter lachend unter die Büsche kroch und sie das Kätzchen schließlich am Straßenrand fanden – mehrmals überfahren, völlig verdreckt und mit nur noch einem Glasauge.

Amelie blieb stehen. Woher kamen all diese Erinnerungen auf einmal? War das nur, weil sie wieder an den Tag denken musste, an dem sie das Buch aus dem Schrank stibitzt hatte?

Sie schaute auf und blinzelte verwirrt. Was sie vor sich sah, hatte sie nicht erwartet. Andererseits wusste sie gar nicht, was genau sie erwartet hatte.

Das Cottage war wie so viele andere in dieser Straße: aus Stein erbaut, mit einem Schieferdach und weißen Läden vor den Sprossenfenstern. Die Tür war vor langer Zeit blau gestrichen worden, und obwohl Amelie nur ihr altes, verwittertes Holz sah, von dem die blaue Farbe im Laufe der Jahre in großen Placken abgesprungen war, sah sie sie, wie sie damals gewesen war: frisch gestrichen und makellos.

Zögernd trat sie näher.

Sie kannte diese Tür. Sie war ihr merkwürdig vertraut, wie eine alte Bekannte, der man plötzlich auf der Straße gegenübersteht und die man für den Moment nicht einordnen kann.

Ohne darüber nachzudenken, drückte sie auf den Klingelknopf neben der Tür.

Für Anne war alles aufregend. Bee heiratete, das war für die ganze Familie ein großer Tag. So viel hatte sie verstanden.

Aber wie groß war ihr Kummer, als sie begriff, was diese Hochzeit tatsächlich für sie bedeutete! Alle Sachen, die Bee besaß, wurden in Truhen und Schrankkoffer verstaut. Die Dienstmädchen hatten die Aussteuertruhe, an deren Inhalt Bee immer so eifrig gearbeitet hatte, aus der Ecke geholt. Damastservietten, Tischdecken, Deckchen, Laken, all diese strahlend weißen Wäschestücke, wurden ein letztes Mal gewaschen, geplättet und sorgfältig zusammengelegt und wieder in der Truhe verstaut, stets unter dem wachsamen Auge von Maman.

«Sie wird's nicht brauchen, aber es ist besser, wenn sie die Sachen mitnimmt. Ihre Schwiegermutter wird sich dafür interessieren.»

Warum ein Stapel Wäsche für die Mutter von Bees Verlobtem von Interesse war, fragte Anne leise. Maman, die in Gedanken wieder ganz woanders war – vermutlich bei den Vorbereitungen des Hochzeitsempfangs oder bei den Planungen für die Hochzeitsreise, die Mr. Trisk ihr übertragen hatte –, überhörte die Frage, und Anne fragte kein zweites Mal. Sie hatte begriffen, dass die Hochzeit keinen Platz für sie ließ. Für niemanden war mehr Platz, für die Brüder nicht, für den Vater ebenso wenig, der beim Abendessen manchmal scherzte, man könne meinen, Maman wolle Mr. Trisk heiraten und nicht Bee.

Weil sie von Maman keine Antworten bekam, lief Anne zu Bee. Ihre große Schwester saß in dem kleinen Zimmer unterm Dach des schmalen Stadthauses, in dem die ganze Familie kaum Platz hatte, wenn sie in London weilte. Dennoch bewohnte Bee dieses Kämmerchen allein. Sie saß am Schreibtisch, der direkt unter dem Fenster stand, und schrieb einen Brief. Doch als Anne sich zu ihr schlich, blickte sie sofort auf. «Bumble!»

Bee freute sich, sie zu sehen. Sie hatte immer Zeit für Anne, obwohl sie sieben Jahre älter war und sich schon in der Welt der Erwachsenen bewegte.

«Warum brauchst du deine Aussteuer nicht?», platzte Anne mit der Frage heraus, die ihr auf der Zunge brannte. «Maman sagt, du würdest sie nicht brauchen, aber Mr. Trisks Mutter würde sie gern sehen wollen.»

«Ach, Bumble. Das ist kompliziert.»

«Erklärst du's mir?»

Anne lehnte am Schreibtisch. Hinter dem Rücken griff ihre rechte Hand nach dem linken Arm und zog ihn nach hinten. Zugleich balancierte sie auf dem linken Fuß und stützte den rechten gegen das Schienbein.

«Steh gerade», murmelte Bee automatisch. Sie stand selbst gern so. Maman tadelte sie deshalb immer. Bei Anne sagte sie noch nichts. Anne war noch nicht dem Schulzimmer entwachsen. Wenn Bee heiratete und fortging, würde Maman sich sicher bald mehr um Annes Erziehung kümmern. Das hatte sie gestern beim Abendessen angekündigt. Anne hatte es als Bedrohung und Verheißung gleichermaßen begriffen.

«Hast du schon was für die Aussteuer beisammen?»

Anne nickte ernst. Letzten Winter hatte sie begonnen, die ersten Servietten zu besticken. Eine mühsame Arbeit, die die Augen anstrengte und sie schnell müde machte. Die ersten Versuche waren zudem missglückt, und Maman hatte geschimpft.

«Sieh mal, Maman hat immer gedacht, ich würde einen reichen Kaufmann heiraten. Allenfalls den nachgeborenen Sohn eines kleinen Landadeligen, mit viel Glück. Wir sind nicht besonders reich, und mir hätte das auch genügt, solange dieser Mann mir gewisse Freiheiten zugesteht.»

Was sie mit diesen Freiheiten meinte, wusste Anne, denn Bee sprach von kaum etwas anderem.

Sie war beseelt von der Kraft der Literatur. Jedes Mal, wenn sie in London waren, schwärmte Bee von den literarischen Salons, und manchmal bettelte sie so lange, bis Maman ihr erlaubte, einen zu besuchen. Doch meist war Beatrix enttäuscht davon – es handelte sich um rein weibliche Salons, bei denen nicht diskutiert, sondern allenfalls geplaudert wurde.

Wenn sie verheiratet war, wollte sie einen eigenen Salon gründen. Einen, in dem niemand sich auf die Zunge biss, in dem jeder sagen durfte, was er dachte. Wo Männer und Frauen diskutierten, wo jeder willkommen war, der etwas zu sagen hatte.

«Jetzt hat sich aber Trisk für mich erwärmt.» Sie lächelte ihr geheimnisvolles Lächeln, das Anne seit der Verlobungsfeier kannte und so recht nicht verstand. War es wirklich so besonders, wenn man verlobt war? «Er lässt mir Platz, und er ist sehr wohlhabend.»

«Paps hat gesagt, er ist schweinereich. Hat er viel Vieh?»

«Ach, Dummerchen. Das sagt man doch nur so.» Bee kniff sie in die Wange. «Aber es stimmt, er hat viel Geld. Meine Aussteuer ist ebenso unnötig wie meine kleine Mitgift. Er nimmt mich um meiner selbst willen. Und für dich ist das sowieso das Allerbeste. Was meinst du, wie sich in fünf Jahren die Männer darum reißen werden, Schwager des Earl of Hartford zu werden!»

«Ich will aber einen, der mich will, und nicht deinen komischen Trisk zum Schwager», protestierte Anne bockig. «Ich will einen, der mich lieb hat.»

Beatrix wirkte seltsam nachdenklich. «Den bekommst du auch», versprach sie schließlich.

Doch Anne kannte ihre Schwester. Ihr Zögern war ihr nicht entgangen.

«Er hat dich doch lieb? Dein Trisk?»

Bee lachte. «Natürlich, Bumble. Es gibt keinen, der mich lieber hat als er.»

Kapitel 5

*N*ichts passierte.

Nicht mal ein Klingeln erklang im Hausinnern. Alles blieb still bis auf das ferne Rauschen des Verkehrs auf der Hauptstraße.

Amelie drückte noch einmal auf die Klingel, diesmal länger.

Wieder nichts. Sie zögerte. Entweder die Klingel war abgeklemmt – dann gab es sicher einen guten Grund dafür –, oder der Strom im Haus war abgestellt und das Haus unbewohnt.

Sie trat beiseite und spähte durch das Fenster links neben der Tür. Dahinter lag die Küche. Sie konnte im schwachen Licht eine Küchenzeile erkennen, einen Tisch mit zwei Stühlen. Eine Kaffeemaschine, die noch lief. Das orangefarbene Leuchten war gut sichtbar und die Glaskanne noch halb voll.

Sie kehrte zur Tür zurück und wollte eigentlich gehen. Doch es gab da noch einen Türklopfer, einen Wasserspeierkopf mit Ring. Wenn sie nur einmal ganz vorsichtig klopfte?

Aber was erhoffte sie sich davon? Was sollte sie den Bewohnern dieses Hauses sagen?

Guten Tag, ich kam grad vorbei, und da hat mich Ihre blaue Tür so angesprochen. Die sah bestimmt auch mal besser aus.

Unsinn.

Trotzdem hob sie den Türklopfer und ließ ihn zweimal gegen die Tür fallen. Tok-tok.

Drinnen blieb es still. Sie wandte sich zum Gehen.

Zurück in der Bücherei, widmete sie sich wieder ihren Büchern.

Sie machte sich Notizen und trug die Bände anschließend zurück zu den Regalen. Aber sie war nicht zufrieden. Irgendetwas fehlte. Irgendetwas hatte sich seit dem Morgen geändert, und sie wurde das unangenehme Gefühl nicht los, auf einem Auge blind zu sein.

Wie gerne hätte sie jetzt mit Michael gesprochen! Als Diskussionspartner war er einfach unschlagbar.

Ob wir irgendwann wieder ganz normal miteinander reden können?, überlegte sie. Wie zwei erwachsene Menschen, die vor allem ihre Arbeit verbindet?

Im Moment schien das unvorstellbar.

Am späten Nachmittag schloss Mr. Tewdwr die Bücherei. Er stellte ihr noch einen Ausweis aus, und sie nahm sich für den Abend zwei Bücher mit – einen Krimi, den er ihr empfahl, und «Wuthering Heights» von Emily Brontë. Sie hatte «Sturmhöhe» seit Jahren nicht gelesen und hatte richtig Lust darauf.

Zurück in dem kleinen Hotel, aß sie zu Abend und zog sich dann in ihr Zimmer zurück. Mrs. Rowles ließ sie während des Essens in Ruhe, und das war Amelie nur recht. Sie war schließlich nicht hier, um Freundschaften zu schließen. Cedric reichte für den Anfang.

Sie ging noch einmal ihre Notizen durch, aber für heute war sie zu müde, um sich noch länger mit Beatrix zu beschäftigen.

Weil sie keinen Wecker hatte, beschloss sie, sich um sieben Uhr vom Smartphone wecken zu lassen. Sie merkte erst jetzt, dass sie lange nicht mehr daraufgeschaut hatte. In der Zwischenzeit waren ein Dutzend Anrufe in Abwesenheit eingegangen (drei von ihrer Mutter, der Rest von Michael), und auf ihrer Mailbox waren zwei Nachrichten gespeichert. Sie überlegte kurz, ob sie sie sich anhören oder sie sofort löschen sollte. Letzteres wäre sicher besser für ihre Ruhe.

Schließlich hörte sie die Nachrichten doch ab. «Neugier ist der Katze Tod», murmelte sie, während sie sich in die Mailbox einwählte.

«Amelie? Hallo, hier ist Michael.» Sie lächelte schwach. Er klang irgendwie … bedrückt. «Aber das kannst du dir sicher schon denken. Bitte, Amelie. Ich … ruf mich an. Bitte. Ich muss mit dir reden.» Klick.

Netter Versuch, dachte sie zynisch.

«Amelie, ich bin's noch mal.» Diesmal klang er gefasster, als habe er sich vorher überlegt, was er sagen wollte. «Hör mal, ich … Also, ich muss mich wohl entschuldigen. Dass ich dich so bedrängt habe. Ich würde dich gern ein bisschen in Ruhe lassen, damit du wieder zu dir findest und … damit du wieder zurückkommst.» Er klang jetzt sehr kleinlaut. «Meinst du, wir können noch mal miteinander reden? Ruf mich bitte an, Amelie. Ich vermisse dich. Und das mit Sabina hab ich geklärt. Wirklich. Ich muss natürlich für das Kind bezahlen, aber das ist mir egal. Ich will nicht mit ihr zusammen sein. Ich will mit *dir* eine Familie gründen, Amelie. Das wollte ich schon immer.» Stille, dann das Klicken.

Sie hockte auf dem Bett. Michael klang ehrlich, aber das musste nichts heißen. Beim letzten Mal hatte er auch ehrlich geklungen, als er ihr versicherte, das mit Sabina sei ein für alle Mal vorbei, sie müsse von der Seite nichts mehr befürchten

Sie wollte gerade aufstehen und ins Bad gehen, als ihr übel wurde. Sie stürzte zum Klo, schaffte es gerade noch, den Deckel hochzuheben, und erbrach das Abendessen. Sie sank erschöpft neben dem Klo auf den Fußboden und spülte. Was war denn das? Vertrug sie die gute Hausmannskost von Mrs. Rowles nicht?

Oder war ihr von ihrer eigenen Dummheit übel? Von Michaels Versuchen, sie wieder für sich zu gewinnen?

Sie spülte den Mund mit Wasser aus, putzte sich die Zähne und kroch danach ins Bett. Beim Versuch, ein paar Seiten zu lesen, tanzten die Buchstaben vor ihren Augen. Also gab sie es bald auf und löschte das Licht.

Kurz bevor sie einschlief, sah sie die blaue Tür wieder vor sich, in all ihrer früheren Pracht. Die Tür ging auf. Aber ehe Amelie das Haus betreten konnte, verschwand das Traumbild, und sie schlief tatsächlich ein.

Morgen geh ich wieder hin, beschloss sie.

Am nächsten Morgen hatte sie den Gedanken schon wieder vergessen.

In den nächsten Tagen entwickelte Amelie eine gewisse Routine: aufstehen, frühstücken, zur Bücherei wandern und sich dort bis zum Mittagessen vergraben. Dann mit Cedric – «Wenn Sie mich noch einmal Mr. Tewdwr nennen, nehme ich Ihnen den Ausweis wieder weg!» – zum Mittagessen zu Mathilda und nach dem obligatorischen Kaffee nebst Macaron noch ein bisschen durch den Ort spazieren, ehe sie weiterarbeitete. Dann zurück ins Hotel, wo Mrs. Rowles schon wartete und sich nach ihren Wünschen zum Abendessen erkundigte. Anschließend in ihrem Zimmer die Nachrichten auf der Mailbox abhören, von denen ihr immer noch regelmäßig schlecht wurde, auch wenn sie sich nicht jedes Mal übergeben musste. Danach ein paar Seiten lesen und erschöpft einschlafen.

Sie wusste gar nicht, ob es ihr gut- oder schlechtging. Wenn sie darüber nachdachte, ging es ihr so gut, dass sie schlafen und essen konnte, und so schlecht, dass es ihren Schlaf und ihren Appetit störte.

Diana am anderen Ende der Welt schrieb oft Textnachrichten,

und in ihren E-Mails fragte sie jedes Mal besorgt, ob sie nicht doch heimkommen solle.

Sie würde das schon schaffen, antwortete Amelie jedes Mal automatisch, obwohl sie nicht so sicher war, was «das» eigentlich war. Die Trennung von Michael? Seine ständigen Anrufe? Erst langsam dämmerte ihr, dass er sie regelrecht verfolgte. Und das machte sie so wütend, dass sie ihn noch am selben Abend anrief.

Er war nach dem zweiten Klingeln dran, und sie stellte sich vor, wie er den ganzen Tag mit dem Handy in der Hand unterwegs war und alle zwei Minuten draufschaute.

Der Gedanke war nicht besonders befriedigend. Sie hatte gedacht, wenn er sich nach ihr verzehrte, würde ihr das ein bisschen guttun, aber im Grunde war das Gegenteil der Fall. Sie konnte ihr Unbehagen nicht in Worte fassen.

«Amelie!» Er klang so erleichtert, als habe sie sich nach drei Jahren auf einer einsamen Insel zurückgemeldet. «Leg nicht sofort auf, ja? Ich bin so froh, dass du anrufst.»

Seine Stimme war wie ein Stromschlag, und sie stand vom Bett auf und trat ans Fenster. Draußen war es stockdunkel.

«Du bist in Pembroke?» Sie hörte, wie bei ihm im Hintergrund etwas raschelte. «Ich kann dich holen, wenn du willst.»

«Ich will aber vielleicht gar nicht geholt werden. Hör mal, Michael. Ich will nicht, dass du noch länger hier anrufst. Lass mich bitte in Ruhe. Bitte.»

Er klang verwirrt. «Aber wieso denn, Amelie?»

Sie atmete tief durch. Da, schon wieder war ihr übel! «Ich habe dich verlassen», sagte sie schließlich gepresst.

Er schwieg lange. Sie drückte sich das Smartphone ans Ohr und hielt die Luft an. Wanderte wieder zum Bett und setzte sich. Um sie herum drehte sich alles, als wäre sie besoffen.

«Ich verstehe nicht …»

«Michael, es ist vorbei.»

«Aber unsere Hochzeit? Ich bereite alles vor, weißt du?»

Ihr riss der Geduldsfaden. «Da gibt es nichts mehr vorzubereiten», fauchte sie. «Du hast mich hintergangen, wenn man es genau nimmt, sogar zweimal. Erst hast du mich betrogen, und dann hast du mir nicht erzählt, dass sie dein Kind bekommt. Ich kann einfach nicht mehr, hörst du?»

«Aber du willst doch noch?»

Wortklaubereien. Er klammerte sich verzweifelt daran, weil er sie nicht verlieren wollte. Vielleicht hätte es sie unter anderen Umständen gerührt, vielleicht hätte sie ihm gesagt, es würde alles wieder gut werden. Aber für sie wurde nichts wieder gut, nur weil sie eine Woche allein war.

«Mach's gut, Michael.» Ein schönes Leben wollte sie ihm wünschen, aber ihre Stimme versagte.

Vier Jahre. Einfach weggewischt.

Sie legte auf und begann, das Smartphone auseinanderzubauen, bis sie die Simkarte in der Hand hielt. Gleich morgen wollte sie los und sich eine neue kaufen. Eine neue Nummer, die sie ihm nicht mitteilen würde. Er hatte in ihrem Leben nichts mehr zu suchen.

Die Traurigkeit kam, als sie etwas später im Bett lag. Wen hatte sie nun noch? Nach der Trennung von Michael blieb ihr als Freundin nur Diana am anderen Ende der Welt. Und ihre Mutter, die ihr vermutlich grollen würde, weil sie Michael verlassen hatte.

Alle anderen Freunde waren gemeinsame Freunde. Sie wollte niemanden vor die Wahl stellen. Wer zu ihr kam, sobald die Sache die Runde machte – schön. Sie würde sich über jeden ehrlich freuen. Alle anderen konnten ihr gestohlen bleiben.

Sie fühlte sich sehr, sehr einsam und rollte sich unter der Bettdecke ein. Das Leben war nicht fair. Es war nicht fair, und sie sehnte sich danach, dass jemand sie einfach nur festhielt und ihr versicherte, dass alles wieder werden würde.

Ein bisschen fürchtete sie, das würde niemals passieren.

«Morgen kommt die Reisegruppe», verkündete Mrs. Rowles beim Frühstück am nächsten Morgen. «Dann ist Ihr Zimmer belegt.»

Amelie nickte. Sie hatte ja von Anfang an gewusst, dass sie nicht ewig bei den Rowles bleiben konnte. «Können Sie mir ein anderes Hotel empfehlen?»

Mrs. Rowles überlegte. «Bei Mathilda vielleicht? Sie vermietet auch Zimmer. Sonst fällt mir niemand ein, bei dem Sie sich wohlfühlen würden.»

Amelie horchte auf. «Aber es gibt noch andere Hotels, oder?»

«Kann schon sein.» Mehr wollte Mrs. Rowles nicht sagen. «Sie müssen morgen um neun aus dem Zimmer raus sein. Ich muss ja putzen, bevor die neuen Gäste kommen.»

Komisch. Bisher war Mrs. Rowles so nett zu ihr gewesen. Irgendwie vermittelte sie Amelie jetzt das Gefühl, unerwünscht zu sein.

«Können Sie mir vielleicht eine Liste der anderen Hotels geben?»

Mrs. Rowles zuckte mit den Schultern. «Kann ich wohl.» Sie verschwand durch die Schwingtür in die Küche, und Amelie hörte, wie sie laut mit dem Geschirr klapperte. Sie rief auf Walisisch nach ihrem Mann, der vorne an der Rezeption saß und den ganzen Tag nur Freecell spielte. Er brummte irgendwas zurück, und Amelie vertiefte sich wieder in ihre Notizen.

Sie war in dieser einen Woche sehr gut vorangekommen. Das

Kapitel, das sich um Beatrix' Zeit in Pembroke drehte, hatte sie dank ihrer Recherchen in der dann doch erstaunlich ergiebigen Bibliothek rasch abschließen können.

1900 hatte Beatrix Lambton einige Wochen in der Stadt verbracht. Sie war nach dem Tod ihrer jüngeren Schwester, die kurz nach der Hochzeit mit einem jungen Peer bei der Geburt ihres ersten Kindes verstarb, hergekommen und geblieben. Amelie wusste nicht so genau, warum. Vielleicht hatte sie Abstand gebraucht von der Gesellschaft, und sie hatte die Ruhe, nach der sie suchte, nur hier gefunden.

Aber was war mit den Briefen der Lambton-Schwestern passiert? Amelie beschloss, noch heute die Adressen von Mr. Bowden und Mr. Biggs in Erfahrung zu bringen und die beiden Männer anzurufen. Vielleicht konnte sie sich mit beiden treffen und ihr Anliegen vortragen.

Aber erst mal brauchte sie ein neues Hotelzimmer. Als sie nach dem Frühstück nach oben gehen wollte, räusperte sich Mr. Rowles hinter der Rezeptionstheke. Er winkte ihr, näher zu kommen, und schob ihr einen gefalteten Zettel zu.

«Hotels», sagte er. «Tut mir leid, dass Sie nicht hierbleiben können. Meine Frau ...» Er senkte die Stimme zu einem Flüstern. «Sie müssen das verstehen.»

Amelie verstand überhaupt nichts. Aber sie lächelte zurückhaltend und bedankte sich für die Liste.

Als sie im Badezimmer stand und sich die Zähne putze, musste sie sich plötzlich hinsetzen. Sie ließ sich auf den Badewannenrand sinken. Ihr war schwindelig. Jetzt kam die Übelkeit sogar schon morgens. Sie wartete ein paar Minuten, nahm die Zahnbürste aus dem Mund und horchte in sich hinein. Nichts. Nur diese lästige Übelkeit.

Hoffentlich hörte das bald auf. Aber wenn sie nicht mehr jeden Abend mit Michaels Mailboxnachrichten konfrontiert wurde, würde es sicher irgendwann vorbei sein.

Sie musste positiv denken, leider bisher nicht gerade ihre Stärke.

Sie wartete ein paar Minuten, dann stand sie auf, spülte den Mund aus und machte sich fertig. Zehn Minuten später war sie auf dem Weg in Richtung Innenstadt. Sie wollte zuerst bei Mathilda fragen, ob sie ein Zimmer frei hatte.

Als sie in die Bücherei kam, war Cedric gerade damit beschäftigt, neue Bücher einzuräumen. Sie wünschte ihm einen guten Morgen und stellte einen Pappbecher mit Kaffee auf seinen Schreibtisch. Er lächelte zufrieden. Dass sie ihm Kaffee mitbrachte, hatte sich nach zwei, drei Tagen eingebürgert, weil er sich über seine Frau beklagt hatte, die ihm immer nur Tee vorsetzte.

Weiter hinten in der Bücherei, zwischen dem Regal mit Computerratgebern und dem mit den Reiseführern, hatte sie an einem großen Tisch ihren Stammplatz. Hierher verirrten sich nur selten Besucher – die Pembroker schienen weder besonders computeraffin noch reiselustig zu sein. Und sie konnte die Bücher über Nacht auf dem Tisch liegen lassen.

Sie hatte sich gerade eingerichtet, als Cedric kam und ihr ein Tellerchen mit Keksen hinstellte. «Die mit Ingwer.» Er zwinkerte ihr zu. Essen war in dieser Bücherei wie in allen Bibliotheken auf der Welt verboten, aber als Stammgast und Kaffeebringdienst genoss man offenbar einige Vorzüge.

«Danke, Cedric.»

Heute fiel es ihr schwer, sich zu konzentrieren. Ständig schweiften ihre Gedanken ab – zu Michael, zu der Frage, wo sie ab morgen schlafen sollte. Warum Mrs. Rowles so komisch zu ihr war und warum Mr. Rowles meinte, das müsse sie verstehen.

Es klang fast so, als habe Mrs. Rowles etwas gegen Amelie. Dabei war sie ein braver, sauberer Hotelgast. Sie war kein Rockmusiker, der Mobiliar zerschlug, und sie lag abends um neun meistens im Bett.

«Ich geh zu Mr. Bowden und Mr. Biggs», verkündete sie nach einer Stunde, in der sie nur Löcher in die Luft gestarrt hatte. Die Adressen der beiden Männer hatte sie schon vorher aus dem Telefonbuch gesucht, doch keiner war telefonisch erreichbar gewesen, wenngleich Cedric ihr versichert hatte, dass sie in Pembroke lebten und er sie sogar kenne.

«Sehen wir uns denn heute Mittag bei Mathilda?» Cedric schien ehrlich besorgt, dass sie ihn versetzen könnte.

«Natürlich. Vielleicht weiß ich dann schon mehr über Beatrix.»

«Das müssen Sie mir dann unbedingt erzählen.»

Als sie sich auf den Weg machte, lächelte Amelie. Du brauchst Michael gar nicht, dachte sie zufrieden. Mit Cedric kannst du dich genauso gut über dein Buch unterhalten.

Zugegeben, er hatte nicht so viel Ahnung von der Materie, und das Thema war für ihn im ersten Moment eher befremdlich gewesen, aber sie hatte schnell festgestellt, dass seine Fragen ihr sogar noch mehr halfen als die von Michael. Denn Cedric hatte überhaupt keine Vorbildung; er wusste nur, dass es dieses Buch von Beatrix Lambton gab und dass es damals bei seinem Erscheinen einen Skandal ausgelöst hatte. Alles, was damit einherging, ihr Leben, die damalige Zeit, war ihm fremd, und sie hatte gemerkt, wie sie ihr Buch in einem völlig anderen Ton erzählte, seit sie jeden Mittag mit ihm zusammensaß und versuchte, ihm die Faszination für diese Frau zu vermitteln.

Vielleicht war es das, was sie beim Schreiben nicht vergessen durfte. Sie saß nicht mehr im Elfenbeinturm der Geisteswissenschaft. Ihr Buch sollte unterhalten. Und damit das klappte, musste sie ihre Herangehensweise ändern. Mehr für Cedric schreiben und weniger für Michael.

Mr. Biggs wohnte am anderen Ende der Common Street in einem kleinen Häuschen. Im Anbau befand sich eine Werkstatt, in der er, wie ein Schild verhieß, Holzspielzeug und Kleinkram herstellte und verkaufte. Das Haus war still und dunkel, und auch im Laden brannte kein Licht. «Bin morgen wieder da», stand auf einem Schild in der Glastür.

Die Adresse von Jonathan Bowden fand sie erst nach längerem Suchen, weil die Häuser in der Straße nicht durchgängig nummeriert waren. Doch als sie einen Passanten fragte und der auf ein Haus zeigte, hatte Amelie das Gefühl, irgendwas ziehe ihr den Boden unter den Füßen weg.

Das Haus mit der blauen Tür.

Sie bedankte sich bei dem Mann, der sie merkwürdig musterte. Sie nahm allen Mut zusammen und fragte ihn, warum er sie so anschaute.

«Tu ich doch gar nicht!», wehrte er ab.

«Sie haben mich angesehen, als würden Sie mich kennen.»

Er wandte sich halb ab und murmelte etwas. Die ganze Sache schien ihm schrecklich peinlich zu sein, und Amelie kam sich plötzlich ziemlich gemein vor. Sie entschuldigte sich und eilte mit gesenktem Kopf auf das Haus mit der blauen Tür zu.

War das Zufall? Einer der Männer, der angeblich in seiner Privatbibliothek noch Briefe von Anne und Beatrix Lambton aufbewahrte, wohnte in einem Haus, das ihr so seltsam vertraut vorkam? Oder steckte mehr dahinter?

Ich sehe schon Gespenster, schalt sie sich. Das ist einfach nur ein dummer Zufall, mehr nicht.

Sie betätigte diesmal sofort den Türklopfer, denn sie wusste ja, dass die Klingel nicht funktionierte. Im Haus blieb es still, und sie versuchte es ein zweites Mal. Ein drittes Mal. Es konnte doch nicht sein, dass sie heute gar nichts erreichte!

Endlich rührte sich etwas im Haus. Eine Tür wurde geöffnet, durch das helle Rechteck trat ein großer Mann, den Amelie durch die Glasscheibe in der Tür im Gegenlicht nur schwer erkennen konnte. Er ging leicht gebeugt, und es schien fast, als sei das Haus für ihn zu klein.

Er öffnete, und Amelie trat einen Schritt zurück. Groß, finster, alt und feindselig.

Vor allem feindselig.

«Was ist los?», blaffte er. Sein Blick glitt über ihr Gesicht. Wie schon vorhin bei dem Passanten hatte sie dieses merkwürdige Gefühl ...

«Entschuldigen Sie, Mr. Bowden. Ich bin Amelie Franck und arbeite gerade an einem Buch. Äh, einem Buch über Beatrix Lambton als Frau ihrer Zeit zu Beginn des 20. Jahrhunderts, und bei meinen Recherchen stieß ich auf Hinweise, also, dass Sie noch Briefe von ihr haben. Und darum ...»

Sie verstummte. Mit jedem Wort, das sie sagte, verfinsterte sich Mr. Bowdens Miene mehr.

Er beugte sich vor. «Verschwinden Sie.»

Seine Stimme klang so hasserfüllt, dass Amelie zurückfuhr.

«Ich habe Ihnen nichts zu sagen.»

«Aber es geht mir doch nur um ...»

Jetzt machte er einen Schritt auf sie zu. «Ich kenne Sie nicht, und ich will Sie auch nicht kennenlernen. Sie haben hier nichts zu suchen. Hauen Sie schon ab! Sie sind widerlich. Tauchen einfach hier auf und glauben, damit ließe sich alles lösen ...»

«Ich verstehe nicht ...», stotterte Amelie. Sie wollte doch nur die Briefe.

Er lachte auf. «Nein, natürlich nicht. Verschwinden Sie. Lassen Sie mich in Ruhe. Wenn Sie das nächste Mal hier auftauchen, jage ich Sie mit der Schrotflinte vom Hof.»

Irgendwie hatte sie das Gefühl, er meinte das wirklich ernst. Amelie schluckte. Ihr blieb die Erwiderung buchstäblich im Hals stecken.

Er trat zurück, schaute sie noch einmal an, als wollte er sich ihr Gesicht einprägen, und knallte ihr dann die Tür vor der Nase zu.

Amelie blieb vor der blauen Tür stehen.

Sie hob die Hand und ließ den Klopfer gegen das Holz dröhnen. «Mr. Bowden!», rief sie. «Entschuldigen Sie, Mr. Bowden, aber ich habe Ihnen nichts getan! Könnten Sie nicht wenigstens sagen, ob Sie die Briefe besitzen? Sie können sie mir auch leihen, ich gehe damit sehr sorgsam um. Mr. Bowden?»

Die Tür blieb verschlossen. Amelie stellte sich vor, wie er dahinterstand und den Atem anhielt, bis sie ging. Wie er wartete.

Was hatte sie ihm bloß getan, dass er ihr mit so viel Abneigung begegnete?

Sie schlenderte langsam zurück Richtung Innenstadt. Ihre Knie zitterten, und langsam setzte der Schock ein. Was fiel ihm ein, ihr zu drohen?

Amelie blieb stehen. Ihre Knie waren so weich, dass sie keinen Schritt mehr tun konnte. Sie sackte auf die Bordsteinkante. Ein Auto brauste an ihr vorbei und hupte. Amelie schluchzte auf. Das war alles zu viel für sie. Wie hatte sie nur glauben können, es würde weiterhelfen, wenn sie vor ihrem Leben weglief?

«Hey, passen Sie doch auf!»

War das wieder so ein feindseliger Einheimischer? So langsam reichte es ihr. Sie hob den Kopf. Jemand beugte sich über sie und ergriff ihren Arm. «Alles in Ordnung?», fragte die dunkle, warme Stimme, die zu dem Fremden gehörte.

Nein, nichts ist in Ordnung, dachte sie trotzig, aber sie nickte nur.

«Warten Sie, ich helfe Ihnen auf.»

Sie wollte protestieren, weil ihre Knie immer noch zitterten wie Wackelpudding, aber er zog sie hoch und stellte sie neben sich auf den Gehweg. Sie blickte zu ihm auf, und ehe sie etwas sagen konnte, trat er einen halben Schritt zurück. «Sieht nicht besonders gut aus, wenn die Leute Sie hier so sehen», sagte er nicht unfreundlich.

Er war etwa Mitte dreißig, schätzte sie. In ihrem Alter. Groß, leicht gebräunt, mit Lachfältchen um die Augen, die von einem interessanten Dunkelgrün waren. Wuschelige, sandfarbene Haare, die etwas zu lang waren und sich im Nacken leicht lockten. Ein Dreitagebart. Und ein Lächeln, das sie fast wieder in den Rinnstein plumpsen ließ.

«Wieso?», fragte sie dümmlich.

Er lachte. «Sie könnten denken, ich verstehe nichts von meiner Arbeit.» Er zeigte auf das Geschäft hinter seinem Rücken.

Eine Apotheke.

«Leute auf dem Bordstein sind schlecht fürs Geschäft. Vielleicht möchten Sie mit reinkommen, bis es Ihnen bessergeht?»

Amelie wollte abwehren, aber als sie den Kopf schüttelte, wurde ihr wieder schwindelig. Sie schwankte, und der Apotheker ergriff erneut ihren Arm.

«Keine Widerworte», murmelte er und führte sie in die Apotheke.

Ihr wären auf die Schnelle auch keine vernünftigen eingefallen.

Später würde sie nie den Tag vergessen, an dem sich ihr Schicksal wendete. Sie hatte immer gedacht, das müsse an dem Tag passiert sein, als ihr der Duke of G- begegnete. Aber wie sich im Nachhinein herausstellte, sollte jener Tag nur ihr Schicksal besiegeln.

Anne Lambton war siebzehn, als ihre Freundin Teresa heiratete. Dass sie überhaupt heiratete, war für alle, die sie kannten, ein kleines Wunder und für die Familie eine Sensation. Denn Teresa hatte seit ihrer Geburt einen Klumpfuß, den sie nachzog – ein Makel, den sie erst als junge Frau unter langen Kleidern kaschieren konnte. Aber ihr Hinken war kaum merklich, und sie hatte ein bezauberndes Wesen und ein herzförmiges, zartes Gesicht.

Da Teresa oft mit Anne auf die Bälle und Soireen ging, zu denen sie eingeladen wurde, weil sie inzwischen zur Familie des Earl of Hartford gehörte, hatte sie es geschafft, die Aufmerksamkeit eines jungen, wohlhabenden Baronets zu wecken, der sich Hals über Kopf in Teresa verliebte. Annes Mutter grollte.

«Dieser Benedict wäre dein Fang gewesen!», fauchte sie bei jeder sich bietenden Gelegenheit, und sie brachte Teresa, die, wie sie fand, diesen Aufstieg allein ihnen verdankte, zukünftig nur noch kühle Reserviertheit entgegen. Es war leicht, großzügig zu sein, solange es nichts kostete. Aber sie glaubte nun, Teresa habe ihrer jüngeren Tochter den Mann weggeschnappt, und so blieb davon nicht mehr viel übrig.

Anne ließ sich davon nicht beirren. Dass ihre Mutter ihr den Umgang mit Teresa verbot, ignorierte sie.

Die Lambton-Schwestern waren in der Gesellschaft dafür berüchtigt, dass sie sich keine Vorschriften machen ließen. Das galt für Beatrix, die um sieben Jahre Ältere, sogar noch mehr als für Anne.

Nach ihrer Hochzeit vor sechs Jahren hatte sie schon bald begonnen, die berüchtigten Salons zu besuchen. Sie diskutierte mit Männern und ließ sich den Schneid nicht abkaufen. Manche fanden, der Earl of Hartford sei verrückt, weil er sie nicht zurechtwies. Die meisten hielten ihn aber einfach nur für dumm, dass er geglaubt hatte, Beatrix Lambton zähmen zu können. Sie hatte nie ein Hehl daraus gemacht, dass sie sich nach der Heirat Freiheiten herausnehmen würde, die einer verheirateten Frau schlicht nicht zustanden. Henry zuckte nur mit den Schultern. Ihn schien das nicht zu stören. Natürlich nahm er sich ebenfalls Freiheiten, und zwar deutlich mehr als seine Frau. Sobald Beatrix wieder wegen der anderen Umstände, die er ihr regelmäßig aufzwang, ans Haus gefesselt war, zeigte er sich stattdessen mit seinen Mätressen in der Öffentlichkeit. Sie machten sich die Ehe gegenseitig schwerer als unbedingt nötig, fand Anne. Aber erstaunlicherweise machte Bee auf sie keinen besonders unglücklichen Eindruck.

Und nun heiratete Teresa noch während der ersten Saison. Anne wollte es ihrer besten Freundin nicht neiden, zumal sie wusste, wie sehr Benedict und sie einander mochten. Trotzdem kam sie nicht umhin, den zarten Stachel Eifersucht zu verspüren. Sie hatte Verehrer, ja. Zwei oder drei, die mit großem Interesse um sie warben. Doch keiner von ihnen war auch nur annähernd das, was sie sich wünschte. Sie waren entweder dumm, vertrottelt oder zu arm, weshalb kein Gedanke an sie verschwendet werden durfte.

Bees Ehe mit Trisk hatte Anne also neue Wege eröffnet – und zugleich andere versperrt. Denn was früher noch gut genug gewesen wäre in den Augen ihrer Eltern, war jetzt völlig indiskutabel.

Der große Tag für Teresa wurde mit viel Pomp gefeiert – mit einer Pracht, die weder ihr Wunsch war noch so recht zu diesem jungen Paar passen wollte. Auch da war eine ehrgeizige Mutter die treibende Kraft.

Sie feierten nicht in der Stadt, sondern draußen in Vauxham Manor, auf dem Stammsitz von Benedicts Familie. Anne hatte als beste Freundin und Ehrenjungfer der Braut ein Zimmer im Gästeflügel ergattern können. Sie hatte die halbe Nacht wachgelegen vor Aufregung, und als sie im Morgengrauen aufstand und noch im Morgenrock zu Teresas Zimmer schlich, glaubte sie, ihre Freundin schliefe noch.

Sie irrte. Teresa saß am Toilettentisch und kämmte ihre honigblonden Haare.

Im Spiegel lächelten sie einander zu. «Ich dachte, du schläfst noch», sagte Anne leise.

«Ich habe nicht geschlafen.»

«Nervös?» Anne trat näher, nahm Teresa die Bürste aus der Hand und kämmte ihre Locken mit langsamen Bewegungen aus. Teresa lächelte. Ihre Hand spielte mit der versilberten Puderdose auf dem Toilettentisch. «Nicht mehr als gestern», behauptete sie.

«Lügnerin.» Auch Anne lächelte.

Teresa war immer die Verzagtere gewesen. Die Schwächere, beinahe Ängstliche. Trotzdem hatte sie fast die Rolle der älteren Schwester eingenommen, nachdem Bee geheiratet hatte und fortgegangen war. Früher war sie es gewesen, die den Sohn des Stallmeisters draußen in Lambton Manor in den Misthaufen geschubst hatte, als der Anne mit einer warzigen Kröte hatte erschrecken

wollen. Und sie hatte ihn mit der Mistgabel bedroht, bis er versprach, ihre beste Freundin nie wieder so sehr zu erschrecken.

William Darren war nicht der Letzte gewesen, gegen den Teresa
sie verteidigt hatte. Anne zog als die Jüngere und Schönere eine
zweifelhafte Aufmerksamkeit auf sich. Viele Männer glaubten, sich
bei ihr Freiheiten herausnehmen zu dürfen, obwohl es Anne ein
Rätsel war, wie sie darauf kamen. Sie war brav und forderte keinen
von ihnen durch ihr Verhalten auf, zumindest glaubte sie, dass es so
war. Was nichts an der Tatsache änderte: Die Männer sprangen auf
sie an, und sie behandelten Anne wie Freiwild, nicht wie eine junge, ehrbare Frau, die sie heiraten wollten. Sondern wie die hübsche,
jüngere Tochter eines völlig verarmten Peers, die vom Leben ohnehin nicht mehr erwarten durfte als die Stellung als Mätresse eines
Viscount – und das auch nur, solange sie sich brav in diese Rolle
fügte und mit dreißig still und leise Platz für die Nächste machte.
Daran hatte auch Bees Heirat nichts zu ändern vermocht. Nur dass
es jetzt Dukes und Earls waren, die sich nach ihr umdrehten und
überlegten, wie sie Anne zu ihrer Mätresse machen konnten.

«Ab morgen passt keiner mehr auf mich auf», sagte Anne leise.
Ihre Blicke trafen sich im Spiegel.

«Du brauchst niemanden, der auf dich aufpasst. Das kannst du
inzwischen sehr gut allein», entgegnete Teresa.

«Findest du.» Anne hatte da so ihre Zweifel.

«Sieh dich an. Du bist schöner, du bist klüger, na ja. Und ge-
schickter auch! Du gibst bestimmt nicht nach, wenn die Männer
dir zweifelhafte Avancen machen!»

«Ach, komm!» Anne lachte nervös. «Wir sind jung, da ist es doch
gar nicht schlimm, ein Jahr länger zu warten, oder?»

«Bei dir schadet es sicher nicht. Bei mir hingegen … Ich bin froh,
dass es da einen gibt, der mich will, so beschädigt, wie ich bin.»

Sie sagte dieses Wort, als sei es keine kleine Deformation, sondern ein scharlachroter Buchstabe, der auf ihrer Stirn prangte.

«Aber du hast ihn doch von Herzen lieb, und er dich auch!»

«Wenn selbst du das glaubst, wird es wohl stimmen.» Teresa seufzte schwer. Sie ließ die Hände sinken und wich Annes Blicken aus.

«Dann hast du nur angenommen, weil du denkst, es kommt kein anderer, der dich mögen wird? Du heiratest Benedict, weil er deine erste Chance ist?»

«Er ist meine einzige Chance!», rief Teresa verbittert. «Du kannst es dir ja leisten, Avancen abzuwehren, du schickst die Männer mit einem Lachen fort! Sogar Lord Cornelius hätte ich genommen, wenn er mich gewollt hätte!»

Lord Cornelius war einer der wenigen, bei denen Anne das Gefühl hatte, es sei ihm ernst mit ihr. Ein kleiner, dicklicher Kerl, der seit Monaten immer wieder in den Salons auftauchte. Mit seinem schlichten Gemüt und einer lauten Stimme, mit der er sich Gehör verschaffte, wurde er bald zum Liebling all jener, die sich im Vergleich mit ihm in besserem Licht präsentieren konnten. Dass er Anne beständig nachstellte und ihr schon zwei Anträge gemacht hatte, die sie beide nach angemessener Bedenkzeit höflich abgelehnt hatte, war anstrengend und allenfalls ein bisschen lästig. Wenn sie nur ihn haben konnte, wollte sie lieber keinen.

«Aber du magst ihn doch, oder?» Anne versuchte verzweifelt, etwas Gutes an Teresas Hochzeit zu finden.

«Du magst Zitronenbaisertorte. Deshalb magst du aber nicht jeden Tag davon essen. Also ja, ich mag ihn. Aber jeden Tag mit ihm zu speisen und zu leben ...»

Teresas Lächeln wirkte plötzlich sehr traurig. Anne suchte nach den richtigen Worten. «Du bist einfach nur nervös vor der Hochzeit», sagte sie schließlich. «Das gibt sich, sobald du erst neben ihm am Altar stehst.»

«Nein, Anne.» Teresa nahm ihre Hand, und die Finger der Freundin waren eiskalt. «Ich bin nicht nervös. Ich bin Realistin. Er braucht Söhne, und ich brauche ein Heim. Es ist ein Handel, wie wir Frauen ihn seit Jahrhunderten mit den Männern eingehen, nur mit dem Unterschied, dass ich mir dessen vollends bewusst bin. Und du solltest es auch wissen, wenn es bei dir so weit ist.»

Anne schüttelte betäubt den Kopf. Sie hatte gedacht ...

«Aber er hat dich doch so lieb!», widersprach sie. Es passte nicht in ihr Weltbild, dass ihre Freundin sich in eine Ehe begab, nur weil sie ihr Sicherheit bot. «Wenn du ihn nicht magst, zwingt dich doch keiner, ihn zu heiraten. Du könntest weiterhin mit mir zu den Bällen gehen, wir tanzen und suchen nach dem richtigen Mann für dich ...»

«Hör auf, Liebes. Ich werde es bei ihm gut haben, ich liege meinen Eltern nicht länger auf der Tasche, ich bekomme eine Familie, und mit ein bisschen Geschick werde ich mit ihm sogar glücklich sein. Manche sagen ja, die Liebe käme im Laufe der Ehe. Darauf setze ich.»

«Aber ...»

«Alles andere ist eine Illusion.»

Anne war verwirrt. Hatten sie nicht nächtelang darüber diskutiert, wie das gute, richtige Leben aussehen musste? War die Liebe nicht eine unabdingbare Bedingung gewesen für das Lebensglück? War nicht ein Seelenpartner, ein Gefährte, für die Frau das höchste aller Ziele? Hatten nicht auch die Männer immer so geredet, als ginge es ihnen darum?

Sie fühlte sich wie vor den Kopf geschlagen. Teresa nahm ihr die Bürste aus der Hand. Im Spiegel schauten sie sich an. Teresa wirkte abgeklärt und ganz ruhig, die großen Taubenaugen unverwandt auf Anne gerichtet. Anne versuchte, sich zusammenzureißen, doch sie sah an ihrer Haltung im Spiegel, wie wenig ihr das gelang. Sie war in sich zusammengesunken wie eine Marionette, der man die Fäden abgeschnitten hatte.

«Wir werden nie glücklich sein, wenn wir uns nicht mit der Rolle abfinden, die die Gesellschaft für uns bereithält», sagte Teresa leise. «Ich empfehle dir, damit nicht zu lange zu warten, Anne. Der Absturz könnte sonst allzu schmerzhaft sein. Und nun sei so gut und hilf mir. Die Mädchen in diesem Haus fürchten sich vor mir, sie glauben, mein Fuß sei ein teuflischer Huf, diese dummen Gänschen.»

Zwei Jahre später erinnerte sich Anne an diesen Morgen. Sie musste ihrer Freundin recht geben, auch wenn es ihr nicht gefiel. Teresa, die so heiter und gelassen eine Verbindung einging, die ihr nur eine stetig wachsende Kinderschar, schlaflose Nächte und ein Leben fernab ihrer einstigen Ideale bescherte, wirkte zumindest zufrieden. Sie trug nun die Verantwortung für ihre Kinder. Es gab Zofen im Haushalt, Kindermädchen, eine Amme, später müsste man einen Hauslehrer für den Ältesten finden und Gouvernanten für das Mädchen. Es fehlte an nichts. Aber wie die Kinder mussten auch die Dienstleute beaufsichtigt werden. Teresa regierte über Küche und Hof, über den bescheidenen, friedfertigen Salon ebenso wie über die Haushaltsbücher.

Teresa war für ein Leben geschaffen, in dem all diese Annehmlichkeiten nicht vorgesehen waren. Ihre Eltern hatten ihr von kleinauf eingebläut, dass es schon ein riesiges Glück sein müsste, wenn sie überhaupt jemand nehmen würde, und deshalb hatten sie der Tochter lieber praktische Kenntnisse mit auf den Weg gegeben. Sie hätte selbst Gouvernante werden können, dafür war sie ausgebildet.

Anne hingegen war auch zwei Jahre später noch immer allein. Sie war auf dem Regalbrett liegen geblieben, beinahe schon eine alte Jungfer. Irgendwas war an ihr, das die Männer verscheuchte, sobald der richtige Zeitpunkt gekommen wäre, um aus den gelegentlichen Besuchen mehr zu machen; keiner wagte es, um ihre Hand anzuhalten. Selbst Lord Cornelius, anfangs noch eifriger Kämpfer und Werber in eigener Sache, verschwand enttäuscht nach Boston, wo er, wie man sich erzählte, ein kleines Vermögen gemacht hatte.

Anne war nur auf die Rolle als Ehefrau vorbereitet worden. Sie war so bereit dazu, dass sie damit jeden verscheuchte. Und sie verstand nicht, was sie falsch machte. Bis sie an jenem schicksalhaften Morgen im Juni des Jahres 1895 beim morgendlichen Ausritt im Park – den sie allein unternahm, obwohl ihre Mutter protestierte – dem Duke of G- begegnete. Wer wen eroberte, wussten beide später nicht mehr so genau zu sagen, doch da er verheiratet war und sie nicht, blieb für beide nur ein Weg – jener, auf dem Anne straucheln und scheitern musste.

Kapitel 6

Ein Mann – ein Engländer, nein, Waliser – durfte nicht so unverschämt gut aussehen.

Amelie hatte keinen Widerstand geleistet, als der Apotheker sie in das kleine Büro hinter der Offizin führte und dort auf ein Sofa schob. Sie hatte die Arme um die Knie geschlungen und zu zittern begonnen.

«Ich mache Ihnen Tee.»

Sie lächelte. Tee ... Damit lösten die Leute auf der Insel jedes Problem.

Die Glöckchen über der Eingangstür bimmelten, und er entschuldigte sich für einen Moment und verschwand. Sie hörte ihn mit einer Kundin reden, die über ihr Gelenkrheuma klagte, dann über ihren unhöflichen Schwiegersohn und über das Wetter. Zehn Minuten später kam er zurück.

Amelie hatte sich derweil die Wolldecke, die über der Armlehne des Sofas lag, über die Knie gezogen. Das Zittern hatte nicht nachgelassen, aber sie fühlte sich ein bisschen besser. Eindeutig nicht so krank, dass sie länger bleiben musste. Außerdem war sie mit Cedric zum Mittagessen verabredet.

«Der Tee.» An das Büro grenzte eine Küchennische. Alles war hier so puppenwinzig, und er wirkte darin so groß und völlig deplatziert. Amelie erhob sich hastig. Sie hatte das Regalbord über dem Sofa übersehen und stieß mit dem Hinterkopf dagegen.

«Es geht mir schon viel besser …» Benommen sackte sie zurück aufs Sofa.

Er lächelte nachsichtig. «Zuerst trinken Sie den Tee. Und dann können Sie gern wieder gehen.»

Wieder verschwand er in der Küchennische, klapperte mit einer Teedose und Porzellan. Der Wasserkessel pfiff. War hier denn alles so niedlich und antiquiert, als stammte es aus dem letzten Jahrhundert?

Eins konnte der Herr Apotheker jedenfalls: Tee kochen. Nach der ersten Tasse erwachten Amelies Lebensgeister langsam wieder, und die Ingwerkekse, die er dazu reichte, ließen auch das flaue Gefühl im Magen langsam abklingen.

«Besser?», fragte er, nachdem sie die Kekse allesamt verputzt hatte. Etwas peinlich berührt nickte Amelie.

«Tut mir leid», sagte sie.

«Was, dass Sie mir die Kekse weggegessen haben? Ich hab genug.» Er schenkte ihr Tee nach, und sie seufzte selig. Langsam wurde ihr warm, und das Zittern war nur noch eine ferne Erinnerung.

«Ich hab mich nicht mal vorgestellt.»

«Sie sind die deutsche Historikerin. Im Ort spricht man kaum von etwas anderem.»

Das erstaunte sie. «Wieso das denn?»

Er lachte, ein dunkles, warmes Lachen wie Karamell. Sie versteckte ihr Gesicht hinter der Teetasse und trank viel zu hastig. Ihre Zunge brannte.

«Weil die Leute sonst nichts zu erzählen haben. Weil es immer interessanter ist, was bei den anderen passiert. Nie das, was bei einem selbst los ist. Das möchten viele ja lieber für sich behalten.»

«Einem Apotheker kann man vermutlich nicht viel verheimlichen.»

«Nein, so ein bisschen sind wir da wie Beichtvater, Seelsorger und ferner Freund.» Er stand auf und räumte seine Teetasse weg. «Ich heiße übrigens Daniel. Sie können mich Dan nennen.»

«Amelie.» Sie nahm die Hand, die er ihr hinhielt. Er legte den Kopf leicht schief und musterte sie.

«Haben die Kekse geholfen?»

«Sie waren sehr lecker.» Sie lachte verlegen. «Das nächste Mal lass ich Ihnen welche übrig.»

«Die sind mit Ingwer. Ein altes Hausrezept meiner Mutter. Ingwer, meine ich.»

Irgendwie hatte sie das Gefühl, die Anspielung nicht zu verstehen. «Ja, sehr lecker», wiederholte sie. «Aber jetzt muss ich los.»

«Natürlich.» Er geleitete sie zur Tür. «Wenn Ihnen das nächste Mal flau wird, denken Sie dran: Ingwer. Wirkt Wunder.»

Wieder dieser Blick, den sie nicht deuten konnte. Forschend. Fragend. Doch dann lächelte er, und sie erwiderte sein Lächeln automatisch.

Ein netter Kerl, dachte sie auf dem Weg zurück zur Bibliothek. Etwas merkwürdig mit seinem Gerede über Ingwer, trotzdem sehr nett. Nach Cedric war er nun schon der Zweite, der sie mit diesen Keksen fütterte. War das eine lokale Spezialität oder wieder so eine englische Verrücktheit?

Erst eine halbe Stunde später, als sie mit Cedric bei Mathilda saß und er sie fragte, was denn ihr Besuch bei Mr. Bowden ergeben habe, fiel ihr wieder ein, warum sie überhaupt unterwegs gewesen war.

«Er war widerlich zu mir», sagte sie. Und nein, sie hatte keine Lust, das genauer auszuführen. Er hatte sie behandelt, als wäre sie eine Kreuzung aus den Zeugen Jehovas und einem Gerichtsvollzieher. So langsam hatte sie genug von den Grillen der Pembroker. Wer sie nicht mit offenen Armen empfing – wie der gutaussehende Apotheker, Mathilda und Cedric –, begegnete ihr mit offener Feindseligkeit.

«Man könnte meinen, ich hätte all ihre Erstgeborenen ermordet und noch ein paar Plagen mehr mitgebracht», bemerkte sie düster und stocherte lustlos in dem Eintopf mit Lamm und Bohnen herum. «Wieso ist das so?»

Cedric wiegte den Kopf. «So waren sie schon immer. Zugezogene haben es hier noch nie leicht gehabt. Ich musste auch ein Jahrzehnt hier leben, ehe sie mich halbwegs akzeptiert haben.»

Mathilda kam zu ihnen an den Tisch. «Nachtisch?», fragte sie und zwinkerte Cedric zu.

Er lehnte sich zurück und strich über sein kleines Bäuchlein. «Lieber nicht», antwortete er.

«Es gibt Karamellpudding.» Wieder zwinkerte sie. Amelie musste sich das Lachen verkneifen. Dieses Gespräch führten die beiden jeden Mittag.

«Ich nehm wohl einen», meinte sie. «Komm schon, Cedric. Einmal ist keinmal.»

«Meinst du wirklich, ich vertrag das?»

Beide Frauen versicherten ihm, dass man es ihm nicht ansehen würde, wenn er einmal Pudding aß. Wie jeden Mittag.

Dem Pudding folgte dann noch ein Kaffee, und es war schon halb drei, als sie wieder auf der Straße standen. Sie mussten sich beeilen, damit Cedric die Bibliothek rechtzeitig wieder öffnen konnte.

Amelie setzte sich an ihren Tisch hinten in der Bibliothek. Aber sie konnte sich nicht konzentrieren. Ihre Augen schmerzten, und der Kopf fühlte sich unangenehm schwer an. Die bleierne Müdigkeit zerrte an ihr.

«Das kommt davon, wenn man so viel frisst», murmelte sie. Der Pudding wäre diesmal nicht nötig gewesen.

Es hatte keinen Zweck. Nach einer halben Stunde gab sie auf und packte ihre Sachen. Sie musste sich heute noch um eine Unterkunft kümmern.

Sie verabschiedete sich von Cedric und lief durch die Stadt zurück. Mr. Rowles schaute nur kurz auf, als sie das Fox & Hare betrat. Er schob ihr den Schlüssel und einen Notizzettel über den Tresen. Auf dem Zettel waren drei Hotels nebst Telefonnummern vermerkt. Dort sei noch was frei, sagte er.

Immerhin, dachte sie müde. Oben in ihrem Zimmer legte sie sich aufs Bett und schloss für einen Moment die Augen. Nur ein bisschen ausruhen...

Als sie aufwachte, war es schon dunkel. Amelie wusste einen Moment lang nicht, wo sie war. Blind tastete sie nach dem Nachtlicht und knipste es an. Sie fand ihr Handy auf dem Fußboden. Schon nach neun Uhr abends! Sie hatte über vier Stunden geschlafen und fühlte sich alles andere als erfrischt und ausgeruht.

Nachdem sie sich das Gesicht gewaschen hatte, ging sie nach unten. Mr. Rowles saß noch immer oder schon wieder hinter dem Empfangstresen und spielte Freecell. Ob er auch mal was anderes machte?, überlegte sie. Irgendwann musste er doch alle theoretisch möglichen Freecell-Spiele durch haben.

«Die Küche bleibt heute kalt», sagte er, ehe sie überhaupt etwas fragen konnte, und ihr blieb darum nichts anderes übrig, als in ihr Zimmer zurückzukehren. Natürlich hatte sie jetzt einen Bärenhunger, und während sie hin und her überlegte, wo sie jetzt noch schnell was zu essen herbekommen sollte, piepte ihr Handy.

Michael schickte ihr weiterhin mindestens dreimal täglich Textnachrichten. Er wünschte ihr einen guten Morgen, er schrieb mittags, was er bisher gemacht hatte und wünschte ihr abends eine gute Nacht. Und mindestens einmal am Tag schrieb er: «Wann kommst du zurück?»

Und jedes Mal war sie versucht, «nie!» einzutippen.

liebe amelie – er hielt nichts von Großbuchstaben bei Kurznachrichten –, *kommst du im juli mit zur konferenz nach konstanz? muss das hotelzimmer buchen. wann kommst du zurück? m.*

«Gar nicht», flüsterte sie und pfefferte das Handy aufs Bett.

Sie hatte es so satt! Dieses Gefühl, mit ihrem Leben direkt in eine Sackgasse gesteuert zu sein, belastete sie mehr, als sie zugeben wollte. Wenn wenigstens die Arbeit am Buch gut voranginge, dann hätte sie etwas in der Hand. Was sollte sie machen, wenn ihr Geld aufgebraucht war? Sie hatte Reserven, aber einige Wochen im Hotel, tägliches Mittagessen und keine Einkünfte – das vertrug sich nicht auf Dauer.

Irgendwann musste sie also zurück nach Deutschland. Aus dem gemeinsamen Haus ausziehen, sich was Eigenes suchen, einen Job finden («Warum haben Sie im letzten Jahr nicht gearbeitet? Weil Sie ein Buch geschrieben haben? Soso.» – Sie konnte die Skepsis der Leute in der Personalabteilung förmlich spüren), eine Wohnung einrichten, ein Leben beginnen, das ihr jetzt noch schwer vorstellbar schien.

Und immer wieder war da ein kleines ketzerisches Stimmchen, das sie lockte. Es wäre so viel einfacher, zu Michael zurückzukehren, so was macht er kein zweites Mal, das wird er dir nie wieder antun.

Nein. Das konnte sie auf gar keinen Fall tun.

Denn er hatte sie ja ein zweites Mal betrogen, wenn auch nicht im technischen Sinne, sondern eher, weil er ihr etwas Wichtiges verschwiegen hatte, das sie unmittelbar etwas anging. Vielleicht konnte sie ihm das sogar verzeihen, vielleicht hatte er das getan, weil er sie schützen wollte. Vielleicht hätte er ihr später noch davon erzählt, das konnte sie ja nicht wissen.

Aber wie sollte das weitergehen? Sie säße daheim, ohne Kinder – zum Glück! – und mit der Gewissheit, dass er sich anderswo das Familienleben holte, das es bei ihr nicht gab? Noch schlimmer: Sie bekamen Kinder, eins, zwei, drei, und er wäre trotzdem nicht zu Hause, weil sie ihn nervte, weil ihre Kinder anstrengender waren als das eine, das er mit der anderen Frau hatte. Das natürlich zuckersüß und herzallerliebst war und nicht zu vergleichen mit denen daheim.

Sähe so ihr Leben aus?

Erschöpft sank sie aufs Bett. Ihre Hand ruhte auf dem Bauch, und sie horchte in sich hinein. Ein sanftes Ziehen kündigte wieder mal ihre Periode an, aber das hatte sie schon seit Tagen, und bisher war nichts passiert.

Sie schloss die Augen. Das Kopfkino ging natürlich weiter. Wo ein Kind mit einer anderen Frau war, gab es sicher bald ein zweites. Er hätte eine Zweitfamilie, die Sonntagsfamilie, Besuchsfamilie. Die, bei der er sich wohlfühlte. Die für ihn wie Urlaub war von seinem Leben daheim. Und zu den Geburtstagen mussten sich alle herausputzen, und sie fuhren zu seiner Geliebten, die dann schon das zweite Kind hatte, und die Kinder spielten gemeinsam, während die Erwachsenen verkrampft am Kaffeetisch saßen und die bucklige Verwandtschaft der Anderen Amelie mit Blicken tötete, weil sie dem Familienglück der Tochter, Nichte,

Schwester, Enkelin im Weg stand, weil Michael sie ja nicht verlassen konnte, wegen der Kinder. So ein pflichtbewusster Mann, der Michael, nur leider mit der falschen Frau verheiratet.

Das war der Moment, in dem ihr wieder schlecht wurde, und Amelie stürzte ins Bad und übergab sich.

Und als sie dort vor der Kloschüssel kniete, begriff sie endlich, was mit ihr los war.

Und warum ihr alle in Pembroke Ingwerkekse anboten.

Sie wusste einen Moment nicht, ob sie lachen oder weinen sollte, und entschied sich für beides.

Es gab sicher erhebendere Momente, in denen man erkannte, dass das eigene Leben vollends auf den Kopf gestellt worden war. Vor einer Kloschüssel kniend, war nicht unbedingt die schönste Situation, aber Amelie war in diesem Moment so glücklich und traurig zugleich, dass sie darüber hinwegsehen konnte.

Sie legte die Hand auf den flachen Bauch. Beschützend, als könnte sie so Kontakt zu dem kleinen Wesen aufnehmen, das in ihr heranwuchs. Heimlich hatte es sich in ihr eingenistet, ausgerechnet jetzt, als wollte es gleich zu Anfang deutlich machen, wer die Herrschaft über ihr Leben hatte. Dieses Wesen hatte ein Leuchtfeuer aus Symptomen abgefackelt, bis seine begriffsstutzige Mutter endlich kapierte, dass es da war.

Dabei konnte sie sich gar nicht darüber ärgern. Wieso auch? Bisher hatte sie immer gedacht, das sei eben Teil der Ordnung, dass Frauen irgendwann Kinder bekamen. Sie war eine moderne, aufgeklärte Frau, die wusste, wie das mit der Verhütung funktionierte. Aber mit Michael war es eben – bis zu jenem Punkt vor ein paar Monaten – perfekt gewesen. Darum war es nach ihrer Promotion, mit knapp 33, genau der richtige Zeitpunkt gewesen. Dem Ticken der biologischen Uhr zuvorzukommen. Und jetzt spürte sie, dass sie sich ein Kind gewünscht hatte. Wirklich ersehnt.

«Du Scheißkerl», murmelte sie. Amelie stand auf, spülte sich den Mund aus, putzte die Zähne und wankte zurück ins Zimmer. Sie war schrecklich müde, aber an Schlaf war gerade nicht zu denken.

Minutenlang wog sie das Handy in der Hand, ehe sie seine Nummer wählte.

Und sofort wieder auflegte, sobald das Freizeichen erklang.

Wenn sie ihn jetzt anrief, schaffte sie damit weder die andere Frau noch das andere Kind aus der Welt.

Ihre Mutter hatte sie allein großgezogen, von ihrem Vater hatte Amelie kaum etwas gewusst. Das war bestimmt nicht leicht gewesen. Vor dreißig Jahren noch viel weniger als heute. Trotzdem hatte ihre Mutter es geschafft, und auch wenn es vieles gab, weswegen Amelie ihr insgeheim grollte, gehörte ihre Kindheit nicht dazu.

In diesem Moment schepperte ihr Handy los, und sie hätte es vor Schreck fast fallen gelassen. Sie starrte auf das Display. Natürlich, Michael. Vermutlich hatte er ihren Anruf gesehen und geglaubt, sie käme endlich zu ihm zurückgekrochen.

Mit wenigen Handgriffen drückte sie ihn erst weg und schaltete dann das Handy aus. Genug davon. Sie musste erst klarsehen, bevor sie auch nur einen Gedanken daran verschwenden durfte, eine Entscheidung zu treffen.

Und so müde, wie sie war, ging das sowieso nicht. Sie gähnte herzhaft, rollte sich auf dem Bett ein und zog die Bettdecke einfach bis zur Nasenspitze hoch.

Obwohl sie todmüde war, rasten ihre Gedanken und kreisten,

bis sie drohte, in diesem Strudel zu ertrinken. Sie setzte sich entschlossen auf. So ging das nicht weiter! Ohne Zögern griff sie zum Handy. Einschalten, Michaels Nummer wählen, tief durchatmen. Dem Tuten lauschen und in der Dunkelheit die Augen schließen.

«Geh nicht ran, geh nicht ran ...», flüsterte sie. Dabei wünschte sie sich das Gegenteil.

«Am!» Er klang atemlos, als sei er eine weite Strecke gerannt.

«Hallo, Michael.»

«Warte, ich ...» Ein Rascheln, eine weibliche Stimme im Hintergrund, fragend. Dann hörte sie eine Tür klappen, seine Schritte. Eine Treppe hinauf, noch eine Tür.

Sie stellte sich vor, wie er mit *ihr* zu Hause im Wohnzimmer gesessen hatte. Wie er aufgestanden war, nach oben gegangen. In sein Arbeitszimmer unterm Dach.

«Ist sie schon bei dir eingezogen?», fragte sie, weil ihr sein Schweigen und Schnaufen zu lang wurden.

«Amelie, bitte.» Klang er wirklich verzweifelt, oder war das ihre Einbildung, weil sie wollte, dass er verzweifelt war?

«Ich meine ja nur. Ist doch schön, wenn das Bett nicht kalt wird. Fliegender Wechsel und so.»

Er atmete tief durch. Dass er so laut atmen konnte, war ihr noch nie aufgefallen. «Hast du nur angerufen, um mich zu beschimpfen? Nur zu; verdient habe ich es wohl.»

Das nahm ihr den Wind aus den Segeln, und sie schwieg betreten.

«Geht es dir gut, Amelie? Ich hab mir Sorgen gemacht.» Das Bett knarzte. Er saß also tatsächlich im Schlafzimmer, und sie fand das abgeschmackt genug, dass es ihre Wut noch ein bisschen befeuerte. Sie hatte ihn verlassen, ja. Aber vorher hatte er sie im Stich gelassen. Ein großer Unterschied.

«Nein, mir geht es gar nicht gut», sagte sie leise. «Ich kotze ständig, ich bin schrecklich müde, und schwindelig ist mir auch zu den unpassendsten Gelegenheiten.»

«Du ...» Er fragte nicht. Räusperte sich. «Du bist noch in Wales?»

«In Pembroke, ja.»

«Und ...» Wieder dieses Zögern, ein nervöses Hüsteln. «Wie geht die Arbeit voran? Kommst du klar?»

«Schon irgendwie. Wie man eben klarkommt mit gebrochenem Herzen.»

«Am, es tut mir wirklich leid. Ich wollte das nicht.»

«Trotzdem ist es passiert. Also scheint ein Teil von dir es doch gewollt zu haben, sonst wäre das ja technisch gar nicht möglich gewesen.» Sie wusste, dass sie gemein war. Er ertrug es, ohne sich zu wehren.

«Wirf mir ruhig alles an den Kopf, wenn es dir davon besser geht. Soll ich ... darf ich kommen? Ich möchte dich so gerne sehen.»

«Und was ist mit deinen Studenten? Was ist mit ihr? Bleibt sie solange in meinem Haus?»

«Es ist unser Haus, Amelie.» Er klang sehr müde. «Nein, sie bleibt nicht hier. Sie kam heute Abend nur vorbei, weil ...» Er sprach nicht weiter. «Am, bitte. Ich komme nach Pembroke, ja? Lass uns reden.»

«Nein», widersprach sie entschieden. «Ich will dich nicht sehen.»

«Aber warum rufst du dann hier an?»

«Das hab ich doch schon gesagt. Weil ich kotze, weil ich müde bin. Und weil mir schwindlig wird, wenn ich nicht genug esse.»

«Ich verstehe nicht ...» Er klang verwirrt.

«Du hast dir doch immer eine Familie gewünscht.»

«Ja.»

«Jetzt hast du zwei.»

Es dauerte, bis er die Tragweite ihrer Worte begriff. Stammelte, dass er damit nicht gerechnet habe, dass er sich freuen würde, dass das ein großes Geschenk sei. Seit wann sie davon wüsste, und überhaupt.

Amelie ließ ihn ausreden. Sie schloss die Augen, legte sich wieder aufs Bett und ließ die Fingerspitzen über ihren Bauch tänzeln. Hallo, ist da jemand zu Hause? Du kleines Wesen, schaffen wir das auch ohne ihn?

Hatte sie überhaupt das Recht, diesem Kind den Vater vorzuenthalten?

Schließlich fand Michael seine Souveränität wieder. «Ich komme», sagte er. «Morgen, ich steig morgen früh in den nächsten Flieger und bin abends da. Ja? Hörst du, Amelie? Ich will jetzt bei dir sein, wir haben viel zu bereden.»

«Ja», sagte sie abwesend, obwohl sie nein sagen wollte.

Sie entschied nicht mehr für sich allein. Da war ein kleines Wesen in ihrem Bauch, das einen Vater wollte. Vielleicht ... Vielleicht war es das Beste, wenn sie versuchte, sich für dieses Kind zusammenzureißen.

Sie hatten sich doch immer geliebt, oder? Gefühle gingen doch nicht über Nacht. Sie musste es wenigstens versuchen.

Es war ein guter Anfang, wenn er kam. Wie erwachsene Menschen miteinander reden, das wollte sie. Ihn nicht provozieren und fragen, was denn jetzt aus der Anderen wurde. Ihn nicht vor die Wahl stellen. Jetzt verstand sie immerhin ansatzweise, warum eine Mutter für ihr Kind einen Vater haben wollte. Warum die Andere mit allen Mitteln kämpfte. Auch mit unfairen.

Aber doch nicht Michael! In ihr wehrte sich alles gegen die absurde Vorstellung, er könne seine beiden Kinder gleichermaßen lieben und gleich gut versorgen. Sie sah schon die kommenden Jahre vor ihrem inneren Auge. Kindergeburtstage und Familienfeste, bei denen die Andere mit am Tisch saß, gesichtslos und später doch vertraut.

Das würde er hoffentlich nicht von ihr verlangen.

Am nächsten Morgen wachte sie viel zu spät auf. Nicht, weil sie die halbe Nacht wachgelegen hatte, sondern weil sie der Müdigkeit einfach nachgab. Jetzt wusste sie ja, woher sie kam.

Vor der Zimmertür brummte ein Staubsauger – Mrs. Rowles machte unmissverständlich klar, dass sie Amelie aus dem Zimmer haben wollte. Sie zog sich rasch an, warf die letzten Sachen in ihre Reisetasche, schaute sich ein letztes Mal um und zog die Tür hinter sich ins Schloss.

«Guten Morgen!», begrüßte sie Mrs. Rowles betont fröhlich. «Ein herrlicher Tag, nicht wahr?»

Ihr Gegenüber starrte sie nur finster an und kniff den Mund zusammen, als fürchtete sie, sonst was Falsches zu sagen.

Amelie bezahlte die Rechnung unten bei Mr. Rowles. Er wirkte bedrückt, und als sie sich zum Gehen wandte, rief er sie zurück.

«Sie dürfen es ihr nicht verübeln. Sonst ist sie Fremden gegenüber nicht so, aber bei Ihnen ...» Hilflos zuckte er mit den Schultern. «Na ja, Sie wissen ja, wie das ist.»

Nein, das wusste Amelie nicht, und das sagte sie ihm auch. Sie trat zurück an den Tresen und blickte ihn fragend an. «Wie ist es denn? Erklären Sie es mir, Mr. Rowles. Ich habe nämlich keine Ahnung, warum ich so behandelt werde. Vielleicht bilde ich mir das auch nur ein, keine Ahnung.»

Er starrte unbehaglich auf den Computerbildschirm, als könne seine Freecell-Partie ihm jetzt beistehen. «Hm», machte er. «Sie wissen schon, diese ganzen alten Geschichten. Da redet hier keiner gern drüber.»

«Oh.» Es hatte sich anscheinend herumgesprochen, woran sie arbeitete. «Aber das ist doch so lange her ...»

«Für manche von uns eben nicht.» Er zuckte wieder mit den Schultern. Der Bildschirmschoner sprang an, und er bewegte die Maus ein Stück zur Seite. «Wir leben hier mit der Vergangenheit, verstehen Sie?»

So ganz verstand Amelie das nicht, aber sie nickte ernst. «Natürlich», log sie.

«Wär also besser, wenn Sie Bowden in Ruhe ließen. Der hat schon genug durchgemacht.»

«Klar.» Überhaupt nichts war klar. Wie konnte ihre Arbeit an der Geschichte zweier Frauen vor über hundert Jahren noch heute auf die Menschen wirken?

«Gut.» Er reichte ihr die Hand und wirkte erleichtert. «Machen Sie's gut. Bleiben Sie noch lange?»

«Mein Verlobter kommt heute aus Deutschland. Wir werden wohl morgen abreisen.»

«Das ist gut!» Er nickte zufrieden. «Das wird meine Frau auch freuen.»

Amelie verließ die alte Mühle. Sie stellte die Reisetasche in den Kofferraum und blieb einen Moment noch stehen. Sie hörte das Meer, das in einiger Entfernung leise rauschte.

Mr. Rowles' Worte waren irgendwie rätselhaft. Aber sie war nicht hier, um die Rätsel der Gegenwart zu lösen. Der Vergangenheit galt ihr Interesse.

Manchmal konnte sie nachts nicht schlafen, weil sie vor Glück schier platzen wollte. Weil sie Angst hatte, es könnte irgendwann vorbei sein.

Dann saß sie im Bett und lauschte seinen Atemzügen, und sie konnte nicht fassen, dass ihr das hier beschieden war. Den Mann, den sie liebte, neben sich spüren zu dürfen die ganze Nacht. Am Morgen würde er sich nach einem üppigen Frühstück verabschieden, würde sie sanft küssen zum Abschied, ehe er aus dem Hotel schlich und heimging zu seiner Frau und den Kindern.

Eigentlich, dachte Anne, musste sie sich deswegen richtig schlecht fühlen. Sie nahm der anderen Frau den Mann, sie musste mit dem wenigen leben, was er ihr gab.

Aber sie war zu verliebt, um darüber nachzudenken, welche Konsequenzen diese Liebe haben würde.

Manchmal wachte er nachts auf, und dann kuschelte er sich an sie. Er schlief nackt, und allein das war so schamlos und völlig jenseits ihrer Vorstellung, dass sie es erst gar nicht hatte genießen können. Wenn er aufwachte, wenn er sie an sich zog, spürte sie meist auch kurz darauf seine Erregung, die gegen ihren Po drängte, und seine Hände fuhren über ihren Körper.

In einer dieser Nächte, als er sich auf sie schob und langsam in sie glitt, umklammerte sie seine Schultern.

«Was ist?», flüsterte er. Das dunkle Haar fiel ihm in die Stirn, seine Augen blitzten in der Dunkelheit. «Tue ich dir weh?»

Das war von Anfang an seine Sorge gewesen. Dass er ihr wehtun könnte.

«Nein», erwiderte sie ebenso leise. «Ich bin nur so glücklich, dass es schmerzt.»

Er küsste sie, und dann liebten sie sich mit einer Ruhe, die so anders war als jene wilden Vereinigungen bei Tageslicht oder wenn sie sich länger nicht hatten sehen können und völlig ausgehungert waren.

Er passte auf – zumindest behauptete er das immer –, und sie dachte, damit sei alles in bester Ordnung. Es könne ihr nichts passieren, solange sie ihm nur vertraute und selbst darauf achtete, sich nicht zu verraten.

Er passte auf, das hieß, dass er sie nicht schwängern wollte, obwohl sie sich kaum etwas sehnlicher wünschte als sein Kind.

Eines Abends kam er zu ihr und wirkte in sich gekehrt, beinahe still. Nichts war geblieben vom souveränen, weltgewandten Duke of G-, der alles im Griff hatte. Sie nahmen einen kleinen Imbiss zu sich, den die Köchin vorbereitet hatte, und danach saßen sie im kleinen Salon, und Anne las ihm Gedichte vor. An Abenden wie diesem war er sonst immer ganz bei ihr, doch heute schien ihn etwas anderes zu beschäftigen.

«Ist alles in Ordnung?», fragte sie. Er hasste Fragen dieser Art. Wenn er Ehefrauenfragen hören wollte, konnte er auch zu Hause bleiben, hatte er ihr ganz zu Beginn erklärt. Doch diesmal lächelte er schwach, schüttelte den Kopf. «Lass uns zu Bett gehen.»

Sie protestierte nicht, obwohl es selbst für ihre Verhältnisse noch früh war. Er nahm ihre Hand und ging voran. Er ließ keinen Zweifel daran, was er von ihr wollte, und seine stumme Verzweiflung weckte in ihr eine Gier, die sie so noch nie erlebt hatte und danach nie wieder erleben sollte.

Er vergrub sich in ihr, barg den Kopf an ihrem Hals und stöhnte erstickt auf. Dann verharrte er, und sie spürte, dass er irgendwie anders war. Er küsste ihre Schläfe, den Mund. «Es tut mir leid», flüsterte er. «Es ist bestimmt nichts passiert.»

Da begriff sie, dass er diesmal nicht aufgepasst hatte. Sie schluckte ihre Angst hinunter, denn was wäre das Schlimmste, was passieren konnte? Ein Kind, nun ja, das wäre nur schlimm, weil dann offensichtlich würde, was sie seit sechs Monaten taten, wann immer sie es einrichten konnten, meist in Hotelzimmern in London, während seine Frau auf dem Landsitz die Kinder hütete und ihre Schwester glaubte, sie sei schon auf dem Weg zurück zu den Eltern, während die Eltern dachten, sie bleibe noch eine Nacht länger bei Beatrix.

Nur wenige Nächte waren ihnen beschieden, und sie wollte diese eine nicht verderben, indem sie ihrer Angst zu viel Raum gab.

«Wird schon gutgehen», wisperte sie, und danach lachten beide und kuschelten sich aneinander. Sie trug nur das Nachthemd, er blieb nackt. Sie lagen dicht beisammen, die Füße miteinander verhakt, sie streckte eine Hand über den Kopf, und er nahm sie. Sein Daumen streichelte ihre Handinnenfläche, und sofort war sie wieder voller Lust, doch die Müdigkeit war größer. Seine andere Hand ruhte auf ihrem Bauch, und als sie die Augen schloss, war es ganz leicht, sich in den Schlaf gleiten zu lassen.

Was ihn so bedrückte seit jenem Tag, sprach er nicht aus. In jener Nacht nicht und auch nicht in den wenigen, die ihnen noch blieben.

Kapitel 7

Eigentlich fing der Tag so vielversprechend an. Sie fand bei der Arbeit in der Bibliothek ein paar sehr interessante Quellen, und die Notizen, die sie sich in der letzten Woche beständig gemacht hatte, bestätigten eine lange gehegte Vermutung. Amelie war überrascht, wie sich in ihrem Buch plötzlich alles fügte. Michael hatte ihr prophezeit, dass man irgendwann diesen Punkt erreiche. Danach sei alles ganz einfach. Man müsse nur dranbleiben.

Und ausgerechnet heute erreichte sie diesen Punkt.

Cedric stellte ihr wortlos ein Tellerchen mit Ingwerkeksen hin, die sie dankbar aß.

«Seit wann wissen Sie es eigentlich?», fragte sie ihn, als er in der Nähe Bücher in die Regale sortierte.

Er lachte. Kratzte sich verlegen am Hinterkopf und strich den grauen Haarkranz glatt. «Eigentlich vom ersten Tag an», sagte er schließlich. «Es gibt da so ein Funkeln in den Augen werdender Mütter.»

«Und das haben Sie gesehen.»

«Na ja, war nicht leicht zu erkennen. Sie waren vor allem traurig und wütend. Jetzt sind Sie nur noch ratlos», fügte er hinzu.

«Sie sollten Ihr Geld lieber als Berater in allen Lebenslagen verdienen.»

Wieder zuckte er mit den Schultern. «Man sieht viel. Man beobachtet. Und manches wird erst später klar. Hatte wohl schon ein paar Jahre Zeit, hinzuschauen.» Er schwieg, als müsse er über das Gesagte nachdenken. «Gab auch Zeiten, da hab ich gar nicht hingeschaut. War auch nicht gut.»

«Ich wünschte, ich könnte auch endlich klar sehen.»

«Das kommt schon irgendwann», tröstete er sie.

Ob Mathilda es auch schon gewusst hat?, überlegte Amelie. Der Apotheker hatte sie ja quasi schon mit der Nase draufgestoßen.

Als sie zur Mittagszeit rausgingen und zu Mathilda spazierten, nahm Amelie ihre Reisetasche mit. Sie hoffte, dort für eine Nacht ein Doppelzimmer mieten zu können, um dann am nächsten Morgen mit Michael abzureisen.

Doch als sie gerade auf halbem Weg zu dem kleinen Restaurant waren, klingelte ihr Handy.

Es war Michael.

«Es tut mir leid», sagte er als Erstes.

«Du kannst nicht kommen.» Natürlich wusste sie sofort, was los war. Dumm war sie nicht.

«Es ist ein Notfall.»

Sie schwieg.

«Bitte, Amelie. Ich wär so gerne gekommen. Wir müssen viel reden, aber jetzt gerade …»

«Hat der Notfall mit ihr zu tun?», unterbrach sie ihn. Der Mann, den sie liebte, wollte von heute auf morgen zu der Frau fahren, die er wiederum liebte. Das durfte er natürlich nicht, denn dann würde er sich noch mehr in die Frau verlieben, die er liebte. Er durfte nicht mit sich ringen. Also musste sie kämpfen. Mit allen zur Verfügung stehenden Mitteln.

«Sie hat heute Nacht Blutungen bekommen und musste ins Krankenhaus.» Er klang resigniert, als wüsste er selbst nicht so genau, ob das gespielt war oder nicht. Als zweifelte er an der Geschichte, ließ sie aber gewähren, weil er um das Leben des Kindes fürchtete, und ja: weil er nicht sicher war, ob Amelie wirklich zu ihm zurückkam. Eine Nacht im Wartebereich einer Notaufnahme bot viel Zeit zum Nachdenken.

«Dann musst du natürlich bei ihr bleiben», sagte sie sanft. Ganz leise. «Kümmer dich um sie.»

Sie legte auf und blieb stehen. Cedric lief ein Stück voraus, blieb dann ebenfalls stehen.

Die Reisetasche wurde ihr zu schwer. Er kam nicht. Er ließ sie allein. Wieder einmal fühlte sie sich von ihm im Stich gelassen.

Die Tasche polterte zu Boden, und sie drehte den Kopf weg. Der Wind war heute beißend und salzig, er trieb die Tränen aus ihren Augen. Hastig wischte sie sie fort. Verdammt, hatte sie wirklich geglaubt, alles werde sich ändern mit dem Kind?

Und jetzt fragte sie sich wieder, ob sie das überhaupt wollte. Oder ob sie ohne ihn nicht besser dran wäre.

«Alles in Ordnung?», fragte Cedric.

«Alles bestens», behauptete sie.

Leider stand sie schon kurz darauf vor dem nächsten Problem. Mathilda hatte zwar ein Zimmer, aber nur für die eine Nacht. Danach war auch sie ausgebucht. Das, was da stattfinden sollte am kommenden Wochenende – ein walisischer Sängerwettbewerb, wenn Amelie das richtig verstand –, belegte alle Hotelbetten im Umkreis von zwanzig Kilometern.

«Und wie lange dauert dieses Sängerfest?» Wenn es über drei Tage ginge, könnte sie nach London fliehen. Dort gab es bestimmt genug Bibliotheken, in denen sie sich vergraben konnte.

«Zehn Tage.»

Zehn Tage waren zu lang. Sie sackte auf den Stuhl, schob mit dem Fuß die Reisetasche unter den Tisch und schloss müde die

Augen. Zehn Tage – da konnte sie auch gleich nach Hause zurück-
fahren.

Mathilda servierte Eintopf, und sie blieb stehen und plauderte
ein wenig mit Cedric, der sie anstrahlte. Beide schienen gar nicht
zu bemerken, dass es ihr schlechtging.

«Bleibst du die eine Nacht?», fragte Mathilda zum Abschied,
und Amelie nickte. Ja, das musste sie wohl, sonst hatte sie ja
nichts, wo sie hinkonnte.

Was sie morgen tun würde, wusste sie nicht. Vielleicht fuhr sie
wirklich heim oder nach London, obwohl sie ihre Arbeit längst
nicht beendet hatte.

Der Nachmittag verlief schleppend wie alle Nachmittage der
letzten Zeit. Amelie war müde, und die Vorstellung, bei Mathilda in ein frischbezogenes, kühles Bett zu schlüpfen und bis zum
nächsten Morgen zu schlafen, war sehr verlockend.

Aber zugleich drohte auch der Abschied von Pembroke, und
darauf wollte sie vorbereitet sein. Sollte sie für einige Zeit das
Weite suchen müssen, konnte sie zumindest so viele Dokumente
wie möglich mitnehmen. Also kopierte sie an diesem Nachmittag die wichtigsten Passagen aus den wichtigsten Büchern.

Natürlich wurde ihr von dem warmen Geruch des Kopierer-
toners schlecht. Sie machte mehrmals eine Pause, ging vor die
Tür, atmete tief durch und genehmigte sich einen der verboten
köstlichen Ingwerkekse, die Cedric ihr mitgebracht hatte. Danach ging es immer wieder für ein Weilchen, aber allzu schnell
wurde ihr erneut flau.

Als sie wieder einmal auf der Bordsteinkante vor der Bibliothek
saß, klingelte ihr Handy.

Michael.

Sie hatte keine Lust, mit ihm zu reden, und drückte ihn weg. Danach schaltete sie das Handy aus, stand langsam auf und schlich wieder in die Bibliothek.

Am Abend packte sie alles zusammen und verabschiedete sich von Cedric, der sich verlegen am Kopf kratzte. «Ich würde Sie ja zu uns einladen, aber meine Frau hat es nicht so mit Fremden. Es würde sie aufregen.»

«Ist schon gut. Ich komme bestimmt wieder. In ein paar Wochen, wenn keine walisischen Sänger mehr hier sind.»

Er grinste. «Das Sängerfest ist sehr beliebt, es wird schon seit über hundert Jahren abgehalten. Vielleicht hat's Ihre Miss Lambton damals auch mal miterlebt.»

«Ganz bestimmt.» Es fiel Amelie sehr schwer, jetzt schon zu gehen. Daheim in Deutschland erwarteten sie nur Probleme. Aber für einen längeren Aufenthalt in London reichte ihr Geld ebenso wenig wie für eine zweite Reise nach Pembroke.

«Schreiben Sie mir, wenn das Buch fertig ist?»

«Ich schicke Ihnen ein Exemplar, Cedric. Versprochen.»

Sie umarmten sich ein wenig linkisch, und Amelie lief mit einem Stapel Kopien unterm Arm das kurze Stück zu Mathildas Haus. Sie aß eine Kleinigkeit zu Abend, ging dann hinauf in das kleine, schlichte Zimmerchen mit Bad auf dem Gang, wusch sich das Gesicht, putzte die Zähne und lag vor neun Uhr im Bett.

Das Handy ließ sie aus.

Als sie am nächsten Morgen vor ihrer Schüssel mit Porridge saß und keinen Bissen hinunterbekam, fiel ihr ein, dass sie zwar erbrach, Gelüste hatte und sich so schwanger fühlte, wie sie es sich immer vorgestellt hatte – aber ob sie es wirklich war, wusste sie nicht.

Also beschloss sie, vor ihrer Abreise am späten Vormittag noch einen Schwangerschaftstest zu besorgen.

Es gab nur eine Apotheke am Ort, und vielleicht hatte sie auch deshalb nicht darauf warten können, bis sie wieder in Deutschland war, weil es dort nur mürrische, alte Apotheker gab.

Hier jedoch war dieser Dan – fröhlich, jung, gut gelaunt ... und vor allem mit einem Lächeln, von dem ihr die Knie weich wurden.

Sie betrat um kurz nach neun als einer der ersten Kunden die Apotheke. Vor ihr stand ein riesiger, grauhaariger Kerl, den Kopf tief zwischen die Schultern gezogen. Er drehte sich zu ihr um und starrte sie wütend an. Sie zuckte zurück, denn mit Jonathan Bowden hatte sie hier am allerwenigsten gerechnet.

«So, Mr. Bowden, da haben wir's.» Dan kam mit einer weißen Papiertüte aus dem hinteren Bereich der Apotheke und reichte sie über die Theke. Während er kassierte, lächelte er ihr zu. Amelie wollte sich einbilden, dass er sich freute, sie zu sehen.

Mr. Bowden jedoch schob sich grob an ihr vorbei. «Miststück», zischte er ihr zu. Dann klingelten die tanzenden Glöckchen über der Tür. Verwirrt blickte sie ihm nach. Hatte sie es verdient, dass er sie so widerlich behandelte?

«Ja?» Erwartungsvoll blickte der Apotheker sie an. Sie waren allein.

«Also, das ist mir jetzt ein bisschen peinlich.» Sie trat näher an den Verkaufstresen. «Ich glaube, ich bin etwas begriffsstutzig.»

«Inwiefern?» Er lächelte immer noch freundlich. Bestimmt hörte er den ganzen Tag die absurdesten Geschichten von seinen Kunden. Also nahm sie allen Mut zusammen.

«Bis vorgestern wusste ich gar nicht, dass ich schwanger bin. Und jetzt weiß ich es auch nicht», plapperte sie hastig weiter, «weil, ich hab ja noch keinen Test gemacht, ich vermute es nur.

Sonst übergebe ich mich nie, und dass mir so schwindelig ist, passiert mir auch nie. Ich glaub, es besteht also die Möglichkeit ...»

Noch immer lächelte er freundlich und unverbindlich. Hatte sie sich seine Herzlichkeit nur eingebildet?

«Ich brauche einen Schwangerschaftstest.»

Er nickte, holte die flache Schachtel aus der Schublade und legte sie auf den Tresen. «Sonst noch etwas?»

Ratlos schaute sie sich um. «Brauche ich denn noch was? Ich meine, wenn es so ist und so.»

«Haben Sie denn Zweifel?»

«Es kam nur so ... überraschend. Also ...» Schon wieder wurde ihr schwindelig. Vielleicht hätte sie doch lieber frühstücken sollen. Sie klammerte sich mit beiden Händen wie eine Ertrinkende an den Tresen.

«Das kommt vor.» Er wirkte jetzt ernst. «Sie sind schon wieder ganz blass um die Nase. Ehe Sie mir jetzt aus den Schuhen kippen, sollten Sie sich wohl lieber hinsetzen. Noch besser wäre natürlich hinlegen.»

Er kam um den Tresen herum und ergriff ihren Oberarm, ganz sanft, und führte sie wieder den vertrauten Weg nach hinten, in die kleine Teeküche und zu dem Sofa. Sie sackte darauf, beugte sich vor und atmete tief durch.

«Heute schon was gegessen?», fragte er.

Sie schüttelte den Kopf.

Die Glöckchen tanzten über der Tür, und er entschuldigte sich für einen Moment. Amelie wartete, bis das Schwindelgefühl nachließ. Als das nicht passierte, legte sie sich flach auf den Rücken und schloss erschöpft die Augen.

Nur fünf Minuten, dachte sie.

Schließlich wollte sie heute noch heimfahren.

Als sie aufwachte, hatte jemand sie zugedeckt, und auf dem Tischchen neben dem Sofa standen eine Kanne Tee und ein Teller mit Käsebroten. Amelie zögerte nicht lange. Sie verputzte alle Brote in Rekordgeschwindigkeit und trank gerade die zweite Tasse Tee, als der Apotheker nach ihr schaute. «Besser?», fragte er.

Sie nickte stumm.

«Sie haben den ganzen Tag verschlafen. War wohl nötig.»

«Das kann doch nicht sein!» Entgeistert starrte sie ihn an. «Ich meine, es tut mir so leid, dass ich Ihre Gastfreundschaft ...»

«Ach, macht nichts.» Er räumte den leeren Teller weg und lehnte mit verschränkten Armen im Türrahmen. «Wollen Sie's jetzt machen?»

Entgeistert starrte sie ihn an.

«Den Test.»

«Oh, ach so.» Herrje, sie war wirklich begriffsstutzig. «Was kriegen Sie dafür?»

Er winkte ab. «Das können wir später erledigen.»

Sie ging in das winzige Bad und hantierte ungeschickt mit der Verpackung. Las die Anleitung, verstand kein Wort. Riss die Folienpackung auf, pinkelte auf das Stäbchen, legte es auf den Waschbeckenrand und wartete.

Fast augenblicklich zeigten sich zwei rosafarbene Linien.

«Na, das ist wohl eindeutig», murmelte sie. Sie kniff die Augen zusammen, weil jetzt doch die Tränen drohten, sie zu übermannen. Es war völlig unwirklich, es da rosa auf weiß vor sich zu sehen, was sie bisher nur geahnt hatte.

Sie blieb auf dem Klo hocken, starrte das Stäbchen an und schüttelte müde den Kopf. Das ist so ungerecht, dachte sie, und sie überlegte auch, ob es nicht klüger, besser, schlauer wäre, wenn sie nicht in dieser Trennungsphase schwanger sein müsste.

Denn sie würde sich von Michael trennen, daran gab es nichts zu rütteln.

Oder nicht?

Die letzte Enttäuschung saß tief wie ein Stachel. Musste sie sich das gefallen lassen? Ja, offensichtlich schon.

Amelie wollte nicht schlecht denken über die Andere, Sabina. Aber Amelie war auch nicht in eine funktionierende Beziehung eingebrochen und hatte den Mann gestohlen.

Oder empfand die Andere das jetzt genauso? Hatte sie sich schon sicher gewähnt, hatte sie schon das Kinderzimmer im Haus eingerichtet?

Sie warf den Schwangerschaftstest in den Mülleimer unter dem Waschbecken und verließ das kleine Bad. Draußen wurde es schon dunkel. Sie hatte wirklich den ganzen Tag verschlafen.

Und eigentlich hatte sie heute noch bis zur Küste fahren wollen, um eine Fähre über Nacht zu nehmen. Es gab welche, die von Immingham nach Hamburg fuhren. Auf den ersten Blick ein Umweg, doch von dort wäre es nicht mehr weit nach Berlin.

Und dann? Sollte sie bei ihrer Mutter unterkriechen?

Sie musste sich eingestehen, dass sie noch nicht so weit gedacht hatte. Außer Diana hatte sie kaum Freundinnen, denen sie zumuten konnte, sie länger als für eine Nacht auszuhalten, und zu ihrer Mutter ins Gästezimmer wollte sie auch nicht. Sie würde den Braten sofort riechen. Amelie konnte sich das lebhaft vorstellen: vorwurfsvolle Blicke, weil sie Michael hatte ziehen lassen. Mitleid, weil sie jetzt auch noch alleinerziehende Mutter wurde. Aufmunternde Worte: «Ich hab das mit dir auch geschafft, und damals war das nicht so leicht, das kannst du mir glauben.» Und so weiter. Das ganze mütterliche Repertoire.

Hoffentlich werde ich nicht auch so, dachte Amelie, aber irgendwie spürte sie schon jetzt, wie sich in ihr dieser Mix aus Genen und Prägung, aus Erziehung und Widerstand formte. Hoffentlich werde ich keine Glucke, keine Rabenmutter. Keine verbitterte Alte, keine, die mit ihrem Kind befreundet sein will.

Was zwei rosa Striche doch bewirken konnten. Sie stand in dem winzigen Durchgang zwischen dem kleinen Zimmerchen und dem hinteren Bereich der Apotheke. Links führte eine Tür ins Labor, geradeaus ging's in die Offizin, den vorderen Teil der Apotheke. Sie blieb einfach stehen, blickte nach vorne und durch die Fensterscheibe nach draußen.

Dan tauchte mit einem Karton mit Sonnenpflegeprodukten im Arm auf. Bestimmt kein Renner im ewig nebligen, verregneten Wales. Oder gerade doch, denn wenn die Sonne mal schien, hatten ihr die Waliser mit ihrer blassen Haut wohl wenig entgegenzusetzen.

«Ich fahre dann wohl lieber», sagte sie und fingerte eine Fünfpfundnote aus der Gesäßtasche ihrer Jeans. Ihr Geldbeutel steckte tief unten im Rucksack. «Ich wollte nach Immingham, zur Fähre.»

«Aber nicht heute Nacht. Das sind mindestens 400 Kilometer, und ...»

Er sagte es nicht, aber das «in Ihrem Zustand» hing zwischen ihnen.

Noch immer ein ungewohnter Gedanke.

«Ach, das geht schon. Ich hab ja den ganzen Tag geschlafen.»

«Und wenn Sie dort sind? Mitten in der Nacht? Wollen Sie auf dem Parkplatz vor dem Fährhafen übernachten, im Auto?»

«Vielleicht gibt es ein Hotel ...» Sie zögerte. Nein, sie hatte das alles überhaupt nicht durchdacht. Aber sie musste ja etwas tun, hierbleiben konnte sie jedenfalls nicht. Hotelzimmer gab es ja nicht.

«Ich kann jedenfalls nicht hierbleiben, in Pembroke sind alle Hotels seit Wochen ausgebucht. Das Sängerfest, Sie wissen schon.»

«Sie könnten fragen.» Er stellte den Karton ins Regal, nahm ein paar Tablettenpackungen von einem Rollwagen und begann, sie in die langen Schubladen einzusortieren. «Na los, fragen Sie schon.»

«Ich weiß nicht, was.»

Er warf mit geschicktem Schwung die Schublade zu. «Ob Sie hierbleiben können über Nacht.»

Sie schüttelte den Kopf.

«Und bevor Sie sofort widersprechen, folgen hier meine Argumente dafür.» Er trat auf sie zu. Sie war einen ganzen Kopf kleiner als er, ohne dass seine Größe irgendwie bedrohlich wirkte. Er grinste jetzt, und seine dunkelgrünen Augen zogen sie unwiderstehlich in ihren Bann.

Sein Lächeln war so strahlend und freundlich. Weit davon entfernt, nur höflich zu sein. In ihrem Bauch flatterte es verräterisch.

«Erstens: Sie können in Ihrem Zustand unmöglich nachts quer durch ein Ihnen völlig fremdes Land fahren. Zweitens: Auf dem Parkplatz eines Fährhafens zu übernachten kommt auch nicht in Frage. Drittens: Ich habe mehr als genug Platz. Viertens: Sie können das Gästezimmer gern abschließen, wenn Sie sich vor mir fürchten. Reden müssen Sie auch nicht mit mir, wenn Sie nicht unbedingt wollen. Sechstens ...»

«Sie haben fünftens vergessen», protestierte sie schwach. Eigentlich hatte er recht. Er war nett, und er machte phantastische Käsebrote.

«Fünftens ist mein kleines Geheimnis. Sie müssen ja nicht alles wissen, bevor Sie sich dafür entscheiden.» Wieder dieses Grinsen. «Ich kann auch ganz gut kochen.»

Damit hatte er sie überzeugt. Die Vorstellung, allein durch die Nacht zu fahren, war nicht besonders reizvoll. Aber dann noch an einer Raststätte ein billiges, pappiges Sandwich essen zu müssen und eine süße Limonade zu trinken statt dieses Tees – nein.

Eine Nacht konnte ja nicht schaden. Eine Nacht konnte sie hierbleiben und nachdenken, was sie als Nächstes tun sollte.

«Und Sie sind auch kein Mädchenmörder?», fragte sie vorsichtig, nur, weil sie wieder dieses Grinsen sehen wollte, die Fältchen um seine Augen. Er tat ihr den Gefallen.

«Ich hab sie alle sorgfältig verscharrt», versicherte er ihr. «Sie brauchen sich nicht zu fürchten.»

Meine liebste Bee,

es fällt mir schwer, dir dies zu schreiben, weil ich, wenn ich ehrlich
mit mir bin, genau weiß, wie falsch es ist, was ich tue.

Und auch wenn du jetzt vermutlich ahnst, worauf ich anspiele …
lass mich bitte erzählen, ohne mich schon vorher zu verurteilen
für das, was ich getan habe. Denn es gibt zwar guten Grund, mit
dem Finger auf mich zu zeigen, aber glaub mir, dass ich selbst am
meisten darunter leide, wie es ist.

Du hast mich ertappt, als ich auf ihn wartete, in dieser stillen
Ecke der Stadt, in die es sonst niemanden verschlägt – am wenigsten Menschen, die mich kennen. Ich hatte eine kleine Reisetasche
bei mir und trug mein ältestes Kleid, sodass keiner denken könnte,
er würde mich kennen. Trotzdem hast du mich erkannt, obwohl
ich dir den Rücken zuwandte, und dein Erstaunen darüber, dass
ich dort stand und wartete, war so offensichtlich, dass ich dir am
liebsten sofort alles erzählt hätte. Aber das konnte ich nicht, denn
ich war auch überrascht, und ja: Ich schämte mich.

Wo soll ich beginnen?

Es fing damit an, dass ich ihm vorgestellt wurde. Es geschah
eher aus Höflichkeit und weil ich einige Male mit seinem jüngeren
Bruder getanzt hatte. Richard trat mit mir sogar auf den Balkon an
diesem rauschenden Abend, und ich habe mich mit ihm unterhalten und mochte ihn, ja wirklich. Inzwischen bin ich so geübt, dass

ich einzuschätzen vermag, ob es einem Mann wirklich um mich geht oder ob er nur das Spiel um die Gunst einer Frau spielt, um es bei einer anderen Frau zu perfektionieren. Er mag mich, daran hat sich nichts geändert.

Sein Bruder jedoch, der Duke of G- … Er kam hinzu. Sein Blick ließ nicht von mir, und als ich mich kurz darauf verabschieden wollte, denn es war schon spät, da beugte er sich über meine Hand. Eine Winzigkeit zu lang berührten seine Lippen meine Haut, und an meinem Versuch, die Hand zurückzuziehen, hinderte er mich mit einem Blick, der mehr sagte als diese zaghafte Berührung.

«Vielleicht sehen wir uns bald wieder», sagte er zum Abschied.

Da wusste er schon: Er wollte mich.

Jener Moment bedeutete meinen Untergang.

Wir sahen uns wenige Tage danach wieder, bei einem unerträglichen Liederabend. Die hübsche Viv sang dort, und so schön und zart ihr Gesicht auch sein mag, ihre Stimme ist schrecklich und schraubt sich in schrille Höhen. Teresa, die mich begleitete, konnte sich ein Lachen nicht verkneifen, und nach der Pause blieben wir draußen, nippten Champagner, und sie erzählte mir vom Eheleben. (Wie heiß ich sie damals noch darum beneidete!) Er kam hinzu, wie sich herausstellte, war er mit Teresa wohlbekannt, und so entspann sich bald ein lebhaftes Gespräch, bei dem er sich, wir merkten das beide, mehr mir zuwandte denn Teresa.

Als er ging, weil er seine Frau heimbegleiten wollte, sprach sie mich darauf an.

«Er scheint einen Narren an dir gefressen zu haben.»

Ich wiegelte ab. Das sei unmöglich, dieser Mann, behauptete ich, habe nur an sich selbst einen Narren gefressen.

Teresa ließ sich davon nicht abbringen. Sie erzählte mir als Erste, wie unglücklich er in seiner Ehe sei. Seine Frau sei ebenfalls am Boden zerstört, die Gründe seien vielfältig.

«Wärst du verheiratet», sagte sie, «er hätte dich sofort in sein Bett geholt.»

Ich begriff es nicht, Bee. Ich hatte keine Ahnung von dem, was Verheiratete tun, ich wusste nicht, dass eheliche Treue ein Versprechen ist, an das sich kaum einer hält. Wohl dachte ich an deinen Trisk, an die Andeutungen, die du machst. Einmal hast du mir erzählt, in deinem Haushaltsbuch gebe es einen Posten für Freiheiten – seine Freiheiten, mit denen du ein Apartment finanzierst und den Unterhalt seiner Mätresse. Damit er Ruhe gibt, hast du gesagt.

Langsam verstehe ich, was du damit meinst, denn jetzt bin auch ich so eine Mätresse geworden. Ich bin in etwas hineingerutscht, von dem ich überzeugt bin, es wäre mir nicht passiert, wenn unsere Mutter uns beide besser vorbereitet hätte. Du hast selbst gesagt, du wärst nicht vorbereitet gewesen auf das, was Trisk von dir erwartet.

Er hat sich benommen wie ein Gentleman. Er hat gefragt, ob es in Ordnung ist, mehrmals, und erst dann hat er mich auf eine Weise kompromittiert, die es mir unmöglich machen wird, jemals einen Mann zu heiraten. Ich bin verdammt zu diesem Leben als Mätresse, ich bin die Andere, die in den Büchern der Duchess als kleines x auftaucht, denn sie überwacht die Ausgaben in seinem Haus, das weiß ich inzwischen, er hat es mir erzählt.

Wir haben ein Liebesnest. Mehr sage ich dir nicht, nur dass es einen Ort gibt, an den wir uns begeben, wenn wir uns treffen. Viel zu selten übrigens – wir müssen die Zeit dafür stehlen. Oft tun wir es, wenn ich zu dir aufs Land fahre; dann bleibe ich für die Eltern einen Tag länger bei dir oder reise einen Tag später zu dir, gern beides. So habe ich auf beiden Wegen eine Nacht bei ihm.

Und manchmal reise ich auch woandershin, so wie letzte Woche. Offiziell auf dem Weg zu Teresa, aber in Wahrheit in seine Arme. Dass du in jener gottverlassenen Gegend Londons warst, sollte mich wohl wundern, aber ich frag nicht nach, weil ich vermute, du hast deine Gründe.

Meine Gründe sind alles andere als angemessen.

Und nun weißt du alles von mir. Bitte, hasse mich nicht zu sehr. Sei mir weiterhin die Schwester, die Vertraute, die Freundin. Es war mir eine schwere Last, mich bisher niemandem anvertrauen zu können. Dass du nun weißt, wie tief ich gefallen bin, ist für mich Schrecken und größte Erleichterung seit Monaten.

Sieh, ich bin die Mätresse eines Dukes. Ich liebe ihn, wie ich einen Mann nur lieben kann, und ich werde alles tun, um diese Liebe zu schützen, denn sie muss im Geheimen stattfinden, allein, um meinen Ruf zu schützen, auch den unserer Familie. Es würde Mutter das Herz brechen, und Vater würde mich vermutlich totschlagen, wenn er davon erführe. Ich kann nur hoffen, dass du es keinem erzählst. Verdenken könnte ich es dir nicht, wenn du diese Last nicht für mich tragen magst.

Mein Leben liegt in deinen Händen, Bee. Mein Glück. Meine Zukunft.

Meine einzige Entschuldigung ist die: Ich liebe ihn. Aber ich weiß nicht, ob das genügt.

Alles Liebe.
Bumble

Kapitel 8

$\mathcal{D}$an hatte wirklich genug Platz. Über der Apotheke gehörten zwei Etagen nur ihm – eine große Wohnküche, Wohnzimmer, Gästezimmer und Gästebad, darüber im zweiten Obergeschoss sein Schlafzimmer mit zweitem Bad, ein Arbeitszimmer. Sie wanderte ein wenig umher, während er im Gästezimmer das Bett bezog. Nicht mal das durfte sie tun, er war da sehr entschieden.

Im Wohnzimmer blieb sie vor der Bücherwand stehen. Wer Bücher besaß, noch dazu so viele, konnte kein schlechter Mensch sein, fand sie. Auch die Auswahl gefiel ihr: eine gesunde Mischung aus Klassikern, aktuellen Krimis und einer ordentlichen Portion Literatur. Sie entdeckte Jonathan Franzen und Jeffrey Eugenides, beide zerlesen, offenbar nicht nur angeschafft, um das Regal zu zieren. McEwan. Julian Barnes.

Lebte er eigentlich allein? Einen Ring trug er nicht, und der Wohnung fehlte es an den kleinen, weiblichen Details. Keine Blumen auf dem Tisch, kein Dekokram auf der Fensterbank, nur ein vereinsamter Kaktus mit einer vertrockneten, orangefarbenen Blüte.

Andererseits war auch sie nicht der Typ Frau, der überall sofort verkitschte Blumenübertöpfe auf Fensterbänken platzierte oder einen Kranz vor die Wohnungstür hängte. Das musste also nichts heißen.

Zufrieden plumpste sie aufs Sofa. Dan lief vom Gästezimmer

in die Küche, er fragte, ob sie etwas trinken wolle. Sie folgte ihm und blieb in der Küchentür stehen.

«Tee wäre schön.»

«Ich habe Kräutertee.»

Auch in der Küche gab es ein Sofa an der Wand. Um den Tisch standen sechs Stühle, jeder sah anders aus. Einer war rot lackiert, einer notdürftig abgeschliffen, die weiße Farbe erkannte man noch. Zwei weitere hatten Samtbezüge und waren dunkelbraun, daneben ein Korbsessel mit Lammfell, und der letzte Stuhl war ein hochmodernes Exemplar, vermutlich einer von der Sorte, die eigene Namen hatten, aber die teuren, nicht die von IKEA. Sie setzte sich auch hier aufs Sofa. Die Küche war aus hellem Holz und sah aus, als habe er sie selbst geschreinert. Vielleicht stimmte das sogar. Er brühte Tee auf, holte aus dem Kühlschrank einen Berg Gemüse und begann zu schnippeln. Irgendwann verschwand er kurz, kam wieder und schaltete das Radio ein. Sanfte Klassik waberte durch den Raum, sie schloss die Augen und wärmte ihre immer kalten Finger an dem Steingutbecher. Der Kräutertee war mit Honig gesüßt, roch herb und heuig, schmeckte aber erstaunlich gut.

Es gab Menschen, mit denen man nicht schweigen konnte. Dan gehörte nicht dazu. Auf dem Tisch lag ein Stapel Bücher, den Amelie heranzog und durchblätterte – zwei historische Sachbücher waren darunter, das interessierte sie natürlich –, während er schnippelte, einen großen Topf auf den Herd stellte, kramte und kochte. «Ich hoffe, du magst rote Linsen?», fragte er.

Hätten sie deutsch gesprochen, hätte er ihr jetzt vielleicht das Du angeboten.

Sie lächelte. «Sehr.»

«Schön scharf?»

«Schön scharf.»

Mehr sagten sie nicht. Amelie schaltete ihr Handy ein. Dreizehn Anrufe in Abwesenheit blinkten auf, alle von derselben Nummer, die sie auswendig kannte, seit sie als studentische Hilfskraft an der Uni angefangen hatte: Michaels Büronummer.

Er hatte auch auf die Mailbox gesprochen, aber sie hatte keine Lust, sich das anzuhören. Leere Versprechungen, Beteuerungen... nein, es war genug.

Dass er sie nicht von seinem Handy oder von zu Hause aus anrief, hieß im schlimmsten Fall, dass die Andere ihn kontrollierte. Aber offensichtlich war sie auch nicht mehr im Krankenhaus, denn die dreizehn Anrufe waren alle um die Mittagszeit erfolgt, innerhalb einer Stunde. Er konnte für eine Stunde an die Uni gefahren sein, «Unterlagen holen, danach bin ich ganz für dich da», während Sabina auf dem Sofa lag, die Augen geschlossen und erschöpft von den Strapazen ihrer Schwangerschaft.

Amelie wollte sich das alles gar nicht ausmalen, aber es war wie früher, als sie sich Geschichten erzählte, wenn sonst niemand da war. Weil ihre Mutter arbeitete, weil Amelie daheim blieb, nur in der Nähe eine ältere Nachbarin, die einmal in der Stunde klopfte und fragte, ob alles in Ordnung sei.

Sie hatte früh gelernt, selbständig zu sein, aber das hatte sie dann in den Jahren mit Michael systematisch wieder verlernt. Diese Reise hatte sie nur angetreten, weil es eine Flucht war. Unter anderen Umständen hätte sie es nie nach Wales geschafft, schon gar nicht allein.

«Ach, Michael», seufzte sie und schaltete das Handy wieder aus. Ob er bereute, dass er sich die Andere so schnell ins Haus geholt hatte? Oder hatte er gar keine andere Wahl gehabt, weil sie sich so schnell eingenistet hatte?

Unsinn. Sie war nicht bei ihm eingezogen, Punkt. Es brachte doch nichts, wenn Amelie sich jetzt deswegen verrückt machte, zumal sie doch selbst nicht wusste, ob sie weiter mit Michael zusammenbleiben wollte oder nicht ...

«Schlechte Nachrichten?» Dan stand vor dem Tisch, den großen Topf in beiden Händen. Sie hatte gar nicht bemerkt, wie er den Tisch gedeckt hatte.

«Nein, ach ...» Sie steckte das Smartphone weg. Die Jahre ließen sich nicht in wenigen Tagen beiseitewischen. Und mit Kind konnte sie Michael ohnehin nicht aus ihrem Leben streichen.

Dan brachte einen Korb mit duftigem, hellem Brot. Die Suppe war heiß, scharf und süßlich; mit Kokosmilch und Ingwer und viel Chili. Ihre Nase lief, aber erst als die ersten Tränen tropften, merkte sie, dass nicht die Chilischärfe der Grund dafür war.

Wortlos stand Dan auf. Er holte ihr ein Päckchen Taschentücher und schob es über den Tisch. Dann aß er weiter, als wäre nichts geschehen. Bestimmt dachte er, dass sie von den Hormonen gebeutelt wurde.

«Tschuldige», flüsterte sie, doch er schüttelte bloß den Kopf. Als gäbe es nichts zu entschuldigen. Als sei alles in bester Ordnung.

Sie aßen auf, und danach räumte Dan den Tisch ab. Als er das Spülwasser einließ, stand sie auf. Sie war wieder müde, aber ein bisschen wollte sie sich nützlich machen, wenn er sie schon bei sich aufnahm. Sie fand ein sauberes Geschirrtuch, und während sie abwuschen, erzählte Dan eine alberne Geschichte über einen Campingurlaub, den er vor Jahren mal gemacht hatte, in Amerika. Als das Geschirr am nächsten Morgen von Waschbären so saubergeleckt war, dass seine Freunde und er gedacht hatten, die anderen hätten wohl abgespült.

«Ihr seid mit dem Wohnmobil durch Amerika gefahren?»

Er nickte. «Einmal quer durch Kanada. Sechs Wochen die perfekte Freiheit.»

Sie beneidete ihn um diese Reise. Wie sie jeden Menschen um jede Reise beneidete. Sie hatte allenfalls mal eine Woche Cluburlaub gemacht.

Immerhin hatte sie es jetzt nach Pembroke geschafft.

Sie setzten sich wieder aufs Sofa. Dan kochte mehr Tee und holte aus dem Wohnzimmer eine verschlissene Quiltdecke, unter die Amelie sich kuschelte. Schokolade und Ingwerkekse erschienen wie von Zauberhand auf dem Tischchen neben dem Sofa, und Amelie erzählte von ihrem Buch und davon, dass sie bei ihren Recherchen irgendwann ins Stocken gekommen sei. Darum sei sie hier.

«Und jetzt willst du zurück zu Mr. Amelie.»

Er klang nicht betrübt oder neugierig, sondern ganz sachlich.

«Ich weiß nicht, ob er noch Mr. Amelie sein will.» Sie biss sich auf die Unterlippe. Bloß nicht schon wieder losheulen. Sie hatte heute schon genug geheult.

«Vielleicht ändert er seine Meinung, wenn du ihm davon erzählst.»

«Vielleicht auch nicht.»

Sie wollte nicht darüber reden, und das spürte er. Unwillkürlich hatte sie die Arme verschränkt und starrte geradeaus. Ihre Füße fühlten sich eiskalt an.

«Ich geh schlafen.» Als sie aufstand, erhob er sich auch, und sie standen einen Moment lang voreinander. Viel zu dicht, und er spürte das, hob die Hand, streichelte unbeholfen ihren Unterarm –, eine Geste, mit der er sie gleichzeitig tief berührte und ein bisschen von sich wegschob. Sie wandte den Kopf ab, denn sonst hätten sie sich sicher geküsst.

Sie ging ins Gästezimmer und wünschte ihm leise eine gute Nacht, aber sie wusste nicht, ob er das noch hörte. Das Geschirr klapperte in der Küche, er räumte auf. Sie lehnte die Tür nur an und lauschte ins Dunkel. Seine Pantoffeln schlurften auf den Holzdielen, dann auf der Treppe. Stille. Dann wieder seine Schritte.

«Ich hab dir Handtücher ins Bad gelegt.»

«Danke.»

Sie schaltete das Licht an, jetzt ging er wieder nach oben, und dann war wirklich alles still. Erst zehn Minuten später schlüpfte sie aus dem Zimmer ins Gästebad. Sie duschte heiß und lange, und danach saß sie im Handtuch auf dem Klo und starrte auf die hellblauen Wandfliesen. Manches hier war noch alt. Vor fünfzehn Jahren hatte es im Haus ihrer Großeltern so ausgesehen. Inzwischen war der Großvater tot und die Großmutter in einem Heim, wo Amelie sie alle halbe Jahre besuchte, zu Weihnachten oder zu Ostern, dann noch im Frühherbst zum Geburtstag. Mehr schaffte sie nicht, aber das lag nicht an fehlender Zeit, sondern daran, dass sie nicht den emotionalen Bezug zur Großmutter hatte. Die hatte Susel immer Vorwürfe gemacht; warum, wusste Amelie bis heute nicht.

Vielleicht sollte sie sie endlich einmal fragen. Sie hatte ein Recht darauf, fand sie. Jetzt, da sie ein Kind bekam, musste sie wissen, welche Tretminen in der Vergangenheit lauerten, welche unterdrückten Vorwürfe von einer Generation an die nächste weitergereicht wurden wie ein Staffelstab.

Sie wollte es wie jede werdende Mutter besser machen.

Mitten in der Nacht fuhr sie so abrupt hoch, dass sie glaubte, zu fallen. Ihre Hand tastete nach Halt, sie erwischte aber nur das

Glas Wasser, das Dan ihr hingestellt hatte. Sofort war sie hellwach, knipste das Nachtlicht an und schaute sich um.

Irgendwas hatte sie geweckt.

Aus ihrer Handtasche, die am Fußende des Bettes stand, kam ein rhythmisches Brummen. Der Vibrationsalarm ihres Smartphones.

Sie konnte sich schon denken, wer da versuchte, sie zu erreichen. Amelie zog sich die Decke über den Kopf und versuchte, schnell wieder einzuschlafen. Was leider nicht möglich war, denn kaum verstummte das Geräusch, fing es schon wieder an.

«Idiot», murmelte sie und schaltete das Smartphone aus.

Danach konnte sie nicht wieder einschlafen. Sie versuchte es ein paar Minuten, wälzte sich hin und her und setzte sich schließlich auf. Licht wieder an, Buch aus der Tasche. So ließ sich Schlaflosigkeit ertragen. Immer noch besser als dieses Lauschen auf den eigenen Herzschlag in den Ohren.

Dumm nur, dass sie sich überhaupt nicht auf das Buch konzentrieren konnte. Außerdem hatte sie Durst, und das Glas war schon leer. Seufzend stand sie auf. Nur im Schlafshirt und mit Wollsocken an den Füßen tappte sie in die Küche und tastete nach dem Lichtschalter.

Am Küchentisch saß Dan.

Im Dunkeln.

Sie erschrak fürchterlich.

«Herrje! Du bist noch wach.»

Er grinste jungenhaft. «Dasselbe könnte ich von dir auch sagen. Oder schlafwandelst du?»

Ihr Lachen geriet etwas aus der Fassung. Sie ging zur Spüle, ließ Wasser in ihr Glas und trank. Sie fühlte sich von ihm beobachtet, aber das war nicht unangenehm, im Gegenteil. «Ich bin aufgewacht.» Sie überlegte, ob sie ihm von Michael erzählen sollte und seinem Anruf zu so später Stunde.

«Passiert mir auch immer wieder.» Er sah sehr müde aus. «Ich koch uns Tee.»

Sie wurde das Gefühl nicht los, als verberge auch er etwas vor ihr. Als sei da mehr als nur Schlaflosigkeit. Aber was ging sie das an, er war ein Fremder, der sie bei sich aufgenommen hatte. Mit dem sie einen Abend lang angenehm hatte reden und schweigen können. Aber immer noch ein Fremder.

Als er sich an ihr vorbeischob und den Wasserkocher füllte, hatte sie plötzlich das Gefühl, als sei er ihr gar nicht so fremd. Sie nahm seinen Geruch war – schwer einzuordnen, nein, gar nicht einzuordnen. In letzter Zeit roch sie viel intensiver.

Dann war der Moment vorbei, und sie setzte sich aufs Sofa. Dan hantierte an der Anrichte, fragte sie, ob sie Hunger habe, und komischerweise, ja, sie hatte Hunger. Die Digitaluhr am Backofen zeigte 04:17.

«Schon richtiges Frühstück oder noch warten?»

«Toast wäre gut.» Damit ließ sich die Morgenübelkeit am besten vertreiben.

Damit sie nicht fror, holte sie ihre Decke und schaute dann doch aufs Handy. Es war tatsächlich Michaels Nummer. Er hatte in wenigen Minuten noch zweimal angerufen. Sie seufzte. Wenn sie ihn zurückrief, hieß das, dass sie ihm vertraute. Dass sie ihm noch einmal eine Chance gab, alles richtig zu machen.

Sie wählte seine Nummer.

«Amelie!» Atemlos flüsterte er: «Warte, ich . . .» Sie hörte ihn rascheln, vielleicht hatte er im Bett gelegen und stand jetzt auf. Eine Tür schloss sich, seine Füße tappten über Dielen. Sein Atem war unnatürlich laut in ihrem Ohr, und sie verzog das Gesicht.

«Ich hab gestern ständig versucht, dich zu erreichen.»

«Du hast nur eine Stunde lang immer wieder angerufen. Damit sie es nicht merkt.»

Er schwieg. Jetzt ging er bestimmt die Treppe runter, ins Wohnzimmer, weiter in die Küche ... Nein, sie hörte eine Tür quietschen, und es gab im ganzen Haus nur eine Tür, die quietschte, und das war die zu ihrem Arbeitszimmer.

«Verdammt, ich mache mir Sorgen, Am.»

«Geht es ihr wieder gut? Ist sie nicht mehr im Krankenhaus?»

Er atmete tief durch. «Ich will echt nicht mit dir streiten, Amelie.»

Sie schwieg. Trat mit dem nackten Fuß gegen den Stuhl am Fußende ihres Bettes.

«Ich komme morgen. Nach Pembroke. Ich hab einen Flug gebucht, lande um elf in Heathrow und nehme einen Mietwagen, dann bin ich abends bei dir. Ich hol dich ab, ja? Wir reden über alles, und ... und ...»

Weiter hatte er wohl nicht gedacht.

«Und dann?» Sie atmete durch, die Erschöpfung hing schwer an ihr. «Dann holst du mich heim, und ich muss mit ihr unter einem Dach wohnen? Weiß sie, dass du morgen verschwindest? Ich meine, nicht dass sie morgen früh irgendwie ...»

Sie wollte nichts Gemeines sagen, wollte der Anderen nichts Böses an den Hals wünschen.

«Einen Rückfall erleidet? Ich habe es ihr nicht gesagt, nein. Amelie, bitte. Ich will mit dir zusammen sein. Das alles ist so schrecklich unglücklich gelaufen, und es tut mir wirklich leid. Lass es mich wiedergutmachen, ja?» Er klang jetzt flehend.

Sie konnte sich vorstellen, wie er sich in ihrem Zimmer auf den Swopper gesetzt hatte. Wie er mit den Fingern über den leeren

Schreibtisch fuhr und auf ihre Pinnwand starrte, auf der sie all die Notizen und Zettel zu ihrem Buchprojekt sammelte.

«Du bist so ein Feigling, Michael.» Sie legte auf, ohne Gruß, ohne irgendwas. Ich bin schwanger, ich darf das, dachte sie wütend, und weil sie es irgendwie endgültig machen wollte, löschte sie seinen Eintrag aus ihrem Adressbuch, löschte seinen Nachrichtenverlauf und hätte am liebsten gleich noch alle E-Mails gelöscht, die sie jemals von ihm bekommen hatte.

«Ich hab uns ein Sandwich gemacht.»

Sie fuhr herum. «Wie lange stehst du schon da?» Der Wechsel in die Fremdsprache fiel ihr leicht, als habe sie das schon immer gemacht.

«Weiß nicht. Zu lange, nehme ich an. Tut mir leid.»

Sie erwiderte nichts, sondern folgte ihm in die Küche. Auf dem Tisch stand ein großer Teller mit dreieckigen Sandwichs – Käse mit Tomate und Salat, Thunfisch mit Frischkäse, Kochschinken mit Gürkchen. Sie machte sich hungrig darüber her, während Dan den Tee einschenkte und sich zu ihr aufs Sofa setzte. Amelie konzentrierte sich ganz aufs Kauen, Schlucken, Trinken. Bloß nicht nachdenken.

«In dem Buch, das ich gerade schreibe», begann sie plötzlich, «geht es um eine junge Britin Ende des 19. Jahrhunderts. Sie war sehr unabhängig. Sie verwaltete ihr eigenes Vermögen, legte die Erziehung ihrer Kinder in die Hände fähiger Lehrer, die sie selbst auswählte. Sie engagierte sich für die Armen und unterstützte zahlreiche Waisenhäuser. Das war damals alles nicht ungewöhnlich, viele Frauen fanden Erfüllung darin. Aber Beatrix Lambton war anders. Sie begann, sich auch politisch zu interessieren. Ein bisschen ähnelte sie darin Georgiana Spencer. Vielleicht hast du den Film gesehen.»

Dan lachte leise. «Ich habe die Biographie von Amanda Foreman gelesen. Reicht das?»

Sie musste ebenfalls lachen. Die meisten Leute, denen sie versuchte, die Grundlage ihres Buchs zu erklären, konnten mit Georgiana Spencer nichts anfangen, doch sobald Amelie von dem Kinofilm mit Natalie Portman sprach, wussten die meisten Bescheid. Es tat gut, mal jemanden zu treffen, der nicht aus dem wissenschaftlichen Betrieb kam und trotzdem schon von der Duchess of Devonshire gehört hatte.

«Jedenfalls, meine Beatrix. So freiheitsliebend war sie, aber sie hat sich von ihrem Mann auf der Nase herumtanzen lassen. Er hatte zahllose Liebschaften, mehrere Bastarde, die er ohne Skrupel seiner Ehefrau aufbürdete, die diese auch noch aufzog, während er sich weiterhin mit anderen Frauen vergnügte. Ausgedehnte Reisen, teurer Lebenswandel – das alles gönnte er sich. Das war für die damalige Zeit nicht ungewöhnlich, aber ich habe mich immer gefragt, warum sie das getan hat. Warum sie stillgehalten hat.» Dan nahm den Quilt von der Sofalehne und breitete ihn über Amelies Beine. Sie hockte im Schneidersitz neben ihm und merkte erst jetzt, dass sie zitterte.

«Ich hab eine Zeitlang gedacht, es hat sie einfach nicht gekümmert. Sie hatte ihr eigenes Geld, ihre Unabhängigkeit, und Liebe war es wohl nicht, was die beiden verband. Für die damalige Zeit absolut normal. Aber je länger ich recherchiere, je mehr ich herausfinde ...» Sie kaute an ihrer Unterlippe und schmeckte plötzlich Blut.

Sie selbst war alles andere als unabhängig. Sie hatte keine nennenswerten Ersparnisse, und der Buchvertrag schien nur eine Option zu sein. Was sollte sie danach tun? Das nächste Buch schreiben? Sie sah sich schon allein in einer kleinen Sozialwohnung sitzen, den ganzen Tag das Kind bespaßen und auf das monatliche Geld von Michael warten.

Oder sie kehrte zu ihm zurück, reumütig oder mit hoch erhobenem Haupt, das kam ganz drauf an, wann und unter welchen Umständen. Aber dann wäre sie vielleicht gar nicht so anders als Beatrix, die sich mit ihrem Mann arrangierte. Hatte sie unter seinen Affären gelitten? Amelie konnte sich nicht vorstellen, dass es sie kaltgelassen hatte. Vielleicht war Beatrix ein freier Geist, aber sicher hatte es sie dennoch gekümmert.

Und da war immer noch die Geschichte mit ihrer Schwester, die Amelie bisher nicht so ganz durchdringen konnte. Wenn sie dort nur endlich vorankäme. Wenn sie Annes Briefe fände, beispielsweise, irgendetwas! Ein Tagebuch vielleicht, das wäre natürlich ein Glücksfall, auf den sie gar nicht zu hoffen wagte. Das Archiv der Stadtbibliothek hatte sich in dieser Hinsicht leider als unergiebig erwiesen, obwohl Cedric wirklich sehr bemüht gewesen war.

«Nur weil Beatrix finanziell unabhängig war, heißt das ja nicht, dass sie sich nicht emotional an ihn gebunden fühlte. Vielleicht hat sie gelitten und das alles nur getan, um ihm zu gefallen.»

«Er hat's ihr nicht gerade einfach gemacht.»

«Er war ein Kind seiner Zeit. Damals verschwendete man keinen Gedanken an eine gleichberechtigte Partnerschaft. Man ist ja selbst heute noch oft genug weit davon entfernt.»

Amelie sagte erst mal nichts. Dann machte sie leise «Hmpf», und weil Dan sie fragend anblickte, erklärte sie: «Du hast damit gerade das gesagt, was jeder vernünftige Wissenschaftler mir sagen würde, wenn ich ihm das Problem schilderte. Dass ich zu sehr von den heutigen Umständen ausgehe. Ein großes Problem, wenn man an historischen Biographien arbeitet, ist die Zeit, in der der Autor lebt, denn seine Interpretation ist immer geprägt von seinem eigenen Erlebnishorizont.» Sie zuckte mit den Schultern. «Vermutlich habe ich gedacht, das müsse doch bei den beiden gleichberechtigt geklappt haben, weil ich es so ähnlich erlebt habe. Und weil meine Mutter mich ganz allein großgekriegt hat.»

«Also gibt es ihn. Den mysteriösen Mr. Amelie.»

«Ich würde ihn aber nicht Mr. Amelie nennen», sagte sie leise. «Ein Feigling, ein Angsthase, das ist er. Aber wir gehören nicht zusammen.» Und dann musste sie lachen. «Mein Gott!», rief sie. «Er hat ebenfalls eine Mätresse!»

Dan blickte sie verständnislos an, aber Amelie hätte sich in diesem Moment schier ausschütten können vor Lachen. Das war wirklich absurd – sie forschte über eine Adelige des frühen 20. Jahrhunderts, die von ihrem Mann betrogen wurde, und sofort passierte ihr dasselbe! Gut, Michael und sie waren noch nicht verheiratet, aber bis vor kurzem hatte sie ja gedacht, das sei nur noch eine Formsache.

Was wohl passiert wäre, wenn sie sich Heinrich VIII. als Forschungsthema zugewandt hätte? Sie wollte es lieber nicht zu Ende denken. Es hätte tragisch enden können.

«Ich weiß nicht, was daran so lustig ist ...» Dan wirkte verunsichert. Sie streckte die Hand aus und legte sie auf seinen Unterarm, so, wie er es vorhin bei ihr gemacht hatte. Eine intime Geste, die sich irgendwie richtig anfühlte. «Entschuldige, es ist nur ... amüsant. Als wollte mir Beatrix die ganze Zeit einen Spiegel vorhalten. Ich hab es nur nicht gemerkt.»

Er senkte den Blick und schaute ihre Hand an. Peinlich berührt zog sie sie zurück, als habe sie sich an ihm verbrüht. «Ich meine, dass ... Na ja.»

Inzwischen war es nach fünf, und wenn Amelie vor ihrer

Abfahrt noch ein bisschen schlafen wollte, musste sie es wenigstens versuchen. Dan stand schon wieder am Spülbecken und ließ Wasser ein. Sie hatte noch nie einen Mann erlebt, der so konsequent und offensichtlich gerne abspülte, sobald es etwas abzuspülen gab.

«Macht es dir was aus, wenn ich mich hier hinlege?», fragte sie leise. «Im Gästezimmer ist es so kalt.»

Beide wussten, dass es nicht fehlende Heizwärme war, die sie nicht in den Schlaf finden ließ. Amelie wickelte sich in den Quilt und schob sich ein Kissen unter den Kopf. Eine Hand ruhte unter dem Kissen, die andere ganz entspannt auf ihrem Bauch. So lag sie da und beobachtete ihn.

«Du musst nicht abreisen», sagte er plötzlich, ohne sich umzudrehen.

Sie richtete sich auf. «Dan ...»

«Ich hab Platz genug. Wenn du weiter nach deiner Beatrix suchen willst, bleib einfach hier. Mir wäre außerdem nicht besonders wohl dabei, wenn du so weite Strecken allein fährst.»

In deinem Zustand.

Das verkniff er sich zum Glück.

«Ich kann später zurückkommen», meinte sie. «Wenn ich daheim alles geregelt habe. Es ist ... da ist einiges ungeklärt, und ...»

«Die Geliebte.»

«Was?»

«Du hast gesagt, er hat eine Geliebte. Oder Freundin oder irgendwas in der Art.»

«Ja. Nein. Eigentlich ist sie das nicht.»

Komisch. Sonst vertraute sie Fremden nicht. Nie, nie, nie. Aber von diesem hier ließ sie sich alles entlocken, und es fühlte sich weder mühselig noch falsch an, und sie hatte nicht einmal dieses

Gefühl von Nacktheit, das sie sonst immer hatte, sobald sie zu viel von sich preisgab.

Kann ja noch kommen, dachte sie.

«Du kannst es dir ja überlegen. Mein Haus steht dir jederzeit offen.» Er trocknete sich mit ruckartigen Bewegungen die Hände ab, sein Blick streifte sie. Als er die Küche verließ, löschte er das Licht, und ohne ihn kam die Stille. Vögel sangen vor dem Fenster, und es war inzwischen so hell, dass sie unmöglich noch mal einschlafen konnte.

Amelie faltete die Hände auf der Decke, über dem Bauch. Hallo, Kind, dachte sie. Alles gut da bei dir?

Und sie schlief mit einem Lächeln ein, das ihr selbst ganz und gar unerklärlich war.

Der Brief kam mit der Tagespost kurz nach dem Frühstück, und Beatrix ließ ihn liegen, weil Georgie weinte und seine beiden jüngeren Schwestern sich sprichwörtlich in die Haare gerieten. Sie zogen sich mit klebrigen Porridgefingern an den Locken und mussten nun beide gebadet werden, was sowohl die Zweijährige als auch die Dreijährige mit anhaltendem Gebrüll quittierten.

Georgie hingegen weigerte sich, ins Schulzimmer zu gehen, weil der Lehrer ihm mit dem Rohrstock auf die Finger haute, sobald er etwas falsch machte.

Sie hatte also ohnehin schon genug anderes zu tun. Einem der Dienstmädchen war nicht wohl, und Beatrix fürchtete, es bald fortschicken zu müssen, weil es sich seit einer Woche jeden Morgen übergeben musste. Es war nicht das erste Mal. Sie hatte Trisk im Verdacht und doch wieder nicht. Normalerweise hielt er seine Liebschaften aus ihrem Haushalt heraus.

Am Nachmittag hatte sie zu einem literarischen Salon geladen, und sie musste mit der Köchin die letzten Details besprechen. Es sollten Küchlein mit frischen Beeren gereicht werden, dazu Sandwichs verschiedener Art. Tee, Mokka, heiße Schokolade. Bees Salons zeichneten sich durch eine zurückhaltend schlichte Bewirtung aus, was sie nicht weniger beliebt machte. Mitunter kamen abgerissene, halb verhungerte Schriftsteller und Künstler, denen sie beim Abschied stets ein Fresspaket in die Hand drückte. London war ein Moloch, der großartige Künstler hervorbrachte, doch wenn man nicht aufpasste, wurden sie von der Stadt einfach so verschlungen.

So kam sie erst kurz vor der Mittagsstunde dazu, den Stapel Post zu sichten, der jeden Tag beachtlich war. Sie korrespondierte mit vielen Leuten, es kamen Einladungen, periodische Werke, mancher aufstrebende Autor schickte ihr sein Manuskript mit der Bitte um wohlwollende Beachtung und einen Zuschuss zu den Druckkosten für die Erstveröffentlichung – ewige Dankbarkeit und eine entsprechende Widmung seien garantiert –, und manchmal, viel zu selten in den letzten Monaten, schrieb ihre jüngere Schwester Anne.

«Sieh an», murmelte Beatrix. Sie drehte den Brief ein paarmal hin und her, ehe sie den schweren, vergoldeten Brieföffner zur Hand nahm und das Kuvert aufschlitzte. Sie nahm sich Zeit für diesen Brief. Nachdem sie Anne letzte Woche in einer heruntergekommenen Gegend der Stadt zufällig getroffen hatte, waren ihre Gedanken oft zu ihr gewandert. Was trieb ihre Schwester dort? Noch dazu mit einer Reisetasche?

Dieser Brief gab die Antwort. Aber es war nicht, was sie erwartet hätte.

«Ach, Anne …», seufzte Beatrix müde.

Sie war sich nicht sicher, was sie erwartet hatte. Eine Affäre mit dem Duke of G- allerdings – einem der mächtigsten Männer im Königreich, augenscheinlich seit vielen Jahren glücklich verheiratet, Vater, Großgrundbesitzer, reich und in ihren Kreisen für seine pointierten, politischen Äußerungen wenn nicht beliebt, so doch wenigstens geachtet –, das überstieg Beatrix' Vorstellungsvermögen.

Einige Minuten saß sie einfach nur da und lauschte auf die Geräusche im Haus. Der leise Singsang des Kindermädchens drang aus der Zimmerflucht, in der ihre drei wohlgeratenen Kinder untergebracht waren. Dann, wie ein Wispern nur, hörte sie das stakkatoartige Aufsagen Georgies, dazu ganz leise im Takt das Klopfen des Rohrstocks auf dem Pult. Beatrix gefielen die Methoden des Lehrers nicht unbedingt, doch seine Referenzen waren ausgezeichnet, und ihr Sohn lernte unter diesen Bedingungen schnell. Er sollte kein verzärtelter Bub werden, der sich unter jedem lauten Wort duckte. Eines Tages würde er als Earl of Hartford über die Geschicke der Familie entscheiden.

Aber dieser Teil des Hauses war ihr Reich. Hier regierte sie. Und das hieß auch, dass sie alles, was irgendwie mit ihrer Familie zusammenhing, zu verantworten hatte. Gab es Probleme, musste sie sie lösen. Nicht länger ihr Vater, der inzwischen alt und senil geworden war, auch nicht ihre Mutter, die immer nur aufgeregt von einer Soiree zur nächsten flatterte und von Annes ausgezeichneten Zukunftsaussichten schwärmte.

Anne hatte sich ihr anvertraut. Das hieß für Bee: Sie musste ihrer kleinen Schwester diese Affäre ausreden, und zwar bevor etwas passierte, das Anne und damit die ganze Familie in den Abgrund der Schande riss.

Und sie musste Anne schleunigst verheiraten, egal, an wen, ihrethalben dann eben an Sir Cornelius. Der weilte zwar inzwischen in Boston, aber Beatrix war sicher, dass der Brief einer Countess of Hartford, die ihm die Ehe mit der jüngeren Schwester antrug, ihn sofort nach London eilen ließ. Er hatte Geld, und Amerika war weit genug weg, um einen eventuellen Skandal vertuschen zu können.

Schweren Herzens machte Bee sich daran, ihrer Schwester zu schreiben.

Der Brief geriet kurz; sie hatte nicht viel zu sagen.

Anne,

das muss aufhören.

Ich kümmere mich um deine Zukunft; bitte tu du jetzt nichts Unbedachtes. du darfst ihn auf keinen Fall nochmals treffen!

In Liebe

deine Schwester Bee.

Selbst für ihre Verhältnisse ein harscher, beinahe grober Brief. Doch sie fürchtete um Anne.

Und betete inständig, es möge noch nicht zu spät sein.

Am frühen Abend des folgenden Tages spielten die Kinder friedlich in ihrem Zimmer. Der nachmittägliche Besuch – eine entfernte Cousine mit ihren beiden Töchtern, die jung und frisch waren und von denen sich besagte Cousine erhoffte, sie würden unter Beatrix' Fittichen in die Gesellschaft eingeführt, damit sie dort die bestmögliche Zukunft fanden – hatte sich verabschiedet. Bee war in ihren Äußerungen vage geblieben. Sie half gern, aber allmählich hatte sie das Gefühl, niemandem ging es mehr um sie.

Das Leben als Countess war einsam geworden.

Ein Dienstmädchen meldete ihr eine späte Besucherin. «Sie hat ein Kind dabei», sagte das Mädchen beinahe verschwörerisch. Bee horchte auf.

«Ich lasse bitten.»

Die junge Frau – keine Dame, vielleicht eine Verkäuferin in einer Chocolaterie oder bei einem Hutmacher – trug ein hübsches, einfaches Kleid. Der Knabe war etwa zwei Jahre alt und hatte das blonde Haar der Mutter geerbt. Seine Haltung und die schwarzen Augen erinnerten Bee so frappierend an Trisk, dass sie nicht nachfragen musste, was der Grund für den Besuch war.

Sie bot dem Mädchen einen Platz an. Verschüchtert setzte es sich auf eines der Sofas im privaten Salon und zog den Kleinen auf ihren Schoß. Stumm und aufmerksam beobachtete der Junge Beatrix.

«Nun. Ich nehme an, Sie sind hier, weil Sie Geld benötigen.»

Das Mädchen – allenfalls zwanzig, schätzte Beatrix – lächelte verhalten. «Nein», erwiderte sie zu Bees Überraschung. «Ich möchte keine Almosen.»

Sie musterte das Mädchen von oben bis unten. Dieses besaß zumindest so viel Anstand, zu erröten.

«Sie wollen nicht allen Ernstes behaupten, er hat Sie in den letzten drei Jahren nicht unterstützt? Ich nehme an, Sie werden Ihre Arbeit verloren haben, und Ihre Eltern werden Sie auch fortgeschickt haben.»

«Meine Eltern sind tot.» Trotzig reckte ihr Gegenüber das Kinn. Beatrix verstand, was Trisk so sehr an diesem Mädchen reizte.

«Und jetzt zahlt er nicht mehr?» Sie versuchte, beiläufig zu klingen, doch darin schwang eine andere Frage mit. Hatte er das Interesse an dir verloren?

«Nein. Ich habe ihn seit zwei Jahren nicht gesehen, ich bekomme nur jeden Monat Geld von ihm geschickt. Ohne wäre ich in Whitechapel gelandet, und mein Kind …»

Sie sprach nicht weiter. Beatrix kam sich auch so schäbig genug vor. Trisk hatte sich nicht vor der Verantwortung gedrückt, gut. Trotzdem war sie jetzt hier.

«Wie heißen Sie?», fragte sie.

«Ellen, Mylady.»

«Gut, Ellen. Was möchten Sie von mir?»

Das Mädchen wandte kurz den Kopf zur Seite, als müsste es allen Mut zusammennehmen. «Da gibt's einen Mann, der wohl bereit ist, über meinen Makel hinwegzusehen. Er könnt' gut für mich sorgen, hat ein kleines Geschäft.»

«Das freut mich zu hören.»

«Er will aber keine Kinder von einem anderen, das hat er gesagt. Der kleine Henry», sie schluckte, «er will ihn nicht unter seinem Dach haben. Ich müsste ihn in ein Heim geben.»

Sie weinte. Beatrix konnte es ihr nachempfinden. Wäre sie in einer ähnlichen Situation, wüsste sie auch nicht, wie sie Mutterliebe und die Hoffnung auf eine Zukunft unter einen Hut bringen sollte.

«Er ist so ein kluges Kind. Ich würde ...» Sie hob das Kind von ihrem Schoß, klopfte ihm auf den Po und schob es in Beatrix' Richtung.

«Na, komm her», sagte sie, und der Junge kam zu ihr. Beatrix stand auf und gab ihm die Hand. «Ich stell dir ein paar andere Kinder vor, ja?»

Er nickte ernst und stumm. Beatrix verließ mit ihm den Salon. Sie stiegen die Treppe hinauf, und der Junge drehte sich kein einziges Mal um. Er kam gar nicht auf die Idee, dass er seine Mama gerade zum letzten Mal gesehen hatte.

Die anderen Kinder nahmen ihn als Spielkamerad in ihre Mitte auf. Beatrix blieb nur kurz, um das Kindermädchen zu instruieren; dann ging sie wieder nach unten.

Ellen wollte gerade gehen.

Ihre Nase war rot, die Augen verquollen. Sie weinte noch immer. Stumm reichte Beatrix ihr ein Taschentuch, das sie dankbar nahm. «Er ist jetzt bei meinen Kindern», sagte sie leise. «Und dort kann er bleiben, bis ich für ihn ein neues Heim gefunden habe.»

«Darf ich ... darf ich ihn besuchen?»

«Kommen Sie, wann immer Ihnen danach ist.» Solange es noch

möglich war. Hatte sie erst neue Eltern für den kleinen Henry gefunden, würde der Kontakt für immer abreißen. Für das Kind war es besser, für die Mutter schrecklich.

Aber das, dachte Beatrix, war der Preis, den die Mutter für eine zweite Chance zahlen musste.

Henry war nicht das erste Kind, das man ihr quasi auf die Schwelle legte, und bestimmt würde er nicht das letzte bleiben. Sie hatte aufgehört, sich darüber zu wundern. Die Mütter waren zumeist in einer Notlage, oder sie hofften, ohne das Kind eine bessere Zukunft zu haben. Bei einem Mädchen war Beatrix nicht mal sicher, ob es wirklich Trisks Bastard war, doch sie hatte den Säugling ebenfalls aufgenommen. Eine junge Kaufmannsgattin aus Bath, von der Beatrix wusste, wie sehnlich sie sich ein Kind wünschte, war dem Mädchen eine gute Mutter geworden. Jeden Monat schrieb sie lange Briefe und berichtete über die Entwicklung des Kindes.

Warum diese Mädchen so sorglos waren, konnte sie nur vermuten. Vielleicht dachten sie, Trisk dauerhaft an sich binden zu können, vielleicht dachten sie auch gar nicht nach. Schlimm war es nur für die Kinder, die zu früh von ihrer Mutter getrennt wurden und niemals einen Vater hatten.

Nach dem Abendessen saßen Trisk und sie in der Bibliothek. Er machte keine Anstalten, wie sonst zu später Stunde noch das Haus zu verlassen, und sie genoss es, ihn bei sich zu haben.

Er schmauchte ein Pfeifchen und trank Brandy, während sie sich über ihre Handarbeit beugte. Abendliches Stricken und Häkeln ließen sie nach einem anstrengenden Tag zur Ruhe kommen.

«Da ist ein neues Kinderbett im Schlafzimmer der Kinder», begann er.

«Das stimmt.»

«Ich habe ihr gesagt, du würdest dich schon um alles kümmern.»

«Natürlich.»

«Weißt du schon jemanden, der sich über so einen süßen Knaben freut?» Ein bisschen Vaterstolz schwang mit.

«Ich weiß nicht. Vielleicht behalten wir ihn ja?» Sie wusste, wie das klang: als redeten sie über einen Welpen, der aus dem Wurf der Jagdhündin übrig geblieben war.

Trisk schwieg lange.

«Er ist dir so ähnlich», fügte sie leiser hinzu. Ihr wurde das Herz schwer bei der Vorstellung, dieses Kind herzugeben, denn ja: Es ähnelte so sehr dem Vater wie keines ihrer eigenen Kinder.

«Hältst du das aus?», fragte er erstaunt.

Sie warf ihm einen Blick zu. Er hob die Brauen und lächelte entschuldigend.

«Bisher habe ich doch auch alles ausgehalten», erwiderte sie kühl. «Dann werde ich das hier ebenso ertragen.»

Sie wusste, worauf er anspielte. Man würde reden. Aber diesem Gerede würde sie stolz entgegentreten. Sie hatte gerade entschieden, den Jungen aufzunehmen.

«Ich rede dir da jedenfalls nicht rein», sagte Trisk.

«Nein, du hältst dich immer raus», erwiderte sie kühl.

Kapitel 9

$\mathcal{D}$rei Stunden später stand sie mit dem Entschluss auf, abzureisen. Ging noch einmal duschen, putzte die Zähne, schminkte sich sogar dezent (was sie selten tat, nur, wenn sie Lust dazu hatte), und ihr war nicht mal übel. Sie packte, räumte in der Küche das bisschen auf, das man mit viel gutem Willen aufräumen konnte, und ging die Treppe hinunter. Eine weiß lackierte Holztür führte direkt in die Apotheke, dahinter lauerte das laute und moderne Leben.

Im Verkaufsraum drängten sich die Kunden, und im ersten Moment überwältigte es Amelie. Aber als sie die grauen und weißen Köpfe zählte, waren es nur drei, und die bediente Dan mit einem freundlichen Lächeln und einem leisen, diskreten Singsang in der Stimme. Sie hielt sich im Hintergrund und wartete.

Gerade wandte sich die letzte Kundin zum Gehen. Sie drehte sich um, sah Amelie, und ihr Lächeln erstarb. So plötzlich, dass es kein Zufall sein konnte, denn diese Reaktion hatte Amelie in den letzten Tagen bei den Einheimischen schon zu oft erlebt. Wortlos schob sich die Frau an ihr vorbei und verließ beinahe fluchtartig die Apotheke.

«Irgendwas haben die gegen mich», sagte sie zu Dan, nachdem die Alte draußen war. Vor der Apotheke traf sie eine Bekannte und begann, laut und hektisch auf Walisisch auf sie einzureden.

«Verstehst du, was sie sagen?»

Dan schüttelte den Kopf. «Darüber bin ich manchmal auch ganz froh, ehrlich gesagt.»

Die Tür ging wieder auf, die tanzenden Glöckchen klimperten, und dann hörte Amelie hinter sich eine Stimme. «Ich hab Ihnen doch gesagt, Sie sollen von hier verschwinden.»

Sie fuhr herum. Jonathan Bowden stand breitbeinig da.

Einen Moment lang wusste sie nicht, was sie sagen sollte. Aber sie hatte keine Lust, sich von ihm einschüchtern zu lassen. Sie hatte ausgeschlafen, und Dan würde schon dafür sorgen, dass der griesgrämige Kerl ihr nichts antat. Angriffslustig verschränkte sie die Arme vor der Brust. «Ach ja? Schön wäre, wenn Sie mir sagen würden, warum ich in diesem Ort angeblich nicht erwünscht bin.»

Er musterte sie, als überraschten ihn ihre Unwissenheit und Angriffslust. Doch er fasste sich schnell. «Das geht Sie gar nix an.»

Er schob sich an ihr vorbei, stellte eine Papiertüte auf den Tresen vor Dan und erklärte: «Das wirkt nicht.»

Dan schaute von Mr. Bowden zu Amelie und zurück. Dann aber siegte seine Professionalität über die Neugier, und er erklärte: «Du wirst das Zeug schon länger als einmal nehmen müssen, Jon. Ich verspreche dir, es wirkt.»

«Bei mir nicht. Konnte überhaupt nicht schlafen.»

«Dein Blutdruck ist ja nicht seit gestern aus dem Gleichgewicht. Gib der Sache eine Woche Zeit, und wenn's dann nicht besser ist, gehst du noch mal zum Arzt.»

Jonathan Bowden brummelte etwas, das Amelie nicht verstand. Verdammt, sie hatte es satt, sich von diesem alten Griesgram behandeln zu lassen, als habe sie seinen Erstgeborenen geklaut! Darum stellte sie sich ihm entschlossen in den Weg, als er sich zum Gehen wandte.

«Sagen Sie mir, warum.»

Aus dem Augenwinkel sah sie die beiden alten, walisischen Hexen, die den Aufruhr im Innern der Apotheke natürlich bemerkt hatten. Dass sie sich vor lauter Neugier die Nasen nicht an der Schaufensterscheibe plattdrückten, war ein Wunder.

«Das geht Sie nichts an.»

Er wollte an ihr vorbei, aber Amelie packte seinen Ärmel. Später wusste sie selbst nicht so genau, was sie da geritten hatte. Sie wusste nur, dass sie Antworten brauchte.

Als sie ihn berührte, zuckte er zusammen. Riss den Arm hoch, und seine Hand landete irgendwo zwischen ihrer Wange und dem Ohr. Nicht schmerzhaft, es war nur ein Klaps mit dem Handrücken, aber sie erschrak so heftig, dass sie einen halben Schritt zurückmachte und stolperte.

Der Krach, als sie in das Regal mit den Sonnenschutzmitteltuben fiel, war ohrenbetäubend.

«Elendes Miststück!», schrie er erzürnt und stürmte aus dem Laden. Amelie wollte sich aufrappeln, aber sofort war Dan an ihrer Seite. Unwillig schlug sie seine Hand beiseite, sie brauchte ihn nicht, verdammt noch mal! Sie brauchte niemanden, sie brauchte nur endlich Antworten, sie wurde hier noch verrückt.

Sie rappelte sich auf und war im nächsten Moment aus der Tür. Mr. Bowden lief mit hochgezogenen Schultern die Straße entlang, schaute nicht nach links und rechts und überquerte sie. Amelie trabte hinter ihm her. Er erinnerte sie an einen Fuchs, der über eine Lichtung im Wald schnürte.

«Hey!», rief sie hinter ihm her. Und weil er nicht reagierte, beschleunigte sie die Schritte, bis sie fast rannte. Sie holte ihn ein und packte seinen Arm. Diesmal blieb er einfach stehen, drehte sich jedoch nicht zu ihr um und schien einfach nur zu warten, was als Nächstes passierte.

«Entschuldigen Sie, Mr. Bowden, ich will wirklich nicht aufdringlich sein.»

Seine Augen funkelten sie wütend an, als er sich umdrehte. «Das sind Sie aber. Ich habe Ihnen doch gesagt, Sie sollen mich in Ruhe lassen.»

Sie hob hilflos die Arme. «Aber warum? Was habe ich Ihnen getan?»

Ganz kurz wirkte Bowden verunsichert, dann verblüfft, doch ebenso schnell verschwand dieses kleine bisschen Weichheit aus seiner Miene, und er starrte sie undurchdringlich an. «Wenn Sie das nicht wissen, kann ich Ihnen auch nicht helfen.»

«Ich würde es aber gern verstehen. Was habe ich Ihnen getan?»

Einen Moment lang glaubte sie, er werde es ihr sagen. Er machte den Mund auf, klappte ihn aber sofort wieder zu und schüttelte den Kopf. «Ach», machte er, drehte sich um und ließ sie stehen.

Sie wagte nicht, ihm nachzulaufen, denn sie wusste nicht, was sie noch tun sollte. Und wieso eigentlich?

Sie sollte sich einfach damit abfinden, dass er nichts für sie tun konnte. Ende der Geschichte.

Als sie zur Apotheke zurückkam, standen die beiden alten Frauen noch vor dem Schaufenster. Sie steckten die Köpfe zusammen. Amelie lächelte flüchtig, senkte den Kopf und wollte in der Apotheke verschwinden.

«Er meint's nicht so.»

Erstaunt drehte sie sich um. Die ältere der beiden, mit eisengrauen Minilöckchen und wunderschönen blauen Augen, lächelte verhalten.

«Wie bitte?»

«Dass er so ist, das müssten Sie doch eigentlich verstehen.»

Sprach da etwa gerade eine Einheimische mit ihr? Offenbar stammte diese alte Frau nicht aus Pembroke. Was bewog sie sonst, das Wort an Amelie zu richten?

«Ich verstehe es leider nicht», erwiderte sie ruhig, obwohl sie alles andere als ruhig war. «Erklären Sie es mir?»

Die Alte zögerte.

«Sehen Sie. Keiner sagt mir, warum ich hier mit so viel ... Feindschaft konfrontiert werde. Da ist Mr. Bowden nicht der Erste, und wenn ich heute nicht abreisen würde, bliebe er auch nicht der Letzte. Sie mögen mich nicht, schön. Aber ich hätte eben gern gewusst, welches Verbrechens ich mich schuldig gemacht habe, dass ich diese Behandlung offensichtlich verdiene.»

Amelie ging in die Apotheke. Keine der beiden Frauen folgte ihr.

Dan war sofort bei ihr, als sie hereinkam. Er hielt in beiden Händen orangefarbene Sunblockertuben, die überall im Verkaufsraum verstreut lagen. «Ist dir was passiert?», fragte er besorgt.

Amelie schüttelte nur den Kopf. Stumm bückte sie sich und begann, die Tuben und Flaschen einzusammeln und im Regal einzusortieren. «Es tut mir leid», sagte sie leise, und er antwortete nicht. Dafür war sie ihm dankbar.

«Wissen Sie wirklich nicht, was passiert ist?»

Amelie richtete sich auf. Die ältere Dame stand hinter ihr, über dem Arm hing ihre schwarze Handtasche, und Amelie fiel plötzlich auf, dass diese würdevolle, alte Dame eine frappierende Ähnlichkeit mit der Queen hatte.

Amelie drückte Dan die Tuben in die Hand. «Nein, ich weiß gar nichts», erwiderte sie.

«Ach, Kindchen.» Sie schüttelte das Haupt, dass die Löckchen flogen. «Ich glaube, du wirst mit mir jetzt erst mal einen Tee trinken gehen. Und dann erzähle ich dir, warum der alte Jon dich anstarrt, als wärst du eine Erscheinung.»

Amelie hatte keine Chance. Miss Fenwick – «nenn mich Ruthie, Liebes» – entführte sie ohne Umschweife in ein kleines Café, das schräg gegenüber auf der anderen Straßenseite lag. Das Café war plüschig, mit grünen Wänden und Stühlen, die mit ebenso jadegrünem Samt gepolstert waren. Die Tischchen waren winzig klein und rund, und ebenso klein und rund war die Bedienung, die Miss Fenwick sofort erkannte und zu ihrem Lieblingsplatz in einer Fensternische führte. Keine drei Minuten später standen zwei Becher Tee vor ihnen, und Miss Fenwick, die unablässig geplappert hatte, auf angenehme Weise, aber ohne irgendetwas zu sagen, faltete danach feierlich die Hände auf dem Tisch.

«Du weißt gar nichts, Kindchen?»

Amelie schüttelte den Kopf. Die Leute hier, das begriff sie allmählich, hatten ihr eigenes Tempo, ihre eigene Dramaturgie. Wenn man aus Berlin kam, war das verwirrend – dort sagte man meist sehr direkt, was man sagen wollte.

«Das ist bedauerlich.»

Sie wartete. Ihre Füße wippten unruhig unter dem Tischchen, und als Miss Fenwick es bemerkte, runzelte sie die Stirn. Amelie bemühte sich, ruhig zu bleiben.

«Was weißt du über deine Familie, Kindchen?»

Das ist vermutlich wieder so ein Versuch, hintenrum ans Ziel zu kommen, dachte Amelie, aber sie ließ sich darauf ein.

«Meine Mutter lebt in Berlin. Über meinen Vater weiß ich nicht viel, er hat sich wohl früh aus dem Staub gemacht. Meine Großmutter ... mehr gibt's da nicht. Wir sind eine kleine Familie.»

«Hm. Und du hast nie nach deinem Vater gesucht?»

«Nein», sagte Amelie überrascht.

Natürlich hatte sie manchmal darüber nachgedacht. Und sie hatte auch gefragt, in ihrer rebellischen Phase, die sie mit sechzehn hatte und die in ihrer Erinnerung erstaunlich schnell wieder vorbei war. Ihre Mutter hatte ausweichend geantwortet, das wusste Amelie noch. Nicht besonders befriedigend, aber sie hatte sich damit abgefunden.

«Das denken nämlich die meisten hier. Dass du hier bist, weil du ihn suchst.»

Miss Fenwick – Ruthie – trank, und ihr Gesicht verschwand fast vollständig hinter dem großen Steingutbecher. Amelie starrte sie an und versuchte zu fassen, was die Worte ihres Gegenübers bedeuten sollten.

«Hier? Wer ... wer denkt denn ...» Ihre Stimme klang kratzig, und sie räusperte sich.

«Alle denken das. Suchst du deinen Vater, Amy?»

Sie schüttelte entschieden den Kopf. Das konnte sie zumindest ehrlich beantworten. «Gar nicht. Ich suche nach alten Dokumenten. Briefen. Nach ... ich schreibe ein Buch.»

Rasch umriss sie, woran sie arbeitete, und Ruthie hörte ihr aufmerksam zu. Erst nachdem sie fertig war, fand Amelie den Mut, nachzuhaken. «Aber was ist das mit meinem Vater? Wieso glauben Sie, er ist hier? Wieso kennen Sie mich überhaupt?»

«Jonathan.» Mehr sagte Ruthie nicht. Sie kramte aus der Handtasche ein Spitzentaschentuch und betupfte ihre Nase.

«Was hat Mr. Bowden ...» Ihr kam ein schrecklicher Verdacht. «Ist er etwa ...»

Es passte: die blaue Tür, die ihr so seltsam vertraut vorkam, seine grimmige, feindselige Reaktion ...

«Was? Oh nein, nein, Kindchen!» Ruthie lachte.

«Aber wieso denken Sie dann alle, dass ich nach meinem Vater suche? Kennen Sie ihn?»

Ruthie stellte den Teebecher ab. Über den Tisch hinweg nahm sie Amelies Hand und drückte sie mitfühlend. «Herzchen, natürlich kenne ich ihn. Wir alle kennen ihn. Du siehst ihm sehr ähnlich, darum sieht man es sofort. Jedem ist auf den ersten Blick klar, dass du die kleine Amy bist.»

Amelie wurde plötzlich eiskalt, und sie klammerte sich an ihren Becher. «Wo ist er?», fragte sie leise.

«Das weiß ich nicht. Aber Jon wird es wissen.»

«Ist Jon ... Mr. Bowden ...»

«Ja, Herzchen. Jonathan Bowden ist dein Großvater. Der Vater deines Vaters.»

Das musste Amelie erst mal verdauen. Dann ging es gar nicht darum, dass er ihr nicht helfen wollte? Er fürchtete, sie sei hergekommen, um ihren Vater zu suchen, und aus irgendwelchen Gründen wollte er genau das verhindern.

«Wer ist er?», fragte sie. «Mein Vater ...»

Ruthie hatte es plötzlich sehr eilig. «Tut mir leid, ich fürchte, ich habe schon zu viel gesagt. Wenn du deinen Vater suchst, musst du ihn fragen. In fremde Familienangelegenheiten mische ich mich nicht ein.»

Amelie packte sie am Arm. «Bitte», sagte sie leise und ließ dann los, weil sie jetzt erst merkte, wie fest ihr Griff war.

«Nein, da mische ich mich nicht ein. Für dein Buchprojekt aber, da könnte ich dir Peggy empfehlen. Sie ist die Präsidentin des Heimatvereins und sehr engagiert. Bleibst du noch ein paar Tage hier? Beim Apotheker?» Sie zückte ein Notizbüchlein. «Ich schreib mir deine Nummer auf, sie meldet sich dann bei dir.»

«Ich wollte eigentlich...»

Amelie biss sich auf die Zunge. Wollte sie auch jetzt noch wirklich abreisen?

War das nicht ganz und gar rätselhaft, dass sie ausgerechnet in dem Städtchen gelandet war, aus dem ihr Vater stammte? Dass sie sogar ihrem Großvater gegenübergestanden hatte, auch wenn der sie mit so viel Feindseligkeit angesehen hatte, als sei sie das personifizierte Böse?

Sie konnte jetzt nicht weg. Nein, irgendwie musste sie dieser ganzen Sache auf den Grund gehen. Sie hatte auf Antworten gehofft, als sie herkam, doch stattdessen stand sie jetzt mit einer Menge Fragen da. Also diktierte sie Ruthie ihre Telefonnummer ins Notizbuch, und dann drückte sie ihr zum Abschied die Hand. «Auf bald», sagte Ruthie und lächelte aufmunternd.

Amelie sank wieder auf den Stuhl. Die Kellnerin kam, und Amelie bestellte noch ein Stück Kuchen und eine Tasse Milchkaffee. Draußen jagten dichte Wolken über den Himmel. Der Nachmittag brachte wieder Regen, und sie hatte plötzlich unbändige Lust, aus dem Städtchen hinauszuwandern und sich richtig schön nassregnen zu lassen.

Gerade als die ersten schweren Tropfen fielen, erkannte sie Dan, der geduckt über die Straße lief. Just in dem Moment, in dem er das Café betrat, brach draußen die Hölle los. Innerhalb weniger Sekunden stand das Wasser auf der Straße.

Vielleicht war ein Spaziergang doch keine so gute Idee.

«Ich glaube, ich möchte noch ein paar Tage bleiben», sagte sie leise, als er sich zu ihr setzte. «Meinst du, ich könnte bei dir bleiben?»

Er lächelte. «Natürlich. Ich freue mich sehr, wenn du bleibst.»

Sie erkannte die Anzeichen.

Oft genug hatten Teresa oder Beatrix über ihr Unwohlsein in den ersten Wochen der Schwangerschaft geklagt. Dennoch redete sie sich ein, es müsse etwas anderes sein.

Sie hatte sich den Magen verdorben beim gestrigen Dinner. Hätte sie wohl lieber auf die Austern verzichtet! Aber es waren die ersten des Jahres, und sie hatten einfach zu köstlich geschmeckt.

Am nächsten Tag waren es eben immer noch die Austern. Am Tag darauf der Champagner, dem sie am Vorabend allzu gierig zugesprochen hatte, obwohl sie oft ein, zwei Gläschen trank. Vielleicht hatte sie auch mehr getrunken, weil sie dieses nagende, unruhige Gefühl niederringen wollte, das sich ihrer bemächtigt hatte.

Nach einer Woche mit morgendlicher Übelkeit und großer Erschöpfung stand für sie fest, dass sie der Wahrheit ins Auge sehen musste. Es war nun doch das passiert, was nicht sein durfte.

In ihrer Verzweiflung wandte sie sich an ihn, und weil sie nicht wusste, wie sie ihn sonst erreichen sollte, passte sie ihn in der Oper ab, als er in der Pause mit ein paar anderen bedeutenden Männern zusammenstand.

Sie hatte sich alles gut überlegt. Damit es nicht so aussah, als wären sie vertraut miteinander, ließ sie sich von ihrer Freundin Teresa ein zweites Mal mit ihm bekannt machen, unter einem fadenscheinigen Vorwand. Teresa war immerhin eine entfernte Cousine seiner Frau.

Wenn man es genau nahm, war vermutlich jeder in der Londoner Gesellschaft irgendwie mit jedem verwandt.

Teresa war ohne Arg, als Anne sie um den Gefallen bat. «Natürlich stelle ich ihn dir vor. Du weißt aber schon, dass er verheiratet ist?» Sie zwinkerte ihr zu. Anne musste hart schlucken. «Als dürfte ich hoffen, das Interesse eines Dukes zu wecken», erwiderte sie.

So schob sie sich in der Pause hinter Teresa durch das Gedränge der Operngäste.

«Mein lieber G-!», hörte sie ihre Freundin sagen. Seine Antwort ging im Rauschen der Stimmen unter. Er machte Teresa ein Kompliment, die nach der Geburt ihres zweiten Kinds erst jetzt wieder in der Öffentlichkeit auftrat. Teresa konterte, das Leben meine es wohl gut mit ihm, worauf er lachte. «Die Frauen halten mich auf Trab», scherzte er.

«Ich möchte dir eine Freundin vorstellen. Aber nicht, dass du dich an ihr vergreifst!»

Das Lachen erstarb auf seinen Lippen, als Teresa Anne nach vorne schob. Sie wusste, sie war blass und hatte etwas Gewicht verloren, und das dunkelgraue Kleid unterstrich noch ihre Zerbrechlichkeit. Ihre Freundin hatte sich schon erkundigt, ob ihr nicht wohl sei.

Teresa stellte sie einander vor, und er beugte sich über ihre Hand. «Es ist mir ein Vergnügen, Eure Bekanntschaft zu machen», erklärte er. «Aber wir wurden einander schon einmal vorgestellt, nicht wahr?»

«Euer Bruder Richard …»

«Ah, ich erinnere mich.»

Tatsächlich war Richards Interesse an Anne deutlich abgekühlt nach jenem Abend. Hatte er gespürt, dass sein älterer Bruder sie für sich beanspruchte, und sich deshalb zurückgezogen? Sie hatte ihn nie danach gefragt.

«Ich habe ein Anliegen, bei dem ich auf Eure Unterstützung hoffe.»

«Nur zu.» Er entschuldigte sich bei den Herren, die nickten und sich ohne ihn zusammenrotteten. G- umfasste ihren Oberarm und führte sie in eine ruhige Ecke. Der Pausengong erklang zum ersten Mal. Ihnen blieb nicht viel Zeit.

«Anne, was ist los?»

«Es ist …» Sie biss sich auf die Lippe. So oft hatte sie sich in den letzten Tagen ausgemalt, wie es sein würde, ihm die Wahrheit zu sagen, und jetzt versagte ihr die Stimme.

«Ja?»

«Wir bekommen ein Kind.»

Sie wusste nicht, womit er gerechnet hatte. Vermutlich hatte er gedacht, sie werde ihm jetzt eine Szene machen, weil er sich seit Tagen nicht bei ihr gemeldet hatte. Doch das lag ihr fern. Sie kannte die Regeln des Spiels.

So blieb ihm die Erwiderung förmlich im Halse stecken. «Ein Kind …» Mehr sagte er nicht.

Der zweite Gong, diesmal schon eindringlicher. Spätestens beim dritten mussten sie zurück auf ihre Plätze. Gerade so, als sei nichts geschehen.

Anne hatte mit Missbilligung gerechnet, vielleicht mit Vorhaltungen, mit einer pragmatischen Lösung – all das hatte sie sich ausgemalt. Nicht aber dieses selige Lächeln, mit dem er sie anschaute. Wenn jetzt jemand sah, wie sie da zusammen in der Ecke standen – sofort wüsste er Bescheid, so deutlich konnte man die Liebe auf G-s Gesicht sehen.

«Wir müssen etwas tun», flüsterte sie eindringlich.

«Ja, natürlich.» Er legte die Hand auf ihren Arm, schob sie sanft Richtung Treppe zu den oberen Rängen. «Wir werden etwas tun.»

«Ich kann kein Kind bekommen!»

«Lass uns später reden.» Der dritte Gong. Nur noch einzelne Besucher eilten durch die leeren Gänge. G- ließ Anne einfach stehen.

Natürlich verstand sie seine Vorsicht. Trotzdem war sie verletzt und verwirrt. Hatte er ihr überhaupt zugehört? Sie bekam sein Kind, und sie brauchte eine schnelle Lösung für dieses Problem!

Natürlich hatte er ihr zugehört. Zwei Tage später bekam sie einen Brief von ihm. Schweres Papier, ein dicker Umschlag. Darin eine kurze Notiz von ihm und ein Stapel Unterlagen, verfasst von seinem Anwalt. Die Nachricht war kurz und bündig:

Ich werde zahlen. Aber nicht, damit du's wegmachen lässt. G-

Sie schrie auf und warf die Papiere in den Kamin. Himmel, sie wollte nichts unterzeichnen! Sie würde schweigen, das musste er sich von ihr doch nicht erkaufen!

Sie wollte dieses Kind nicht. Es ruinierte ihr Leben. Zum ersten Mal begriff sie das ganze Ausmaß dessen, was sie sich angetan hatte. Was diese Liebe mit ihr machte. Sie hatte sich von ihrer Leidenschaft einfangen lassen, und jetzt musste sie bitter dafür büßen.

Dies war die Stunde größter Not, und in dieser ging sie zu Bee. Zu ihrer großen Schwester, deren eindringliche Warnung vor Monaten ungehört verhallt war. Sie hatte auf jenen Brief nicht reagiert. Hatte überhaupt nicht mehr geschrieben, war nicht gekommen, wenn Beatrix zur Landpartie einlud.

Sie schrieb eine kurze Nachricht.

Bitte, Bee.

Ich brauche dich.

Bumble

Noch am selben Abend kam Antwort: Komm! Ich bin immer für dich da. B.

Das war der Moment, in dem Anne zum ersten Mal weinte.

Kapitel 10

Während Amelie auf den Anruf jener Peggy wartete, die eine Koryphäe auf dem Gebiet der Heimatgeschichte sein sollte, widmete sie sich ihren Notizen. Sie verbrachte den Nachmittag bei Cedric in der Bibliothek, der sich freute, als sie ihm mitteilte, sie werde noch ein paar Tage länger bleiben.

An diesem Nachmittag schleppte er Schätze aus dem Archiv heran. «Ist mir noch eingefallen», sagte er entschuldigend. «Gut, dass du noch geblieben bist.»

Wieder verging ein Nachmittag in der Bibliothek, wieder stellte Cedric ihr Ingwerkekse hin, und Amelie fand in einem der alten, verstaubten Bücher endlich mal etwas Brauchbares: ein Foto von Anne Lambton.

«Heureka», flüsterte sie.

Auf dem Foto sah sie sehr ernst aus, aber das war nicht ungewöhnlich für die damalige Zeit. Für Fotografien hatte man damals während der langen Belichtungszeit reglos verharren müssen, und es war nun mal einfacher, gleichmäßig ernst dreinzublicken, als zu lächeln. «Du bist hübsch, Anne», flüsterte Amelie. Die gerade, etwas zu große Nase und der ein wenig zu breite Mund, die hohe Stirn, die wachen Augen ... Leider konnte Amelie die Augenfarbe nicht erkennen, doch in ihrer Vorstellung waren sie komischerweise nicht blau, sondern von einem lichten, grauen Grün. Die Haarfarbe war ebenso schwer zu ergründen, doch vermutlich war sie, wie Amelie es einmal in einem Brief von Bekannten der beiden Schwestern gelesen hatte, «von einem satten, honigdunklen Braun mit rotem Funkeln». Der Mann war wohl ein Dichter oder hielt sich zumindest dafür.

Amelie schaute das Foto lange an. Die Bildunterschrift datierte es auf den Herbst 1898, aber das konnte nicht sein; laut ihren Recherchen hatte Anne Lambton zu dem Zeitpunkt Pembroke bereits verlassen.

«Was hat dich hergeführt, Anne?»

Das starre, freundliche Gesicht gab keine Antwort. Je länger Amelie es anschaute, desto düsterer wirkte es, beinahe feindselig. Nein … feindselig war der falsche Ausdruck. Resigniert vielleicht, erschöpft. Als habe Anne zu viel gesehen und erlebt.

Es war das Foto einer jungen, sehr traurigen Frau.

Das Buch war ein Album uralter Aufnahmen eines Fotostudios, das bis in die 40er Jahre des vergangenen Jahrhunderts hier in Pembroke ansässig gewesen war. Zum 100-jährigen Bestehen von «Piffany's Studios» hatte der Enkelsohn des letzten Eigentümers, der im 2. Weltkrieg in der Normandie gefallen war, eine Gedenkschrift mit den schönsten Fotos aus den Archiven seines Großvaters herausgebracht. Das Buch war 1998 erschienen. Vielleicht hatte Amelie ja Glück, und Edwyn Rogers lebte noch in Pembroke. Sie legte das Buch beiseite und machte sich eine Notiz.

Gerade wollte sie sich dem nächsten Werk zuwenden – einem schmalen Büchlein, das offenbar Rezepte der Bauersfrauen aus Pembrokeshire enthielt –, als sie das Vibrieren ihres Handys bemerkte. Sie stand auf und ging vor die Tür. Erst dort nahm sie das Gespräch entgegen.

«Hallo, mein Schatz.»

Amelie fluchte innerlich. Sie hätte doch auf die Nummer schauen sollen, ehe sie das Gespräch annahm. Auf ein Gespräch mit ihrer Mutter hatte sie gerade gar keine Lust. Andererseits hatte ihr Gespräch mit Ruthie Fenwick mehr Fragen aufgeworfen als beantwortet, und die dringlichste war im Moment die, warum ihre Mutter ihr nie erzählt hatte, dass ihr Vater aus Pembroke stammte. Eine Frage von sehr, sehr vielen, wenn sie ehrlich war.

«Hallo, Mama.»

«Immer noch in Pembroke?»

Irgendwie klang ihre Mutter gehetzt. Beinahe ... nervös?

Das war sie von ihrer Mutter nicht gewohnt.

«Ein paar Tage bleib ich schon noch.» Sie kickte einen Kiesel weg. «Ich stoße hier gerade auf ein paar interessante Sachen.»

«So? Zum Beispiel?» Irrte sie sich, oder zitterte die Stimme ihrer Mutter wirklich?

«Für mein Buch.» Amelie atmete tief durch. Sie wusste, es war keine gute Idee, wenn sie ihre Mutter damit am Telefon konfrontierte. Aber so vieles passierte im Moment, und sie war es leid, sich immer nur von den anderen treiben zu lassen. Von Michael, der um sie kämpfte. Von diesem Buch, das sich störrisch zeigte. Von Jonathan Bowden, der sie anfeindete.

Und der ihr Großvater war, wenn Miss Fenwick recht hatte.

«Mama ... Waren wir schon mal hier?»

«Hier? Wo hier?»

«In Pembroke. Oder zumindest in der Gegend.»

«Nein. Nein, ich glaube nicht. Mit deinem Vater war ich damals ein-, zweimal in England, aber in Pembroke nie.»

Amelie spürte, dass ihre Mutter log.

«Wie kommst du überhaupt darauf?»

«Ach, nur so.» Wenn ihre Mutter so mit ihr redete, kam Amelie sich vor, als wäre sie wieder dreizehn und versuchte ihrer Mutter zu erklären, warum sie nicht mehr zum Ballett wollte. «Keine Lust» hatte ihre Mutter nicht gelten lassen, keine Lust sei kein Grund, hatte sie gezetert, wann immer Amelie sich weigerte, zu den Stunden zu gehen. Dass die anderen Mädchen gemein zu Amelie waren, weil sie eine Schwäche für Löffelbiskuits und Fürst-Pückler-Schnitten hatte und viel lieber die Nachmittage im Freibad im Schatten lag oder gemütlich planschte, statt sich bei den Stunden zu verausgaben, dass sie von ihnen aufgezogen wurde, weil sie fürs Ballett eh zu fett sei ... Das hatte sie damals nicht aussprechen können. Jetzt die Geschichte wiederzugeben, die sie von Miss Fenwick gehört hatte, fiel ihr ebenso schwer.

«Mir kommt einfach so vieles hier bekannt vor.»

«Ach, das liegt bestimmt daran, dass alle englischen Städte gleich aussehen. Ist hier doch genauso, ein Kaff ist wie das nächste, da merkst du keinen Unterschied.»

Amelie grinste. Meine Mutter ist eine echte Großstadtpflanze, dachte sie amüsiert.

«Es gibt hier ein Haus», sagte sie unbeirrt. «Mit einer blauen Tür.»

In der Leitung herrschte Stille. Schließlich fragte ihre Mutter: «Ja, und?»

«Nichts und. Es kommt mir unheimlich vertraut vor. Ich wollte schon klingeln und fragen ...»

«Lass das», fuhr ihre Mutter dazwischen. «Ich meine ... du kannst doch nicht bei wildfremden Leuten klingeln, so was macht man nicht.»

Aha, dachte Amelie. Sagt mir die Frau, die früher mit mir im Urlaub auf dem Bauernhof wie selbstverständlich bei fremden Leuten am Abendbrottisch Platz genommen hat, wenn man sich bei einer Wanderung in den Weinbergen kennengelernt hatte. Schon klar.

Sie beendete das Gespräch hastig und ärgerte sich, dass sie es überhaupt angenommen hatte.

Amelie setzte sich auf die Treppe und streckte ihr Gesicht den wärmenden Sonnenstrahlen entgegen. Nach dem mittäglichen Regenguss dampfte die Straße förmlich, und die Luft war unerträglich schwül. Sie blinzelte müde. Früh ins Bett zu gehen, das war ein sehr verlockender Gedanke. War halb fünf am Nachmittag *zu* früh? Vermutlich.

Sie hielt noch immer das Smartphone in der Hand. Schließlich wählte sie Michaels Nummer. War er schon in London gelandet? Würde er wirklich heute Abend kommen?

Er ging nach dem zweiten Klingeln dran. «Ich wollte dich auch gerade anrufen», sagte er. Im Hintergrund hörte sie Stimmengewirr, eine Lautsprecherdurchsage plärrte darüber hinweg.

«Hast du mit meiner Mutter geredet?»

«Der Flug wurde gerade storniert, und ... was?»

«Ob du mit meiner Mutter gesprochen hast! Weiß sie, dass ich schwanger bin?»

«Liebes, ich verstehe dich nur ganz schlecht, hier ist der Teufel los. Ich versuche jetzt, einen Mietwagen zu kriegen oder einen Zug zu erwischen oder irgendwas. Hier ist ...» Das Gespräch wurde unterbrochen. Amelie fluchte leise. Das hatte sie seit Jahren nicht erlebt, dass ein Handygespräch so abrupt endete. Oder hatte er das mit Absicht getan?

Irgendwie war alles einfach nur ... falsch. Sie hatte das Gefühl, nicht mehr ihr eigenes Leben zu leben, sondern etwas, was nur noch entfernt daran erinnerte.

Als habe sie sich von sich selbst entfernt. Als müsse sie sich erst wieder finden und wissen, was sie wirklich wollte, bevor sie entschied, wie es weiterging.

Sie selbst. Nicht Michael oder Susel oder irgendwer. Nein. *Sie* musste sich klar darüber werden, wie ihr Leben aussehen sollte.

Heute Abend oder irgendwann im Laufe des morgigen Tages würde Michael vor ihr stehen, und er würde Entscheidungen von ihr verlangen. Er würde sich ihr erklären, und sie ahnte, dass er sie überzeugen würde, gemeinsam einen Neuanfang zu wagen. Sie konnte seine Argumente förmlich hören: Sie gehörten doch zusammen, man dürfe nicht gleich bei der geringsten Schwierigkeit alles hinwerfen, für das Kind sei es doch das Beste, wenn sie sich zusammenraufen.

Und so weiter.

Es war, als stünde sie zum allerletzten Mal in ihrem Leben an einer Kreuzung und dürfte selbst die Richtung wählen. Und das fühlte sich gut an: selbst entscheiden zu dürfen.

Sie fürchtete sich nur davor, von ihm überrollt zu werden.

Mit einem Stapel Kopien und mehreren Seiten Notizen verließ sie die Bibliothek. Dieser letzte Tag war erfolgreich gewesen, und sie fühlte sich erstaunlicherweise wieder ausgeruht genug, um nach dem Abendessen noch ein paar Stunden weiterzuarbeiten.

Dan erwartete sie. In der Apotheke brannte noch Licht, und als sie gegen die verschlossene Glastür klopfte, tauchte er aus dem hinteren Teil auf. Er lächelte, und sie spürte, wie sein Lächeln sie glücklich machte.

«Hattest du Erfolg?» Sie gingen nach oben, und Amelie legte den Stapel Unterlagen in der Küche ab. Cedric hatte ihr sogar erlaubt, das Buch mit den Fotografien aus dem Archiv mitzunehmen. Hoch und heilig hatte sie ihm versprechen müssen, dass sie es ihm morgen vor ihrer Abreise zurückbringen würde.

«Ich habe heute mehr gefunden als in den letzten zehn Tagen.

Stell dir vor – das ist Anne!» Sie schlug das Buch auf und zeigte ihm die Fotografie. «Kennst du diesen Edwyn Rogers?»

Dan runzelte die Stirn. «Auf Anhieb nicht, aber das muss nichts heißen. Vielleicht ist er weggezogen. Miss Fenwick weiß bestimmt, wer er ist. Wenn er irgendwann mal hier gelebt hat, kennt sie ihn.»

«Sie kennt vermutlich jeden.»

«So ungefähr. Was wollte sie eigentlich von dir?» Dan trat an den Herd, auf dem wieder eine Suppe köchelte. Amelie schob sich neben ihn. Er trank Rotwein, und sie beneidete ihn einen kurzen Augenblick darum, weil der Wein bestimmt toll zu dem deftigen Eintopf passte.

«Lamm?»

«Cawl. Das walisische Nationalgericht mit Lamm und Lauch. Ich hoffe, du isst Fleisch?»

«Selten, aber ja.»

«Ich hole das Fleisch von einem hiesigen Schafzüchter. Also, was wollte Ruthie Fenwick von dir?»

«Ach so ... Sie meinte, sie wüsste, warum Mr. Bowden so feindselig ist.» Mit wenigen Sätzen versuchte sie, die Geschichte plausibel zusammenzufassen, aber sie merkte selbst, wie merkwürdig das alles klang.

«Ich wusste nicht, dass er einen Sohn hat.»

Mehr sagte Dan nicht.

«Du glaubst die ganze Geschichte nicht?»

Er zuckte bloß mit den Schultern. «Ist doch egal, was ich glaube. Wichtig ist, was du denkst.»

«Ich weiß es nicht», gab sie zu. «Ich hätte gerne Antworten. Mich hat es nie besonders interessiert, wer mein Vater war. Ich glaube, so richtig bewusst habe ich ihn auch nie vermisst. Aber jetzt ...»

«Wahrscheinlich wünschst du dir jetzt, du hättest nie von der Möglichkeit erfahren, dass dieser Ort Teil deiner Vergangenheit ist.»

Das mochte sie an ihm: Er sagte immer genau das Richtige.

«Was möchtest du trinken? Oh, hätte ich mir überhaupt Wein aufmachen dürfen? Ich hoffe, es stört dich nicht, wenn ich welchen trinke.»

«Ist schon in Ordnung.»

Sie entschied sich für ein Glas Wasser. Der Eintopf war köstlich, aber irgendwas schien Dan die Laune verdorben zu haben. Er plauderte, hörte ihr zu, stellte kluge Fragen. Sein Blick aber huschte immer wieder von ihr weg. Nach dem Essen lehnte er sich zurück und verschränkte die Arme vor der Brust.

«Alles in Ordnung?», fragte Amelie.

«Ja, natürlich. Ich denke nur nach.» Und dann, nach einer kurzen Pause, fügte er hinzu: «Ist es nicht merkwürdig, dass du ausgerechnet *hier* deiner Vergangenheit begegnest? Ich meine, wie wahrscheinlich ist das?»

Amelie zuckte mit den Schultern. «Ich weiß es nicht. Ziemlich unwahrscheinlich, nehme ich an.»

Ein großer Zufall war es, mehr nicht. Aber je länger sie darüber nachdachte, umso plausibler schien es ihr, dass Dan irgendwie recht hatte. Ja, das Ganze war merkwürdig.

«Wie bist du auf die Idee gekommen? Ich meine, die Idee für dein Buch?»

«Keine Ahnung», gab sie zu. «Also doch, natürlich weiß ich, wieso ich über Beatrix Lambton schreibe.» In wenigen Sätzen erzählte sie ihm von den Memoiren, die sie vor vielen Jahren im Bücherschrank ihrer Mutter gefunden und nie zurückgegeben hatte.

«Und Beatrix hat eine Zeitlang hier in Pembroke gelebt?»

«Nein. Anne, ihre Schwester.» Amelie holte das Buch und zeigte ihm die Aufnahme von Anne. «Beatrix war nur einmal zu einem längeren Besuch hier, im Frühjahr 1896.»

Nachdenklich drückte sie das Buch gegen ihre Brust. «Ich kann nicht weg, ohne noch einmal mit Mr. Bowden gesprochen zu haben. Ich muss die Wahrheit wissen.»

«Die er dir vermutlich nicht so ohne weiteres sagen wird.»

«Nein, vermutlich nicht.»

Sie räumte den Tisch ab. Als Dan Spülwasser einließ, rief Michael wieder an. Er hatte einen Flug erwischt und war jetzt mit dem Auto unterwegs nach Pembroke. In drei Stunden sei er da, sagte er. Ob er da schlafen könne, wo sie sich ein Zimmer genommen hatte. Ob sie ein Doppelzimmer hätte.

Amelie druckste herum. «Hier ist Sängerfest. Ich bin privat untergekommen.»

«Ist da auch noch Platz für mich? Sonst muss ich mir woanders was suchen.»

Sie fragte Dan. «Mr. Amelie kommt heute Nacht noch vorbei. Kann er . . .» Sie wich seinem Blick aus.

«Hier ist Platz genug.»

Sie nannte Michael die Adresse. Nachdem sie aufgelegt hatte, schwiegen beide sehr lange. Dan lehnte lässig am Herd und trank Wein, während Amelie nicht wusste, wohin mit ihren Händen. Schließlich steckte sie sie in die Hosentaschen.

«Mr. Amelie also? Ich hielt ihn fast für ein Phantom.»

«Und das ist wirklich okay für dich?»

«Klar. Das Gästebett ist groß genug.»

Sie blieben an diesem Abend nicht in der Küche, sondern wechselten ins Wohnzimmer. Amelie wärmte ihre klammen Finger an einem Becher Tee, Dan hielt sich an den Wein. Er trank viel, ohne dass es ihm irgendwie anzumerken war. Sie redeten, doch es war irgendwie anders als noch am Vorabend. Verhaltener. Nicht so ausgelassen, sondern eher, als fürchteten beide, sich mit einem falschen Wort, einer falschen Geste aufs Glatteis zu begeben.

Ich mag ihn, dachte sie. Verdammt, ich mag ihn.

Und sie hatte absolut keine Lust, mit Michael ihre Beziehung zu diskutieren. Sie wollte sich vor der Verantwortung drücken, das wusste sie selbst. Aber was hatte er denn vorher getan?

Wie sie es auch drehte und wendete – ihr Leben war ein einziges Durcheinander. Ungefähr so wie die verknoteten Wollknäuel, die sie manchmal im Handarbeitsunterricht erwischt hatte. Von außen sahen sie prima aus, doch wenn man am Faden zog, ging es entweder nicht weiter, oder aus dem Innern des Knäuels quoll ein Wust aus Fäden, den die strenge, sonst so beherrschte Handarbeitslehrerin als «Wollkotze» bezeichnete.

Ihr Leben war Wollkotze.

Keine schöne Vorstellung.

Als Erstes schickte Beatrix eine Nachricht an den Duke of G-.

Erst dann antwortete sie auf Annes Nachricht.

Ihre kleine Schwester war ihr immer willkommen. Auch jetzt, da Anne über das gestürzt war, was sie bald als ihren größten Fehler begreifen würde.

Anne brauchte ihr nicht zu sagen, was passiert war. Beatrix musste nur den kleinen Henry im Spielzimmer ansehen, der mit solch kindlichem Ernst versuchte, ihr Herz zu erobern. Für ihn kam sie der Mutter am nächsten, denn die Kindermädchen blieben distanziert im Umgang mit den Kindern.

Der Duke folgte ihrem Ruf schneller als Anne. Er stand schon am nächsten Morgen vor der Tür; vordergründig, weil er Trisk sprechen wollte, doch das sagte er nur, damit er nicht direkt nach ihr fragen musste. Vermutlich wusste er, dass Trisk im Parlament war.

Sie ließ ihn in den großen, offiziellen Salon führen und Erfrischungen aus der Küche kommen.

Er kam rasch zur Sache.

«Anne … Eure Schwester. Sie bekommt mein Kind.»

Sie neigte den Kopf. «Das hatte ich vermutet.»

«Ich weiß es selbst erst seit vorgestern. Sie war völlig außer sich und wollte nichts davon hören, das Kind zu behalten.»

Beatrix schwieg.

«Es ist mein Kind! Ich liebe sie, und ich weiß, wie riskant es ist. Sie könnte vollends ruiniert werden, wenn auch nur ein Wort davon an die Öffentlichkeit gelangt. Aber ich will für sie sorgen, und ich kann es auch. Ich besitze genug Macht, um sie zu versorgen und zu beschützen.»

«Aber könnt Ihr sie auch für alle Zeit vor dem Gerede schützen? Soll sie auf ewig Eure Mätresse bleiben?», fragte Beatrix sanft.

Bei dem Wort «Mätresse» zuckte er zusammen.

«Ihr müsst die Dinge schon beim Namen nennen», fügte sie hinzu.

«Ich mag es nicht, wenn Ihr so von ihr redet. Sie ist ...» Er atmete tief durch.

«Sie ist in jedem Fall die Leidtragende. Wenn sie dieses Kind bekommt», er wollte etwas einwenden, doch sie hob die Hand, und er fügte sich, «wird sie auf ewig mit dem Makel leben müssen. Und wenn sie zu einem Arzt geht, der es wegmacht, riskiert sie ihr Leben.»

«Sie bekommt es. Ich lasse nicht zu, dass dieses Kind ...»

«Ihr werdet sie schon selbst entscheiden lassen müssen, Sir.» Beatrix erhob sich. Sie hatte sich von diesem Gespräch nicht viel erhofft, aber es verlief völlig anders, als sie es erwartet hatte. Sie war davon ausgegangen, dass der Duke of G- an einer schnellen Lösung interessiert sei. Dass er vielleicht sogar hocherfreut wäre, wenn sie sich ganz pragmatisch um die Einzelheiten kümmerte.

«Wenn Ihr mir nur zusichert, für jede Entscheidung, die Anne treffen mag, aufzukommen. Ich will, dass sie wählen kann.»

«Sie muss dieses Kind behalten.» Seine Stirn umwölkte sich. «Ich bin nur deshalb hier. Dieses Kind soll leben.»

Dass ein Mann so erbittert um seinen Bastard kämpfte, erstaunte Beatrix. Liebte er ihre Schwester tatsächlich?

«Ich werde es versuchen», räumte sie widerstrebend ein. Sie wollte keine Versprechungen machen. Wenn Anne dieses Kind nicht wollte, konnte Beatrix sie schwerlich neun Monate lang gefangen halten.

«Dann habt Ihr meine Unterstützung.» Er zögerte. «Wenn Ihr Geld braucht, zögert nicht, meinen Anwalt anzusprechen. Mr. Goldwyn. Er hat sich bereits mit Anne in Verbindung gesetzt.»

Er schien noch etwas sagen zu wollen, doch dann nickte er nur und ging. Beatrix blieb im Salon zurück.

Zwei Stunden später stand Anne vor der Tür, nassgeregnet und mit einer kleinen Reisetasche neben sich. «Ich bin weggelaufen», sagte sie nur.

Weggelaufen, das hieß: Sie hatte das Haus ihrer Eltern verlassen, ohne jemandem zu sagen, wo sie steckte.

Sofort schickte Beatrix einen Burschen los, der ihre Eltern darüber in Kenntnis setzte, dass Anne für ein paar Tage mit ihr aufs Land reisen würde. Dann wies sie die Kindermädchen an, zu packen, scheuchte ihre Zofe auf und setzte sich derweil mit Anne in den kleinen Salon. Sie musste schnell handeln. Mit ihrem Fortlaufen hatte Anne alles in Gefahr gebracht.

Der Bursche kam zurück und berichtete, dass ihre Eltern erstaunt reagiert hätten; sie hätten nichts von einer Landpartie der Töchter gewusst. Doch da die Nachricht von Lady Beatrix kam, hätten sie sie angenommen.

Sie konnte aufatmen.

Noch wusste sie nicht, wie sie das alles schaffen sollte, was von ihr verlangt wurde. Das Kind sollte leben, hatte G- ihr eingeschärft. Aber Anne wollte es nicht. Sie wollte lieber ihre Gesundheit oder einen Skandal riskieren.

Darum war es das Beste, London vorerst den Rücken zu kehren. Zeit zum Nachdenken für Anne.

Als sie am nächsten Morgen in aller Früh in die beiden Kutschen stiegen, bemerkte Anne den kleinen Henry, der wieder einmal Beatrix' Nähe suchte.

«Nanu? Ich wusste nicht, dass du ein viertes Kind hast?»

«Das ist Henry. Henry, sag Tante Beatrix guten Tag.»

Er drängte sich noch enger an sie, verbarg das Gesicht in ihrem Rock und flüsterte irgendetwas. Dieses Kind sprach ohnehin nicht viel, und Fremde ängstigten es.

«Wie …»

«Er wurde mir … geschenkt. Ja, ein Geschenk des Himmels, das ist er.»

Anne sagte nichts. Erst als sie allein in der Kutsche saßen – die Kinder und Dienerinnen quetschten sich in die andere, größere –, hakte sie nach.

«Du ziehst Trisks Bastard groß?» Anne war ehrlich schockiert.

«Was soll ich denn machen? Seine Mutter wollte ihn nicht, weil sie heiraten wollte. Kann ich so ein kleines, braves Kind einem ungewissen Schicksal überlassen? Soll ich es in ein Waisenhaus geben?»

Darauf wusste Anne keine Antwort, und sie schwieg sehr lange. Beatrix ließ sie in Ruhe; es gab viel nachzudenken.

Und wenn der kleine Henry ihre Schwester zum Nachdenken brachte, die sich so sorglos in eine schier ausweglose Situation gebracht hatte – nun, dann hatte dieses Kind doch schon viel erreicht in seinem jungen Leben.

Kapitel 11

Die Begrüßung mit Michael fiel linkisch aus. Beinahe wie zwei Fremde standen sie einander gegenüber und umarmten sich. Amelie machte sich sofort von ihm los.

«Das ist Dan», sagte sie. Dan löste sich vom Türrahmen, an dem er lässig gelehnt hatte. Die beiden Männer gaben sich die Hand und musterten einander. Dan mit dem schwarzen T-Shirt und der abgewetzten Jeans auf der einen Seite, Michael mit einer Stoffhose, einem Baumwollpullover und einer modischen Sommerjacke auf der anderen. Zwischen diesen beiden Männern lagen Welten.

Sie fühlte sich nicht wohl. Es war spät, und sie hatte die letzte Stunde auf dem Sofa geschlafen, während Dan im Sessel gesessen und gelesen hatte. Diesmal hatte sie sein Schweigen als unangenehm empfunden, aber vermutlich war das nur Einbildung.

Sobald Michael und sie allein waren, umarmte er sie erneut. Sie ließ zu, dass er ihren Kopf an seine Brust zog. Seine Hände fuhren über ihren Rücken, und er vergrub das Gesicht in ihrem Haar. «Es tut mir so leid, Am. Das alles ... Es tut mir wirklich schrecklich leid. Ich wünschte, ich könnte es irgendwie wiedergutmachen.»

Sie löste sich behutsam von ihm. «Wohnt sie bei dir?», fragte sie, weil ihr diese Frage seit Tagen immer wieder durch den Kopf ging. Hatte die Andere sich wirklich sofort bei ihm eingenistet? Hatte Amelie mit ihrer Flucht vorschnell das Feld geräumt? Hatte sie einen Fehler gemacht?

Er wich ihrem Blick nicht aus. «Es ging ihr nicht gut», erklärte er. «Und ich konnte sie damit doch nicht allein lassen.»

Doch, dachte Amelie. Das hättest du tun können. Sie verstand aber, was er meinte. Michael besaß Pflichtbewusstsein. Und wenn ihm diese andere Frau seinen Herzenswunsch erfüllte, dann musste er sich zerrissen fühlen. Außerdem war sie ja Hals über Kopf weggelaufen. Als es Sabina dann noch schlechtging, hatte er vermutlich keinen Widerstand mehr leisten können.

«Aber sag, wie geht es dir? Hast du schon einen Arzt aufgesucht?» Er legte die Hand auf ihren Bauch.

Entschieden schüttelte sie den Kopf. «Was denn, hier? Wohl kaum.»

«Dann sollten wir schleunigst heim, damit du zu deinem Frauenarzt kannst. Ich freu mich so.» Sein Kuss landete auf ihrem Mundwinkel, weil sie den Kopf wegdrehte. Beide schwiegen verlegen, und Amelie setzte sich aufs Bett.

«Dieser Dan ... Hast du die ganze Zeit bei ihm gewohnt?»

«Ach, hier ist doch jetzt dieses Sängerfest, deshalb sind alle Hotels ausgebucht. Er war so nett, mir sein Gästezimmer anzubieten.»

«Hm. Macht einen netten Eindruck.»

«Ja, das ist er auch.»

Im Bett schlief Michael sofort ein. Die Hand auf ihrer Hüfte und das Gesicht in ihrem Nacken vergraben, lag er dicht hinter ihr. Amelie konnte nicht einschlafen. Die Müdigkeit war nicht weg, doch jedes Mal, wenn sie in den Halbschlaf glitt, schreckte sie sofort wieder hoch.

Schließlich hockte sie sich auf die Bettkante und wartete, doch Michael wachte nicht auf. Er war zu erschöpft von der Reise.

Im Dunkeln schlich sie durch die Wohnung. Wie schon gestern tapste sie auf nackten Füßen in die Küche. Und wie gestern stand eine dunkle Gestalt vor dem Fenster und wandte ihr den Rücken zu.

Diesmal entschuldigte sie sich nicht, sondern näherte sich ihm langsam. Sie blieb hinter ihm stehen und tat nichts. Er hielt das halbvolle Weinglas in der Hand. Draußen rauschte leise der Regen.

«Ich kann nicht schlafen», sagte sie leise. «Ich ...»

Er drehte sich um. Sein Blick suchte ihren, und kurz glaubte sie, er würde im Dunkeln die Hand heben und ihr die Haare aus dem Gesicht streichen. Aber dann legte er sie einfach nur auf ihren Unterarm. Mehr nicht. Eine Sekunde, dann schob er sich an ihr vorbei und ging.

Sie stand allein in der Küche. Spürte seine Berührung, die sich kribbelnd in ihre Haut brannte. Nahm seinen Duft wahr, den sie so schwer definieren konnte. Von dem sie nur wusste, dass sie ihn mochte.

Sehr sogar.

Amelie setzte sich aufs Sofa. So hockte sie im Dunkeln, zog irgendwann die Decke zu sich herüber und hüllte sich darin ein. Sie schloss die Augen, und dann schlief sie ein, den Kopf auf der Lehne.

Im Traum sah sie immer wieder Dan.

Im Traum war alles ganz leicht, und Dan war ihr näher, als Michael es je gewesen war.

Alles nur ein Traum, dachte sie.

Sie wachte auf.

«Ich verstehe immer noch nicht, warum du auf dem Küchenso-fa gepennt hast.» Michael war verstimmt. Er hatte sie am frühen

Morgen dort gefunden und wieder zu sich ins Bett geholt. Er wollte sich mit ein bisschen Sex mit ihr versöhnen, aber sie hatte keine Lust und sagte ihm das auch.

Die Stimmung war unterkühlt, als sie aufstanden und nacheinander im Bad verschwanden. Danach bestand Michael darauf, im Café gegenüber frühstücken zu gehen, obwohl Dan bereits in der Küche stand und Spiegeleier mit Speck briet.

«Du hättest Dan nicht so vor den Kopf stoßen müssen, weißt du?», zischte Amelie. Sie saßen in der Fensternische. Als die Bedienung ihnen das Frühstück hinstellte, verstummten sie. Nur, um sofort danach wieder flüsternd zu streiten.

«Ich finde es unmöglich, dass du Kaffee trinkst. Das ist unverantwortlich in deinem Zustand», schimpfte er.

Sie warf ihm einen finsteren Blick zu.

«Damit kennst du dich ja jetzt aus. Deine Mätresse ist ja vor mir trächtig gewesen.»

Sie wusste, dass das gemein war. Aber im Moment wusste sie sich nicht anders zu wehren. Wenn sie nicht gemein sein durfte, heulte sie womöglich los, und das war so ziemlich das Letzte, was sie wollte.

«Sie ist nicht ... es ist längst vorbei.»

«Darum ist sie ja auch bei dir eingezogen», höhnte sie.

«Ich geb's auf.» Michael warf die Serviette auf seinen Teller. «Mit dir kann man einfach nicht vernünftig reden. Ich bin hergekommen, weil ich uns noch eine Chance geben wollte, und dann finde ich dich bei diesem ... diesem ...»

Er sprach nicht weiter. Amelie starrte wortlos in ihre Kaffeetasse. Ohne dass sie irgendwas dagegen tun konnte, rannen jetzt doch Tränen über ihre Wangen.

«Herrje, Am. Das habe ich doch nicht so gemeint.»

Sofort legte er seine Hand auf ihre und versuchte, sie zu trösten. Doch Amelie schlug seine Hand beiseite. Oh, sie war es so leid, wegen dieser blöden Affäre mit ihm zu streiten! Aber wenn er ihr jetzt auch noch unterstellte, dass sie mit Dan …

Seine Hand auf ihrem Unterarm. Nur eine Sekunde lang. Wäre er länger so bei ihr geblieben, sie hätte sich an ihn gelehnt. Hätte sich ihm zugewandt. Vielleicht hätte er sich ihr auch zugewandt, und dann hätte sie ihn angesehen und …

Ja, was?

Wollte sie Rache nehmen? War es das? Fühlte sie sich deshalb so zu Dan hingezogen? Und selbst jetzt, am nächsten Morgen, überlegte sie, was sie in der Nacht in der Küche hätte tun können, damit er sie küsste. Hätte sie den ersten Schritt tun sollen?

Hatte Dans Gegenwart deshalb seit gestern Abend ihre Selbstverständlichkeit verloren? Weil sie ihn küssen wollte? Weil sie ihn neben Michael sah, quasi im direkten Vergleich, und nichts, aber wirklich gar nichts, sie zu Michael hinzog, während Dan eine Sogwirkung auf sie ausübte, der sie sich kaum entziehen konnte?

Tränen schossen ihr in die Augen.

«Bitte, hör auf zu weinen. Wir können doch über alles reden, oder?»

Sie nickte unter Tränen. Er drückte ihr eine Packung Taschentücher in die Hand, und sie schnäuzte sich geräuschvoll. Dann trocknete sie mit einem zweiten Taschentuch die Tränen.

«Sabina hat das auch oft.»

Peng.

Mit nur einem Satz schaffte er es, ihr wieder den Boden unter den Füßen wegzureißen.

«Es interessiert mich nicht, was sie alles hat oder nicht hat», fauchte Amelie.

Michael hob die Hände. «Entschuldige, das war unpassend.»

«Allerdings.»

Sie grollte ihm immer noch, als sie eine halbe Stunde später zurück in die Wohnung gingen. Dan war unten in der Apotheke. Sie packten ihre Sachen zusammen. Michael hatte entschieden, dass sie heute abreisten. Also reisten sie heute ab.

Sie freute sich nicht auf zu Hause. Sie hatte keine Ahnung, wie es jetzt weitergehen sollte. Michael nahm alles in die Hand. Er holte sie heim, er versprach ihr, immer für sie zu sorgen.

Alles war gut.

Aber war es das? Da war dieses nagende Gefühl, hier in Pembroke noch nicht fertig zu sein.

«Ich hab noch was zu erledigen», sagte sie unvermittelt. «Danach können wir fahren.»

Nur ein letzter Versuch, dann würde sie Jon Bowden und ihre Vergangenheit in Ruhe lassen.

Eine Vergangenheit, von der sie bis vor ein paar Tagen nicht gewusst hatte, dass es sie gab.

Das Haus wirkte so verschlossen und finster wie bei ihrem ersten Besuch, aber vielleicht bildete sie sich das auch nur ein, weil sie wusste, dass sein einziger Bewohner ebenso verschlossen und finster war. Die Tür aber war leuchtend blau wie eh und je, und als sie entschlossen anklopfte, glaubte sie kurz, sich an früher zu erinnern. Ein Déjà-vu, ein Gefühl, als habe sie schon einmal so hier gestanden.

Vielleicht aber spielte ihr Verstand ihr nur einen Streich.

«Mr. Bowden? Hallo!» Erneut klopfte sie. «Ich bin's. Amelie.»

Und weil sich immer noch nichts im Haus regte, fügte sie hinzu: «Ich bin's. Deine Enkelin Amy.»

«Am? Komm jetzt, wir wollen heim.» Michael hatte an der Straße neben ihrem Auto gewartet. Er setzte die Sonnenbrille auf, obwohl es noch bewölkt war. «Ich fahre nicht so gern im Dunkeln.»

Amelie legte die Stirn gegen das blaue Holz. Ihre Knöchel klopften einen leisen, langsamen Rhythmus auf die Tür. «Bitte», flüsterte sie. «Ich bin's. Amy.»

Amy. Das klang so seltsam vertraut.

Als sich die Tür öffnete, verlor sie fast das Gleichgewicht. Mit Mühe fing sie sich und klammerte sich mit einer Hand an den Türrahmen.

Er stand vor ihr und sah sie schweigend an.

«Hallo.» Amelie räusperte sich. Streckte ihm die Hand entgegen. «Ich bin Amy.»

«Ich weiß, wer du bist.» Es klang nicht direkt feindselig, aber freundlich war es auch nicht. Seine stechenden, grauen Augen musterten sie prüfend unter buschigen Brauen. «Ich will dich nicht sehen.»

«Aber jetzt hast du schon die Tür aufgemacht», sagte sie leise. Sie straffte die Schultern. «Du könntest mich jetzt auf einen Kaffee hereinbitten. Ich habe viele Fragen.»

Er starrte sie unverwandt an. Dann glitt sein Blick an ihr vorbei zu Michael, der immer noch neben dem Wagen wartete. «Allein? Oder mit dem Schnösel?»

Da wusste sie, dass sie gewonnen hatte. «Allein», versprach sie.

«Ich habe nicht viel Zeit», behauptete Jon, aber sie vermutete, dass das nur eine Schutzbehauptung war.

«Wir werden nicht lange brauchen.»

Michael war absolut nicht damit einverstanden. «Wir wollten doch nach Hause», drängte er.

«Ja», sagte Amelie. «Wir fahren auch nach Hause. Sobald ich mit ihm gesprochen habe.» Sie war nur kurz zum Auto zurückgegangen, um ihre Tasche zu holen. Darin lagen die Kopien aus dem Buch.

Michael zog sie an sich. «Lass mich nicht zu lange warten.» Er küsste sie auf den Mund, und sie entzog sich ihm, als habe sie sich an ihm verbrannt.

Jonathan Bowden hatte die Haustür offen gelassen, und sie schlüpfte hinein. Links lag die Küche, in der er sich am Herd zu schaffen machte. Sie schob die Haustür zu und folgte ihm.

Ein Küchentisch, zwei Stühle, eine Eckbank. Eine Küchenzeile, alles schon älter. Und seltsam vertraut. Amelie schob einen Stapel Zeitungen beiseite und setzte sich auf die Bank.

Ohne sich umzudrehen, sagte Jonathan: «Früher hast du auch immer dort gesessen.»

Sie atmete tief durch. Wie eiskalt und klamm ihre Hände waren, merkte sie erst, als er ihr einen Becher hinschob und sie die Finger darum schloss.

«Hast du lange nach mir gesucht?» Er setzte sich zu ihr, und seine Finger spielten mit dem Kaffeelöffel. Amelie lächelte. Das machte sie auch immer, sobald sie nervös war.

«Gar nicht.»

Er musterte sie erstaunt.

«Es war Zufall. Ich arbeite an einem Sachbuch, einer Biographie, also ... ich bin Historikerin, und mein Thema ...» Sie verstummte. Das interessierte ihn bestimmt nicht. «Ich arbeite an einem Buch», sagte sie lahm. «Und bei meiner Arbeit hier in Pembroke bin ich Ruthie Fenwick begegnet.»

«Hm», brummelte er. «Das alte Klatschweib.»

«Sie sagte, ich hätte früher hier gelebt. Ich sei deine Enkelin, hat sie gesagt.»

Er lehnte sich zurück. «Dann hat sie dir gar nichts erzählt. Ich dachte ...»

«Meine Mutter, meinst du?»

Jon nickte.

«Als ich fünfzehn oder sechzehn war, machten wir eine schwierige Zeit durch. Das Übliche. Damals habe ich alles versucht, um ihr wehzutun. Und ich wollte wissen, wer mein Vater ist. Ich dachte, es sei mein gutes Recht, das zu erfahren.»

Wenn sie jetzt nach Hause kam, würde sie ihrer Mutter jedenfalls einige Fragen stellen müssen.

«Und Susan?»

Er sagte Susan, nicht Susanne oder Susel. Es dauerte einen Moment, ehe Amelie begriff, dass ihre Mutter gemeint war.

Amelie zuckte mit den Schultern. «Sie meinte, dass sie nicht wüsste, wo er ist. Geschweige denn, ob er überhaupt noch lebt. Mehr wollte sie nicht sagen.»

Jonathan schwieg so lange, dass Amelie schließlich nachhakte: «Und? Lebt er noch?»

«Ja und nein.»

«Erzählst du mir von ihm?»

Jonathan stand auf. «Nein. Er würde es nicht wollen.»

Das klang so endgültig, dass er Amelie jedes bisschen Mut nahm, nachzuhaken.

Trotzdem versuchte sie es. «Aber ...»

«Nein.» Er knallte den Becher in die Spüle, und sie zuckte zusammen. «Lass ihn in Ruhe. Du kannst mir Fragen stellen, meinetwegen auch Susan, aber ihn lässt du in Ruhe. Er hat genug durchgemacht.»

«Okay», sagte sie kleinlaut. Obwohl es natürlich nicht okay war. Gerade weil sie schon bald selbst ein Kind bekam, das vielleicht ohne Vater aufwuchs, war die Frage nach ihrem Vater plötzlich drängend. Noch viel mehr als damals vor einem halben Leben, als sie ihrer Mutter mit ihren Fragen den letzten Nerv geraubt hatte.

«Warte hier.» Jonathan verschwand durch die zweite Tür. Dahinter sah sie ein Sofa und zwei Sessel. Einen offenen Kamin. Bücherregale. Es sah urgemütlich aus, und sie wäre ihm gern gefolgt.

Er kam wieder. «Hier.» In den Händen hielt er einen Bilderrahmen. «Das hier ... Vielleicht möchtest du es haben.»

Er reichte ihr das Foto. Eine Schwarzweißaufnahme. Ihre Mutter war darauf jung und wunderschön. So fröhlich hatte Amelie sie nie gesehen. Der Mann neben ihr war eine jüngere, viel jüngere Ausgabe von Jonathan mit hellen Augen und einem Lächeln, das zu dem Betrachter zu sprechen schien: Sieh her, wir sind glücklich.

Sie standen am Strand. Hinter ihnen hoben sich steil die Dünen in den Himmel. Der Fotograf hatte vielleicht am Boden gekniet oder war nicht besonders groß. Und vor ihrer Mutter und ihrem Vater stand Amelie – sie war vielleicht drei oder vier.

Die Eltern hatten den Arm umeinandergelegt, Amelies Vater hatte die Hand auf ihrer Schulter. Er rief dem Fotograf etwas zu – Amelie glaubte fast, seine Stimme zu hören.

«Ist er das?»

«Das ist David.»

«Er sieht sehr glücklich aus.»

Jonathan nickte grimmig. Seine Zähne malmten, als müsse er sich eine Bemerkung verkneifen. Schließlich erklärte er: «Wird wohl so gewesen sein.»

«Ich hab immer gedacht, das mit meiner Mutter und ihm sei ein flüchtiges Abenteuer gewesen. Dass er gar nichts von mir wusste.» Ihre Finger fuhren behutsam über die drei Menschen auf dem Foto. «Aber wir waren ja eine richtige Familie.»

Als sie das Foto zurückgeben wollte, wehrte Jonathan ab. «Behalt es. Ich hab mich daran sattgesehen.»

Amelie bezweifelte, dass man sich an so einem glücklichen Foto sattsehen konnte, doch er blickte sie jetzt so finster an, dass sie sich wieder an die erste Begegnung vor wenigen Tagen erinnert fühlte, als er sie vom Hof gejagt hatte wie eine streunende Katze.

«Danke.» Schüchtern steckte sie den Bilderrahmen in ihre Umhängetasche. «Weißt du, wo der Strand auf dem Foto ist?»

Schwerfällig erhob Jonathan sich. Er ging schweigend wieder ins Wohnzimmer, sie hörte ihn kramen. Hatte er ihre Frage falsch verstanden? Doch dann stand er wieder in der Küche, eine alte, grüne und völlig zerfledderte Karte in der Hand. «Führt ein schöner Wanderweg hin», erklärte er. «Kannst ja mal dorthin mit deinem Anzugschnösel, der da draußen im Regen wartet.»

Amelie beugte sich vor, um aus dem Küchenfenster zu schauen. Es regnete tatsächlich – dicke, schwere Tropfen prasselten auf ihr Auto und Michael nieder, der mit hochgezogenen Schultern immer noch danebenstand und finster zum Haus herüberstarrte.

«Er wollte nicht mit reinkommen.»

«Den hätte ich auch nicht reingelassen.»

Da war er wieder, der brummige und griesgrämige Alte. Und sie hatte fast angefangen, ihn zu mögen.

«Er ist Professor», sagte sie. Gerade so, als müsste sie ihn verteidigen.

«Sag ich doch. Anzugschnösel.»

Irgendwie hatten sie den Gesprächsfaden verloren. Sie sollte wohl gehen.

Aber eine Frage hatte sie noch.

«Ich hab dir doch erzählt, dass ich auch Historikerin bin. Und ... Als ich vor ein paar Tagen hier war, wollte ich dich fragen, ob du eventuell im Besitz einiger Briefe von Anne Lambton oder ihrer Schwester Beatrix bist. Sie war die Countess of Hartford. Und Anne hat eine Zeitlang in Pembroke gelebt.»

Der abrupte Themenwechsel überraschte ihn. «Wieso glaubst du, ich könnte Briefe von ihnen besitzen?»

«Ich habe in einer alten Zeitschrift Hinweise darauf gefunden.» Sie zog einen kopierten Artikel aus der Mappe und schob ihn über den Tisch. Die besagte Stelle war gelb mit Textmarker unterstrichen. «Hier, in den Quellenverweisen.»

Jonathan stand auf, kramte seine Lesebrille aus einer Schublade und setzte sich wieder, ehe er sie umständlich aufsetzte, den Aufsatz heranzog und die Zeilen überflog. «Hm», machte er. «Nee, das bin ich nicht. Es sei denn ... Vielleicht mein Vater. Ja, das könnte es gewesen sein. Die Sachen hab ich weggeschmissen, schon vor Jahrzehnten.»

Amelie war enttäuscht. «Das ist schade.»

«Ich hätte gern geholfen, aber ich wüsste nicht, wo diese Briefe sein sollten.»

Damit schien alles gesagt zu sein. Sie trank den Tee aus und stand auf, um den Becher in die Spüle zu stellen. «Danke», sagte sie leise. «Ich ... wenn ich noch Fragen habe, darf ich dann nochmal vorbeikommen?»

Jonathan zögerte. «Solange du nicht wissen willst, wo David ist», sagte er schließlich.

«Das kann ich nicht versprechen. Ich muss wenigstens versuchen, es dir zu entlocken», erklärte sie.

«Hm», machte er. «Na gut.»

Er begleitete sie nicht zur Tür, brummte zum Abschied nur etwas, das sie nicht verstand. Vielleicht war es Walisisch.

Sie hatte einen walisischen Großvater, und auch ihr Vater war

Waliser. Es war also richtig gewesen, dass ihr die blaue Tür so vertraut vorkam, die sie jetzt behutsam hinter sich ins Schloss zog. Michael flüchtete ins Auto, als er sie kommen sah, und sie lief mit gesenktem Kopf zur Beifahrerseite, obwohl der Regen ihr nichts ausmachte. Er war warm, und sie waren in Wales. Regen gehörte hier zum Alltag.

«Und?», fragte Michael. «Können wir jetzt fahren?» Ohne ihre Antwort abzuwarten, startete er den Motor und lenkte den Wagen aus Pembroke hinaus. Amelie starrte ins Leere. Das Foto in ihrer Tasche zog und zerrte an ihr, als wollte es sie zurück nach Pembroke locken.

«Fahr da vorne an der Tankstelle raus», rief sie plötzlich, und ihre Hand klammerte sich an den Türgriff. Sie spürte, wie sich etwas um ihre Brust schloss – kalt und schwer und bitter.

Michael gehorchte – vielleicht dachte er, ihr sei plötzlich übel geworden.

Der Wagen stand kaum, da sprang sie schon hinaus. Sie beugte sich vor und versuchte durchzuatmen. Der Schmerz ließ nach. Michael war sofort an ihrer Seite und legte fürsorglich die Hand auf ihre Schulter. Diesmal ersparte er ihr eine seiner «Sabina-hat-das-auch»-Bemerkungen. Trotzdem machte sie sich unwillig von ihm los und lief ein paar Schritte, ehe sie sich zu ihm umwandte. Sie hatte eine Entscheidung getroffen.

«Ich kann noch nicht weg, Michael.»

«Okay, dann bleiben wir noch eine Stunde oder zwei. Wir können auch unterwegs irgendwo übernachten, aber ich muss morgen Mittag zurück in Berlin sein.»

«Nein, Michael, du verstehst mich nicht. Ich kann nicht weg – ich muss hierbleiben. Ich …» Sie fuhr sich mit beiden Händen durch die Haare. «Es geht nicht nur um das Buch, verstehst du?

Ich hab das Gefühl, dass mich irgendwas hier hält. Ich kann es nicht erklären, aber ich möchte noch hierbleiben. Ist das für dich okay?»

Er musterte sie lange. Dann sagte er leise: «Ich weiß, mir steht es überhaupt nicht zu, auch nur ansatzweise eifersüchtig zu sein, aber ... Hat es mit diesem Apotheker zu tun? Mit diesem Dan?»

«Herrje. Nein. Nein, hat es nicht.»

Vielleicht. Ein bisschen.

«Gut, dann ... dann bin ich erleichtert. Ich würde dich nur sehr ungern verlieren, hörst du?»

Sie nickte. Michael schaute sich um, dann fasste er einen Entschluss. «Also gut, dann bleib hier. Willst du, dass ich dich zurückbringe oder ...»

«Ich kann laufen. Ist ja nicht weit.»

«Dann kann ich deinen Wagen nehmen?»

«Ja, sicher.» Wenn sie zurück wollte, konnte sie einen Mietwagen nehmen oder mit dem Zug bis London fahren. Irgendwie würde das schon klapppen.

«Okay ... Dann ...» Er trat zu ihr, und sie umarmten sich. Amelie schloss die Augen und atmete tief durch, aber ihr stieg nur der stechende Gestank von Treibstoffen und regennassem Asphalt in die Nase. Das hier war nicht die schönste Ecke von Pembroke.

«Rufst du mich an?», fragte Michael, ehe er einstieg.

«Ja. Lass uns telefonieren.»

Sie blickte ihm nach, als er davonfuhr. Dann schlang sie den Schulterriemen der Reisetasche quer über die Brust und zerrte den Trolley hinter sich her. Bis Pembroke war es ungefähr ein Kilometer, und schon als sie die Tankstelle verließ, bereute sie ihren Entschluss, den ganzen Weg zu laufen.

Aber es tat auch gut, einfach ein bisschen für sich zu sein.

Natürlich war der Skandal nicht zu vermeiden.

Später fragte Anne sich, ob Bee allen Ernstes geglaubt hatte, die Wahrheit geheim halten zu können. Oder ob sie einfach nur verzweifelt gehofft hatte, es werde schon nicht nach außen dringen.

Sie waren erst drei Tage auf dem Landsitz, als es in der Zeitung stand. Nur eine Randnotiz in der Klatschspalte. Aber das genügte vollauf.

Der Kolumnist ließ sich nur andeutungsweise darüber aus, dass der Duke of G- mit der unverheirateten Schwester einer Countess gesehen worden sei – im intimen Gespräch während der Oper. Dem folgte die Frage, was genau die beiden wohl miteinander zu bereden hätten, und dann war die Rede vom Besuch des Dukes im Haus der Countess of H-, deren Mann zu der Zeit nicht daheim gewesen sei.

Man müsse sich fragen, so hieß es, was da vor sich gehe. Ob der Duke nun die eine oder die andere Schwester bevorzuge.

Mehr nicht.

Aber das war zu viel, denn jeder, der diese Zeilen las, wusste Bescheid.

Und der Sturm brach über sie herein.

Zuerst kam ihre Mutter. Sie schrieb nicht, sondern reiste sofort an. Sie traf ausgerechnet in dem Moment ein, als Anne ohnehin nicht wohl war. Schon seit dem Morgen hatte sie auf dem Fauteuil gelegen und sich immer wieder erbrechen müssen. Ein Blick genügte, und ihre Mutter zeterte sofort los. Was Anne einfiele, ihre Zukunft derart vor die Hunde zu werfen.

Als Nächster tauchte Trisk auf und stellte Beatrix zur Rede.

Und dann kamen die Briefe. Neugierige Fragen von Freunden, Schmähungen von Bekannten, Drohungen von Feinden. Eine wahre Flut ergoss sich auf Trisk Manor, Dutzende Briefe, die auf dem Frühstückstisch lagen, teils anonym. Einige von religiösem Eifer durchdrungen, andere von Hass auf ihren Stand. Anne las jeden einzelnen, obwohl Bee sie daran hindern wollte.

«Lass dich nicht von diesen Leuten runterziehen, Bumble», riet sie.

Zuletzt kam er nach Trisk Manor. Statt mit ihr zu reden, zog er sich mit Bees Mann ins Studierzimmer zurück, wo die Männer rauchten, tranken und rau lachten. Anne schlich immer wieder an der verschlossenen Tür vorbei und lauschte. Sie wusste, dort wurde über ihr Schicksal entschieden. Jetzt, da der Skandal ins Rollen gekommen war, durfte sie nicht darauf hoffen, noch eine eigenständige Entscheidung treffen zu dürfen.

Beatrix jedoch hielt sich nicht an Trisks unausgesprochenes Verbot, dass Frauen und Kinder im Studierzimmer nichts zu suchen hatten. Sie brachte ein paar Erfrischungen.

Lässig saß der Duke of G- in einem Clubsessel. Im Kamin flackerte ein munteres Feuer. Trisk stand am Fenster, ein Glas Whiskey in der Hand.

«Ich habe auch was zu sagen», erklärte sie unumwunden.

«Und zwar?» Das kam vom Duke.

«Entscheidet nicht über ihren Kopf hinweg.»

«Das tun wir schon nicht», beschwichtigte Trisk sie. In seinem Blick lag … Zorn.

«Dann denkt bitte auch an das Kind. Und an ihre Zukunft.»

«Wir tun nichts anderes», erklärte der Duke leise. «Zumindest ich für meinen Teil.»

«Ich habe Euch schon erklärt, dass es so nicht geht», wandte sich Trisk jetzt an den Duke. «Ihr könnt meine Schwägerin nicht als Mätresse halten wie ein kleines Dienstmädchen.»

«Und ich habe Euch erklärt, dass sie nicht die Erste wäre, die als Mätresse aufgestiegen ist.»

«Madame Pompadour.» Trisk schnaubte. «Das werde ich nicht zulassen.»

«Abgesehen davon wird Anne das gar nicht wollen», warf Beatrix hitzig ein. Was ihr von beiden Männern scharfe Blicke eintrug. Von Trisk, weil sie endlich den Mund halten sollte. Von G- … als wüsste er es besser.

Beatrix floh.

«Du wirst dich nicht von ihm aushalten lassen!», fauchte sie Anne an, die an der Tür lauschte. «Das lasse ich nicht zu!»

Letztlich entschied die Duchess.

Sie kam als Letzte nach Trisk Manor, nachdem ihr Mann längst abgereist war. Höflich bat sie, mit Lady Beatrix Lambton sprechen zu dürfen, es gebe da eine Angelegenheit, die der Klärung bedürfe.

Das Gespräch dauerte nur zwanzig Minuten. Anne erfuhr später nicht, was genau die beiden besprochen hatten – sie wurde nur vor vollendete Tatsachen gestellt. Sie habe sich aus der Gesellschaft auf unbestimmte Zeit zurückzuziehen, als Begründung werde man eine schwere Krankheit angeben. Nicht mal ihre Freundin Teresa erfuhr, wohin sie geschickt wurde, demnach durfte sie auch keine Briefe schreiben. Auch G- würde nicht erfahren, wo sie sich aufhielt. Sollte sie ihm irgendwann schreiben in den nächsten Monaten, wäre jede weitere Vereinbarung obsolet.

Die Vereinbarungen lauteten wie folgt:

Man würde gut für sie sorgen. Sie bekäme ein Heim, Unterhaltszahlungen für die kommenden zwölf Monate und anschließend, nach der Geburt des Kindes, eine einmalige Zuwendung.

Danach sollte Anne verschwinden. Nach Amerika, hatte die Duchess vorgeschlagen, und Beatrix hatte Sir Cornelius ins Spiel gebracht. Sie würde sich darum kümmern.

Was aus dem Kind würde, blieb offen.

Anne blieb nur, hilflos mit anzusehen, wie ihre Schwester über ihr Schicksal entschied. Doch sie konnte Bee nicht böse sein. Die Vorstellung, das Kind abzutreiben, war ihr ebenso verhasst wie die, in einem kleinen Stadthaus in London als ständige Mätresse G-s auf sein Erscheinen zu hoffen. Außerdem blieb ihr jetzt ein halbes Jahr Zeit. Genug, um sich darüber klarzuwerden, was sie selbst wollte.

Sie wusste es gar nicht so genau. Mit G- glücklich werden ... aber das hatte niemals auch nur ansatzweise im Bereich des Möglichen gelegen.

Kapitel 12

*D*an sagte nichts, als sie vor der Apotheke stand. Er lächelte nur, nahm ihr den Rollkoffer und die Reisetasche ab und ging voran nach oben. Dort schloss er die Tür zu seiner Wohnung auf, und weil sie zitternd und mit klappernden Zähnen auf dem Treppenabsatz stehenblieb, zog er sie am Ärmel ihrer völlig durchnässten Jeansjacke herein.

Es waren wohl eher drei Kilometer von der Tankstelle bis hierher gewesen. Auf jeden Fall fühlte es sich so an.

«Heiß duschen?», fragte er nur.

Sie nickte, und ihre Zähne klapperten dazu.

Dan schälte sie aus der Jeansjacke. Er stieß die Tür zu ihrem Gästezimmer auf – das Bett war bereits abgezogen – und warf die Jacke über die Stuhllehne. Er drehte die Heizung auf, holte aus dem Schrank zwei Wolldecken, dann blieb er vor ihr stehen. «Leg dich danach hin, ja? Ich muss wieder runter, aber ich komme wieder, sobald ich über Mittag zumachen kann.»

Sie schüttelte stumm den Kopf

«Bitte, Amy. Du bist ja völlig durchgefroren.»

Es klang ganz natürlich, dass er sie so nannte.

Sie blieb noch ein paar Augenblicke einfach so stehen, nachdem er sie allein gelassen hatte. Dann zog sie sich aus, huschte nackt ins Badezimmer und duschte mindestens eine Viertelstunde lang so heiß, wie sie es gerade noch aushielt.

Dan war schon wieder in der Küche, als sie auf nackten Füßen und ins Handtuch gehüllt durch den Flur schlich. «Hast du Hunger?», rief er.

Sie aßen Sandwichs zu Mittag, und danach musste Dan hinunter in die Apotheke. Amelie beschloss, heute nicht in die Bibliothek zu gehen, sondern sich auf die Suche nach dem Strand zu machen. Sie packte eine kleine Wasserflasche, zwei Äpfel und das letzte Sandwich in ihre Tasche und machte sich mit der Karte und wetterfester Kleidung auf den Weg.

Dieses Städtchen war klein, und deshalb dauerte es nicht lange, bis sie den schmalen Feldweg fand, den Jonathan ihr auf der Karte gezeigt hatte. Sie hielt den Kopf gesenkt und blickte nur gelegentlich von der Karte auf, um zu überprüfen, ob sie noch auf dem richtigen Weg war.

Dann blieb sie plötzlich stehen. Vor ihr ging es steil bergauf, obwohl laut Karte direkt dahinter die Küste sein sollte. Überhaupt war es hier überall ganz schön steil. Das Gras war kurz – vermutlich trieb einer der umliegenden Bauern regelmäßig seine Schafe über die Wiesen am Meer. Und als sie die Luft einsog, war da diese würzige Mischung aus Heidekraut, Salzwasser und Sonne, die inzwischen hervorgekommen war und sich beinahe unangenehm heiß auf ihrem Scheitel anfühlte.

Amelie blieb stehen, zog die Regenjacke aus, stopfte sie in den Rucksack und nahm sich bei der Gelegenheit gleich noch einen Apfel. Der Karte nach war sie jetzt auf dem Pembrokeshire Coastal Path unterwegs, einem Wanderweg, der eher ein ausgetretener Pfad war und die Halbinsel Pembrokeshire vollständig umrundete. Von hier aus, so hatte Jonathan gesagt, sei es bis zum Strand nur noch eine halbe Stunde.

Sie hob jetzt den Blick, faltete die Karte zusammen und nahm die atemberaubend schöne Atmosphäre ganz in sich auf. Steil und zerklüftet fielen die Felsen zu ihrer Linken ab, und darunter brandete das Meer friedlich gegen die Felsen. Ihr wurde trotzdem mulmig, als sie an die Felskante trat und nach unten schaute. Sie warf den Apfelbutz in hohem Bogen ins Meer und beobachtete, wie die Möwen herabstießen und sich lärmend um den Leckerbissen stritten.

Fraßen Möwen Apfelgehäuse? Wie wenig man doch über die Welt wusste, wenn man mit offenen Augen drauflosslief und sich auch jene Fragen gestattete, die auf den ersten Blick ganz einfach klangen.

Sie lief jetzt nicht mehr so schnell, denn die Sonne schien und wärmte ihre nackten Arme. Die salzige Luft stieg ihr zu Kopf. Warum hatte sie sich eigentlich tagelang in der Bibliothek vergraben?

Mit jedem Schritt veränderte sich die Landschaft. Nur wenige Wanderer kamen ihr entgegen und nickten ihr zu. Man trat höflich beiseite, um den anderen passieren zu lassen. Amelie genoss die Einsamkeit. Hier konnte sie endlich nachdenken. Sich sortieren. Vielleicht sogar entscheiden, was gut war für sie.

Das Gefühl, dass sie angekommen war, überfiel sie ganz plötzlich. Sie war stehengeblieben, um einen Schluck Wasser zu trinken. Inzwischen war sie seit knapp einer Stunde unterwegs, und ihr Körper, der sich selten so viel bewegte, machte sich inzwischen bemerkbar. Ihre Oberschenkel brannten vom ständigen Auf und Ab auf dem Küstenweg, und sie war ein wenig außer Atem. Als sie sich umschaute, entdeckte sie einen knorrigen, alten Baum – eine Kiefer? –, der sich an die Felsen klammerte, als fürchte er, im nächsten Moment abzustürzen.

Sie war richtig hier. Sie erkannte den Baum. In der Nähe musste der Strand sein.

Sie lief zu der Kiefer. Nicht weit entfernt fand sie den Pfad wieder, weiter unten lag das Meer. Hier fiel die Felskante nicht ganz so steil hinab, und direkt am Felsen erstreckte sich ein kleiner Sandstrand.

Sie wusste, dass hier vor vielen Jahren das Foto aufgenommen worden war, das sie jetzt bei sich trug. Vorsichtig machte sie sich an den Abstieg. Unten angekommen holte sie den Bilderrahmen aus dem Rucksack und hielt ihn vor den steilen Abhang aus Fels und mit Seehafer bewachsenem Sand. Aber es war schwer zu ergründen, wo genau sie damals gestanden hatten – Wind und Wetter hatten im Laufe der Zeit die Landschaft verändert.

Irgendwann gab sie es auf. Früher war sie jedenfalls hier gewesen. Das wusste sie.

Es war genau wie bei der blauen Tür. Sie erinnerte sich an diese Orte, sobald sie davorstand. Es war ihr, als sei sie tatsächlich als Kind durch den Sand getobt und habe mit ihren Eltern gespielt. Und doch fehlte ihr jede Erinnerung daran. An diesen Strand sowieso, aber auch an ihren Vater oder an denjenigen, der das Foto damals aufgenommen hatte – sie vermutete, dass es Jonathan gewesen war. Alles hatte sich verändert, immerhin lagen knapp dreißig Jahre dazwischen, und trotzdem erkannte sie die Umgebung wieder. Sie war hier nicht nur im Urlaub hergekommen. Vermutlich hatte sie hier gelebt. Es war ein inniges Wiedererkennen, wie man es nur an Orten verspürt, die einst Heimat gewesen sind.

Aber warum um alles in der Welt konnte sie sich an gar nichts erinnern? Warum waren, sosehr sie sich auch den Kopf zerbrach, kein Ereignis, keine Erinnerung da an die Zeit vor ihrem fünften Geburtstag? Sollten Kindheitserinnerungen nicht weiter zurückgehen?

Sie dachte an Diana. Mit ihr hatte sie vor vielen Jahren einmal auf dem Balkon gesessen, als sie beide noch studierten und gemeinsam eine winzige Wohnung mit zwei Schlafzimmern, einer Pantryküche im Flur und einem vier Quadratmeter großen Bad bewohnten. Sie hatten gekocht und gegessen, bis spät in die Nacht billigen Wein getrunken und über alles geredet. An diesem Abend hatten sie gemeinsam überlegt, welches ihre älteste Kindheitserinnerung war. Diana behauptete, sie könne sich noch gut daran erinnern, wie sie mit drei Jahren mit ihrem Vater das erste Mal in den Zoo gegangen sei. Dass es der erste und gleichzeitig der letzte Zoobesuch mit ihm war, hatte sie damals noch nicht gewusst. Nur wenige Monate später starb er an Krebs. («Krebs ist ein Arschloch», sagte Diana bei jeder sich bietenden Gelegenheit.)

Dieser Zoobesuch hatte sich tief in Dianas Gedächtnis eingebrannt, die Erinnerung einer Dreijährigen, die sich in die Pinguine verliebte und um den Tiger weinte, der in seinem Gehege so traurig aussah.

Amelies früheste Erinnerung war, wie sie mit fünf durch die leeren Räume der Berliner Wohnung lief, in der ihre Mutter noch heute lebte. Sie waren gerade hergezogen. Was davor war, wusste sie nicht. Sie hatte sich schon damals gewundert, warum es kein Davor gab – und dann schließlich akzeptiert, dass jeder Mensch einen anderen Erinnerungshorizont hatte.

Aber jetzt fragte sie sich, ob es einen bestimmten Grund gab, warum sie sich nicht an die Zeit davor erinnern konnte.

Was war damals passiert?

Nur zwei Menschen konnten ihr diese Frage beantworten. Aber beide wollten nicht mit ihr darüber reden.

Amelie schaute aufs Meer. Was sollte sie tun? Konnte sie überhaupt etwas tun? Oder war es nicht besser, die Vergangenheit ruhen zu lassen?

Zwei Stunden später kam sie zurück. Ihre Beine kribbelten und brannten, sie hatte Durst und war hundemüde. Nachdem sie in der Küche ein großes Glas Wasser getrunken hatte, schlurfte sie ins Gästezimmer und warf sich in voller Montur aufs Bett.

Sie schaffte es gerade noch, die Mails auf dem Smartphone zu lesen. Diana hatte sich gemeldet. Noch mehr Schafgeschichten, und ein «rattenscharfer» Schäfer kam auch darin vor, mit dem sie wohl schon ein paar Nächte verbracht hatte. Amelie gluckste. Typisch Diana, dass sie sofort wieder einen Kerl aufgabelte. In ein paar Tagen würde sie laut überlegen, ob sie in Neuseeland bleiben könnte, für immer. Um dann, in ein paar Wochen, auf den Kerl zu schimpfen, der ja völlig bindungsunfähig sei.

Das war Dianas Muster: Sie hatte Liebschaften. Nie etwas Ernstes, nie etwas, das tiefer ging oder ihre Komfortzone überschritt. Sie erholte sich von den Enttäuschungen so schnell, wie sie kamen. Nach ein paar Wochen wich der Groll einem verklärten «Ach, mit ihm war's auch schön!». Diana konnte mit vielen Männern glücklich sein. Aber keiner vermochte sie auf Dauer an sich zu binden.

Vielleicht war einfach noch nicht der Richtige dabei gewesen. Vielleicht aber war Diana auch selbst nicht die Richtige für eine dauerhafte Bindung.

Amelie hatte lange mit sich gerungen, ehe sie Michael und sich eine Chance gab. So war es bei jedem Mann gewesen, und viele waren es vor ihm nicht gewesen.

Jetzt stand sie kurz davor, ihn zu verbannen.

Sie legte das Smartphone auf ihre Brust. Bevor sie den nächsten

Gedanken fassen konnte, schloss sie die Augen und war sofort eingeschlafen.

Abends kochte Dan wieder (Curry, Naanbrot, Hühnchen), und sie futterte so viel, dass sie glaubte, nie mehr vom Sofa hochzukommen. Dan trank indisches Bier dazu, für Amelie gab es Limonade. Später kochte er in einer Kanne grünen Tee. Sie tranken ihn im Wohnzimmer. Amelie war ausgelassen. Sie kicherte und genoss es, für den Moment alle Gedanken an die Vergangenheit ihrer Familie oder die Zukunft mit Michael von sich schieben zu können.

Dan machte Musik an. Stimmgewaltig füllten Nick Cave und Rufus Wainwright den Raum, Musik, in die man sich einrollen wollte. Die Welt draußen wurde schon dunkel, aber hier drin war es warm und das Licht golden. Sie war satt und einfach nur damit zufrieden, nicht allein zu sein.

«Wolltest du nicht zurück zu Mr. Amelie?»

Dan stellte ein Schüsselchen mit gesalzenen Erdnüssen zwischen sie auf den Tisch. Amelie merkte, dass sie ausgerechnet darauf gerade einen wahren Heißhunger hatte, obwohl sie erst vor einer halben Stunde eine riesige Portion Curry verdrückt hatte.

«Er musste wieder nach Berlin. Vorlesungen halten, seine Mitarbeiter antreiben, so was.» Sie vermutete eher, dass er versucht hatte, sie unter Druck zu setzen. Er hätte diese Vorlesung sicher ausfallen lassen und später nachholen können. Wollte er aber nicht.

«Ich war noch nicht so weit.»

Sie schwiegen, und weil Amelie das Gefühl hatte, sich erklären zu müssen, fügte sie leise hinzu: «Es ist kompliziert.»

«Das ist es leider viel häufiger als einfach.»

Sie verfielen wieder in jenes wohltuende Schweigen, das Amelie schon an ihrem ersten Abend hier so gefallen hatte. Es forderte nichts.

«Ich habe heute meinen Großvater kennengelernt», sagte sie unvermittelt. «Jonathan Bowden. Er ist mein Großvater!»

«Was für ein irrer Zufall!»

Das Komische war, dass Dan es gestern schon angedeutet hatte. Natürlich konnte das Leben einem Zufälle vor die Füße werfen. Aber dieser Zufall war zu irr. Zu groß, um wirklich Zufall zu sein. Fast wäre Amelie versucht gewesen, von Schicksal zu reden, aber sie hielt davon nicht viel. Diana würde glauben, dass eine metaphysische Kraft sie hergeführt hatte. Für ihre Freundin gab es für alles eine richtige Zeit und einen guten Grund. Man musste sich nur darauf einlassen.

Für Amelie als bekennenden Kontrollfreak war dieses «Sicheinlassen» eher beängstigend. So war es auch mit diesem Zufall, dass sie ihren Großvater gefunden hatte.

Sie erzählte Dan von der Begegnung. Wie Jonathan ihr das Foto geschenkt hatte. Von ihrer Wanderung zum Strand.

«Es war wie eine Heimkehr. Und darum war es richtig, nicht mit Michael nach Hause zu fahren.»

«Und was fängst du jetzt damit an? Mit diesem Wissen und deiner Vergangenheit?»

Sie zuckte mit den Schultern. «Vielleicht», sagte sie langsam, «möchte ich jetzt noch einen Schritt weiter gehen. Meinen Vater ausfindig machen. Ich glaube, ich habe zu viele Fragen, um einfach wieder nach Hause zu fahren.»

Erneut dieses wohltuende Schweigen. Amelie kramte in der Erdnussschale. Sie hatte absolut keine Disziplin. Immer, wenn sie intensiv nachdachte, aß sie. Und sie dachte oft intensiv nach.

«Was macht das Buch?»

Sie lachte. «Das hab ich fast vergessen», gab sie zu.

«Ich auch», gab er zu. «Heute Nachmittag war Mrs. Elswood hier, aber da warst du unterwegs.»

Amelie gähnte. «Wer ist Mrs. Elswood?»

«Peggy Elswood. Die Dame vom Heimatverein, die dir vielleicht bei deiner Arbeit helfen kann. Ich hab sie auf morgen vertröstet. Wahrscheinlich wird sie also schon kurz nach neun wieder vor der Tür stehen. Sehr resolut, die älteren Damen von Pembroke.»

Amelie gähnte wieder, diesmal hinter vorgehaltener Hand. «Dann sollte ich wohl lieber ins Bett gehen. Herrje, wie kann man nur so müde sein», schimpfte sie.

«Na, dafür gibt's ja einen schönen Grund.» Seine Stimme klang verhalten. Als Amelie aufstand und die Decke zusammenlegte, erhob er sich ebenfalls und räumte den Tisch ab.

Sie wünschten sich im Flur eine gute Nacht. Im Wohnzimmer und in der Küche brannte noch Licht. Aus beiden Räumen fielen warme Lichtkeile in den dunklen Flur. Dans Gesicht lag im Schatten, und als Amelie sich gerade von ihm abwenden wollte, streckte er die Hand nach ihr aus. Eine winzige Bewegung, die sie vielleicht gar nicht bemerkt hätte, wenn sie nicht insgeheim auf etwas in der Art gehofft hätte. Ihre Hand suchte seine, und dann trat er einen Schritt auf sie zu. Eine breite Brust, eine starke Schulter, gegen die sie die Stirn lehnte. Sie atmete tief durch und spürte, wie alle Anspannung sich löste. Seine Hände ruhten auf ihrem Rücken, bewegten sich langsam auf und ab, ein tröstliches Streicheln, das die Tränen fließen ließ. Es war, als streichelte er alle Trauer, Erschöpfung, Verwirrung und Angst aus ihr heraus.

Dan machte leise, beruhigende Laute. Er ließ ihr Zeit. Fünf, sechs, acht Minuten standen sie so beisammen, bis die Zeit ihre Bedeutung verlor.

Als die Tränen versiegt waren, hob sie den Kopf. Jetzt hatte sie bohrende Kopfschmerzen, das war immer so, wenn sie heftig geweint hatte. «Danke», flüsterte sie. Sie wusste nicht, wohin mit sich, nahm die Hände von seinen Schultern und stand mit hängenden Armen vor ihm. Er ließ sie ebenfalls los und sah sie prüfend an. Dann berührte seine Hand ihre, die Finger verflochten sich ineinander. Amelie schloss die Augen und schüttelte den Kopf.

Nicht.

Er verstand und ließ sie los.

Erst als sie die Tür hinter sich schloss, bemerkte sie das Zittern. Ihr Körper bebte und schüttelte sich, und das lag nicht daran, dass ihr kalt war. Sie riss das Fenster auf und beugte sich weit vor. Es regnete. Schwer klatschten die Tropfen von der Dachtraufe in ihr Gesicht und wuschen die Tränen kühl von ihren Wangen.

«Verdammt, verdammt, verdammt», flüsterte sie.

Die Nacht blieb stumm.

Vielleicht war sie Diana doch ähnlicher, als sie geglaubt hatte. Kaum trat sie hinaus in die Welt, war da jemand, der ihre Hand nahm. Der in ihr dieses Kribbeln weckte, an das sie sich gar nicht mehr erinnern konnte, dieses Gefühl, das sie auch am Beginn ihrer Beziehung mit Michael gehabt hatte.

Nur der Reiz des Neuen, dachte sie. All die Ereignisse der letzten Woche hatten sie emotional ordentlich durchgeschüttelt. Kein Wunder, dass sie jeden rettenden Strohhalm ergriff. Dass sie sich bei ihm ausheulte, weil er eben da war und sie festhielt. Weil er nichts von ihr verlangte. Er bot sich ihr auf eine so schüchterne und dennoch deutliche Art an, dass sie fast schwach geworden wäre.

Aber nur fast.

Und das, fand sie, sagte ihr auch etwas. Dass sie nämlich mit dem Herzen immer noch bei Michael war.

Sie ging mit dem beruhigenden Gefühl ins Bett, heute eine Menge über sich gelernt zu haben. Und ehe sie einschlief, tippte sie zwei Textnachrichten. Die erste ging an Diana.

Ich versteh jetzt, warum du dich so leicht hingibst.

Sie stellte sich vor, wie Diana die Nachricht las, an ihrem Ende der Welt, wo jetzt schon der nächste Morgen war.

Die zweite Nachricht ging an Michael.

Ich musste gerade an dich denken. Bist du gut heimgekommen? XXX, Am

Er antwortete sofort.

Ich vermisse dich. Berlin wartet auf deine Rückkehr. M.

Er fragte nicht, *wann* sie zurückkam. Er vertraute einfach darauf, dass es nicht mehr zu lange dauerte.

Liebste Bumble,

ich hoffe, du bist gut nach P- gelangt. Mutter hat sich diesbezüglich nichts entlocken lassen. Fast scheint es, als seist du nach deinem tiefen Fall für sie tatsächlich gestorben. Spricht man sie auf dich an, wird sie steif und blass und verstummt. Kannst du dir das vorstellen – unsere Mutter, verstummt?

Aus B- haben wir noch keine Nachricht, doch ich werde nicht nachlassen, dort in deinem Sinne alles zu richten.

Liebste Grüße

Deine Bee

Liebste Bee,

ich bin so wütend, dass mir die Hände zittern. Fast kann ich den Füllfederhalter nicht umfassen, den er mir geschickt hat. Ja, natürlich schickt er mir Briefe und Geschenke; er ist sehr rührig und lässt sich davon auch durch mein Schweigen nicht abhalten.

Solltest du der Duchess begegnen, kratze ihr doch bitte in meinem Namen die Augen aus, ja? Sie verstehe ich noch am ehesten. Sie wollte mich aus der Welt schaffen, und das kleine «Problem» unter meinem Herzen gleich dazu. Deshalb darf ich nicht auf seine Briefe antworten. Ich verstehe, wieso sie mich von ihm fernhält. Aber vielleicht kannst du es mir erklären als Gattin, die Ähnliches oft genug erlebt: Wieso straft sie mich und nicht ihn?

Ihn verstehe ich gar nicht – wie hat er das alles nur zulassen können? Und auch auf dich hege ich eine gesunde Wut, geliebte Schwester. Ich laufe gegen diese Wut an; lange Spaziergänge an der Küste, während der Wind an mir zerrt. Bald kommen die Herbststürme, sagen die Einheimischen. Mich kümmert's nicht. Soll es doch stürmen. Der Sturm in mir ist größer. Gewaltiger. Feindseliger als alles, was diese Fischer je erlebt haben.

Ich möchte ihm wehtun, ihn schlagen, ihm all meine Wut ins Gesicht schreien.

Wärst du nicht die Einzige, mit der ich noch reden kann – wirklich offen reden, wie Schwestern es tun sollten –, würde ich auch der Wut auf dich Platz machen. Aber vielleicht magst du mir dein Handeln erklären.

Es fällt mir schwer, so viel allein zu sein. Im Dorf hab ich ein Mädchen gefunden. Ein einfältiges Ding, aber sie taugt für die harte Arbeit besser als das Mädchen, das die Duchess mir mitgegeben hat, damit es mich ausspioniert. Ich bezahle es von den monatlichen Zuwendungen, die bisher regelmäßig eintrafen. Hoffen wir, dass es so bleibt. Wenngleich ich kaum Gelegenheit habe, in diesem verschlafenen Kaff mein Geld loszuwerden.

Deine Schwester Bumble

Bumble, Bumble!

Bitte glaub nicht, dass es mir leichtgefallen ist, dich fortzuschicken. Ich vermisse dich (sehr!), der Herbst in London ist nicht so wie früher ohne dich. Mir fehlen deine bissigen Kommentare, während die Damen und Herren im Salon einfach nur müde einander nachplappern, was sie schon letzten Winter verkündet haben.

Lade nur all deine Wut bei mir ab – ich werde es schon verdient haben. Und natürlich kann ich die Duchess verstehen, bin ich doch auch schon häufiger als einmal in einer ähnlichen Situation gewesen wie sie.

Nun aber genug davon! Ich freue mich, wenn du dich dort in P- einrichten kannst, wie es dir gefällt. Und solltest du etwas auf dem Herzen haben, das dich allzu sehr quält – Dinge, die nicht ungesagt bleiben dürfen –, so schicke es mir in einem versiegelten Umschlag. Ich werde schon irgendwie einen Weg finden, diese Briefe weiterzuleiten.

Die Deine!

Bee

Kapitel 13

Mit dem ersten Donnerschlag war sie hellwach und saß kerzengerade im Bett. Blitze erhellten das Zimmer gespenstisch blau, und sofort krachte der nächste Donner.

Amelie hatte panische Angst vor Gewittern.

Sie hatte keine Ahnung, woher diese Angst kam, aber sie war da, seit sie denken konnte. Und nichts hatte bisher dagegen geholfen. Auch jetzt wusste sie sich nicht anders zu helfen, als schleunigst Zuflucht zu suchen.

Früher hatte sie vor Dianas Bett gestanden, sobald in der Ferne die ersten Donner grollten. Ihre Freundin hatte nie gelacht, sondern war beiseitegerückt, damit sie sich an sie kuscheln konnte. Später war Michael dagewesen und hatte sie im Arm gehalten, während sie die Hände auf die Ohren presste und trotzdem jeden Donner hörte. Jedem Blitz zählte sie nach – «einundzwanzig, zweiundzwanzig» – und kniff die Augen fest zu, bis das Gewitter in der Ferne verklang.

Jetzt stolperte sie ohne nachzudenken die Treppe zu Dans Schlafzimmer hoch. Sie wusste nur, dass sie es nicht ertrug, allein zu sein, und zwar keine Sekunde länger als unbedingt nötig.

In Dans Zimmer war es dunkel. Sie tastete sich in die Richtung, in der sie das Bett vermutete.

«Amelie?», flüsterte er, und dann flammte das Licht auf dem Nachttisch auf. Sie drehte sich verwirrt halb zu ihm hin: Er lag schräg hinter ihr.

«Das Gewitter.» Ihre Stimme versagte.

«Komm her.»

Das Bett war breit genug für sie beide. Er rückte beiseite, und sie legte sich neben ihn. Amelie suchte seine Hand – irgendwas brauchte sie, um sich daran festzuhalten, verdammt! – und kniff die Augen zusammen, als der nächste Donner das Haus erzittern ließ.

«Warte hier.»

Er stand auf, und Amelie griff panisch im Dunkeln nach ihm. Seine Schritte verklangen auf der Treppe, und die Blitze erhellten sein Schlafzimmer. Sie machte sich ganz klein.

Ja, es war schrecklich albern, sich so sehr vor einem Gewitter zu fürchten, das wusste Amelie. Aber andere Frauen kreischten, wenn sie eine Spinne in der Badewanne fanden. Oder hatten einen Waschzwang, konnten keine Bücher aus der Bibliothek lesen, weil darin schon andere Menschen gelesen hatten. Sie hatte eben panische Angst vor Gewittern.

Dan war wieder da. Er hatte ihre Bettdecke geholt, die noch ihre Körperwärme gespeichert hatte. Er schlüpfte zurück ins Bett und bot ihr die Hand, damit sie Halt fand. Amelie entspannte sich etwas. Da war jemand, der ihre Angst ernst nahm. Der nicht fragte und nichts sagte.

Der nichts verlangte.

Sie lagen einfach nur im Dunkeln und lauschten. Wenn ein Donner krachte, zuckte Amelie zusammen, und dann streichelte Dans Daumen zaghaft ihren Handrücken. Mehr nicht. Sie verlor jedes Zeitgefühl.

«Ich glaube, jetzt zieht es weiter.» Dan lächelte sie an. Er rückte etwas von ihr ab und ließ ihre Hand los. «Warten wir noch ein bisschen. Aber das Schlimmste ist vorbei.»

Daliegen und atmen. Nur sein. Die Bettdecken raschelten, wenn sie sich bewegten. Dan setzte sich auf und fragte, ob sie wieder nach unten gehen wolle, das Gewitter komme bestimmt nicht zurück.

«Darf ich auch bleiben?», fragte sie schüchtern.

«Natürlich. Wenn du dich damit wohler fühlst.»

Sie nickte. Dan löschte das Licht, und im Dunkeln fühlte es sich schon wieder nicht richtig an, aber sie wollte es wenigstens versuchen. Außerdem fürchtete sie, das Gewitter könnte tatsächlich zurückkommen.

Es kam nicht zurück. Sie lag lange wach und lauschte auf Dans Atemzüge. Und als sie endlich einschlief, drehte sie sich auf die Seite, ihm zugewandt. Im Halbschlaf tastete ihre Hand nach seiner.

Und im Traum stand sie am Strand. Da waren nur dieser Strand und eine Hand, die sich um ihre schloss.

Mehr brauchte sie nicht.

«Sie sehen Ihrer Mutter sehr ähnlich.»

Peggy Elswood hatte zum Tee geladen, und Amelie hatte die Einladung sehr gern angenommen. Also saß sie zwei Tage später – an einem Samstag – in Peggy Elswoods winzigem, plüschigem Wohnzimmer auf einem rosa Chintzsofa mit Paisleymuster und versuchte, sich nicht allzu ungeschickt anzustellen. Um sie herum saßen noch drei weitere Damen aus dem Heimatverein, von denen Mrs. Elswood behauptete, jede von ihnen könne etwas zum Thema beitragen. Amelie hatte eher den Verdacht, dass die Frauen lediglich ihre Neugier befriedigen wollten.

Mrs. Fenwick war da. Dann die Schwestern Tremayne, Rosalie und Edith. Beide waren knapp über sechzig. Mit ihren lila gefärbten Miniplilöckchen glichen sie einander wie Zwillinge. Das mochte aber auch daran liegen, dass sie sehr ähnliche, graue Kostüme trugen: Rosalie ein dunkelgraues, Edith ein mittelgraues.

Und beide reckten die Hälse, sodass sie aussahen wie alte Schildkröten. Mit lila Minipli.

Amelie versuchte, ernst zu bleiben, während die vier Damen am Tisch sie neugierig musterten. «Das höre ich häufiger», erklärte sie lässig und schob den Teller mit dem riesigen Stück Schokoladentorte etwas von sich. Es war schon das dritte Stück, das Mrs. Elswood ihr aufgetan hatte. Sie ignorierte einfach, dass Amelie bereits mehrfach erklärt hatte, sie habe genug Kuchen gehabt. Insgeheim hatte sie schon darauf gewartet, wann die ersten neugierigen Fragen kamen. Angriff war hier sicher die beste Verteidigung.

Vielleicht waren die Damen vom Heimatverein auch weniger an der Heimatgeschichte interessiert, sondern vielmehr an den Geschichten jener, die ihre Heimat besuchten? Amelie beschloss, die Initiative zu ergreifen.

«Ich weiß gar nicht, wie sie früher so war. Bevor sie von hier fortging, meine ich.» Treuherzig blickte sie die Frauen nacheinander an, die plötzlich alle irgendwelche nicht vorhandenen Krümel zusammenfegten oder Sahne in den Tee rühren mussten. «Zumal ich gar keine Erinnerung an meine Zeit hier in Pembroke habe.»

Das weckte das Interesse der vier. Zwei Schildkrötenköpfe ruckten hoch, und die bleistiftstrichdünnen Augenbrauen von Mrs. Elswood versuchten, Bekanntschaft mit ihrem Haaransatz zu machen.

«Ach!», sagte Ruthie Fenwick. «Wirklich nicht?»

Amelie schüttelte den Kopf.

«Wirklich schade», murmelte Rosalie Tremayne. Und ihre Schwester Edith nickte und fügte hinzu: «Ein Jammer.»

«Sie waren ein so niedliches Mädchen, Amy. Wir haben Sie alle geliebt. Und Ihr …» Rosalie verstummte, weil Edith ihr unter dem Tisch auf den Fuß trat.

«Ja?», hakte Amelie nach. Wenn sie schon hier war und sich neugierige Fragen gefallen ließ, konnte sie auch versuchen, aus der Situation das Beste zu machen. Und das hieß: diese schwatzhaften Damen ein bisschen auszuhorchen. Vielleicht brachten sie Amelie auf eine neue Fährte, an einen neuen Ort, wo ein Erinnerungspuzzleteil auf sie wartete.

Seit sie vorgestern am Strand gewesen war, träumte sie intensiver. Oder nein, sie wusste, dass das nicht die korrekte Formulierung war; jeder Mensch träumte, jede Nacht. Nur konnte sie sich jetzt besser an ihre Träume erinnern, und der Strand spielte darin eine nicht unwesentliche Rolle.

Heute Nacht hatte sie dort ihren Vater getroffen. Zumindest glaubte sie das, denn er hatte im Traum mit dem Rücken zu ihr gestanden, und sie hatte, als sie ihn ansprach, gleichzeitig Angst und unbändige Freude empfunden.

«Ach, Amy möchte bestimmt nicht diese alten Geschichten hören, nicht wahr? Sie sind doch hier, weil Sie sich für die Lambton-Schwestern interessieren.» Ruthie Fenwick riss das Gespräch geschickt an sich. Mrs. Elswood stand auf und ging zu dem wuchtigen Bücherschrank an der Stirnseite des Raums.

«Es ist schön, dass Sie über die beiden schreiben», sagte sie. Der Bücherschrank hatte Buntglastüren, und dahinter standen dicke, in Leder gebundene Bücher. Der Schlüssel knirschte im Schloss, die Türen quietschten. Mrs. Elswood nahm einen kleinen Bücherstapel heraus und trug ihn zum Tisch.

«Das habe ich aus dem Stadtarchiv», sagte sie und legte die vier Bücher auf den Tisch.

Amelie runzelte die Stirn. «Aber ich habe die letzten Wochen schon im Stadtarchiv recherchiert. Ich dachte, ich hätte so langsam alles über die beiden herausgefunden?»

«Sicher nicht alles.» Mrs. Elswood tat geheimnisvoll. «Wie viel wissen Sie über Annes Aufenthalt hier in Pembroke?»

«Sie kam 1896 her, nachdem sie eine Affäre mit einem mächtigen Mann hatte. Und sie blieb ungefähr ein knappes Jahr, ehe sie nach London zurückkehrte. Später hat sie wohl geheiratet, aber sie ist nie nach Pembroke zurückgekehrt.»

«Ha!», machte Edith. Drei Augenpaare starrten sie an, und sie versank im Sofa und versteckte ihr gerötetes Gesicht hinter der winzigen Porzellantasse.

«Das ist nicht richtig», erklärte Mrs. Elswood sanft. «Hier. Das sind die Tagebücher ihres Dienstmädchens.»

Sie schob den Stapel über den Tisch. Es waren in Leder gebundene Kladden, keine Bücher. Die Seiten waren im Laufe der Zeit oder von unsachgemäßer Lagerung aufgequollen. Amelie öffnete den obersten Band. Die Schrift war winzig, rund und deutlich zu lesen.

«‹Den 7. Mai 1903. Das Kind hustet, und ich habe Angst, zum Arzt zu gehen, weil er schlechte Neuigkeiten haben könnte. Immer die Angst um dieses Kind!›», las sie.

«Franny war die gute Seele. Erst für Anne Lambton, später für den Pfarrer am Ort. Wir durften sie alle noch kennenlernen, sie starb erst 1965», sagte Mrs. Elwood.

«Ihre Orangenmarmelade war bei jedem Kirchenbasar der Renner», fügte Rosalie hinzu.

«Und ihre Waffeln erst!», schwärmte Edith.

«Sie hat der Stadt nach ihrem Tod diese Tagebücher hinterlassen, und seither lagern sie im Archiv. Ich dachte, sie könnten vielleicht von Interesse sein.»

Amelie schaute in die anderen drei Bände, doch sie setzten jeweils noch später ein – 1908, 1913, 1915. «Gibt es noch frühere Aufzeichnungen von ihr?»

Mrs. Elswood zuckte mit den Schultern. «Wenn es sie gibt, haben wir bisher nichts davon erfahren. Vielleicht sind sie auch einfach verlorengegangen.»

«Hm», machte Amelie. Diese Tagebücher waren bestimmt interessant, aber sie bezweifelte, dass Franny acht oder zehn Jahre später noch etwas über ihre Zeit als Anne Lambtons Dienstmädchen geschrieben hatte. Immerhin hatte sie jetzt eine Primärquelle – nur leider keine, die bis in die von ihr erforschte Zeit zurückreichte.

«Nehmen Sie sie erst mal mit, und lesen Sie in aller Ruhe darin. Ich werde mich derweil nach den anderen Tagebüchern erkundigen. Soweit ich weiß, soll es an die fünfzehn gegeben haben. Keine Ahnung, wo die sind, ich werde Cedric noch mal fragen.»

Mehr hatten sie nicht.

Und dafür hatte sich Amelie den ganzen Nachmittag um die Ohren geschlagen. Sie war nicht wirklich enttäuscht, aber sie hatte nach der großen Ankündigung von Mrs. Elswood, sie habe da etwas, das Amelie sich unbedingt anschauen müsste, einfach mehr erwartet. Vielleicht hatte sie sogar gehofft, die Briefe von Anne und Beatrix zu bekommen. Aber da kam sie schon seit Tagen nicht weiter. Jonathan hatte nichts, und Mr. Biggs schien verreist zu sein.

Sie blieb trotzdem noch zwanzig Minuten, plauderte höflich mit den Tremayne-Schwestern und trank noch eine Tasse Tee.

Ruthie Fenwick verabschiedete sich früh, und Amelie nutzte die Gelegenheit, sich ebenfalls davonzumachen.

Vor der Tür verabschiedete sich Mrs. Fenwick von ihr. «Ich hoffe, Sie sind nicht zu enttäuscht», sagte sie.

«Warum sollte ich? Immerhin habe ich jetzt die Tagebücher.» Amelie hob das Päckchen, in das Mrs. Elswood die Kladden eingeschlagen hatte.

«Ich meinte nicht Ihr Buchprojekt, sondern Ihre Familiengeschichte. Dass hier keiner darüber reden mag, liegt vielleicht daran, dass ... Es hat uns alle damals sehr mitgenommen, das, was passiert ist.»

«Und ich weiß immer noch nicht, was genau damals passiert ist. Aber vielleicht geht es mich ja auch nichts an.» Amelie konnte nicht verhindern, dass sie verbittert klang.

«Natürlich geht es Sie was an, Kindchen! Wir mögen alte Klatschweiber sein, aber wir respektieren, dass es nun mal Dinge gibt, die Sie besser von Ihrem Großvater oder Ihrer Mutter erfahren.»

Sie drückte noch einmal mitfühlend Amelies Arm und entschwebte dann. Das schwere Maiglöckchenparfüm, das Mrs. Fenwick umgab, bereitete Amelie Kopfschmerzen.

Dan war wandern gegangen, und sie hatte seine Wohnung für sich allein. Amelie zog Schuhe und Socken aus. Barfuß trat sie auf den Balkon, setzte sich in einen der Deckchairs und schnürte das Paket mit den Tagebüchern auf.

Sollte sie hier noch etwas über Anne und Beatrix finden, hieß das doch nur, dass ihre Anwesenheit noch lange Zeit nach Annes Weggang aus Pembroke nachgewirkt hatte. Dass sie Eindruck hinterlassen hatten.

Und vielleicht wusste Franny ja auch eine Antwort auf die Frage, die Amelie im Laufe ihrer Recherchen immer wieder beschäftigt hatte. Was war aus Annes kleiner Tochter geworden?

Die Quellen waren in diesem Punkt nicht eindeutig. Sicher war nur, dass Anne ein kleines Mädchen geboren hatte. Es gab eine Geburtsurkunde, aber keine Taufbescheinigung im Register der Kirche von Pembroke. Ebenso fehlten Aufzeichnungen über die Bestattung eines Säuglings im Frühjahr 1897. Und im Sommer war Anne bereits wieder bei zahlreichen gesellschaftlichen Veranstaltungen gesehen worden – Amelie hatte Zeitungsausschnitte gefunden, in denen unter anderem von Lady Annes Rückkehr in die Gesellschaft nach einem längeren Aufenthalt auf dem Land (wegen Krankheit) berichtet wurde. Man lobte das dunkelblaue Kleid, das sie trug, als sehr modern. Im Herbst 1897 schiffte Anne Lambton sich dann nach Amerika ein, wo sie in Boston Sir Cornelius heiratete, der schon Jahre zuvor um sie gefreit hatte.

«Was hast du mit deiner kleinen Tochter gemacht?», flüsterte Amelie.

Hatte der Kindsvater sich der Sache angenommen? Das erschien Amelie schwer vorstellbar. Sie hatte bisher wenig über ihn herausgefunden. Anne und ihre Schwester hielten sich in den wenigen überlieferten Briefen seltsam bedeckt – meist war von «er» die Rede oder von G- oder dem Duke of G-. Leider nicht besonders hilfreich.

Dennoch, die Tagebücher von Franny waren ein kleiner Schatz, und sei es nur aus alltagshistorischen Gründen. Sie holte sich aus dem Kühlschrank ein Glas frischen Eistee und begann zu lesen.

Am frühen Abend kam Dan zurück. Er ging direkt nach oben in sein Schlafzimmer, und sie hörte das Rauschen der Dusche. Danach war alles still, und sie vertiefte sich wieder in ihre Lektüre.

Dass er nicht wenigstens Hallo gesagt hatte, lag bestimmt daran, dass er sie noch bei Mrs. Elswood vermutete, redete sie sich ein.

Ihr Verhältnis hatte sich nach der Nacht auf Freitag etwas abgekühlt. Sie waren vorsichtig geworden – beide. Amelie war am Freitagmorgen mit einem emotionalen Kater aufgewacht; sie war schon im Morgengrauen hellwach, während er noch neben ihr schlief, eine Hand unter die Wange geschoben.

Sie hatte ihn betrachtet. Und dann war sie aufgesprungen, hatte ihr Bettzeug gepackt und war nach unten gegangen. In ihrem Schlafzimmer war es kalt, die Matratze war kalt, alles war kalt, und sie hatte zitternd eine Stunde lang unter der Decke gelegen und konnte nicht wieder einschlafen. Und als sie Dan hörte, der sich oben regte, schickte zur gleichen Zeit Michael eine Textnachricht und wünschte ihr einen guten Morgen, er sei gut in Berlin angekommen, nachdem er die ganze Nacht gefahren sei.

Sie musste weinen, und sie fühlte sich richtig, richtig mies. Dabei hatte sie nur – ganz brav! – neben jemandem geschlafen, der tröstend ihre Hand gehalten hatte. Weil sie Gewitter so schrecklich fand.

Aber was blieb, war eben dieses Gefühl, versagt zu haben. Sie war nicht besser als Michael, sie warf sich sofort irgendeinem Kerl an den Hals, wenn sich die Gelegenheit bot. Wie konnte sie ihm daraus noch länger einen Vorwurf machen?

Seitdem war Dan auf Distanz gegangen, oder sie war auf Distanz gegangen, und er ließ ihr den Platz. So genau wusste sie das selber nicht. Es ergab sich auch so recht kein Gespräch, in dem sie ihn hätte fragen können, wer da eigentlich wen auf Distanz hielt.

Er kam wieder nach unten, ebenfalls barfuß, mit Jeans und schwarzem T-Shirt. Seine Haare waren noch nass.

«War die Wanderung gut?», rief sie vom Balkon.

Dan holte den Krug mit Eistee aus dem Kühlschrank und brachte Gläser mit. Schenkte erst ihr, dann sich ein, stellte den Krug auf das Balkontischchen und sank seufzend in den zweiten Deckchair. «Herrlich. Ich bin den Küstenweg Richtung Osten gelaufen. Wusstest du, dass unweit deines Strands ein Häuschen steht? Sieht verlassen aus, aber wenn man das herrichten könnte ...»

Amelie schüttelte den Kopf. Das Häuschen war ihr tatsächlich entgangen.

«Es ist sehr hübsch, mit Schindeldach und Wänden, die früher mal weiß waren. Bestimmt ein Wochenendhäuschen. Ich zeig's dir, wenn du das nächste Mal mitkommst.»

Wenn sie mitkam. Sie spürte die Frage, aber sie hatte keine Lust, darauf zu antworten.

«Wir könnten heute Abend grillen», setzte Dan nach.

«Mh», machte sie nur.

«Magst du mir erzählen, was dein Besuch bei Mrs. Elswood ergeben hat?»

«Ach, es war ... durchwachsen.» Amelie klappte das Tagebuch zu und legte es zu den anderen auf den Tisch. «Die Tagebücher von Annes Dienstmädchen, immerhin. Leider nicht alle und leider keine aus dem für mein Buch relevanten Zeitraum.»

«Aber es geht doch gar nicht um Anne?»

Das war noch so ein Problem. Ursprünglich war ihre Biographie ganz auf Beatrix ausgelegt gewesen, auf deren Kampf um ihre eigene Emanzipation. Doch je länger Amelie sich mit Beatrix' jüngerer Schwester Anne beschäftigte, umso interessanter erschien ihr deren Schicksal. Sie grub immer tiefer und fand neue, faszinierende Details, zum Beispiel eine Lebensmittelrechnung aus dem Herbst 1896. Demzufolge hatte Anne große Mengen

Ingwerkekse bezogen – vermutlich auch, um ihre Schwangerschaftsübelkeit damit zu bekämpfen. Amelie fühlte sich Anne sehr nah. Sie waren beide in Pembroke gestrandet, beide waren sie schwanger, und sie wussten nicht, wie ihre Zukunft aussehen würde.

Von Anne wusste Amelie, dass sie später wieder in ihr altes Leben zurückgefunden hatte. Doch was wurde aus ihr? Würde sie zu Michael zurückgehen? Er hatte sie gestern angerufen, und sie hatten eine halbe Stunde geredet. Es war ein gutes Gespräch gewesen. Er hatte ihr erzählt, dass Sabina – wenn sie diesen Namen hörte, musste Amelie immer hart schlucken, doch sie ertrug diesen Teil des Gesprächs, weil sie eben über die Andere reden *mussten* – in seiner Abwesenheit versucht habe, sich im Haus einzunisten.

«Hatte sie denn den Schlüssel?», fragte Amelie.

«Ja. Von mir. Ich habe einen Fehler gemacht», gab Michael offen zu. «Ich habe ihr ein zweites Mal vertraut.»

Seine Offenheit tat ihr gut. Noch immer schmerzte sein Fehltritt, aber es fühlte sich nicht mehr so an, als hätte sie sich an diesem Schmerz wundgescheuert.

«Das passiert dir kein drittes Mal», hatte sie gesagt, und sie hatten gemeinsam darüber gelacht und Witze gemacht. Und dennoch fühlte sich Amelie längst nicht sicher in der Beziehung, und das spürte Michael.

«Ich lass dir alle Zeit der Welt», hatte er ihr versprochen.

Vielleicht wollte sie gar nicht so viel Zeit. Vielleicht wollte sie nur selbst entscheiden dürfen, wohin das Leben sie treiben durfte, ohne sich Gedanken machen zu müssen, ob noch genug Geld auf ihrem Konto war. Ob sie sich selbst und ihr Kind allein über die Runden bringen konnte.

Denn damit sah es schlecht aus. Sie hatte keinen festen Job. Zu hoffen, dass sie mit dem Buch genug verdiente, um bis zum nächsten Buchvertrag ein Auskommen zu haben, war utopisch. Die Vorstellung, von Michael Geld zu nehmen, war zwar im Grunde okay, widerstrebte ihr aber. Denn dann konnte sie auch genauso gut sofort zu ihm zurückkehren. Immerhin würde er in Kürze auch für das andere Kind bezahlen müssen.

«Hallo? Jemand zu Hause?» Dan wedelte mit der Hand vor ihrem Gesicht herum. «Möchtest du mir nicht antworten?»

«Es geht auch um Anne», sagte Amelie. «Ich glaube, sie ist mindestens genauso interessant wie Beatrix. Jetzt muss ich das nur noch meiner Lektorin beibringen.»

Das war vermutlich das Schwerste. Sie hatte in den letzten beiden Wochen konsequent die E-Mails ihrer Lektorin ignoriert, die um eine Leseprobe bat. Oder um einen ungefähren Zeitplan, wann das fertige Manuskript vorliegen würde. Im nächsten Frühjahr hätte sie noch einen Programmplatz frei, da würde das Buch gut reinpassen, aber das würde nur klappen, wenn Amelie im Herbst, idealerweise im September, schon abgab. Und nicht, wie ursprünglich geplant, Ende des Jahres.

«Das schaffst du schon.» Dan trank sein Glas aus und verschwand in der Küche.

«Soll ich dir helfen?», rief Amelie ihm nach, obwohl sie wusste, dass er am liebsten allein in der Küche arbeitete. Ihr war's nur recht. Sie vertiefte sich wieder in Frannys Aufzeichnungen.

Das Abendessen war köstlich. Foccaccia, Tomatensalat mit roten Zwiebeln, Lammbratwürstchen und Gemüsespieße vom Grill. Sie aßen schweigend.

Aber sie vermisste die Leichtigkeit mit Dan. Sie wusste, dass sie das alles selbst kaputt gemacht hatte, weil sie am Morgen überstürzt aus seinem Bett geflohen war. Und keiner von ihnen fand seither den Mut, darüber zu sprechen. Sie biss sich permanent auf die Unterlippe und knabberte Hautfetzen herunter, bis sie Blut schmeckte – eine schlechte Angewohnheit, die sie immer dann einholte, wenn sie etwas auf dem Herzen hatte.

Nach dem Essen spülten sie ab – wieder schweigend – und saßen dann so lange auf dem Balkon, bis es zu dunkel und zu kühl wurde. Danach zogen sie ins Wohnzimmer um. Früh ins Bett, den Kopf voll mit Frannys Gedanken. Das Herz schwer, weil sie Dan so viel sagen wollte.

Das Schlimmste war die Einsamkeit.

Niemand hatte sie darauf vorbereitet, wie es war, allein zu sein. Solange Anne denken konnte, war sie immer von Menschen umgeben gewesen – von ihrer Familie, ihren Freundinnen. Auch später waren immer Leute da gewesen, mit denen sie reden konnte. Hier hatte sie nur Elise – ein gerissenes Mädchen, das nicht lange vor ihr verbergen konnte, dass es an die Duchess Bericht erstattete.

Und Franny.

Franny war ihr Trotz. Ihr Kampf, ihr Aufbegehren gegen das Leben, das zu führen sie gezwungen war. Sie machte ausgedehnte Spaziergänge über die Klippen, ohne sich um Elises Einwände zu scheren, sie würde sich dabei noch den Tod holen oder abstürzen. Das alles kümmerte Anne nicht. Was hatte sie zu verlieren? Außer seinen gelegentlichen Päckchen, die mit Bees Absender kamen, blieb ihr nichts, und die Briefe verbrannte sie schweren Herzens abends im Kamin, weil sie fürchtete, Elise könnte sie finden. Den Füllfederhalter hatte sie behalten, ebenso die Bücher, die er ihr ins Exil schickte. Das Briefpapier und die Rosenseife, an der sie jeden Abend schnupperte. Das Konfekt, das sie nur mit Bedacht naschte. Elise glaubte, ihre Schwester sei einfach sehr um Anne besorgt, und das vermeldete sie vermutlich auch nach London.

So weit hatten sie sich also eingerichtet in dem kleinen Häuschen mit Salon und Küche, Wohnstube und den beiden Zimmern für Anne im ersten Stock und der Kammer für Elise unterm Dach. Genug Platz, und doch wieder nicht, denn Anne bekam bei den niedrigen Decken und der Enge Beklemmung.

Anne hatte Franny an einem stürmischen Tag im Oktober direkt oben auf den Klippen aufgriffen, wo das Meer unterhalb der dreißig Meter hohen Steilwand toste und der Wind drohte, sie mit der nächsten Bö in den Abgrund zu reißen.

«Davon wird's nicht besser!», schrie Anne gegen den Sturm an.

Sie wusste nicht, ob Franny sie hörte, aber wenigstens tat das Mädchen einen halben Schritt zurück. Anne näherte sich ihr, sie packte Frannys Arm und hätte sie fast verloren, weil sie so heftig zusammenzuckte, dass sie beinahe doch noch in den Abgrund gestürzt wäre und Anne mit sich gerissen hätte. Doch Franny taumelte zurück, ging zu Boden und riss Anne mit sich.

«Herrje!», rief Franny. «Das wollt ich nicht, M'lady, das tut mir so leid!»

Sie waren beide im Dreck gelandet. Franny sah man nichts an, ihr Kleid war mausbraun und unscheinbar, der Mantel grau und speckig. Doch als Anne sich erhob, war ihr dunkelblauer Samtmantel völlig verdreckt. Sie fluchte leise. Da musste sie sich von Elise bestimmt einiges anhören. Manchmal fragte sie sich, wer von ihnen eigentlich die Herrin war.

«Ich helf Ihnen auf, warten Se!» Franny hatte eine zupackende Art, und sie stellte Anne wieder auf die Füße. Als sie jedoch anfing, Annes Mantel abzuklopfen, arbeitete sie den Schlamm nur tiefer ins Gewebe. «Halt!», rief Anne lachend.

Franny brach in Tränen aus. «Ich wollt's doch nur richtig machen, ich bin aber auch zu ungeschickt. Kein Wunder, dass mich keiner haben will, wo ich so ungeschickt bin.»

«Wer sagt denn so was?» Sie tat Anne leid. Freimütig erzählte

Franny Anne ihre Geschichte. Sie sei schon früh von zu Hause fortgelaufen, der Vater habe ihr nicht wohlgetan. Sie habe sich verschiedentlich verdingt, und eigentlich sei es ihr nicht allzu schlecht ergangen, bis sie letztes Jahr einem Dienstherrn begegnet war, der die Hände nicht bei sich behielt. Das war nicht weiter schlimm, ein bisschen Wärme konnte ihr nicht schaden, doch dass die Herrin sie kurz darauf verjagte, hieß für Franny auch, dass sie ohne Zeugnis keine neue Anstellung fand.

«Und wieso hast du da draußen auf der Klippe gestanden?», wollte Anne wissen.

«Weil's so schön stürmte. Und ich dachte halt, wenn mich eh keiner braucht, kann ich genauso gut verschwinden.»

Das Gefühl konnte Anne gut nachempfinden. Spontan bot sie ihr daher an, zu ihr zu kommen.

«Aber ich kann doch nix!»

«Für mich wird's schon reichen.»

Schon bald sollte sich herausstellen, dass Franny sehr wohl eine Menge konnte. Sie schuftete, schleppte Holz und wusch Wäsche, machte all die körperlichen Arbeiten, für die Elise sich zu fein war. Außerdem war sie eine recht passable Köchin und verstand was von Gartenarbeit. Sie machte das Bauerngärtchen winterfest, erntete den letzten Kohl und die Rüben. Anne staunte.

Was ihr aber am meisten wohltat, war Frannys pragmatische Art, eine Schwangerschaft anzugehen. Sie packte Anne nicht in Watte. Tägliche Spaziergänge gehörten ab jetzt ebenso zu ihrem Programm wie drei warme Mahlzeiten. Halbleere Teller, die Elise bisher allenfalls mit einem missbilligenden Kopfschütteln quittiert hatte, ließ Franny ihr nicht durchgehen. Tatsächlich übernahm sie das Regiment über Küche und Haushalt bald so gründlich, dass zumindest für Elise kaum mehr zu tun blieb, als regelmäßig nach

London zu berichten, dass die junge Herrin sich wohlbetrug und auch das Schwermütige sie langsam verließ.

Doch mit Fortschreiten der Schwangerschaft geschah noch etwas anderes.

Anne begann nachzudenken. Über ihre Zukunft und die Zeit nach der Geburt des Kindes.

Die Vorstellung, G-s Kind wegzugeben, in fremde Hände, die es dann aufzogen, war für Anne allzu schrecklich. Nein, das durfte sie nicht zulassen, und sie wusste, auch er wäre dagegen. In ihren Briefen, die sie ihm inzwischen über Bee zukommen ließ, sprach sie nicht davon – sie waren viel zu sehr damit beschäftigt, einander zu versichern, dass sie sich liebten. Aber er fragte auch nie nach dem Kind. Es war fast, als wäre sie nicht nur deswegen im fernen Pembroke.

Weil er dieses Kind totschwieg, begann auch sie, anders darüber zu denken.

Durfte sie vom Leben verlangen, dass es sich nach ihren Wünschen richtete? Was wollten sie denn im fernen Pembroke dagegen tun, wenn Anne nach der Geburt das Kind und das Geld nahm – es war mehr als genug, um ein bisschen Reserve anzusparen – und verschwand?

Franny schenkte ihr eine neue Chance. Sie begann, nichts als gegeben hinzunehmen, denn wenn sie das tat, konnte sie sich gleich auf die Klippe stellen wie ihr Dienstmädchen und springen. Dann konnte sie ihr Leben in Gottes Hand befehlen und müsste sich um die eigene Zukunft und die ihres Kindes nicht länger kümmern.

Annes Kampfgeist erwachte. Vielleicht zum ersten Mal spürte sie, dass sie etwas verändern konnte. Bisher war sie immer behütet worden, von den Eltern und auch von Bee. Jetzt aber traf sie die Entscheidungen nicht nur für sich, sondern auch für dieses Kind.

Kapitel 14

Mitten in der Nacht wachte sie auf und konnte nicht zurück in den Schlaf finden.

Sie hatte wieder vom Strand geträumt. Irgendwas, aber was?, zog sie in Gedanken immer dorthin. Sie lag wach und ging das Wenige durch, was sie inzwischen über die Geschichte ihrer Familie erfahren hatte.

Irgendwann vor ihrem fünften Geburtstag hatte sie mit ihren Eltern in Pembroke gelebt, vermutlich in dem Haus mit der blauen Tür, in dem jetzt ihr Großvater Jonathan wohnte, vielleicht auch woanders, aber auf jeden Fall erinnerte sie sich an das Haus mit der blauen Tür. Von ihrem Vater wusste sie gar nichts, sie konnte nicht mal ausschließen, dass er schon tot war.

Sie kam einfach nicht weiter. Eigentlich gab es im Moment nur einen Menschen, der ihr ein paar drängende Fragen beantworten konnte.

Ihre Mutter.

Zum Glück war gerade tiefste Nacht, deshalb konnte sie der Versuchung, sofort anzurufen und nach Antworten zu verlangen, nicht nachgeben. Morgen, beschloss Amelie. Morgen wäre es immer noch früh genug, die Antworten zu verlangen, die sie schon vor knapp zwanzig Jahren hätte einfordern müssen.

Sie konnte trotzdem nicht wieder einschlafen. Irgendwann gab sie es auf, schaltete die Nachttischlampe ein und nahm Frannys Tagebücher zur Hand. Sie blätterte darin, las einige Abschnitte und machte sich ein paar Notizen. Dann hörte sie Schritte auf der Treppe.

Dan konnte also auch nicht schlafen.

Als er in ihrer Tür stand, zögernd und verunsichert, nur in T-Shirt und Boxershorts, da fand sie, dass er irgendwie «richtig» aussah. So, wie sie sich immer einen Mann vorgestellt hatte, bei dem sie sich gut aufgehoben fühlte. Einen verlässlichen Partner.

Sie zog die Bettdecke etwas höher.

«Möchtest du auch Tee?»

«Stehst du schon auf?», fragte sie.

Er zuckte mit den Schultern. «Konnte nicht mehr schlafen.»

Es war also nicht allein ihr Problem. Amelie schlüpfte aus dem Bett, zog sich dicke Wollsocken an und folgte ihm in die Küche.

«Hast du das häufiger?»

Er bestückte die Teekanne. «Nur, wenn ich mir zu viele Gedanken mache.»

Sie setzte sich aufs Sofa. Draußen war es stockdunkel, und als Dan an die Fenstertür zum Balkon trat und sie öffnete, hörte sie das Rauschen des nächtlichen Regens. Beide schwiegen, und sie hörte ihren Atem und das Klopfen ihres Herzens. Hörte er auch, wie es raste?

«Und worüber denkst du zu viel nach?»

Er stand mit dem Rücken zu ihr. Der Wasserkessel auf dem Herd pfiff. Sie stand auf und goss das sprudelnd kochende Wasser auf die Teeblätter in der Kanne. Dan hatte sich umgedreht und beobachtete sie.

«Warum bist du geflohen?», fragte er.

Sie wusste nicht, was genau er meinte. Warum sie vor Michael weggelaufen war? Oder warum sie sich vorgestern Nacht davongestohlen hatte, als er schlief?

«Wir wollten im Herbst heiraten. Er und ich.»

Im Grunde beantwortete das beide Fragen, nur eben auf sehr unterschiedlichen Ebenen.

Dan trat neben sie und holte die Teebecher aus dem Hängeschrank. Er stand so dicht neben ihr, dass sie nur ein winziges Stück hätte näher rücken müssen, damit sie sich berührten. Und sie wünschte sich das so sehr.

Sie hielt sich von ihm fern, denn sobald sie ihm zu nahe kam, hatte sie dieses schreckliche Bedürfnis, dieses bisschen Distanz zwischen ihnen zu überwinden. Noch mehr Nähe zu schaffen.

«War das seine Idee?»

«Wir haben es uns gemeinsam überlegt.» Es war schwierig, würdevoll zu antworten, wenn man eigentlich zugeben müsste, dass es genau so gewesen war. Michael hatte sie auf Knien angefleht, sie müssten doch jetzt Nägel mit Köpfen machen, vielleicht auch, weil er fürchtete, sie würde seinem Gerede von einem Neuanfang nicht glauben, solange er nicht zeigte, wie ernst es ihm war. Die Impulse waren immer von ihm ausgegangen.

«Also war es seine Idee.» Dan lächelte. Er wollte gerade nach der Teekanne greifen, als sie die Hand auf den Henkel legte, und sie berührten einander. Seine Hand auf ihrer. Amelie lachte verlegen, und es klang sehr laut in der Küche.

Aber sie zog die Hand nicht zurück.

Auch nicht, als sein Daumen wieder über ihren Handrücken streichelte. Wie er es zwei Nächte zuvor getan hatte, als sie nebeneinander einschliefen und ihr das Gewittergrollen plötzlich gar nichts mehr ausgemacht hatte.

«Dan, nicht...» Sie wollte die Hand wegziehen, doch er ließ sie nicht los.

«Was denn?», fragte er leise. «Darf ich dich nicht berühren?»

Sie riss sich los. Fast wäre die Teekanne dabei zu Boden gegangen, doch Dan packte beherzt zu. Er sog scharf die Luft ein, weil er sich am Steingut fast die Hand verbrannte. Laut fluchend drehte er den Wasserhahn auf und hielt die Hand unter den kalten Strahl. Über die Schulter sah er sie an, und Amelie schüttelte unmerklich den Kopf.

Nicht. Bitte, bitte tu mir das nicht an.

Sie blieb neben ihm stehen, während er seine Hand kühlte, schenkte Tee in beide Becher und wartete. Dan blickte sie von der Seite an.

«Das war ja klar», sagte er leise.

«Was?», fragte sie verwirrt. Überraschte ihn ihre Reaktion wirklich so sehr? Gehörte er etwa zu den Männern, die sich für schier unwiderstehlich hielten?

«Dass ich mir die Finger an dir verbrenne.»

Sein Lächeln geriet etwas aus der Spur, aber sie konnte ihm einfach nicht böse sein. Er hatte nur das getan, was sie sich seit zwei Tagen permanent verkniff.

Sie setzten sich zusammen aufs Sofa, und weil die Nachtluft kalt durch die offene Tür hereinströmte, legte Dan eine Decke über ihre Knie. Amelie rückte etwas näher, dicht vor «zu nah», aber immer noch auf Abstand bedacht. Was tat sie hier? Sie war völlig übermüdet, und das hatte bei ihr ungefähr die gleiche Wirkung wie zu viel Alkohol. Sie fühlte sich leicht im Kopf, fast war ihr etwas schwindelig.

Und Dan schwieg. Anfangs hatte er sie mit seiner heiteren Art immer wieder in ein Gespräch verwickelt, und wenn sie schwiegen, fühlte es sich gut an.

Jetzt lag etwas Gezwungenes zwischen ihnen, und sie zitterte vermutlich nicht nur vor Kälte, sondern auch, weil sie in diese unmögliche Situation geraten war, bei der sie fast vergaß, wohin sie gehörte.

Zu Michael, natürlich.

Schließlich sprach Dan als Erster. «Ich hab gedacht, so was passiert mir nicht. Dass ich ...»

Wieder war er still.

«Was?», fragte sie sanft.

Er schaute sie an. Sie spürte, wie er seinen Mut zusammennahm. «Dass ich so empfinde. Und nichts dagegen tun kann.»

Sie senkte den Blick. «Es ist nicht so einfach», stammelte sie.

«Ich weiß.» Er seufzte. «Du und er ...»

«Nein!», unterbrach sie ihn hastig. Ihre Hand suchte seine. Drückte sie, ganz fest. Hör mir zu, wollte sie sagen, doch sie schaute ihn nur an und ertrank fast in seinen Augen. Schließlich sagte sie stockend: «Mit ihm und mir ist es nicht einfach. Er ... Wir ...»

«Du hast ganz zu Anfang gesagt, es gebe eine ... Geliebte.»

Mätresse, so hatte sie das formuliert. «Ja», hauchte sie.

«Ist das vorbei?»

«Er hat die Sache beendet. Nur ist das nicht ohne Folgen geblieben. Das habe ich erst vor zwei Wochen erfahren.» Ihre Hand strich über den eigenen Bauch, als wollte sie den Worten die richtige Bedeutung geben. Dans Augen wurden groß. Ungläubig.

«Ja, er bekommt den doppelten Segen. Er hat sich immer Kinder gewünscht, aber man muss wohl wirklich aufpassen, was genau man sich wünscht.»

«Und was hast *du* dir gewünscht?»

Darüber musste Amelie lange nachdenken. Wenn man immer bekam, was man sich von Herzen wünschte, was genau an dieser Situation hatte sie ersehnt?

«Ich habe meine Mutter immer bewundert, die mich allein großgezogen hat. Aber ich habe wohl unbewusst immer den Vater vermisst, das merke ich jetzt erst so richtig, da ich auf meine Vergangenheit gestoßen bin. Ich glaube, ich wollte eine Familie, die funktioniert. Keine, in der der Vater abwesend ist oder in der ich ganz auf mich gestellt bin. Vielleicht wollte ich auch gar keine Familie. Ach, ich weiß es nicht.»

«Ich wollte ziemlich lange meine Freiheit nicht aufgeben», gab Dan zu. «Es gab Zeiten, da war ich eben allein, und es war okay. In anderen Zeiten war es nicht okay. Und es gab die Phasen, in denen ich mich auf meine Freiheit berief, um mich nicht zu fest binden zu müssen.»

«Und wie ist das heute?»

«Heute … Nun ja. Heute weiß ich zwar, was ich will. Aber in diesem speziellen Fall bleibt es mir wohl verwehrt.»

Amelie wusste nicht, was sie denken sollte. Sie kannten sich doch erst wenige Tage, und es war noch viel zu früh, um über etwas nachzudenken, das …

Aber dann erinnerte sie sich, wie es mit Michael gewesen war. Dass sie schon nach der ersten Vorlesung, bei der sie ihm hingerissen gelauscht hatte, wusste: Der ist es.

«Ich weiß nicht.» Ihre Finger verflochten sich mit seinen, und sie spürte wieder seinen Daumen, der so unanständig harmlose Sachen mit ihrer Handfläche machte, die sie bis in den Unterleib erbeben ließen. «Ob es dir verwehrt bleibt, meine ich.»

Danach brauchten sie keine Worte mehr. Sie rückte etwas zu ihm, er kam zu ihr. Seine Hand hielt ihre, der Daumen drückte sich in ihre Handfläche. Die andere Hand streichelte ihre Wange, fuhr in ihren Nacken. Sie blickten einander lange an und sagten nichts, bis Dan sich zu ihr herüberbeugte.

Sekundenlang verharrten sie. Ihre Nasen berührten sich, ihre Münder aber noch nicht. Amelie roch seinen Atem, sie war wie berauscht von seinem Duft. Seine Berührungen weckten in ihr die Erinnerung daran, wie es früher gewesen war. In jener Zeit als Jugendliche, wenn sie sich alle paar Wochen unsterblich verliebte und mit Jungs auf dem Schulhof knutschte.

Reglos kosteten sie diese Nähe aus, die so dicht davor war, viel zu viel zu werden. Amelie hob ebenfalls die freie Hand, legte sie auf seine Brust und spürte sein Herz schlagen.

«Dürfen wir das?», flüsterte er.

Ist es okay für dich, wenn ich dich jetzt küsse?

«Nein», wisperte sie.

Ja. Küss mich.

«Ich würde so gern.»

«Ich auch.»

Tun wir's doch einfach. Scheiß auf die Konsequenzen. Verirren wir uns eben in einem Gefühlslabyrinth. Wer kann es uns verbieten?

So verharrten sie. Atmeten ein, atmeten aus. Taten nichts, außer diese absolute Nähe zu trinken, sich darin zu verzehren, weil es da dieses Mehr gab, das sie sich nicht erlaubten.

Schließlich seufzte Dan und löste sich von ihr. Amelie zog sich ebenfalls zurück. Sie saßen in den beiden Sofaecken, so weit wie möglich voneinander entfernt. Amelies Wade schmerzte, sie wusste gar nicht, wie lange sie so dicht beisammengesessen hatten. Wie lange sie gegen die Versuchung angekämpft hatten, sich zu küssen, einander zu streicheln, sich auszuziehen. In sein Schlafzimmer zu taumeln oder in ihres. Sie war so atemlos, als hätten sie all das gerade getan.

Zumindest in ihrer Phantasie hatten sie es getan.

Seine Hand berührte ihren Fuß, und sie zuckte zusammen.

«Nicht gut?», fragte er.

«Doch.» Nur ein heiseres Flüstern. «Zu gut.»

Wie konnten sie einfach weitermachen, nachdem sie einander so nahe gewesen waren? Sie schwiegen. Blickten sich über die zwei Meter Sofa hinweg an, lächelten und wussten doch nicht, was sie sagen sollten.

Schließlich raffte sich Amelie auf. «Ich versuche noch mal zu schlafen.»

Er nickte. Sie standen auf, und Amelie ging ganz langsam, weil sie eigentlich nicht müde war und überhaupt nicht ins Bett wollte. Dan folgte ihr, seine Hand suchte wieder die ihre. Hielt sie fest. Sie zögerte nicht, als er sie sanft zur Treppe zog, sondern folgte ihm in sein Schlafzimmer.

Eine Bettdecke genügte ihnen, denn sie wärmten sich aneinander. Es war ganz einfach, sich an den anderen zu kuscheln. Sie spürte seine Arme, seinen Körper, der sie von hinten fast umschloss. Eine Hand ruhte auf ihrem Bauch, die andere lag in ihrem Nacken, wie eine Liebkosung. Sie legte ihre Hand auf seine, und so lagen sie einfach da, bis Amelie sich umdrehte.

«Ich will dich sehen», flüsterte sie.

Er lachte leise. Es war dunkel im Schlafzimmer, und bis die Sonne aufging, mochte noch eine Stunde vergehen. «Du schläfst doch ein, bevor du mich siehst.»

Trotzdem. So fühlte es sich richtig an. Ihre Augen gewöhnten sich an das Dunkel, und sie erkannte bald mehr von ihm. Die dunklen Augen, die sie unverwandt anschauten. Die Haare, die inzwischen ziemlich verwuschelt waren. Sie zeichnete die Konturen seines Gesichts nach, ohne ihn zu berühren. Beide waren sprachlos von dieser Nähe, die sich für Amelie anfühlte, als sei ein letztes, großes Puzzleteil an seinen Platz gefallen, förmlich eingerastet. Es war ein körperliches Ankommen, ein Zuhause-sein, ein inniges und völlig unerklärliches Zugehörigkeitsgefühl. Sie dachte sogar einen Moment darüber nach, ob sie Dan irgendwann früher schon mal begegnet war. Damals, als sie hier noch gelebt hatte. Aber das konnte nicht sein.

Und dieses wohlige Bewusstsein, angekommen und angenommen zu sein, das sie so bisher noch nie empfunden hatte, schaffte es, was alles Grübeln in den wachen Stunden dieser Nacht nicht geschafft hatte. Die Augen fielen ihr zu, während sie sein Gesicht las wie ein Buch. Zwei, drei Mal riss sie die Augen gewaltsam wieder auf, und jedes Mal lächelte er im Dunkeln.

Ich bin hier, Amelie.

Das sagte sein Blick, das sagten seine Hände und sein ihr zugewandter Körper.

Ich bin hier und verlange nichts.

Sie gab sich dem Schlaf einfach hin, der sie umarmte wie Dan. Das Letzte, was sie wahrnahm, war das Zwitschern der Vögel. Der neue Tag war da, und sie fand Ruhe im Bett eines Mannes, der nicht viel sagen musste, um eine Geborgenheit zu erschaffen, die Michael nie hatte herbeireden können.

Am nächsten Morgen wachte sie zum ersten Mal seit langem frisch und ausgeruht auf, obwohl sie kaum länger als drei Stunden geschlafen hatte. Dan lag noch immer neben ihr und beobachtete sie. Doch er musste zwischendurch aufgestanden sein, denn neben dem Bett stand ein Tablett mit Toast und Tee, und das Fenster war weit offen und ließ frische Luft ins Zimmer.

«Guten Morgen», flüsterte er.

Sie richtete sich auf. «Guten Morgen.»

Und merkte: Ruckartige Bewegungen am frühen Morgen waren nicht das Richtige für ihren Körper. Jedenfalls nicht, solange sie noch von morgendlicher Übelkeit geplagt wurde.

Also sank sie zurück in die Kissen, und Dan lächelte nachsichtig. Sie wartete, bis das Schlimmste vorbei war und richtete sich wieder auf. Jetzt ging es besser.

Nachdenklich beobachtete Dan sie, während Amelie vorsichtig eine Scheibe trockenen Toast knabberte und am Tee nippte.

«Wie geht es jetzt weiter?», fragte er.

Eine typische Frage, die man sich nach der ersten gemeinsamen Nacht eben stellte, nur mit dem Unterschied, dass sie zwar gemeinsam geschlafen, aber nicht miteinander geschlafen hatten. Ein Unterschied, der für den Moment eine große Bedeutung hatte. Denn Amelie wusste, wie sehr es wehtat, wenn man betrogen wurde. Und sollte es für Michael und sie eine Zukunft geben – was sie sich im Moment kaum vorstellen konnte, weil ihr die Vorstellung noch fremder war als gestern –, dann wollte sie sich nichts vorwerfen müssen.

Vielleicht war es aber noch schlimmer, dass gar nichts passiert war. Dass Dan und sie einfach nur nebeneinander eingeschlafen waren und sie sich in seiner Gegenwart ausgeruht hatte.

Sie wusste nicht, was richtig war und was falsch.

Aber sie hatte heute Nacht schlafen können, und das war für sie nach den letzten Tagen und all der Aufregung ein kleines Geschenk.

Nachdem sie gefrühstückt hatte, legte sie sich einfach wieder hin. Dan blieb bei ihr, bis sie eingeschlafen war, dann schlich er aus dem Zimmer, zog die Tür hinter sich zu und ließ sie allein.

Sie lächelte im Schlaf. Das hier, das spürte sie, war ein bisschen mehr Glück, als sie verdient hatte.

Natürlich ließ G- sich nicht von den Verboten seiner Frau oder von der Meinung der Gesellschaft davon abhalten, den Briefen Taten folgen zu lassen.

Im November kam er nach Pembroke. Alle Welt glaubte, der Duke sei im Norden, unterwegs auf seinen Gütern in Edinburgh und Yorkshire, und dort war er auch gewesen. Doch auf dem Rückweg machte er einen Umweg und stand eines Abends völlig unverhofft vor Anne.

Sie wusste, dass sie dafür würde büßen müssen. Elise würde seinen Besuch zum Anlass nehmen, der Duchess einen Brief zu schreiben und die Liebenden zu verraten. Aber für den Moment kümmerte es Anne nicht. Sie fiel in seine Arme und barg den Kopf an seiner Schulter.

«Anne.» Sanft schob er sie von sich weg und musterte sie prüfend. Die modischen Kleider waren einer eher zweckmäßigen Kluft gewichen. Jetzt waren ihre Kleider weit, um ihrem runden Bauch Platz zu bieten. Sie musste den Mantel immer zuknöpfen, wenn sie aus dem Haus ging, darauf bestanden Elise und Franny gleichermaßen – Elise, weil sie sich für die junge Herrin schämte, die ja für jeden offensichtlich eine gefallene Frau war. Franny hingegen war um Annes Gesundheit besorgt und fürchtete bei jedem Niesen und Hüsteln, dass sie eine tödliche Grippe bekam. Hühnerbrühe gehörte inzwischen zum festen Bestandteil ihres Speiseplans, und in ganz Pembroke gab es kaum mehr Suppenhühner zu kaufen, so sehr hatte Franny in ihrem Bemühen um Annes Gesundheit in den Beständen der Bauern und kleinen Leute gewildert und ihnen mit klingender Münze die schönsten und fettesten Hühner abgekauft.

«Du siehst gut aus», sagte er leise. Seine Hände lagen auf ihrer Taille, die völlig aus der Form geraten war, und er lächelte sie an. Anne erwiderte nichts. Sie senkte nur den Blick.

Sie fand sich nicht schön. Ihr Gesicht war klar und zart, die Haare glänzten voll und lockig. Aber ihr Körper war nicht mehr der eines jungen Mädchens, würde es wohl nie mehr sein. Sie fürchtete so sehr, ihm nicht mehr zu gefallen.

Doch diese Sorge zerstreute er in dieser einen Nacht.

Hätte sie gewusst, dass es die letzte gemeinsame Nacht sein würde, sie hätte vielleicht jedem Detail die Aufmerksamkeit geschenkt, die ihm gebührte. Sie hätte sich wachgehalten, statt in seinen Armen einzuschlafen, sie hätte sich seine Gesichtszüge eingeprägt, um sie nie mehr zu vergessen.

So schlief sie neben ihm, und als sie aufwachte, war er schon fort, um den Zug nach London zu erwischen. Was ihr blieb, war die Erinnerung. Und die Hoffnung, er möge sich ein zweites Mal ein paar Stunden stehlen, um sie bei ihr verbringen zu können.

Für seine Sehnsucht musste natürlich sie büßen. Er verschwand, und mit ihm seine Briefe. Vermutlich hatte Elise Bericht erstattet, und daraufhin hatte die Duchess ihn zur Rede gestellt. Hatte er zugegeben, dass sie noch miteinander korrespondierten? Hatte er Anne schändlich verraten?

Aber das war nicht alles. Auch die Zahlungen der Duchess blieben aus. Elise quengelte hinter ihrem Wochenlohn her, und als Anne sich weigerte, ihn auszuzahlen, weil sie vermutete, dass ihre Zofe von zwei Seiten Geld bezog, drohte sie nicht mal, zu verschwinden.

Die Atmosphäre in dem kleinen Haus war vergiftet. Elise und Franny beäugten einander misstrauisch. Das Geld wurde knapp. Anne wandte sich in ihrer Verzweiflung schließlich an Bee, weil sie nicht mal mehr Feuerholz kaufen konnte, und das im Dezember. Sie fürchtete um ihr eigenes Leben und das ihres Kindes. Sie fürchtete die Einsamkeit, und sie fürchtete, auch ihre Schwester würde sie eines Tages verstoßen und im Stich lassen.

Als Bee zwei Tage später in Pembroke eintraf, fand sie eine völlig verstörte Anne vor, die sich verzweifelt an sie klammerte und flehte, Bee möge sie mit nach London nehmen, sie halte es hier nicht länger aus.

Und dann erzählte Beatrix ihr, wie es wirklich in London zuging, seit Anne verschwunden war.

Kapitel 15

Eines stand Amelie noch bevor, und das war das Telefonat mit ihrer Mutter.

Sie hatte Michael gefragt, ob Susanne von ihm erfahren hätte, dass Amelie schwanger war. Er hatte verneint; beinahe erstaunt, dass sie ihm zutraute, mit dieser Nachricht direkt zu ihrer Mutter zu laufen. Aber inzwischen vertraute sie niemandem mehr. Und seit Amelie wusste, dass es eine Vergangenheit gab, die ihre Mutter ganz bewusst all die Jahre verschwiegen hatte, verlangte sie nach Antworten.

Die bekam sie natürlich nur, wenn sie ihrer Mutter etwas gab. Und sie wusste genau, wie sie das anstellen musste.

Dieser Morgen war dafür ebenso gut wie jeder andere auch.

Ihre Mutter klang gewohnt hektisch. «Liebes, dass du dich mal meldest! Geht's dir gut, ja? Michael hat erzählt, er sei bei dir gewesen, aber sag mal, so recht wollte er nicht mit den Einzelheiten herausrücken. Wo steckst du?»

Also gleich der schwerste Brocken zuerst. Aber Amelie würde sich nicht aus dem Konzept bringen lassen. «Ich muss dir was erzählen, Mama.»

«Ich hoffe, nichts Schlimmes.»

Ihre Mutter klang etwas abwesend, als sei sie nebenher beschäftigt. Das war Amelie gewohnt. Sie konnte sich aber nach dem, was sie als Nächstes sagte, der vollen Aufmerksamkeit ihrer Mutter sicher sein, und das war wichtig.

«Ich brauchte einfach Abstand nach der Sache mit dieser Sabina», sagte sie leise. «Und hier habe ich gemerkt ...» Jetzt bloß nicht den Mut verlieren. «Mama, ich bin schwanger.»

«Ach, Kind! Das ist ja mal was. Wie schön! Herrje, jetzt muss ich heulen. Schlimm mit mir, was? Eine alte Frau, die in Tränen ausbricht. Wann? Ich meine: Weißt du, wann es kommt?»

Das wusste Amelie nur so ungefähr, weil sie bisher noch nicht beim Arzt gewesen war. «Es wird wohl im Januar so weit sein», murmelte sie.

«Und jetzt raufst du dich wieder mit Michael zusammen, ja?»

«Mal sehen.»

«Mal sehen? Er ist der Vater deines Kindes. Oder? Kind, du hast doch keinen Unsinn gemacht? Es reicht, wenn er eine Dummheit begeht, du musst ihm nicht auch noch ein Kuckuckskind unterjubeln.»

Ach so, dachte Amelie. Er durfte Dummheiten begehen, aber sie sollte sich an die Regeln halten?

«Also, wann kommst du wieder her? Du kommst doch wieder her? Du musst unbedingt zum Arzt, damit wir erste Ultraschallbilder kriegen. Ist das aufregend! Wo steckst du eigentlich die ganze Zeit? Ich hab Michael schon gefragt, aber er ist im Moment nicht besonders zugänglich.»

Kein Wunder. Amelies Mutter war zwar Michaels größter Fan, aber er fühlte sich von ihrer Art immer etwas überrollt.

Amelie atmete tief durch. «Ich bin immer noch in Wales», sagte sie. «In Pembroke. Und ... ich hab da was Spannendes herausgefunden. Ein gewisser Mr. Bowden hilft mir.» Das war zwar gelogen, denn Jonathan hatte ihr bisher gar nicht helfen können, aber sie fand, dass der Zweck in diesem Fall die Mittel heiligte.

Es war schlagartig still in der Leitung.

«Ich habe für mein Buch recherchiert. Du weißt schon – Beatrix Lambton und die Freiheit der Frau im frühen 20. Jahrhundert.»

«Ja, ich weiß. Natürlich weiß ich, woran du arbeitest.» Ihre Mutter klang merkwürdig, fast ein bisschen verwirrt. Als wüsste sie nicht, was sie mit der Information anfangen sollte. Als suchte sie krampfhaft nach einem Weg, sich ganz unverfänglich nach diesem Mr. Bowden zu erkundigen.

Und dieser Mr. Bowden, das ist wohl so ein junger, knackiger Waliser? Mach mir keine Dummheiten, Kind!

Das hätte zu Mama gepasst. Aber sie schwieg.

«Mama, ich wollte dich was fragen.»

«Ja?»

Sie täuschte sich nicht. Ihre Mutter klang ... verloren. Susel Franck, souveräne Chefin eines kleinen Lädchens, gute Freundin für viele, lebensfroh und nie um einen Rat verlegen. Sie klang beklommen. Ängstlich fast.

«Habe ich schon mal hier gelebt? In Pembroke? Es gibt da ein Haus mit einer blauen Tür, und ...»

«Unsinn, Amelie. Wann soll das gewesen sein?», unterbrach Susel sie. So heftig, dass sie den schrillen Unterton nicht verbergen konnte.

«Vor meinem fünften Geburtstag. Ich hab an die Zeit keine Erinnerung, und hier bin ich jemandem begegnet.»

«Einem Hochstapler. Einem Lügner.»

«Meinem Großvater.»

Das Schweigen zwischen den Sätzen dehnte sich. Amelie fragte leise: «Mama?»

«Tut mir leid, Liebes. Ich würde furchtbar gern länger mit dir plaudern, aber ich muss jetzt los. Die Arbeit ruft, ich muss den

Laden aufsperren! Lass uns heute Abend noch mal telefonieren, ja? Bestimmt klärt sich dieser merkwürdige Irrtum auf.»

«Mama!»

Aber ihre Mutter hatte aufgelegt. Peng, einfach so.

Merkwürdiger Irrtum also. Mehr hatte ihre Mutter nicht zu sagen. Und legte gleich noch einen filmreifen Abgang hin. Mama war immer schon die Dramatische gewesen. Sie schrie den Gemüsemann an, wenn der Salat in der Kiste welkte, regte sich über Kleinigkeiten schrecklich auf, aber nahm große Nachrichten stoisch auf, als sei das eben so.

Ihre Schwangerschaft zum Beispiel. Die hatte sie, fand Amelie, gar nicht richtig gewürdigt.

Und das machte sie wütend. Und traurig. Und noch wütender. Trotz regte sich in ihr. Ihre Mutter meinte, Amelie habe in Pembroke keine Vergangenheit? Dann würde sie sie vom Gegenteil überzeugen!

Ihr war beklommen zumute, als sie wieder vor der blauen Tür stand.

Aber sie brauchte Antworten.

Jonathan öffnete nach dem ersten Klopfen und musterte sie schweigend.

«Hallo», sagte Amelie schüchtern.

«Amy.» Er seufzte ihren Namen, als sei sie eine Landplage, die wieder über ihn gekommen war.

«Ich habe Fragen.»

«Das habe ich mir schon gedacht. Antworten bringen immer neue Fragen hervor.» Er schaute an ihr vorbei. «Heute ohne den Langweiler?»

«Er ist zurück nach Deutschland gefahren.»

«Na ja. Komm rein.»

Sie setzten sich wieder in die Küche. Jonathan stellte eine Dose mit Keksen auf den Tisch und kochte Kaffee. Sie sprachen über Pembroke, über das Wetter. Amelie erzählte von ihrer Arbeit und von ihrem Besuch bei Mrs. Elswood.

«Die wird dich ganz schön in die Mangel genommen haben.»

«So ungefähr. Sie wollte alles wissen. Wobei ich keine Ahnung habe, worauf sie anspielt. Ich hab keine Erinnerung an die Zeit hier.»

Er blickte überrascht auf. «Gar nichts?»

«Ich konnte mich an die blaue Tür erinnern. Aber erst, als ich das erste Mal davorstand. Zufall, mehr nicht.»

«Früher habt ihr hier gewohnt. Das Haus gehört schon recht lange der Familie. Hundert Jahre? Vielleicht noch länger.»

«Erzähl mir von der Familie. Nicht von den letzten dreißig Jahren», fügte sie hastig hinzu, weil sie seinen Widerstand beinahe körperlich spürte. «Erzähl mir davon, wie es früher war. Als du noch ein Kind warst. Oder was du von der Zeit vor deiner Geburt weißt.»

Er lachte. «Das ist gar nicht mal so wenig», erklärte er. «Meine Mutter hat mir immer davon erzählt. Hast du ein bisschen Zeit?»

«So viel Zeit, wie wir eben brauchen.»

Sie saßen am Küchentisch, zum Kaffee gab es Kekse, die Jonathan stippte – die Zähne, erklärte er bedauernd, die seien eben nicht mehr so stark und zahlreich wie in seiner Jugend. Amelie stippte auch, und sie hörte aufmerksam zu. Vieles klang fremd, aber einiges ließ in ihr etwas Vertrautes anklingen. Das konnte jedoch auch Einbildung sein. Ihrer Erinnerung halfen die alten Geschichten jedenfalls nicht auf die Sprünge.

Sie erfuhr von Jonathans Großvater, der als Offizier die Weltmeere bereist und sich früh zur Ruhe gesetzt hatte. Er nahm ein junges Mädchen zur Frau, mit dem er dann sieben Kinder hatte. Die älteste Tochter überwarf sich mit den Eltern, weil sie mit sechzehn einen Schäfer kennenlernte, in den sie sich haltlos verliebte. Er hatte nicht mehr als eine Kate draußen am Meer, und der alte Seebär fand, das sei seinem Kind nicht angemessen, weshalb er dem Schäfer das Haus unter dem Hintern wegriss und stattdessen ein neues baute – aus Stein, mit Schindeldach und weiß getünchten Wänden, mit drei Schlafzimmern für die zahlreichen Kinder, die sie hoffentlich bekämen. Doch die Ehe blieb kinderlos. Später erbte Jonathan das Häuschen als Sohn des ältesten Bruders der jungen, verirrten Schäfersfrau.

«So sind wir an unser Strandhaus gekommen. Es war ein schöner Ort. Nach dem Krieg haben meine Amy und ich es uns dort gemütlich gemacht. Ihr habt dann dort gewohnt, als deine Mutter hergezogen und geheiratet hat. Es bot euch genug Platz, und dass es dort zunächst keinen Strom gab, störte nicht. Inzwischen gibt es Strom und Telefon, beheizt wird es aber weiterhin mit Holz, und in der Küche steht ein alter Herd. Warst du inzwischen am Strand? Dann wirst du es vielleicht gesehen haben – es liegt ganz in der Nähe, ringsum sind sonst keine Häuser. Schön einsam, wenn man gerne einsam ist.»

Amelie schüttelte den Kopf. Sie hatte das Haus nicht gesehen, aber vielleicht war es das, von dem Dan ihr erzählt hatte?

«Jedenfalls wird es eines Tages dir gehören. Dein Vater will es nicht, das weiß ich.»

«Oh.» Mehr brachte Amelie auf die Schnelle nicht hervor.

«Und da es ohnehin irgendwann dir gehört, kannst du es eigentlich ruhig jetzt schon haben.» Schwerfällig erhob Jonathan sich. Er wirkte plötzlich müde.

Als er mit einem Schlüsselbund zurückkam, schien ihn sein Gewicht nach unten zu ziehen, und er musterte Amelie nachdenklich. «Wir waren da sehr glücklich», meinte er. «Aber jedes Glück findet irgendwann sein Ende.»

«Ich weiß gar nicht, was ich sagen soll ...» Sie nahm die Schlüssel entgegen. Ein eigenes Haus, hier in Pembroke. Das schien all ihre Probleme auf einen Schlag zu lösen. Sie musste nicht zurück in ein Hotel, wenn das Sängerfest vorbei war. Und sie konnte Abstand finden von Dan – wenn sie das wollte.

Drei Schlüssel an einem rostigen Ring, alle so alt, dass sie vermutlich aus der Entstehungszeit des Hauses stammten. Wann das wohl gewesen sein mochte? In den Dreißigern des letzten Jahrhunderts? Kurz vor dem Zweiten Weltkrieg?

Jonathan war knapp siebzig, und seine Großeltern hatten während des Ersten Weltkriegs geheiratet. Seine Tante, die Frau des Schäfers, war im Jahr darauf geboren und hatte Mitte der 1930er geheiratet. Ja, das Haus musste inzwischen an die achtzig Jahre alt sein.

Und es lag weit draußen. Amelie war nicht sicher, ob ihr das behagte.

«Strom und Wasser zahle ich wohl über den Sommer, wenn du da bist. Bin sowieso alle paar Wochen mal draußen, im Winter häufiger, dass die Leitungen nicht einfrieren. Ist gut in Schuss, das Haus. Wenn du aber dauerhaft drin wohnen willst, musst du es winterfest machen.»

«Ja», sagte sie und kam sich irgendwie verloren vor. Das Leben bot ihr eine neue Möglichkeit, und diese Möglichkeit überforderte sie.

«David wird's freuen.»

«Hast du noch Kontakt zu ihm?»

Jonathan wollte sich gerade wieder setzen. Er verharrte in der Bewegung, dann sank er nach vorne und nickte. «Schon. Manchmal.»

«Ich würde so gern mehr über ihn erfahren. Darüber, was damals passiert ist.»

«Warum?»

«Weil ich mich an nichts erinnern kann. Ich glaube, ich kann mich selbst nicht verstehen, solange ich nicht weiß, warum meine Eltern sich damals getrennt haben.»

«Sie hatten ihre Gründe dafür», sagte Jonathan barsch. «Steht mir nicht zu, mich einzumischen. Wir alle haben damals gelitten, wir alle haben Fehler gemacht. Die einen mehr, die anderen weniger.»

«Ich möchte meinen Vater kennenlernen. Bitte, ist das denn so verwerflich?» Sie wusste, jetzt klang sie verzweifelt.

Jonathans Kopf ruckte hoch. «Nein», erwiderte er harsch. «Ich glaube, das willst du nicht.»

«Aber ...»

«Genug jetzt. Ich bin gern bereit, dir von unserer Familie zu erzählen, du kannst in Familienalben blättern, meinetwegen. Aber ich werde keine Fragen über deinen Vater beantworten, verstanden?»

Amelie starrte ihn verblüfft an. Als hätte sie einen falschen Knopf gedrückt, so ging er förmlich in die Luft.

«Aber ...»

«Schluss! Keine Fragen!»

Sie fügte sich. «Okay», flüsterte sie.

Das Schweigen, das sich danach zwischen ihnen ausdehnte, schien auch Jonathan unangenehm zu sein. «Warte hier.»

Er verschwand im Wohnzimmer, und sie hörte, wie er einen

Schrank öffnete, eine Schublade herauszog und darin kramte. Durch die halboffene Tür konnte sie nur wenig sehen – Bücherregale, einen offenen Kamin. Zwei Sessel.

«Da hab ich's.» Er kam mit einem schwarzen Album zurück und legte es auf den Tisch. «Das Album der Familien Bowden seit 1900.»

Er wollte sie ablenken, das war ihr klar. Von den Fragen nach ihrem Vater, die ihr auf der Zunge brannten. Von der Vergangenheit, über die er partout nicht sprechen wollte.

Vielleicht änderte sich das. Vielleicht mussten sie einander erst vertrauen, ehe sie einen weiteren Vorstoß wagen konnte.

«Deine Ururgroßmutter», sagte Jonathan beim ersten Foto. «Das muss 1905 gewesen sein oder kurz davor. Das kleine Mädchen neben ihr ist deine Urgroßmutter Antonia. Die Kapitänsfrau. Mutter der Schäfersfrau.»

Amelie studierte das Bild. Eine kleine, kompakte Frau mit breiten Hüften und einem schmalen Gesicht. Auf dem Foto trug sie ein schwarzes Kleid und jenen Ernst zur Schau, den Amelie von den Fotos jener Zeit so gut kannte. Zuletzt hatte Anne Lambton sie so angestarrt, aus einem anderen Jahrhundert.

Das Mädchen war niedlich: weißes Kleidchen, riesige Schleife im blonden Haar. Es ähnelte der Mutter kaum, nur der ernsthafte Gesichtsausdruck war gleich. «Hübsch», kommentierte Amelie, weil sie nicht wusste, was man sonst zu solchen Bildern sagte.

«Das Hochzeitsfoto. Dein Urgroßvater Reginald.» Jonathan tippte auf einen gestrengen Mann in Offiziersuniform und mit Schnauzbart. Daneben saß wieder ihre Urgroßmutter, diesmal in einem hellen Kleid, die Hände brav im Schoß gefaltet. Beide lächelten nicht – aber das musste nichts heißen.

«Waren sie glücklich?», fragte Amelie.

«So glücklich, wie ein Bowden eben sein kann», erklärte Jonathan.

«Hm», machte Amelie, und sie dachte an ihr eigenes Dilemma. Wenn man's genau nahm, war sie ja auch eine Bowden.

«Das Leben war hart hier in Wales. Früher. Es hört keiner gern, aber im Grunde haben wir's heute doch gut.» Jonathan blätterte weiter. «Dein Urgroßvater. Mein Vater David.»

Namen hatten in dieser Familie Tradition, dachte Amelie. Urgroßvater David trug Uniform.

«Er war bei der Bergbaupolizei. Guter Job, bloß musste er dafür immer in den Norden. Hat meine Mutter oft allein gelassen mit den fünf Kindern. Konnte aber seine Geschwister nach dem Tod der Eltern ausbezahlen. Meine Eltern hatten kein schlechtes Leben.»

Noch etwas über die Bowdens: Sie vermehrten sich offenbar wie die Karnickel, die am Strand die Hügel unterhöhlten.

Das nächste Foto zeigte die Kinder. Wie die Orgelpfeifen standen sie aufgereiht, die beiden ältesten Brüder lachten in die Kamera, die einzige Schwester blickte ernst und fast verschüchtert. Daneben ein kleines Kind, keine drei Jahre alt. Und ein Säugling, der gerade mal sitzen konnte, auf der Hüfte der Schwester.

«Das bin ich.» Jonathan tippte auf den Ältesten. Der Ernst war geblieben, das Gesicht war gereift. Amelie erkannte den alten Jonathan, er lag schon in den Zügen des jüngeren. Er tippte auf den Zweitgrößten. «David. Er starb schon früh; keine achtzehn geworden, der arme Kerl. Er war immer mein bester Freund.»

Und vermutlich der Grund, weshalb Jonathan seinen Sohn ebenfalls David genannt hatte. Traditionen lebten fort. Und Amelie musste zugeben, dass David ein hübscher Name war.

«Martin. Elisabeth. Sie lebt noch hier. Martin ist nach der Schule früh nach London gegangen. Hat bei einer Bank Karriere gemacht, bis vor ein paar Jahren alles den Bach runterging, da hat er sich zur Ruhe gesetzt. Liz hat sechs Kinder und inzwischen über ein Dutzend Enkel. Du bist mit halb Pembroke verwandt.»

«Und wer ist dieser kleine Mann?» Sie tippte auf den Säugling, der auf Elisabeths Arm hockte und die Hand hob, als wollte er winken.

«Reginald.» Rasch blätterte Jonathan weiter. Amelie sah Hochzeitsfotos, den jungen Jonathan am Meer, Elisabeth mit ihrem Mann Bertram. Die Kinder tauchten auf, eins, zwei, drei. Dann Jonathan als Bräutigam und neben ihm eine wunderhübsche Frau, die kaum älter zu sein schien als achtzehn.

«Meine Amy.» Er seufzte. «Mein Augenstern.» Seine altersfleckigen Finger streichelten das Foto.

Seine Amy war klein, schlank und wunderschön. Amelie studierte das Foto. «Ihr seid ein hübsches Paar gewesen.»

«Leider blieb uns nicht genug gemeinsame Zeit. Sie starb, als David gerade sechs war.»

«Oh», sagte Amelie betroffen. «Das tut mir leid.»

«Ich war so froh, als er Susan kennenlernte. Als sie in das Strandhaus zogen. Ihr wart dort sehr glücklich.»

«Und dann ist etwas passiert.»

Entschlossen klappte Jonathan das Fotoalbum zu, obwohl sie es gerade mal zur Hälfte durchgeblättert hatten.

«Ja», sagte er nur knapp. «Dann ist etwas passiert.»

Sie wollte nachfragen, traute sich aber nicht.

Als sie sich kurz darauf verabschiedete, gab er ihr die Schlüssel zum Strandhaus mit. «Du hast da eine Menge Arbeit vor dir, wenn du es herrichten willst. Aber es gehört dir. Wenn du willst, fahre ich mit dir raus.»

Sie wog den Schlüssel in der Hand. «Vielleicht will ich erst mal allein dorthin.»

Solange sie nicht wusste, was sie dort erwartete, wollte sie lieber keine Zeugen haben. Vielleicht würde sie die Erinnerung wieder übermannen.

Sie konnte sich allenfalls vorstellen, Dan mitzunehmen.

Wenn er wollte.

Sie saßen in der kleinen Stube, die als Salon gedacht war, aber allenfalls als Wohnzimmer taugte. Das Sofa war alt, und wenn man nicht aufpasste, bohrten sich die Sprungfedern schmerzhaft in den Hintern. Bees Hand strich prüfend über das Tischchen. Kein Staub. Auch die Sitzmöbel sahen trotz ihres Alters gepflegt aus, und die Gardine raschelte gestärkt und weiß im Luftzug der undichten Fenster.

Im Kamin brannte ein kleines Feuer, das nicht genug Wärme verströmte, um gegen die Kälte vor den Fenstern anzukommen. In einem langärmeligen Wollkleid, das schon bessere Zeiten gesehen hatte, und mit einem dicken, gestrickten Schultertuch um den Oberkörper sah Anne trotzdem verfroren aus.

«Du hast es hier gut?», erkundigte Beatrix sich höflich. Es fiel ihr schwer, die richtigen Worte zu finden.

Am liebsten hätte sie getobt und geschrien, denn was im Moment in London geschah – fernab von Pembroke und bisher ohne Auswirkungen auf Anne, weil niemand ihr davon schrieb –, war grausam für alle Beteiligten.

«Ich friere, ich hab kein Geld und eine Zofe, die an die Duchess berichtet, was immer ich tue. Einzig Franny ist meine Freundin.»

«Der Duke war bei dir, habe ich gehört.»

Anne lächelte unsicher. «Das ist wohl das Problem. Sie hat danach die Zahlungen eingestellt. Ich hatte etwas beiseitegelegt, weil …» Sie verstummte. Ihre Hände kneteten ein Taschentuch. Bee beobachtete ihre Schwester, die sich sehr aufrecht hielt.

«Weil du so was befürchtet hast, ja.»

«Ich kann nichts dafür, dass er vor meiner Tür stand!», begehrte Anne auf. «Er hätte nicht herkommen dürfen. Ich …» Sie fing an zu weinen.

Beatrix hatte bisher viel Geduld aufgebracht. Familie ist das stärkste Band, und wenn jemand Hilfe brauchte, war sie die Letzte, die diese Hilfe verweigerte.

Sie legte ein Päckchen auf den Tisch. Franny brachte den Teewagen, doch außer ein paar trockenen Keksen und dünnem Tee gab es nichts. Und vermutlich hatten sie sich auch das vom Mund abgespart. Beatrix verkniff sich eine Bemerkung.

Anne starrte auf das Päckchen und sagte nichts.

«Das», sagte Beatrix streng, «sind deine Briefe an ihn. Die ich für dich weitergeleitet habe, weil ich hoffte, du würdest den Ernst der Lage begreifen und nicht irgendwas unternehmen, was deine ganze Familie in den Abgrund reißen könnte.»

«Woher … hast du …»

«Ob ich sie gelesen habe? Nein. Aber mir wurden einige Passagen vorgelesen. Anne! Ich habe dir vertraut, als ich versprach, deine Briefe an ihn weiterzuleiten. Was ich nie von dir gedacht hätte, ist dieses Flehen. Dieses Betteln! Hast du denn keinen Funken Anstand mehr im Leib?»

Anne reckte trotzig das Kinn. «Ich liebe ihn, und er liebt mich. Was ist so falsch daran?»

«Alles», erwiderte Beatrix betrübt. Genau diese Antwort hatte sie befürchtet. «Er wird sich nicht mehr bei dir melden, Anne. Seine Frau …»

Was genau zwischen Duke und Duchess vorging, entzog sich

Beatrix' Kenntnis. Aber nachdem nun der Skandal publik geworden war ... Bee vermutete, dass dies ein wohlkalkulierter Schritt der Duchess war, die sich auf diese Weise als armes Opfer hinstellen konnte, während alle anderen in diesem perfiden Spiel die Rollen der Täter übernehmen mussten. Ganz London spekulierte nun darüber, wie es um die Ehe derer of G- bestellt war, welche Rolle Anne spielte, warum sie verschwunden war – und vor allem, was Beatrix damit zu tun hatte. Denn jemand hatte das Gerücht verbreiten lassen, dass sie sich mehrmals mit dem Duke allein getroffen hätte, obwohl sie ihn seit jenem Besuch in Trisk Manor nur ein- oder zweimal gesehen hatte, und das war jeweils bei jenen gesellschaftlichen Veranstaltungen passiert, bei denen man sich nur aus der Ferne stumm zunickte.

Am schlimmsten war für Beatrix Trisks Reaktion. Er hatte bisher alles mit einer bewundernswerten Geduld hingenommen und Beatrix die Zügel überlassen. Als jetzt jedoch das Gerücht die Runde machte, auch seine Frau vergnüge sich mit einem anderen Mann, war seine Geduld am Ende. Er sperrte sie daheim quasi ein, war aber selbst die meiste Zeit unterwegs – und ließ sich vermutlich von seinen Mätressen trösten. War er dann daheim, strafte er Beatrix mit Missachtung. Die Kinder litten ebenfalls, denn er behandelte sie wie Luft. Nur der kleine Henry war ihm noch lieb, und das schmerze Beatrix am meisten. Sie liebte den Kleinen, aber er blieb Trisks Bastard. Statt hinter den anderen zurückstecken zu müssen, wurde er jetzt verhätschelt und bevorzugt.

Doch davon erzählte sie ihrer Schwester nichts. Sie versuchte immer noch, Anne vor der Wahrheit und dem Leben zu beschützen. Aber was hatte es ihr bisher eingebracht, dass sie stets versucht hatte, zwischen allen Parteien zu vermitteln? Jetzt war sie diejenige, die durch den Schmutz gezogen wurde.

«Es interessiert mich nicht, was seine Frau sagt», erklärte Anne. «Ich liebe ihn, und er liebt mich. Wer weiß, vielleicht lässt er sich von ihr scheiden.»

«Das wird er nicht tun.»

«Für mich würde er alles tun.»

«Anne!» Beatrix atmete tief durch. Wie sollte sie ruhig bleiben, wenn ihre Schwester so uneinsichtig blieb? «Bitte. Lass es gut sein. Ich werde nicht mehr vermittelnd einstehen können für dich.»

«Warum nicht? Was habe ich dir getan? Warum stellst du dich gegen unsere Liebe?»

«Weil sie unmöglich ist. Es passiert oft, dass eine Liebe keinen Platz hat in der Welt.»

«So wie Trisk und du? Damals hast du behauptet, ihn aus Liebe zu heiraten.»

«So wie Trisk und ich. Ja.» Für diese Liebe zahlte sie jeden Tag aufs Neue einen hohen Preis. Aber es änderte nichts an den Tatsachen. Sie liebte Henry Trisk, ihren Henry, und um nichts in der Welt wollte sie anders leben. Er betrog sie, und im Moment existierte sie nicht für ihn. Aber Liebe ließ sich davon nicht schrecken. Sie führte ihr eigenes Leben, hatte einen großen Freundeskreis, und sicher, wenn sie gewollt hätte, wäre der eine oder andere Freund einer Affäre mit ihr nicht abgeneigt gewesen. Dass man ausgerechnet sie, die wahrhaft treue Ehefrau eines notorischen Ehebrechers, jetzt mit so viel Häme und Spott, mit so viel Hass und Abscheu überzog, verletzte sie zutiefst. Am schlimmsten war aber Trisks Ablehnung.

«Ich werde dir in den nächsten Monaten Geld schicken. Viel ist es nicht, es kommt aus meiner privaten Schatulle.» Trisk war bisher immer sehr freigebig gewesen. Jetzt hielt er sie kurz, als könnte er sie damit bestrafen. Sein Liebesentzug war für sie schlimmer als die paar Pfund, die sie nicht zum Hutmacher tragen konnte.

«Und dann? Was wird dann aus mir?»

Beatrix wusste, was Anne meinte. Nach der Geburt des Kindes.

«Wir werden gute Eltern suchen für das Kind. Und danach wartet Sir Cornelius in Boston auf dich. Und wenn ich dich eigenhändig dorthin schleifen muss: Du wirst ihn heiraten, Anne. Er ist der Einzige, der über deinen Makel hinwegsehen kann. Und Amerika ist allemal der bessere Ort für dich.»

Sie stand auf. Plötzlich war sie sehr müde.

«Mehr habe ich dir nicht zu sagen», erklärte sie. «Ich wünschte, ich könnte mehr für dich tun.»

«Das wünschte ich auch.»

Anne blieb sitzen. Franny brachte Beatrix Hut und Mantel. Im engen Flur hielt sie die Hutnadeln, während Beatrix vor dem niedrig hängenden, runden Spiegel leicht nach unten ging, um ihre Locken unter den Hut zu stopfen. «Passt du auf sie auf, Franny?»

«Sie ist sehr traurig, Mylady. Sie weint viel, und manchmal lacht sie dann wieder.»

«Sie ist verwirrt. Schreib mir, wenn es ihr schlechter geht. Im Moment kann ich aber nichts mehr für sie tun.»

«Das kann keiner.»

Franny war eine kluge Frau. Sie hatte nicht viel vom Leben erwartet, aber mehr bekommen. Vielleicht sollten wir uns mit dem bescheiden, was wir bekommen, dachte Beatrix. Das bewahrt zumindest vor Enttäuschungen.

Zu ihrer Überraschung war Trisk daheim, als sie am nächsten Abend zurückkehrte. Er sei im Kaminzimmer, teilte das Dienstmädchen ihr mit, das Hut und Mantel entgegennahm.

Beatrix bat darum, das Abendessen in einer halben Stunde zu servieren. Daraufhin teilte das Mädchen mit, Mylord habe mit den Kindern bereits vor einer Stunde gegessen.

Außergewöhnlich. Sonst aß er nie mit den Kindern, sondern ging in den Club, wenn sie nicht daheim war. Oder zu einer Mätresse.

«Ich habe dich nicht so früh zurückerwartet.» Er faltete die Zeitung zusammen und stand auf. Küsste sie auf die Wange. Beatrix schloss einen Moment die Augen. Sein Duft ließ die Sehnsucht in ihr aufflammen. Wann hatten sie angefangen, einander zu quälen? Schon vor der Hochzeit hatte er sie betrogen, das wusste sie inzwischen. Doch er hatte sie auch verführt, und damals war ihr bewusst geworden, dass sie nur mit diesem Mann glücklich werden konnte. Ironischerweise war das ihr größtes Unglück.

«Ich habe nicht damit gerechnet, dich zu Hause anzutreffen.» Sie sank erschöpft auf das Sofa.

«Die Kinder sind im Bett, und ich lese daheim die Tageszeitung. Ich gebe zu, das ist nicht mein übliches Verhalten.» Sein Grinsen geriet etwas schief, so als sei er sich durchaus bewusst, wie wenig das zu ihm passte.

«Wie kommt's?», fragte Beatrix. «Hat keine deiner Mätressen für dich Zeit?»

«Ich dachte … vielleicht werde ich hier gebraucht.»

«Das ist lieb von dir», sagte sie leise. Denn ja, sie brauchte ihn im Moment, und sei es nur, dass er einfach ein bisschen mehr für sie da war.

Sie hatte sich in die Ehe hineingefunden. Sie hatte ihren Platz. Es machte ihr natürlich etwas aus, dass er ihr nicht treu sein konnte, aber sie hatte inzwischen begriffen, dass er eben so war. Verbiegen konnte sie ihn nicht, denn wäre er ein anderer, hätte er sie damals nicht im Sturm erobert.

«Wenn ich sonst noch irgendwas tun kann …»

«Es reicht, dass du da bist», erklärte sie still.

«Daran wird sich nichts ändern.»

War das möglich? Würde der Skandal ihre Ehe retten?

«Komm, wir gehen ins Bett», sagte er in diesem Moment, und sie lächelte.

Er schaffte es, dass ihr wieder leicht ums Herz wurde. Sie war ihm dafür dankbar. Irgendwann, das wusste sie, würde er sie wieder verlassen, würde nachts nicht heimkommen und sie mit dem Problem alleine lassen, für die uneheliche Brut eine Familie zu finden. Aber bis es so weit war, gehörte er für eine kleine Weile nur ihr allein.

Und sie wollte dankbar sein für diese kleine Insel des Glücks, solange es sie gab.

Kapitel 16

Der Nachmittag war kühl und windig, Wolken rasten über den blauen Himmel. Amelie packte einen Imbiss in den Rucksack und machte sich allein auf den Weg zum Strandhaus.

Sie ging ohne Dan, denn sie fürchtete sich ein bisschen vor ihrer eigenen Reaktion. Davor, was dieses Haus mit ihr machte, wenn sie über die Schwelle trat.

Sie war vor zwei Wochen hergekommen, weil sie ein Buch schreiben wollte. Inzwischen hatte sich ihr Leben vollkommen auf den Kopf gestellt.

Und auch der Grundgedanke ihres Buches war jetzt ein anderer: Anne hatte sich in den Vordergrund geschoben. Sie musste das nur irgendwie den Leuten im Verlag beibringen.

Natürlich lag es auch an diesem Ort, der sie mit Anne verband. Sie hatten beide eine Zeit ihres Lebens hier verbracht.

Dass sie das Häuschen beim ersten Mal nicht bemerkt hatte, wunderte Amelie, als sie auf dem Küstenpfad zum Strand kam. Es lag etwas vom Pfad entfernt, aber man konnte es deutlich sehen. Sie lief quer über eine Wiese darauf zu.

Die Terrasse und die Rückseite des Häuschens waren dem Meer zugewandt. Eine halbhohe Umfriedung aus geflochtenen Weidenzweigen hatte sich im Laufe der Jahre verselbständigt und war zu einem undurchdringlichen Dickicht verwachsen. Die Steinplatten waren teilweise zerbrochen, dazwischen wucherte wild Unkraut. Die Terrassentüren waren fast blind vor Schmutz nach all den Jahren der Vernachlässigung, und die Fensterrahmen brauchten einen neuen Anstrich. Als Amelie einen der dunkelblau gestrichenen Rahmen berührte, schien die Farbe unter ihren Fingern zu zerbröseln.

Sie ließ sich Zeit, umrundete langsam das Haus und erreichte schließlich die Vordertür. Den Vorplatz, auf dem früher der gelbe Mercedes gestanden hatte.

Sie blieb stehen.

Ein gelber Mercedes … Ja, genau. Da vorne, unter dem Birnbaum, hatte er immer gestanden. Ein blassgelbes Ungetüm, und ihr war auf der Rückbank immer furchtbar schlecht geworden.

Jetzt stand unter dem Birnbaum eine Bank, verwittert und irgendwie schief, als habe jemand sie lieblos dorthin geschoben, ohne sich darum zu kümmern, ob man tatsächlich auch darauf sitzen konnte.

Amelie trat zu der Bank. Kritzeleien auf der Rückenlehne. Bestimmt von den Dorfjugendlichen von Pembroke, für die musste so ein Haus doch ein willkommenes Ziel für erste Knutschereien und wilde Mutproben sein.

Mittig war ein Herz eingeschnitten, darin R + S. Daneben weitere Herzchen, die meisten mit einem Edding aufgemalt. Jemand hatte das große, geschnitzte Herz durchgestrichen, immer wieder, und gerade dadurch war es noch auffälliger.

Sie ging zur Haustür. Dunkelblau wie die Fensterläden. Daneben ein Briefkasten, in dem sich totes Laub gesammelt hatte. Amelie steckte den Schlüssel ins Schloss. Sie atmete tief durch und öffnete die Tür zu ihrer eigenen Vergangenheit.

Sie stieß die Tür weit auf und betrat die Küche. Rechts lag ein kleiner Flur mit Treppe. Der Kühlschrank war uralt, vermutlich funktionierte er nicht mehr. Herd, Backofen. Hängeschränke, in denen sogar noch Geschirr stand, als wäre das Haus nie verlassen worden. Amelie entdeckte zwei Becher: Hahn und Henne, hellgelb glasiert. Ein Klassiker.

Sie erinnerte sich: In Berlin hatte sie sich lange geweigert, ihren Kakao zu trinken, weil der Becher nur schlicht weiß war. «Ich will Hahn und Henne!», hatte sie gerufen, immer wieder. Hatte sich in ihren Zorn hineingesteigert, bis Mama nachgab und mit ihr ins KaDeWe fuhr, wo sie in der Porzellanabteilung alles kaufte, was es von der Serie gab: Frühstücksbrettchen, kleine Tassen, große Becher, Müslischüsseln, Frühstücksteller. Erst danach war Amelie besänftigt. Die Einzelstücke standen noch heute in ihrem Schrank, auch wenn sie sie nicht mehr benutzte.

In den anderen Schränken fand sie eine Packung Cracker, eine Dose mit altem Kaffee und sehr viele Mäuseköttel. Amelie schüttelte sich ein bisschen und ging von der Küche in das Esszimmer zur Linken.

Die Möbel waren mit weißen Laken zugedeckt. Alte, schwere Möbel, wunderschöne Stücke. Bestimmt hatte ihre Großtante sich hier so eingerichtet, und niemand war danach auf die Idee gekommen, die Möbel gegen etwas Modernes auszutauschen. Amelie hob die Laken: Die Stühle waren durchgesessen. Mit ein bisschen Farbe und neuen Polstern wären sie wie neu. Ebenso der Tisch – man musste ihn nur abschleifen und neu lackieren.

Sie lachte. Schüttelte ein bisschen ungläubig den Kopf. Fing sie wirklich schon an, das Haus in Gedanken einzurichten?

Das Wohnzimmer ging auf die Terrasse hinaus. Ein Klavier stand in einer Nische, grässlich verstimmt. Daneben ein verrußter, offener Kamin, in dem noch die kalte Asche vom letzten Feuer lag. Unter den weißen Laken zeichneten sich die Silhouetten zweier Ohrenbackensessel und eines Sofas ab. Sie setzte sich probeweise aufs Sofa, und sofort bohrte sich ihr eine ziemlich unangenehme Feder in den Hintern. Viel zu tun, dachte sie.

Die kalte Asche barg noch Fetzen dessen, was jemand beim letzten Feuer verbrannt hatte, vermischt mit Staub und im Laufe der Jahre zu einer harten Masse erstarrt. Amelie kniete sich vor den Kamin. Sie fuhr mit den Fingern über das Mauerwerk. Auch das war ihr vage vertraut. Sie erinnerte sich, dass sie früher hier gekniet hatte. Als Vierjährige. Das hier war ihr Heim gewesen, daran bestand für sie jetzt kein Zweifel mehr.

Die Räume wirkten so viel kleiner als in der Erinnerung, der Erinnerung, die sie nicht fassen konnte, die so flüchtig war wie ein Gedankenspiel. Ein Gefühl nur, mehr nicht. Aber eines, von dem ihr ganz warm ums Herz wurde.

Vom Wohnzimmer, vorbei an den deckenhohen Bücherregalen, denen sie sich später widmen wollte, führte die zweite Tür in den kleinen Flur, den sie schon von der Küche aus gesehen hatte. Eine schmale Treppe nach oben, ein Bad (winzig, aber als sie den Wasserhahn aufdrehte, kam sauberes Wasser heraus, und sogar die Toilettenspülung funktionierte), eine verschlossene Tür.

Amelie runzelte die Stirn. Eine verschlossene Tür?

Am Schlüsselbund hingen noch zwei andere Schlüssel, und sie probierte beide aus. Keiner passte.

Na ja. Vielleicht fand sich der Schlüssel noch in irgendeiner Kaffeetasse oder unter der Fußmatte.

Sie stieg die Treppe hoch. Der Türsturz war so niedrig, dass Amelie den Kopf unwillkürlich einzog, und dahinter lag eine winzige, schmale Kammer. Zwei weitere Türöffnungen – die Türen hatte man ausgehängt – führten zu den Kinderzimmern unterm Dach.

Das eine war komplett ausgeräumt, die Böden mit Zeitungen ausgelegt, die Tapeten von den nackten Wänden gekratzt. Sie stand vor dem winzigen Mansardenfenster und starrte in die Ferne – den Küstenpfad entlang, auf dem an diesem sonnigen Sonntag mehrere Wanderer unterwegs waren. Nichts erinnerte mehr daran, dass hier vielleicht mal jemand gewohnt hatte, und wahrscheinlich war es schon zu ihrer Zeit unbenutzt gewesen.

Sie versuchte es mit dem anderen Zimmer. Die Tür war verzogen, sie musste sich mit aller Kraft dagegenstemmen. Muffige Luft strömte ihr entgegen, und die Gardine vor dem Fenster hing schief und war völlig verschossen, sodass man die kleinen, blauen Elefanten auf rosa Grund kaum mehr erkennen konnte. Unter der Dachschräge stand ein Bettchen, und der kleine Kleiderschrank stand offen, darin war eine Kiste mit Spielsachen.

Das war mein Zimmer, dachte Amelie. Wieder dieses Gefühl, diese Gewissheit, dass sie einst hier gelebt hatte. Manche Räume dieses Hauses sprachen sehr deutlich zu ihr, andere wiederum hüllten sich in Schweigen. Verschlossen war nur einer, vermutlich das Elternschlafzimmer.

Sie zog die rot lackierte, offene Holzkiste aus dem Schrank und stellte sie auf den Boden, legte Rucksack und Jacke ab, kniete sich vor die Kiste und begann, darin zu kramen. Ganz behutsam, als fürchtete sie, die winzigen Dinge darin könnten unter ihrer Berührung zerbrechen.

Eine kleine Puppe, etwa zwanzig Zentimeter groß, mit einem roten Kleid und winzigen, roten Plastikschühchen. Eine Kette aus billigen Plastikperlen, ebenfalls rot. Ein roter Gummiball, von dem sich trocken die oberste Schicht pellte. Ihr früheres Ich schien eine Schwäche für Rot besessen zu haben.

Eine Handvoll winzige Wäscheklammern, zu denen bestimmt

mal eine Kinderwäschespinne gehört hatte. Puppenkleidchen, zu groß für die kleine Puppe mit dem schwarzen Haar. Ein gefalteter Zettel, auf dem in krakeliger Kinderschrift «AMY» stand.

Sie war sicher, dass sie das nicht geschrieben hatte.

Schreiben hatte Amelie erst in der Schule gelernt, ebenso lesen. Das wusste sie deshalb noch so genau, weil sie sich im Kindergarten immer geweigert hatte, bei den spielerischen Übungen mitzumachen. «Ich heiße nicht Amelie», hatte sie getrotzt und gebockt, und die Erzieherin, die von allen Kindern Fräulein Gehrens genannt wurde, obwohl sie schon weit über fünfzig und verheiratet war, hatte sie immer wieder gefragt, warum das nicht ihr Name sei und warum sie ihn nicht schreiben wolle.

Hier hatte sie Amy geheißen. Jonathan nannte sie so, und ihre Großmutter hatte auch Amy geheißen. Und ihr kleines, kindliches Ich, das aus einer Welt herausgerissen worden war, hatte manche Dinge festhalten wollen. «Ich heiße nicht Amelie» – «Ich will Hahn und Henne!» – das alles waren Spuren ihrer Vergangenheit, die erst jetzt ein vollständigeres Bild ergaben.

Trotzdem waren da noch so viele Lücken.

Den Zettel verstaute sie in ihrem Taschenbegleiter. Dann stellte sie die Kiste zurück. Später, dachte sie. Irgendwann würde sie zurückkommen und dann hoffentlich mehr Antworten als Fragen haben.

Unten rüttelte sie noch einmal an der Schlafzimmertür. Nichts. Oder war das zweite Zimmer oben früher ein Schlafzimmer gewesen, und hinter dieser Tür lag nur eine Abstellkammer? Vielleicht konnte sie von außen durch das Fenster hineinschauen.

Sie umrundete das Haus noch einmal, doch viel verriet ihr der Blick durch das blinde Fenster nicht. Ein Doppelbett, ein wuchtiger Schrank, mehr war unter den weißen Laken nicht zu erkennen.

Was sollte sie nur mit diesem Haus anfangen? Jonathan hatte gesagt, es gehöre ihr. Und früher oder später durfte sie ohnehin damit machen, was sie wollte.

Ihre Hoffnung, hier vielleicht einen Unterschlupf zu finden, hatte sich jedenfalls zerschlagen. Zu viel Arbeit, zu viele Kosten waren damit verbunden – alle Räume einer Grundreinigung unterziehen, vermutlich alle Wände neu streichen, teilweise Möbel und Matratzen ersetzen. Und winterfest war das Haus auch nicht, das hatte Jonathan ja gesagt.

Später, beschloss sie. Das war ein Problem, dem sie sich später stellen konnte.

Erst mal musste sie sich wieder ihren vernachlässigten Lambtonschwestern widmen. Sie wollte ihrem Verleger schreiben und ihm ihre Probleme schildern.

Beim abendlichen Telefonat mit Michael spürte Amelie plötzlich, dass er ihr fehlte. Und sie sagte es ihm auch.

«Ich vermisse es, stundenlang mit dir am Küchentisch über wissenschaftliche Einzelfragen zu diskutieren.»

Sie hatte ihm einige Passagen aus Frannys Tagebüchern vorgelesen. Einträge, bei denen sie nicht sicher war, ob sie sich auf Anne bezogen.

Früher war's leichter, da wusste ich, wem ich diene. Die Herrin war gut zu mir, und sie hat mich reich beschenkt zum Abschied.

Amelie wollte diesen Teil in das Buch übernehmen, weil er Anne in ihren Augen sehr gut charakterisierte. Sie war großzügig, immer darauf bedacht, dass es allen Menschen in ihrer Umgebung gutging. Es passte zu Anne, für ein junges Mädchen zu sorgen, das nicht einmal ein ganzes Jahr in ihren Diensten gestanden hatte.

Für Michael waren die Hinweise zu dürftig, und sie hatten die letzten zehn Minuten hitzig diskutiert. Nicht gestritten, sondern sich eines dieser wohltuenden Wortgefechte geliefert, von denen beide profitierten. Amelie wusste, dass Michael ihre Entscheidung respektieren würde. Wenn sie den Satz als Beleg für Annes Güte mit aufnehmen wollte, wäre das für ihn absolut okay.

«Ich vermisse dich auch», hörte sie ihn jetzt sagen, und ihr wurde ganz eng in der Brust vor lauter Liebe. Wie hatten sie sich nur so jämmerlich überwerfen können? Eine Affäre, ein Fehltritt – etwas, das seit Monaten vorbei war. Und sie konnte es immer noch nicht loslassen, immer wieder kreisten ihre Gedanken darum.

«Komm zurück, Amelie.» Michaels Stimme klang gepresst. «Bitte. Wir kriegen das irgendwie hin, ja? Bisher haben wir doch immer noch alles geschafft.»

Dazu schwieg sie, denn egal, was sie hätte erwidern können, es hätte vorwurfsvoll geklungen.

«Ich weiß», sagte er leise. «Ich hab da ziemlich großen Mist gebaut.»

«Ja.» Tiefes Durchatmen auf beiden Seiten. «Das hast du wohl.» Und als ihr sein Schweigen zu lang wurde, fügte sie hinzu: «Ich hab heute Morgen meiner Mutter erzählt, dass sie Oma wird.»

«Hat sie sich gefreut?»

«Ich glaub schon …» Amelie runzelte die Stirn. Nein, eigentlich war ihr von dem Gespräch nur im Gedächtnis geblieben, wie aufgebracht ihre Mutter gewesen war, weil sie zu viele Fragen stellte. Weil sie mehr über Pembroke wissen wollte.

«Vielleicht muss sie sich erst an den Gedanken gewöhnen, bald Großmutter zu werden. Das ist für sie bestimmt ein einschneidendes Ereignis. Du weißt schon, als die Berufsjugendliche, die sie ist. Wir könnten ihr flache beigefarbene Schuhe zum Geburtstag schenken», schlug Michael vor.

Amelie musste lachen. Ihre Mutter hatte schon immer viel Wert darauf gelegt, niemals eine alte Frau in beigefarbener Einheitsuniform und mit Löckchen zu werden. Ein bisschen konnten sie sie ruhig damit aufziehen.

Sie telefonierten insgesamt eine halbe Stunde, und Michael fragte nicht noch mal, wann sie zurückkam. Er hatte ihren Wunsch nach Distanz offenbar akzeptiert und gab ihr den Raum, den sie brauchte.

Mitten in der Nacht riss das Klingeln ihres Handys sie aus dem Schlaf und aus Dans Armen. Verschlafen ging sie dran.

«Michael ...»

«Am. Bist du wach genug?» Er klang anders. Aufgeregt. Besorgt.

«Soweit ja.» Neben ihr regte sich Dan und schaltete das Licht auf dem Nachttisch an. Amelie kniff die Augen zusammen.

«Am, es ist deine Mutter. Sie ... das Krankenhaus hat hier gerade angerufen. Sie wurde gestern Abend eingeliefert. Mehr weiß ich auch nicht, mir wollen sie nichts sagen, ich bin ja kein direkter Angehöriger. Nur dass du dringend herkommen sollst, haben sie gesagt.»

Sie schüttelte den Kopf. Nein, nein, nein ...

«Ein Unfall?», hörte sie sich fragen, aber Michaels Antwort rauschte an ihr vorbei, sie hörte nur etwas von «Herz», «ernst», «kein Unfall», «sofort kommen».

«Schlechte Nachrichten?», fragte Dan, aber sie war völlig verwirrt, verhaspelte sich bei der Antwort an Michael, plötzlich sprach sie Englisch und schaute zugleich auf die Uhr, es war halb vier. Mitten in der Nacht.

«Ich komme», fügte sie hastig hinzu, auf Deutsch diesmal, und sie hörte Michael atmen, schwer atmen. Dann fragte er: «Bist du allein, Am?»

Sie antwortete nicht, denn was sollte sie schon sagen? Lügen? Dafür war sie nicht geschaffen. Die Wahrheit sagen? Die hatte hier keinen Platz, nicht jetzt, da sie um ihre Mutter fürchtete.

«Ich komme, so schnell ich kann.»

Auflegen, durchatmen. Dans Hand auf ihrem Rücken, behutsam. Sie ertrug seine Berührung nicht, fuhr ihn auf Deutsch an, er solle sie gefälligst loslassen. Und dann, nach zwei, drei Atemzügen, erzählte sie, was geschehen war.

«Ich such dir einen Flug raus.» Er stand auf, lief in Boxershorts und T-Shirt zum Schreibtisch in der Ecke, klappte sein Notebook auf. Sie fiel zurück aufs Bett, umklammerte ihr Handy und versuchte, das rasende Herz zu beruhigen.

Zu viel, dachte sie. Das ist doch alles zu viel für mich.

Die Zeiten waren schwer.

Obwohl von Beatrix jede Woche ein Umschlag mit Geld kam, wollte Anne sich kein zweites Mal darauf verlassen, dass jemand für sie sorgen würde. Sie dachte jetzt über jedes Pfund nach, ehe sie in den Gemischtwarenladen des Ortes ging. Franny, die ohnehin gut zu wirtschaften verstand, nahm zusätzliche Arbeiten für die reichen Bauern in der Gegend an. An den langen Abenden strickten und stickten sie. Für die Tochter eines Bauern, die sich zu einer Unachtsamkeit hatte hinreißen lassen, wie man es hier hinter vorgehaltener Hand nannte, und die daher schleunigst heiraten musste, fertigten die beiden Frauen im Dezember und Januar eine komplette Aussteuer.

Alice Munroe war eine verwöhnte unerträgliche Siebzehnjährige. Jeder zweite Satz fing an mit: «Wenn ich erst mal verheiratet bin», und jeder dritte enthielt einen versteckten Hinweis darauf, dass ihr Zukünftiger in direkter Linie von den Tudors abstammte. Sie kam jeden Tag kurz nach dem Mittagessen und blieb bis zum Tee. Anne war gezwungen, jeden Tag mit irgendwelchem Kuchen aufzuwarten, um Alice bei Laune zu halten. Das Mädchen ging jetzt schon in die Breite, obwohl man von seiner «Unachtsamkeit» noch lange nichts sehen konnte. Der arme Tudor-Nachfahre holte sich da ein lautes, dickes Kind ins Haus und würde seine Unvorsichtigkeit schon bald bereuen.

Ihre eigene Schwangerschaft verbarg Anne in diesen Wochen

so gut es ging, weil sie keine Lust hatte, mit Alice über Leiden und Zipperlein zu fachsimpeln. Außerdem ging es ihr gut. Sie hatte kaum Beschwerden, also gab es auch keine Notwendigkeit, dieses Kind zu thematisieren. Ihr genügte es, dass ganz London über sie sprach. Pembroke sollte sie am besten weitgehend ignorieren.

Sie hatte sich angewöhnt, schwarz zu tragen, allenfalls dunkelgrau oder dunkelbraun, die Kluft einer Trauernden. Das verhinderte allzu neugieriges Nachbohren, und wenn doch jemand fragte, legte sie in einer beschützenden Geste die Hand auf ihren Leib und erklärte, der Vater ihres Kindes sei leider verschieden. Man glaubte also bald, sie sei eine Witwe, die im fernen Pembroke Ruhe suchte. Und darum ließ man sie tatsächlich bald in Ruhe.

Alles Geld floss in ihre Schatulle, und nur widerstrebend gab sie etwas davon her, wenn Franny danach fragte. Dabei war ihre Dienerin wirklich sparsam. Wo Elise früher ein Pfund verlangt hatte, kam sie mit acht oder neun Schilling aus. Es gab die meisten Tage Eintopf, die Reste aufgewärmt am folgenden Tag, mit einer Scheibe Brot, das Franny einmal die Woche im örtlichen Backhaus backte. Sie stand oft schon zwei Stunden vor Anne auf, obwohl auch diese nicht gerade eine Langschläferin war, und zumindest die Stube konnten sie den Winter über leidlich warm halten. Was dann noch an Behaglichkeit fehlte, machten sie mit dickgefütterten Steppjacken und Schultertüchern wett. Die Finger arbeiteten sie sich warm.

So gingen die Wochen ins Land, und Anne versuchte, den Groll auf ihre Schwester hinunterzuschlucken. G- machte sie keinen Vorwurf. Er konnte nichts dafür, dass seine Frau ihn zwang. Anne wusste, die Duchess hatte ihn in der Hand, weil sie das Geld in die Ehe eingebracht hatte, während er einst nur ein verarmter Adeliger gewesen war. Erst mit der Heirat von Geld und Titel war G- zu einem der mächtigsten Männer seiner Zeit aufgestiegen.

Ihr blieb also nur, die Zeitungen aus London zu lesen, um zwischen den Zeilen zu ergründen, wie es ihm ging. Auf den Gesellschaftsseiten tauchte er inzwischen kaum mehr auf. Er brachte im Parlament Gesetzesentwürfe ein und machte sich stark für den Bau eines neuen Waisenhauses. Als sie das las, lachte sie bitter auf. Um die Waisen irgendwelcher Huren trug er Sorge, doch was aus seinem eigenen Bastard wurde, kümmerte ihn offenbar keinen Deut.

Niemand schien Interesse an der Zukunft ihres Kindes zu haben. Von Bee kamen Briefe, vorsichtig zunächst und später wieder forscher, in denen sie versprach, sich um alles zu kümmern. Anne konnte sich nur allzu lebhaft vorstellen, wie das aussehen würde. Vermutlich würde eine junge Familie, die sich schon immer ein Kind gewünscht hatte, ein sauberes, hübsches Baby übergeben bekommen – am besten noch garniert mit einer saftigen Zahlung, damit die Eltern dem Kind auf ewig verheimlichten, dass es eigentlich der Spross einer Adelsfamilie war.

Die Vorstellung, ihr Kind herzugeben, war Anne unerträglich. Sie wusste, dass es von ihr verlangt wurde, doch das machte es nicht besser. Sie wollte nicht loslassen.

Und während sie sich Tag für Tag über die Batisttischdecken und Servietten beugte und mit winzigen Stichen Monogramme einarbeitete, reifte in ihr ein Plan.

Das Kind würde im Mai kommen. Danach, so hatte Beatrix es Anne versprochen, durfte sie noch drei Monate in Pembroke bleiben. Mit dem Kind.

Anschließend sollte sie nach London zurückkehren und dort wieder in die Gesellschaft eintreten. Sir Cornelius hatte seine

Rückkehr nach England für den Frühherbst angekündigt, und er schrieb, er freue sich schon sehr, Anne wiederzusehen. Ihm und jedem anderen, der nach ihr fragte, erzählte Beatrix, Anne sei schwer erkrankt, befinde sich aber langsam auf dem Wege der Besserung.

Es gab für Anne kaum eine grausamere Strafe, als ihr Kind hergeben zu müssen. Schlimmer war nur, dass sie es erst lieben lernen sollte, um es dann herzugeben. War es dann nicht besser, es ihr sofort nach der Geburt zu entreißen, damit sie es niemals wirklich sah?

Sie wusste, es würde für dieses Kind und sie kein gemeinsames Leben geben. Dennoch: Sie wollte dieses Kind nicht aus den Augen verlieren. Ginge es nach all den anderen, die über ihr Leben bestimmten, würde sie sich abwenden und nie zurückblicken. Dann wäre dieses Jahr in Pembroke nur eine Episode ihres Lebens, an die sie später nur selten zurückdenken würde.

Aber sie wollte nicht nur ihre Spuren in diesem Dorf hinterlassen, sondern auch genau wissen, wie ihre eigenen Fußstapfen aussahen.

Franny war für sie die wichtigste Verbündete.

Als ihre Stunde gekommen war, stand die Dienerin ihr bei. Sie sagten niemandem, dass das Kind da war. Anne nannte die Kleine Antonia, wiegte sie im Arm und konnte sich nicht sattsehen an ihren Sturmaugen und dem blonden Flaum. Sie war eindeutig G-s Kind, das konnte keiner leugnen.

Glücklich drückte sie Antonia an sich. Küsste das Köpfchen und sog tief ihren Babyduft ein. Dann ließ sie sich von Franny Papier und Füllfederhalter bringen.

Sie musste ihrer Schwester erzählen, was passiert war.

Kapitel 17

Kein Mensch mochte Krankenhäuser. Jeder kannte Geschichten von Krankheit, Trennung und Tod, und jeder behielt sie lieber für sich.

Amelie hatte, solange sie sich erinnern konnte, kein Krankenhaus betreten. Sie hatte nicht einmal Freunde besucht – eine Entschuldigung fand sich immer, und sie schickte stattdessen reizende Pakete mit Büchern, Saft und Pralinenschachteln. Ihre Großmutter erfreute sich robuster Gesundheit und hielt nichts von solchen «Sterbeanstalten». Und so hatte sie das hier lange Jahre vermeiden können, ohne überhaupt zu wissen, dass sie es vermeiden wollte.

Und jetzt stand sie vor dem Seiteneingang der Charité, in die man ihre Mutter in der Nacht noch verlegt hatte, weil sich ihr Zustand bedrohlich verschlechtert hatte. Das wusste sie von Michael, der in den letzten Stunden unermüdlich am Telefon gehangen hatte, um sie auf dem Laufenden zu halten, seit sie am frühen Nachmittag völlig übernächtigt und zittrig aus dem Flieger gestiegen war. Der Flug hatte ihre letzten Geldreserven aufgebraucht.

Michael nahm sie in Tegel in Empfang, und unterwegs erzählte er ihr, was er von einer jungen Ärztin erfahren hatte. Ihre Mutter hatte eine schwere Herzattacke gehabt – keinen Herzinfarkt, keinen Schlaganfall, eine Attacke. Nur. Wobei die Attacke wohl erstaunlich heftig war, und am Morgen hätten einige Untersu-

283

chungen stattgefunden, die Ergebnisse lägen aber noch nicht vor. Im Moment sei ihre Mutter stabil und schlafe viel. Medikamente hielten sie ruhig.

Amelie fragte lieber nicht, woher Michael das alles wusste. Vermutlich hatte er gelogen und sich als ihr Ehemann ausgegeben. Sei's drum, dachte sie. Immerhin musste sie sich so nicht mehr zu Tode ängstigen, denn, das hatte die Ärztin Michael versichert, es sehe sehr gut aus für Amelies Mutter.

Jetzt stand sie vor dem großen Gebäude und konnte nicht weiter. Hinter jedem Fenster lauerten Leidensgeschichten, hinter manchem sogar der Tod. Unmöglich, da auch nur einen Schritt zu tun.

«Komm, Am.» Sanft schob Michael sie vorwärts. Seine Hand ruhte in ihrem Kreuz, und daran hielt sie sich innerlich fest. Als ob sie eine Marionette wäre, bei der ein Puppenspieler die Fäden zog. So hölzern bewegte sie sich, dass sie verwunderte Blicke trafen, als sie den Eingangsbereich durchquerten und den Fahrstuhl ansteuerten.

Die Kardiologie war riesig, ein Moloch im Moloch. Schwestern eilten auf quietschenden Gummisohlen von einem Zimmer zum nächsten, hinter einer Tür plärrte ein Fernseher. Bei jedem Geräusch zuckte Amelie zusammen. Michael nickte zu dem Desinfektionsspender direkt neben dem Fahrstuhl. Gehorsam trat sie hin. Die kühle Flüssigkeit benetzte ihre Finger, und sie verteilte sie gründlich. Der Gestank des Mittels war unerträglich. Fast wäre es schon an diesem Punkt mit ihrer Selbstbeherrschung vorbei gewesen. Aber sie zwang sich, weiterzugehen. Nur noch einen Schritt, und dann war da die Tür zu einem Zimmer. Die Nummer verschwamm vor ihrem Blick, die breite Tür ging auf, und dahinter standen zwei Betten. In einem lag ihre Mutter.

Sie blieb in der Tür stehen, keiner drängte sie. Mamas Gesicht war eingefallen und blass, beinahe blutleer, und ihre Hände fuhren unruhig über die Bettdecke. Die Sonne fiel schräg durch die Lamellen der Jalousie, es war später Abend.

«Sie schläft jetzt», sagte jemand hinter ihr, und als sie sich umdrehte, lächelte Grandpa. Begütigend. Beruhigend. Als wollte er Amy versprechen, dass alles wieder gut würde. Aber sie wussten beide, dass nichts mehr so sein würde wie vorher, und das tat so sehr weh, dass Amys Herz ganz hart wurde von so viel Schmerz.

«Amelie?»

Sie hörte einen tierischen Laut, ein Stöhnen. War sie das selbst gewesen? Sie suchte Halt an der Wand, ihre Knie wurden weich. Jemand packte ihren Arm und hielt sie fest, sonst wäre sie in diesem Moment vielleicht gestürzt. Vom Bett hörte sie die Stimme ihrer Mutter.

«Herrje, Kind! Michael, pass doch auf, sie fällt hin!»

Kurz verschwamm alles vor Amelies Augen. Dann schob Michael sie auf einen Besucherstuhl und drückte sanft ihren Kopf zwischen die Knie, damit das Blut hineinströmen konnte. Amelie hörte ihren eigenen Atem, schwer und keuchend. Ihr Herz hämmerte bis zum Hals.

Eine Panikattacke, dachte sie erstaunt. So fühlt sich das also an.

«Hol ihr ein Glas Wasser.»

Schritte. Wasser, das in ein Glas lief. Michael, der sich vor sie hockte und ihr das nasse Glas gab. «Geht es wieder?» Besorgt nahm er ihre rechte Hand, drückte das Glas in ihre Finger. Sie nickte, dankbar, weil sie etwas zu tun hatte. Sie trank ein paar kleine Schlucke und blickte dann auf.

Sie saß am Fußende des Bettes, in dem ihre Mutter lag. Das Kopfteil war fast senkrecht gestellt, und zu dem weißen, schicken Nachthemd trug Mama ein Bettjäckchen aus flaschengrüner Mohairwolle mit Rüschen. Dass sie es noch geschafft hatte, das ins Klinikköfferchen zu stopfen ...

Amelie ging ein Licht auf. Ganz winzig, ein zartes Flämmchen nur, aber sie begriff in diesem Augenblick etwas.

«Mama.» Sie stand auf, trat ans Bett und nahm die Hand ihrer Mutter. «Du siehst schon viel besser aus.»

Es stimmte: die rosige Gesichtsfarbe, die hübsch frisierten Haare – ihre Mutter sah aus, als habe sie sich gerade für den Besuch hergerichtet. Nicht wie eine Frau, die nach einem schweren Herzanfall langsam wieder zu Kräften kam. Die zahllose Untersuchungen über sich hatte ergehen lassen müssen und davon schrecklich müde war.

«Es geht mir auch schon viel besser», zwitscherte sie fröhlich. «Unglaublich, was die Medizin heutzutage alles kann. Du hingegen bist etwas blass um die Nase. Geht es dir nicht gut?»

Amelie zog die Hand zurück, die sie nach ihrer Mutter ausgestreckt hatte. Sie schaute auf ihre Schuhspitzen. «Ist wohl die Schwangerschaft», log sie.

«Du überanstrengst dich auch nicht? Schau, wenn du schon hier bist, könntest du gleich selbst vorstellig werden, in deinem Zustand. Oder warst du in Wales bei einem Arzt?»

Wie sie Wales sagte, ließ Amelie aufhorchen, aber sie hatte keine Kraft, sich gegen ihre Mutter aufzulehnen. Im Zweifel war Susel nämlich die Stärkere, und das wussten sie beide.

«Ich kümmere mich darum», versicherte Michael ihrer Mutter.

Darüber, was genau sie nun hatte, wollte Amelies Mutter nicht reden. Es werde ihr schon bald besser gehen, versicherte sie. Kein Grund zur Panik, aber es sei gut, dass Amelie jetzt hier sei, es gäbe ja auch einiges zu besprechen.

«Was gibt es denn zu besprechen?», fragte Amelie.

«Na, die Hochzeit?» Ihre Mutter zwinkerte Michael zu. Amelie drehte sich zu ihm um. Er wich ihrem Blick aus, und sie hatte das Gefühl, dass hier irgendwas vor ihr verheimlicht wurde. Dass sie nicht alles wusste.

Sobald sie das Krankenzimmer verlassen hatten, fragte sie ihn.

«Hatte dieser Blick gerade irgendwas zu bedeuten?» Noch immer war sie ganz zittrig von der Aufregung. Und der Panikattacke. Den Fetzen aus ihrer Erinnerung. Aber jetzt musste sie einen klaren Kopf behalten.

«Welcher Blick?»

«Ihr habt euch angesehen, als ob … heckt ihr da was aus?» Besser konnte sie es gerade nicht in Worte fassen.

«Aber nein. Bitte, Am. Du hast dich sehr aufgeregt in den letzten vierundzwanzig Stunden, tut mir leid. Wird das Beste sein, wenn du jetzt zur Ruhe kommst und dich ausschläfst. Du siehst müde aus», fügte er hinzu.

«Ich bin müde», gestand sie. Nicht, weil sie zu wenig Schlaf bekommen hatte, sondern vielmehr, weil sie zu viel Zeit zum Nachdenken gehabt hatte.

«Komm, wir fahren nach Hause.»

Amelie wollte dieses Krankenhaus möglichst schnell verlassen, denn sie fühlte sich hier beklommen. Aber jetzt blieb sie stehen. Michael war bereits aus dem Fahrstuhl getreten und steuerte den Ausgang an.

«Was ist?» Er drehte sich um.

Sie folgte ihm langsam und blieb mitten im Eingangsbereich stehen. Krankenschwestern, Besucher und Ärzte fluteten um sie herum wie Brandung um einen Fels. Leider fühlte sie sich gar nicht so.

«Nach Hause? Wo ist das?» Sie wusste, die Frage klang blöd. Ihr Zuhause war die große Villa im Wunschgarten, ihre Heimat war das Zimmer, in dem sie am Buch geschrieben hatte. Ihre Zuflucht waren die Küche, das Schlafzimmer, die Bäder und all die anderen Zimmer, denen sie noch keine Funktion zugewiesen hatten, von denen aber zumindest eines bald Kinderzimmer werden sollte.

«Bei mir.» Michael kam zu ihr, blieb stehen und sah sie an. Prüfend. Er nahm nicht ihren Arm, versuchte auch nicht, sie mit sich zu ziehen, sondern ließ ihr Luft zum Atmen und Platz, die richtige Entscheidung zu treffen. «Oder möchtest du lieber woandershin? Ich kann dich in ein Hotel bringen, wenn dir das lieber ist.»

So viel Verständnis, so viel Zärtlichkeit. Sie brach unvermittelt in Tränen aus.

Jetzt nahm er doch ihre Hand, führte sie aus dem Gebäude und etwas abseits im Garten zu einer Bank. Zwei Bänke weiter saß eine alte Frau im Bademantel, die Sauerstoffflasche neben sich, und zog an einer Zigarette, hastig und ohne rechten Genuss.

Michael reichte Amelie ein Päckchen Taschentücher und ließ sie weinen. Seine Hand streichelte beruhigend ihren Rücken. «Du könntest auch in die Wohnung deiner Mutter fahren», schlug er vor. «Ich hätte dich aber lieber bei mir.»

Auf die Idee war sie noch gar nicht gekommen. In der Wohnung ihrer Mutter würde sie in den Schränken und Regalen vielleicht Hinweise auf ihre Vergangenheit finden.

Aber es wäre nicht recht. Sie wollte alles erfahren, keine Frage – aber ihre Mutter sollte es ihr erzählen.

Vielleicht brauchten sie beide dafür noch etwas mehr Zeit.

«Ich komm mit nach Hause», beschloss sie, und Michael strahlte sie an, als hätte sie gerade verkündet, dass die Krise vorbei wäre, dass sie heimkehrte, ihn heiratete und alles gut würde.

Dan hatte sich um alles gekümmert.

Er hatte den Flug gebucht, einen Zug herausgesucht und wieder verworfen. Hatte Butterbrote geschmiert, zwei Thermoskannen Tee gekocht, Amelie beim Packen geholfen und schließlich einen Kollegen angerufen, der ihn an diesem Montag in der Apotheke vertreten würde. Um kurz nach sechs waren sie nach Heathrow aufgebrochen.

Er fragte nicht, ob er Amelie begleiten solle. Er behauptete nicht, alles werde schon wieder in Ordnung kommen. Nur manchmal, wenn sie auf der fast leergefegten Landstraße gen Osten brausten, nahm er die Hand vom Schaltknüppel, suchte die ihre und hielt sie, während Amelie die Augen schloss, den Kopf von ihm abwandte und versuchte, etwas Schlaf nachzuholen.

Die Geborgenheit, die sie bei ihm gefunden hatte, stellte keine Fragen, gab aber auch keine Antworten. Als sie sich am Flughafen verabschiedeten, gab er ihr seine Handynummer. Sie umarmten sich, und sie vergrub die Nase an seiner Schulter, nahm seinen Duft in sich auf und versuchte, ihn nicht zu vergessen.

Er hatte nicht mal gefragt, ob sie wiederkäme. Er forderte nicht, er ließ sie einfach ziehen. Sollte sie irgendwann das Bedürfnis verspüren, wieder zu ihm zu fahren, wäre er dort, wo er immer war. Selbst wenn Monate vergehen sollten, ehe sie nach Pembroke zurückkehren konnte.

Das Haus – ihr Heim – war fremd und so vertraut. Als sie am frühen Abend in die Einfahrt fuhren, hing der Geruch nach Grillanzünder, Kohle und gebratenem Fleisch in der Luft. Aus den angrenzenden Gärten klangen Gelächter und das Kreischen der Kinder. Eine Schaukel quietschte, wie sie schon letzten Sommer gequietscht hatte.

«Willkommen daheim.» Er lächelte verlegen.

Das Haus war sauber und aufgeräumt. Die ordnende Hand einer Frau – einer *anderen* Frau –, die das offenbar viel besser zustande bekam, als Amelie es konnte. «Ich hab uns eine Putzfrau gesucht», sagte er. «Das ist für dich bestimmt auch eine Entlastung.»

Sie nickte und durchschritt die einzelnen Räume. Küche, Wohnzimmer, Bibliothek. Ihr Arbeitszimmer. Die Tür war geschlossen, als wäre dieser Raum für Besucher tabu.

Michael brachte das Gepäck nach oben. Ob sie essen wolle, fragte er, und sie nickte, ja. Hunger hatte sie, und selbst wenn nicht, wäre es vernünftig, etwas zu essen, und sei es nur eine Kleinigkeit. Ihr Körper reagierte empfindlich, wenn sie Mahlzeiten ausfallen ließ.

Während Michael oben war, schrieb sie auf dem Handy eine Textnachricht an Dan.

Bin gut angekommen.

Keine Minute später blinkte auf Englisch seine Antwort auf: *War das deutsch für ‹Du bist angekommen›? Gut? Alles in Ordnung?*

Sie lachte etwas verunsichert. Es dauerte nur wenige Stunden, die eine Sprache zu verlieren und sich wieder ganz in der anderen zu Hause zu fühlen.

Inzwischen wusste sie immerhin, warum ihr die englische Sprache zuflog.

Nichts in Ordnung. Sie löschte den Satz. Stattdessen schrieb sie: *Es ist kompliziert.*

Wenn du mich brauchst, komme ich. Sag einfach Bescheid.

Er fragte nicht, er verlangte nichts. Er bot ihr an, was auch immer sie brauchte, und mehr als das. War nicht beleidigt, wenn sie es allein schaffen wollte. Sie hatte abgewiegelt, als Dan anbot, sie zu begleiten. Das wollte sie von ihm nicht verlangen, und es wäre auch nicht der rechte Moment. Was sie hatten, war …

Ja. Auch kompliziert.

Aber was hatten sie überhaupt? War das eine Affäre? Eine innige Freundschaft? War es mehr? Oder einfach nur ihre kleine Rache an Michael, von der er nie etwas zu erfahren brauchte? Band sie sich emotional an Dan, weil es im Moment einfacher war, für einen faktisch Fremden etwas zu empfinden statt für den Mann, der sie so bitter enttäuscht hatte?

«Alles okay?» Michael polterte die Treppe herunter, er war gut gelaunt. Kein Wunder: Sie war wieder hier, stand auf den Schachbrettfliesen im großen Flur, klammerte sich an das Smartphone wie eine Ertrinkende. «Du bist ein bisschen blass. Ist aber vermutlich nichts, das sich mit einem ordentlichen Butterbrot nicht wieder in Ordnung bringen ließe, oder?»

Er hatte frisches Bauernbrot, Salzbutter, guten Käse, Radieschen und Tomaten vom Wochenmarkt, Schnittlauch von der Fensterbank. Amelie war ein bisschen neidisch. Wenn sie sich um die Haushaltsdinge kümmerte, war nie alles so reichhaltig vorhanden. Oder hatte Sabina dafür gesorgt?

Schon schmeckte das Brot wie Sägemehl.

«War sie oft hier?», fragte sie und legte die Scheibe zurück auf den Teller.

«Sabina, meinst du?» Wenigstens versuchte er nicht mehr, ihr ständig auszuweichen.

Beklommen nickte sie.

«Zweimal, dreimal. Wir haben viel geredet. Wie wir uns die Zukunft vorstellen.»

«Und wie stellt ihr sie euch vor?» Sie würgte an den Worten.

«Jedenfalls nicht gemeinsam, das haben wir schnell eingesehen. Nicht nur ... Also, vor allem, weil ich es nicht wollte. Für sie wäre es eine Option gewesen, mit mir zusammen ...»

Er verstummte.

«Bist du bitte ehrlich? Michael?»

Sein Blick traf sie. So schuldbewusst und zugleich verletzlich. «Es tut mir leid. Ich dachte ... es gab da eine kurze Zeit. Nicht lange. Einige Stunden nur, aber ... Ich finde, wir sollten einfach absolut ehrlich zueinander sein, oder nicht? Also, das war am zweiten Abend nach deinem Verschwinden, da kam sie her, und wir redeten, und ... Ich weiß nicht, was das war, vielleicht war ich einfach erschöpft und verzweifelt. Du hast mir so sehr gefehlt.»

Sie wartete schweigend.

«Wir haben rumgesponnen, wie eine Zukunft aussehen könnte. Gemeinsam, mit ihr und dem Kind hier ... Es war nur ... Ich weiß nicht.» Er senkte den Kopf. «Mach es mir doch nicht so verdammt schwer, Amelie.»

Jedes Wort, das sie hätte sagen können, war wie Staub in ihrem Mund. Sie trank die Apfelschorle, knallte das Glas auf den Tisch. Nahm das Brot auf die Hand und schob geräuschvoll den Stuhl zurück. «Ich will jetzt allein sein», erklärte sie.

«Ja, natürlich.» Seine Schultern sackten nach vorne, die Hände ruhten in seinem Schoß. Als Amelie sich an ihm vorbeischob, blieb sie stehen. Ihre Hand verharrte über seiner Schulter, aber sie brachte es nicht über sich, ihn zu berühren. Es war alles nicht richtig. Sie waren einander in so kurzer Zeit schrecklich fremd geworden.

Nicht mal über ihre Mutter konnten sie reden, ohne dass die gegensätzlichen Meinungen aufeinanderprallten wie zwei Gewitterfronten über der Stadt.

Drei Tage zurück in Berlin, und Amelie hatte das Gefühl, in

einem Käfig zu stecken, mit gläsernen Gitterstäben und allem, was ihr kleines Herz begehren konnte.

Er umsorgte sie. Fragte mehrmals täglich, ob sie etwas brauchte. Kam früh von der Uni zurück, brachte Kuchen mit, kochte Abendessen und kümmerte sich um Haushalt und Wäsche. «Du musst dich schonen», damit erstickte er jedes Aufbegehren im Keim. Sie fuhren täglich zu ihrer Mutter ins Krankenhaus, und er ließ Amelie mit ihr allein, weil er wohl glaubte, die beiden hätten sich viel zu sagen.

Tatsächlich war dies die anstrengendste halbe Stunde des Tages, weil Amelie sich jede Frage verkniff. Sie verdächtigte Mama, ihr und allen anderen etwas vorzuspielen mit dem Seufzen, mit dem leidenden Blick und den schleppend vorgetragenen Klagen, es ginge ihr ja gar nicht gut, sie müsse wohl doch noch etwas länger bleiben.

Am dritten Tag aber musste sie zugeben, dass alles in Ordnung sei, man würde sie am nächsten Tag entlassen.

Amelie, die schon zwanzig Minuten quälenden Smalltalk über sich hatte ergehen lassen, horchte auf. «Aber ich dachte, dieser Herzanfall war lebensgefährlich? Wie können sie dich da schon wieder laufen lassen?»

«Ach, so schlimm war das gar nicht.» Mama machte eine wegwerfende Handbewegung. «Guck, es geht mir schon viel besser.»

Amelie runzelte die Stirn. «Doch, Mama. Das hat Michael am Telefon gesagt. Lebensbedrohlich, ich weiß es ganz genau.»

Ihre Mutter blickte beiseite.

«Mama? Was ist hier los?»

«Aber ich dachte, du kommst nie wieder!», brach es aus ihrer Mutter hervor. Sie war noch nie eine gute Lügnerin gewesen.

293

Schon früher hatte sie selten bis Weihnachten für sich behalten können, was Amelie geschenkt bekam. Spätestens am 23. hatten sie schon beschert. «Und Michael war auch in Sorge. Wir dachten ...»

Amelie schloss die Augen und schüttelte den Kopf. «Das ist nicht wahr, oder? Du hast das vorgetäuscht?»

«Ich hab nur ein paar Tage meine Medikamente vergessen», verteidigte sich ihre Mutter. «Die Aufregung. Du warst irgendwo verschollen, schwanger – wer weiß, was dir dort hätte passieren können!»

Amelie stand auf. Sie ertrug es nicht einen Augenblick länger, mit ihrer Mutter in einem Raum zu sein. Aber eine Frage hatte sie noch.

«Es hat nichts mit Pembroke zu tun, oder?», fragte sie leise.

Die Miene ihrer Mutter war für Amelie wie ein offenes Buch. Sie bemerkte dieses winzige Zucken. Wie der Blick zur Seite und nach unten huschte.

«Was ist denn mit Pembroke?»

«Tu nicht so. Du weißt genau, was dort passiert ist.»

Jedes Wort ein Peitschenhieb. Amelies Mutter starrte sie entsetzt an, als könnte sie nicht glauben, dass sie immer noch bei ihr saß, obwohl sie Bescheid wusste.

«Hättest du nicht gedacht, was? Dabei hat Michael dir doch alles erzählt, oder? Dass ich bei Grandpa war? Wir haben uns das Familienalbum angeschaut, weißt du? Ich hab sie alle gesehen – meine Urgroßeltern. Die vielen Menschen, die meine Familie sind. David. Reginald. Amy. Amy! Wieso hast du mir meinen Namen genommen? Wieso mussten wir damals fortgehen, Mama? Und wo ist mein Vater jetzt?» Ihre Stimme wurde laut.

«Kind …» Ihre Mutter wurde blass. Sie griff sich ans Herz, die linke Hand tastete auf der Bettdecke nach dem Rufknopf. «Bitte, ich …»

«Ich will Antworten. Du hast mich hergelockt, weil …» Sie spürte die Tränen, fuhr wütend herum und stürmte aus dem Zimmer. Zwei Schwestern kamen über den Gang gelaufen, sie verschwanden im Zimmer ihrer Mutter. Michael, der ein Stück weiter im Wartebereich gesessen und eine Fachzeitschrift gelesen hatte, sprang auf.

«Alles in Ordnung?»

«Bestens!», fauchte sie. Jetzt lief noch eine Ärztin vorbei und verschwand hinter der beigefarbenen Tür. «Ich will gehen.»

«Ist mit deiner Mutter alles in Ordnung?»

Amelie stürmte an ihm vorbei. Sie bekam Beklemmungen von diesem verfluchten Krankenhaus, ohne genau zu wissen, woher dieses Gefühl kam.

Sie wollte Antworten. Und im Moment gab es nur einen Ort, wo sie diese Antworten bekam.

Meine liebe Bee,

verzeih, ich habe mich ein paar Tage nicht gemeldet. Tatsächlich ist nun schon über eine Woche ins Land gegangen seit meinem letzten Brief.

Hier in Wales sind die Frühlingsmonate feucht und kalt, und mich plagen schon seit Tagen Rückenschmerzen, die ich zunächst auf die kalte Nässe schob. Bis ich vor drei Tagen morgens aufwachte und die Schmerzen plötzlich so schlimm waren, dass für mich kein Zweifel mehr bestand, was mit mir geschah.

Dir dies zu schreiben fällt mir nicht leicht, denn meine schwere Stunde war auch die schwerste meines bisherigen Lebens. Ich habe G-s Tochter zur Welt gebracht, nur, um sie schon am nächsten Tag begraben zu lassen.

Sie war ein wunderschönes Kind, zart und wunderhübsch. Die Haare blond. Die Augen hat sie nicht geöffnet, ich stell mir aber gern vor, dass auch sie wie die ihres Vaters waren. Sie lag noch warm von meinem Leib und innerlich schon kalt in meinen Armen. Franny musste sie mir fast mit Gewalt entreißen, weil ich sie nicht loslassen wollte.

Nun liege ich hier, und der Schmerz ist zu groß, um die richtigen Worte zu finden. Ich habe sie auf den Namen Antonia taufen lassen, bestattet wurde sie aber anonym, das hielt ich für klüger.

Ich hoffe, in deinem Sinn gehandelt zu haben.

Die nächsten Monate bin ich also das, was du überall erzählst: krank. Ich bin krank vor Kummer. Bitte, lass mich noch ein Weilchen hierbleiben. Ich komme zurück, ich werde Sir Cornelius heiraten, und alles wird so sein, wie du es dir gewünscht hast. Aber gib mir die Zeit, mich von meinem Kind und der Liebe meines Lebens zu verabschieden.

Deine Bumble.

Kapitel 18

Der Schlüssel lag unter der Fußmatte. So viel Vertrauen in die Menschheit gehörte im Grunde bestraft. Amelie schloss die Wohnungstür auf und schob sie behutsam hinter sich zu. Bloß keinen von den Nachbarn aufschrecken, nachher riefen die noch die Polizei. In diesem Haus achteten die Leute aufeinander, viele wohnten schon seit über zwanzig Jahren hier.

Sie ging zuerst ins Wohnzimmer. Der wuchtige Schrank reichte bis unter die Decke, ein scheußliches Monstrum. Relikt jener Zeit, als in jedem Wohnzimmer so ein Ding stand und alles barg, was eben zu einem Hausstand gehörte: das gute Sonntagsgeschirr, das Silberbesteck, Glückwunschkarten zur Hochzeit, zur Taufe und zu anderen Familienanlässen, alles fein gebündelt. Liebesbriefe, alte Tagebücher, Tischdecken und Videokassetten.

Sie ließ zuerst die Jalousie herunter und schaltete das Licht ein. Dann begann sie mit der Suche.

Im Grunde wusste sie nicht, was genau sie zu finden hoffte. Irgendwas. Vielleicht eine Erklärung. Fotos, Briefe, Zeitungsausschnitte. War das nicht immer so? Stolperte in solchen Geschichten die Heldin nicht zufällig über Beweise für ein altes Familiengeheimnis, das zu schrecklich war, als dass man darüber reden konnte?

Hier gab es nichts dergleichen. Amelie fand alte Fotoalben, doch die umfassten die Zeit bis vier oder fünf Jahre vor ihrer Geburt und setzten erst zehn Jahre später, nach ihrer Rückkehr nach Deutschland, wieder ein. Dazwischen fehlte ein ganzes Jahrzehnt – ausradiert, vom Radar der Familienerinnerung getilgt.

Was war nur so Schlimmes geschehen, dass keiner der Beteiligten ein Wort darüber verlor? Warum wollten sie es für sich behalten?

Am Ende fand sie nur das Familienstammbuch. Darin ihre Geburtsurkunde. Keine Heiratsurkunde.

Dabei hatte Jonathan doch gesagt, dass Susanne und David verheiratet gewesen seien.

Amelie schaute sich die Geburtsurkunde genauer an. Sie kannte das Dokument natürlich. Früher hatte sie es immer mal wieder gebraucht, zuletzt für ihre Anmeldung zur Masterprüfung. Das zuständige Standesamt war hier in Berlin, aber als Geburtsort war angegeben: Pembroke.

Warum nur war ihr das bisher nie aufgefallen? Und warum hatte sie nie danach gefragt? Sie schloss das Familienbuch und legte es zurück in die Schublade.

Im Schlafzimmer hatte ihre Mutter einen Sekretär stehen, der immer abgeschlossen war. Schon als Kind hatte dieses Möbel auf sie eine ungeheure Anziehungskraft ausgeübt. Manchmal, wenn sie allein war, hatte sie versucht, es zu öffnen. Stundenlang hatte sie mit einer Haarnadel in dem Schloss gewühlt, hatte die halbe Wohnung auf der Suche nach dem Schlüssel auf den Kopf gestellt.

Diesmal holte sie aus der Küche ein langes Messer, um das Schloss mit Gewalt aufzubrechen. Ihre Geduld war zu Ende. Verdammt, ja, sie würde sich später schäbig fühlen, weil sie ihre Mutter hinterging. Die Kerbe, die sie in das zarte Kirschholz grub, würde sie immer daran erinnern.

Der Sekretär enthielt Briefe, Postkarten, Fotos. Erinnerungen. Amelie zog den Stuhl heran und begann, in den Sachen zu kramen – ganz vorsichtig und, wie sie sich einredete, mit viel Respekt vor der Privatsphäre ihrer Mutter. Es ging sie nichts an, was in den letzten 25 Jahren passiert war. Aber es ging sie sehr wohl etwas an, was davor geschehen war.

Schließlich fand sie, wonach sie suchte – ganz hinten, in einem braunen Briefumschlag, steckte ein halbes Dutzend Postkarten. die Amelie vorsichtig heraus zog. Sie waren vollkommen vergilbt. Die Motive waren: Paris. Stockholm. Rom. Wieder Paris. New York und zu guter Letzt Hamburg.

Die Schrift war krakelig und unleserlich, verfasst waren die Karten auf Englisch.

> *Liebe Susan,* stand auf der ersten. Sie war aus Paris abgeschickt worden. *Die Stadt der Liebe, und ich hasse es hier. Bleibe noch vier Tage, danach geht es weiter. Grüße an die Familie! Dein . . .*

Der Name war mit einem einfachen Buchstaben abgekürzt, einem D oder B oder R, so genau wusste Amelie das nicht zu sagen, beschloss aber nach dem Studium der anderen Karten, dass es sich um ein D handeln musste. Die Postkarten waren auf die frühen achtziger Jahre datiert. Als sie selbst noch ganz klein war.

Und hatten bis zuletzt Zweifel bestehen können, dass Jonathans Version der Geschichte stimmen könnte, wurden sie jetzt ausgeräumt. Adressiert war die Karte an *Susan Bowden, 45 Main Street, Pembroke, U.K.*

Sie zitterte. Jetzt hielt sie den Beweis in Händen für etwas, das sie vorher nur als eine Möglichkeit in Betracht gezogen hatte: Ihre Mutter hatte sie all die Jahre belogen. Hatte ihr die Vergangenheit verschwiegen, einen großen Bogen darum gemacht.

Sie hatte Amelie die Kindheit in Pembroke einfach gestohlen.
Aber warum?

Sie las die anderen Karten. Aus Rom schrieb ihr Vater, es sei
zu heiß, er sehne sich nach dem kühlen Meer von Pembroke.
Grüße an die Familie. Aus Hamburg schrieb er, dass der Hafen
wunderschön sei: John hätte Spaß daran. Aus Stockholm schrieb
er von hellen Nächten und sprach seine Sehnsucht nach daheim
aus. Alle Karten waren voller Sehnsucht nach daheim, aber sehr
kontrolliert, sehr versteckt war dieses Sehnen. Wie ein Code, den
nur die beiden Liebenden verstanden.

Sie packte die Karten zurück in den Umschlag, räumte alles andere wieder an Ort und Stelle und schloss den Sekretär. Man sah,
wo sie das Schloss beschädigt hatte, aber falls ihre Mutter sie zur
Rede stellte, würde Amelie damit kontern, dass sie als werdende
Mutter endlich erfahren musste, woher sie kam.

Ihre Schwangerschaft war ihre stärkste Waffe.

Am nächsten Tag wurde ihre Mutter aus dem Krankenhaus entlassen. Michael fuhr sie nach Hause. Amelie entschuldigte sich.
Die Ausrede, es ginge ihr nicht gut, war nicht mal gelogen. Ihr
war schwindelig, und sie hätte den ganzen Tag nur schlafen können.

«Sie hat wieder mit unserer Hochzeit angefangen», sagte Michael, als er zurück war. «Ob wir im August oder September...»

Das waren nicht mal mehr drei Monate.

«Ich weiß nicht», sagte Amelie. Sie setzte sich auf. Michael ging
langsam durchs Wohnzimmer und ließ sich in den Sessel fallen.
«Was denkst du?»

Er zuckte mit den Schultern. «Ich hab nichts dagegen.»

Sie hätte nicht fragen dürfen. Amelie räumte die Bücher weg,

die sie aus dem Regal gezogen hatte, weil sie glaubte, die Müdigkeit ließe sich durch spannende Lektüre vertreiben.

«Ich bin noch nicht so weit.»

«Das verstehe ich», versicherte er ihr.

Am Nachmittag hatte sie dann ihren ersten Vorsorgetermin
beim Frauenarzt. Michael bestand darauf, sie hinzufahren, das
ließ sie zu, weil sie sich ein bisschen zu schlapp fühlte, um selbst
zu fahren. Aber dann musste er im Auto warten. Sie wusste,
leicht machte sie es ihm nicht. Aber im Moment wollte sie vor allem, dass es für sie selbst irgendwie erträglich war. Und ihn neben
sich zu haben, während sie das erste Mal das kleine Wunder auf
dem Ultraschall bestaunte, kam einfach nicht in Frage.

Die Praxis von Dr. Troban lag im Erdgeschoss seiner wunderschönen Zehlendorfer Villa inmitten eines großen, verwilderten
Gartens. Die Räume waren hell und hoch, die Helferinnen allesamt hübsch und freundlich. Dr. Troban selbst war inzwischen
über sechzig, die Haare ergraut, die Augenbrauen buschig. Sie
mochte seine Art, die so freundlich und bestimmt war.

Alles sei in bester Ordnung, versicherte ihr der Arzt, nachdem
er sie gründlich untersucht hatte. Sie müsse sich nicht sorgen und
solle einfach so weitermachen wie bisher. Nur ihr Blutdruck sei
ein wenig zu hoch. «Haben Sie Stress?»

Sie brach in Tränen aus.

«Na, na», murmelte Dr. Troban. Er beugte sich vor und tätschelte ihre Hand. Als Nächstes drückte er ihr ein Papiertaschentuch
zwischen die Finger und ließ ihr Zeit, sich auszuweinen, obwohl
sie wusste, dass sein Wartezimmer voll war. Vermutlich war er
gefühlsduselige Schwangere gewohnt, und so was brachte ihn gar
nicht mehr aus der Ruhe.

«Es ist nur so ... viel», seufzte sie schließlich. «Mein Freund und ich … er wird in Kürze schon Vater, da war was mit einer Kollegin. Meine Mutter ist krank. Sie hat mich all die Jahre belogen, verstehen Sie? Nie hat sie mir etwas über meinen Vater erzählt, und jetzt stoße ich rein zufällig auf meine Vergangenheit, und immer noch weigert sie sich, mit mir über ihn zu reden.»

«Und Sie wollen natürlich Antworten, weil Sie selbst bald Mutter werden.»

«Ist das denn so schwer zu verstehen?», begehrte sie auf.

Außerdem gibt es da einen Mann, den ich sehr vermisse, dachte sie. Aber das darf ich mir gar nicht erst eingestehen. Dann wird das Leben ja noch komplizierter.

«Natürlich verstehe ich Sie. Aber Ihre Mutter hat bestimmt gute Gründe dafür, dass sie sich nicht auf diese Diskussionen einlässt. Manches geht selbst die Kinder nichts an.»

«Auch wenn es meine eigene Vergangenheit ist? Es geht um meinen Vater, den ich nie kennenlernen durfte.»

Dr. Troban zögerte. «Ich kann mir da kein Urteil erlauben», meinte er. «Aber wie gesagt, manchmal gibt es eben gute Gründe.»

Amelie musste wieder an die Panikattacke denken, die sie beim Betreten des Krankenhauszimmers bekommen hatte, in dem ihre Mutter gelegen hatte. Sie hatte wirklich geglaubt, Jonathan stünde hinter ihr. Grandpa, so hatte sie ihn genannt.

«Kann es sein, dass ein Kind die Erinnerung an alles verliert, das vor einem bestimmten Zeitpunkt passiert ist?», fragte sie. «Und kann man diese Erinnerungen irgendwie … zurückholen?»

«Hm», machte Dr. Troban. Er lehnte sich zurück. «Ein Trauma kann das verursachen. Wenn Sie etwas Schreckliches erlebt haben als Kind …»

«Das weiß ich eben nicht. Ich vermute es nur.»

«Vielleicht sollten Sie mal einen Psychologen aufsuchen. Ich gebe Ihnen die Adresse eines Kollegen, der kann Sie vielleicht kurzfristig empfangen.» Er suchte aus dem Rollodeck auf seinem Schreibtisch ein Kärtchen und schrieb ihr die Nummer auf. «Professor Dr. Christian Vögedes. Eine Koryphäe auf seinem Gebiet.»

«Vielen Dank.» Eigentlich hatte Amelie keine Lust, sich plötzlich von einem Psychodoc in den Kopf schauen zu lassen, ohne zu wissen, was sie da erwartete. Vielleicht sollte sie lieber zurück nach Pembroke. Dort warteten nicht nur die Arbeit an ihrem Buch, sondern auch die Erinnerungen.

Und Dan.

Michael telefonierte, als sie zu ihm ins Auto stieg. Er beendete das Gespräch hastig.

«Und?», fragte er neugierig. «Hast du ein Foto?»

Sie gab ihm das Ultraschallfoto. Es rührte sie, wie andächtig er es betrachtete. «Wunderschön», behauptete er, obwohl man noch gar nicht viel erkennen konnte. Vermutlich könnte er ihr Kind und Sabinas überhaupt nicht voneinander unterscheiden, wenn sie ihm das andere Ultraschallbild zeigte.

Schließlich gab er ihr das Foto zurück, und sie legte es in ihren Taschenbegleiter, ohne noch einmal einen Blick draufzuwerfen.

«Fahren wir zu deiner Mutter?», fragte er. «Sie will das Foto bestimmt auch sehen und ...»

«Michael.» Amelie unterbrach ihn beinahe wütend. «Ich möchte im Moment mit Mama nicht so viel zu tun haben.»

Er hob nur die Augenbrauen und fragte nicht nach. Immerhin.

«Solange sie nicht auf meine Fragen antwortet, habe ich ihr nichts zu sagen.»

«Du machst damit im Grunde das Gleiche wie sie. Ist aber natürlich deine Entscheidung», gab er sich friedfertig.

«Wie meinst du das?»

«Du enthältst ihr die Familie vor. Deine Familie. Dasselbe hat sie auch gemacht, ja. Okay. Aber sie wird Gründe dafür haben.»

«Ich glaub einfach, dass ihre Herzgeschichte nicht mehr ist als eine ... Übertreibung.»

«Sie simuliert, willst du das damit sagen?»

Sie seufzte. «Nein. So meine ich das nicht. Ich glaube schon, dass sie Herzrasen bekommen hat, dass es ihr schlechtging und so weiter.» Sie machte eine unbestimmte Bewegung, die Michael mit der rechten Hand nachahmte, während er mit der Linken lässig den Wagen durch den nachmittäglichen Verkehr lenkte. «Und dann hat sie das alles etwas übertrieben. Es schlimmer dargestellt, als es tatsächlich ist, damit ich aus Pembroke zurückkomme.»

«Ich hab auch nichts dagegen, dass du wieder hier bist.»

Natürlich nicht. Alle waren froh und glücklich, Amelie war wieder daheim. Jetzt war der richtige Moment gekommen, um das Kinderzimmer zu renovieren, erste Babysachen zu kaufen und all das zu tun, was junge, werdende Mütter eben tun mussten.

Heiraten, wenn sie es nicht schon längst getan hatten, zum Beispiel.

«Ich weiß nicht, ob ich bleiben kann», wisperte sie mit abgewandtem Kopf. Hatte er sie gehört? Es war im Grunde egal, denn er hatte ja beschlossen, wie es weiterging: Kinderzimmer renovieren. Bärchentapete kleben. Möbel kaufen. Hochzeit im September, wie es die ganze Zeit geplant gewesen war.

Offenbar konnte sie jetzt gar nichts mehr entscheiden. Denn jetzt musste es allein um das Wohl des Kindes gehen, nicht wahr?

Etwas am Brief ihrer Schwester ließ Beatrix keine Ruhe. Sie machte sich Sorgen.

Anne klang so verändert. Die Nachricht vom Tod der kleinen Tochter war beinahe zu nüchtern für ihre Schwester. Natürlich, das konnte auch an dem Schock liegen, immerhin hatte sie gerade ihr Kind verloren. Beatrix las den Brief immer wieder. Sie spürte, dass mehr dahinterstecken musste. Ihr Gespür als Mutter ließ sämtliche Alarmglocken schrillen.

Dennoch erzählte sie Trisk vom Tod des Kindes; und er war sichtlich erleichtert. Als Beatrix ihm vorschlug, Anne für die nächsten Monate in Pembroke zu lassen, wie sie es ursprünglich geplant hatten, winkte er ab. Dafür könne er auch noch aufkommen, das sei ja kein Problem.

Nachdem sie ihm von ihrer jüngsten Schwangerschaft erzählt hatte, war das passiert, was schon bei den ersten geschehen war. Er hatte sich mit ihr gefreut, weil er Kinder liebte und weil er sie liebte. Dann hatte sich in die gemeinsamen Nächte eine gewisse Scheu eingeschlichen, und als man ihrem nackten Körper allzu bald ansah, dass sie ihn nicht mehr allein bewohnte (wie er es nannte), zog er sich vollständig von ihr zurück.

Nachts blieb er fort, und wenn er zurückkam, roch er nach dem Parfüm anderer Frauen. In der Zeitung tauchte er wieder an gewohnter Stelle auf – die Gesellschaftskolumnisten wussten wie immer mehr als Beatrix.

Beatrix erhielt weitere Briefe von Anne, die in einer merkwürdigen Heiterkeit verfasst waren, gerade so, als habe ihre Schwester sich in alles gefügt. Was nicht Annes Art war.

Inzwischen hatte in London das Gerücht die Runde gemacht, Anne sei nach schwerer Krankheit auf dem Wege der Besserung. Der Duke schrieb darauf an Beatrix.

Und?

Nur dieses eine Wort. Sie ließ ihre Koffer packen.

Solange sie selbst nicht wusste, was los war, würde sie darauf nicht antworten.

In einer Hinsicht hatte Anne recht: In Wales regnete es im Frühjahr sehr viel. Im Zug drückte sich der kleine Henry immer wieder die Hände und das Gesicht an der Fensterscheibe platt, weil die Felder unter Wasser standen. Schwerfällig und gebeugt schlichen die Bauern über ihre Äcker, sie sammelten die Steine zwischen den Pflanzreihen auf und hoben nur selten den Kopf, um dem Zug nachzuschauen.

Niemand erwartete sie in Pembroke am Bahnhof, was kein Wunder war: Beatrix hatte darauf verzichtet, ihre Ankunft vorher anzukündigen. Im einzigen Gasthof des Ortes kannte man sie bereits und richtete rasch ein Zimmer für sie her. Die junge Tochter des Wirts antwortete auf Beatrix' Fragen munter und ohne jeden Arg. Ja, sie habe auch gehört, dass das Kleine von Miss Anne tot geboren sei. Ja, das sei wirklich sehr schade, sie habe sich doch so aufs Kind gefreut, und jetzt sei sie immer so traurig. Man sehe sie wie einen Geist durch den Ort wandern, und Franny hatte sie auch entlassen.

Beatrix hörte sich das alles aufmerksam an. Nichts, weshalb man sich Sorgen machen müsste, dachte sie, es klang gerade so, als stimmte alles, was Anne in ihren Briefen schrieb. Und dennoch – ein Zweifel blieb.

Also ging sie zu Anne.

Ihre Schwester öffnete selbst die Tür. Ihr Erstaunen wich einem winzigen Schreck, der aber ebenso schnell wieder verschwand. Dann trat sie einen Schritt beiseite und ließ Beatrix eintreten.

«Ich habe nicht mit dir gerechnet», sagte sie. «Hallo, kleiner Henry.»

Das Kind grüßte artig. Er stand geduldig neben Beatrix und wartete, bis sie den Mantel ausgezogen hatte, um ihn mit erstaunlicher Ernsthaftigkeit zur Garderobe zu schleppen. Weil er viel zu klein war, um an die Haken zu reichen, legte er den Mantel sorgsam über die Truhe. Beatrix löste ihre Haarnadeln. Anne stand mit einem langärmeligen Wollkleid im engen Flur, die Hände umklammerten ihre Ellbogen.

«Du siehst müde aus», bemerkte Beatrix.

«Ich schlafe wenig.»

«Du hast Franny entlassen?»

«Es ging nicht mehr, ja.»

Wieso es nicht mehr ging, hätte Beatrix sehr interessiert. Doch sie hakte nicht nach. In der Stube war leidlich geheizt. Beatrix fröstelte. Seit sie schwanger war, fror sie mehr als sonst.

«Ich mache uns Tee.» Die Tür klappte hinter Anne zu. Auf dem Sofa ein Körbchen mit Annes Handarbeiten, sonst war alles aufgeräumt. Ihre Schwester hielt Ordnung. Das war neu.

Der Tee war etwas zu stark für Beatrix' Geschmack, die Kekse zu trocken. Dennoch nickte sie beifällig. «Was war denn nun mit Franny los?», fragte sie.

«Weggelaufen ist sie.» Düster und beinahe grimmig rührte Anne ihren Tee. «Hat mich im Stich gelassen.»

«Ach. So hätte ich sie gar nicht eingeschätzt.»

«So ist sie aber nun mal.» Anne seufzte. Sie sprang auf. «Ihr bleibt

309

doch länger, ja? Ich werde mich ums Abendessen kümmern müssen. Ich war auf Gäste nicht eingestellt.»

«Mach dir unseretwegen keine Umstände. Wir können gemeinsam im Gasthaus essen gehen.»

Anne verschwand trotzdem in der Küche. Beatrix schärfte Henry ein, auf dem Sofa sitzen zu bleiben – eine Anweisung, der dieses Kind anstandslos gehorchte –, und folgte ihrer Schwester.

«Bumble.»

Anne fuhr herum. Sie stand am Herd, sichtlich erschrocken.

«Warum erzählst du mir nicht, was wirklich passiert ist?»

«Das hab ich doch.» Anne räusperte sich. Ihre Hand fuhr über den Tisch, dann sank Anne auf einen Schemel. «Franny ist fort, sie hat mich im Stich gelassen, und …»

«Wir wissen beide, dass das gelogen ist.»

«Aber was soll ich denn machen!», rief Anne verzweifelt. Sie schlug die Hände vors Gesicht und weinte haltlos.

Beatrix setzte sich zu ihr. «Du könntest mir alles erzählen. Schau, ich war doch immer für dich da. Daran wird sich nichts ändern. Aber du musst ehrlich zu mir sein. Wie soll ich dir helfen können, wenn du mir nicht vertraust?»

Anne schüttelte stumm den Kopf.

«Bitte, Bumble. Was willst du denn erst machen, wenn du im Herbst fortgehst? Oder willst du dich alle Jahre zurück nach Pembroke schleichen, nur, um zu sehen, wie deine Tochter hier aufwächst?»

«Du weißt es.» Mutlos ließ sie die Hände in den Schoß sinken. Ihre Unterlippe bebte.

«Ich hab es von Anfang an geahnt.»

«Ich dachte, wenn ich dir sage, sie ist tot … Ich kann doch mein Kind nicht hergeben! Sie ist G-s Tochter!»

«Ach, Liebes.» Beatrix stand auf. Sie zog Anne auf die Füße und umarmte ihre Schwester. «Ich weiß doch, wie viel wir von dir verlangen. Aber willst du nicht das Beste für sie?»

«Franny ist gut zu ihr. Sie wird immer für Antonia sorgen, wenn ich ihr etwas Geld schicke.»

«Dann ist sie also bei Franny.»

«Ich besuche die beiden sooft ich kann. Jeden Tag.»

Beatrix musste sich wieder setzen. Sie verstand ihre Schwester so gut! Trotzdem – in diesem einen Fall musste sie hart bleiben.

«Du kannst nicht länger hierbleiben, Bumble. Ich werde dich mit nach London nehmen, und dann telegraphiere ich Sir Cornelius, dass er bald herkommt. Ich kann nicht dulden, dass du länger hierbleibst.»

«Aber warum nicht?», begehrte Anne auf. «Sie ist meine Tochter, ich habe jedes Recht, bei ihr zu sein!»

«Verstehst du denn gar nichts? Die Duchess hat in London so viel Macht, dass sie uns allen das Leben zur Hölle machen wird. Es geht nicht allein um dich, Bumble! Unsere ganze Familie könnte in den Abgrund gestürzt werden, und das nur, weil du diesem Kind anhängst! Bald sind meine Töchter in dem Alter, dass sie in die Gesellschaft eingeführt werden. Georgie geht nach Eton. Meinst du, ich will, dass er dort von den anderen Jungen geschnitten und gequält wird? Was du hier tust, wird letztlich auf uns alle zurückfallen. Wenn irgendwann das Gerücht die Runde macht, dass G- eine uneheliche Tochter hat, ist das unser aller Untergang!»

Anne senkte betreten den Kopf.

«Daran habe ich nicht gedacht», flüsterte sie.

Beatrix atmete tief durch. «Franny sorgt gut für das Mädchen?»

«Jeder denkt, es ist ihres. Wir haben überall herumerzählt, sie hätte eine Schwester, die sei bei der Geburt gestorben, und dann hätte sie's zu sich genommen. In einem Jahr oder in zweien fragt kein Mensch mehr, ob es ihres ist oder nicht.»

«Dann willst du nicht, dass die Kleine in einer guten Familie aufwächst? Sondern hier, im Elend?»

«Ich werde ihr Geld schicken, jeden Monat. Und wenn alles dafür draufgeht, was Cornelius mir zugesteht.»

«Er wird dich schon nicht kurzhalten.» Sie seufzte. Die ganze Situation war irgendwie vertrackt. Wenn sie einfach versuchte, der Sache ihren Lauf zu lassen?

«Kein Wort zu Trisk. Niemals. Und auf gar keinen Fall auch nur ein Wort zu G-.»

Anne nickte bang. «Ich will ihn ohnehin nicht wiedersehen. Es … bestimmt tut es noch mehr weh, wenn ich ihn wiedersehe.»

«Also gut.»

Beatrix hatte eine Entscheidung getroffen. Vielleicht würde sie diese Entscheidung eines Tages bereuen. Aber auch sie war eine liebende Mutter, und deshalb konnte sie Anne so gut verstehen. Und sie liebte ihre Schwester.

Manchmal musste man für die, die man liebte, etwas riskieren.

Kapitel 19

Niemand sollte ihr später vorwerfen können, dass sie es nicht wenigstens versucht hatte.

Denn das hatte sie wirklich. Zwei quälend lange, anstrengende Wochen lagen hinter ihr, und sie hatte alles gegeben. Für den Familienfrieden, für ihre Mutter, für Michael. Nur abends, wenn sie sich ein bisschen Zeit für sich erbat, genoss sie die Einsamkeit und schüttelte alle Sorgen um andere Menschen ab. Stundenlang schrieb sie Mails an Diana, in denen sie ihre Situation beschrieb. Und dann starrte sie blicklos auf die knappen Antworten, denn Diana war wieder mal in eine neue Liebe verstrickt. Und die ließ ihr offenbar keine Zeit, auf Amelies Probleme einzugehen. Über die Schwangerschaft freute Diana sich ehrlich, das spürte Amelie – gerade auch, weil Diana mitbekommen hatte, wie sehr Michael und sie sich ein Kind gewünscht hatten. Sie versprach, aus neuseeländischer Merinowolle – davon gab's da unten ja mehr als genug – niedliche Babyjäckchen in Rosa und Bleu zu stricken. Das brachte Amelie zum Lachen. Diana und stricken, schon klar!

Weil Amelie aber nicht alles schrieb, bekam sie auch nicht die Antworten, auf die sie insgeheim hoffte. Es war ihr einfach nicht möglich, davon zu erzählen, wie ihre Gedanken ständig um Dan kreisten, wie sie immer wieder versucht war, ihm zu schreiben oder ihn anzurufen, weil sie sonst einfach verrückt wurde. Niemand ermutigte sie, ihrem Herzen zu folgen. Diana machte Scherze, erkundigte sich nach Amelies Mutter und versprach, sich wieder zu melden, sobald sie mit Emmett genug Schafe gezüchtet hätte, haha. Bei Amelies Hochzeit wollte sie Blumenmädchen spielen und bei der Taufe des Nachwuchses dann bitte zur Patentante aufsteigen.

So einsam hatte Amelie sich noch nie gefühlt. Und nach zwei Wochen war schließlich der Punkt erreicht, an dem sie feststellte, dass es nicht ging.

Sie konnte nicht länger schweigen. Nicht länger Rücksicht nehmen, weil ihre Mutter zwar inzwischen wieder arbeiten ging, doch ständig klagte, es sei ihr fast schon wieder zu viel. Amelie war sicher: Wenn sie im Laden stand, war ihre Mutter ganz in ihrem Element und erzählte ihren Freundinnen die freudige Neuigkeit, obwohl Amelie sie lieber noch für sich behalten wollte.

Besonders bewegte Mama die Frage, ob es ein Junge oder ein Mädchen werden würde. Jedes Mal fragte sie Amelie, ob sie nicht wenigstens schon eine Ahnung habe.

«Nö», meinte Amelie. «Muss ich?»

«Ach, nein. So was weiß man ja heutzutage schon recht früh, deshalb dachte ich, du wüsstest es vielleicht.»

«Hast du das damals bei mir denn schon so früh geahnt?», erkundigte Amelie sich beiläufig.

Sie hatten sich zum sonntäglichen Kaffeetrinken bei ihrer Mutter eingefunden und saßen zusammengepfercht auf dem kleinen Balkon. Michael war gerade in der Küche, um frischen Kaffee aufzubrühen – Muckefuck nannte Mama das, weil sie seit ihrer Herzattacke nur noch koffeinfreien trank und diesen selbstverständlich auch Amelie aufdrängte – «in deinem Zustand». Amelie erkannte ihre Mutter nicht wieder. Bisher hatte sie gedacht, als zukünftige Oma würde sie sich eher Sorgen machen, nicht mehr cool und jugendlich zu wirken. Stattdessen hatte sie eine Drehung um 180 Grad vollzogen und war so gluckenhaft geworden, dass es nicht auszuhalten war.

«Ob du ein Mädchen wirst?» Ihre Mutter gluckste und leckte die Kuchengabel ab. Rhabarberbaiser hatte sie gebacken, Amelies Lieblingskuchen. Sie wusste schon, wie man Amelie wenigstens für den Moment ruhigstellte.

«Natürlich wusste ich das. Meine Güte, du warst so ein süßes Baby. Dein …» Sie verstummte.

«Ja?» Amelie lehnte sich entspannt zurück. Jetzt war ihrer Mutter doch allen Ernstes zum ersten Mal etwas herausgerutscht.

«Dein … Vater. Er hat es auch sofort gewusst. Noch vor mir. Ich hab ihn ausgelacht, aber er hat recht behalten. Wie immer.» Ihre Mutter starrte auf den Tisch. «Nimm doch noch ein Stück Kuchen, Kind», fügte sie leise hinzu.

Amelie tat ihr den Gefallen. «Möchtest du auch noch?» Abwesend nickte Mama, und sie tat auf. Der schattige Hinterhof lag still da – die meisten Bewohner des Hauses waren bei dem schönen Frühsommerwetter unterwegs.

«Ich hätte ihn gern kennengelernt», sagte Amelie leise. «Würde ich auch heute noch.»

«Ich weiß nicht, wo er ist. Ah, ich wollte dir noch was zeigen.»

Hastig stand ihre Mutter auf und verschwand im Wohnzimmer. Amelie hörte, wie sie im Schrank kramte. Dann kam sie mit einem Körbchen wieder, aus dem ein wildes Durcheinander aus pinken und blauen Fäden, halb angefangenen Strickstücken und Wollknäueln quoll. «Guck doch mal, hab ich alles für dein Baby gestrickt.»

Sie stellte den Korb auf Amelies Schoß und quetschte sich neben sie auf die schmale Bank. Amelie fühlte sich völlig überrumpelt. «Was ist das?», fragte sie nicht gerade besonders diplomatisch.

«Na hör mal! Das Kind kommt im Winter, da ist es kalt, und es braucht schön warme Sachen. Guck mal, ist das nicht niedlich?» Ihre Mutter zog ein quietschrosa Mützchen aus dem Stapel, an dem noch die Fäden hingen. Es sah aus wie eine Zipfelmütze oder wie diese unsäglichen Gemüsemützen, die eine Fotokünstlerin vor fünfzehn Jahren speckigen Babys aufgesetzt hatte, um sie total verkitscht zu fotografieren.

«Ja, niedlich.» Hilflos drehte sie das Mützchen in den Händen.

«Ich weiß ja nicht, was es wird», sagte ihre Mutter – es klang wie: «Mir erzählt ja keiner was» –, «darum hab ich auch eins in Blau gemacht.» Das blaue Pendant drückte sie Amelie ebenfalls in die Hand. «Ich meine, wenn's jetzt ein Mädchen wird, kommt ja vielleicht später ein Junge nach, oder umgekehrt. Oder kriegst du etwa Zwillinge?»

«Mama!»

«Ich meine ja nur. Hast schon irgendwie zugelegt.»

Zum Glück kam Michael in diesem Augenblick wieder. Er sank zufrieden seufzend auf seinen Stuhl. «Das sieht ja hübsch aus», kommentierte er das Durcheinander aus halb aufgelösten Knäueln und Strickscheußlichkeiten.

«Ja, nicht wahr?» Dankbar, einen Bewunderer gefunden zu haben, zog Amelies Mutter nacheinander Babyjäckchen, winzige Schühchen und Minipulswärmer aus dem Körbchen. So langsam beschlich Amelie ein Verdacht.

«Wann hast du das denn alles gestrickt?», wollte sie wissen.

«Och, hier und da», meinte ihre Mutter. «Wenn Zeit war.»

«Wenn in den letzten drei Wochen Zeit war?», bohrte Amelie nach. «Oder hortest du diese Sachen schon seit Monaten?»

«Na ja …» Verlegen strich ihre Mutter über ein rosa Jäckchen. In Braun oder Grau hätte Amelie an dem Muster vielleicht sogar Gefallen gefunden. So sah es einfach nur furchtbar aus.

«Warum tust du das?»

«Was? Stricken? Es beruhigt die Nerven! Du weißt doch, wie rappelig deine alte Mutter ist. Und früher habe ich auch gern gestrickt für dich und deinen …» Wieder verstummte sie abrupt. Diesmal schien sie sich geradezu auf die Zunge zu beißen.

Sieh an, dachte Amelie. Die Vergangenheit kam also auch für ihre Mutter wieder hoch.

«Meinen Vater», vollendete sie den Satz. «Wieso erzählst du mir nicht von ihm?»

«Da gibt es nichts zu erzählen», behauptete ihre Mutter.

«Nein? Er kam aus Pembroke. Ich hab mit meinem Großvater gesprochen. Mit Jonathan Bowden. Du kennst ihn, nicht wahr? Er konnte sich noch sehr gut an dich erinnern. Und nicht nur er. Ich hab einige ältere Damen getroffen. Sie waren anfangs sehr reserviert, später aber durchaus zum Plaudern aufgelegt.»

Amelies Mutter stand auf, als ertrüge sie die Nähe der eigenen Tochter nicht eine Sekunde länger. «Ach ja?» Sie lachte verlegen. «Das ist schön. Also, ich meine …»

«Sie dachten alle, ich sei auf der Suche nach meinem Vater, und die meisten waren nicht besonders freundlich. Erst wenn ich von meinem Buch erzählte, wurden sie zugänglicher. Weißt du eigentlich, wie dumm ich mir vorkam? Ich weiß nichts über ihn. Ich hab keine Ahnung, was damals vorgefallen ist. Warum du mit mir aus Pembroke weggegangen bist. Ich kann mich an nichts mehr erinnern, aber ich war irgendwann dort.»

«Ach, das …» Wieder dieses nervöse Lachen. «Wir waren nicht lange dort, Amelie. Einen Sommer lang, also …»

Ihre Unsicherheit verriet sie. Amelie spürte, dass der Widerstand ihrer Mutter bröckelte. Sie hätte gern nachgehakt, aber etwas hielt sie davon ab. Vielleicht Michaels Blick, der über dem Kaffeetisch ihren suchte und zugleich ganz leicht den Kopf schüttelte. Vielleicht ein unbestimmtes Gefühl, dass sie jetzt mehr zerstören als gewinnen würde.

«Ich bin müde», sagte sie daher und stand ebenfalls auf. «Fahren wir heim? Bitte?»

Michael nickte mit vollem Mund, er hatte sich gerade über sein drittes Stück Rhabarberbaiser hermachen wollen. Amelies Mutter schniefte und packte die Babyklamöttchen wieder in den Korb. Gerne hätte Amelie sie getröstet, aber sie wollte nichts Falsches sagen. Jedes Wort, hatte sie das Gefühl, könnte falsch ausgelegt werden.

Als sie im Auto saßen, sprach sie es aus.

«Ich kann das nicht mehr», sagte sie leise.

«Was denn, Liebes?» Michael konzentrierte sich auf den Verkehr.

Sie machte eine hilflose Geste. «Alles.» Plötzlich kamen ihr die Tränen. «Hier leben. Mit dir zusammen sein. Ihre Lügen anhören.»

Darauf schwieg er. Als sie an einer Ampel anhalten mussten, gab Michael ihr stumm ein Taschentuch. Und dann sagte er, sehr leise: «Lass uns zu Hause darüber reden.»

Daraufhin weinte sie noch mehr, weil es so schrecklich war, wie verständnisvoll er mit ihr umging. Während sie sich wie die letzte Idiotin fühlte, die das, was sie hatte, konsequent zerstörte.

Daheim redeten sie nicht, sondern gingen sich aus dem Weg. Amelie verschanzte sich in ihrem Arbeitszimmer und schloss die

Tür. Abwechselnd weinte sie, schrieb ein paar Sätze am neuen Buchkapitel und starrte aus dem Fenster. Sie hörte Michael, der oben irgendwas tat; es klang bedrohlich, und sie traute sich nicht, nachzuschauen.

Am Abend zog ein herrlich würziger Duft durch das Haus und lockte sie aus dem Zimmer. Michael stand am Herd. «Da bist du ja», meinte er fröhlich. «Bist du gut vorangekommen?»

Gerade so, als habe es ihren Ausbruch vom Nachmittag nicht gegeben.

Amelie sank auf einen Stuhl und starrte wie betäubt auf den gedeckten Tisch. Platzdeckchen, Kerzen, eine Schüssel mit buntem Salat, dazu Croutons und Käsewürfel in kleinen Schüsselchen. Gerade holte Michael frische Brötchen aus dem Ofen. «Es gibt Chili con Carne», verkündete er, und erst jetzt merkte sie, wie ausgehungert sie war. Es musste schon nach neun sein, und draußen war es immer noch hell. Sommer eben – die schönste Jahreszeit.

Sie aßen, und es war einfach köstlich. Michael verhielt sich ganz normal, als sei alles in bester Ordnung. Und vielleicht ist es das ja auch, dachte Amelie. Sie fühlte sich wieder etwas sicherer. Seine ruhige Art verlieh ihr etwas mehr Halt, der Boden unter ihren Füßen bebte nicht mehr wie noch vor ein paar Stunden, als sie glaubte, ihr Leben müsse sich jetzt sofort um 180 Grad drehen.

Nach dem Essen spülte Michael ab, und dann saßen sie noch ein wenig in der Küche. Die Kerzen brannten langsam herunter, Michael hatte sich ein Glas Wein genommen. Sie diskutierten über Amelies Buch. Sie erzählte ihm, dass sie am nächsten Tag einen Termin mit ihrer Lektorin und dem Verleger hatte, um über die Neuausrichtung zu sprechen.

«Und dann?», fragte Michael. «Fährst du zurück nach Pembroke?» Er klang plötzlich verunsichert.

«Nicht sofort», sagte sie leise. «In ein paar Wochen müsste ich aber wieder dorthin, weil ich ja bisher nur nach Beatrix geschaut habe. Anne ist mir eher zufällig über den Weg gelaufen. Ich hab schon viel Material über sie, aber es gibt noch viel zu viele Lücken.»

«Wenn du erst im Juli fährst, komme ich mit. Ob ich dort arbeite oder hier, ist ja nicht so wichtig. Wir könnten das Häuschen herrichten, wenn du magst.»

Amelie hatte ihm inzwischen das meiste erzählt – von ihren Gesprächen mit Jonathan, von dem Häuschen am Strand und davon, wie die Erinnerung sie an manchen Orten einholte. «Ich zermartere mir seit Tagen das Hirn, wieso ich ausgerechnet nach Pembroke geraten bin. Ich hätte in jeder anderen englischen Stadt landen können mit meinen Recherchen.»

Michael spielte nachdenklich mit dem Stiel seines Weinglases. «Als du das erste Mal zu mir kamst und von dem Projekt erzählt hast, weißt du noch, was du zu mir gesagt hast?», fragte er leise.

Amelie nickte. Das musste inzwischen drei Jahre her sein.

«Ich hab dich gefragt, warum ausgerechnet Beatrix Lambton. Es gibt so viele Frauengestalten Ende des 19. Jahrhunderts, die eine spannende Biographie haben. Du hast geantwortet, dass Beatrix exemplarisch sei. Und dass du mal in einem Buch über sie gelesen hättest.»

«Das stimmt …» Jetzt erinnerte Amelie sich wieder an das Gespräch.

«Du hast erzählt, du hättest deiner Mutter ein Buch … geklaut?»

«Ich habe es mir als Dauerleihgabe genommen.» Beide lächelten verschwörerisch. So hatten sie es immer getan, wenn sie darauf zu sprechen kamen. Inzwischen wusste Amelie von Cedric, wie wertvoll das Buch war.

Sie musste damals zwölf oder dreizehn gewesen sein. Ihre Mutter hatte den Laden eröffnet, weil sie sich damit einen Traum hatte erfüllen können. Das hieß aber auch, dass sie erst abends zu Hause war. Amelie kam mittags von der Schule, schmierte sich ein paar Stullen und machte ihre Hausaufgaben. Weil ihr das unbeschränkte Fernsehen an diesen Nachmittagen irgendwann zu langweilig wurde, machte sie sich über den Bücherschrank her und verschlang im Laufe der Zeit so ziemlich jedes Buch, das darin stand. So hatte sie «Vom Winde verweht» schon mit dreizehn lieben gelernt.

Und eines Tages, im November – sie wusste genau, dass es November gewesen war, denn vom Martinssingen hatte sie einen großen Korb mit Süßigkeiten in ihrem Zimmer stehen, von denen sie naschte –, fand sie ein Buch auf Englisch. «The History of Pembroke» hieß es, und sie las es. Mehrmals, weil vieles beim ersten Lesen nicht verständlich war, doch irgendwie konnte sie sich die Sprache sehr schnell erschließen. Sie war von Anfang an ein Ass in Englisch gewesen. In Latein hatte sie deutlich mehr Probleme.

Inzwischen wusste sie, warum das so war. Weil sie die ersten Jahre vermutlich zweisprachig aufgewachsen war. Nach der Rückkehr nach Berlin hatte sie die Sprache tief in sich vergraben, weil keiner mehr mit ihr Englisch sprach. Erst auf der weiterführenden Schule war dieser verschüttete Sprachschatz Stück für Stück gehoben worden.

Nach der Lektüre des Buches über die Geschichte Pembrokes war ihr wenige Wochen später beim Stöbern im Bücherregal jene Autobiographie von Beatrix in die Hände gefallen.

«Das war also nicht bloß ein Zufall ...» Die Erkenntnis war irgendwie beruhigend. Sie glaubte nicht an Zufälle oder Schicksal. Nichts war vorherbestimmt, alles hatte einen Grund.

«Jede noch so kleine Entscheidung beeinflusst das Leben vieler Menschen», meinte Michael. «Hätte deine Mutter die Bücher nicht aufbewahrt – aus welchen Gründen auch immer –, wärst du nie auf Beatrix Lambton gestoßen. Du hättest vielleicht nie über sie geforscht und geschrieben. Und dann wärst du nicht nach Wales gefahren.»

Einen wichtigen Punkt vergaß er bei seiner Aufzählung. Sie wäre auch dann nicht nach Pembroke gefahren, wenn sie nicht von seinem anderen Kind erfahren hätte.

Aber manchmal war es eben besser, wenn man schwieg.

Sie gingen früh ins Bett. Ehe sie das Licht löschten, nahm Michael sie in die Arme. «Geht's dir jetzt besser?», fragte er leise. Sie nickte.

Obwohl das gelogen war.

Nichts hatte sich geändert.

Und sie sehnte sich zurück nach Pembroke.

Vor dem Gespräch mit ihrer Lektorin und dem Verleger hatte Amelie sich ein bisschen gefürchtet. Sie trafen sich in Mitte unweit des Verlagshauses in einem kleinen italienischen Restaurant. Nach der obligatorischen Begrüßung und einer ersten Runde Smalltalk kam Herr Zühlke gleich zur Sache.

«Frau Schmitz hat mir von Ihren Plänen erzählt, das ganze Buch umzuschreiben.»

Amelie nickte. «Es hat sich ein neuer Aspekt ergeben.» Sie hatte die Änderungen bereits vor ein paar Tagen in einem Dokument zusammengefasst und an ihre Lektorin geschickt.

Herr Zühlke nickte ungeduldig. «Hab ich mir angeschaut. Sieht prima aus. Also brauchen Sie länger, bis das Buch fertig ist?»

Amelie zögerte. Die zwei Wochen in Pembroke hatten sie vorangebracht, und seit ihrer Rückkehr lief die Arbeit erstaunlich gut – vermutlich, weil sie jetzt endlich eine klare Linie erkennen konnte. Trotzdem blieb noch viel Arbeit.

«Nicht viel», versicherte sie. «Einen Monat. Höchstens zwei.»

«Gut. Ich will den Erscheinungstermin des Buches nämlich nicht verschieben müssen. Wir sind kein Großverlag, der so etwas einfach abfedern kann. Es gibt Pläne. Programmplätze. Sie verstehen das sicher. Sie geben im September ab, und das Buch erscheint im März zur Leipziger Buchmesse.»

Amelie nickte geduldig, obwohl sie kein Wort verstand.

Nach dem Essen verabschiedete Herr Zühlke sich beinahe überstürzt und ließ die beiden Frauen allein. Lara Schmitz, mit der Amelie sich sehr gut verstand, bestellte sich einen Espresso. «Nimm's ihm nicht übel. Er ist ein bisschen grätzig. Aber er liebt dein Buch.»

«Ich hatte bisher immer das Gefühl, er macht es nur, weil ich Michaels Freundin bin.»

«Was denn, weil er Michael einen Gefallen tun will? Ach wo. Du bist gut, Amelie. Und das weiß er. Ich glaub eher, er hat Angst, dass du zu gut bist. Dann wird dein Buch ein Erfolg, und fürs Nächste machen dir die großen Verlage die verlockenden Angebote. Dann schreibst du zwar zu Themen, die man für dich aussucht, aber du könntest richtig gutes Geld verdienen.»

Darüber hatte Amelie noch nicht nachgedacht. «Meinst du wirklich?»

«Du arbeitest sehr sorgfältig, wissenschaftlich genau und hast eine eigene Stimme, ohne irgendwie künstlich oder literarisch wirken zu wollen. Das kommt an. Wenn du mich fragst, hättest du mit einem Agenten und den richtigen Ideen gute Chancen, vom Schreiben zu leben. Biographien, Sachbücher – das kann eben nicht jeder. Einen Roman zu schreiben, dazu fühlen sich viele berufen. Aber so, wie du ein historisches Thema aufarbeitest? Das gelingt den wenigsten.»

«Ich hab immer geglaubt, dieses eine Buch wär was Einmaliges. Dass ich danach nur noch ... Na ja, Hausfrau und Mutter bin oder so.»

«Wärst du damit denn glücklich?», fragte Lara.

Eine interessante Frage, auf die Amelie auf Anhieb keine Antwort wusste. Aber die Zeit drängte; es würde nicht mehr lange dauern, bis sie eine Entscheidung treffen musste.

Wie wollte sie in den nächsten zwei, drei, fünf – zehn Jahren leben?

Für Michael war der Fall klar. Aber er verlor ja auch nicht seine Unabhängigkeit. Für ihn änderte sich nichts. Er heiratete sie, bekam ein Kind dazu und konnte weiter zur Arbeit gehen. Amelie hingegen würde daheimbleiben und müsste sich vermutlich ganz allein den Alltagssorgen ihrer neuen Rolle stellen.

Gleichberechtigte Partnerschaft schön und gut – die Realität sah nun einmal ganz anders aus.

«Lass dir das Leben bloß nicht aus der Hand nehmen», riet Lara ihr zum Abschied. «Den Fehler hab ich damals gemacht, als ich das erste Kind bekam. Schon vorher glaubte alle Welt, ich müsse doch völlig in dieser neuen Aufgabe aufgehen. Und nach der Geburt hatte ich überhaupt keine Rechte mehr. Hauptsache, das Kind war immer bei der Mutter. Dass ich vielleicht wieder in den Job zurückkehren wollte ... nun ja.»

Laras ältere Tochter war fünf, die Kleine gerade zwei. Es gefiel

Amelie, wie unkompliziert Lara ihren Alltag bewältigte. Sie teilte sich die Kinderbetreuung mit ihrem Mann. Zwei Tage die Woche war sie im Büro, den Rest der Zeit arbeitete sie von zu Hause. Dass es für sie schwer gewesen war, sich diesen idealen Zustand zu erkämpfen, hatte Amelie nicht gewusst.

Lass dir das Leben nicht aus der Hand nehmen …

Darüber musste sie nachdenken. Denn irgendwie hatte sie dieses diffuse Gefühl, dass genau das schon längst passiert war.

Jedes Jahr im Frühsommer kam eine reiche, amerikanische Familie nach Pembroke. Eins, zwei, drei Kinder hingen am Rockzipfel der schönen, jungen Mutter. Die Kinder wuchsen heran, die Mutter wurde immer schöner. Sie war still und freundlich, ihr Mann war ein netter Kerl. Keiner konnte etwas gegen diese Leute sagen. Sie waren anständige Leute. Neureich, nun gut. Das konnte schon mal vorkommen, dass man viel Geld verdiente. Aber sie gaben es großzügig aus: Jedes Jahr mieteten sie ein Haus am Strand, und sie stellten über den Sommer zehn Leute ein, die dann gutes Geld verdienten.

Unter diesen zehn Leuten war jedes Jahr wieder auch Franny. Diese Leute aus Amerika mochten ansonsten in ihrer Dienstbotenwahl eher willkürlich sein – tatsächlich stellten sie immer jene ein, die im vergangenen Jahr vom Pech verfolgt gewesen waren, sodass man im Winter bald schon zu den Unglücklichen im Städtchen sagte: «Warte nur, im Sommer kommen die Amerikaner wieder, da kannst du genug Geld verdienen, um wieder auf die Füße zu kommen.» Als wüssten sie, wer's besonders nötig hatte. Aber jedes Jahr stellten sie auch Franny ein, die als Haushälterin alles richtete.

Vielleicht, munkelte man, war Franny diejenige, die den Herrschaften sagte, wer besonders bedürftig war. Jedenfalls ging man bald schon zu ihr, wenn man Rat suchte. Man schaute nicht mehr auf sie herunter, weil sie so ganz allein ein Kind aufzog. Franny kam gut über die Runden, und das Mädchen war wohlerzogen und wuchs zu einer kleinen Schönheit heran. Die bleibt nicht bei uns, flüsterte man, die findet bestimmt einen reichen Kerl irgendwann.

Die Sommer in Pembroke, immer zwei Wochen im Juni, waren für Anne die schönste und traurigste Zeit des Jahres. Dann durfte sie ihre Tochter sehen, und sei es nur wenige Male. Und kurz. Es war wunderbar zu sehen, wie Antonia heranwuchs. Wie schön sie war. Wie sie sich bewegte und wie alles an ihr an G- erinnerte. Wäre sie bei Anne aufgewachsen, hätte sie eines Tages in die Gesellschaft Londons eingeführt werden können – und Anne war überzeugt, dass ihre Tochter einen Mann gefunden hätte, der sie liebte. So blieb nur die Hoffnung, dass es hier geschehen würde.

Nach den zwei Wochen in Pembroke reisten sie nach London, wo sie eine Zeitlang blieben, und meist folgte dann ein Abstecher aufs Land zu Beatrix. Spätestens dort wurde Anne von Erschöpfung übermannt, und sie musste sich drei Tage ins Bett legen. Im abgedunkelten Schlafzimmer ließ sie allenfalls ihre Schwester zu sich.

In diesen dunklen Tagen waren sie wieder Bumble und Bee, unzertrennliche Schwestern. Während Anne mit halbgeschlossenen Augen dalag und wartete, dass der Schmerz verging – kein Kopfschmerz, sondern anhaltender Herzschmerz –, saß ihre Schwester bei ihr und erzählte, was sie in den Briefen der vergangenen zwölf Monate verschwiegen hatte.

Trisk und Bee lebten recht bequem in ihrer Ehe. Nach der Geburt der jüngsten Tochter Ella ging jeder von ihnen seinen eigenen Weg. Er hatte zahlreiche Affären, während sie ihre Erfüllung in den Salons der Stadt fand. «Wir führen eine moderne Ehe», behauptete sie stets, doch sie sagte es so traurig, als hätte sie nichts dagegen, eine unmoderne Ehe zu führen.

Wenn sie still im Schlafzimmer saßen, fragte Bee jedes Mal nach Antonia.

«Sie ist wunderschön», sagte Anne dann immer.

Mehr nicht.

Denn manches konnte man eben nicht in Worte fassen.

Kapitel 20

Lass dir das Leben nicht aus der Hand nehmen ...

Genau das passierte aber gerade. Amelie hatte es im ersten Moment als angenehm empfunden, ein bisschen umsorgt zu werden, Verantwortung abgeben zu dürfen. Michael kümmerte sich um alles, und wenn er nicht weiterwusste, war ihre Mutter zur Stelle. Schreib dein Buch, lass dich umsorgen, heb nicht so schwer, ich kümmere mich schon drum. So ging es jetzt ständig.

Dabei waren die Konflikte nicht aus der Welt geräumt, sondern wurden einfach nur totgeschwiegen. Michael bewegte sich so vorsichtig, als fürchtete er, mit einer falschen Bewegung ein Beben zu provozieren, einen Streit, bei dem Amelie ihm wieder all seine Fehler vorhielt. Von Sabina sprach er nicht mehr, und das machte sie nervöser, als wenn er gelegentlich erzählt hätte, wie es ihr ging. Schließlich sah er sie täglich an der Uni.

Und ihre Mutter? Auch sie schwieg, tunlichst darauf bedacht, die Vergangenheit nicht mehr anzurühren. Amelie kaute auf diesem Schweigen herum, verbiss sich darin und wollte es irgendwann nicht länger hinnehmen. Sie brauchte Antworten.

Die Postkarten ihres Vaters waren vielleicht ein Anfang. Und darum legte sie die Karten bei ihrem nächsten Besuch ihrer Mutter auf den Tisch. Wortlos, um Mama genug Raum für die Reaktion zu bieten.

Ihre Mutter wurde sofort blass.

«Du erkennst sie also», sagte Amelie leise.

«Woher hast du die?», krächzte ihre Mutter.

«Als du im Krankenhaus warst, habe ich ...» Sie sprach nicht weiter. Es war schlimm genug, dass sie heimlich die Schränke durchsucht hatte.

«Du hast geschnüffelt.»

Amelie nickte nur.

«So hab ich dich nicht erzogen.» Die Hände ihrer Mutter zitterten, als sie die Karten zu sich heranzog. «Das hättest du nicht tun dürfen, Kind ...»

«Ich habe nach Antworten gesucht. Aber irgendwie passiert das Gegenteil. Je mehr ich erfahre, umso mehr Fragen stellen sich mir.»

«Zum Beispiel?» Zärtlich fuhren die Finger ihrer Mutter über den Paris-Schriftzug auf der obersten Karte.

«Wer er war. Wie ihr gelebt habt. Und warum ihr euch getrennt habt. Warum du nicht in England geblieben bist. Warum du mir nie davon erzählt hast.»

«Weil es dich nichts angeht, Amelie.»

«Ich finde, es geht mich sehr wohl etwas an. Du warst mit ihm verheiratet, ihr habt jahrelang in Pembroke als Familie zusammengelebt. Jonathan hat mir alles erzählt.»

Ihre Mutter lachte verbittert auf. «Alles hat er dir wohl nicht erzählt.»

«Er sagt, es stehe ihm nicht zu. Es sei deine Sache. Und du weigerst dich. Warum? Was ist so schlimm daran, wenn eine Ehe scheitert? Was ist so schrecklich, dass ihr offenbar seitdem kein Wort mehr miteinander gesprochen habt? Wieso hast du ihn mir vorenthalten in all den Jahren? Mama! Ich hab ein Recht auf die Wahrheit.»

«Ach ja?», fuhr ihre Mutter auf. «Hast du das wirklich, oder redest du dir das ein? Du weißt nichts von damals, und das ist auch gut so. Es war eine hässliche Geschichte, eine ...» Sie griff nach ihrer Brust und wurde ganz bleich. «So schrecklich», fügte sie hinzu. Ihre Stimme klang ganz schwach. «Bitte, Amy. Bitte. Ich ... ich krieg keine Luft mehr. Das ... im Badezimmerschrank. Die Tabletten.»

Amelie sprang auf. Sie stürzte ins Bad und kam mit den gewünschten Tabletten zurück. Ihre Mutter schluckte zwei und legte den Kopf in den Nacken. Sie atmete ganz ruhig und konzentriert. Es dauerte lange, ehe sie Amelie schließlich ansah.

«Siehst du, was die Vergangenheit mit mir macht?»

Sie klang gar nicht vorwurfsvoll, sondern eher traurig. Verletzt.

Das hatte Amelie nicht gewollt. «Das tut mir leid», flüsterte sie. «Das hab ich nicht gewollt.»

«Ich weiß, Kind. Bitte ... Ich möchte jetzt allein sein.»

«Und es geht dir bestimmt wieder gut?» Plötzlich hatte Amelie schreckliche Angst, ihre Mutter könnte im nächsten Moment erneut zusammenbrechen.

Tapfer nickte ihre Mutter. «Ich komm schon klar. Geh jetzt.»

Amelie stolperte aus der Wohnung. Wie betäubt schlich sie nach unten und machte sich auf den Heimweg. Erst nach zehn Minuten bemerkte sie, dass sie zu Fuß lief, dabei war sie mit dem Auto gekommen. Und die Postkarten hatte sie auch liegengelassen.

Sie ging trotzdem weiter. An der nächsten Straßenecke bog sie ab und erreichte kurz darauf eine U-Bahn-Station.

Eine Stunde brauchte sie nach Hause. Als sie das Haus betrat, stand Michael im Flur und telefonierte. «Sie kommt gerade», sagte er und legte dann so hastig auf, als habe sie ihn bei etwas ertappt.

Erschöpft schlich sie an ihm vorbei. Ihre Füße taten weh. «War das Mama?»

«Sie macht sich Sorgen. Du hast das Auto stehenlassen. Soll ich es später holen?»

Müde streifte sie die Turnschuhe von den Füßen. «Nein», seufzte sie. «Wir lassen es einfach stehen.»

«Ist kein Problem, ich fahr mit der U-Bahn hin.»

«Lass!», fauchte sie ihn an. «Verdammt, hör endlich auf, mir alles abnehmen zu wollen, hörst du? Was ist denn bloß mit dir los, dass du ständig um mich kreist, als wäre ich todkrank? Ich kann schon selbst für mich sorgen!»

Verletzt und überrascht machte Michael einen halben Schritt nach hinten. «Entschuldige», sagte er sichtlich verwirrt. «Ich dachte nur...»

Sie ließ ihn stehen. Sonst wäre sie in diesem Augenblick laut geworden, und das hatte er nun wirklich nicht verdient.

Er meinte es ja nur gut.

Amelie zog sich in ihr Arbeitszimmer zurück. Sie musste nachdenken. Und während sie mitten im Raum stand und auf die Papierberge starrte, begann sie, die einzelnen Stapel zu sortieren. Ganz mechanisch, nach Relevanz. Sie warf einen Großteil der Notizen und Aufsätze weg, weil sie beides nicht mehr brauchte. Wichtige Unterlagen kamen in einen Karton. Unwichtige stapelte sie auf dem Boden, denn die brauchte sie nicht mitzunehmen, wenn sie nach Pembroke fuhr.

Hier hielt sie nichts. Michael erdrückte sie mit seiner Fürsorglichkeit, und das beharrliche Schweigen ihrer Mutter ertrug sie keinen Tag länger. Sie sehnte sich nach dem Gespräch mit Menschen, die sie nicht in eine Rolle oder in eine Ecke drängen wollten.

Sie sehnte sich nach Dan.

Die Erkenntnis war nicht allzu überraschend. Sie hatte in den letzten Tagen immer mehr an ihn gedacht. Hatte sich gefragt, ob das schon Vermissen war, was sie da empfand. Oder ob sie einfach nur nach dieser friedlichen Atmosphäre suchte, die sie in seiner kleinen Wohnung genossen hatte. Oder ob er der Grund war, aus dem sie sich immer wieder dabei ertappte, in Gedanken ihren Koffer zu packen.

Vielleicht eine Mischung aus beidem.

Als sie den Karton mit den Unterlagen und ihren wichtigsten Büchern in den Flur trug, hörte sie Michael erneut telefonieren. Sprach er wieder mit ihrer Mutter? Wahrscheinlich. Die beiden waren Verbündete im Kampf gegen Amelies Weigerung, sich in ihr neues Leben zu fügen.

Sie nutzte die Gelegenheit und lief nach oben. Seit Michael den Haushalt führte, lagerte die Wäsche oft ein paar Tage im Wäschekorb, ehe er sie nachlässig zusammenlegte. Sie sammelte T-Shirts, Hosen, Unterwäsche und zwei Pullover zusammen, holte ihre Lieblingsstrickjacke aus dem Schrank und den Koffer aus der Nische neben der Kommode. Sie packte diesmal systematischer und mit Bedacht. Nicht wie bei ihrer ersten Flucht, als sie wahllos alles in den Koffer geworfen hatte und ihr später die Hälfte fehlte. Diesmal wollte sie gewappnet sein, um das Buch in Wales fertigschreiben zu können.

«Amelie?» Michael klopfte sanft gegen die Schlafzimmertür, die sie nur angelehnt hatte. Sie überlegte gerade, ob sie den Wintermantel auch schon mitnehmen sollte, aber das wäre dann doch wohl übertrieben. Sollte sie bis zum Spätherbst in Pembroke bleiben – im Moment schien ihr das fast verlockend –, bräuchte sie ohnehin einen neuen Mantel, weil sie dann einen beachtlichen Babybauch vor sich herschieben würde.

«Was machst du denn, Am?» Er stand in der Tür, mit hängenden Armen. «Wieso packst du?»

«Ich fahr zurück nach Pembroke», erklärte sie ganz ruhig. Jetzt bloß nicht die Fassung verlieren, das war schlecht für ihren Blutdruck und fürs Baby. Ausgerechnet in dieser Situation dachte sie das erste Mal wirklich bewusst daran, was für das Baby das Beste war. Bisher war ihre Schwangerschaft zu abstrakt gewesen, kaum begreifbar für sie.

«Ja, aber wieso? Wir wollen doch ...»

Sie unterbrach ihn. «Nein, nicht *wir* wollen etwas», erwiderte sie scharf. «Du willst heiraten, Mama will die Vergangenheit begraben. Ihr wollt, dass ich mich füge. Ginge es nach euch, hätte ich gar nichts mehr zu sagen.»

«Das ist nicht fair.» Michael war verletzt.

«Nein? Wieso darf ich dann gar nichts selbst entscheiden? Wieso redet ihr hinter meinem Rücken über mich? Wieso redet hier niemand mehr mit mir?»

«Ich rede doch mit dir», protestierte Michael.

«Ja, weil's grad nicht anders geht. Weil du nicht willst, dass ich abhaue.»

«Das will ich tatsächlich nicht.» Er atmete tief durch. «Bitte, Amelie. Wir können doch vernünftig über alles reden, oder?»

«Das hab ich doch versucht. Aber du magst nicht darüber reden, wie unser Leben aussehen wird in Zukunft. Und Mama mag nicht über die Vergangenheit sprechen. Ich muss einfach irgendwas tun, sonst werde ich noch verrückt.»

Michael dachte kurz nach. Dann nickte er. «Okay, es ist deine Entscheidung. Wenn du nach Pembroke willst, halte ich dich nicht auf. Ich will nur ... du kommst zurück, oder?»

Darauf konnte sie ihm keine ehrliche Antwort geben. Verbissen schweigend stopfte sie Kleidung in den Koffer. Sie schob sich an Michael vorbei und ging ins Badezimmer, um den Kulturbeutel zu packen. Er blieb in der Tür stehen und beobachtete sie im Spiegel. «Du weißt es also nicht.»

«Ich weiß im Moment gar nichts», gab sie zu und hielt inne. Im Spiegel schauten sie sich an, und Amelie sah, wie traurig er darüber war. «Es liegt nicht nur an Sabina und der ganzen Geschichte. Irgendwie habe ich das Gefühl, nicht mehr ich selbst zu sein.»

«Liegt es an mir? Oder ist es nur deine Vergangenheit, die dir keine Ruhe lässt?»

Sie lächelte traurig. «Beides, vermute ich.»

Er ließ sie allein. Amelie packte fertig, dann setzte sie sich erschöpft aufs Bett und starrte auf Koffer und Reisetasche. Sie konnte so lange fortbleiben, wie sie wollte. Und der Gedanke war nicht beunruhigend, sondern wie eine Befreiung. Als wäre dies der erste Schritt in ein neues Leben.

Sie freute sich darauf.

Michael schlug vor, sie könne seinen Wagen nehmen, dann würde er ihr Auto bei Gelegenheit holen. Amelie zögerte nicht lange und nahm an. Sie wollte einfach nur so schnell wie möglich aufbrechen.

Schnell, schnell, ehe sie der Mut verließ.

Wie bei ihrer ersten Flucht vor fünf Wochen schaffte sie es auch diesmal nicht, an einem Tag die ganze Strecke zu bewältigen. Das Autofahren ermüdete sie mehr als sonst, ihre Augen schmerzten, und sie fuhr kurz hinter der holländischen Grenze von der Autobahn ab und suchte eine Pension für die Nacht. Im Grunde war es diesmal keine Flucht, sondern eine mit Bedacht getroffene, erwachsene Entscheidung. Abstand suchen und dann aus der

Ferne beurteilen, ob das, was sie da tat, richtig war. Sich Zeit lassen.

Und so ließ sie sich auch unterwegs Zeit, machte viele Pausen, fuhr auch mal von der Autobahn ab und über Landstraßen weiter. Erst am späten Abend des nächsten Tages erreichte sie Pembroke, aber das machte nichts. Unterwegs hatte sie mehrmals versucht, Dan zu erreichen, aber er ging nicht ans Handy – auch nicht schlimm. Inzwischen war das Sängerfest längst Geschichte. Sie würde bestimmt ohne Probleme ein Hotelzimmer bekommen, falls er nicht da wäre.

Es fühlte sich nach Heimkehr an, diese letzten Kilometer zu fahren. Hier kannte sie ein Wäldchen, dort war ihr die Küstenstraße vertraut. Da vorne stand ein Schild an einer Kreuzung: Bis Pembroke waren es nur noch drei Meilen. Dort war die Tankstelle, an der Michael und sie sich vor ein paar Wochen verabschiedet hatten. Amelie schluckte hart.

Sie erreichte die Apotheke, als es schon fast dunkel war, und parkte auf der gegenüberliegenden Straßenseite. In der Küche brannte Licht, ebenso im Wohnzimmer darüber. Ihr wurde das Herz ganz leicht. Dan war da. In wenigen Minuten würde sie in seiner Küche sitzen, sie bekäme seinen wunderbaren Tee serviert und durfte sich fallen lassen.

Leichtfüßig und nur mit der Reisetasche lief sie quer über die Straße und klingelte. Schritte polterten auf der Treppe, das Licht im kleinen Hausflur zwischen Apotheke und Wohnung flammte auf.

Sie konnten auf dem Balkon sitzen und bis spät in die Nacht reden. Hier durfte sie wieder Amy sein.

Er öffnete die Tür. Barfuß, mit zerfetzter Jeans und schwarzem

T-Shirt, wie er am liebsten abends und an den Wochenenden herumlief. Die Haare so verwuschelt, dass sie am liebsten mit beiden Händen darin wühlen wollte. Und sofort war sein Geruch wieder da und brachte die Tage und Nächte bei ihm zurück, die sie fast verdrängt hatte.

«Hallo», sagte sie leise, trat auf ihn zu. Sie spürte seine Überraschung. Er umarmte sie, und sie vergrub das Gesicht an seiner Schulter. Atmete tief durch, spürte die Tränen der Erleichterung, die sich ihren Weg suchten. «Hey», sagte er leise und schob sie auf Armeslänge von sich weg. «Ist es so schlimm?»

Sie heulte jetzt, schüttelte den Kopf und musste dann doch nicken. Doch, ja. Irgendwie war es so schlimm.

«Kann ich ... nur für ein paar Tage?»

«Bei mir bleiben?»

«Ich könnte auch ins Hotel, wenn die Sänger weg sind, oder ich frag Jonathan ...»

Er lächelte nachsichtig. «Beides keine Option, mh? Ist das alles, was du an Gepäck hast?» Er zeigte auf die Reisetasche neben ihren Füßen.

«Im Auto sind der Koffer und meine Schreibsachen.»

«Die holen wir später. Hast du Hunger? Ich hab schon gegessen, aber vielleicht findet sich ja noch ein Sandwich.»

Sie nickte. Tatsächlich hatte sie plötzlich großen Hunger, nachdem die Angst von ihr abgefallen war, er könnte nicht zu Hause sein oder sich irgendwie komisch verhalten, weil sie sich in den letzten drei Wochen gar nicht gemeldet hatte.

In der Küche sank sie auf das blaue Sofa, und es war einen Moment lang so, als wäre sie gar nicht weg gewesen. Auf dem Balkon flackerte eine Kerze. Sie entdeckte dort draußen in der Dunkelheit eine Weinflasche und zwei Gläser.

«Hattest du Besuch?»

«Was?» Er folgte ihrem Blick, schüttelte zerstreut den Kopf und erklärte dann: «Ein Freund. Ist vor einer halben Stunde gegangen.»

Nur ein Freund. Natürlich hatte Dan Freunde, ein Leben. Er war mehr als nur ihr Retter in der Not.

Er kochte ihr Tee, strich Sandwichs und stellte eine Schüssel mit Salat auf den Tisch, die er aus dem Kühlschrank hervorzauberte. Amelie wärmte sich die Hände am Teebecher und wartete, bis dieses Zittern nachließ, das sie in dem Moment gepackt hatte, als sie ihm wieder gegenüberstand.

Aber es wollte nicht verschwinden. Es hatte sich festgesetzt, und weder der Tee noch die warmen Decken würden dieses Zittern vertreiben können. Sie spürte ihr Herz bis zum Hals schlagen.

So sehr hatte sie ihn also vermisst.

Und sie wünschte sich, dass auch er sie vermisst hätte, dass er abends mit einem Freund auf dem Balkon gesessen und ihm erzählt hätte, dass es ein deutsches Mädchen gab, das in seinem Leben aufgetaucht war und es gehörig durcheinandergebracht hatte.

«Ist hier alles in Ordnung?», fragte sie mit brüchiger Stimme, weil sie sich nicht traute, danach zu fragen.

«Was?» Er wirkte plötzlich, als wären sie nicht im selben Raum. Wie weit entfernte, umeinanderkreisende Sterne. Mechanisch richtete er die Sandwichs auf dem Teller, stellte ihn vor Amelie auf den Tisch und setzte sich endlich zu ihr. Stand noch mal auf, holte sein Weinglas vom Balkon und die leere Flasche.

«Ob alles in Ordnung ist.»

«Ja, ja, alles bestens.» Er schaute auf die Uhr. Was machte ihn nur so nervös?

Sie hatte jetzt nicht mehr das Gefühl, als sei sie hier willkommen. Ihr wurde übel.

Wie gut, dass sie ihn nicht gefragt hatte, ob er sie vermisst hätte. Er hätte sie belügen müssen, oder er hätte die Wahrheit gesagt. Und ob sie die im Moment vertrug, wusste sie nicht.

Wenige Tage in seinem Haus begründeten nun mal keine Freundschaft. Wäre dieses Wiedersehen anders verlaufen ...

Sie trank den Tee viel zu hastig und verbrannte sich dabei die Zunge. Rasch stopfte sie sich ein Sandwich in den Mund, zu mehr konnte sie sich partout nicht aufraffen. Dieses Gefühl, nicht willkommen zu sein, manifestierte sich mit jeder Sekunde Schweigen mehr.

«Ich geh vielleicht lieber zu Mathilda», sagte sie leise.

Er stand auf und räumte den Tisch auf. Seine Augen wichen ihrem Blick aus, und er machte nur «hm», nicht bedauernd, sondern eher, als wüsste er nicht mal, ob er dazu eine Meinung hatte.

Vermutlich hatte er auch an sie gedacht, ja. Aber nicht so, wie sie an ihn gedacht hatte.

In dem Moment drehte sich ein Schlüssel in der Wohnungstür. Amelie hatte sich gerade erst erhoben und verharrte. Sie blickte Dan an, doch der wandte sich einfach von ihr ab, als habe er nicht gehört, dass jemand seine Wohnung betrat.

«Oh, hallo.»

Sie war schlank, blond und wunderschön. Natürlich. Die perfekte Frau für ihn. Nicht groß, aber eben in allem, was sie war, perfekt. Die Locken zu einem lässigen Knoten im Nacken geschlungen, das zarte Gesicht so dezent geschminkt, dass es kaum auffiel. Ein helles Etuikleid, flache Sandalen. Die Sonnenbrille in der Hand, eine kleine Tasche in der anderen. «Ich wusste nicht, dass wir noch Besuch haben würden.»

339

Wir.

«Ich wollte ohnehin gerade gehen.» Hastig stand Amelie auf. Ihre Wangen brannten, und einen Moment lang war ihr schwindelig. Passierte das wirklich gerade?

Wie dumm von ihr.

Natürlich war ein Mann wie Dan nicht allein. Und wenn er es war, blieb er es nicht lange.

Sie schob sich mit einem entschuldigenden Lächeln an der anderen vorbei, die sofort Platz machte. Im Flur war sie kurz orientierungslos, dann packte sie ihre Reisetasche und steuerte die Wohnungstür an.

«Sie sind die Deutsche, nicht wahr?»

Amelie fuhr herum. Die andere stand hinter ihr, so dicht, dass sie erschrak. Streckte ihr die Hand hin, und Amelie musste die Reisetasche von rechts nach links wechseln, um ihr die Hand zu geben.

«Ja», sagte sie verwirrt.

«Mein Mann hat mir von Ihnen erzählt.»

Mein Mann.

Es hätte kaum schlimmer kommen können, aber Amelie hörte sich sagen: «Ja? Mir hat er von Ihnen nämlich nichts erzählt.»

Das Lächeln auf dem Gesicht der anderen gefror. Dans Frau ließ Amelies Hand los, sie tat einen halben Schritt nach hinten. Er tauchte hinter ihr in der Tür auf, doch ehe er sich einmischen konnte, fand Amelie die Türklinke, nach der sie blind getastet hatte, drehte sich abrupt um und stürmte aus der Wohnung. Die Tür knallte ins Schloss, und dahinter erhoben sich die beiden Stimmen zu einem Streit, den Amelie nicht gewollt hatte.

Auf der Treppe blieb sie stehen. Sollte sie zurückgehen und sich entschuldigen? Aber was sollte sie sagen? «Entschuldigung, das habe ich nicht so gemeint, wie es vielleicht klingt»?

Aber das wäre gelogen.

Sie zwang sich, weiterzugehen. Als sie die Reisetasche im Kofferraum abstellte, schaute sie nicht hoch zu den erleuchteten Fenstern.

Jetzt war sie die Andere. Sie war der Eindringling in eine Ehe. Sie hatte ihn sogar geküsst, verdammt! Sie hatte in seinem Bett geschlafen, hatte morgens seine Erregung gespürt, als er neben ihr aufwachte. Sie war sich so verdammt erwachsen vorgekommen, weil sie nicht dem Impuls nachgegeben hatte, sich ihm zuzuwenden, ihn zu küssen und einfach alle Bedenken über Bord zu werfen. Sie hätte mit ihm schlafen können, wenn sie es gewollt hätte. Sie hatten es beide gewollt, und sie hatten es sich verwehrt, ohne so genau zu wissen, warum eigentlich.

Sie hatte es nicht gekonnt, weil sie immer noch hoffte, dass mit Michael alles irgendwie in Ordnung käme.

Und er war verheiratet.

So einfach war das also.

Eine Verirrung, nicht mehr.

Amelie fühlte sich einfach nur mies. So mies, dass sie sich hinters Steuer setzte und losheulte.

Verdammt, sie war kein Stück besser als diese Sabina. Sie hatte ihn nicht mal gefragt! Sie hatte geglaubt, er werde ihr schon sagen, wenn irgendwas dagegensprach, einander nahe zu sein. Und jetzt das. Sie fühlte sich so betrogen.

Vielleicht sollte sie sofort heimfahren. Was hatte sie hier überhaupt zu suchen?

Ihre Reisen nach Europa fanden 1914 ein jähes Ende. Sie waren gerade in London eingetroffen, als in Sarajevo das Attentat auf das österreichische Kronprinzenpaar verübt wurde.

Cornelius, der schon seit Monaten vor einem drohenden Krieg in Europa gewarnt hatte, wollte sofort heimfahren. Er war ein guter Mann, doch manchmal stand ihm seine Ängstlichkeit im Weg.

«Wann kommen wir zurück?», fragte Anne bang und beaufsichtigte das Kofferpacken.

Cornelius zuckte mit den Schultern. «Ich weiß es nicht. Vielleicht nie.»

Vielleicht nie. Der Gedanke erschütterte sie. Ihr Leben war wie das Meer den Gezeiten ihren jährlichen Besuchen in England unterworfen. Sobald sie im September nach Boston zurückkehrten, begann sie mit der Planung für die Reise des kommenden Jahres.

«Nie!»

Er umfasste ihre Schultern. «Anne. Irgendwann geht alles zu Ende! Lass doch endlich los.»

«Ich weiß nicht, was du meinst», stotterte sie.

«Ich spreche von Pembroke.»

Sie starrte ihn stumm an.

«Von der kleinen Antonia, die gar nicht mehr so klein ist», fügte er hinzu.

Anne hatte das Gefühl, den Boden unter den Füßen zu verlieren. «Cornelius, Liebster …»

Sie hatte gedacht, er wüsste nichts davon. Sie hatte gedacht, er würde es nicht merken. Und jetzt, nach all den Jahren, in denen sie aus der Ferne über ihre älteste Tochter gewacht hatte, erfuhr sie, dass er die ganze Zeit schweigend zugesehen hatte.

«Ist schon gut.» Er winkte ab. «Den Kindern und mir warst du immer eine gute Mutter. Eine wunderbare Ehefrau. Und ich habe vom Leben mehr bekommen, als ich mir je erhofft hatte.»

«Cornelius …»

«Möchtest du ein letztes Mal nach Pembroke? Möchtest du Abschied nehmen von ihr?»

Stumm nickte sie. Dann jedoch schüttelte sie den Kopf und tastete nach seiner Hand. «Nein», erwiderte sie leise. «Nein, ich will nicht noch mal nach Pembroke. Du hast recht – es ist gut gewesen.»

Sie war ihm zu dankbar, um mehr sagen zu können. Sie wusste nur, dass es hier zu Ende ging.

Jetzt musste sie loslassen. Sie führte ein anderes Leben als das, das ihr als Mutter eines Bastards einst vorherbestimmt gewesen war.

Kapitel 21

Erst an diesem Abend wurde Amelie bewusst, was sie sich eigentlich von Dan versprochen hatte. Sie hatte so sehr darauf gehofft, bei ihm Antworten zu finden.

Zum Beispiel auf die Frage, ob sie dauerhaft mit Michael zusammenbleiben sollte. Oder ob sie hier ein letztes Mal abbiegen durfte, ehe ihr Leben dann eine Richtung einschlug, die hoffentlich für die nächsten Jahrzehnte Bestand hatte.

Eigentlich war es schon fast lachhaft, wie sie sich an ihn geklammert hatte. Schwärmerisch und voller Naivität hatte sie geglaubt, es könne ja mal so laufen wie in einem Liebesfilm. Dort standen sich Mann und Frau doch auch gegenüber und wussten sofort, dass sie zueinandergehörten. Und dann mussten nur noch ein paar Hindernisse aus dem Weg geräumt werden, und alle waren glücklich.

Hier war das Hindernis leider eine sehr hübsche Ehefrau.

Amelie fuhr zu Mathilda. Dort brannte noch Licht. In dem kleinen Gärtchen hinter dem schmalen Haus hingen Lampions in den Bäumen, und melancholische Tangoklänge verzauberten die kühle Waliser Nacht. Etwa zwei Dutzend Leute hatten sich hier versammelt, um zu feiern – das Leben, einen Geburtstag oder einfach, dass heute ein wunderschöner Tag war. Als Amelie mit der Reisetasche in der Hand durch das Gartentörchen unter dem Rosenspalier trat, wandten sich ihr ein paar fröhlich erhitzte Gesichter zu – darunter auch Mathilda, die einen spitzen Schrei ausstieß und sich auf sie stürzte, als sei Amelie eine lange verschollene Freundin.

«Es ist Amy!», rief sie, als würde das alles erklären, und einige ihrer Freunde drängten sich um die beiden, um Amelie zu begrüßen. Sie stellten sich vor, und jemand drückte ihr ein Glas Wein in die Hand, das Amelie bei der ersten Gelegenheit diskret auf einem Tisch abstellte.

Wie sie bald herausfand, hatte Mathilda Geburtstag, den sie mit all ihren Freunden feierte. Auch Cedric war da, nicht wie sonst mit Pullunder und Krawatte, sondern mit einem kurzärmeligen Hemd. Seine Frau war ein charmantes, kleines Persönchen mit winzigen, stahlgrauen Locken und schwarz funkelnden Augen. «Nehmt dem armen Mädchen doch den Wein weg, sie will ihn ja doch nicht trinken!», rief sie, nachdem Cedric die beiden miteinander bekannt gemacht hatte. Sie zwinkerte Amelie zu.

Hier wurde sie mit offenen Armen willkommen geheißen. Man nahm sie auf, als habe sie schon immer dazugehört. Keine halbe Stunde nach ihrer Ankunft saß Amelie mit den anderen Gästen auf einer Bierbank, und sie sangen «Happy Birthday», während Mathildas beste Freundin einen zweistöckigen Geburtstagskuchen mit sechsundzwanzig Kerzen aus dem Haus trug.

Sie wünschte, sie könnte auch so viele Freunde um sich versammeln, wenn sie etwas zu feiern hätte.

Dieser Gedanke raubte ihr für einen Augenblick den Atem, aber dann drückte ihr jemand einen Pappteller mit Geburtstagstorte in die Hand, mit der sie sich beschäftigen konnte. Cedric und seine Frau Penelope kamen zu ihr herübergeschlendert, setzten sich zu Amelie und plauderten ein bisschen mit ihr. Irgendwann kam Mathilda hinzu, mit rosigen Wangen und einem fröhlichen Funkeln in den Augen.

«Hast du ein Zimmer für mich?», fragte Amelie.

Inzwischen hatte jemand im Haus die Musikanlage aufgedreht und die Fenster geöffnet. Cat Stevens erfüllte den Garten, Cedric zog Penelope auf die Füße. Sie tanzten eng aneinandergeschmiegt zu «Wild World», obwohl Amelie bisher nicht für möglich gehalten hätte, dass man dazu so richtig tanzen konnte. Und als danach die Rolling Stones ihr «Paint it Black» in den Nachthimmel schrien, hopsten die beiden wild und ausgelassen.

«Natürlich bleibst du bei uns», sagte Mathilda. Amüsiert beobachtete sie, wie Cedric mit seiner Penelope kreuz und quer durch den Garten galoppierte. «Ich hätte allerdings eher vermutet, dass du bei Dan unterkommst.»

«Seine Frau war heute da.»

«Ist Felicity zurück? Das wundert mich.» Mathilda war ehrlich erstaunt.

Natürlich wusste Mathilda Bescheid. Pembroke war nicht so groß, dass man nicht alles mitbekam. Alle wussten Bescheid. Amelie schniefte.

«Ich hab nicht gewusst, dass es sie gibt.»

«Hm», machte Mathilda nur. Sie biss sich auf die Unterlippe, als müsste sie sich mit Gewalt daran hindern, etwas zu sagen.

Cedric und Penelope pflügten durch die Menge der Tanzenden. Beide lachten ausgelassen.

«Ich dachte immer, seine Frau sei tot.»

«Ja, seine erste Frau. Das war eine traurige Geschichte. Mit Penelope ist er seit fünf Jahren zusammen. Sie ist meine Tante.»

Dass man auch im hohen Alter noch mal so viel Glück haben konnte ... Amelie schluckte. Sie stellte sich vor, wie Michael und sie wohl in dreißig Jahren wären, aber da war irgendwie ... nichts. Sie sah nur, wie sie beide alt und grau am selben Küchentisch im selben Haus saßen. Wie er danach in sein Arbeitszimmer ging und sie in ihres. Wie sie beide die Regalborde mit den Büchern immer breiter wachsen ließen.

War das ein Leben?

Sicher. Es wäre ihr Leben. Damit könnte sie glücklich werden.

Zumal sie nicht einen Schritt tanzen konnte.

Atemlos plumpste Penelope neben Amelie auf die Bank und wäre fast nach hinten gekippt. «Du meine Güte!», schnaufte sie glücklich. «So hab ich nicht mehr getanzt, seit ich zwanzig war.»

Cedric nahm Amelies Hände und zog sie hoch. Sie wehrte sich nicht, sondern ließ sich von ihm führen. Die Musik war eine wunderschöne Mischung aus Altem und Neuem. Und er zeigte ihr, dass man auch zu «Arcade Fire» tanzen konnte.

«Alles in Ordnung?», fragte er sie.

Amelie summte leise mit und nickte. Sie schloss die Augen. Jetzt will ich mir keine Sorgen machen, dachte sie. Jetzt will ich tanzen.

Morgen wollte sie überlegen, was zu tun war. Und das war ein beruhigender Gedanke. Sie ließ sich von der Feierstimmung trösten, vom Kuchen und den Menschen, die sie in den Arm nahmen.

Kurz nach Mitternacht war sie zu müde für dieses Fest, und schweren Herzens ließ sie sich von Mathilda in ihr Zimmer bringen. Die Musik wurde leiser gedreht, die Stimmen klangen gedämpft zu ihr herauf. Vom Bett aus sah sie, wie die Lampions im Wind tanzten. Und Leonard Cohen sang sie in den Schlaf.

Mathilda war um sieben schon auf und stand in der kleinen Küche, in der sie für das Restaurant und ihre Pensionsgäste kochte. Gut gelaunt räumte sie die Spülmaschine ein. Auf dem

Tisch standen, säuberlich eingetuppert, die Reste vom Fest. Von der Torte war nicht ein Krümel übriggeblieben.

«Frühstück?», fragte sie Amelie, die in die Küche getreten war.

Amelie nickte. Trotz so viel Kuchen zu später Stunde hatte sie einen Bärenhunger.

«Du siehst auch schon besser aus. Gestern Abend hab ich mir Sorgen gemacht.»

«Ich war einfach nur überrascht.»

«Wegen Felicity.»

Amelie nickte.

Mathilda setzte sich zu ihr.

«Das mit den beiden ist merkwürdig», sagte sie nachdenklich. «Felicity ist Dokumentarfilmerin. Viel unterwegs. Die meiste Zeit bleibt Dan allein. Sie war schon mal sechs Monate weg, da haben wir uns alle gefragt, ob sie sich getrennt hätten. Er macht nicht den Eindruck, als würde er sie vermissen. Und sie ist ein freies Vögelchen.»

«In seiner Wohnung sieht man nicht, dass es sie gibt.» Amelie senkte den Kopf. «Aber ich hab auch nie danach gefragt.»

«Ach je.» Mitfühlend streichelte Mathilda ihren Arm. «Du Arme.»

Amelie schüttelte den Kopf. «Ich bin nicht seinetwegen hier. Ich brauche ein Zimmer, aber ich hab ja gedacht, ich komme bei ihm unter. Das Geld geht mir irgendwann aus, und ich muss mir vielleicht in ein paar Wochen eine eigene Wohnung suchen.» Jetzt überkam sie ein Gefühl der Hilflosigkeit, und sie fuhr sich müde mit den Händen durchs Gesicht. «Verdammt, was mache ich denn hier? Ich könnte es doch so einfach haben. Michael tut alles für mich, wenn ich ihn nur darum bitte.»

Mathilda verstand vermutlich nicht alles, was sie sagte. Aber sie spürte es, wenn jemand Trost brauchte. Sie rückte näher, legte den Arm um Amelies Schulter und gab die einzige Antwort, die es in dieser Situation geben konnte: «Du machst das einzig Richtige, Amy. Du gibst nicht auf.»

Sie nahm ihre täglichen Besuche in der Bibliothek wieder auf. Cedric freute sich, sie wieder bei sich zu haben. Er kochte ihr Tee, und sie durfte so viel mit den Ingwerkeksen krümeln, wie sie wollte. Damit sie oben in den Bibliotheksräumen nicht länger gestört wurde, wies er ihr ein wunderschönes Zimmerchen im Souterrain zu. Bis auf Tisch und Stuhl stand nichts darin. Sie konnte von dort direkt ins Archiv gehen, und vor dem Fenster stand eine Kastanie.

Es wurde tatsächlich Sommer in Pembroke. Die Tage waren warm, die Nächte angenehm kühl. Abends saß man lange draußen vor der Tür oder im Garten. Amelie brauchte weniger Schlaf. Dafür war ihr Bedürfnis nach Bewegung gewachsen. Jeden zweiten Tag lief sie den weiten Weg zum Strandhaus. Beim dritten Mal nahm sie Putzsachen mit. Sie fragte Cedric, wie man wohl alte Möbel am leichtesten loswurde. Wo man eine gute Matratze und Bettzeug bekam. Was Strom kostete und was sie beachten müsste, wenn sie dort draußen wohnen wollte.

«Bleibst du für immer hier?», fragte Mathilda eines Abends. Sie hatte Amelie geholfen, im Baumarkt Farbe zu kaufen, die sie jetzt zum Häuschen transportierten. Sie fuhr den kleinen Kastenwagen sehr konzentriert und trug eine riesige Brille auf der Nase. Bei ihrem Anblick musste Amelie lachen. Ihre neue Freundin hatte eine frappierende Ähnlichkeit mit einer Eule.

«Ich weiß es nicht», gab Amelie offen zu. Verlockend war die

Vorstellung ja, zumal sie immer mehr das Gefühl hatte, hierherzugehören. «Zumindest bleib ich diesen Sommer.»

«Das ist gut. Im Sommer ist es hier schön.»

Sie erreichten das Haus. Davor stand ein großer, natogrüner Geländewagen. «Erwartest du Besuch?»

Amelies Herz schlug bis zum Hals, als sie aus dem Wagen stieg. «Nein.»

Wenige Sekunden lang hoffte sie, dass es vielleicht Dan war, der nach ihr suchte. Sie hatte ihn seit über einer Woche nicht gesehen. Und sie vermisste ihn.

Vielleicht vermisste sie auch einfach nur, dass sie sich bei ihm so gut aufgehoben gefühlt hatte.

Von Michael hatte sie nichts gehört, aber da hielt sich das Vermissen in Grenzen. War das gut oder schlecht? Oder war es einfach vorbei?

Die Haustür stand offen. Dann konnte es nicht Dan sein, denn er hatte keinen Schlüssel.

«Hallo?» Mit Tapetenrollen bepackt, betrat sie die Küche. Die Arbeitsfläche war sauber, der Herd von der Wand abgerückt. Dahinter strahlendes Weiß. Jemand hatte sich bereits darangemacht, das Häuschen zu renovieren.

«Jon?»

«Im Wohnzimmer!»

Sie legte im Esszimmer die Tapetenrollen auf den Tisch, die sogleich in alle Richtungen davonhüpften. Dann folgte sie seiner Stimme.

Jon stand vor der Terrassentür. «Das trifft sich gut, dass ihr kommt. Ich wollte gerade die Tür aushängen. Hilfst du mal?»

Mathilda ging ihm sofort zur Hand. Gemeinsam mit Jonathan trug sie die Terrassentür in den Garten und legte sie auf zwei

Böcke. Er wischte sich den Schweiß von der Stirn. «Hab gehört, du bist wieder da», sagte er. «Hast gar nicht Hallo gesagt.»

«Ich wusste nicht, ob es dir recht ist, wenn ich Hallo sage.»

«Wir sind doch eine Familie», erwiderte er.

Sie lächelte.

«Woher wusstest du, dass ich wieder hier bin?»

«Liegt in der Küche.»

Amelie ging zurück in die Küche. Auf der Anrichte lag ein Umschlag, an Jon adressiert. Sie öffnete ihn. Eine Karte fiel heraus, und sie erkannte die Handschrift ihrer Mutter.

Jon, das hier gehört Amy. Sie wird es haben wollen, und mit mir spricht sie nicht mehr. S.

Es waren die Postkarten ihres Vaters. Amelie holte tief Luft. Durch ihre Familie ging ein tiefer Graben, und sie stand jetzt offensichtlich auf der anderen Seite. Leider noch immer so ahnungslos wie zuvor.

«Kommst du?» Mathilda schleppte Farbeimer und die restlichen Tapetenrollen ins Haus. Sie wollten die beiden Zimmerchen unterm Dach als Erstes renovieren, danach noch das Schlafzimmer und zum Schluss die Wohnräume. Dafür mussten sie die Tapeten abreißen, aber das war gar nicht schwer. Wenn man sie mit Wasser einsprühte, fielen die Tapeten schon fast freiwillig von den Wänden. Amelie stürzte sich mit Feuereifer in die Arbeit. Nach einer Weile verabschiedete sich Mathilda, weil sie zurück in die Pension musste.

Jonathan war tatsächlich hier, weil er helfen wollte. Er schliff die Türen und Fensterrahmen ab, um sie anschließend rot zu lackieren. Die Außenwände müsse man mal wieder tünchen, aber das hätte Zeit, erklärte er ihr. Vor allem musste das Haus winterfest gemacht werden. Er schlug vor, bei nächster Gelegenheit noch mal in den Baumarkt zu fahren und neue Fußböden für die Schlafräume auszusuchen.

Kein Wort über die Postkarten. Er war hier, um zu helfen. Damit sie später hier leben konnte. Weil sie hierhergehörte.

Sie war ihm dankbar. Weil er half. Weil er die etwas kindliche Tapete für eines der Zimmer unter dem Dach und ihre Teppichboden-Auswahl unkommentiert ließ. Weil er die schweren Sachen schleppte und ihr zeigte, wie man tapezierte.

Drei Tage werkelten sie, oft war Jonathan allein dort draußen, während Amelie die Vormittage im Archiv verbrachte. Sie war froh, ihn zu haben – wäre Jonathan nicht gewesen, hätte sie das Gefühl gehabt, ganz allein auf dieser Welt zu sein, obwohl das gar nicht stimmte.

Und wenn sie nach einigen Stunden harter Arbeit gemeinsam auf den Stufen vor der Küche saßen, fühlte Amelie sich nicht mehr so einsam.

Bei einer dieser Gelegenheiten fragte sie ihn nach den Postkarten. Sie hatte sie schon den ganzen Morgen in der Brusttasche ihrer Latzhose mit sich herumgetragen, und jetzt zog sie sie umständlich heraus. Jon verschlang gerade mit zwei Bissen ein gekochtes Ei.

«Meine Mutter sagt, die stammen von meinem Vater.»

Jons Blick streifte die Karten. Er wischte beide Hände an seiner Arbeitshose ab. «Wird dann wohl so stimmen», meinte er nur.

«Ich dachte, du erzählst mir irgendwann mehr über ihn.» Amelie wartete ab, doch Jon schwieg verbissen. Das konnte er gut – sie mit seinem Schweigen zum Reden bringen.

«Tu ich nicht», knurrte er.

«Er ist immerhin dein Sohn.»

«Er ist nicht mein Sohn, und ich werde dir nicht sagen, wo er ist.»

Entschlossen stand Jon auf und reckte sich. «Muss jetzt weiter-machen, die Tapeten kommen ja nicht von allein an die Wände.»

«Was heißt das, er ist nicht dein Sohn?», rief Amelie hinter ihm her, aber Jon war schon im Haus verschwunden. Sie hörte ihn pfeifen; ein aggressives, fast trotziges Pfeifen, das ihre Stimme übertönte.

Hier kam sie also keinen Schritt weiter. Sie verstand sich inzwischen mit ihrem Großvater, aber er war mindestens so verstockt wie ihre Mutter.

Auf dem Heimweg machte sie im Supermarkt halt. Mathilda hatte sie gebeten, ein paar Kleinigkeiten zu kaufen.

Als sie den kühlen Laden betrat, sah sie die schlanke, blonde Felicity, die in der Gemüseabteilung ihren Korb füllte, und sie wäre am liebsten sofort wieder umgekehrt. Zu spät: Felicity hatte sie schon entdeckt und rief ihren Namen.

«Amy! Wie schön, dich hier zu treffen.»

Sie ging so vertraut mit Amelie um, als wären sie alte Schulfreundinnen. Amelie lächelte gequält. «Hallo», sagte sie nur.

«Wir haben dich schon vermisst», behauptete Felicity und wählte die Schale mit den reifsten Erdbeeren aus. «Dan meinte, du hast viel zu tun.»

«Ich renoviere das Strandhaus meines Großvaters. Vielleicht bleibe ich länger in Pembroke.»

Felicity schien sich darüber ehrlich zu freuen. «Das ist gut», meinte sie. «Pembroke ist ein feines Fleckchen Erde. Ich komme total gerne hierher zurück.»

«Wo warst du denn in den letzten Wochen …?»

Amelie packte Pfirsiche in einen Plastikbeutel. «Pass auf, da ist einer schon angeditscht», warnte Felicity sie. Dann fuhr sie fort: «Ich war zuletzt in Grönland. Wusstest du, dass es dort die weltweit höchste Selbstmordrate gibt? Es ist ein wunderschönes Land, aber die Inuit scheinen nicht glücklich zu sein. Irgendwie ... Ich wollte ihrem Elend eine Stimme geben, aber ich fürchte, der Film wird zu deprimierend, den will nicht mal die BBC.»

«Du bist Dokumentarfilmerin?»

«Ja, hat Dan dir das nicht erzählt?»

Stumm schüttelte Amelie den Kopf.

Er hat mir gar nichts über dich erzählt, hätte sie Felicity am liebsten an den Kopf geworfen. Kein Wort von einer Frau mit flachen, weißen Sandalen, gebräunten Beinen und einem roten Tupfenkleid. Genauso wenig von diesem hinreißenden Lächeln und dieser netten, offenen Art.

Es fiel ihr schwer, Felicity nicht zu mögen.

Sie schlenderten durch den Markt, und während sie nebenbei ihre Einkäufe in die Körbe packten, erzählte Felicity von einem Film über die Naturvölker in Zentralafrika, über eine Reise in die Takla Makan und darüber, wie sie drei Monate in Japan die Spuren des Tsunamis dokumentiert hatte.

«Ich sehe viel, aber ich bin jedes Mal froh, wenn ich die schroffen Felsen von Pembrokeshire wiedersehe. Oder wenn ich einfach ein paar Wochen nichts sehe außer den Menschen hier mit ihren kleinen, harmlosen Erste-Welt-Problemen. Nichts für ungut», fügte sie hinzu. «Dan meinte, du machst grad eine schwere Zeit durch. Ich wollte dir damit auf keinen Fall zu nahe treten.»

«Meint er das? Hm», machte Amelie.

«Komm doch mal zum Abendessen zu uns», schlug Felicity vor. Inzwischen standen sie an der Kasse an. Amelie wusste nicht, ob sie erleichtert sein sollte oder enttäuscht. Mit Felicity hätte sie sich unter anderen Umständen gern länger unterhalten.

«Mal sehen», sagte sie unbestimmt.

Sie bezahlte ihre Einkäufe nach Felicity, die geduldig wartete. Als sie aus dem Supermarkt traten, umarmte sie Amelie spontan. «Schön, dich mal wiedergesehen zu haben. Du warst neulich abends irgendwie verschreckt, ich hoffe, das lag nicht an mir.»

Sie winkte zum Abschied, brauste mit dem feuerroten Mini Cooper vom Parkplatz und hupte sogar, ehe sie um die nächste Kurve verschwand. Amelie blickte ihr nachdenklich hinterher.

Verschreckt traf es vielleicht ganz gut. Und ja, es lag an Felicity – aber Amelie hatte es nicht übers Herz gebracht, ihr das so zu sagen.

Ja, tut mir leid. Eigentlich bin ich gerade dabei, mich in deinen Mann zu verlieben, aber du musstest ja unbedingt auftauchen und alles kaputt machen.

Nein, das war kaum die Antwort, die Felicity gern hören würde.

«Und wenn du einfach mal beim Standesamt nachfragst?», schlug Mathilda vor.

Amelie rührte gerade den Waffelteig für den sonntäglichen Ansturm im Café, während Mathilda drei Torten anschnitt. Überrascht blickte sie auf.

«Wenn deine Eltern hier geheiratet haben, müsstest du beim Standesamt doch fündig werden, oder? Außerdem müssten sie das Original deiner Geburtsurkunde haben. Auch dort müsste dein Vater genannt sein, nicht wahr?»

Auf die Idee war sie noch gar nicht gekommen, und wenn sie ehrlich war, war ihr das ein bisschen peinlich. Ausgerechnet sie als Historikerin musste doch wissen, wie man die Spuren der Vergangenheit nachzeichnete! Amelie musste über sich selbst lachen.

«Dass ich nicht eher darauf gekommen bin!»

«Dann klärt sich vielleicht auch, was es mit der Geburtsurkunde aus Berlin auf sich hat.»

Das mit der Berliner Geburtsurkunde war auch so eine Sache. Sie war nicht kurz nach Amelies Geburt ausgestellt worden, sondern gut fünf Jahre später, unmittelbar nach jenem Umzug nach Berlin. Ein Anruf beim Standesamt hatte immerhin so viel zutage gebracht, dass es sich um eine deutsche, beglaubigte Kopie des walisischen Originals handelte. Für deutsche Kinder, die im Ausland geboren wurden, konnte man jederzeit eine deutsche Ausgabe der Urkunde beantragen. Amelie hatte sich diese Information gemerkt. Wer weiß, ob sie die nicht auch irgendwann brauchte?

Im Café war an diesem Nachmittag viel los, und Amelie half gerne im Service aus. Mathilda ließ sie für wenig Geld in dem Zimmerchen wohnen, bis das Häuschen am Strand hergerichtet war, und dafür revanchierte Amelie sich gerne. Sie hatte die Tische mit kleinen Wildblumensträußchen in Tonkrügen geschmückt, die sie in der Anrichte im Esszimmer des Strandhauses gefunden hatte.

Weil so viel los war, bemerkte sie erst spät, dass sie hinten in der Fensternische drei altbekannte runzlige Gesichter unter lila Löckchen anlächelten – Ruthie und ihre Freundinnen waren auch da.

«Das ist aber schön, Sie mal wieder hier zu sehen, meine Liebe», sagte Ruthie, als Amelie zu ihnen an den Tisch kam. «Bleiben Sie für länger?»

Amelie lächelte. Bestimmt hatten die drei schon davon gehört, dass Jonathan und sie das Strandhaus hergerichtet hatten, und waren nur hergekommen, um ihre unstillbare Neugier zu befriedigen.

Aber Ruthie hatte ihr vor ein paar Wochen sehr weitergeholfen, deshalb wollte sie nicht zu zickig sein.

«Ich weiß es noch nicht», meinte sie. «Aber bis das Buch fertig ist, bestimmt.»

Die beiden Minipli-Schildkröten-Schwestern blickten einander an, und dann erklärte Rosalie – oder war es Edith? –: «Dann wissen Sie es gar nicht.»

«Was soll ich wissen?», erkundigte Amelie sich höflich. Diese Waliser waren wirklich ein stures Volk. Redeten gern, aber meist um den heißen Brei herum.

«Edith, nicht.» Ruthie schüttelte mahnend den Kopf. «Die arme Amy hat doch schon genug um die Ohren. Verstehen Sie sich eigentlich jetzt besser mit Jonathan?»

«Wir kommen klar.»

«Und die Tagebücher von Franny haben Sie weitergebracht?», bohrte Ruthie nach.

Mit den Tagebüchern hatte Amelie zuletzt kaum mehr gearbeitet. Was interessierte sie, welche Kinderkrankheiten der Nachwuchs vom Dienstmädchen Annes sieben Jahre nach deren Aufenthalt in Pembroke plagten? Sie wich der Frage daher aus und erklärte, es müsse ja noch viel Material gesichtet werden, bis sie sich ein abschließendes Urteil erlauben könne, außerdem habe sie erst kürzlich das ganze Konzept ihres Buches völlig neu aufgestellt und so weiter. Sie merkte, wie wenig ihre Antwort den drei älteren Damen gefiel. Sie wiegten die Köpfe, und Ruthie schnalzte unwillig mit der Zunge.

«Aber ich werde mich möglichst bald wieder daranbegeben», versicherte Amelie. «Die Tagebücher haben mir sehr geholfen.»

«Es soll ja noch mehr geben. Aus der Zeit vor 1903.»

«Ja, das erwähnten Sie.»

«Ich weiß nur nicht, wo die jetzt sind. Vielleicht finden Sie in einem späteren Tagebuch ja einen Hinweis.»

«Vielen Dank. Ich werde nachschauen.»

«Gut, wir müssen dann weiter.» Miss Fenwick legte eine Pfundnote auf den Tisch und scheuchte die Tremayne-Schwestern auf. «War schön, mal wieder mit Ihnen zu plaudern, Amy. Grüße an Mathilda und Ihren Herrn Großvater.»

Im Gänsemarsch trippelten die drei von dannen. Amelie blieb keine Zeit, über diesen merkwürdigen Besuch nachzudenken, denn schon riefen die nächsten Gäste nach ihr. Bis zum Abend war sie ständig auf den Beinen. Erst als sie sich nach dem Abendessen auf ihr Zimmer zurückzog, fiel ihr das Gespräch wieder ein.

Sie holte die fünf Kladden hervor und blätterte lustlos darin herum. Besonders die letzte machte nicht gerade den Eindruck, als könne sie daraus irgendeine Erkenntnis ziehen.

Doch dann stieß sie auf den Eintrag vom 17. Mai 1913. Und während sie die Zeilen Frannys las, wurde sie das Gefühl nicht los, diese Geschichte von irgendwoher zu kennen ...

17. Mai 1913

Das Kind ist kein Kind mehr.

Keiner kann das mehr leugnen, denn gestern hat das Kind sich mit einem feschen Kerl verlobt. Ein Kapitän zur See, eine gute Partie, würden alle im Dorf sagen, aber ich weiß, dass es für das Kind nie genug sein wird. Es hat so viel mehr verdient, aber es wirkt sehr zufrieden mit seinem Verlobten. Er hat ihr einen goldenen Ring geschenkt, ganz schlicht und wunderschön. Sie werden ein eigenes Haus beziehen, in der Main Street. Dass er verschroben ist, sollen die Leute meinethalben gern hinter vorgehaltener Hand flüstern. Solange er das Mädchen glücklich macht, soll es mir recht sein.

Seine schönste Verrücktheit ist bestimmt die leuchtend blaue Tür seines Hauses. Die zahllosen Schätze, die er von seinen Reisen über die sieben Weltmeere heimgebracht hat, versammelt er hinter dieser Tür, und es bleibt noch genug Platz für viele Kinder.

Im Oktober feiern wir Hochzeit. Ich werde ihrer Patin schreiben, dass sie ein anständiges Kleid bekommt und alles, was eine junge Frau für ihren eigenen Hausstand braucht.

Sie ist kein Kind mehr. Und schon im Oktober wird sie die junge Mrs. Bowden sein, mit eigenem Hausstand und hoffentlich schon bald gesegnet mit einer großen Kinderschar.

Ich bin nun nicht länger für sie verantwortlich, denn ich habe sie aufgezogen, wie man es mir einst aufgetragen hat. Sie war für mich immer wie eine Tochter. Aber jetzt trennen sich unsere Wege. Sie gehört nicht mir, das hat sie nie. Ich bekam sie von ihrer Mutter nur anvertraut, dass ich sie aufziehe und dann gehen lasse.

Ich habe meine Pflicht erfüllt. Alles Weitere liegt allein in Gottes Hand.

Kapitel 22

Frannys Tochter war Antonia. Also nicht Frannys Tochter, sondern ... Annes Kind? Das Mädchen?

Konnte das sein?

Hatte Anne ihr Kind in Pembroke zurückgelassen, in der Obhut ihres Dienstmädchens, damit dieses sich um das Kind kümmerte? War Antonia also hier aufgewachsen?

Amelies Herz klopfte heftig. Das war es. Dafür gruben Historiker monatelang in den Archiven. Und ihr fiel dieses Detail einfach so in den Schoß. Sie drückte die Kladden glücklich an ihre Brust.

Wie konnte sie auch nur einen Moment lang daran denken, Pembroke zu verlassen? Dafür war es hier doch viel zu spannend!

Es war gar nicht schwer, an die Geburtsurkunde heranzukommen.

Als Amelie zwei Tage später in das Standesamt von Pembroke kam, sah sie sich einem bekannten Gesicht gegenüber.

«Mrs. Tremayne!», rief Amelie ehrlich überrascht.

Rosalie – es war doch Rosalie, oder? – lächelte schmal. «Eigentlich Miss Tremayne», sagte sie spitz.

Sie saß hinter einem kleinen, plastikgrauen Schreibtisch, auf dem sich die Akten stapelten. Der zweite Schreibtisch im Raum war ebenso vollgeräumt, und auf der Fensterbank standen einige Orchideen, die üppig blühten. Amelie wäre jede Wette eingegangen, dass Edith den zweiten Schreibtisch besetzt hielt.

«Entschuldigung», sagte sie hastig.

«Was kann ich für Sie tun, Amy?»

«Ich würde gern eine Kopie meiner Geburtsurkunde bekommen. Und ... die Heiratsurkunde meiner Eltern.»

«Hm», machte Rosalie. «Die beiden haben damals hier geheiratet, sind Sie da sicher?»

«Nein, ich bin mir da überhaupt nicht sicher.»

«Ich werde nachschauen.»

Erstaunlich fix zog Rosalie Tremayne die auf einer schwenkbaren Halterung befestigte Tastatur heran und tippte. Nach wenigen Sekunden ratterte der Drucker los. Keine zwei Minuten später hielt Amelie zwei Dokumente in der Hand, dazu eine Quittung über fünfzehn Pfund, die sie sofort begleichen musste.

Sie war im ersten Moment viel zu perplex, um auf die Heiratsurkunde zu schauen. «Können Sie auch nachsehen, ob mein Vater noch in Pembroke gemeldet ist?»

«Das brauche ich nicht nachzusehen, Herzchen.» Rosalie klapperte trotzdem auf die Tastatur. «Da, wusste ich's doch. Er ist 1984 weggezogen. Seine neue Meldeadresse ...» Sie schrieb etwas auf einen Zettel und reichte ihn Amelie. «Sagen Sie aber niemandem, dass Sie die von mir haben. Darf ich eigentlich nicht rausgeben.» Sie zwinkerte verschwörerisch.

«Danke», sagte Amelie verdutzt. Sie hatte ja keine Ahnung, dass sie in Pembroke schon so viele Freunde hatte.

«Sind Sie derweil mit den Tagebüchern weitergekommen?», erkundigte sich Rosalie neugierig.

«Ja, na ja ...» Amelie zögerte. Sie hätte nur zu gern mit jemandem über ihre neue Entdeckung gesprochen. Aber wenn Rosalie Tremayne davon wusste, würde der ganze Kaffeekränzchenclub innerhalb kürzester Zeit ebenfalls Bescheid wissen.

«Ich glaube schon», sagte sie lahm. «Das erzähle ich Ihnen beim nächsten Mal, ja?»

«Aber ganz bestimmt!» Rosalie winkte ihr nach, als Amelie ging.

Erst draußen vor dem Rathaus der Stadt schaute Amelie auf die Heiratsurkunde.

Ihre Eltern hatten am 12. Mai 1976 geheiratet. Sie war im August 1979 geboren, und irgendwann im Herbst 1984 war ihre Mutter mit Amelie nach Deutschland zurückgezogen. Ebenfalls im Herbst 1984 war ihr Vater aus Pembroke fortgegangen. Seine neue Adresse war im Norden des Landes. York.

Zu weit, um mal eben dort vorbeizufahren und Hallo zu sagen.

Es war auch viel zu lange her. Wahrscheinlich lebte er dort gar nicht mehr.

Oder?

Leider war Pembroke zu klein, um einem Menschen auf Dauer aus dem Weg zu gehen.

Und es gab nur eine Apotheke.

Früher oder später musste sie also Dan wieder gegenüberstehen, wenngleich Amelie einen späteren Zeitpunkt bevorzugt hätte. Mathilda aber litt gelegentlich unter Migräne, und dann war sie zu nichts fähig, außer sich in ihr abgedunkeltes Schlafzimmer zu legen und auf die Güte eines Mitmenschen zu hoffen, der ihr ein Migränemittel aus der Apotheke holte.

Und genau das passierte an diesem Nachmittag.

Kurz überlegte Amelie, ob es wohl in Ordnung ginge, wenn sie mit dem Bus in die nächste Stadt fuhr und dort das Migränemittel holte, aber dann verwarf sie die Idee wieder, weil Mathilda sich nicht länger als unbedingt nötig quälen sollte. Sie machte sich also auf den Weg und wappnete sich unterwegs, indem sie sich vorstellte, wie das Gespräch mit Dan ablaufen würde.

Wie geht's deiner Frau und dir?

Danke der Nachfrage, bestens.

Weiter kam sie nicht. Unvorstellbar, dass sie etwas anderes fragte. Oder dass er irgendwas sagte, das unpassend war, wenn man glücklich verheiratet war.

Natürlich hatte sie auch darüber nachgedacht: was, wenn die beiden nicht glücklich waren? Sie hatte Nächte neben Dan verbracht. Nicht unbedingt etwas, das ein verheirateter Mann mit einer Frau tun würde, wenn er nicht zumindest den Wunsch hatte, an seinem Leben etwas zu verändern. Aber wie sie es auch drehte und wendete: Amelie fühlte sich wegen der zwei Wochen in seinem Haus einfach nur schäbig. Und sie hoffte inständig, dass es ihm ebenso ging, denn das ersparte ihr letztlich die Zweifel daran, dass er ein anständiger Kerl war.

Die Apotheke war leer, als sie eintrat, und es dauerte ein wenig, bis Dan auftauchte. Er verlangsamte seine Schritte, als er sie erkannte, und blieb hinter dem Verkaufstresen stehen. Sein Blick suchte ihren, und sie schaute zu Boden.

«Ich bin wegen des Migränemittels da. Für Mathilda.»

«Ja», sagte er, «ich hol's.»

Er holte die kleine, weiße Papiertüte mit dem Medikament von hinten und stellte sie auf den Tresen. «Hier.»

«Danke. Was bekommst du?»

Sie bezahlte, er gab ihr das Wechselgeld. Ehe sie die Hand zurückziehen konnte, packte er ihr Handgelenk. Nicht grob, sondern zögerlich. Hätte sie schneller reagiert, wäre sie ihm entwischt.

«Amy, bitte.»

«Was denn?» Ihre Stimme zitterte.

«Wenn ich dir sage, dass . . .»

«Dass nichts so ist, wie es scheint? Das hab ich schon bemerkt», erwiderte sie kühl. «Hör zu, ich hab keine Lust, die Rolle zu erfüllen, die du mir zugedacht hast. Ich bin nicht das kleine, unschuldige Mädchen, das du benutzen kannst, um aus deiner Ehe auszubrechen. Und schon gar nicht bin ich die böse Nebenbuhlerin, auf die du alle Schuld abwälzen kannst. Da war nämlich nichts zwischen dir und mir, es gab nichts, das du ihr beichten müsstest, um dein Gewissen zu erleichtern.»

Diese Rede hatte sie sich schon vor Tagen zurechtgelegt, beim Streichen ihres Schlafzimmers im Strandhaus. Er starrte sie jetzt mit offenem Mund an, als habe er mit allem gerechnet, nur nicht mit so entschiedenem Widerspruch. «Das meinte ich gar nicht», erklärte er schließlich lahm.

«So? Was meintest du dann?»

Ehe er darauf antworten konnte, betrat eine Kundin die Apotheke. Amelie wandte sich so abrupt ab, als hätte sie ihn gerade heimlich umarmt. Sie stellte sich vor das Regal mit den Pflegeprodukten und wartete, bis die Kundin gegangen war.

«Es ist kompliziert», sagte er dann.

«Weißt du, das habe ich schon mal gehört», erwiderte sie scharf. «Für Michael ist auch alles kompliziert, und er bekommt jetzt zwei Kinder von zwei Frauen. Dumm nur, dass ich zwar mit ihm zusammen bin, aber die Zweite bin, die ihm seinen Herzenswunsch erfüllt, das hat ihn offenbar glauben lassen, es wäre besser, auf Sabina zu setzen. Was ihm jetzt natürlich leidtut und so weiter. Ändert aber nichts an der Tatsache, dass ich mich ziemlich austauschbar fühle. Und dasselbe machst du jetzt mit mir? Schönen Dank! Jetzt fühle ich mich wirklich wertvoll.»

Sie stürmte aus der Apotheke und lief nach Hause. Atemlos kam sie dort an, in ihrem Unterleib zog es schmerzhaft.

Sie brachte Mathilda das Migränemittel und legte sich am hellichten Tag ins Bett. Irgendwie fühlte sich ihr Leben gerade an, als wollte es nie mehr in Ordnung kommen.

Sie wachte auf, weil sie das Gefühl hatte, irgendwas übersehen zu haben. Und zwar nicht erst heute, sondern schon seit Tagen. Ihr Unterbewusstsein funkte ständig. Sie lag nach dem Aufwachen einen Moment lang mit geschlossenen Augen da und versuchte draufzukommen, was es war.

Schließlich gab sie's auf. An Schlaf war nun nicht mehr zu denken, und sie erhob sich mühsam, ging auf die Toilette und putzte sich die Zähne. Zurück im Zimmer, setzte sie sich an den kleinen, wackligen Schreibtisch und klappte das Notebook auf.

«In meiner Badewanne bin ich Kapitän», murmelte sie. Und musste lachen – Himmel, ihr Verstand spielte ihr wirklich üble Streiche. Es stimmte also, was man sich über das Gehirn einer Schwangeren erzählte. Irgendwann taten sich Lücken auf. Bei ihr waren es wohl eher Abgründe.

Sie öffnete das Dokument, in dem sie bisher am Buchmanuskript gearbeitet hatte. Inzwischen war es mühsam, denn durch die Neuausrichtung war vieles weggefallen, ohne dass sie es tatsächlich gelöscht hatte. Ganze Passagen waren mit rot markierten Änderungen übersät, Abschnitte gestrichen, andere neu formuliert. So langsam verlor sie den Überblick.

War es das? Übersah sie ein wichtiges Detail in Annes und Beatrix' Leben? Vergaß sie eine wichtige Frage, deren Antwort sie in eine ganz andere Richtung bringen würde?

Die nächsten zwei Stunden verschwendete sie mit der Suche

im Dokument. Sie besserte ein paar Tippfehler aus, formulierte einzelne Sätze um – und trotzdem kam sie nicht drauf, was genau nicht stimmte.

Sie wollte gerade aufstehen und zum Frühstück gehen, als sie es wieder bemerkte. Dieses Gefühl ... «Kapitän», murmelte sie.

Und dann begann sie, hektisch in den Unterlagen zu wühlen.

In Frannys Journal von 1913 wurde sie fündig.

«Gestern hat sich das Kind mit einem feschen Kerl verlobt. Ein Kapitän zur See, eine gute Partie, würden alle im Dorf sagen, aber ich weiß, dass es für das Kind nie genug sein wird», las sie sich leise vor.

Kapitän! Da war es wieder. Und ja, verdammt, jetzt wusste sie, was sie daran so sehr beschäftigte.

Sie wollte doch mal sehen, ob Jonathan Lust auf ein gemeinsames Frühstück hatte.

Mathilda hatte frische Brötchen und Croissants gebacken, und als Amelie ihr erzählte, sie wolle ihren Großvater besuchen, packte sie ein Körbchen mit den duftenden Köstlichkeiten und gab Amelie außerdem ein Gläschen mit Sauerkirschmarmelade mit. Amelie spazierte durch Pembroke und fühlte sich seit langem wieder einmal gut. Es versprach, ein angenehmer Sommertag zu werden. Und sie spürte, dass da etwas Großes darauf wartete, von ihr entdeckt zu werden. Dass sie kurz davorstand, etwas Wichtiges zu erfahren.

Jonathan schien nicht im Geringsten überrascht, sie zu sehen. «Ich hab Tee gekocht», meinte er, und als sie ihm den Korb mit den Brötchen hinhielt, lächelte er. «Mathilda backt immer die besten.»

Sie saßen in der Küche. Das Fenster stand weit offen, die kühle

Morgenluft strömte herein. Spatzen schimpften, nur selten fuhr ein Auto vorbei.

«Du bist wieder hier, weil du Antworten willst.» Diesmal begann Jonathan das Gespräch. Vielleicht fand er, Angriff sei die beste Verteidigung.

«Das will ich immer. Jedenfalls, solange du mir nicht alles erzählst.»

Er schüttelte lächelnd den Kopf. «Schon früher warst du so ... wissbegierig.»

«Geschadet hat es mir bisher nicht. Oder glaubst du, die Wahrheit über meine Familie könnte daran etwas ändern?»

Er starrte in seine Teetasse.

«Eigentlich interessiert mich etwas anderes», fuhr sie fort, schob den Teller von sich und holte aus ihrer Umhängetasche Frannys Tagebuch. «Ich möchte nämlich wissen, wie deine Großeltern hießen.»

«Meine Großeltern?» Er war verblüfft. Damit hatte er tatsächlich nicht gerechnet.

«Bei der Arbeit am Buch bin ich auf das Dienstmädchen von Anne Lambton gestoßen. Besser gesagt: gestoßen worden. Und Franny – so heißt sie – hat eine Tochter. Die mit einem Kapitän zur See verheiratet war, über den ich leider nicht viel weiß, denn kurz darauf brechen Frannys Aufzeichnungen ab, oder sie hat in einem anderen Heft weitergeschrieben. Jedenfalls habe ich nur das hier.»

Sie schob ihm das offene Heft hin. Vorsichtig fuhr er mit den Fingern über die Zeilen, die Amelie meinte. «Sie hieß Antonia. Meine Großmutter. Und mein Großvater hieß Reginald Bowden. Sie sind vor hundert Jahren in dieses Haus gezogen.»

Er stand auf. «Warte hier», sagte er und verschwand.

Diesmal ließ sich Amelie damit nicht abspeisen. Nie hatte sie über die Küche hinaus gedurft, darauf hatte Jon immer geachtet. Jetzt schob sie sich hinter dem Küchentisch hervor und folgte ihm auf leisen Sohlen ins angrenzende Wohnzimmer.

Jonathan stand vor einem Schrank, beide Türflügel weit geöffnet. Auf den einzelnen Regalbrettern und in den Schüben stapelten sich Dokumente, Mappen, Berge aus Papier. Er fuhr herum, als er ihre Schritte hörte.

«Du hast hier nichts zu suchen», grollte er. «Geh wieder in die Küche.» Sein Blick war so finster wie damals, als sie vor seiner Tür gestanden hatte und er sie ihr vor der Nase zugeschlagen hatte.

Amelie ignorierte sein Knurren. Neben dem Schrank stand ein Sofa, und darüber hingen in den unterschiedlichsten Rahmen Dutzende Fotos. Alte aus dem frühen 20. Jahrhundert waren ebenso dabei wie solche, die wohl in den siebziger und achtziger Jahren aufgenommen worden waren. Sie trat näher. Jonathan knallte die Schranktüren zu. «Amy ...»

Sie schüttelte den Kopf.

«Es ist auch meine Vergangenheit», flüsterte sie. Und lächelte, denn sie hatte das Hochzeitsfoto ihrer Eltern entdeckt. Darauf sah sie ihren Vater.

Er war ein hübscher Kerl. Rotblonde Haare, helle Augen. Ein Funkeln im Blick, voller Glück. Ihre Mutter trug ein schlichtes, weißes Kleid, keinen Schleier. Nur einen Kranz aus Blumen auf den kupferroten Locken.

Andächtig fuhr Amelie mit dem Finger über den Rahmen. Hinter sich hörte sie Jonathan schwer atmen. Doch davon ließ sie sich nicht beirren. «Sie waren ein hübsches Paar.»

Und man sah auf diesem Foto, wie sehr sie einander geliebt hatten, daran bestand für Amelie kein Zweifel. Zumindest im Blick ihres Vaters lag etwas Stolzes, Ungläubiges, dass er so ein hübsches Mädchen für sich gewonnen hatte.

Jonathan gab einen unartikulierten Laut von sich.

Es gab Babyfotos von ihr. Manche, auf denen sie blonde Haare hatte, andere wiederum mit dem Kupferrot ihrer Mutter. Verwirrt runzelte sie die Stirn. Babys konnten doch nicht so schnell die Haarfarbe wechseln?

Ein Foto zeigte sie mit einem Jungen, der etwas älter als sie zu sein schien. Beide Kinder saßen am Strand auf einer bunten Decke und hielten ein Eis in der Hand. Amelies Mutter hatte die Arme um die Kinder gelegt. Vermutlich hatte ihr Vater das Bild aufgenommen.

«Wer ist das?», fragte Amelie und zeigte auf den Jungen. «Mein Kindergartenfreund?»

Jonathan hob die Hand und nahm das Bild von der Wand. Seine Finger zitterten. Beinahe wäre es ihm entglitten.

«Jon?» Besorgt musterte Amelie ihn. «Was ist los?»

«Amy...» Seine Stimme war kaum mehr als ein Ächzen. «Bitte, Amy...»

Jetzt hatte sie wirklich Angst um ihn. Besorgt nahm sie seinen Ellbogen und führte ihren Großvater zum Sofa. Dort sackte er völlig entkräftet zusammen. Das Bild hielt er mit beiden Händen umklammert, und es dauerte ein paar Minuten, bis er wieder zu Atem kam. Dann schaute er auf und erwiderte ihren Blick. Amelie wartete. Sein Zögern war greifbar, und sie vermutete, dass das, was er ihr jetzt sagen wollte, wichtig war. Vergessen war ihre Ururgroßmutter, vergessen Frannys Tagebücher. Das hier, was auch immer es war, war wichtiger.

«Das hier», er tippte mit zittriger Hand auf den rothaarigen Jungen, «ist dein Bruder. Patrick.»

Dein Bruder.

Manche Dinge konnte man nicht begreifen, sosehr man sich auch bemühte. Manches war zu groß, um es mit dem eigenen Wissen in Einklang bringen zu können.

So fühlte sich Amelie in diesem Augenblick. Sie sank neben Jonathan aufs Sofa. Sagte lange nichts, während er mit den Fingern immer wieder den Bilderrahmen entlangfuhr. Die Gesichter der Kinder antippte, als könnte er sie so spüren.

Schließlich setzte sie sich auf. «Mein Bruder», wiederholte sie.

«Dein Bruder. Ja.»

Er schaute sie nicht an.

«Warum … Du hast ihn mit keinem Wort erwähnt. Ich hab einen Bruder! Warum hast du mir das nie gesagt?»

Er zuckte mit den Schultern.

«Jon, bitte! Ich hab einen Bruder, und du erzählst mir nichts davon?»

«Du hast auch nicht nach ihm gefragt», erwiderte Jonathan. Schwerfällig erhob er sich. In den letzten fünf Minuten schien er um zehn Jahre gealtert zu sein. Amelie hielt ihn am Ärmel fest.

«Mehr hast du nicht zu sagen? Wo ist er jetzt? Warum hast du mich ihm nicht vorgestellt?»

«Amy!» Er machte sich mit einem Ruck von ihr los. Sein Blick brannte sich ihr ein. «Was glaubst du wohl, wieso ich dir nichts von ihm erzählt habe? Wieso ich froh bin, dass du nichts mehr von ihm weißt? Meinst du nicht, es könnte dafür einen guten Grund geben?»

«Ich wüsste keinen!», erwiderte sie heftig. «Ich hab einen Bruder, und du verschweigst ihn mir! Ich hab ohnehin kaum Familie, von meinem Vater magst du ja auch nicht erzählen. Warum, Jon? Wieso hältst du mich von den beiden fern?»

«Weil du ihnen jetzt auch nicht näherkommst, wenn du weißt, dass es sie gibt. Darum.»

In Amelie war plötzlich so viel Wut, dass sie nicht wusste, wohin damit.

«Deine Selbstgerechtigkeit kotzt mich an!», schrie sie. Sie wollte auf irgendwas eindreschen, bis ihre Fingerknöchel anschwollen, sie wollte diesen Schmerz spüren, weil dann vielleicht das Gefühl schwand, schon wieder um ihre Vergangenheit betrogen worden zu sein.

Warum nur glaubten sie alle, Amelie könne die Wahrheit nicht ertragen? War das, was passiert war, denn wirklich so schrecklich?

«Amy. Amy!»

Sie stürmte aus dem Haus. Blind vor Tränen stolperte sie die Main Street entlang und hielt erst inne, als das Haus außer Reichweite war. Sofort gewann wieder die Vernunft die Oberhand, und sie schämte sich, weil sie ihren Großvater so wüst beschimpft hatte. Nicht gerade ein angemessenes Verhalten für eine Frau von über dreißig Jahren. Aber ihre Geduld war am Ende. Sie wusste, dass in ihrer Vergangenheit etwas Schreckliches passiert war. Etwas, das ihre Erinnerungen ausgelöscht hatte, das ihre Mutter und ihren Vater unwiderruflich entzweit hatte. Etwas, das ihr niemand erzählen wollte. Nicht mal die Klatschweiber um Ruthie Fenwick mochten damit herausrücken. Ein dunkelgrauer Schleier lag über der Zeit vor ihrem fünften Geburtstag.

Und da gab es einen Bruder.

Antonia hatte nie gewusst, woher sie kam. Franny hatte sie nicht wie ihr eigenes Kind aufgezogen, sondern wie das einer anderen, und das hatte sie immer gespürt.

Inzwischen war sie selbst Mitte zwanzig und Mutter, zum vierten Mal schwanger, und jenes still nagende Gefühl, nicht ganz willkommen gewesen zu sein im Leben der Frau, die sie immer Mama hatte nennen wollen, war einer tiefen Gewissheit gewichen. Aus dem braven, ruhigen Mädchen von einst war eine fahrige, unbeständige Mutter geworden. Ständig plagten sie Zweifel, ob sie alles richtig machte. Oft war sie allein, weil ihr Mann zwar kein Kapitän zur See mehr war, aber im fernen London eine Arbeit angenommen hatte, die ihn wochenlang dort festhielt.

Antonia hatte gelernt, mit alldem umzugehen. Sie hatte auch gelernt, mit ihrer eigenen Schwäche klarzukommen, mit jenen Nächten, die sie schlaflos verbrachte, ebenso wie mit den Tagen, an denen sie ins Leere starrte, wenn die drei Ältesten um sie herumtobten.

Es war der Herbst 1920, und ihre Vergangenheit kam mit der Post.

Sie fand tagsüber keine Zeit, das Paket zu öffnen. Es lag daher bis zum späten Abend vergessen auf der Anrichte. Erst als die Kinder schliefen, erinnerte sie sich daran.

Der Absender war eine Anwaltskanzlei aus London, und das Anschreiben war sehr nüchtern und knapp gehalten.

Sehr geehrte Mrs. Bowden,

im Auftrag unserer Mandantin übersenden wir Ihnen den Nachlass Ihrer Mutter, die vor wenigen Wochen verstarb.

Mit hochachtungsvollen Grüßen etc. pp.

Mehr nicht. Kein Wort darüber, wer diese ominöse Mandantin war, keine Namen. Antonia packte das Paket aus. Bündelweise Briefe. Die Memoiren einer gewissen Lady of H-, gewidmet «meiner Schwester Bumble», außerdem Postkarten in krakeliger Schrift, versendet an ein Postfach in Boston. Antonia erkannte die Schrift ihrer Ziehmutter, die vor zwei Jahren an der Spanischen Grippe gestorben war.

Mehr enthielt das Paket nicht. Und war doch ein so reicher Schatz, dass Antonia bis spät in der Nacht darübersaß und las. Briefe voller Schmerz, Briefe voller Liebe. Das Erbe ihrer Mutter.

War etwa die Lady of H- ihre Mutter? Hieß das, sie war die Tochter einer Adeligen? Die Memoiren waren sehr interessant, aber offensichtlich waren sie für die Schwester der Lady of H- bestimmt.

Das Paket warf mehr Fragen auf, als es beantwortete. Aber es schenkte Antonia, was sie nie besessen hatte: eine Vergangenheit. Etwas, das allein ihr gehörte.

Sie war froh darum. Es gab ein Zuhause, ein Heim, einen Ort, wo sie einst hingehört hatte.

Pembroke aber war ihre Heimat. Hier war sie verwurzelt, und hier verwurzelte sie auch ihre Kinder. Kein Grund, sich jetzt heimatlos zu fühlen, nur weil sie erfuhr, dass die Welt ihr mehr zu bieten gehabt hätte.

Kapitel 23

$\mathcal{D}$ie letzten Arbeiten am Haus erledigte Amelie mit Cedrics Hilfe. Er hatte zwar zwei linke Hände, aber viel war auch nicht mehr zu tun. Den Umzug bewerkstelligten sie dann am darauf folgenden Wochenende. Es gab ja nicht viel – Amelie hatte nur Koffer und Reisetasche und einen Karton mit ihren Unterlagen.

Alles Weitere würde sich finden. Das Häuschen war ihr Refugium, weit genug von Pembroke entfernt, um nicht ständig Leuten über den Weg laufen zu müssen, die sie nicht sehen wollte. Nach Dan und Felicity traf das jetzt auch auf Jonathan zu.

Das Leben da draußen im Strandhaus hätte also durchaus einsam werden können. Aber da hatte Amelie wohl nicht mit den Pembrokern gerechnet.

Nachdem sie Freitagmittag ins Haus gezogen war, merkte sie erst, wie viel zu einem richtigen Haushalt fehlte – die Töpfe waren wenig vertrauenerweckend, die Bratpfanne schwarz verbrannt. Das Besteck unvollständig, nur drei heile Gläser. Und diese Liste ließ sich beliebig fortsetzen.

Also stand sie wieder im großen Einkaufszentrum am Rand der Stadt vor dem Regal mit Porzellan und Gläsern, mit billigem Besteck und Plastiktöpfen, die kein Mensch brauchte.

«Amy!» Sie fuhr herum. Hinter ihr stand Rosalie Tremayne und strahlte.

«Hallo», sagte Amy nur.

«Was denn, wollen Sie das kaufen? Den billigen Ramsch?»

Amelie zuckte mit den Schultern. «Ich hab ja nix.»

«Da hätten Sie doch uns fragen können. Meine Schwester und ich haben Unmengen Kram auf dem Dachboden, gute Sachen. Da können Sie sich gern was aussuchen.»

«Danke!» Amelie war überrascht. War sie doch nicht mehr so unerwünscht hier, wie sie dachte?

Wenn sie nicht mehr allein sein wollte, musste sie das nicht. Ein beruhigender Gedanke.

Doch fürs Erste war sie mit der Einsamkeit ganz zufrieden.

Aber ausgerechnet Felicity war es, die Amelies Wunsch nach Einsamkeit nicht respektierte. Ausgerechnet die Frau, mit der Amelie am wenigsten zu tun haben wollte.

Am Sonntagmorgen stand ihr Wagen vor dem Haus, und sie klopfte so lange, bis Amelie ihr verschlafen und nur in den Flanellpyjama und eine knielange Strickjacke gehüllt öffnete. «Guten Morgen!», begrüßte Felicity sie fröhlich und drückte Amelie einen Karton in die Hand. «Warte, im Auto ist noch mehr.»

Amelie schaute verdutzt in den Karton. Reis, Nudeln, Mehl, Salz, Zucker – alles Dinge, die sie noch hatte einkaufen wollen. Olivenöl. Tomatenmark. Thunfisch in Dosen.

«Du brauchst mich nicht zu versorgen», protestierte sie schwach. Felicity schleppte eine Einkaufstasche mit Gemüse und einen Korb mit Obst und Milchprodukten an Amelie vorbei in die Küche.

«Ach was», meinte sie. «Das ist alles noch in meinem Kühlschrank gewesen, und ich muss morgen wieder los. Kam etwas plötzlich, aber wir haben eine Drehgenehmigung für die Verbotene Stadt bekommen. Die darf ich mir nicht entgehen lassen.»

«Peking?» Amelie folgte ihr in die Küche. Sie stellte den Karton auf der Anrichte ab. Felicity schaute sich suchend um, in der einen Hand zwei Porreestangen, in der anderen ein Bund Möhren. Amelie zeigte stumm auf den Kühlschrank.

«Der Wahnsinn, darauf habe ich zweieinhalb Jahre gewartet. Ich hab gedacht, das wird nie was, aber gestern früh kam der Anruf. Also muss ich wieder los.» Sie räumte den leeren Kühlschrank ein. Amelie reichte ihr Milchtüten, Fruchtjoghurts und Eier an. «So, das sieht schon besser aus. Danke, dass du mich von all den Sachen erlöst. Ich schmeiß ungern was weg, und Dan will das Zeug nicht, er hat seine eigenen Sachen. Und seinen eigenen Kopf.» Sie lachte, und Amelie konnte nicht anders: Ihr gefiel dieses Lachen, es war so fröhlich und voller Wärme.

«Hast du etwas Zeit?», hörte sie sich sagen. «Viel hab ich ja nicht …» Sie schaute in den Karton mit den Trockenvorräten und entdeckte eine Packung mit Fertigkuchen, die sie mit einem Lächeln hervorzog. «Magst du den?»

«Mh, ja!» Felicity lachte wieder. «Wenn's dazu noch Kaffee gibt, nehm ich mir die Stunde. Trevor – mein Kameramann – kümmert sich im Moment um den bürokratischen Kleinscheiß. Viel kann er ohnehin nicht tun, sonntags erreicht man niemanden. Wir müssen hoffen, dass morgen alles irgendwie klappt.»

Sie setzten sich auf der Terrasse mit Blick auf die Steilküste in die beiden Deckchairs, die Jonathan in stundenlanger Kleinarbeit abgeschliffen und dunkelblau lackiert hatte. Für Blau hatte er wirklich was übrig. In diesem Fall passte es auch perfekt. Zum Kuchen gab es Kaffee, schwarz und stark.

«Versprichst du mir was?», fragte Felicity, nachdem sie eine Weile einfach nur schweigend beisammengesessen und die Wärme genossen hatten.

«Mh?» Amelie war in Gedanken weit weg gewesen. Bei ihrem Bruder, um genau zu sein.

Ihrem unbekannten Bruder.

«Passt du auf meinen Dan auf, solange ich nicht hier bin?»

«Ich glaub, er kann ganz gut allein auf sich aufpassen», erwiderte Amelie leise.

«Das ist mir schon klar. Mir wäre aber wohler, wenn er nicht ganz so allein ist. Er bleibt gern für sich, wenn ich nicht da bin und ihn ein bisschen aufscheuche.»

Dazu sagte Amelie lieber nichts. Ginge es nach ihr, hätte sie gern weiterhin bei Dan gewohnt. Oder sogar auf ihn aufgepasst, wie seine Frau das nannte. Aber ihr fehlte der Mut, um Felicity zu gestehen, dass sie so ziemlich die Falscheste war, um auf ihren Mann zu achten.

«Schade, dass du nicht mal einen Abend rübergekommen bist. Ich hätte dich gern besser kennengelernt. Aber du bleibst bis zum Herbst?»

Amelie nickte. «Wahrscheinlich.»

«Dann sehen wir uns bestimmt noch mal wieder.» Felicity schaute auf ihre Armbanduhr. «Und jetzt muss ich leider schon wieder los, nach London. Vorher gebe ich noch meine Schlüssel bei der Nachbarin ab, die während meiner Abwesenheit die Katze versorgt. Schon bekloppt, sich eine Katze zuzulegen. Aber sie maunzt so niedlich, wenn ich heimkomme.»

Amelie begleitete Felicity zur Vorderseite des Hauses. Dort umarmte Felicity sie. «Pass auf ihn auf», flüsterte Felicity, und ihr Lächeln war ein bisschen zittrig. Ein Riss in der Fassade der blonden, erfolgreichen Fernsehjournalistin, die fürchtete, ihr Mann könne mit einer kleinen, grauen Historikermaus fremdgehen, während sie eine Dokumentation über die Verbotene Stadt drehte? Auch die Superfrauen dieser Welt hatten sicher ihre Ängste, dachte Amelie. Und sie versicherte, sie werde aufpassen, ganz bestimmt. Dabei fühlte sie sich richtig mies, denn ginge es nach ihr, würde sie am liebsten vergessen, dass es Felicity gab. Eine ihr unbekannte Ehefrau zu hintergehen wäre sicher einfacher gewesen, auch wenn sie dann keinen Deut besser als Sabina gewesen wäre.

Aber sie verstand auf einmal, warum man so etwas wollen könnte. Warum eine Frau jedes moralische Argument beiseitewischte.

So weit ist es also mit mir gekommen, dachte sie betrübt, als sie der davonfahrenden Felicity zum Abschied winkte. Ich überlege mir, wie ich einer anderen Frau den Mann ausspannen kann.

Dabei wusste sie doch nicht einmal, ob Dan das überhaupt wollte.

Und ob sie Dan wirklich wollte, wusste sie auch nicht. Also schon, dass sie seine Nähe spüren wollte, seine Hand auf ihrer Hüfte, seinen Atem in ihrem Nacken, wenn er nachts an sie geschmiegt schlief.

Aber ganz und gar? Das Leben mit ihm teilen, das Kind eines anderen Mannes mit ihm gemeinsam aufziehen, für immer nach Pembroke ziehen?

Aber ehe sie darüber nachdenken konnte, galt es, ein paar andere Fragen zu klären.

«Ich will ihn kennenlernen.»

Es hatte sie Überwindung gekostet, zu Jonathan zu fahren. Zum dritten Mal hatte sie das Gefühl, wie eine unwillkommene Bittstellerin vor ihm zu stehen. Und das, nachdem sie sich gerade erst geschworen hatte, nie wieder ein Wort mit ihm zu reden.

Das war wohl dieses Blut, dicker als Wasser. Und sie war vielleicht gar nicht so unnachgiebig, wie sie es sich wünschte.

Jonathan jedenfalls musterte sie erstaunt. «Wen?», fragte er nach einer langen Pause.

«Patrick. Meinen Bruder», fügte sie hinzu, als wüsste Jonathan nicht ganz genau, wer Patrick war.

«Amy.» Er seufzte. «Komm erst mal rein. Ich mach dir einen Kakao und …»

«Nein! Ich komm nicht rein, ich trink keinen Kakao, ich bin kein kleines Kind mehr! Ich will endlich wissen, wer ich bin. Woher ich komme. Warum niemand mit mir spricht, wieso ihr alle so … so …»

Er machte eine hilflose Handbewegung. «Ich würde es dir gern erklären», sagte er leise. «Aber es ist nicht leicht. Bitte. Du bekommst Antworten. Nur …» Sein Blick ging über ihre Schulter hinweg in weite Ferne. Seine blauen Augen wirkten unnatürlich hell und strahlend. Er runzelte die Stirn.

«Heute?», fragte sie. «Ich darf noch heute zu ihm?»

«Ja.» Sie spürte sein Nachgeben beinahe körperlich. Als habe sie seinen Widerstand niedergerannt. «Aber erst der Kakao. Bitte, Amy.»

«Also gut.»

Sie saßen in der Küche beisammen. Die heiße Schokolade mit Sprühsahnehaube tat ihr gut, denn sie fröstelte, obwohl der Sommer nach Wales gekommen war. Jonathan stand irgendwann auf. Er verschwand im Wohnzimmer, und sie vermutete, dass er dort wieder nach einem Fotoalbum suchte.

Amelie wartete. Sie war müde. Die Tage waren einsam und zu lang für sie.

Als Jonathan zurückkam, legte er zwei Alben zwischen sie auf den Tisch. «Da», sagte er. «Darin findest du auch Patrick.»

Amelie zog das obere Album zu sich heran. Ihr brannten so viele Fragen auf dem Herzen. Warum hatte ihr niemand von ihrem Bruder erzählt? Wie alt war er? Älter, vermutete sie. Warum war er nicht mit ihrer Mutter und ihr zurück nach Deutschland gegangen, nachdem ihre Eltern sich getrennt hatten? War er bei ihrem Vater aufgewachsen? Und was machte er heute? Wer war er?

Am wichtigsten aber, und immer wieder war da diese eine Frage: Was war damals passiert?

Das Album enthielt viele Fotos, manche lagen sogar lose zwischen den Seiten, von denen Amelie vermutete, dass Jonathan sie aus einem anderen Album entfernt hatte, ehe er es ihr gab. Familienfotos – glückliche Kinder, zuerst ihr Bruder, später sie mit dem Bruder neben sich, der als staunender Zweijähriger auf sie schaute. Mit jeder neuen Seite, jedem neuen Foto wuchsen beide Kinder heran, bis Amelie knapp fünf war und Patrick sieben. Sie sah ihn an seinem ersten Tag im Kindergarten, bei Kindergeburtstagen, verkleidet als Indianer, während sie auf kurzen Beinen und mit Cowboyhut hinter ihm herlief. Erinnerungen, die sie nicht fassen konnte. Erinnerungen, die sie allesamt vergessen hatte.

«Wir sehen glücklich aus», sagte sie leise.

«Ein Herz und eine Seele wart ihr. Die besten Freunde, seit dem Tag, an dem deine Mutter mit dir aus der Klinik kam. Wir haben immer gescherzt, dass du ihm überallhin nachlaufen würdest ...» Er schob das zweite Album herüber. Es enthielt Fotos der Familie. Hatte das erste vor allem Patrick und sie gemeinsam gezeigt, sah man sie jetzt mit den Eltern, Jonathan und anderen Leuten, die Amelie nicht kannte. Sie blätterte nachdenklich. Das alles, diese verblassten, rotstichigen Fotos, waren Teil ihrer Vergangenheit, und nichts davon berührte sie irgendwie. Das hier war ihr fremd. Nicht mal ein Funke Erinnerung kam auf.

«Aber wieso weiß ich von alledem nichts mehr?», flüsterte sie. Auf den Fotos sah ihre Mutter so jung und glücklich aus. Zugleich fast verletzlich, als müsse sie für dieses Glück kämpfen. Aber vielleicht bildete Amelie sich das auch nur ein, weil sie unbedingt glauben wollte, dass ein dramatisches Schicksal die Familie zerrissen hatte.

«Glaub mir. Es ist besser für dich. Dass du hast vergessen dürfen.»

«Wer ist das?» Sie tippte auf ein Gesicht. Eine hagere Gestalt, dunkle Haare, Vollbart. Finsterer Blick, ein dunkelgrüner Rollkragenpullover.

«Mein Bruder Reginald.» Jonathan runzelte die Stirn, als wunderte er sich, dieses Foto zu sehen. Es war an Amelies viertem Geburtstag aufgenommen worden, im Wohnzimmer des Strandhauses. Die Erwachsenen standen im Hintergrund, mit Bowleschälchen in der einen, Zigarette in der anderen Hand. Ihre Mutter trug ein weißes Kleid mit blauen Tupfen und sah wunderschön aus. Ihren Vater konnte Amelie auf keinem der Fotos entdecken. Vielleicht hatte er sie aufgenommen.

Sie ließ sich Zeit beim Betrachten der Alben, und Jonathan drängte sie nicht. Er kochte eine zweite Kanne Kakao, stellte eine Packung Kekse auf den Tisch und sagte nichts, als sie mit dem ersten Album von vorne anfing. «Ich kann mich nicht erinnern», flüsterte sie schließlich.

Weil sie es immer noch nicht fassen konnte. Was konnte so schlimm sein, dass sie die ersten fünf Jahre ihres Lebens so komplett hatte verdrängen können?

«Ich sagte schon, das kann auch ein Segen sein.» Jonathan stippte den Keks in seinen Kakao. «Wenn du so weit bist, können wir gleich los.»

«Ja, gerne.» Amelie trank den Kakao aus und stand auf. Sie wartete ungeduldig neben dem Küchentisch, während Jonathan in aller Ruhe austrank. Dann erhob er sich schwerfällig, räumte die Becher ins Spülbecken und ließ heißes Wasser darüberlaufen. Er trat in den Flur, warf sich eine Strickjacke über und nahm das Taschenmesser aus der Hosentasche, als sie vor die Tür traten.

Die Stockrosen waren über Nacht erblüht, und das zarte Rosa ihrer Blüten im dunklen Grün der Ranken sah wunderhübsch aus. Jonathan klappte das Messer auf und schnitt nacheinander zwei Blüten ab, von denen er Amelie eine reichte.

«Die mag er», sagte er leise.

Amelie nahm die Stockrose und schnupperte daran. «Weiß er, dass wir kommen?», fragte sie aufgeregt. «Sollten wir nicht lieber Bescheid sagen?»

«Er weiß Bescheid.»

Sie liefen die Main Street entlang Richtung Kirche. Davor führte ein Törchen auf den kleinen Friedhof, über den Amelie schon früher häufiger gegangen war, weil er mitten in der Stadt eine Oase der Ruhe war. Weil man links und rechts die verwitterten, alten Gräber sah und voraus einen Spielplatz, auf dem die Kinder des nahen Kindergartens vormittags tobten. Jetzt lag der Friedhof still im Schatten, und die Abendsonne fiel schräg und golden auf die Gräberreihen.

Statt geradeaus durch das zweite Törchen den Friedhof wieder zu verlassen, wandte sich Jonathan nach links und stapfte einen der Kieswege entlang. Amelie verlangsamte ihre Schritte. In ihr stieg eine schreckliche Szene auf.

Sie ist wieder fünf und geht an der Hand ihres Grandpas den Kiesweg entlang. Sie sind allein. Mom ist weg und Daddy schon seit langer Zeit. Vor ihnen tragen vier Männer in schwarzen Anzügen einen kleinen, weißen Sarg. Aber Amy mag nicht weitergehen. Grandpa hat ihr erklärt, was da geschieht, aber sie hat es bisher nicht glauben wollen. Dass man die Leute in Särge steckt und die dann in der Erde vergräbt. «Was passiert dann mit den Leuten?», hatte sie Grandpa und jeden gefragt, dem sie in den letzten Tagen begegnet war.

Und keiner hatte eine befriedigende Antwort gewusst. Die meisten hatten nur betreten zu Boden geschaut, Onkel Reginald hatte ihr über den Kopf gestreichelt und geseufzt. Und die alte Frau, die immer zu Grandpa kam und den Haushalt führte, hatte ihr erklärt, Patrick sei jetzt im Himmel bei den Engeln und schaue auf sie herab.

Amy hatte widersprochen. Das könne ja gar nicht sein. Wenn Patrick in einer Kiste lag, konnte er nicht gleichzeitig im Himmel sein.

Aber vielleicht war er schon längst im Himmel, und sie wussten es nur nicht. Vielleicht lag er gar nicht in der Kiste. Sie sah auch so leicht aus, diese Kiste.

Der Pfarrer schritt voran, und als sie das Grab erreichten, schob Grandpa Amy nach vorne. Seine Hände lasteten zentnerschwer auf ihren Schultern, und die Stockrosen, die sie vorhin, als sie aus dem Haus traten, abgerissen hatte, rochen süßlich und schwer in ihren schwitzigen Händen. Die Blütenblätter waren ganz zerdrückt.

Der Pfarrer wartete, bis die vier Männer den weißen Sarg hinabgelassen hatten. Erst dann forderte er alle auf, ein letztes Mal für die Seele des kleinen Patrick Bowden zu beten, der viel zu früh aus ihrer Mitte gerissen worden war.

Amy drückte die Stockrosen gegen ihre weiße Bluse, und sie spürte Grandpas Hände, die sie niederdrückten. Sie schaute auf ihre Schuhspitzen, die schwarzen Lackschuhe, die Mom ihr so lange verboten hatte. Grandpa war gestern losgegangen und hatte sie gekauft, weil Amy keine schwarzen Schuhe hatte. Aber jetzt wollte sie sie gar nicht mehr haben.

«Hat er Angst?», fragte sie flüsternd. Der Pfarrer war verstummt, und so hatte jeder ihre Frage gehört. Hinter ihnen vernahm sie ein unterdrücktes Schluchzen, und es dauerte, bis Amy begriff, dass nicht einer der vielen Freunde der Familie da weinte, sondern ausgerechnet Grandpa. Der sonst nie weinte, niemals.

«Nein», flüsterte er. «Du weißt doch, dein Bruder hatte niemals Angst.»

«Amy? Hörst du mich, Amy?»

Eine Hand rüttelte sanft ihre Schulter, und Amy schrak hoch. Sie hockte auf einer Bank und hatte keine Ahnung, wie sie hierhergelangt war. Vor ihr stand Jonathan und beugte sich schwerfällig zu ihr herunter. «Amy.»

«Es geht schon wieder.» Sie versuchte, die Erinnerungen abzuschütteln, die so plötzlich über sie gekommen waren. Bilder, Gerüche, ja sogar Geräusche glaubte sie, in der Erinnerung nachhallen zu spüren. «Er ist tot», flüsterte sie; staunend wie ein Kind, das die Welt entdeckte. Und irgendwie traf das auch zu, denn sie hatte wieder ein Stück ihrer Erinnerung zurückgewonnen. Und das hieß, dass jene Erinnerung im Krankenhauszimmer ihrer Mutter nicht bloß Reaktion auf eine frühere Erfahrung war, sondern eine konkrete Erinnerung.

«Meine Mutter war nicht bei der Beerdigung», sagte sie. «Warum?»

Jonathan ließ sich schwerfällig neben sie auf die Bank sinken. «Sie konnte nicht. Sie lag im Krankenhaus, und es ging ihr sehr schlecht.»

Amelie nickte. Ja, das passte. Und ihr kindliches Ich hatte

die Ereignisse von damals danach gut weggeschlossen. Und alle Erinnerungen an ihren älteren Bruder gleich mit, weil sonst immer die Frage geblieben wäre, was mit ihm passiert war.

«Schaffst du's?», fragte Jonathan besorgt. «Zu seinem Grab, meine ich.»

Amelie nickte. Sie stand auf.

«Wir können auch zurückgehen, wenn es dir zu viel wird.»

«Nein», erwiderte sie. «Ich hab ihn seit fast dreißig Jahren nicht besucht. Ich finde, das war lang genug.»

Sie kannte den Weg jetzt, und sie hörte Jonathans Schritte hinter sich. Er blieb dicht hinter ihr, während sie zielstrebig voranlief. Da war das Grab. Inzwischen nicht mehr bepflanzt, nur ein bisschen Rasen war ausgesät. Der helle Grabstein war wunderschön.

Sie blieb lange davor stehen und blickte auf dieses Grab. *Patrick Bowden. 1977–1984.*

«Es passierte zwei Wochen vor seinem siebten Geburtstag», sagte Jonathan leise. «Er hatte sich so darauf gefreut. Wir hatten ihm versprochen, nach London zu fahren.»

Sie kniete sich hin. Zupfte ein paar Blätter vom Grab, stellte die Stockrosenblüten in eine kleine Vase. Darin standen noch ältere Stockrosen. Amelie schaute zu Jonathan hoch.

«Ich komm her, sooft ich kann.» Er räusperte sich. «Ich … du bist mir hoffentlich nicht böse, weil ich das hier so lange vor dir geheim gehalten habe. Deine Mutter … Sie will das so.»

«Du hast mit Mama Kontakt?» Gedankenverloren strich Amelie über das kurze Gras. Sie versuchte, die richtigen Worte zu finden. *Hallo, großer Bruder. Tut mir leid, dass ich so lange nicht hier war.*

«Sie ist eine echte Nervensäge, wenn du das meinst. Ja.»

«Auch in den letzten Wochen?»

«Gerade in den letzten Wochen. Ich wusste, dass du kommen würdest, ehe du das überhaupt wusstest. Ständig rief sie an. Ihre größte Sorge ist wohl, dass du alles wissen willst.»

«Und?», fragte Amelie nach langem Schweigen. «Erzählst du mir alles?»

«Darum sind wir hier.»

Sie gingen zur nächstgelegenen Bank und setzten sich hin.

Und dann begann ihr Großvater zu erzählen.

Sie waren ein glückliches Paar, vom ersten Tag an bis zu ihrer Trennung. Das schickte Jonathan vorweg, denn er wollte nicht, dass Amelie den Eindruck gewann, er versuche, ihre Mutter schlechtzumachen.

Was geschehen war, hatten beide zu verantworten – David und Susan, gemeinsam.

Sie lernten sich im Sommer 1976 in Frankreich kennen. Susan war für den schüchternen, fünfundzwanzigjährigen David wie ein Wirbelsturm, sie fegte regelrecht über ihn hinweg, eroberte ihn, ließ ihm gar keine andere Wahl, als sich in diese rothaarige Deutsche zu verlieben, die mit einem Interrailticket und einer Freundin durch Europa tourte. Nach der sich die Männer am Strand von La Rochelle umdrehten. Ausnahmslos jeder war sofort vernarrt in dieses Lachen und die natürliche, frische Art eines Mädchens, das vom Leben nahm, was es ihr bot.

Und dann fiel sie ihm in den Schoß, ihm, dem ernsten Wissenschaftler, der gerade erst mit seiner Promotion begonnen hatte und beständig zweifelte, ob er für das, was er sich vorgenommen hatte, auch gut genug war. Sie bestärkte ihn. Verführte ihn. Und tauschte mit ihm Adressen, als sie sich nach diesem Sommer verabschiedeten. David glaubte, sie nie wiederzusehen. Er glaubte, das sei eine Urlaubssommerepisode gewesen, wie es ihm zwar bisher nie passiert war – aber seine Freunde hatten oft davon erzählt. Sie protzten mit diesen Eroberungen.

David kehrte ins verschlafene Pembroke zurück und versuchte, Susan zu vergessen. Doch das war nicht leicht. Und keine zwei Wochen später stand sie wieder vor ihm. Sie hatte nach Frankreich auch England bereist und war bei ihm gelandet, weil sie zwar ein einundzwanzigjähriges Vögelchen war, das glaubte, es ginge nur um den Spaß im Leben – das aber schon nach wenigen Tagen erkannt hatte, wie wenig Spaß ihr das Leben ohne David machte.

Sie blieb den ganzen Sommer. Und als sie im Herbst nach Deutschland hätte zurückkehren müssen, um ihr Studium fortzusetzen, blieb sie auch. Und David war so glücklich darüber, dass er ihr einen Heiratsantrag machte.

Da war sie schon mit Patrick schwanger.

«Es war perfekt, vom ersten Tag an», sagte Jonathan leise. «Wir alle haben uns für die beiden gefreut. Man hatte nicht das Gefühl, dass ihnen etwas fehlte, obwohl sie nicht viel hatten.»

Jonathan gab dem jungen Paar das Strandhäuschen. Sie richteten es her, zogen ein, und David arbeitete weiter an der Promotion. Susan fand einen Bürojob in einer kleinen Baufirma in Pembroke und arbeitete bis kurz vor Patricks Geburt. «Als Familie waren sie noch perfekter. Jeder liebte die drei, jeder bewunderte sie. Jeder wollte mit ihnen befreundet sein.» Ein dunkler Schatten huschte über Jonathans Gesicht, als müsse er an etwas denken, das von Anfang an dieses Idyll überschattet hatte. «Nichts ist so, wie es uns erscheint. Jedes vordergründige Glück hat Risse. Wir müssen nur genau genug hinschauen.»

Amelie schwieg. Sie konnte sich kein Urteil erlauben, dafür war sie zu sehr Außenstehende.

«David war in dem folgenden Jahr viel unterwegs, fast nie daheim. Wir kümmerten uns um Susan, weil wir fürchteten, allein mit Kind daheim könnte sie einsam und unglücklich sein. Sie hatte ihr ganzes Leben für ihn aufgegeben. Und er ... na ja.» Jonathan machte eine Handbewegung, die von Resignation bis Verzweiflung alles bedeuten konnte.

Keine zwei Jahre nach Patrick wurde Amy geboren. Die kleine Familie war glücklich. Susan fing schon wenige Monate nach Amys Geburt wieder an zu arbeiten. Davids Promotion dauerte länger als geplant, er haderte noch immer mit seiner Arbeit. Amelie konnte ihm nachempfinden, wie schwer das gewesen sein musste. Aber sie fragte nicht, was genau ihr Vater gemacht hatte. Jetzt wollte sie wissen, was mit Patrick passiert war.

«Es passierte 1983. Wir hatten uns in dieses kleine, zufriedene Leben eingefunden, und ich dachte, Susan sei auch glücklich. Sie machte auf jeden den Eindruck: Sie engagierte sich bei der Gemeinde, hatte viele Freundinnen. Sie arbeitete wieder in der Baufirma im Büro, die Stelle hatte ihr damals Reginald besorgt, er war dort Geschäftsführer. Ihr Kinder wurdet von Freundinnen versorgt oder wart tagsüber bei mir in der Main Street. Alles hätte noch ewig so perfekt weiterlaufen können.

Der Unfall passierte im Herbst 1984.»

Der Herbst war in Wales die dunkle, neblige Jahreszeit. Bei schlechten Straßenverhältnissen passierten auf den steilen Küstenstraßen oft Unfälle. Manchmal, erzählte Jonathan, fand man die Toten erst Wochen später, wenn sie an Land gespült wurden. Fußgänger und Radfahrer, die von der Straße gedrängt wurden und abstürzten. Manchmal dauerte es auch bis zum nächsten Frühling, bis man an der Steilküste, an die das Meer brandete, ein Fahrzeug bergen und die völlig entstellten Leichen endlich begraben konnte.

«Zum Glück traf das in diesem Fall nicht zu», sagte Jonathan leise.

Susan und Reginald waren unterwegs nach Hause. Patrick war bei ihnen, sie hatten ihn von der Schule abgeholt. Reginald war damals oft bei der Familie; er war, so nannte Jonathan es, wie ein Vater für die Kinder, wie ein bester Freund für Susan und David. «Ohne ihn hätten sie's manchmal nicht geschafft. Finanziell und auch ... Na ja. Sie waren sehr jung. Da streitet man sich wegen Nichtigkeiten.»

Susan saß am Steuer, Reginald neben ihr. Später wussten beide nicht mehr, was genau passiert war, aber als ihnen ein Lastwagen auf der Straße entgegenkam und die Kurve schnitt, wich Susan reflexartig aus. Der Wagen stürzte nicht ins Meer, sondern raste mit Vollgas über ein Feld und gegen einen Baum. Das war jedenfalls der Hergang, den die Polizei später rekonstruierte.

Susan wurde schwer verletzt. Reginald erlitt kaum mehr als einen Kratzer, wie durch ein Wunder. Patrick aber, der hinten gesessen hatte und nicht angeschnallt war, wurde durch die Wucht des Aufpralls aus dem Auto geschleudert. Man fand seinen kleinen Körper zehn Meter weiter. Er war völlig zerschmettert. Die Rettungskräfte konnten nichts mehr für ihn tun, außer, ihn ins Krankenhaus zu bringen und ihm das Sterben zu erleichtern.

«Du kannst dir nicht vorstellen, wie sehr wir daran zerbrochen sind», flüsterte Jonathan. Er zupfte ein Taschentuch aus der Hosentasche und drückte es gegen die Augen. «Deine Mutter war außer sich vor Schmerz. Sie machte sich schreckliche Vorwürfe. Dein Vater ...» Er verstummte, schüttelte den Kopf. «Er nahm's kaum besser auf. David war zu der Zeit in Cambridge. Er kam sofort heim, und ...» Wieder Kopfschütteln.

Amelie legte die Hand auf seinen Rücken und streichelte ihn

sanft. So viel Trauer und Schmerz ... sie schluckte. Kein Wunder, dass ihr kindliches Ich die damaligen Ereignisse tief in sich verschlossen und den Schlüssel weggeworfen hatte.

Jonathan hatte sich wieder einigermaßen im Griff. «Nach dem Unfall warst du völlig aus dem Häuschen. Du hast geschrien und dich gegen jede Umarmung gewehrt. David durfte dich nicht berühren, schon hast du gebrüllt wie am Spieß. Deine Mutter lag lange im Krankenhaus, und weil David sich nicht anders zu helfen wusste, habe ich dich erst mal zu mir genommen. Du hast fünf Monate bei mir gelebt.»

Der Rest war schnell erzählt: Nachdem Susan aus dem Krankenhaus gekommen war, erkannten David und sie, dass sie nicht mehr miteinander glücklich waren. Dass der Verlust des Kindes ihnen beiden Wunden zugefügt hatte, die nicht heilen wollten, weil sie einander immer wieder an das größte Unglück ihres gemeinsamen Lebens erinnerten. Also packte Susan ihre Sachen und zog mit Amy zurück nach Deutschland.

Jonathan lernte zu vergessen. David lebte nicht mehr in Pembroke, die Familie war zerrissen, und alle Freunde zogen sich zurück. Er wurde zu einem Einsiedler, blieb lieber allein. Schon einmal hatte er alles verloren. Das wollte er kein zweites Mal riskieren. Deshalb hatte er so feindselig reagiert, als Amelie plötzlich vor ihm stand.

Das alles sprach er zwar nicht aus, doch Amelie spürte, dass es so gewesen sein musste. Dass er sich ihr deshalb erst langsam geöffnet hatte.

So viel gemeinsame Zeit war ihnen verlorengegangen ...

«Was ist mit David?», fragte sie leise.

Darauf antwortete Jonathan lange nicht. Schließlich nickte er. «Professor in Cambridge. Ein angesehener Wissenschaftler auf seinem Gebiet. Er ist damals fortgezogen und nie zurückgekehrt. Ich habe ihn seit über zehn Jahren nicht mehr gesehen.»

«Warum nicht?»

«Er sagt, er sei mit dieser Familie ein für alle Mal fertig. Ich kann's ihm nicht verdenken.»

Das verstand Amelie nicht, aber vielleicht waren nach Patricks Tod noch andere Dinge vorgefallen, über die Jonathan nicht reden wollte. Noch nicht.

«Ich danke dir», sagte sie leise. «Dass du das alles mit mir teilst. Jetzt verstehe ich manches besser.»

«Und manches braucht noch Zeit, ja.» Jonathan nickte. Er klapste sie aufs Knie und grinste. «Wie wär's jetzt mit Abendessen? Ich könnt was vertragen.»

«Ich hab immer Hunger.» Amelie lachte. Sie standen auf und schlenderten zurück zum Ausgang. «Hast du seine Adresse?»

«Du willst ihn besuchen?»

Sie zuckte mit den Achseln. «Ja, schon. Keine gute Idee?»

«Doch, natürlich. Ich such dir seine Adresse raus.»

Amelie blieb stehen. Sie hatte das Gefühl, irgendwas vergessen zu haben. «Warte hier», sagte sie leise. So schnell sie konnte lief sie zurück zum Grab ihres Bruders. Sie kniete sich hin und ließ die Fingerspitzen über die Grashalme gleiten. «Mach's gut, großer Bruder», flüsterte sie.

Damals hatte sie sich nicht von ihm verabschiedet, das wusste sie.

Das sollte ihr kein zweites Mal passieren.

Kapitel 24

An diesem Abend blieb sie lange bei Jonathan. Nachdem er ihr die ganze Geschichte erzählt hatte, machte ihr Großvater auf Amelie einen geradezu aufgeräumten Eindruck. Als habe es ihm eine große Last von den Schultern genommen, ihr endlich die Wahrheit zu sagen.

Sie saßen im Wohnzimmer, und Jonathan erzählte von Amelies Kindheit, von jenen fünf Jahren, die in ihrer Erinnerung nicht mehr existierten. Er schaffte es, Patrick für sie wieder lebendig zu machen, bis sie sich einredete, dass sie sich vielleicht doch an ihn erinnern konnte.

So war es ziemlich spät, als sie sich auf den Heimweg machte. Jonathan bot ihr zwar an, im Gästezimmer zu übernachten, aber ihr eigenes Bett drüben im Strandhaus war ihr lieber. Sie wollte nachdenken. Mit sich allein sein.

Auf dem Rückweg fuhr sie an der Apotheke vorbei. In der Küche darüber brannte noch Licht – um halb zwei in der Nacht. Amelie bremste ab und schaute nach oben, fünf Minuten lang. Das Licht brannte weiter. Es kam ihr vor, als sei es eine Einladung. Sie hatte Jonathan angelogen: Allein sein wollte sie nicht, aber sie wollte ihre Gedanken und Erinnerungen in eine vernünftige Ordnung bringen, bevor sie weitere Anekdoten hörte. Schon jetzt hatte sie das Gefühl, ihr Kopf müsste platzen.

Eines hatte sie heute aber gelernt: dass das Leben irgendwann ohne Rücksicht auf die erlittenen Verluste an den Menschen vorbeizog. Wer nicht aufpasste, verlor alles, ehe er es wirklich fassen konnte.

Sie stellte das Auto ab und überquerte die Straße, auf das Licht in der Küche zu.

Vielleicht konnte Dan ja auch nicht schlafen, dann konnten sie gemeinsam den Mond anheulen.

Als sie geklingelt hatte, bereute sie es fast sofort wieder, aber jetzt war es zu spät. Bestimmt dachte er, es sei ein Notfall für die Apotheke. Aber wenn sie weglief, würde er sie sehen.

Keine dreißig Sekunden später polterten seine Schritte auf der Treppe, dann ging die Tür auf, und er stand vor ihr: die Jeans abgewetzt, die Füße nackt und das schwarze T-Shirt gerade so knapp über dem Oberkörper, dass es die weibliche Phantasie anregte.

«Hallo», sagte sie, weil ihr nichts Besseres einfiel.

«Amy!»

«Ich hab noch Licht gesehen.»

Er schaute sie lange an. «Ich kann nicht schlafen.»

Darauf wusste sie nichts zu erwidern.

«Komm doch mit rauf. Du solltest um diese Zeit auch nicht mehr durch die Straßen geistern.»

Sie folgte ihm nach oben. Musik drang aus der Küche. Auf dem Tisch stand eine Flasche Wein mit einem verlorenen Glas, fast leer. Die Balkontür war offen.

«Hast du Hunger?»

Sie schüttelte den Kopf, setzte sich an den Tisch, und Dan holte ihr eine Karaffe Wasser.

«Ich habe dich vermisst», sagte er leise. Er goss sich den Rest aus der Flasche ins Glas. «Ich glaube, ich muss dir einiges erklären.»

«Nein», widersprach Amelie. «Erklär mir nichts. Ich glaube, ich hab schon verstanden.»

Das Schweigen zwischen ihnen war längst nicht mehr so wohltuend wie einst, und Amelie wollte jetzt doch was essen. Sofort sprang Dan auf und kümmerte sich darum. Aus dem Kühlschrank holte er Aufschnitt, aus dem Brotkasten frisches Brot mit dunkler Kruste. «Hat Felicity gebacken», bemerkte er. Sauerrahmbutter und Käse, frische Kresse im Töpfchen und ein hastig aus Tomaten, roten Zwiebeln und Olivenöl zusammengerührter Salat. Das Essen vertiefte ihr gemeinsames Schweigen nur, doch danach ging es Amelie viel besser. Und sie wurde müde. So müde, dass die Vorstellung, gleich ins Auto steigen und die fünf Kilometer zum Strandhaus fahren zu müssen, plötzlich zu viel für sie war.

Wäre sie doch bei Jonathan geblieben ...

«Eigentlich wollte ich nicht mehr herkommen», sagte sie müde.

«Das musst du mir erklären. Du weißt, hier bist du immer willkommen.»

Sie zuckte mit den Schultern. «Das war einfach so ein Gefühl. Weil ...»

«Wegen Felicity? Und weil wir beide ein paar Nächte in einem Bett geschlafen haben?»

Mehr als ein Schulterzucken brachte sie nicht zustande.

«Ich weiß jetzt, was mit meiner Familie passiert ist. Und das, was da passiert ist, empfinde ich als so traurig und schmerzhaft, dass ich dachte, es bringt doch nichts, wenn man sich von den Menschen fernhält, die man mag.»

Dan schwieg. Er stand auf und holte sich noch eine Flasche Wein. War das seine zweite oder dritte? Sie fragte nicht, doch es kam ihr so vor, als sei er etwas unsicher auf den Beinen.

«Und ich mag dich. Ich fände nichts schlimmer, als mich in Zukunft von dir fernhalten zu müssen», fuhr sie fort. «Ich weiß nicht, ob ich nach Berlin zurückgehe oder ob ich in den nächsten Jahren hier sein werde. Ich will nicht ständig auf der Hut sein müssen, weil ich dir über den Weg laufen könnte.»

«Das brauchst du auch nicht», erwiderte er schließlich. «Für mich gibt es keinen Grund, weshalb du dich irgendwie fernhalten solltest.»

«Felicity sieht das vielleicht anders», sagte sie leise.

«Das hat sie aber nicht zu entscheiden.»

«Ihr seid verheiratet.» Sie blickte zu ihm auf. Flehend. Bitte, sag jetzt nicht, das sei deshalb egal, weil du dir eine Affäre vorstellen könntest. Bitte, sag jetzt nicht, du willst sie hintergehen, weil das so viel einfacher ist, als ihr treu zu sein.

Oder einen klaren Schnitt zu machen.

Aber wollte er das überhaupt? Und woher kam bei ihr denn der Gedanke, es könnte mit Dan eine Zukunft geben? Mehr als zwei, drei Nächte im selben Bett hatten sie nicht.

Und dieses bohrende Gefühl, wenn er nicht bei ihr war. Dieses fiebrige Sehnen, das sie in den letzten Wochen nicht mal in Berlin losgelassen hatte.

Sie hatte immer gedacht, es sei Pembroke, das ihr wie ein Stachel im Fleisch saß, das ihr alles abverlangte und sie um den Schlaf brachte. Doch jetzt saß sie bei Dan am Küchentisch, wie schon früher, und in ihr war endlich alles ruhig. Obwohl sie erst heute erfahren hatte, was ihrer Familie vor so vielen Jahren zugestoßen war. Obwohl sie jetzt all die unsichtbaren Narben sehen konnte, die bis in ihr eigenes Leben hineingewirkt hatten, ohne dass sie davon wusste. All das hätte sie in Aufruhr versetzen müssen, aber stattdessen war sie hier.

Und alles war gut für den Moment. Später, wenn sie ging, würde das bohrende Sehnen wieder in ihr wühlen. Aber nun war sie bei Dan.

«Nicht jede Ehe ist in Stein gemeißelt», sagte er leise. «Das wirst du bestimmt auch eines Tages feststellen.»

Das Schlimme war ja, dass sie schon vor der Hochzeit hatte erfahren müssen, wie fragil ihre Beziehung zu Michael war. Sie hatte eine Zeitlang gedacht, wenn sie diesen Seitensprung verschmerzte, wenn sie ihm das verzieh, konnte sie beide in den kommenden Jahren nichts mehr erschüttern. Aber dann war Sabina wiederaufgetaucht, mit einem Ultraschallbild und dem Kind im Bauch, das Michael sich so sehr von Amelie gewünscht hatte.

«Ich bin nicht die Frau, die sich dazwischendrängt.»

«Vielleicht ist aber dazwischen so viel Platz, dass man sich nicht drängen muss.»

Er sah sie unverwandt an. Amelie musste den Blick abwenden. Wieso tat er das mit ihr?

«Du könntest einfach fragen.»

«Was fragen?»

«Wie es um meine Ehe bestellt ist. Sie hat eine eigene Wohnung, das weißt du. Macht dich das nicht stutzig?»

Nein, machte es nicht. Felicity war eine dieser Frauen, die allein wunderbar zurechtkamen. Anders als Amelie, die mit dem Alleinsein jeden Tag aufs Neue haderte, war das für Felicity ein Kinderspiel. Oder bildete sie sich das nur ein?

«Ihr wirkt sehr glücklich», murmelte Amelie.

«Ja, weil wir alles geklärt haben. Weil wir seit zwei Jahren getrennt leben. Und weil wir uns so gut verstehen», fügte er hinzu, «zumal sie ohnehin ständig unterwegs ist.»

«Aber warum lasst ihr euch dann nicht scheiden?» Sie schaute hoch. Die ganze Zeit beobachtete er sie, und das machte Amelie verlegen.

«Weil es für mich bisher keinen Grund gab, und für sie auch nicht. Weil wir ... keine Ahnung. Weil wir es irgendwie vernachlässigt haben als etwas, das man nicht zu tun braucht, solange es nicht unbedingt nötig ist. Für mich ist das jetzt anders. Glaube ich.»

«Das kannst du nicht wissen», erwiderte Amelie schwach.

«Ob es nötig ist? Schaden kann's jedenfalls nicht. Möchtest du, dass ich mich von Felicity scheiden lasse, Amy?»

Sie antwortete nicht sofort.

«Denn dann mach ich das. Sobald sie aus China zurück ist, bekommt sie die Papiere, und wir lösen diese Ehe auf. Danach werde ich für dich sorgen, wenn du das willst.»

«Warum?», fragte sie schließlich.

«Weil du da bist. Weil ich mich ganz fühle, wenn du neben mir schläfst. Weil ich dich auf meiner Schwelle gefunden habe und sofort dachte, dass ich diese Frau nicht gehen lassen darf. Weil du hierhergehörst. Nach Pembroke.»

«Ich gehöre nicht nach Pembroke», widersprach sie lahm.

«Wohin denn dann?», wollte Dan wissen.

Sie wusste keine Antwort.

«Bleibst du heute Nacht hier? Ich lass dich nicht fahren so spät in der Nacht, und ich würde dich ja zum Strandhaus bringen, aber...» Er zeigte auf die Weinflaschen.

«Mein Bruder ist tot», brach es aus ihr hervor. «Ich hatte einen Bruder, an den ich mich gar nicht erinnern kann, und er ist vor über fünfundzwanzig Jahren bei einem Autounfall gestorben. Darum wollte Jon nicht mit mir sprechen. Darum hat meine Mutter mir verschwiegen, dass ich aus Pembroke komme. Sie haben mich heimatlos gemacht. Ich hatte einen Bruder und wusste bis heute nichts von ihm.»

«Du fühlst dich beraubt.»

«Ich weiß nichts mehr von der Zeit vor meinem fünften Geburtstag. Alles weg.» Sie machte eine hilflose Geste. «Meine Mutter will nicht darüber reden. Und mein Großvater hat es erst heute zugegeben. Und ich frage mich ...»

«Du fragst dich, warum das so ist. Warum deine Eltern sich damals so sehr entzweit haben.»

«Jon sagt, meine Mutter habe sich Vorwürfe gemacht, weil sie am Steuer saß. Und mein Vater ... er konnte es auch nicht verwinden, dass ihm der Sohn genommen wurde.»

«Und was glaubst du?»

Vermutlich mochte sie Dan auch deshalb so gerne. Weil er die richtigen Fragen stellte. Fragen, die piksten und wehtaten. Aber es waren auch Fragen, die sie auf die richtige Fährte brachten.

«Du hättest einen guten Historiker abgegeben, weißt du das?», fragte sie.

Er lachte.

«Aber die Frage ist berechtigt.»

Man muss sie nur anders stellen, überlegte Amelie. Warum hatte ihr Vater, der so glücklich gewesen war, den Kontakt zu ihrer Mutter und damit zu ihr, Amelie, so vollständig abgebrochen? Oder war das von ihrer Mutter ausgegangen? Das konnte sich Amelie nicht vorstellen. Es sei denn, die Schuldgefühle zerfraßen ihre Mutter noch heute. Irgendwann müsste sie doch den Schmerz überwunden haben, dass sie den Sohn durch eigenes Verschulden verloren hatte. Und dann wäre sie theoretisch bereit gewesen, Amelie den Zugang zu ihrem Vater zu gewähren, oder?

Vielleicht steckte mehr dahinter. Wie schon bei ihren Recherchen zu Anne und Beatrix musste sie erkennen, dass nichts im Leben tatsächlich so war, wie es auf den ersten Blick zu sein schien.

«Lass uns ins Bett gehen.» Dan stand auf und streckte ihr die Hand hin. Amelie nahm sie und folgte ihm. Durch den Flur, die Treppe hinauf in sein Schlafzimmer. Erst dort zog er sie an sich und hielt sie fest. Er gab ihr Wurzeln, und sie lehnte den Kopf an seine Schulter und genoss einfach nur, dass er keine Fragen stellte oder Antworten verlangte.

Vorsichtig begann er, sie auszuziehen. Amelie half ihm, und dann zerrte sie ungeduldig an seinem T-Shirt. «Nicht», flüsterte er. Seine Hände glitten nach oben. «Lass uns schlafen.»

«Ja», flüsterte sie.

Er kleidete sie aus, bis sie im Slip vor ihm stand. Sein Blick glitt über ihren Körper, und es gab nichts, weshalb sie sich unsicher fühlte oder schämte. Beinahe andächtig fuhr er mit einer Hand über die kaum sichtbare Wölbung ihres Bauchs.

«Stört es dich?», flüsterte Amelie.

«Nein.» Er schüttelte entschieden den Kopf.

Danach zog auch er sich bis auf die Boxershorts aus, und sie schlüpften unter die kühle Bettdecke. Amelie schmiegte sich in seine Umarmung, und seine Hand ruhte beschützend auf ihrem Bauch. Sie spürte seinen Atem in ihrem Nacken, einen zarten Kuss, mehr nicht.

«Wir haben uns nicht die Zähne geputzt», murmelte sie.

Danach war sie schon eingeschlafen.

Neben ihm aufzuwachen, war im ersten Moment ein Schock. Dabei war sie im Traum bei ihm gewesen. Tatsächlich hatte sie die ganze Nacht davon geträumt, neben ihm zu schlafen. Oder bildete sie sich das nur ein?

Mit einem Ruck fuhr Amelie hoch. Dan lag wach neben ihr, er hatte sie beobachtet. «Guten Morgen», sagte er leise.

Sie nickte abwesend. «Guten Morgen», flüsterte sie. «Ich geh duschen.»

Sie sprang aus dem Bett und musste sich einen Moment am Bettpfosten festhalten, weil ihr schwindelig wurde. Dann lief sie ins angrenzende Badezimmer, schloss sich ein und sank erschöpft auf den Klodeckel. Ihr Herz hämmerte aufgeregt.

Der gestrige Tag steckte ihr noch in den Knochen, und auch die kurze Nacht – es war erst Viertel vor sechs, als sie aus der Dusche stieg. Amelie trocknete sich ab und lief zurück ins Schlafzimmer. Sie hatte eine Entscheidung getroffen und wollte sich jetzt nicht mehr davon abbringen lassen.

«Wo willst du hin?», fragte Dan. Er hatte sich aufgesetzt und beobachtete, wie Amelie sich in aller Eile anzog.

«Ich suche meinen Vater», erklärte sie. «Ich will endlich alles wissen.»

Sie lief das kurze Stück zu Jonathan zu Fuß. Obwohl es gerade mal halb sieben war, war er schon wach und schien nicht im Mindesten überrascht, dass sie vor seiner Tür stand.

«Ich will mit David sprechen», sagte sie. «Du weißt doch, wo er ist. Warum sagst du es mir nicht endlich? Wohnt er noch in York? Die Adresse hab ich von Rosalie», fügte sie erklärend hinzu.

Jon seufzte. Er fuhr sich mit einer Hand durch den weißen Schopf, und die Haare standen ihm förmlich zu Berge. «Willst du das wirklich, Amy? Es geht ihm nicht gut, darum frag ich.»

«Ging es ihm in den letzten dreißig Jahren denn irgendwann mal gut?», erwiderte sie. «Ich will nur mit ihm reden. Ihn kennenlernen. Er weiß mehr über meine Kindheit als ich, oder?»

Sie sah, wie Jonathan mit sich rang. Als wollte auch er die Schatten der Vergangenheit nicht an sich heranlassen. Schließlich nickte er. «Also gut. Du wirst mit dem Auto hinfahren müssen. Es sind acht Meilen bis dorthin.»

«Das schaffe ich schon.» Acht Meilen. Er war die ganze Zeit so nah gewesen, und sie hatte nichts davon gewusst.

«Ich schreib dir die Adresse auf.» Er zögerte. «Dann nehme ich an, du willst nicht frühstücken?»

Amelie zögerte. Vernünftig wäre es, wenn sie etwas aß. Andererseits konnte sie wohl kaum um sieben Uhr bei ihrem Vater vor der Tür stehen, oder?

«Wenn du was hast...»

«Natürlich. Komm rein.»

Sie saßen in der Küche und sprachen nicht viel, weil vermutlich schon alles gesagt war. Als Amelie sich eine Dreiviertelstunde später verabschiedete, stand Jonathan auf, und für sie völlig überraschend umarmte er sie. Seine Strickweste roch nach Pfeifentabak und Old Spice. «Sei nicht zu hart zu ihm», sagte er leise. «Er hat am meisten gelitten von uns allen.»

Die acht Meilen zogen sich ewig, auf und ab und vor und zurück ging es an der Küste entlang Richtung Süden. Amelie hatte schweißnasse Hände. Sie zitterte und fror, aber das war nur die Aufregung, weil sie endlich ihrem Vater gegenüberstehen durfte.

Und wenn er nun ein echtes Ekelpaket war? Ein Widerling, der sie nicht sehen wollte, ein richtiges Arschloch? Wenn es gute Gründe gab, warum ihre Mutter nichts mehr mit ihm zu schaffen haben wollte und Amelie all die Jahre von ihm fernhielt?

Diese Möglichkeit schreckte sie nicht. Es war egal, wer er war, denn er hatte sie in den ersten Jahren ihres Lebens geprägt. Und sie wollte jetzt endlich wissen, woher sie kam. Sie wollte sich selbst besser verstehen, und das konnte sie nur, wenn sie ihre Familie verstand.

Die Adresse, die Jon auf einem kleinen Post-it notiert hatte, führte Amelie zu einem Apartmentkomplex am Rand von Tenby, einem hübschen Küstenort im Südosten von Pembrokeshire. Amelie parkte vor dem Gebäude auf dem Parkstreifen und stieg aus. Jetzt bloß nicht darüber nachdenken, was sie tat, sonst machte sie noch kehrt und fuhr unverrichteter Dinge wieder heim.

Der Apartmentkomplex bestand aus drei Gebäuden, und in dem dritten, das von der Straße etwas zurückgesetzt war, stand ein D. Bowden auf dem Klingelschild für Apartment 5C. Amelie drückte die Knöpfe der anderen Wohnungen und wartete, bis jemand den Türsummer betätigte. Sie lief bis in den fünften Stock und klopfte an die Tür von 5C. Es war kurz vor acht Uhr.

Hinter der Tür hörte man Unruhe, dann schlurfende Schritte. Stille. Vermutlich beobachtete er sie durch den Türspion. Amelie hob die Hand, um erneut anzuklopfen, doch da öffnete sich die Tür schon, und sie stand ihrem Vater gegenüber.

«Guten Morgen», sagte er. Im Bademantel und mit zerzausten Haaren, der Blick noch müde. Die Erschöpfung stand ihm ins Gesicht geschrieben.

«Guten Morgen», sagte sie. «Ich wollte nicht ... hoffentlich hab ich dich nicht geweckt.» Er schüttelte stumm den Kopf. «Ich wollte dich sofort sehen, weil ...»

Amelie wusste nicht mehr weiter. Sie versuchte es erneut. «Ich bin Amy», sagte sie schließlich.

«Das weiß ich», erwiderte er leise. «Es ist schön, dich zu sehen, Amy.»

«Du siehst deiner Mutter so ähnlich!»

Ihr Vater hatte sie hereingebeten. Sie saßen in der schmalen Küche, die gerade mal genug Platz für eine Standardküchenzeile auf der einen Seite und einen schmalen Tisch und zwei Stühle auf der anderen Seite ließ. David kochte Kaffee und lehnte jetzt mit verschränkten Armen an der Anrichte, während die Kaffeemaschine vor sich hin blubberte.

«Das sagen viele.»

Das Apartment hatte zwei kleine Zimmer, die winzige Küche und ein fensterloses Bad, das Amelie schon kannte, weil sie im Moment ständig aufs Klo musste. Auf dem Rückweg in die Küche hatte sie durch die angelehnten Türen gespäht: Im Wohnzimmer standen eine Eckcouch, ein kleiner Fernsehtisch, ein halbvolles Bücherregal. Und im Schlafzimmer: ein Kleiderschrank und ein zerwühltes Bett, weil sie ihn gerade erst geweckt hatte. Alles war nüchtern, beinahe erschreckend leer. Er schien nicht viel zu besitzen.

«Geht es Susan gut? Oder muss ich mir Sorgen machen?»

«Ich glaub, es geht ihr ganz gut.»

«Erstaunlich. Ich hätte gedacht, sie würde dir frühestens auf dem Sterbebett verraten, wo du mich findest.»

«Von ihr weiß ich das auch gar nicht.»

«Ah», machte David. «Mein Vater?»

Sie nickte stumm.

«Tja, das überrascht mich jetzt doch. Er muss dich sehr mögen. Oder das genaue Gegenteil.»

Amelie überging seine kryptische Bemerkung. «Ich hab viele Fragen.» Dass ihre Verwandtschaft bezüglich der Vergangenheit eher ein verschwiegener Club war, in dem sich die einzelnen Mitglieder offenbar nicht leiden konnten, hatte sie allmählich begriffen.

David runzelte die Stirn. «Ich weiß nicht, ob ich alle Antworten habe. Wir können's aber zumindest versuchen.»

Er sah gar nicht so aus, wie sie sich ihren Vater vorgestellt hatte. David war eher schmächtig und dürr, mit einem im Laufe der Jahre angefutterten kleinen Bäuchlein. Die rötlich blonden Haare waren schütter und etwas zu lang, der Bart von erstem Grau durchsetzt und ein wenig zerzaust. Nicht direkt vernachlässigt, aber schon so, als vergesse er manchmal, dass er der einzige Mensch auf der Welt war, um den er sich zu kümmern hatte.

Aber vielleicht stimmte das ja gar nicht? Sie hatte ja keine Ahnung, wie er lebte.

Nur eine Vorstellung davon, dass er wohl sehr einsam war. Jedenfalls machte seine Wohnung auf sie den Eindruck eines einsamen Menschen.

«Ich zieh mir mal was an.» Er schlurfte aus der Küche. Sie hörte ihn im Badezimmer rumoren. Die Wände waren dünn. Zehn Minuten später stand er wieder in der Küche, mit Jeans und Hemd, die Haare gekämmt. Jetzt sah er sogar ganz gut aus, fand sie.

Zum Kaffee bot er ihr Frühstück an, aber Amelie lehnte ab.

«Ehrlich gesagt, habe ich schon vor vielen Jahren mit dir gerechnet», begann er. «Ich dachte, wenn du als Teenager anfängst, Fragen zu stellen ...»

«Ich habe Fragen gestellt. Aber bis vor wenigen Wochen wusste ich nichts von meiner Kindheit in Pembroke.»

«Hm.»

«Und dass ich jetzt davon weiß, geschah auch eher zufällig.» Sie erzählte ihm das Wichtigste. Von ihrer Arbeit an dem Buch, von der blauen Tür. Da musste ihr Vater lächeln.

«Die blaue Tür hatte es dir schon immer angetan. Wenn wir zu meinem Vater fuhren, hast du stundenlang vorher von nichts anderem geredet als von der Bank neben der blauen Tür. Da hast du gern gesessen und ...»

Er verstummte, als wüsste er nicht, ob er so viel sagen durfte.

«Und?», fragte Amelie vorsichtig.

«Ach, nichts. Ich weiß nicht …» Er fuhr sich mit der Hand durchs Gesicht. Plötzlich sah er sehr müde aus. «Wie viel hat mein Vater dir erzählt? Wie viel weißt du?»

«Bis gestern wusste ich nichts. Dann hat er mich zum Friedhof mitgenommen. Zu Patricks Grab», fügte sie leise hinzu. Ihr schnürte sich die Kehle zu. So viele Erinnerungen, einfach versunken in einer Vergangenheit, die sie nicht mehr greifen konnte.

«Du wusstest nichts von Patrick?» Er starrte sie an, als wäre sie ein seltenes Tier.

«Ich … da war keine Erinnerung an ihn. Nichts. Meine frühesten Erinnerungen setzen erst in Berlin ein, kurz nach dem Umzug.»

Ihr Vater nickte. «Du warst traumatisiert. Deine Mutter wusste sich wahrscheinlich nicht anders zu helfen. Immer wieder hast du nach Patrick gefragt, und nach mir. Wir hatten damals schon länger getrennt gelebt.»

«Damals? Vor dem Unfall, meinst du?»

Das war ihr neu, und sie merkte an Davids Reaktion, dass er gedacht hatte, sie wüsste über alles Bescheid.

«Ich dachte, ihr hättet euch erst danach getrennt», sagte sie. «Dein Vater meinte, ihr wärt so glücklich gewesen …»

«Das waren wir auch», erwiderte David scharf. «Bis ich dahinterkam, wie sie mich hintergangen hat. Natürlich hat sie dir davon nie erzählt; sie kommt ja auch nicht besonders gut dabei weg. Und ich werde auch nichts dazu sagen. Das ist zu lange her. Gibt keinen Grund, alte Geschichten wieder aufzuwärmen.»

Amelie war verwirrt. «Ich sagte doch schon, sie hat mir gar nichts erzählt», erwiderte sie leise.

«Das sieht ihr ähnlich. Aber so hatten wir es schließlich auch vereinbart. Sie bekommt dich – und ich hab für den Rest meines Lebens meine Ruhe.»

Er klang hart. Eisern. Amelie blickte hoch. Mit verschränkten Armen lehnte er an der Anrichte und vermied es, sie anzuschauen.

«Dann hätte ich nicht herkommen sollen, oder?», fragte sie, und ohne dass sie es wollte, stiegen ihr Tränen in die Augen. «Ich dachte…»

Sie vollendete den Satz nicht, denn wenn sie ehrlich war, hatte sie absolut keine Ahnung, was sie denken sollte. Hatte sie geglaubt, hier mit offenen Armen empfangen zu werden? Hatte sie gehofft, er werde jetzt die Vaterrolle übernehmen, die in den letzten fünfundzwanzig Jahren niemand für sie hatte ausfüllen können? Den Vater, den sie unbewusst immer vermisst hatte?

Er fuhr sich mit der Hand müde durchs Gesicht. «Ich bin nicht der, den du suchst, Amy. Der ist schon lange tot, und ich glaube, er könnte dir selbst lebend nicht mehr weiterhelfen.»

Eine Weile war nur das Ticken der Küchenuhr zu hören. Dann stieß ihr Vater sich von der Anrichte ab. Er holte ein Glas und eine Flasche aus dem Schrank und kippte sich zwei Fingerbreit einer braunen Flüssigkeit ein. Ehe er trank, hob er das Glas. «Auch einen?»

Amelie schüttelte den Kopf. Das hier wäre jetzt der richtige Augenblick, um ihm von ihrer Schwangerschaft zu erzählen, doch sie bezweifelte, ob er sich darüber freuen würde, ein Enkelkind zu bekommen. Schon der Umstand, dass seine Tochter wieder da war, hatte bei ihm nicht gerade Begeisterungsstürme ausgelöst.

«Ist eh eine schlechte Angewohnheit, so früh am Tag schon zu trinken.» Er kippte den Whiskey und schenkte sich sofort einen nach. «Ist einfach grad ein bisschen viel.»

Da musste Amelie ihm zustimmen.

«Okay, und was willst du jetzt hier?» Das klang scharf. Der Alkohol flößte ihm wohl Mut ein.

«Ich will dich kennenlernen. Und mehr über Patrick erfahren.»

«Ah, okay. Hm.» Er nickte nachdenklich. «Du hast ihn immer Paddick genannt, wusstest du das? Warst sein größter Fan. Sobald du krabbeln konntest, bist du hinter deinem großen Bruder her, und er hat dich vergöttert. Wäre besser, wenn er damals überlebt hätte und nicht …» Er verstummte. Wischte sich über den Mund und wandte den Kopf ab.

Die Vergangenheit holte ihn ein. Was damals passiert war, hatte ihr Vater fein säuberlich in ein Kästchen gepackt und in die hinterste Ecke seiner Erinnerungen verbannt. Und an diesem Morgen zerrte Amelie an dieser Zeit, weil sie alles wissen wollte. Seine Andeutungen ließen sie vermuten, dass sie noch längst nicht die ganze Wahrheit kannte.

«Du solltest mit deiner Mutter darüber reden und nicht mit mir. Damals ging mich das alles schon nichts mehr an.»

«Das ist nicht wahr», widersprach Amelie heftig. «Ich war deine Tochter, und Patrick – er war dein Sohn! Es ist doch egal, dass ihr euch damals getrennt habt, du hast deine Kinder verloren! Kannst du nicht wenigstens versuchen, jetzt ein bisschen von dem zurückzugeben, was du mir damals einfach genommen hast? Ich hab dich nämlich all die Jahre vermisst, ohne zu wissen, wen oder was genau ich vermissen soll.»

«Siehst du, und da fängt's an.» Der dritte Whiskey schwappte im Glas. «Du gehst von völlig falschen Voraussetzungen aus.

Du denkst nämlich, ich wäre dein Vater oder der deines Bruders. Alles gelogen. Nichts davon stimmt.»

Amelies Verwirrung nahm zu. «Aber ihr ...»

«Nichts davon stimmt!», wiederholte er lauter und trank diesmal direkt aus der Flasche. Amelie wollte lieber nicht wissen, wie lange er das schon tat. Auf sie machte er den Eindruck eines Mannes, der häufig trank.

Ob es ihm inzwischen zur Gewohnheit geworden war? Morgens in der Küche den ersten Whiskey zu kippen? Und ob er dabei immer das Glas nahm?

«Du bist nicht meine Tochter. Und Patrick ist nicht mein Sohn. Wart ihr nie!» Er klang weinerlich, wie ein Säufer, der sich in seinem Elend suhlte. Seine Sprache hörte sich jetzt etwas schleppend an. Vielleicht doch kein Gewohnheitstrinker? Denn dann würde der Alkohol sicher nicht so schnell wirken. «Ich hab deiner Mutter immer geglaubt, ich hab sie geheiratet, weil ich sie geliebt habe. Sie war schwanger, und ich war überglücklich, ich hatte gedacht, dass das Leben es endlich gut mit mir meinte. Und dieses Glück ...» Er schüttelte müde den Kopf.

«Ich hätte sie nie heiraten dürfen. Das war unser aller Unglück.»

Sie schwiegen eine Weile. Schließlich nahm Amelie all ihren Mut zusammen.

«Bitte», sagte sie leise. «Kannst du mir nicht alles erzählen, was damals passiert ist?»

Er starrte lange vor sich hin. Schließlich zog er einen Küchenstuhl heran und ließ sich schwerfällig daraufsinken. Die Augen, die vorhin noch glasig gewirkt hatten, waren jetzt klar und von einem strahlenden Blau. «Es ging an dem Tag zu Ende, als ich erfuhr, mit wem sie mich all die Jahre hintergangen hat», begann er. «Und eigentlich war es da schon seit Jahren vorbei.»

David machte Susan einen Heiratsantrag, als sie ihm von ihrer Schwangerschaft erzählte. Er hörte nicht hin, er sah nicht hin, er wollte sie nur für sich. Es kümmerte ihn nicht, dass sie bedrückt vor ihm saß und mit stockender Stimme erzählte, sie sei überfällig und habe einen Test gemacht, und ja, sie atmete tief durch, sie würde ein Kind bekommen.

Allein in diesem Satz lag schon die ganze Wahrheit, aber er hatte sie ja nicht hören wollen.

«Ich bekomme ein Kind.»

Nicht: Wir bekommen ein Kind. Nicht: Stell dir vor, jetzt bekommen wir ein Kind, was machen wir denn bloß?

Nein, sie war mit diesem Kind ganz allein auf der Welt, wusste vermutlich schon damals, dass nicht David der Vater sein konnte. Wenn sie die Nächte unter der Bettdecke in seinem Jugendzimmer verbrachten, das er immer während der Semesterferien bewohnte, beschränkten sie sich meistens darauf, sich aneinanderzukuscheln und stundenlang zu flüstern, bis Susan einschlief und er noch stundenlang wachlag und staunend das Mädchen in seinen Armen betrachtete. Natürlich hatten sie Sex, sie hatten Lust aufeinander wie jedes frischverliebte Paar. Aber diese kurze Phase ging schnell vorbei. Sie forderte nicht, und er war froh, dass sie überhaupt bei ihm war.

Sie war aus einer anderen Welt, spielte in einer anderen Liga. Mädchen wie Susan interessierten sich nicht für Jungs wie David.

Mädchen wie Susan bekamen den Schulsprecher ab, den gutaussehenden Jungen aus reichem Haus, der ihr was bieten konnte. Er war nur ein armer Kerl aus Pembroke, der dank eines Stipendiums in Cambridge promovieren durfte. Es würde noch lange dauern, bis er ihr ein richtig gutes Leben würde bieten können, aber im Augenblick war er zu glücklich, um sich zu viele Sorgen zu machen, und setzte auf die Hilfe von Vater und Onkel. Beide konnten bestimmt etwas für sie tun.

Ihr verwirrtes «Ja, aber …», als er sie fragte, ob sie seine Frau werden wolle, genügte ihm. Jeden Zweifel wischte er beiseite, es sollte keine bangen Momente für sie geben, in denen sie sich fragen müsste, was nun aus ihr wurde. Sie hatte doch ihn! Und wenn er schon so verantwortungslos gewesen war, sie zu schwängern, wollte er mit Freuden die Verantwortung für sie und ihr Kind tragen.

Später, nachdem sie sein Leben in Scherben geschlagen hatte, dachte er oft an jenen Morgen am Strand zurück. Sie war schwimmen gewesen, obwohl der Septembermorgen schon ungewöhnlich kühl war, und schnatternd kam sie zu ihm zurückgelaufen. Er saß auf einer Decke und las, stand aber sofort auf und hüllte ihren kalten Körper in das große Handtuch. Ihre Lippen waren ganz blaugefroren, und sie klapperte mit den Zähnen. Hatte sie versucht, sich durch die Kälte das Kind auszutreiben? Und als sie feststellte, dass es sich mit einem erstaunlichen Lebenswillen in ihren warmen Körper krallte, hatte sie es ihm daraufhin erst erzählt, weil sie keinen anderen Ausweg wusste? Oft hatte sie von ihrem Vater erzählt, der so streng war. Sicher hätte er ihr, wenn sie mit einem unehelichen Kind von ihrer Europareise heimkehrte, irgendwas angetan – so weit glaubte David sie zu verstehen. Nach außen war Susan sehr selbstbewusst, sie hatte ihn erobert, nicht umgekehrt.

Darunter aber schlummerte ein ängstliches Mädchen, das seines Schutzes bedurfte.

Es gab für ihn also nur einen Weg, die Sache zu einem guten Ende zu bringen, und ihre Bedenken hatten da keinen Platz. Sie machte ihn zum glücklichsten Menschen der Welt! In seinem jugendlichen Überschwang glaubte er, sein Leben habe nun schon in jungen Jahren die Bahn gefunden, auf der es für die nächsten Jahrzehnte weiter verlaufen werde, ohne große Katastrophen oder Kummer.

Zur Hochzeit erschienen Susans Eltern in Pembroke, und er lernte Eugen Riemann als einen sehr klugen, sehr reflektierten Mann kennen, der nichts von der Strenge hatte, die Susan immer beschrieben hatte. Die beiden verstanden sich auf Anhieb sehr gut. Am Abend der Hochzeit saßen sie noch beisammen und genossen einen teuren, alten Whiskey, den Davids Vater zur Feier des Tages spendiert hatte.

«Es erstaunt mich, dass sie dich genommen hat», erklärte Eugen unumwunden. «Hätte ich ihr nicht zugetraut.»

David lächelte. «Mich hat es am allermeisten erstaunt», erklärte er.

«Mich freut es. Sie hätte kaum einen feineren Kerl finden können.» Danach schwieg Eugen lange, als wüsste er nicht, ob er seinem Schwiegersohn noch mehr verraten sollte. Er hätte zum Beispiel erzählen können, wie Susan sich schon als frühreife Dreizehnjährige in ihren Englischlehrer verliebt hatte, der rund dreißig Jahre älter war als sie. Den sie bis zu seinem Haus verfolgte, wo sie stundenlang auf der gegenüberliegenden Straßenseite stand und das Kommen und Gehen auf dem Grundstück beobachtete. Wie sie später, mit sechzehn, ausgerissen war, um mit einem Landschaftsmaler zusammenzuleben, ebenfalls dreißig Jahre älter als sie. Eugen verstand nicht viel von der Psyche, er war ein schlichter Mann und die meiste Zeit unterwegs, er war Vertreter für Baumaschinen und fuhr unter der Woche durch die ganze Republik. An den Wochenenden war er wieder daheim in Berlin, manchmal auch nicht, und seine Tochter litt unter seiner Abwesenheit mehr als seine Frau. Das alles hätte er sagen können, aber er wusste nicht, was das für David und Susan bedeutete.

Er redete sich einfach ein, diese frühreife Phase sei vorbei, diese Zeit, in der sich Susan deutlich ältere Männer suchte. Man musste ja nur sehen, wie sie mit Davids Onkel Reginald umging, einem feinen Kerl übrigens, aber da blieb sie auf Distanz. Mit Davids Vater flirtete sie ein wenig, aber das war okay, fand Eugen. Sie übertrieb es nicht, und Jonathan wusste ihre Versuche zu parieren.

Viele Katastrophen werden heraufbeschworen, weil man zu wenig redet. Und die Katastrophe, die sich in Davids und Susans Ehe anbahnte, war genau so ein Fall.

An diesem Abend kroch David wieder zu Susan ins Bett. Sie schliefen ein letztes Mal in seinem Jugendzimmer, am nächsten Tag würden sie das Strandhaus beziehen. Lag es daran, dass das Haus mit der blauen Tür bis in den letzten Winkel mit Schlafgästen gefüllt war? Oder war Susan plötzlich so zurückhaltend, weil sie Angst um das Kind hatte? Jedenfalls hatte sie in der Nacht keine Lust, sich zu lieben, und in der folgenden ebenso wenig. Und bald gewöhnte David sich daran, dass sie nicht wie ein junges Ehepaar zusammenlebten, sondern wie eines, das den Körper des anderen schon zur Genüge erkundet hatte.

Patrick wurde geboren und war Davids ganzes Glück, sein großer Stolz. Dieses Kind machte sein Leben vollständig, und es verstärkte seine Liebe zu Susan noch. Immer wieder beruhigte er sich: Dass sie so abwesend und erschöpft wirkte, lag nicht an ihm. Sie rieb sich nicht in der Ehe auf, sondern kümmerte sich aufopferungsvoll um das Baby. Während er nachts schrieb, schuckelte sie den Kleinen, der nicht schlafen wollte, und wenn David tagsüber schlief, ging sie lange mit ihm spazieren. Später dachte David, dass er vielleicht zu wenige Fragen gestellt hatte. Wenn sie atemlos und zerzaust zurückkam, zum Beispiel. Oder ihre Augen gerötet waren und sie sich mit Heuschnupfen herausredete, obwohl sie darunter nie gelitten hatte. Sie nahm ihm alles ab, und er glaubte, so sei nun mal ihre Rollenverteilung, und alles werde gut. Außerdem war sie nachts wieder so anschmiegsam wie vor der Hochzeit und der Schwangerschaft; und ja, das hatte er vermisst. Als sich ein Jahr nach Patricks Geburt das zweite Kind ankündigte, schloss er seine Doktorarbeit gerade ab. Seine Suche nach einer Stelle hatte bald Erfolg, doch er musste nach Cambridge ziehen und Susan unter der Woche allein lassen, mit zwei kleinen Kindern und einem Nebenjob.

Er tat das nicht gern. Nicht weil er ihr etwa misstraute, sondern weil er sie vermisste. Weil es für ihn schwer war, allein in einer winzigen Wohnung in der Nähe des Campus zu sitzen, den Avancen seiner jungen Studentinnen zu widerstehen und von Susan nur an den Wochenenden das wenige an Zeit zu haben, was sie ihm geben konnte. Denn mit zwei kleinen Kindern war sie noch erschöpfter, obwohl seine Familie versuchte, sie beide zu entlasten, wo es ging.

Seine Familie, die auch ihre Familie geworden war. Er redete sich ein, dass das Leben perfekt war, wie es war. Und in den Sommermonaten, wenn er daheim war, schöpfte er Kraft für die dunklen Wintermonate in Cambridge. Jeden Tag waren sie mit den Kindern am Strand. Patrick und Amy lernten früh schwimmen, sie waren auch an den gar nicht so seltenen Regentagen draußen und wollten immer nur ins Wasser. Sobald Amy laufen konnte, wackelte sie hinter dem älteren Bruder her, und er sah mit großem Stolz, wie seine Kinder heranwuchsen. Redete sich ein, dass Susan ruhiger geworden sei, seit Amy da war. Sie dachte nicht mehr ständig darüber nach, wie sich ihr Leben ändern müsse, damit es «richtig gut» war.

Und dann flog alles auf.

Vielleicht wäre es nicht passiert, wenn David nicht den Reizen einer Studentin erlegen wäre. Vielleicht wäre er dann verschont geblieben. Aber Fiona fegte wie eine Naturgewalt über ihn hinweg, sie nahm sich, was sie wollte – ihn, nur ihn! –, und als es ihr mit ihm langweilig wurde und er nicht mit sich spielen ließ, wie sie es gewohnt war, ließ sie ihn wieder allein, und er kroch, vom schlechten Gewissen geplagt, zu Susan und beichtete ihr alles.

Was im Nachhinein klang, als habe dieses Mädchen, gerade knapp über zwanzig, alle Schuld, war in Wahrheit sein Fehler. Er hatte sie zu nah an sich herangelassen, weil er spürte, dass sie ihn wollte. Weil Susan und er längst wieder zu jener stillen Übereinkunft zurückgekehrt waren, dass ihre Ehe nur tagsüber stattfand, nicht aber nachts im gemeinsamen Schlafzimmer. Weil er, und deshalb schämte er sich am meisten, nun einmal Bedürfnisse hatte und diese von Fiona aufs vortrefflichste gestillt wurden.

Sommer 1984. Es war heiß. Morgens liefen die Kinder mit einer Decke und einem Korb mit Leckereien zum Strand; Susan ließ sie einfach ziehen, obwohl David immer davor warnte, es könne doch etwas passieren. Aber Patrick und Amy gingen nie weit ins Wasser, und Susan folgte ihnen meist eine halbe Stunde später mit dem Sonnenschirm und einem Buch.

Erst am Vorabend war er aus Cambridge gekommen, hatte den Koffer und die schwere Aktentasche abgestellt und seine Frau in seine Arme gezogen. Jetzt, dachte er, begannen die Wochen des Jahres, in denen sie wieder als richtige Familie zusammenleben konnten. Er wusste noch nicht, dass er Susan von Fiona erzählen würde, bis er am Morgen seines ersten Urlaubstages neben ihr in der Küche stand.

«Da war was mit einer Studentin», hörte er sich sagen.

Nicht mal, weil sie irgendwie unfreundlich zu ihm gewesen wäre oder weil er frustriert war. Sondern allein deshalb, weil er keine Geheimnisse haben wollte. Er glaubte, die Ehe werde das aushalten, sie hatten zwei wunderbare Kinder und waren glücklich, so was warf man nicht weg, weil er sich einmal geirrt hatte.

Letztlich war das sein großer Irrtum: zu glauben, dass sie glücklich waren und schon überstehen würden, was er ihnen angetan hatte. So leicht war es nämlich nicht, und er lernte es auf die schmerzhafte Art.

Zuerst sagte Susan nichts. Sie musterte ihn, fragend und nicht mal besonders zornig. Als wollte sie ergründen, wie wichtig ihm die Sache war. Ob es etwas Dauerhaftes war oder nur eine Laune.

Dann sagte sie: «Macht doch nichts, das passiert eben.»

So gleichgültig und nebenbei, dass es ihm ins Herz schnitt. So was passierte? Wem? Ihm nicht, jedenfalls nicht in den Jahren zuvor, und er hoffte, dass es ihr nicht auch schon passiert war. Aber was wusste er schon, sie war unter der Woche allein und konnte tun und lassen, was sie wollte, ohne dass er mitbekam, wohin sie ging und mit wem.

«Mehr hast du dazu nicht zu sagen?»

Sie zuckte mit den Schultern. Nein, hatte sie nicht.

Natürlich bohrte sich das Misstrauen tief in ihn hinein. Er fing an, zu beobachten. Fragen zu stellen. Sich, aber auch Susan. Sie antwortete ausweichend, so habe sie das nicht gemeint, es sei nur so dahergesagt. Natürlich müssten sie darüber reden, was passiert sei. Er habe schließlich eine Affäre gehabt. Sofort wiegelte David ab. So richtig sei das ja keine Affäre gewesen, er habe eben einen schwachen Moment gehabt, das passiere den besten Männern, oder nicht?

«Liebst du sie?», hatte Susan wissen wollen, und als er das verneinte und beteuerte, er liebe nur sie, hatte sie gemeint, dann sei doch alles in Ordnung, und sie verstehe gar nicht, wieso er sich deshalb so anstelle.

Und dann kam der zweite schwache Moment in Susans Leben. Beim ersten Mal hatte sie Davids Heiratsantrag angenommen, völlig überrumpelt von seiner Fürsorge, die sie nicht verdient hatte. Irgendwie auch froh, der Peinlichkeit zu entkommen, ihrem Vater alles erklären zu müssen. An diesem heißen Morgen im Juli 1984 aber, als er ihr seinen Fehler gestand, dachte sie, es wäre gerecht, wenn sie ihm ihre eigenen Fehler offenbarte.

Sie dachte, dann sei nun mal alles auf dem Tisch, und sie könnten danach ihr Leben schneller wiederaufnehmen.

Aber sie irrte sich.

Zuerst stockend, dann immer hastiger erzählte sie, was passiert war. Von ihren ersten Tagen in Wales. Wie sie ihm zufällig begegnet war, ohne zu wissen, wie er zu David stand. Wie sie bei ihm im Bett gelandet war und wie sie einen kurzen Moment geglaubt hatte, mit diesem Mann könne sie genauso gut glücklich werden wie mit jedem anderen. Aber er war verheiratet, hatte sogar zwei erwachsene Kinder. Unmöglich, sich dazwischenzudrängen. Und gerade deshalb verbiss sie sich in diesen Traum von einem Leben an seiner Seite, und als sie schwanger wurde, dachte sie, das sei ihre Chance.

Aber er lachte sie nur aus, denn sie zu heiraten, das kam für ihn gar nicht in Frage, er mochte sein Leben, wie es war. Ihre Verzweiflung wuchs. Inzwischen hatte sie David davon erzählt, dass sie ein

Kind erwartete, und er in seiner grenzenlosen Naivität fragte nicht, sondern wollte sie heiraten. Er hatte auch keinen Grund, an seiner Vaterschaft zu zweifeln. Und tat es nicht, bis jetzt, da sie ihm erzählte, Patrick sei nicht sein Sohn.

«Und Amy?» Wenigstens die Tochter wollte er sich nicht nehmen lassen. Aber er bemerkte Susans Zögern und schloss die Augen, weil er sich vor der Wahrheit fürchtete.

Sie hatte ihm alles genommen. Nein – er hatte es selbst getan, davon war er überzeugt. Hätte er nur den Mund gehalten. Hätte er bloß nie von Fiona angefangen.

Er zog noch am selben Tag aus dem Strandhaus aus. Viel musste er nicht zusammenpacken. Schon vorher war er mehr Gast als Mitglied in dieser Familie gewesen, und jetzt erst erkannte er diese schmerzliche Wahrheit.

Diese Schmach kam aus dem inneren Kreis seiner Familie. Und er hatte nie auch nur Verdacht geschöpft. Er stellte auch jetzt niemanden zur Rede – er hatte seinen Preis bezahlt, und er wollte sich nicht anhören müssen, wie dumm er all die Jahre gewesen war, weil er nicht genau hingesehen hatte.

Sein Vater war der Einzige, der ihn in den kommenden Wochen besuchte. Er stand eines Morgens vor der Tür. David hatte Fiona bei sich, die ihn über den schlimmsten Schmerz hinwegtröstete. Sie würde nicht lange bei ihm bleiben – sie war ein Vögelchen, das schnell weiterflog. Er aber hatte sich in seinem Schmerz unsterblich in sie verliebt und sollte nach der Trennung von ihr noch jahrelang jenen Wochen nachhängen. Susan aus seinem Gedächtnis zu tilgen, fiel ihm leichter.

«Du hast zwei Kinder», begann sein Vater ein Gespräch, das beide nicht führen wollten. Er saß, wie auch Amy jetzt, in der engen schmalen Küche seines Sohnes und wärmte sich die Finger an einem Becher Tee. David ließ sich lieber vom Whiskey wärmen, von dem er einen ordentlichen Schuss in seinen Teebecher gab. Sein Vater lehnte mit einem knappen Kopfschütteln ab.

«Wenn ich meine Frau richtig verstanden habe, sind es nicht meine Kinder», erwiderte David kühl.

«Ach was. Sie wachsen bei dir auf, ihr seid eine Familie. Wenn du wüsstest, wie viele Kuckuckskinder es gibt! Meine Großmutter zum Beispiel …»

David winkte ab. Die Geschichte seiner Urgroßmutter, die von einem Dienstmädchen aufgezogen wurde, obwohl es nicht die leibliche Mutter war, gehörte für ihn ins Reich der Legenden. «Sie hat mich betrogen.»

«Aber sie hat dir auch diese Kinder geschenkt, und beide sind jetzt verwirrt. Du warst nur einen Tag da, dann bist du wieder verschwunden. Amy fragt jedes Mal nach dir, wenn ich rausfahre. Und Patrick ist ganz verschlossen, er mag mit niemandem reden.»

«Du fährst jeden Tag raus?»

«Irgendwer muss sich doch um die drei kümmern, oder?»

«Hat sie dir alles erzählt? Weißt du, mit wem sie mich betrogen hat all die Jahre?»

Das Gesicht seines Vaters wurde hart. Natürlich wusste er davon, hatte vielleicht schon früher davon erfahren als David, und das war eine schmerzliche Erkenntnis. Dass sogar sein eigener Vater weggeschaut hatte!

Ehe sein Vater antwortete, kam Fiona in die Küche getapst, barfuß, verschlafen, die roten Locken zerwühlt und nur mit Davids Lieblingshemd bekleidet. Sie wünschte leise einen Guten Morgen, entnahm der Kaffeemaschine einen Becher Kaffee, in den sie drei Löffel Zucker gab, und schlich zurück ins Schlafzimmer, wo sie ihn erwarten würde, wenn er das Gespräch beendet hatte.

«Du hast dich ja schnell eingerichtet ohne sie.» Sein Vater klang verbittert.

«Sie hat sich schon vorher gut eingerichtet ohne mich», erwiderte David scharf.

«Aber keinen Tag lang hat sie deshalb die Kinder im Stich gelassen. Denk doch an die Kinder!»

Die Kinder waren ohne ihn besser dran, davon war David überzeugt.

Er blieb stur und uneinsichtig, und sein Vater gab es irgendwann auf, an seine Vernunft zu appellieren und daran, es wenigstens zu versuchen.

David schwieg. Sein Vater biss sich die Zähne aus an diesem Schweigen, und als er ging, hatte er seinem Sohn nichts mehr zu sagen außer, dass er daran denken solle, regelmäßig Geld zu überweisen für Susan und die Kinder. Die Familie werde ihn aus dieser Verantwortung jedenfalls nicht entlassen.

Sobald sein Vater weg war, kroch David wieder zu Fiona unter die Bettdecke, und er liebte sie so heftig, dass sie vor Schmerz schrie und nicht vor Lust. Auf ihrer blassen Haut erschienen danach Male, wo er sie grob angepackt hatte. Daraufhin verschwand sie aus seiner Wohnung und seinem Leben, und für den Moment war ihm das ganz recht.

Drei Monate lebte er in dieser Zwischenwelt aus Verletztheit und Schmerz. Er war sehr einsam und schlief zu wenig. Er schickte regelmäßig Geld. Von Susan kam nicht mal ein Wort des Danks.

Im Oktober nahm er dann allen Mut zusammen und rief sie an. Er wollte alles klären, irgendwann mussten sie ja reden. Susan war verschlossen, aber nichts anderes hatte er erwartet. Er schlug ein Treffen vor. Sie zögerte. Sie dürfe seinetwegen gern jemanden mitbringen. Da stimmte sie erleichtert zu, und sie fragte, ob er eins seiner Kinder sehen wolle. Fast hätte er sie angebrüllt, das seien beides nicht seine Kinder, aber dann riss er sich zusammen. Das war ihre Art, ihm ein Friedensangebot zu machen.

«Ich würde gern Patrick sehen.»

«Ich bringe ihn mit.»

Später fragte er sich oft, ob er sie alle hätte retten können. Wenn er nicht Patrick, sondern Amy hätte sehen wollen. Wenn er großmütig auf dieses Wiedersehen verzichtet hätte.

Sie kam mit Patrick und Reginald nach Cambridge. In einem Café trafen sie sich. Reginald saß etwas abseits, er wollte die beiden nicht stören. Patrick saß mit ihnen am Tisch. Den hellen Lockenkopf über ein Malbuch gebeugt, malte er konzentriert Tiere aus, die Zunge spitzte dabei zwischen den Lippen hervor. David streichelte den Kopf seines Sohns. Ja, seines Sohns. Patrick war sein Kind, und Amy auch. Die Biologie mochte etwas anderes behaupten, aber für ihn waren diese beiden Kinder seine.

Das Gespräch verlief erstaunlich friedlich, sie wurden sich bald einig. Beide wollten die Scheidung, und David wollte ein bisschen Zeit mit den Kindern haben in Zukunft. Keine überzogenen Forderungen, alle paar Wochen wollte er fürs Wochenende nach Pembroke kommen. Susan war damit einverstanden.

Zum Abschied umarmten sie sich freundschaftlich. «Kommst du klar?», fragte David. Susan nickte. Sie wirkte ein bisschen betrübt.

«Jetzt hab ich eben niemanden mehr», sagte sie.

Reginald nickte David zum Abschied zu. Ich kümmer mich um sie, schien sein Blick zu bedeuten.

Als mitten in der Nacht das Telefon klingelte, glaubte David einen wirren Moment lang, es sei Susan, die ihn anflehte, heimzukommen. Doch dann erkannte er die Stimme seines Vaters.

«Komm heim», sagte er. «Es ist etwas passiert.»

Es gibt Momente, in denen man nicht fragt, sondern einfach glaubt, was der andere sagt. Jene Nacht gehörte dazu. David stand auf, trank einen doppelt starken Kaffee und fuhr los. Quer durchs Land, über verwaiste, leere Straßen. Er musste Sperrungen umfahren, wo der Herbststurm Bäume entwurzelt hatte, und kam erst früh am Morgen in Pembroke an.

«Was ist passiert?», fragte er seinen Vater, der in dieser Nacht ebenso wenig geschlafen hatte wie David. Er bat seinen Sohn ins Haus, seine Mutter sei oben und schlafe, der Arzt habe ihr ein Beruhigungsmittel geben müssen.

Und dann erst, nachdem David sicher nach Pembroke gefahren war, begann sein Vater, ihm von dem Unfall zu erzählen. Von Reginalds leichten Verletzungen, von Susan, die es etwas schlimmer erwischt hatte und die nie wieder ganz gesund werden würde. Von Patrick.

Die Stimme seines Vaters versagte. Dann stieß er hervor:

«Patrick wurde aus dem Auto geschleudert. Er war nicht angeschnallt. Sie haben ihn zwanzig Meter weiter gefunden.»

Erst begriff David nicht, was das hieß. Seine Fragen tasteten sich vor, doch sein Vater unterbrach ihn.

«Dein Sohn», sagte Jonathan, und diesmal widersprach David nicht, «ist tot.»

Seine Welt brach zusammen. Alles hatte er ausgehalten. Susans Verrat, ihr Geständnis. Dass sie nicht allein zu ihm kam, sondern Reginalds Schutz brauchte. Er hatte gesehen, wie sein Onkel den Arm um ihre Schulter legte, als er sie zum Auto führte.

Aber sie hatte ihm den Sohn genommen. Für immer. Sogar die Chance, ihm aus der Ferne ein Vater zu sein, war vertan.

Und Amy? Blieb ihm wenigstens das Mädchen?

Sein Vater nahm Amy zu sich, während Susan im Krankenhaus lag. Dass Patrick tot war, war in seinen Augen auch Davids Schuld. Wäre Susan nach dem Gespräch mit ihm nicht so aufgewühlt gewesen, hätte das alles nicht passieren müssen.

David verzichtete darauf, sich zu verteidigen.

Patricks Beerdigung beobachtete er aus sicherer Distanz. Danach verschwand er aus Pembroke. Kein zweites Gespräch mit Susan, nichts.

Später erfuhr er, sie habe Pembroke kurz nach ihrer Entlassung aus dem Krankenhaus verlassen, mit unbekanntem Ziel. Vermutlich war sie zurück nach Deutschland gegangen, zu ihrer Mutter. Eugen war im Jahr zuvor gestorben, und David wusste, wie sehr sie ihn vermisste.

In Pembroke erzählte man sich jetzt hinter vorgehaltener Hand, was passiert war, und die Geschichten wurden immer wilder und spekulativer. Davids Eltern strichen ihn aus ihrem Leben, keine Nachricht kam von ihnen. Er hörte nur von Freunden davon, von Reginalds Scheidung, von seinem Suff. Manchmal stand David nachts auf, wenn er nicht schlafen konnte. Er stand dann barfuß in der kalten Küche, trank Whiskey aus einem Wasserglas und prostete Reginald in der Dunkelheit zu.

«Wir haben sie beide verloren», flüsterte er dann.

Kapitel 25

$\mathcal{B}$is David alles erzählt hatte, war es früher Nachmittag geworden. Nebenbei hatte er ihnen Nudeln gekocht, mit Tomatensoße aus dem Glas und einer dicken Schicht frischgeriebenem Grana Padano. Er hatte zwischendurch viel geschwiegen. Nur langsam konnte er ihr seine Version der Vergangenheit offenbaren. Amelie zeigte keine Ungeduld. Sie spürte, das hier war nicht nur für sie wichtig, sondern auch für ihren Vater.

Den Whiskey hatte er nicht mehr angerührt, und das hatte sie etwas beruhigt.

Amelie war erschöpft. Am liebsten hätte sie sich in dem kleinen Wohnzimmer auf dem Sofa eingerollt und zwei Stunden geschlafen, ehe sie den Heimweg antrat, aber das kam ihr dann doch irgendwie zu intim vor. Ihr Vater, der nicht ihr Vater war, räumte den Tisch ab und stellte die Töpfe in die Spülmaschine.

«Warum hast du nie nach mir gesucht?», fragte sie schließlich.

Er hatte ihr den Rücken zugewandt und zuckte mit den Schultern. Schließlich drehte er sich langsam um, die nassen Hände noch halb über dem Spülbecken. «Vielleicht habe ich gehofft, du kämst irgendwann zu mir. Hättest die Reiselust deiner Mutter geerbt und würdest mit einem Rucksack auf dem Rücken vor der Tür stehen, weil sie dir doch von deiner Herkunft erzählt hat. Oder weil du so lange nachgeforscht hast.»

«Ich hab nachgefragt. Aber ich war nie besonders hartnäckig.»

«Sag das nicht. Jetzt bist du ja hier.»

Sie zögerte. Die nächste Frage war etwas heikel. «Mein leiblicher Vater ...»

David atmete tief durch. «Reginald. Mein Onkel. Damit sind wir im Grunde Cousin und Cousine, richtig?»

Amelie nickte beklommen. «Was ist mit ihm? Lebt er ... Wo ...?»

«Er starb vor über zehn Jahren. Lungenkrebs. Ist ordentlich verreckt, und ich glaube, nur wenige Familienmitglieder haben ihm auch nur eine Träne nachgeweint. Er hat bis zum Schluss seine Frau mit anderen, jüngeren betrogen. Susan war kein Einzelfall, aber das haben wir erst später erfahren. Tut mir leid, aber ich hatte danach keine hohe Meinung mehr von ihm.»

«Wie war er ... als Vater?»

«Das wirst du seine Kinder fragen müssen. Deine Halbgeschwister. Sie sind schon vor langer Zeit weggezogen, aber mein Vater kennt vielleicht ihre Adressen. Frag ihn. Er hat dich hierhergeschickt. Vermutlich denkt er, du hättest ein Recht auf die ganze Wahrheit. Was ich erstaunlich finde. Du scheinst auf meinen alten Herrn ordentlich Eindruck gemacht zu haben.»

«Ich musste ganz schön mit ihm ringen, ehe er überhaupt mit mir geredet hat.»

«Ja, das ist schon eher seine Art.»

Viel hatten sie sich nicht mehr zu sagen, und Amelie verabschiedete sich bald. Sie musste ihm versprechen, ihn wieder zu besuchen, und das tat sie gern. Sie mochte David. Er war nicht ihr Vater, aber er war das, was am nächsten an einen Vater herankam.

Auf dem Rückweg fuhr sie besonders langsam. Der Linksverkehr und ihre Müdigkeit machten ihr ziemlich zu schaffen, und die acht Meilen zurück nach Pembroke zogen sich. Sie hätte vor Erleichterung am liebsten geweint, als sie in die Main Street einbog.

Als sie die Apotheke betrat, unterbrach Dan sofort sein Verkaufsgespräch. «Amy!», rief er. Die Kunden drehten sich zu ihr um. Sie winkte ab. «Es ist nichts», beteuerte sie, obwohl sie ziemlich wacklig in den Knien war. Dan kam gerade noch rechtzeitig, um sie auf den Stuhl zu schieben, auf dem sonst die alten Damen saßen, denen er die Stützstrümpfe anpasste.

«Das sehe ich, dass nichts ist. Ich hol dir ein Glas Wasser.»

Die Kundinnen machten ihm Platz. Sie beäugten Amelie misstrauisch. Dan brachte ihr ein Glas Wasser und wartete, bis sie es brav geleert hatte. «Besser?»

Sie nickte.

«Ich bring dich gleich nach oben. Warte hier.»

Fast hätte sie gelacht. Wo sollte sie denn hin mit ihren weichen Knien und so zittrig, wie sie war? Weglaufen war keine Option.

Dan kümmerte sich um seine Kunden, obwohl er immer wieder besorgt in ihre Richtung schaute. Es dauerte zehn Minuten, dann war die Apotheke leer. «Also los!», meinte er und umfasste ihren Arm. Amelie wollte protestieren, dass sie doch keine alte Frau sei, aber offensichtlich war das nicht ganz richtig, denn sie wäre fast in das Regal mit der Sonnenmilch gefallen, wenn Dan nicht beherzt zugegriffen hätte.

«Wo warst du?», wollte er wissen.

«Bei meinem Vater», sagte sie leise. Sie hatten die Wohnung erreicht. Nur zu gern hätte sie sich jetzt in Dans Bett gekuschelt, aber dafür hätte sie weitere fünfzehn Stufen hochsteigen müssen, und dazu fühlte sie sich absolut nicht in der Lage. Also ließ sie sich ins Gästezimmer führen und plumpste ziemlich unelegant aufs Bett. Dan zog ihr die Schuhe aus und half ihr aus der Strickjacke. Fürsorglich deckte er sie zu, und sie schloss die Augen. Das Letzte, was sie bemerkte, war, wie er auf leisen Sohlen noch einmal hereinkam und ein Glas Wasser aufs Nachtkästchen stellte.

«Was wirst du jetzt tun?», fragte Dan sie am Abend.

Sie hatte drei Stunden geschlafen, und als sie aufwachte, saß Dan auf der Bettkante und beobachtete sie. Er schwieg lange, und sie sagte auch nichts, bis er schließlich die Frage stellte.

Amelie hatte noch nicht darüber nachgedacht. Sie wusste ja nicht mal, weshalb sie hergekommen war. «Ich muss mit meiner Mutter reden», sagte sie schließlich.

Der Gedanke kam ihr eher spontan, aber es stimmte: Sie konnte die Vergangenheit nicht für sich abschließen, solange sie nicht die Version ihrer Mutter kannte. Es war leicht, sie zu verurteilen wegen der Dinge, die geschehen waren – aber Amelie war Historikerin. Sie musste alle Seiten beleuchten, ehe sie eine Wertung vornehmen konnte.

«Wirst du dann auch Mr. Amelie sehen?»

«Ich weiß es nicht.»

Seit sie im Strandhaus lebte, war sie nur traurig und müde. Sie war *einsam*, und die Vorstellung, mit dieser Einsamkeit im Herzen nach Berlin zu fahren, machte ihr Angst. Was war, wenn Michael die richtigen Worte fand?

«Soll ich mitkommen?»

«Ich schaff das allein», versicherte sie ihm. Im Moment sah es ja auch so aus, als würde sie fürs Erste allein bleiben. Auf Michael konnte sie sich nicht verlassen. Auf Dan wollte sie noch nicht zählen. Zu sehr hatte seine persönliche Situation bei ihr alles durcheinandergebracht.

«Ich bin für dich da. Und jetzt komm, ich hab uns was gekocht.»

Es gab diese Menschen, die immer das Richtige sagten, und Dan gehörte eindeutig dazu.

Es gab gegrillte Steaks mit Kräuterbutter, buntem Salat, Knoblauchbrot und viel Schweigen, und endlich war es wieder das von der guten Sorte. Das, in das sie sich einhüllen konnte. Dan war fürsorglich wie eh und je. Er brachte ihr eine Decke, ehe sie überhaupt merkte, dass sie fror. Und als es dunkel wurde, zündete er auf dem Balkon wieder die Windlichter an, die leise flackerten. Er holte sich noch ein Glas Wein, für sie eine Flasche Ginger Ale und Eiswürfel für ihr Glas. Das sanfte Klirren der Würfel, das Zirpen der Grillen und ein gelegentliches Motorengeräusch auf der Main Street, die Schreie der Jugendlichen, die sich vor dem Rathaus versammelt hatten. Der perfekte Abend.

«Felicity und ich kennen uns seit Schulzeiten», begann Dan irgendwann.

Amelie schloss die Augen. «Ich glaube, ich will das nicht hören», sagte sie leise. «Für heute hab ich genug Geschichten gehört.»

Er schwieg verletzt.

Die gute Stimmung war dahin, das merkte sie. Eine Viertelstunde später stand sie auf, faltete die Decke zusammen und verließ den Balkon. Dan folgte ihr nicht, und sie verabschiedete sich auch nicht von ihm, ehe sie die Wohnungstür hinter sich ins Schloss zog.

Drei Tage später fuhr sie heim. Für die Dauer ihrer Abwesenheit bat sie Jon, sich um das Strandhaus zu kümmern.

Er fragte nicht, wie es ihr bei David ergangen war. Entweder hatte er zwischenzeitlich mit seinem Sohn gesprochen, oder ein Blick in ihr müdes Gesicht genügte ihm, um ihr Nachfragen zu ersparen.

Berlin begrüßte sie mit stickiger Hitze und einem Problem, über das sie vorher nicht nachgedacht hatte. Wo sollte sie schlafen – bei Michael oder bei ihrer Mutter? Beides schien ihr nicht gerade angenehm.

Aber manchmal spielte das Leben eben doch mit. Sie machte unterwegs ein letztes Mal Pause und entdeckte beim routinemäßigen Blick auf ihr Handy eine Nachricht von Diana.

Bin seit zwei Tagen wieder in B. Hab den Jetlag. Kommst du bald mal wieder her?

Sie rief sofort an.

Diana klang verschlafen, aber als Amelie erklärte, sie wisse nicht, wo sie in den nächsten Tagen schlafen solle, war ihre Freundin sofort munter. «Komm vorbei, zur Not packen wir uns gemeinsam in mein Bett.»

Also fuhr sie zuerst zu Diana. Nicht zu ihrer Mutter, nicht zu Michael. Beiden schrieb sie nur kurz eine Nachricht. *Bin hier, komme morgen.*

Den einen Tag Gnadenfrist wollte sie sich gönnen.

Diana war aufgekratzt wie eh und je. Sie riss die Wohnungstür auf, fiel Amelie kreischend um den Hals, hielt sie dann auf Armeslänge von sich weg und musterte sie von oben bis unten. Wobei sie die Körpermitte besonders interessiert betrachtete, aber da gab es noch nichts zu sehen.

Für Amelie war das Wiedersehen mit der besten Freundin ein kleiner Schock. Diana trug die Haare jetzt raspelkurz und lila gefärbt. Im Nasenflügel steckte ein neues Piercing, und die ehemals bunten Klamotten waren einer schwarzen Kluft aus Röhrenjeans – konnte sie gut tragen – und Trägertop gewichen. Sie war barfuß. Auch das war neu. Sonst sah man Diana nicht mal im Hochsommer barfuß oder ohne Socken in den Schuhen.

Das Leben hatte sie also beide verändert. Dass auch Amelie eine Wandlung durchgemacht hatte, sagte ihr Diana nach einer halben Stunde.

«Du bist so ungnädig», erklärte sie. Die Macchinetta brodelte auf dem Herd in ihrer kleinen, rosaweißen Küche, sie wärmte Milch auf und schäumte sie von Hand. «Oh, darfst du überhaupt was mit Koffein?»

«Ein bisschen schadet wohl nicht», fand Amelie.

«Gute Entscheidung. Bei Alkohol werde ich aber streng, hörst du? Meinem Patenkind sollen ja nicht schon vor der Geburt alle Chancen genommen werden.»

«Keine Sorge.» Amelie lachte zittrig. Herrje, es tat so gut, endlich mit einem Menschen reden zu können, der nicht jedes Wort auf die Goldwaage legte, sondern so redete, wie ihm der Schnabel gewachsen war. Manchmal brauchte man eben eher ein ehrliches Wort als ein freundliches.

Es gab Kekse und sogar eine kleine Torte, die Diana bei einem Konditor in der Prenzlauer Allee gekauft hatte. Sie gehörte zu den Menschen, die schon seit fünfzehn Jahren in diesem Viertel lebten, doch anders als viele andere «Alteingesessene» schimpfte sie nicht über die «Schwabeninvasion». Das war Diana: leben und leben lassen. Und zwar mit viel Schwung!

Bevor sie auf Amelies Probleme zu sprechen kamen, mussten sie Kaffee trinken und Kuchen essen. Es sollte schon alles seine Ordnung haben, und Diana brauchte einen vollen Magen, ehe sie anfing, Probleme zu wälzen. Dann erzählte sie von ihrem neuseeländischen Schafzüchter.

«Erst hat er mir die Sterne vom Himmel geholt. Dann hat er kalte Füße gekriegt. Und zum Schluss hat er mich nicht gehen lassen wollen. Da hab ich das Weite gesucht.» Diana lachte.

«Das heißt? Wollte er dich gleich heiraten?»

Amelie hatte es nur im Scherz gesagt, doch an Dianas Reaktion merkte sie, dass ihre Freundin bei diesem Thema nun gar keinen Spaß verstand.

«Sozusagen», erwiderte sie, ganz still und klein.

«Und du hast abgelehnt und schleunigst eine halbe Welt zwischen ihn und dich gebracht.»

«Möchtest du auch noch einen Kaffee?»

Amelie lehnte dankend ab. Sie beobachtete, wie Diana die Macchinetta ausspülte, neu befüllte und auf den Herd stellte. Manchmal brauchte Diana einfach Zeit. Vermutlich steckte mehr hinter der Geschichte. Ein Heiratsantrag hätte sie nicht aus der Ruhe gebracht – es hatte in Dianas Leben schon genug Männer gegeben, die sie für immer an sich hatten binden wollen.

Bisher hatte sie dann stets geantwortet, sie sei keine Graugans, die sich jagen und beringen ließe.

Bei diesem Mann schien das jedoch anders zu sein. Hatte ihre Freundin etwa denjenigen gefunden, bei dem sie sesshaft werden wollte? Am anderen Ende der Welt?

«Wie geht's jetzt mit Michael und dir weiter?» Also wollte Diana ablenken. Gut, dachte Amelie. Sie würde später noch mal darauf zurückkommen.

Während sie erzählte, erkannte Amelie, wie kompliziert die Sache inzwischen war. Sie fühlte sich heimatlos. Sie vertraute nicht darauf, dass Michael für sie sorgen würde, und war unsicher, ob das mit Dan funktionieren, geschweige denn eine Zukunft haben würde. Außerdem war da noch die Sache mit ihrer Familie. Diana schüttelte den Kopf, als Amelie bei dem Karton in ihrem alten Kinderzimmer anlangte, der die gemalten Bilder ihres Bruders enthielt, von dem sie bisher keine Ahnung gehabt hatte.

Schließlich hielt Amelie erschöpft inne. Sogar von ihrem Besuch bei David hatte sie erzählt, der zumindest auf dem Papier bis heute ihr Vater war.

«Echt unglaublich», meinte Diana. «Und ich fahr ans Ende der Welt, um irgendwelche Abenteuer zu erleben. Ich meine: wieso eigentlich? Zu Hause scheint's ja viel aufregender zu sein!»

«So abenteuerlustig wie du war ich aber nie», klagte Amelie. «Mir wär's lieber, ich wüsste möglichst bald, wo ich mich niederlassen will.»

«Klar. Du brütest ja auch.» Einen Frühsommer lang hatte Diana mit einem Ornithologen das Brutverhalten von Silbermöwen auf Langeoog beobachtet. Damals hatte sie von nichts anderem geredet, und es hatte eine Weile gedauert, bis sie diese Affäre vergessen hatte. Das Vokabular mit den Vogelmetaphern war jedoch geblieben.

«Also lieber den langweiligen Professor oder den aufregenden Waliser?»

«Du hast Michael ja nie gemocht.»

«Ich hab ihn akzeptiert, weil du ihn liebst. Aber gemocht? Nie.»

«Warum eigentlich nicht?»

«Er passt nicht zu dir, ganz einfach. Er ist so ein … weiß nicht. Sugardaddy. Deutlich älter …»

«Nur dreizehn Jahre!», fiel Amelie ihr ins Wort.

«Ja und? Das sind ungefähr zehn zu viel. Wie alt ist dein Waliser?»

«Er ist nicht *mein* Waliser. Im Moment gehört er noch der perfekten Felicity.»

«Die dir aber bereits aufgetragen hat, auf ihn aufzupassen», trumpfte Diana auf. «Also, wie alt ist er?»

Amelie musste zugeben, dass sie das gar nicht so genau wusste.

«Egal. Er ist jedenfalls nicht so ein humorloser Erpel wie Michael.»

Amelie prustete los. «Erpel! So hast du ihn ja noch nie genannt.»

«Findest du nicht, das passt? Erpel sehen immer so ernsthaft aus, wenn sie ihre braune Gefährtin und den Nachwuchs über irgendwelche Straßen scheuchen. Der einzige Vogel, der aussieht, als hätte er einen Stock verschluckt. Heißt ja auch Stockente.» Sie kicherte ausgelassen.

«Gott, bist du albern. Und was bin ich dann für ein Vogel? Irgendwas Kugeliges. Ein Kiwi vielleicht?»

«Mit sooo einem langen Schnabel? Nee. Du, meine Liebe, bist eine Nachtigall, die verstummt, sobald man sie in einen goldenen Käfig sperrt. Und genau das hat Michael getan.»

Amelie protestierte. «Wir waren bis vor ein paar Monaten sehr glücklich.»

«Ja, bis vor ein paar Monaten! Jetzt kommen wir nämlich zu Michael. Ein Kuckuck. Hat einfach einer anderen Frau ein Ei ins Nest gelegt.»

Amelie seufzte. Irgendwie konnte sie mit Diana nicht mehr vernünftig reden, wenn sie sich erst mal auf ihre Vogelmetaphern eingeschossen hatte.

«Er liebt mich. Sagt er. Und kämpft um mich . . .»

«Sorry, aber das hat der Kaiser von China auch behauptet.» Und weil Amelie sie verständnislos anschaute, fügte Diana hinzu: «Der die Nachtigall eingesperrt hat. In Andersens Märchen. Meine Güte, Am! Deine Bildungslücken auf dem Märchensektor wirst du schließen müssen, wenn du meinem Patenkind eine adäquate, gutbürgerliche Erziehung angedeihen lassen willst.»

«Dafür hab ich ja dann dich, wenn ich's nicht richtig mache. Aber das Kind ist halt das Argument schlechthin für ihn.»

«Für Michael? Na ja – er ist ja recht freigebig mit seiner Zeugungskraft. Wäre jetzt nicht mein Argument, mich für ihn zu entscheiden. Eher im Gegenteil.»

«Aber ich wäre versorgt. Ich müsste mir nicht den Kopf zerbrechen, woher ich im nächsten Monat das Geld für Windeln und Märchenbücher nehme.»

Diana grinste, und auch Amelie spürte, wie ihr leichter ums Herz wurde, obwohl das Thema so ernst war. Das machte ihre beste Freundin mit ihr: Sie brachte Amelies Humor zum Vorschein und ließ sie für den Moment vergessen, wie ernst ihre Lage im Grunde war.

«Er müsste Unterhalt fürs Kind zahlen.»

«Ich will aber nicht von seinem Geld abhängig sein.»

«Ist ja auch nicht mehr sein Geld, wenn es auf deinem Konto liegt.»

Amelie seufzte.

«Außerdem, wo ist der Unterschied? Unglücklich mit ihm zusammen und von seinem Geld abhängig oder glücklich allein?»

«Ich weiß eben nicht, ob ich allein so glücklich wäre.» Amelie kaute auf der Unterlippe. Sie war zeit ihres Lebens nie lange allein gewesen, und deshalb wusste sie tatsächlich nicht, was das mit ihr machte. Wollte sie sich deshalb sofort in Dans Arme werfen? War sie in Wahrheit eine dieser Frauen, die nie für sich selbst verantwortlich sein wollten?

«Ach, das kannst du. Und glaub mir: Du wirst es genießen. Es gibt nichts Schöneres.»

Diana war eine überzeugte Alleinlebende. Wenn eine Beziehung drohte, ernst zu werden und länger als einen Sommer zu halten, blieb sie auf Abstand. Mit einem Mann zusammenzuziehen, das kam für sie nicht in Frage.

«Meine Mutter hat mich allein großgezogen.»

«Und, hast du irgendwas vermisst?»

Amelie zuckte mit den Schultern. Wie sollte sie Diana nur erklären, dass sie all die Jahre etwas vermisst hatte, ohne zu wissen, was es war? Nachdem sie von ihrem großen Bruder erfahren hatte, fühlte sie sich irgendwie – ganz. Wie ein Puzzle, das kurz vor der Vollendung stand.

«Meinen Bruder hab ich vermisst», sagte sie schließlich, obwohl sie fürchtete, von Diana ausgelacht zu werden.

Doch ihre Freundin tätschelte ihr mitfühlend den Arm. «Ich weiß», sagte sie leise. «Wahrscheinlich wirst du ihn jetzt immer vermissen.»

Das Gespräch mit ihrer Mutter stellte Amelie vor mehrere Herausforderungen.

Erstens: Ihre Mutter hatte bisher jede Frage nach der Vergangenheit geschickt umschiffen können. Vermutlich würde sie auch heute nicht mit sich reden lassen.

Zweitens: Manchmal schaffte sie es, dass Amelie sich wieder wie ein kleines Kind fühlte. Inzwischen war sie aber alt genug, um zu wissen, was gut für sie war und was nicht.

Und drittens, vielleicht das Schwierigste an diesem Gespräch: Amelie wollte eigentlich gar nichts über diese Affäre hören, nichts über ihren leiblichen Vater. Hätte sie bloß nicht nachgeforscht! Sie fühlte sich innerlich ganz wund, zerschunden und voller blauer Flecke. Der Schmerz in Davids Blick, die Verletzlichkeit, wenn er den vierten Whiskey in Folge kippte, weil sie bei ihm die alten Wunden wieder aufriss … Das alles hatte er nicht verdient. Und es mochte ihr schwerfallen, ihrer Mutter die Schuld an allem zu geben. Aber Reginald war für sie eine unbe-

438

kannte Größe. Sie kannte ihn nicht. Da fiel es leicht, ihn zu hassen.

Ihr Herz klopfte, als sie bei ihrer Mutter vor der Tür stand. Sie hatte ihren Besuch nicht angekündigt, sie wollte die unmittelbare Reaktion sehen.

Als ihre Mutter die Tür öffnete, hellte sich ihr schmales Gesicht sofort auf. «Es ist Amelie!», rief sie, als gebe es noch jemanden, den das interessieren könnte. Und als Amelie ihr ins Wohnzimmer folgte, saßen dort zwei ihrer Freundinnen auf dem Sofa, Kuchenteller auf dem Schoß und Kaffeetassen auf dem Couchtisch.

«Entschuldigt, meine Lieben. Ob wir uns auf nächste Woche vertagen können? Das hier ist wichtig, ich hab meine Tochter ein paar Wochen nicht gesehen. Wir haben viel zu bereden.»

So schnell hatte Mama ihre Freundinnen noch nie hinauskomplimentiert, schon gar nicht für sie. Keine fünf Minuten später waren sie allein, und Amelie sank aufs Sofa. Sie war müde. Ihre Mutter flatterte aufgeregt um sie herum.

«Willst du Kaffee? Ach nein, bestimmt trinkst du keinen, oder doch? Ich hab mich schlau gemacht, Kaffee ist gar nicht so schlimm, oder man weiß es nicht so genau, jedenfalls schadet er nicht, und wenn die werdende –»

«Mama», unterbrach Amelie sie gereizt.

«Ja?» Ihre Mutter blickte auf. In ihren Händen hielt sie die halbvollen Kaffeetassen.

«Ich muss mit dir reden.»

«Ja, das hab ich mir gedacht.» Sie setzte sich aufs zweite Sofa, und die Tassen klapperten in ihren Händen. Sie zittert, erkannte Amelie. Vielleicht war es das, was sie gebraucht hatte – ein Zeichen von Schwäche bei ihrer Mutter.

«Ich hab David kennengelernt.»

«Deinen Vater.» Das Lächeln war unsicher.

«Nein. Er ist nicht mein Vater, das wissen wir beide. Und ich war auch am Grab. An Patricks Grab.»

Das Schweigen war nur eine Winzigkeit zu lang.

«Beinahe hätte ich dir von ihm erzählt. Mehr als einmal», fügte ihre Mutter hastig hinzu. «Aber dann hast du aufgehört, nach ihm zu fragen, und ich dachte wohl … na ja. Für mich war es so einfacher.»

«Du hast ihn mir weggenommen. All die Jahre hat mir was gefehlt.»

«Ich weiß. Einmal, da warst du sieben und in der zweiten Klasse. Deine beste Freundin Britta lud zu ihrem Geburtstag. Sie hatte einen Bruder, viel älter als ihr alle, er hieß … Lutz. Ja, Lutz. Er hatte sich wenige Wochen zuvor umgebracht, und es war für deine Freundin die erste Party nach seinem Tod. Ihre Mutter hatte sich viel Mühe gegeben, sie wollte ein Stück Normalität zurückgewinnen. Aber als ich dich abends abholte, nahm sie mich beiseite und war sehr blass. Du hättest behauptet, auch dir wäre ein Bruder gestorben, aber das sei lange her und man vergesse das auch. Britta hat daraufhin geweint, es muss für sie der schlimmste Geburtstag ihres Lebens gewesen sein. Mir war das schrecklich peinlich, und ich habe dir den Umgang mit ihr verboten, weil ich mir anders nicht zu helfen wusste.»

Amelie konnte sich an die Party erinnern. Sie hatten im Garten Schatzkisten gesucht, und in ihrer waren ein oranger Flummi mit Glitzer gewesen und ein Bleistift, der nach Erdbeeren roch.

Daran, wie sie Brittas Geburtstag gesprengt hatte, erinnerte sie sich nicht. Aber sie wusste noch, wie kurz darauf die Freundschaft einschlief.

Vielleicht war das der Grund.

So vieles ergab in der Rückschau Sinn, wenn man die Fakten kannte.

Amelie atmete tief durch. «Ich möchte, dass du mir alles erzählst. Von Reginald. Von deinem Leben in Pembroke. Einfach alles.»

Ihre Mutter wirkte erstaunt. «Ich denke, David wird dir genug erzählt haben. Oder Jon; er hielt nie große Stücke auf seinen Bruder.»

«Jon hat nicht viel dazu gesagt. Und mich interessiert deine Seite. Nicht die von David.»

«Also gut.» Ihre Mutter nickte. «Ich hoffe, du hast viel Zeit mitgebracht.»

Zeit hatte sie. Aber hatte sie auch die nötige Kraft?

Susanne war ein Glückskind, von Anfang an. Geboren an einem Sonntag, geliebt von den Eltern, die kurz vor dem Mauerbau in den Westteil Berlins flohen. Ihr Vater war viel unterwegs und verdiente gutes Geld. Ihre Mutter war streng und liebte sie sehr.

Die Probleme begannen, als sie dreizehn war. Der Vater war zu fern, und sie verliebte sich stattdessen unsterblich in ihren Lehrer. Auf dem alten Damenrad ihrer Mutter fuhr sie ihm nach Schulschluss hinterher. Einmal schlich sie sich sogar in seinen Garten und hockte stundenlang unter dem Rhododendron, während es in Strömen regnete und er im Haus am Schreibtisch saß und Arbeiten korrigierte. Sie stellte sich vor, wie er sie hereinbat, ihr einen heißen Kakao mit Sahne kochte und sie in seinem Bademantel auf dem Sofa saß. Weiter reichte ihre Phantasie nicht.

Ihre Eltern fanden bald heraus, wo sie sich nachmittags herumtrieb, es setzte ein paar Ohrfeigen, und sie bekam vier Wochen Hausarrest.

Mit sechzehn verliebte sie sich erneut, diesmal in einen Künstler. Wieder war er viel älter als sie, und wieder war sie zu unschuldig, um sich mehr auszumalen. Sie posierte für ihn als Aktmodell. Als er versuchte, ihre Brüste zu streicheln, schrie sie das ganze Hinterhaus zusammen. Danach sah sie ihn nie wieder.

Ihr Erfahrungsschatz mit Männern war also eher begrenzt, als sie mit zwanzig auf die Europareise ging. Sie hatte ihren Eltern diese

Reise nach dem Abitur abgetrotzt, bis diese schließlich widerstrebend eingewilligt hatten. Sie war acht Wochen mit ihrer Freundin Vera unterwegs, die so vernünftig und brav war. In Frankreich dann die Begegnung mit David und seinem Kumpel. Die vier saßen an den Lagerfeuern, sie knutschten wild, und nachts beanspruchten Vera und Steve das eine Zelt. So blieb für David und Susanne nur das zweite, sonst hätten sie unter freiem Himmel schlafen müssen.

Sie fand nichts dabei, mit ihm unter einem Zeltdach zu schlafen, und irgendwie fand sie ihn auch süß mit seinen rotblonden Haaren, dem Sonnenbrand und den leichten Segelohren. Er war recht still, und als sich seine Hand in der Nacht zu ihr herüberstahl – während nebenan die ach so brave Vera nicht ganz so brave Laute von sich gab –, hielten sie eine Weile einfach nur Händchen. Dann entwickelte sich mehr, und irgendwann schälte er sich aus seinem Schlafsack und schlüpfte zu ihr.

Das erste Mal war erhebend und schmerzhaft. Es fühlte sich gar nicht so schlimm an, war zugleich aber eine Ernüchterung. Und Liebe war schon gar nicht im Spiel. Für Susanne ging es nur darum, dass sie es endlich hinter sich hatte und mitreden konnte.

Drei Tage blieben sie noch am Strand, dann zog es die Jungs weiter. Vera war danach krank vor Liebeskummer, während Susanne eher erleichtert war. Sie reisten ohne Ziel und Verstand weiter, und an jeder Weggabelung stritten sie, wohin es als Nächstes gehen sollte. Schon bald wurde deutlich, dass es Vera nach Wales zog. Susanne wollte nicht. Vera bestand drauf. Sonst, drohte sie, könnten sie gleich wieder heim. Also beugte Susanne sich, und sie fuhren auf schnellstem Weg nach Wales. Denn nach Hause wollte sie nicht. Die neugewonnene Freiheit wollte sie unbedingt auskosten.

So kam es zwei Wochen nach dem ersten Treffen zu einem Wiedersehen in Pembroke. Beschaulich fand Vera es dort. Susanne fand es langweilig, bis sie am dritten Tag Davids Onkel Reginald kennenlernte.

Das war mal ein Mann! Ein Baum von einem Mann, knorrig und brummig, herzensgut und arglos. Susanne sah ihn – und wollte ihn haben. Sie war wieder das kleine Mädchen ihres Vaters, das so lange quengelte, bis es bekam, was es wollte.

Reginald wurde von dem deutschen Mädchen vollkommen überrascht. Während sie mit David brav Händchen hielt, schlich sie nachts zum Strandhaus und traf Reginald. Er war nie aus Pembroke herausgekommen, nie hätte er gedacht, es könnte da draußen etwas geben, das er so sehr begehrte wie diese junge Frau, die einfach nicht lockerließ.

Reginald verliebte sich nicht leicht, aber es war passiert, und kaum war es passiert, merkte Susanne, dass sie schwanger war. Längst nicht mehr bedrängte sie Vera, endlich weiterzureisen. Der Sommer neigte sich dem Ende entgegen, sie schrieb Postkarten aus Pembroke, jede Woche zwei an ihre Eltern. Hier könnte sie eines Tages glücklich werden, schrieb sie, und die Eltern freuten sich. Dabei meinte Susanne den verheirateten Familienvater Reginald. Ihre Eltern glaubten, der junge David habe ihr so gehörig den Kopf verdreht.

Eigentlich hatten sie das anders geplant. Eigentlich wollte Susanne David nur von dem Kind erzählen, um sogleich im Nachsatz hinterherzuschieben, dass es nicht von ihm sei, denn es hatte ja nur die eine Gelegenheit dazu gegeben, damals in Frankreich. Seither waren sie geradezu keusch, wie Bruder und Schwester. Nachts schlich sie sich fort aus dem Haus mit der blauen Tür, und tagsüber genügte es David, ihre Hand zu halten. Ihr war das bald unerträglich, aber sie hatte bisher auch nicht den Mut gefunden, die Sache mit ihm zu beenden, weil sie dann vermutlich bald hätte abreisen müssen.

Es kam ganz anders.

Davids erste Reaktion war ein ungläubiges Lächeln. Und ehe sie noch hinterherschieben konnte, wie leid ihr das tue, denn schließlich sei das Kind nicht seins, sank er vor ihr auf die Knie. «Dann heiraten wir!», rief er, und er klang so überzeugt, dass sie einen Moment verwirrt war. Sie versuchte, einen klaren Gedanken zu fassen, doch David war schon einen Schritt weiter. «Was anderes bleibt uns gar nicht übrig, oder? Du ziehst zu mir nach Pembroke. Ja? Versprichst du mir das?»

Sie schüttelte den Kopf. «Nein!», rief sie, riss sich von David los und stürmte ins Haus. Er blieb mit seiner Verwirrung zurück, redete sich aber ein, die neue Situation verwirre Susanne.

Sie lief zu Reginald. Damals besaß er eine kleine Firma im Ort, die allerlei Handwerksleistungen anbot. Er war viel unterwegs, weshalb sie sich manchmal auch tagsüber trafen. Diesmal aber suchte sie ihn auf einer Baustelle auf, und so wäre ihr Verhältnis fast aufgeflogen an jenem Tag.

«Ich bekomm dein Kind!», rief sie, kaum dass er sie in eines der Schlafzimmer im Obergeschoss des Rohbaus gezogen hatte. «Bitte, lass uns weglaufen!»

Reginald bekam den schlimmsten und größten Schreck seines Lebens. Ein Kind mit diesem … Kind! Mehr war sie doch nicht, gerade erst mit der Schule fertig, ungelernt und unerfahren. Sie wusste nichts vom Leben, und er fürchtete, sie würde seiner bald überdrüssig werden. Schließlich wurde er viel früher alt als sie.

Und dann war da noch seine Familie. Über die sprachen sie nicht, aber die Kinder, Betty und James, ließen sich ebenso wenig aus der Welt reden wie seine Frau Dorothy. Auf seine Art liebte er auch Dorothy. Sie war ein herzensguter Mensch, sie hatte ihm die Kinder geschenkt und ihr ganzes Leben. Doch genügte das? Hier stand nun die junge, hübsche Susanne und wollte ihm einen Neuanfang schenken.

Er schlug ihr Geschenk aus. Seine Argumente klangen hohl in ihren Ohren. Die Familie, die er bereits habe, binde ihn. Er sei ein pflichtbewusster, verantwortungsvoller Mann, behauptete er. Susanne spuckte ihm voller Abscheu ins Gesicht. Schöne Verantwortung sei das, wenn er sich drücke! Sie wolle ihn nie wiedersehen. Wenn er sie nicht wolle, gäbe es andere!

Darum nahm sie Davids Heiratsantrag an. Weil Reginald sie nicht wollte, weil sie es aber ebenso wenig ertragen hätte, heimzugehen und ihrem Vater gestehen zu müssen, dass es da ein Kind gab und dass sie den, den ihre Eltern für den Vater hielten, nicht heiraten wollte.

Vom ersten Tag an bestrafte sie Reginald. Sie blieb. Und heiratete David, der sein Glück kaum fassen konnte. Sie bekam ihr erstes Kind. Reginald und sie begegneten sich zwangsläufig, und das Feuer, das in ihnen brannte, loderte immer wieder auf. Sie hasste ihn, aber zugleich wollte sie wieder mit ihm zusammen sein.

Das Strandhaus taugte nicht mehr als Liebesnest, denn David und Susanne waren dort eingezogen, und die Vorstellung, im Ehebett beider Ehe zu brechen, ertrug Reginald nicht. Ein Hotel im Ort kam ebenso wenig in Frage, man kannte die beiden. Blieb in den Sommermonaten nur, sich unter freiem Himmel zu lieben. Stets in dem Wissen, dass es wieder passieren konnte, stets mit dem vergeblichen Versuch, einander zu zügeln. Selten von Erfolg gekrönt.

Sie liebten sich, und das war stärker als alles andere.

Zugleich aber redete Reginald ihr ins Gewissen. Er ahnte schon damals, dass es nicht von Dauer sein konnte. «Es ist wichtig, sich

Mühe zu geben. Immer», sagte er, wenn sie sich beklagte, weil sie unter Davids langer Abwesenheit litt. «Wenn ihr euch beide Mühe gebt, wird's irgendwann leichter. Dann habt ihr das gefunden, was für euch beide genau richtig ist.»

«Und bis dahin?», fragte sie.

«Musst du dich anstrengen. Danach auch, aber es wird leichter. Versprochen.»

Er hatte Ähnliches durchgemacht, mit Dorothy. Es war keine Liebesheirat gewesen, und trotzdem waren beide recht zufrieden mit ihrem gemeinsamen Leben.

Für Susanne war das eine schreckliche Vorstellung.

Jahrelang ging alles gut. Reginald warnte immer. Er wollte, dass sie vorsichtiger waren. Susanne wollte davon nichts hören. Jeder in Pembroke wusste, dass sie oft allein war, und kaum jemand fand es merkwürdig, wenn sie sich von ihrem Onkel helfen ließ.

Das Verhältnis flog auf, weil Susanne nicht mehr wollte. Weil David sich einen schwachen Moment gegönnt hatte, fühlte sie sich nicht mehr an ihr Schweigen gebunden. Sie war verletzt, ja! Sie war ihm all die Jahre nie treu gewesen, aber sie hatte ihm die beiden Kinder geschenkt, die rechtmäßig Reginald gehörten. War das nichts? Genügte ihm das nicht?

Als sie es ihm sagte, wusste sie, dass das grausam war. Sie nahm ihm Patrick und Amy, das Liebste in seinem Leben. Aber was sollte sie tun, wenn David die Kinder für sich beanspruchte? Sollte sie nachgeben? Oder den Kampf bis aufs Blut führen, damit David endlich begriff, dass es all die Jahre gar nicht um ihn gegangen war?

Reginald hatte recht behalten: Inzwischen waren David und sie zu einem Arrangement übergegangen, das beiden ermöglichte, in ihrer Ehe glücklich zu sein, jedem auf seine Art.

Ein Pakt, so könnte man das vielleicht nennen. Nur dass David diesen Pakt gebrochen hatte. Und dafür hasste sie ihn. Sie wollte ihm ebenso wehtun, wie er ihr wehgetan hatte.

Drei Monate nach der Trennung fuhr sie mit Reginald zu ihm. Sie nahmen Patrick mit, Amy blieb bei Davids Eltern. Sie wollten die Sache vernünftig zum Abschluss bringen, wie zwei Erwachsene. Eine Besuchsregelung für die Kinder finden, die Normalität wiederherstellen.

Wenigstens das gelang ihnen. Doch danach war Susanne völlig ausgelaugt, und nicht mal Reginalds Trost half ihr. «Lass mich einfach in Ruhe», fauchte sie ihn an, als sie schon auf dem Rückweg waren.

«Das hätte ich all die Jahre gern getan», erwiderte Reginald kühl.

Es klang in ihren Ohren, als habe sie sich ihm die ganze Zeit nur aufgedrängt. Als sei sie ihm lästig. Sie sagte das, und er widersprach. Ein Wort gab das nächste. Es war das erste Mal, dass sie stritten. Patrick saß auf der Rückbank. Das harmoniesüchtige Kind schnallte sich los und rutschte zwischen den Vordersitzen nach vorne, um sie zu beruhigen. Sie machte sich unwillig von ihm los, als Patrick linkisch ihren Arm streichelte. Der entgegenkommende Lastwagen zwang sie zum Ausweichen, sie riss das Lenkrad herum, zu spät, der Laster touchierte den Wagen, und sie überschlugen sich mehrmals.

Im ersten Moment begriff sie nicht, was passiert war. Sie hingen über Kopf. Das Auto lag auf dem Dach, und sie tastete nach Reginalds Hand. Er drückte sie, und Susanne glaubte, alles wäre gut. Sie glaubte sogar noch daran, als die Feuerwehr kam und sie zu zweit aus dem Autowrack schnitt. Einer der Männer fragte sie, ob noch jemand im Auto gewesen sei, und da nickte sie, lächelte und sagte leise Patricks Namen.

Erst im Krankenhaus erfuhr sie, was passiert war. Reginald erzählte es ihr. Er weinte. So hatte sie ihn noch nie erlebt. Und danach erlebte sie ihn nicht mehr allzu oft, denn er wollte nichts mehr mit ihr zu schaffen haben.

Denn jetzt flog alles auf. Was David nach ihrer Trennung für sich behalten hatte, was die Familie verschwieg, war nach dem Unfall nicht lange in diesem Kreis geblieben. Hinter vorgehaltener Hand tuschelten sie alle. Keiner ließ mehr ein gutes Haar an Susanne. Jeder wusste es besser, für alle war sie das schwarze Schaf, das all das Unglück über die Familie gebracht hatte.

Nur Amy war ihr geblieben, als Einzige. Und dieses Kind wollte sie sich nicht nehmen lassen. Sobald man sie aus dem Krankenhaus entließ, plante sie ihre Rückkehr nach Deutschland. Ihren Eltern log sie vor, nach dem Tod Patricks sei ihre Ehe zerbrochen, sie schob außerdem Davids Affäre vor, die sie als Reaktion auf den Tod des Kindes schilderte. Kein Wort von Reginald. Sie schob alle Schuld so weit von sich, bis sie selbst glaubte, was sie da erzählte.

In Deutschland bekam sie einen Job, ihr Vater besorgte die Wohnung. Amys Erinnerung an den Bruder verblasste. Susanne versuchte nicht, sie wachzuhalten, sondern ließ zu, dass Amy alles vergaß. Sie rief sie nun Amelie.

Amy fragte nicht, was vor der Zeit in Berlin gewesen war. Diese Zeit schien für sie nicht mehr zu existieren. Erst spät begann sie, nach ihrem Vater zu fragen, und auch da war sie nicht besonders hartnäckig.

Susanne wiegte sich in Sicherheit. Sie glaubte, alles sei gut, sie würde nicht noch einmal mit der Vergangenheit konfrontiert werden. Amelie wuchs zu einer selbstbewussten jungen Frau heran, sie studierte und promovierte, lernte Michael kennen und war mit ihm glücklich. Alles richtig gemacht, glaubte Susanne. Aber so einfach war es nun einmal nicht.

Und was sie im Grunde all die Jahre gewusst hatte – dass nämlich Amelie ein Recht auf die Wahrheit, ihre Herkunft, ihre Familie hatte –, überraschte sie, als es schließlich so weit war. Sie wehrte sich dagegen, mit körperlichen Mitteln und auch mit einer mütterlichen Strenge, die sie als erzieherische Maßnahme früher nie eingesetzt hatte und von der sie nicht mal gewusst hatte, dass sie sie besaß.

Denn auch wenn die Kinder erwachsen wurden, blieben sie Kinder. Mochten sie sich noch so erwachsen fühlen.

Kapitel 26

Amelie wusste gar nicht, wie sie hergekommen war. Irgendwann stand sie vor Michaels Haus, dem gemeinsamen Haus, ihrem Zuhause. Im Wohnzimmer brannte Licht.

Er war erstaunt, sie zu sehen. «Wieso klingelst du?», fragte er, und sie zuckte mit den Schultern. Zu müde, um noch irgendwelche Worte zu finden. Sie wusste nur, dass sie heute Nacht nicht zu Diana konnte. Sie wollte bei ihm sein. Reden. Eine Entscheidung treffen. Ihr weiteres Leben planen.

«Können wir reden?»

«Hast du mal auf die Uhr geschaut?» Doch er folgte ihr ins Wohnzimmer.

«Ich hab noch Licht gesehen.»

«Ich schlafe nicht viel.»

Auf dem Couchtisch eine Flasche Weißwein und ein Glas. Daneben ein Schälchen Erdnüsse und die Tageszeitung. Michaels Art, es sich abends gemütlich zu machen. So hatte er es getan, seit Amelie ihn kannte. Sein Gleichmaß, sein Rhythmus – das alles hatte sie angezogen, weil ihr Leben mit der unbeständigen Mutter und der eigenen Unsicherheit und Suche immer von einem Auf und Ab geprägt war. Bei ihm hatte sie gelernt, ihr Leben zu strukturieren, Aufgaben anzunehmen und zu erfüllen.

Und vielleicht gab es ja die Menschen, die im Leben eine bestimmte Rolle erfüllten. Die ein Stück des Weges gemeinsam mitgingen, ehe man sich wieder allein aufmachte.

«Bist du schon lange zurück?»

«Seit gestern.»

Sie setzten sich, aber Michael sprang sofort wieder auf. «Was trinken?» So kurz angebunden kannte sie ihn gar nicht, aber sie nickte. Er verschwand in der Küche.

«Wohnst du bei deiner Mutter?», fragte er, als er zurückkehrte.

«Diana ist zurück.»

Er machte «Ah» und gab ihr das Wasserglas. Amelie trank durstig.

«Ich glaub, diesmal hat es sie richtig erwischt. Ein neuseeländischer Schäfer. Wer weiß? Vielleicht wandert sie sogar aus.»

Michael schwieg. Sie stellte ihr Wasserglas hin, faltete die Hände und beugte sich vor, die Ellbogen auf die Knie gestützt. «Ich habe viel über uns nachgedacht.»

«Ja», antwortete er.

«Es wird nicht gehen. Das mit uns ...»

Er machte es ihr nicht leichter. Sein Schweigen lähmte sie.

«Ich dachte ... Ich hab mir das wirklich nicht leicht gemacht, Michael. Ich dachte wirklich, es geht. Und es hat nichts mit Sabina zu tun oder ihrem Kind. Das könnte ich – nein, das verzeihe ich dir. Da gibt es nichts zu entschuldigen, weil du wohl auch gespürt hast, dass uns etwas auseinandertreibt. Deine Affäre mit ihr war vielleicht einfach nur das Bisschen, das uns zu dieser Erkenntnis gefehlt hat. Der Stein des Anstoßes, wenn du so willst.»

«Aber ...» Er atmete durch. Sie merkte, wie es in ihm arbeitete. «Was machst du denn jetzt? Ganz allein?»

«Ich bin nicht allein.» Und zum ersten Mal, seit sie von ihrer Schwangerschaft wusste, legte sie schützend die Hand auf ihren Bauch.

«Allein mit Kind. Noch schlimmer. Lass mich wenigstens für dich sorgen, Am.»

«Das darfst du. Aber ich lass mich nicht davon beeinflussen. Ich entscheide selbst, wohin ich gehe und wie ich leben werde.»

«Gehört zu deinem zukünftigen Leben zufällig auch ein walisischer Apotheker namens Dan?»

«Das weiß ich noch nicht», sagte Amelie.

Möglich war es. Wünschenswert. Aber das hatte sie nicht allein zu entscheiden.

«Dann ist es also vorbei. Keine Hochzeit im September.»

Michael wirkte sehr niedergeschlagen, aber kaum überrascht. Amelie wies ihn nicht darauf hin, dass er ja jetzt für Sabina frei wäre. Vielleicht wollte er Sabina ja gar nicht. Vielleicht hatte er sie wirklich nie so gewollt wie Amelie.

«Uns wird weiterhin etwas verbinden. Und ich möchte dich nicht missen – als Ratgeber, als guten Freund. Es wäre schön, wenn das eines Tages wieder möglich wäre.»

Er schüttelte erst den Kopf, nickte dann aber und blickte sie entschlossen an. «Irgendwann bestimmt», versicherte er ihr.

«Ich hole meine Sachen, sobald ich den Umzug organisiert habe.»

«Dann ziehst du nach Pembroke.»

«Dort ist meine Heimat, ja.»

Manche Menschen konnten sich gegen ihre Heimat nicht wehren. Amelie gehörte dazu.

Zwei Tage später war sie wieder zurück in Wales, und sie spürte, wie ihr Herz ganz weich wurde, als sie die zerklüfteten Klippen und die grünen Weiden wiedersah. Das Meer, das sich dahinter bis zum Horizont erstreckte. Die winzigen Dörfer, die kleinen

Cottages mit den bunten Fensterläden – und eine blaue Tür, hinter der ihr Großvater wohnte.

Jon erwartete sie. Sie hatte angerufen und ihr Kommen angekündigt, und er hatte gekocht. «Viel kann ich nicht», meinte er, und trotzdem gab es den besten Eintopf, den Amelie seit langem gegessen hatte, mit Karotten, Bohnen, Kartoffeln und Lamm. Hier aß man oft und gerne Lamm.

«So schmeckt Heimat», erklärte sie zufrieden.

«Früher war's dein Lieblingsessen.»

Sie saßen nach dem Essen noch ein bisschen zusammen, und Amelie erzählte. Von ihrem Gespräch mit ihrer Mutter. Von ihren Plänen. Der Zukunft. Jetzt lag alles ganz klar vor ihr.

Am frühen Abend spazierte sie über den Friedhof zur Apotheke. An Patricks Grab legte sie ein paar Wildblumen nieder, die sie an der Friedhofsmauer gepflückt hatte. Sie zupfte das Unkraut aus der Erde.

«Ich weiß, ich hab dich ganz schön lange vernachlässigt», sagte sie leise. Es fühlte sich ungewohnt an, mit einem Grabstein zu sprechen. Aber immerhin hatte sie jetzt einen Ort für ihre Vergangenheit. Die Erinnerung mochte nicht zurückkehren, aber ihr blieben David und Jonathan – und Mama! Und die konnten ihre Erinnerungen beisteuern, damit Amelie daraus vielleicht irgendwann etwas bauen konnte, das, von den Erinnerungen anderer genährt, am ehesten eigenen Erinnerungen glich.

«Jetzt würd ich gerne ganz viele Weißtdunochs mit dir teilen. Aber ich weiß ja selbst nichts mehr, deshalb ist das wohl eher sinnlos», sagte sie zum Grabstein.

Außer ihr war sonst niemand auf dem Friedhof. Amelie ließ sich Zeit. Sie blieb an Patricks Grab sitzen und erzählte, was ihr in den Sinn kam. Von dem Kind, das sie bald bekam. Vom

Strandhaus und wie sie es hergerichtet hatte. «Es würde dir gefallen», versprach sie und war sich plötzlich sicher, dass das wirklich so war. Sie musste an die ersten Jahre in Berlin denken. Wie sie einmal einem Jungen gedroht hatte, ihren großen Bruder zu holen, wenn er nicht aufhörte, sie zu triezen. Er hatte sie nur ausgelacht.

«Als ob ich gewusst hätte, dass es dich gibt.»

Mit dem Wissen um ihn ging es ihr besser. Das Suchen war für sie vorbei.

Es fiel ihr schwer, sich vom Grab zu lösen. Sie hätte stundenlang hier hocken können. Doch inzwischen taten ihr die Beine weh. Und sie konnte ja jederzeit zurückkommen, das war ihr größter Trost. Jetzt hatte sie einen Ort, wo sie an ihren Bruder denken konnte. Jetzt und für alle Zeiten.

Sie ging nur langsam weiter. Am Friedhofstor verharrte sie. Von hier aus konnte sie die Apotheke schon fast sehen. Wie lange war das jetzt her, seit sie damals mit Schwindel auf dem Bordstein gehockt hatte und Dan sie reinholte, damit sie ihm nicht die Kunden vergraulte? Sie lächelte. Sein Humor war das Erste gewesen, was ihr an ihm so gut gefallen hatte.

Als sie sich heimatlos fühlte, hatte er ihr das Gefühl gegeben, dass sie hierhingehörte. Als sie mit sich haderte, hatte er sie bestärkt. Als sie nicht wusste, wohin sie gehörte, ob an Michaels Seite oder nicht, da hatte er ihr Freiheit geschenkt. Eine Freiheit, mit der sie im ersten Moment nichts hatte anfangen können; die Freiheit, zu entscheiden, ob sie zu ihm gehörte. Sein Argument war keine stürmische Verführung gewesen, sondern einfach die Gewissheit, bei ihm einen Ort zu haben, zu dem sie immer würde zurückkehren können. Selbst dann, wenn sie sich gegen ihn entschied. Seine Tür stand ihr immer offen.

Sie klopfte also wieder einmal an seine Tür, und wieder ließ er sie herein und machte ihr Platz in seinem Leben und in seinem Haus. Sie hatte nichts bei sich, außer der Frage, die sie ihm hastig vor die Füße warf, kaum dass er die Tür geöffnet hatte.

«Hast du hier Platz genug für mich? In deinem Leben? Darf ich herkommen? Für immer?»

Für immer. Denn sie hatte schon immer hierhergehört, in diesen kleinen Ort an der zerklüfteten, sturmumtosten Küste.

«Komm herein», sagte Dan. Und das war seine Antwort: Komm herein, dies ist mein Leben. Ich teile es gern mit dir.

Sie war so froh, dass sie ihm schweigend nach oben folgte. In der Küche hing die Einsamkeit von einem, der das Warten schon fast aufgegeben hatte: eine halbleere Flasche Rotwein, ein Teller mit Bruschetta, unberührt.

«Ich hab nicht so viel Hunger», sagte er, und dann machte er eine einladende Geste. Iss ruhig. Das ließ sie sich nicht zweimal sagen.

Dan setzte sich zu ihr. Nachdem sie den ersten Hunger gestillt hatte, schob sie den Teller von sich weg.

«Ich bleibe», sagte sie leise. «Hier in Pembroke. Es gefällt mir, hier kann ich gut leben. Was aus uns wird ... Ich glaube, das wird die Zeit uns zeigen.»

Er machte eine unbestimmte Handbewegung, die ihren Bauch ebenso mit einschloss wie seine Küche. «Und Mr. Amelie?»

«Michael ...» Sie seufzte. «Er wird wohl gelegentlich herkommen, allein schon des Kindes wegen. Das werde ich ihm nicht verbieten können, das will ich auch gar nicht. Er hat ein Recht darauf.»

Dan nickte. Er hatte etwas Ähnliches wohl erwartet.

«Du wirst im Strandhaus wohnen, nehme ich an.»

«Soll ich denn gleich hier einziehen?» An die Möglichkeit hatte sie zwar gedacht, aber jetzt kam sie für sie doch fast zu schnell.

«Du kannst mal hier sein, mal dort. Wie es dir lieber ist.» Dan lächelte. Er stand auf, nahm Amelies Hände und zog sie hoch. «Wir haben uns bisher noch nicht einmal geküsst.»

Sie spürte, wie ihr heiß wurde. Es stimmte. Sie beide hatten sich bisher immer geradezu keusch verhalten. Aber jede seiner Berührungen ließ sie erzittern.

Er zog sie an sich. Seine Arme umschlossen sie, und sie legte den Kopf an seine Brust, weil sie nicht wusste, wohin sonst mit sich. Das schnelle Tok-Tok seines Herzens verriet ihn, und sie atmete tief seinen Geruch ein, als müsste sie ihn sich für alle Zeiten einprägen.

Seine Hand strich über ihren Rücken, ihre Haare. Er vergrub das Gesicht in ihren Locken, sie hörte ihn seufzen. «Sieh mich an», bat er dann, und sie hob den Blick. Seine Augen erforschten ihre, und dann küsste er sie.

Kein Kuss, der die Welt um sie herum versinken ließ. Sondern einer, der ihre Sinne schärfte, der ihre Lebendigkeit weckte. Der ihr Herz zum Klopfen brachte. Sein Kuss war so sanft und forderte so wenig, dass schließlich sie es war, die forderte. Sie schlang die Arme um seinen Hals, zog ihn an sich und überraschte ihn und sich mit atemloser Leidenschaft.

Danach lösten sie sich nur widerwillig voneinander. Amelie war außer Atem, fast ein bisschen verschwitzt, so sehr hatte sie dieser Kuss fortgerissen. Seine Hand fuhr unter ihr T-Shirt, die Finger wanderten das Rückgrat hinauf, und er spürte den leichten Schweißfilm auf ihrer Haut. Sie stöhnte leise und wohlig.

«Bist du müde?», fragte er, und sie schüttelte den Kopf, denn so wach hatte sie sich lange nicht mehr gefühlt.

«Es wäre trotzdem der richtige Moment, um ins Bett zu gehen», befand Dan, und sie widersprach nicht.

Sie gingen nach oben. Dan zog erst sie aus, dann sich selbst, bis sie nur in Unterwäsche voreinanderstanden, und wieder war nichts daran irgendwie peinlich oder unangenehm. Amelie wartete. In ihr war wieder dieses Beben. Dan tat ihr nicht den Gefallen, sie zu berühren, er stand nur vor ihr und betrachtete sie. Diesen Körper, der sich nun langsam zu verändern begann. Ihre Brüste waren deutlich größer, ihr Bauch rundete sich bereits leicht. Dan schien Gefallen daran zu finden.

Sie griff in ihren Rücken und hakte den BH auf. Ließ ihn einfach fallen. Dann schob sie den Slip hinunter und stand nun ganz nackt vor ihm. Sie trat einen Schritt auf ihn zu.

Sie wollte ihn spüren.

Sie ließ die Hand über seinen Oberarm gleiten und spürte die Gänsehaut, die ihre Berührung hervorrief. «Komm», flüsterte sie und stieg in sein Bett.

Dan zog sich ebenfalls nackt aus und folgte ihr unter die kühlen Laken. Durch das halboffene Fenster strich kühle Abendluft ins Zimmer, und fröstelnd kuschelte sie sich an ihn. Seine Hand ruhte auf ihrem Bauch, die andere lag über ihrem Kopf, und sie ergriff beide Hände, wandte sich ihm halb zu und drängte sich noch mehr gegen ihn. Sie spürte seine Erregung und die eigene, aber sie gaben diesem köstlichen Gefühl nicht nach. Sie kosteten aus, was sie jetzt, in diesem Moment, hatten.

Für alles andere war später noch genug Zeit.

Der nächste Morgen kam hell und strahlend. Um halb sechs saß sie aufrecht im Bett, hellwach und munter. Dan schaute sie an; auch er sah nicht so aus, als habe er viel geschlafen.

«Bist du schon lange wach?», fragte sie, und er schüttelte nur den Kopf.

«Hast du mich beobachtet?»

«Und wenn's so wäre?»

Er legte den Kopf auf den angewinkelten Arm. Sie legte sich wieder hin, diesmal ihm zugewandt. Etwas verschämt zog sie die Bettdecke höher, aber er betrachtete gar nicht ihren nackten Körper, sondern schaute ihr in die Augen, als suche er darin nach etwas. Nach einem Zweifel oder einer Frage.

Sie hatte nichts von beidem. Und jetzt holten sie nach, was sie am Vorabend aufgeschoben hatten. Sie ließen sich viel Zeit und erkundeten einander. Sie machten sich vertraut mit dem Körper des anderen. Sie liebten sich mit viel Bedacht.

Danach wollten sie nicht aufstehen und schliefen einfach wieder ein, dicht aneinandergeschmiegt. Und während Amelie in seinen Armen lag, dachte sie nicht darüber nach, ob das, was sie da getan hatte in den letzten Tagen, auch die richtige Wahl war.

Denn es war die richtige Wahl. Weil sie jetzt selbst entschied, wohin ihr Leben sie führte. Sollte sie es eines Tages in ferner Zukunft anders sehen, würde es eben so sein. Aber dann müsste sie es nicht bereuen. Denn sie folgte ihrem Herzen, und das allein war wichtig.

Kapitel 27

Der Sommer in Wales war überraschend heiß, und die Tage im August kamen Amelie lang vor. Dan war nicht da. Er hatte schon im Winter einen Wanderurlaub mit zwei Freunden gebucht. Für drei Wochen wollten sie durch Norwegens Norden touren. Er schickte ihr lange E-Mails, wann immer er Internetzugang hatte, und jedes Mal schrieb er unter die Mails, er würde sofort heimkommen, wenn sie ihn brauchte.

Aber sie brauchte ihn gar nicht. Natürlich vermisste sie ihn, sogar schmerzlich. Ohne ihn war das Leben in Pembroke stiller, obwohl ihre Freunde sie nicht allein ließen. Kein Tag verging, an dem nicht Mathilda oder Cedric vor der Tür standen, meist mit einem Topf Suppe oder einer Schüssel Salat in der Hand. Sie saßen dann auf der Terrasse und stöhnten über die Hitze. Mit Cedric konnte Amelie über ihr Buch reden. Sie erzählte ihm, worüber sie schrieb, und er übernahm für sie die Recherchen in der Bibliothek, die ihr noch fehlten.

Jon kam abends immer zu ihr ins Strandhaus, und sie machten lange Spaziergänge, bei denen er ihr von früher erzählte. Nachts träumte sie viel, und manchmal glaubte sie, Erinnerungsfetzen zu erhaschen. Manches war tatsächlich so, wie sie es träumte, bei anderem lachte Jon nur herzlich und bescheinigte ihr eine wahrhaft blühende Phantasie. Doch seine Erzählungen bereicherten sie, obwohl sie sich an die konkreten Ereignisse meist nicht erinnern konnte.

Für drei Tage flog sie noch mal nach Berlin. Sie schloss das Haus auf, in dem sie mit Michael gelebt hatte, und ging durch die halbdunklen Räume. Michael war auf seiner alljährlichen Sommerreise in die Toskana. Sie hatten sich im Vorfeld darauf geeinigt, dass Amelie ihre Sachen während seiner Abwesenheit holen sollte. So war es ihr lieber. Sie waren zwar nicht im Streit auseinandergegangen, aber im Moment brauchte sie noch ein wenig Abstand von ihm. Später würde sie bestimmt bereit sein, ihm etwas mehr Platz zuzugestehen – auch um des Kindes willen. Sie hatte lange mit Dan darüber gesprochen, und schließlich waren sie übereingekommen, die Antwort auf die Vaterfrage für das Kind auf sich zukommen zu lassen. Michael sollte kein Onkel aus der Ferne sein, sondern durchaus der Vater, der er war. Wie das dann konkret in der Praxis aussähe, würde sich eben irgendwann erweisen. Die Möglichkeiten, auch über die Distanz Kontakt zu halten, waren sehr viel besser als noch vor zehn Jahren.

Sie stand vor den deckenhohen Bücherregalen im Gartenzimmer. All ihre Fachbücher waren hier versammelt, und sie staunte, wie viel sich da im Laufe der Jahre angesammelt hatte. Von vielen Büchern hatte sie nicht mal mehr gewusst, dass sie sie besaß. Und auf einem der unteren Regalbretter fand sie jenes Buch wieder, das sie vor vielen Jahren ihrer Mutter gestohlen hatte. Das sie all die Jahre behalten hatte, bis es sie zu ihrem eigenen Buch inspirierte. Und das sie schließlich sogar nach Pembroke gebracht und mit ihrer Vergangenheit konfrontiert hatte. Sie musste es bei einem der letzten Aufenthalte in diesem Haus aus der Tasche genommen und auf dem Rückweg vergessen haben.

Lange hielt sie das Buch in der Hand und dachte nach. Dann steckte sie es in einen Umschlag, schrieb die Adresse ihrer Mutter darauf und legte ihn beiseite.

Seit sie nach Pembroke zurückgekehrt war, hatte sie von ihrer Mutter nichts mehr gehört. Fast war es ein bisschen so, als sei dieser Faden abgerissen, kaum dass Amelie den Faden mit ihrer walisischen Familie wieder verknüpft hatte. Sie bedauerte es sehr, doch fehlten ihr Kraft und Worte, um diesen Abgrund aus Schweigen zu überwinden, der zwischen ihr und ihrer Mutter lag. Sie vermisste die mütterlichen Ratschläge, gerade jetzt, da sie sich selbst bald der Verantwortung stellen würde, ein Kind aufzuziehen.

Diana kam, um Amelie beim Packen zu helfen. «Du darfst nicht schwer heben!», beschied sie, kaum dass sie das Haus betreten hatte. Sie hatte Verstärkung mitgebracht.

«Das ist Emmett», stellte sie ihn vor. «Sprich Englisch mit ihm, das kann er fast so gut wie Schafe züchten.»

Sie zwinkerte dazu, und Amelie stellte sich Emmett – groß, hager, mit Lachfältchen, grauen Schläfen und mindestens Ende vierzig – als Amy vor.

«Wer hat hier eigentlich einen Sugardaddy?», flüsterte sie Diana zu, als Emmett gerade die vollbepackten Bücherkisten in den Transporter lud, den sie für die Fahrt nach Wales gemietet hatte.

«Er ist im Herzen jung geblieben», erklärte Diana würdevoll. «Und Bücherkisten kann er schleppen wie ein Achtzehnjähriger, findest du nicht?»

Emmett passte so wenig zu ihr wie die raspelkurzen lila Haare. Das dachte Amelie zuerst. Aber dann sah sie, wie Emmett Diana zum Strahlen brachte. Wenn er sprach, klang es wie ein fremder Singsang, sein Englisch war geschliffen.

«Und ich lerne ihn jetzt gar nicht kennen, deinen Wunderwaliser!», sagte Diana enttäuscht. Sie wollte Amelie zwar nach Pembroke begleiten, musste aber schon zwei Tage später wieder zurück. Und Emmett konnte auch nicht ewig bleiben, in Neuseeland begann bald die Lammzeit.

«Im November komm ich und hol sie zu mir», erklärte er Amelie. Er klang so selbstsicher, dass sie ihn dafür nur bewundern konnte. Diana wurde ein bisschen rot und wandte sich verlegen ab. Es musste sie so richtig erwischt haben, denn sonst hätte sie laut protestiert und ihn schon am nächsten Tag verscheucht.

Sie brauchten die vollen zwei Tage, um alle Habseligkeiten in Kartons zu verpacken und im Transporter zu verstauen. Amelie bat Emmett, bei der Adresse ihrer Mutter vorbeizufahren. Sie hatte in den letzten beiden Tagen immer wieder versucht, ihre Mutter telefonisch zu erreichen. Aber vermutlich wollte sie einfach nicht mit Amelie sprechen.

Ob sie auch hart bleiben würde, wenn Amelie vor ihrer Tür stünde? Einen Versuch wäre es wert.

Sie hielt den Umschlag mit dem Buch an die Brust gepresst, als sie die Treppe emporstieg. Im Flur begegnete sie einer Nachbarin, die ihr flüchtig zulächelte. «Schön, dass Sie mal wieder die Frau Mama besuchen», meinte sie.

«Ist sie zu Hause?», fragte Amelie.

«Müsste sie. Vorhin sind ein paar Freundinnen zu Besuch gekommen.»

Es ging doch nichts über neugierige Nachbarinnen im Haus. Amelie klingelte. Durch die dünne Holztür glaubte sie Schritte zu hören. Doch niemand öffnete.

Sie klopfte sanft. «Mama? Mama, bist du da?»

Nichts.

«Mama ...»

So gut kannte sie ihre Mutter, dass sie wusste, sie würde sich durch herzergreifendes Flehen nicht erweichen lassen.

«Ich hab dir etwas mitgebracht. Ich leg's auf die Fußmatte, ja? Und dann gehe ich. Du weißt ja, wo ich bin.»

Als sie unten im Hausflur stand, meinte sie, das Klappen einer Wohnungstür zu hören. Ihre Mutter wollte nicht mit ihr reden. Es tat weh, so verstoßen zu werden.

Aber irgendwann, da war sie ganz sicher, würde sich die Gelegenheit für ein klärendes Gespräch ergeben. All das aus der Welt zu räumen, was im Moment zwischen ihnen stand, würde vielleicht nicht gelingen. Aber sie konnten lernen, mit der neuen Situation umzugehen.

Und insgeheim hegte Amelie die Hoffnung, dass sich damit für ihre Mutter der Weg öffnete, um endlich die Trauer in ihr Leben zu lassen. Sie hatte geglaubt, immer fröhlich sein zu müssen, hatte dem Schmerz keinen Platz einräumen wollen. Jetzt verstand Amelie das ebenso wie ihre eigene, unerklärliche Traurigkeit, die sie so lange begleitet hatte. An Patricks Grab hatte sie endlich einen Ort gefunden, an dem sie spürte, was all die Jahre mit ihr los gewesen war.

Ihre Trauer begann jetzt. Und sie wünschte sich, nicht allein trauern zu müssen, sondern zusammen mit David – der für sie immer noch einem Vater am nächsten kam –, mit Jon und mit ihrer Mutter.

Diana drückte mitfühlend ihren Arm, als Amelie zurück in den Transporter stieg. Emmett pfiff munter und lenkte den Wagen geschickt durch den Berliner Stadtverkehr. Diesen Mann konnte offenbar nichts erschüttern. Er kam aus einer Ecke der Welt, in der es mehr Schafe als Menschen gab, nur wenige Straßen, noch weniger Autos. Und dennoch bewältigte er den vierspurigen Verkehr in Richtung Autobahn mit leuchtenden Augen und bewundernswerter Souveränität. So langsam verstand Amelie, was

Diana zu ihm hinzog: Er war Diana die Heimat geworden, nach der sie nicht gesucht hatte.

War es in Pembroke in den ersten Augusttagen schon heiß und stickig gewesen, so war es jetzt schier unerträglich. Amelie hätte nicht gedacht, dass es so nah am Meer so drückend und schwül werden konnte. Der Wind, der vom Ozean zum Häuschen wehte, war heiß und klebte auf der Haut. Jede Bewegung wurde zur Qual.

Und ausgerechnet an so einem Tag kamen sie mit sechzig Umzugskartons hier an!

Wieder war es Emmett, der sie mit seiner unerschütterlich guten Laune rettete. Unermüdlich schleppte er Kartons ins Haus und stellte sie dort ab, wo Amelie sie haben wollte, und machte zwischendurch nur kurz Pause, um ein Glas Limonade zu trinken. Es hatte sich offenbar schnell herumgesprochen, dass sie zurück war, denn keine zwei Stunden später stand Mathilda mit einem Picknickkorb vor der Tür, aus dem sie allerlei Köstlichkeiten zauberte. «Dein Kühlschrank ist doch bestimmt leer», meinte sie. Amelie war zu erschöpft, um sich zu wehren. Sie hatte das Gefühl, überhaupt nicht voranzukommen. Diana sortierte die alten Bücher aus, die im Wohnzimmer noch in den Regalen standen, und sie räumte ihre eigenen ein. Der Schweiß klebte ihr auf der Haut, und sie war müde. Jede Ablenkung war willkommen.

Nur Emmett gönnte sich keine Pause. Nachdem er alle Kartons ausgeladen hatte, verkündete er, dass er in den Baumarkt fahren würde, um Tapeten zu kaufen – das Kinderzimmer unterm Dach müsse ja wohl dringend renoviert werden. Amelie wollte protestieren.

«Lass ihn», sagte Diana. Ihre Augen glänzten. «Er wird's schon richtig machen. Für so was hat er ein Gespür.»

Sie sollte recht behalten. Anderthalb Stunden später kam er wieder, die drei Frauen saßen immer noch unter dem Birnbaum im Schatten. Er schleppte Eimer, Farbrollen, Tapeten und Zubehör nach oben. In der Ferne erklang ein erstes Donnergrollen, der Himmel war von einem gelblichen Schleier überzogen. Ein unheimliches Licht, das Amelie ängstigte. Sie zog sich ins Haus zurück, während Mathilda und Diana draußen blieben und sich angeregt unterhielten.

Im Schlafzimmer legte sie sich aufs Bett. Die Jalousien waren bei weit offenem Fenster heruntergelassen, weil es längst keinen Unterschied mehr machte, ob es offen stand oder nicht; überall herrschte inzwischen diese unerträgliche Hitze. Sie schloss erschöpft die Augen.

Die Erinnerung kam so klar und plötzlich, dass es wie ein Schlag ins Gesicht war.

«Amy, Amy! Schau nur, die Blitze!»

Sie fuhr auf. Verschlafen fragte sie sich, wo sie war. Wer sie war.

«Komm, Amy! Wir setzen uns an den Strand und zählen die Blitze!»

Paddick lief voran. Sie musste sich anstrengen, dass er ihr nicht entwischte. Immer waren ihre Beine zu kurz, um mit ihm Schritt zu halten. Paddick kraxelte die Düne hinauf und verschwand aus ihrem Blickfeld. Amy war nach Weinen zumute. Er sollte nicht einfach weglaufen! Sie hatte doch Angst bei Gewitter!

Aber so war ihr großer Bruder eben. Wenn ihn etwas begeisterte, riss es ihn einfach fort, und sie stolperte hinterdrein.

Heißer Wind peitschte das Meer. Das Licht war irgendwie komisch, so hatte sie den Strand noch nie erlebt, ganz merkwürdig schwefelgelb und menschenleer. Das passierte im Sommer nie! Dieses Stückchen Strand gehörte zwar ihnen – zumindest behauptete Paddick das –, aber immer waren Leute auf dem Pfad etwas weiter oben unterwegs, und sie ließen sich von diesem Streifen hellen Sands anlocken. Sie brachten Kühlboxen und Sonnenschirme und ihre ganzen Familien mit.

Es war schön, mit anderen Kindern am Strand Burgen zu bauen. Amy gefiel nur nicht, wie diese Kinder immer aus ihrem Leben verschwanden und nie zurückkehrten.

Paddick war ihr bester Freund. Aber auch der einzige, den sie hatte.

«Paddick, warte!» Sie lief schneller. Aber irgendwie hatte sie einen falschen Weg die Düne hinaufgenommen. Oben angekommen verschnaufte sie. Unterhalb des Dünenkamms ergab sich eine kleine, von Strandhafer gesäumte Senke. Darin lag, auf einer Decke, Mama. Nicht allein – Onkel Reggie war bei ihr. Er war oft bei ihnen, aber meist behielt er dabei seine Sachen an.

Nacktheit war für Amy nichts Neues. Paddick und sie wurden jeden Samstag gemeinsam in die Badewanne gesteckt. Sie kannte den Unterschied zwischen Junge und Mädchen, Mann und Frau. Sie wusste, was Mann und Frau miteinander machten, wenn sie sich lieb hatten. So wie Mama und Dad.

Sie hatte nicht gewusst, dass Mama das auch mit Onkel Reggie machte.

Für ihren kindlichen Verstand wäre nichts daran falsch gewesen, doch weil ihre Mutter und ihr Onkel so hastig versuchten, ihre Blöße zu bedecken, wusste Amy sofort, dass es nicht recht war, wenn Mama mit anderen Männern so lieb wurde. Stocksteif blieb sie stehen und sah zu, wie beide ihre nackte Haut verhüllten. Und die ganze Zeit stand Amy vor den beiden und schaute zu.

«Nun geh schon, Amy!», rief ihre Mutter beinahe verzweifelt. «Patrick ruft dich.»

Endlich löste sie sich aus ihrer Erstarrung. Sie lief los, quer durch die Senke, aus der die beiden Erwachsenen sich jetzt erhoben hatten, und auf der anderen Seite die steile Düne hinab. Sand rieselte unter ihren Füßen, klebte an ihren Knien und Händen. Sie lief schneller. «Paddick, Paddick!» Sofort wollte sie ihm erzählen, was sie gesehen hatte. Ob er das auch schon mal beobachtet hatte, wie Erwachsene sich lieb hatten? Durften sie das auch machen? Oder war dieses Spiel den Erwachsenen vorbehalten?

Paddick stand direkt am Wasser, das von den Gewitterböen aufgepeitscht wurde. Blitze zuckten nieder, sie schienen sich im Meer zu versenken. Ihr Bruder kreischte vor Vergnügen. Er kannte keine Angst. Was er sich traute, wollte Amy auch immer wagen, weil es bei ihm so schön einfach aussah.

Die Wolkenberge zogen vom Meer herauf zum Strand. Der Wind toste, und Paddick drehte sich wild im Kreis, er schrie und brüllte gegen das Tosen an. Amy hielt sich die Ohren zu. Für sie war das alles zu viel. Sie kehrte um und rannte zurück zum Haus. Ihre Angst war zu groß. Paddicks Mut kam dagegen nicht an.

Mama kam ihr entgegen. «Wo ist dein Bruder?», schrie sie gegen das Donnergrollen an, und Amy zeigte zum Strand. Ihre Mutter schickte sie ins Haus und lief los. Amy stürmte in die Küche. Dort stand lässig Onkel Reggie und musterte sie, als wüsste er Dinge über sie, die seine Waffe waren ab jetzt. Dabei war sie es, die etwas über ihn erfahren hatte. Dass er nämlich Mama so lieb hatte wie Daddy.

Ob Daddy das wusste? Ob es ihm gefiel?

Vielleicht würde sie ihn fragen, wenn er am Wochenende nach Hause kam.

Kapitel 28

Amelie fuhr aus dem Traum hoch. Sie war schweißgebadet, und ihr Herz hämmerte in der Brust. Blind tastete sie nach dem Kissen neben sich, das leer und kühl war.

In der Ferne grollte ein Donner. Das erlösende Gewitter kam.

Sie blieb liegen und wartete. Diese Träume von der Vergangenheit – war das alles wirklich so passiert? Sie könnte ihre Mutter anrufen und fragen. Sonst gab es vermutlich niemanden mehr, der die Wahrheit kannte.

Im Haus waren Stimmen zu hören. Diana hörte sie heraus, ein helles, klares Lachen, das Amelie von ihr nicht gewohnt war. Dazu die dunkle, gedehnte Stimme von Emmett. Wieder lachte Diana. Dieser Mann tat ihr gut, und Amelie war froh darüber.

Vielleicht war dies der Sommer, in dem sie beide ankamen, irgendwie. In dem sie herausfanden, was sie wirklich wollten und brauchten, um glücklich zu sein. Amelie hatte ihre Bücher, sie hatte ein Dach über dem Kopf, und sie würde schon irgendwie ein Auskommen haben. Vielleicht ergab sich eine weitere Zusammenarbeit mit ihrem Verlag, vielleicht fand sie einen anderen. Oder sie arbeitete als Journalistin. Die Möglichkeiten waren da, sie musste nur beherzt zugreifen.

Außerdem stand ihr noch eine ganz andere Aufgabe bevor, der sie sich mit ganzer Kraft würde widmen dürfen: ein Kind aufzuziehen. Mutter zu sein. Sie hatte immer gedacht, das müsse sie nicht allein tun. Und so war es ja auch: Sie hatte Dan, wenn sie ihn ließ, und Michael war in der Ferne für sie da. Sie hatte nicht das Gefühl, dass er ihr wegen der getroffenen Entscheidung grollte.

Vor dem Abschied hatte sie ihn gefragt, ob er jetzt mit Sabina zusammenleben wollte. Damals hatte er ausweichend geantwortet, als wüsste er das nicht so genau. Sie vermutete, dass für die beiden der richtige Zeitpunkt verstrichen war.

Da hatte Amelie ihnen wohl im Weg gestanden. Ein bisschen tat ihr das sogar leid.

Und vielleicht bewies das mehr als alles andre, dass ihre Zeit mit Michael schon vor langem abgelaufen war.

Sie stand auf und verließ das Schlafzimmer. Von oben hörte sie ein verschwörerisches Flüstern und Kichern. Vermutlich eine Überraschung für Amelie, bunte Tapeten an den Wänden mit Bärchen und rosa Luftballons. Sie nahm sich fest vor, sich darüber angemessen zu freuen, selbst wenn es ihr nicht gefiele. Ihr Kind konnte später selbst entscheiden, wie es wohnen wollte. Bis dahin war es egal, ob es unter den Geschmacksverirrungen der selbsternannten Patentante oder der Mutter litt.

Auf der Bank vor dem Haus saß Dan. Einfach so, als gehöre er hierher.

Amelie setzte sich neben ihn. «Ich wusste nicht, dass du zurück bist.»

«Du hast geschlafen, sagte mir deine Freundin. Sie machte auf mich nicht den Eindruck, als dürfe man sich mit ihr anlegen. Da wollte ich lieber warten, bis du wach bist.»

Amelie lachte leise. «Dann hast du also Diana kennengelernt.»

«Die Göttin der Jagd? Wie passend. Hätte mich nicht gewundert, wenn sie mit Pfeil und Bogen auf mich losgegangen wäre.»

«Diana ist meine beste Freundin.» Amelie seufzte. «Nur leider verliere ich sie gerade an einen neuseeländischen Schafzüchter.»

«Freunde verlieren wir nicht, selbst wenn sie am anderen Ende der Welt sind.»

«Das sagst du so leicht dahin.»

«Die Familie verlieren wir genauso wenig.»

Amelie schwieg. Sie hatte zwar Jon und David hinzugewonnen, die für sie einer Familie schon recht nah kamen. Doch dafür schien sie ihre Mutter verloren zu haben, die nicht einsehen wollte, dass Amelie sich das Recht nahm, nach dem Vater zu suchen, den sie ihr immer vorenthalten hatte.

«Lass ihr Zeit», sagte Dan, als hätte er ihre Gedanken gelesen. Und dann, als habe er nur auf den richtigen Zeitpunkt gewartet, um ihr davon zu erzählen, fügte er hinzu: «Ich habe meine Eltern früh verloren. Und bin in Pflegefamilien aufgewachsen. Da kann man Pech haben, aber ich hatte Glück. Vielleicht war ich auch genügsam und habe als Kind nicht viel vom Leben verlangt, weil meine ersten Jahre so schwierig waren.»

Sie nickte.

«Mit sechs kam ich zu den ersten Pflegeeltern. Sie haben mir das an Liebe gegeben, was sie unter den sieben liebesbedürftigen Pfleglingen dem einzelnen zukommen lassen konnten. Und das war deutlich mehr als alles, was ich zuvor von meinen Eltern bekommen hatte. Bis dahin war meine Kindheit wirklich schrecklich gewesen, und ich habe nur langsam begriffen, dass Eltern auch anders sein können. Meine erste Pflegefamilie hat mir zumindest das gegeben: dass ich wieder daran glaubte, etwas Gutes verdient zu haben. Und nicht als Fußabtreter für einen Alkoholiker und eine Depressive zu dienen, die mich nur bekommen haben, weil sie nicht wussten, wie sie mich loswerden sollten.»

Er sagte das so nüchtern, dass es Amelie fast das Herz zerriss. Sie tastete nach seiner Hand. «Keine Sorge», sagte er, «ich hab das hinter mir gelassen. Du musst nicht fürchten, dass ich nachts aufspringe und dein Baby schüttle, weil es weint oder so.» Sein Lächeln geriet etwas schief, und Amelie streichelte seine Wange. Sie empfand so viel Zärtlichkeit für ihn. Wieso hatte sie bisher nie gefragt, woher er kam? Ihre eigene Vergangenheit hatte sie so sehr vereinnahmt, dass sie gar nicht auf die Idee gekommen war, dass auch er sein Päckchen zu tragen hatte. Sie fühlte sich plötzlich sehr selbstsüchtig, denn bestimmt hatte es Gelegenheiten gegeben, Fragen zu stellen.

Sie waren einander immer noch relativ fremd. Ob das irgendwann aufhörte? Vielleicht nie. Oder war genau das nicht das Geheimnis, um lange miteinander glücklich zu sein? Wenn man sich zwar auf den anderen verlassen konnte, zugleich aber immer wieder neue Seiten an ihm entdeckte?

«Wir sind so weit.» Diana trat aus der Küche. «Du darfst jetzt gucken kommen.»

Amelie stand auf und nahm Dans Hand. «Komm», sagte sie, und er folgte ihr ins Innere des Hauses. Die Luft war abgekühlt, ein heftiger Wind strich durch die Räume.

Das Zimmer unterm Dach war wie neu. Und doch hatte es die Atmosphäre ihrer eigenen Kindheit bewahrt, das spürte Amelie sehr deutlich.

«Hier», Diana zeigte in eine Ecke, «kommt das Bettchen hin. Emmett kann so was schreinern, an der Säge ist er ein Gott. Er würde das gern machen.»

Der Gott an der Säge stand in der Zimmerecke und kratzte sich verlegen im Nacken. «Jo», meinte er, mehr nicht. Kein Mann der großen Worte.

Die erste Wand des Zimmers war schon tapeziert. Nicht mit der von ihr befürchteten Bärchentapete, sondern mit einer dezent gemusterten, weißen Tapete. Darauf klebte bereits ein Wandtattoo, die Silhouette eines Baums. Auf dem Boden davor lagen unzählige ausgeschnittene Blätter in den unterschiedlichsten Grüntönen.

«Wir haben den Boden angeschliffen. Emmett meint, der ist noch gut. Wir könnten ihn komplett schleifen und neu versiegeln. Ist viel billiger, als ihn komplett neu zu machen.»

Amelie blickte Emmett an. Wieder nickte er. «Jo.»

«Aber du musst bald zurück nach Neuseeland.»

«Nur bis Dezember. Über Weihnachten komm ich wieder und mach alles fertig.»

«Wenn du nichts dagegen hast», fügte Diana hastig hinzu. «Wir würden gern über Weihnachten hier sein.»

«Nicht in Berlin?»

«Süße.» Diana trat zu ihr und legte die Arme um Amelies Schultern. «Was soll ich denn ohne dich in Berlin?»

Bisher hatte Amelie gedacht, sie bliebe von den Gefühlswallungen verschont, die eine Schwangere heimsuchten. Doch das hier war zu viel für sie. Sie schniefte und musste sich hastig abwenden, weil ihr die Tränen in die Augen schossen.

Das hier ist meine Familie, dachte sie staunend. Jene Menschen, die sich einfinden, wenn ich sie brauche, sind viel mehr Familie als die, die sich abwenden, weil ihnen die Vergangenheit nicht passt. Es tat ihr im Herzen weh, dass ausgerechnet ihre Mutter jetzt das Band abreißen ließ, das sie immer verbunden hatte. Aber vielleicht war das nun mal so. Mit der eigenen Familie, die Amelie nun gründete – und die vom ersten Tag an etwas anders sein würde als das, was ihre Mutter als Familie begriff –, trat sie in die erste Reihe, und ihre Mutter wich zurück.

Dies hier war ihr Leben. Und Amelie war bereit, es in die Hand zu nehmen. So wie einst ihre Urahnin Anne versucht hatte, ihr Leben in die Hand zu nehmen. Sie hatte Entscheidungen getroffen, die nicht immer bequem waren, die aber für alle Beteiligten das Beste waren. Sie hatte für sich entschieden, für ihr Kind – und für die kommenden Generationen.

So wie Amelie jetzt nicht nur über ihre eigene Zukunft entschied, sondern auch über die ihres Kindes und aller, die danach kamen.

Persönliche Schlussbemerkung der Autorin

*Als ich mit der Arbeit an diesem Buch über die Lambtonschwestern
begann, wusste ich nicht, auf welchen Schatz ich im Zug meiner
Recherchen stoßen würde.*

*Ich hatte vorher nicht gewusst, dass die Arbeit an dieser Dop-
pelbiographie mich in meine eigene Vergangenheit führen würde.
Bei der Suche nach Originaldokumenten – den Briefen von Anne
und Beatrix zum Beispiel – stand ich plötzlich meinem Großvater
in Pembroke gegenüber, von dessen Existenz ich bis zu jenem Tag
nichts wusste.*

*Natürlich hat jeder Mensch eine Vergangenheit. Und diese prägt
ihn, bis er selbst seine Zukunft begründet. Der normale Weg ist der,
dass man seine Familie schon kennt und ihrer vielleicht sogar überdrüssig ist, ehe man selbst eine Familie gründet.*

*Bei mir fiel beides zusammen. Ich lernte das Woher erst kennen,
als ich schwanger war. Und ich erkannte: Auch Menschen und Orte,
die man fünfundzwanzig Jahre lang nicht gesehen hat, prägen.*

*Ich widme dieses Buch daher meiner Familie. Meiner Mutter Su-
sel, meinem Großvater Jon – und auch meinen beiden Vätern, dem
unbekannten ebenso wie dem, den ich inzwischen besser kennenlernen durfte. Es fällt schwer, rückblickend für die Entscheidungen
Verständnis aufzubringen, die das eigene Leben geprägt haben. Vor
allem, wenn diese Entscheidungen es mit sich gebracht haben, dass*

das eigene Leben so gründlich aus den Fugen geriet. Insofern gleiche ich vielleicht Annes Tochter Antonia. Sie hat bis zu ihrem Lebensende nicht genau gewusst, woher sie kommt.

Darum ist dieses Buch auch für sie, wenngleich sie – meine Ururgroßmutter – das nicht mehr erleben durfte.

Ich danke Michael für seine Unterstützung in den vergangenen Monaten. Ohne seinen professionellen Rat hätte ich mich in der Bedeutung, die diese Geschichte für mich persönlich gewann, völlig verloren.

Mein Dank gilt außerdem Dan – fürs verständnisvolle Zuhören, auch wenn er nur die Hälfte von dem verstand, was ich sagen wollte. Seine Nähe und Liebe haben dieses Buch erst ermöglicht.

Amy Franck, im Oktober 2013
   Pembroke, Wales

Das für dieses Buch verwendete FSC®-zertifizierte Papier
Holmen Book Cream liefert Holmen, Schweden.